蔡東藩——著

蔡東藩的五代史演義

Romance of the Five Dynasties

宮廷、戰場上的陰謀義氣；
皇帝、將軍、權臣間的權謀鬥爭......
中國古代政治與文化，
蔡東藩講五代十國的紛亂

王朝興衰
英雄崛起

目錄

目錄

目錄

目錄

第一回　睹赤蛇老母覺異徵　得豔鳳梟雄償夙願

治久必亂，合久必分，這是我中國古人的陳言。其實是太平日久，朝野上下，不知祖宗創業的艱難，守成的辛苦，一味兒驕奢淫佚，縱慾敗度，所有先人遺澤，逐漸耗盡。造化小兒，又故意弄人，今年大水，明年大旱，害得饑饉薦臻，盜賊蜂起，平民無可如何。與其餓死凍死，不如跟了強盜，同去擄掠一番，倒反得食粱肉，衣文錦，或且做個偽官，發點大財，好奪幾個嬌妻美妾，享那後半世的榮華。於是亂勢日熾，分據一方，就中有三五梟雄，趁著國家擾亂的時候，號召徒黨，張著一幟，不是僭號稱帝，就是擁土稱王。咳！天下有許多帝，許多王，這豈還能平靖麼！絕大道理，絕大議論。

小子曠覽古史，查考遺事，似這種亂世分裂的情狀，實是不止一兩次，東周時有列國，後漢時有三國，東晉後有南北朝。晚唐後有五代，統是東反西亂，四分五裂，南北朝五代，更鬧得一塌糊塗，小子方編完《唐史演義》，凡殘唐時候的亂象，及四方分割的情形，還未曾交代明白，因此不得不將五代史事，繼續演述。五代先後歷五十三年，換了八姓十三個皇帝，改了五次國號，叫做梁、唐、晉、漢、周。史家因梁、唐、晉、漢、周五字，前代早已稱過，恐前後混亂不明，所以各加一個後字，稱為後梁、後唐、後晉、後漢、後周。還有角逐中原，稱王稱帝，與梁、唐、晉、漢、周五朝，或合或離，不相統屬的國度，共計十數，著名史乘，稱作十國，就是吳、楚、閩、南唐、前蜀、後蜀、南漢、北漢及吳越、荊南。提綱挈領。

看官！聽說這五代十國的時勢，簡直是君不君，臣不臣，父不父，子不子，篡弒相尋，烝報無已，就使有一二君主，如後唐明宗，後周世宗兩人，當時號為賢明英武，但也不過彼善於此，未足致治。故每代傳襲，最多不過十餘年，最少只有三四年，各國亦大都如此。古人說得好，木朽蟲生，牆空蟻入，似此蕩蕩中原，沒有混一的主子，那時外夷從旁窺伺，樂得乘隙而入，喧賓奪主，海內腥羶，土地被削，子女被擄，社稷被滅，君臣被囚。中國正紛紛擾擾，無法可治，再加那鮮卑遺種，朔漠健兒，進來蹂躪一場，看官！你想中國此時，苦不苦呢？危不危呢？言之慨然。

照此看來，欲要內訌不致蔓延，除非是國家統一，欲要外人不來問鼎，亦除非是國家統一！暮鼓晨鐘。若彼爭此奪，上替下凌，禮教衰微，人倫滅絕，無論什麼朝局，什麼政體，總是支撐不住，眼見得神州板蕩，四夷交侵，好好一個大中國，變做了盜賊世界，夷虜奴隸，豈不是可悲可痛麼！傷心人別具懷抱。列位不信，五代史就是殷鑑！待小子從頭至尾，演述出來。

且說五代史上第一朝，就是後梁，後梁第一世皇帝，就是大盜朱阿三。原名是一溫字，唐廷賜名全忠，及做了皇帝，又改名為晃。他的皇帝位置，是從唐朝篡奪了來，小子前編《唐史演義》，已將他篡奪的情狀，約略敘明，只是他出身履歷，未曾詳述，現下續演五代史，他坐了第一把龍椅，哪得不特別表明。他是宋州碭山午溝里人，父名誠，恰是個經學老先生，在本鄉設帳課徒。娶妻王氏，生有三子，長子名全昱，次名存，又次名溫。溫排行第三，小名便叫做朱阿三。相傳朱溫生時，所居屋上，有紅光上騰霄漢，里人相顧驚駭，同聲呼號道：「朱家火起了！」當下彼汲水，此挑桶都奔到朱家救火。那知廬舍儼然，並沒有甚麼煙焰，只有呱呱的嬰孩聲，喧達戶外。大家越加驚異，詢問朱家近鄰。但說朱家新生一個孩兒，此外毫無怪異，大家喧嚷道：「我等明明見有紅光，為何到了此地，反無光焰。莫非此兒生後，將來大要發跡，所以有此異徵哩！」說本《舊五代史．梁太祖本紀》。盜賊得為帝王，也應該有此怪象。

一世梟雄，降生僻地，鬧得人家驚擾，已見得氣象不凡。三五歲時候，恰也沒甚奇慧，但只喜歡弄棒使棍，慣與鄰兒吵鬧。次兒存與溫相似，也是個淘氣人物，父母屢次訓責，終不肯改。只有長兒全昱，生性忠厚，待人有禮，頗有乃父家風。朱誠嘗語族里道：「我生平熟讀五經，賴此餬口。所生三兒，唯全昱尚有些相似，存與溫統是不肖，不知我家將如何結局哩！」

既而三子逐漸長大。食口增多，朱五經所入修金，不敷家用，免不得抑鬱成疾，竟致謝世。身後四壁蕭條，連喪費都無從湊集，還虧親族鄰里，各有賻贈，才得草草藁葬。但是一母三子，坐食孤幃，叫他如何存活，不得已投往蕭縣，傭食富人劉崇家，母為傭媼，三子為傭工。全昱卻是勤謹，不過膂力未充，存與溫頗有氣力，但一個是病在粗疏，一個是病在狡惰。

劉崇嘗責溫道：「朱阿三，汝平時好說大話，無事不能，其實是一無所能呢。試想汝傭我家，何田是汝耕作，何園是汝灌溉？」溫接口道：「市井鄙夫，徒知耕稼，曉得怎麼男兒壯志，我豈長作種田傭麼？」劉崇聽他出言挺撞，禁不住怒氣直衝，就便取了一杖，向溫擊去。溫不慌不忙，雙手把杖奪住，折作兩段。崇益怒，入內去覓大杖。適為崇母所見，驚問何因。崇謂須打死朱阿三，崇母忙阻住道：「打不得，打不得，你不要輕視阿三。他將來是了不得哩。」

看官！你道崇母何故看重朱溫，原來溫至劉家，還不過十四五歲，夜間熟寐時，忽發響聲，崇母驚起探視，見朱溫睡榻上面，有赤蛇蟠住，鱗甲森森，光芒閃閃，嚇得崇母毛髮直豎，一聲大呼，驚醒朱溫，那赤蛇竟杳然不見了。事見《舊五代史》，並非捏造。嗣是崇母知溫為異人，特別優待，居常與他櫛髮，當做兒孫一般，且嘗誡家人道：「朱阿三不是凡兒，汝等休得侮弄！」家人亦似信非信，或且笑崇母為老悖。崇尚知孝親，因老母禁令責溫，到也罷手。溫復得安居劉家，但溫始終無賴，至年已及冠，還是初性不改，時常闖禍。

一日，把崇家飯鍋，竊負而去。崇忙去追回，又欲嚴加杖責，崇母復出來遮護，方才得免。崇母因戒朱溫道：「汝年已長成，不該這般撒頑，如或不願耕作，試問汝將何為？」溫答道：「平生所喜，只是騎射。不若畀我弓箭，到崇山峻嶺旁，獵些野味，與主人充庖，卻是不致辱命。」崇母道：「這也使得，但不要去射死平民！」這是最要緊的囑咐。溫拱手道：「當謹遵慈教！」崇母乃去尋取舊時弓箭，給了朱溫。並浼溫母亦再三叮嚀，切勿惹禍。

溫總算聽命，每日往逐野獸，趫捷絕倫，就使善走如鹿，也能徒步追取，手到擒來。劉家庖廚，逐日充牣，崇頗喜他有能。溫兄存也覺技癢，願隨弟同去打獵，也向崇討了一張弓，幾枝箭，與溫同去逐鹿。朝出暮歸，無一空手時候，兩人不以為勞，反覺得逍遙自在。

一日騁逐至宋州郊外，豔陽天氣，明媚春光，正是賞心豁目的佳景。溫正遙望景色，忽見有兵役數百人，擁著香車二乘，向前行去，他不覺觸動痴情，亟往追趕。存亦隨與俱行，曲折間繞入山麓，從綠樹陰濃中，露出紅牆一角，再轉幾彎，始得見一大禪林。那兩乘香車，已經停住，由婢媼扶出二人。一個是半老婦人，舉止大方，卻有宦家氣象；一個是青年閨秀，年齡不過十七八歲，生得儀容秀雅，骨肉停勾，眉宇間更露出一種英氣，不等小家兒女，扭扭捏捏，靦靦腆腆。為張天人占一身分。溫料是母女入寺拈香，待他們聯步進殿，也放膽隨了進去。至母女拜過如來，參過羅漢，由主客僧導入客堂，溫三腳兩步，走至該女面前，仔細端詳，確是絕世美人，迥殊凡豔。勉強按定了神，讓她過去。該女隨母步入客室，稍為休息，便即喚兵役伺候，穩步出寺，連袂上車，似飛的始行去了。溫隨至寺外，復入寺問明主客僧，才知所見母女，年大的是宋州刺史張蕤妻，年輕的便是張蕤女兒。溫驚寤道：「張蕤麼？他原是碭山富室，與我等正是同鄉，他現在尚做宋州刺史嗎？」主客僧答道：「聞他也將要卸任了。」溫乃偕兄存出寺。

路中語存道：「二哥！你可聞阿父在日，談過漢光武故事麼？」存問何事，溫答道：「漢光武未做皇帝時，嘗自嘆道：為官當做執金吾！娶妻當得陰麗華！後來果如所願。今日所見張氏女，恐當日的陰麗華，也不過似此罷了。你道我等配做漢光武否？」寫出朱溫好色。存笑道：「癩蝦蟆想吃天鵝肉，真是自不量力！」溫奮然道：「時勢造英雄，想劉秀當日，有何官爵，有何財產，後來平地升天，做了皇帝，娶得陰麗華為皇后。今日安知非僕？」存復笑語道：「你可謂痴極了！想你我寄人廡下，能圖得終身飽暖，已算幸事，還想甚麼嬌妻美妾！就是照你的妄想，也須要有些依靠，豈平白地能成大事麼？」溫直說道：「不是投軍，就是為盜。目今唐室已亂，兵戈四起，前聞王仙芝發難濮州，近聞黃巢復起應曹州，似你我這般勇力，若去隨他為盜，搶些子女玉帛，很是容易，何必再在此廝混，埋沒英雄！」志趣頗大，可惜不是正道。

這一席話，把朱存也哄動起來，便道：「說得有理，我與你便跟黃巢去罷。」溫又道：「且回去辭別母親，並及主人，明日便可動身。」兩人計議已定，遂返至劉崇家，先去稟明老母，但說要出外謀生。朱母還放心不下，意欲勸阻。兩人齊聲道：「兒等年已弱冠，不去謀點生業，難道要老死此間麼？母親儘管放心！」全昱聞二弟有志遠出，也來問明行徑。兩人道：「目下尚難預定，兄要去同去，否則在此陪著母親，也是好的。」全昱是個安分守己的人物，便答道：「我在此侍奉母親，二弟儘管前去，得有生路，招我未遲。」兩人應聲稱是。溫感劉母好意，即入內陳明，劉母卻也囑咐數語，不消絮述。唯劉崇因兩人在家，沒甚關係，也聽他自由。

兩人過了一宿，越日早起，飽餐一頓，便去拜別母親。再向劉母及崇告辭。由劉母贈給乾糧制錢等，作為路費。又辭了全昱，歡躍而去。時正唐僖宗乾符四年。點醒年月，最是要筆。黃巢正據住曹州，橫行山東，剽掠州縣。鄆州、沂州一帶，也漸被巢眾占奪。所有各處亡命子弟，統向投奔，巢無不收納。朱溫弟兄兩人，趨往賊寨，賊目見他身材壯大，武藝剛強，當然錄用。兩人既入賊黨，便與官軍為敵，仗著全身勇力，奮往直前，官軍無不披靡，遂得拔充隊長。朱存乘勢掠奪婦女，作為妻房。獨溫記念張女，幾有除卻巫山，不是行雲的意思，因此尚獨往獨來，做個賊黨中的光棍。

過了年餘，在賊中立功尤多，居然得在黃巢左右，充做親軍頭目。他遂慫恿黃巢，往攻宋州，巢便遣他領眾數千，進圍宋州城。醉翁之意不在酒。那知宋州刺史張蕤，早已去任，後任守吏，恰是有些能耐，堅守不下，溫已失所望，復聞援兵大至，遂率眾趨歸。

既而黃巢僭稱沖天大將軍，驅眾南下，溫留守山東，存隨巢南行。巢眾轉戰浙閩，趨入廣南，沿途騷擾，雞犬皆空。偏南方疫癘甚盛，賊眾什死三四，更兼官軍四集，險些兒陷入死路。巢乃變計北歸，從桂州渡江，沿湘而下，免不得與官軍相遇，大小數十戰，互有殺傷，存戰死。命該如此。巢由湘南出長江，渡淮而西，再召集山東留賊，併力西攻，拔東都，即洛陽，唐號為東都。入潼關，竟陷長安。即唐朝京都。唐僖宗奔往興元，巢竟僭號稱大齊皇帝，改元金統，命朱溫屯兵東渭橋，防禦官軍。嗣復令溫為東南面行營先鋒，攻下南陽，再返長安，由巢親至灞上，迎勞溫軍。

未幾又遣溫西拒邠、岐、鄜、夏各路官軍，到處揚威。巢又欲東出略地，令溫為同州防禦使，使自攻取。溫由丹州移軍，攻入左馮翊，遂陷同州。這時候的唐室江山，已半歸黃巢掌握，中原一帶，統已糜爛不堪，所有民間村落，多成為瓦礫場。老弱填溝壑，丁壯散四方，最可憐的是青年婦女，被賊掠取，無非做了行樂的玩物，任意糟蹋，不顧生命。

朱溫從賊有年，歷次得偽齊皇帝拔擢，東馳西突，平時掠得美人兒，也不知幾千幾百，他素性好色，那裡肯做了貓兒，儘管吃素？唯情人眼裡愛定西施，就使揀了幾個嬌娃，叫他侍寢，心中總嫌未足，還道是味同嚼蠟，無甚可取，今日受用，明日捨去，總不曾正名定分，號為妻室。老天有意做人美，偏把他的心上人，也驅至同州，為他部下所掠取，獻至座前，趨伏案下。溫定神一瞧，正是寤寐不忘的好女郎，雖然亂頭粗服，尚是傾國傾城，便不禁失聲道：「你是前宋州刺史的女公子麼？」張女低聲稱是。溫連聲道：「請起！請起！女公子是我同鄉，猝遭兵禍，想是受驚不小了！」

張女方含羞稱謝，起立一旁。溫復問她父母親族，女答道：「父已去世，母亦失散，難女跟了一班鄉民，流離至此，還幸得見將軍，顧全鄉誼，才得苟全。」溫拊掌道：「自從宋州郊外，得睹芳姿，傾心已久，近年東奔西走，時常探問府居，竟無著落。我已私下立誓，娶婦不得如卿，情願終身鰥居，所以到了今朝，正室尚是虛位。天緣輻輳，重得卿卿。這真所謂三生有幸呢！」天意好作成強盜，卻也不知何理？

張女聞言，禁不住兩頰生紅，俯首無言。溫即召出婢僕，擁張女往居別室，選擇好日子，正式成婚。到了吉期，溫穿著偽齊官服，出做新郎，張氏女珠圍翠繞，裝束如天仙一般，與溫並立紅氈，行過了交拜禮，然後洞房花燭，曲盡綢繆。《歐史．張后傳》，謂後為溫少時所聘，案張女為富家子，溫一孤貧兒，何從得耦？唯《薛史》謂溫聞女美，曾有陰麗華之嘆，後在同州得後於兵間，較為合理，今從之。小子有詩嘆道：

居然強盜識風流，淑女也知賦好逑。
試看同州交拜日，和聲竟爾配雎鳩。

朱溫既得張女為婦，朝歡暮樂，正是快活極了。忽由黃巢傳到偽詔，命他進攻河中，他才不得已督兵出發。欲知勝負如何，容小子下回表明。

本編踵《唐史演義》之後，雖尚為殘唐時事，但唐室如何致亡，黃巢如何作亂，俱已見過《唐史》，無庸重述。唯朱溫是本編第一代人物，所有出身履歷，為《唐史演義》中所未及詳者，應該就此補敘。溫本一無賴，故後雖幸得帝位，究不令終。溫素來好色，故始雖幸得如願，仍致荒亡。觀此回逐段敘來，已把朱溫一生品行，全盤托出。蓋能成大事者，即不為小節所拘，而竊釜等事，終非豪杰所屑為。漢光武固有陰氏之感，然光武之不愧中興，大端並不在此處；且豈如溫之得隴望蜀，猶是縱淫無忌乎？赤蛇之征，《舊五代史》載之，而《新五代史》略之，歐陽公之不肯右溫，有以夫！

第二回　報親恩歡迎朱母　探妻病慘別張妃

卻說唐僖宗西走興元，轉入蜀中，號召各鎮將士，令他併力討賊，克復長安，河中節度使王重榮，本已投順黃巢，因巢屢遣使調發，不勝煩擾，乃決計反正，驅殺巢使，糾合四方鎮帥，銳圖興復。黃巢聞知消息，即命朱溫出擊河中。溫正新婚燕爾，不願出師，但既為偽命所迫，沒奈何備了糧草，帶了人馬，向河中進發。已是敗象。途次與河中兵相遇，一場交戰，被他殺得一敗塗地，喪失糧仗四十餘船，還虧自己逃走得快，僥倖保全性命。

重榮進兵渭北，與溫相持。溫自知力不能敵，急遣使至長安，報請濟師，偏偏黃巢不允。溫又接連表請，先後十上，起初是不答一詞，後來且嚴詞駁責，說他手擁強兵，不肯效力。溫未免憤悶，及探明底細，才知為偽齊中尉孟楷，暗中讒間，因致如此。

可巧幕客謝瞳，入帳獻議道：「黃家起自草莽，乘唐衰亂，伺隙入關，並非有功德及人，足王天下，看來是易興易亡，斷不足與成大事。今唐天子在蜀，諸鎮兵聞命勤王，雲集景從，協謀恢復，可見唐德雖衰，人心還是未去呢。且將軍在外力戰，庸奴在內牽制，試問將來能成功否？章邯背秦歸楚，不失為智，願將軍三思！」

溫心下正恨黃巢，聽了這番言語，不禁點首。復致書張氏，說明將背巢歸唐，張氏也覆書贊成，遂誘入偽齊監軍嚴實，把他一刀殺死，攜首號令軍前，即日歸唐。一面貽書王重榮，乞他表奏僖宗，情願悔過投誠。時僖宗正遣首相王鐸，出為諸道行營都統，聞得朱溫投降，喜出望外，也代為保奏。僖宗覽兩處奏章，非常欣慰，且語左右道：「這是上天賜朕哩！」他來奪你國祚，你道是可喜麼？遂下詔授溫為左金吾衛大將軍，充河中行營招討副使，賜名全忠。自是溫與官軍聯絡，一同攻巢。

僖宗自乾符六年後，復兩次改元，第一次改號廣明，一年即廢，第二次改號中和，總算沿用了四年。朱溫降唐，是在中和二年的秋季，越年三月，又拜溫為汴州刺史，兼宣武軍治汴州。節度使，仍依前充河中行營招討副使，俟收復京闕，即行赴鎮。《唐史演義》上改稱全忠，本編仍各為溫，誅其首惡也。

是年四月，河東治晉陽。節度使李克用等，攻克長安，逐走黃巢，巢出奔藍田。溫乃挈領愛妻張氏，移節至宣武軍，留治汴州。可見長安收復，並非溫功。即遣兵役百人，帶著車馬，至蕭縣劉崇家，迎母王氏，並及崇母。

崇家素居鄉僻，雖經地方變亂，還幸地非衝要，不遭焚掠，所以全家無恙。唯自朱溫弟兄去後，一別五載，杳無訊息。五年無家稟，溫亦未免忘親。全昱卻已娶妻生子，始終不離崇家。朱母時常惦念兩兒，四處託人探問，或說是往做強盜，或說是已死嶺南，究竟沒有的確音信。及汴使到了門前，車聲轆轆，馬聲蕭蕭，嚇得村中人民，都棄家遁走，還道大禍臨頭，不是大盜進村劫掠，就是亂兵過路騷擾，連劉崇闔家老小，也覺驚惶萬分。嗣經汴使入門，謂奉汴帥差遣，來迎朱太夫人及劉太夫人。朱母心虛膽怯，誤聽使言，疑是兩兒為盜，被官拿住，復來搜捕家屬，急得魂魄飛揚，奔向灶下躲住，殺雞似的亂抖。還是劉崇略有膽識，出去問明汴使，才知朱溫已為國立功，官拜宣武軍節度使，特來迎接太夫人。

當下入報朱母，四處找尋，方得覓著，即將來使所言，一一陳述，朱母尚是未信，且顫且語道：「朱……朱三，落拓無行，不知他何處作賊，送掉性命！那裡能自致富貴？汴州鎮帥，恐非我兒，想是來使弄錯哩。」崇母在旁，卻從容說道：「我原說朱三不是常人，目今做了汴帥，有何不確！朱母朱母！我如今要稱你太夫人了！一人有福，得挈千人，我劉氏一門，全仗太夫人照庇哩！」說至此，便向朱母斂衽稱賀。朱母慌忙答禮，且道：「怕不要折殺老奴！」崇母握朱母手，定要她走出廳堂，自去問明，朱母方硬了頭皮，隨崇母出來。崇母笑語汴使道：「朱太夫人出來了！」汴使向朱母下拜，並詢及崇母，知是劉太夫人，也一併行禮。且將朱溫前此從賊，後此歸正，如何建功，如何拜爵等情，一一詳述無遺。朱母方才肯信，喜極而泣。確有此態，一經描寫，便覺入神。

汴使復呈上盛服兩套，請兩母更衣上車，即日起程。朱母道：「尚有長兒全昱，及劉氏一家，難道絕不提及嗎？」汴使道：「節帥俟兩夫人到汴，自然更有後命。」朱母乃與劉母入內，易了服飾，復出門登車而去。蕭縣離汴城不遠，止有一二日路程，即可到汴。距汴十里，朱溫已排著全副儀仗，親來迎接兩母，既見兩母到來，便下馬施禮，問過了安，隨即讓兩車先行，自己上馬後隨，道旁人民，都嘖嘖嘆羨，稱為盛事。及到了城中，趨入軍轅，溫復下馬，扶二母登堂，盛筵接風。劉母坐左，朱母坐右，溫喚出妻室張氏，拜過兩母，方與張氏並坐下首，陪兩母歡飲。

酒過數巡，朱母問及朱存。溫答道：「母親既得生溫，還要問他做甚？」朱母道：「彼此同是骨肉，奈何忘懷！」溫又道：「二兄已早死嶺南，聞有二兒遺下，現因道途未靖，尚未收回，母親也不必記念了！」是好心腸，朱母轉喜為悲，因見溫帶有酒意，卻也未敢斥責，但另易一說道：「汝兄全昱，尚在劉家，現雖娶婦生子，不過勉力支撐，仍舊一貧如洗。汝既發達，應該顧念兄長。況且劉家主人，也養汝好幾年，劉太夫人如何待汝，汝亦當還記著。今日該如何報德呢？」溫獰笑道：「這也何勞母親囑咐，自然安樂與共了。」朱母方才無言。及飲畢撤肴，軍轅中早已騰出靜室，奉二母居住，且更派人送往劉家，饋劉崇金千兩，贈全昱金亦千兩。

既而黃巢竄死泰山，唐僖宗自蜀還都，改元光啟，大封功臣，溫得晉授檢校司徒、同平章事，封沛郡侯。溫母得貤封晉國太夫人。全昱亦得封官。就是劉崇母子，亦因溫代請恩賜，俱沐榮封。溫奉觴母前，上壽稱慶，且語母道：「朱五經一生辛苦，不得一第，今有子為節度使，晉登相位，洊膺侯爵，總算是顯親揚名，不辱先人了！」言畢，呵呵大笑。已露驕盈。

母見他意氣揚揚，卻有些忍耐不住，便隨口答應道：「汝能至此，好算為先人吐氣；但汝的行誼，恐未必能及先人呢。」溫驚問何故，母淒然道：「他事不必論，阿二與汝同行，均隨黃巢為盜，他獨戰死蠻嶺，屍骨尚未還鄉，二孤飄零異地，窮苦失依，汝幸得富貴，獨未念及，試問汝心可安否？照此看來，汝尚不能無愧了！」溫乃涕泣謝罪，遣使往南方取回兄櫬，並挈二子至汴，取名友寧、友倫。全昱已早至汴州，見過母弟，自受封列官後，攜家眷歸午溝里，大起甲第，光耀門楣。他亦生有三子，長名友諒，次名友能，又次名友誨，後文自有表見。

光啟二年，溫且晉爵為王，自是權勢日張，兀成強鎮。俗語說得好，江山可改，本性難移。他生成是副盜賊心腸，專喜損人利己，遇著急難的時候，就使要他下拜，也是樂從；到了難星已過，依然趾高氣揚，有我無人，甚且以怨報德，往往將救命恩公，一古腦兒迫入死地，好教他獨自為王，這是朱溫第一樁的黑心。特別表明。小子前編《唐史演義》，已曾詳敘，此處只好約略表明。先是巢黨尚讓，率賊進逼汴城，河東軍帥李克用，好意救他，逐去尚讓，他邀克用入上源驛，佯為犒宴，夜間偏潛遣軍士，圍攻驛館，幸虧克用命不該絕，得逾垣遁去，只殺了河東兵士數百人。是唐僖宗中和四年間事。後來尚讓歸降，又出了一個秦宗權，也是逆巢餘黨，據住蔡州，屢次與溫爭鋒。溫多敗少勝，復向兗鄆求救。兗鄆為天平軍駐節地，節度使朱，與弟瑾先後赴援。溫得借他兵勢，破走秦宗權。他又故態復萌，誣稱朱瑄兄弟，誘汴亡卒，發兵襲擊二朱，把他管轄的曹濮二州，硬奪了來。是唐僖宗光啟三年間事。一面進攻蔡州，擒住秦宗權，檻送京師，得進封東平郡王。

唐僖宗崩，弟昭宗嗣，他又陰賂唐相張瑄，嗾他出征河東，濬為李克用所敗，害得公私兩喪，流貶遠州。是昭宗大順元年間事。他卻乘間取利，故向魏博假道，要發兵助討河東。魏博軍帥羅弘信，與河東素無仇隙，當然不允，他即傾兵擊魏，連戰連勝。弘信敵他不過，沒奈何奉賄乞和。他既得了厚賄，並不向河東進兵，又去攻略兗鄆。前軍為朱瑾所敗，無從得志，索性遷怨徐州，由東而南。徐州節度使時溥，資望本出溫上，偏權位不能如溫，未免嘖有煩言。會秦宗權弟宗衡，騷擾淮揚，唐廷命溫兼淮南節度使，令他出剿宗衡。溫遂借道徐州，溥竟不許，因為溫援作話柄，移軍攻徐州，連拔濠、泗二州。溥累戰不利，死守彭城，溫再四進攻，卒為所拔，溥舉族自焚。是昭宗景福二年間事。

溫兵勢益張，便進圖兗鄆。可憐朱瑄兄弟，連年被兵，弄得師勞力竭，設法支持，不得已乞師河東。李克用恨溫刁滑，到也發兵東援，偏羅弘信與溫和好，在中途截住克用，不令東行。兗鄆屬城，陸續被溫奪去，朱瑄成擒，為溫所殺。瑾脫身走淮南，妻子陷入溫手。溫見瑾妻姿色可人，迫令侍寢，奸宿數宵，挈歸汴梁。經愛妻張夫人婉言諷諫，方出瑾妻為尼。是昭宗乾寧四年間事。張夫人諷諫語見《唐史演義》中，故不重述。

先是溫母在汴，嘗戒溫妄加淫戮。溫雖未肯全聽母教，尚有三分謹慎。至是溫母已早歸午溝里，得病身亡，溫失了慈訓，自然任性橫行，還虧妻室張氏，賢明謹飭，動遵禮法，無論內外政事，輒加干涉。溫本寵愛異常，更因張氏所料，語多奇中，每為溫所未及，所以溫越加敬畏，凡一舉一動，多向閨門受教。

有時溫已督兵出行，途次接著汴使，說是奉張夫人命，召還大王，溫即勒馬回軍。就是平時侍妾，也不過三五人，未敢貪得無饜。古人謂以柔克剛，如溫妻張氏，真是得此祕訣。不知老天何故生這慧女，為強盜的賢內助呢？褒貶悉宜。

溫既據有兗鄆等地，兼任宣武見前。宣義治滑州。天平見前。三鎮節度使，復會同魏博軍，攻李克用，拔洺、邢、磁三州。唐廷威令，已不能出國門一步，哪裡還敢過問，溫要什麼，便依他什麼。昭宗光化三年，中官劉季述，竟將昭宗幽禁，另立太子裕為皇帝。宰相崔胤，召溫勤王。溫正進取河中，未肯遽赴，好好一場復辟大功，歸了神策指揮使孫德昭。季述誅，太子廢，昭宗仍舊登基，改元天復。溫不得與聞，後來亦未免自悔，但河中已幸奪取，因諷吏民上表唐廷，請己為帥，昭宗亦不敢不從。

偏偏唐宮裡面，又出了一個韓全誨，代劉季述做了中尉，比季述還要狡黠，潛通鳳翔節度使岐王李茂貞，劫了帝駕，竟赴鳳翔。那時唐相崔胤，復召溫西迎天子，溫出兵至鳳翔城東，耀武揚威，一住數日。茂貞脅昭宗下詔，飭溫還鎮，他本無心迎駕，不過假託名目，為欺人計；既接昭宗詔命，便引還河中。又遣將進攻河東，取慈、隰、汾三州，直抵晉陽。圍攻了好幾天，被河東軍殺敗，方命退師，慈、隰、汾三州，仍然棄去。可巧崔胤奔詣河中，堅勸溫迎還昭宗，溫乃再督兵五萬，進圍鳳翔。茂貞連戰失利，乃誅死韓全誨，放出唐昭宗，與溫議和。溫奉駕還京，改元天祐，大殺宦官，特旨賜溫號為回天再造竭忠守正大功臣，加爵梁王，兼任各道兵馬副元帥。

當時唐室大權，盡歸溫手，溫遂思篡奪唐祚，把宮廷內外的禁衛軍，一概撤換，自派子侄及心腹將士，代握宮禁兵權。待部署已定，即當強迫昭宗，令他禪位，偏得了汴梁消息，張夫人抱病甚劇，勢將不起，乃陛辭昭宗，回汴探妻。

既返軍轅，見愛妻僵臥榻中，已是瘦骨如柴，奄奄待斃。英雄氣短，兒女情長，到此也不免灑了幾點悲淚。張夫人聞有泣聲，頓覺驚寤轉來，勉掙病目，向外瞧著，見溫立在榻前，自彈老淚，便強振嬌喉，淒聲問道：「大王已回來了麼？」溫答聲稱是。張夫人道：「妾病垂危，不日將長別大王了。」溫越覺悲咽，握住妻手，惻然答道：「自從同州得配夫人，到今已二十多年，不但內政仗卿主持，就是外事亦賴卿參議。今已大功告成，轉眼間將登大寶，滿望與卿同享尊榮，再做幾十年太平帝后，那知卿病至此，如何是好！」張夫人亦流淚道：「人生總有一死，死亦何恨！況妾身得列王妃，已越望外，還想甚麼意外富貴，就是為大王計，也算備受唐室厚恩，唐室可輔，還須幫護數年，不可驟然廢奪。試想從古到今，有幾個太平天子，可見皇帝是不容易做呢！」巾幗婦人，難得有此見識。溫隨口應道：「時勢逼人，不得不爾。」張夫人嘆道：「大王既有大志，料妾亦無能挽回，但上臺容易，下臺為難，大王總宜三思後行。果使天與人歸，得登九五，妾尚有一言，作為遺諫，可好麼？」溫答道：「夫人儘管說來，無不樂從。」張夫人半晌才道：「大王英武過人，他事都可無慮；唯『戒殺遠色』四字，乞大王隨時注意！妾死也瞑目了。」藥石名言，若朱溫肯遵閨誡，可免刲腹之苦。說至此，不覺氣向上湧，痰喘交作，延挨了一晝夜，竟爾逝世。溫失聲大慟。汴軍亦多垂淚，原來溫性殘暴，每一拂性，殺人如草芥，部下將士，無人敢諫，獨張夫人出為救解，但用幾句婉言，能使鐵石心腸，熔為柔軟，所以軍士賴她存活者，不可勝計，生榮死哀，也是應有的善報。言下寓勸世意。

溫有嬖妾二人，一姓陳，一姓李，張夫人亦和顏相待，未嘗苛害。就是溫所掠歸的朱瑾妻，已出為尼，亦時由張夫人賙給衣食，不使少匱。史家稱她以柔婉之德，制豺虎之心，可為五代中第一賢婦。這原是真品評呢！張氏受唐封為魏國夫人，生子友貞，為溫第四子。後來溫篡唐室，即位改元，追封張氏為賢妃，尋復追冊為元貞皇后。小子有詩詠道：

巾幗聰明勝丈夫，遺箴端的是良謨。
婦言不用終罹禍，淫惡難逃身首誅！

張氏既歿，喪葬告終，野心勃勃的朱阿三，遂日謀奪唐祚，要想帝制自為了。欲知後事，試閱下回。

本回敘朱溫事，以母妻二人為關鍵。《唐史演義》中皆未詳敘，故是回特別表明。溫之迎母至汴，非真孝思也，為自示豪侈計耳。觀其母之詢及朱存，而溫不以為念，天下有孝子而不知悌弟乎！唯既經母訓，尚知涕泣謝罪，取還兄櫬，召撫二孤，是大盜猶有天良，彼世之不孝不友者，視溫且有愧色矣。張氏為溫賢妻，臨歿之言，史中雖未曾盡載，但亦不得謂全出虛誣，蘇長公所謂想當然者，此類是也。汴有張氏，晉有劉氏，皆為開國內助，賢婦之關係國家，固如此其重且大者。書中述朱溫拓地一段，用簡筆略過，免至繁複，閱者欲覽詳文，固自有《唐史演義》在也。

第三回　登大寶朱梁篡位明正義全昱進規

卻說朱溫急欲篡唐，逐漸布置，首先與溫反對的鎮帥，乃是平盧軍治青州。節度使王師範。《綱目》於師範攻兗州，曾以討賊美名歸之。故本書亦鄭重揭出。師範頗好學，嘗以忠義自期。岐王李茂貞，自鳳翔貽師範書，謂溫圍逼天子，包藏禍心，師範不禁憤起，即發兵討溫，遣行軍司馬劉鄩攻取兗州，自督兵攻齊州。溫遣兄子友寧領兵救齊，擊退師範，更派別將葛從周圍兗州。友寧乘勝拔博昌、臨淄各城，直抵青州城下，師範得淮南援兵，大破汴軍，友寧馬蹶被殺。送死一個侄兒。

溫聞敗報，親率強兵二十萬，晝夜兼行，至青州城東，與師範大戰一日，師範敗走。乃留部將楊師厚攻青州，自引軍還汴，師厚復連敗師範，擒住他胞弟師克。師範恐愛弟受戮，沒奈何舉城請降。劉鄩亦將兗州城獻還從周。溫徙師範家族至汴梁，本擬舉師範為河陽節度使，尋因友寧妻泣請復仇，乃將師範殺死，並及族屬二百餘人。殘暴不仁。獨署劉鄩為元帥府都押牙，權知鄜州留後。

會聞李茂貞與養子繼徽，舉兵逼京畿。遂復出屯河中，請昭宗遷都洛陽。唐相崔胤，始知溫有異圖，擬召募六軍十二衛，密為防禦，且與京兆尹鄭元規等，繕治兵甲，日夜不息。溫正思詰問，適值兄子友倫，在京中留典禁軍，因擊毬墜馬，竟致斃命。又斷送一個侄兒。他遂借此為由，謂友倫暴死，實由崔胤、鄭元規等暗中加害，表請昭宗案誅罪犯，毋使專權亂政等語。昭宗覽表大驚，即將崔胤等免職。溫尚恨恨不平，且遣兄子友諒，帶兵入都，令為護駕都指揮使。一面脅昭宗遷洛，一面捕住崔胤、鄭元規等，盡行殺斃。

昭宗已同傀儡，只好隨了友諒，挈領何皇后等出都。行至陜州，溫自河中入覲，由昭宗延入寢室，面賜酒器及衣物。何後泣語道：「此後大家夫婦，委身全忠了。」昭宗命溫兼判左右神策軍，及六軍諸衛事。溫且將昭宗左右，如小黃門等十餘人，及打毬供奉內園小兒等二百餘名，也誘入行幄，一併斬首，把眾屍埋瘞幕下，另選二百餘人，入侍昭宗。於是昭宗名為共主，簡直如犯人一般，悉受汴人管束。便好開刀。

溫佯為恭順，先赴洛整治宮闕，然後迎駕至洛，自己返入汴城。昭宗已入牢籠，自知命在旦暮，尚分頒絹詔，告難四方。晉王李克用，岐王李茂貞，蜀王王建，吳王楊行密，彼此移檄，聲罪討溫。溫索性一不做，二不休，竟令養子友恭，及部將氏叔琮、蔣玄暉等，弒了昭宗，改立昭宗第九子輝王祚為帝。他卻假惺惺的馳至洛陽，匍伏昭宗柩前，放聲大哭，恐是有聲無淚。並且諉罪友恭、叔琮，牽出斬首。友恭臨刑大呼道：「賣我塞天下謗，人可欺，鬼神可欺麼？」你也該死。溫辭別還鎮，輝王祚年只十三，後世號為昭宣帝。他雖身登帝座，曉得甚麼國事，連年號都不敢更張，何皇后受尊為皇太后，移居積善宮，本來是個女流，沒甚能力，此時更如坐針氈，自料母子難保，唯以淚洗面罷了。溫又令蔣玄暉誘殺唐室諸王，凡昭宗長子德王裕以下，共死九人。更奏貶唐室故相裴樞、獨孤損、崔遠、陸扆、王溥等官，俟他出寓白馬驛，發兵圍捕，一古腦兒結果性命，投屍河中。尚有唐相柳璨，一味媚溫，屢替溫謀禪代事。溫自思逆謀已遂，因遣使傳示諸鎮，表明代唐意思。晉、岐、蜀、吳當然不從，山南東道治襄州。節度使趙匡凝，與弟荊南留後趙匡明，也不肯聽令。溫立派大將楊師厚，率大兵攻襄州，逐去匡凝，再進拔江陵，逐去匡明，荊襄俱為溫有。柳璨等反謂溫有南征大功，請旨進溫為相國，總制百揆，兼任二十一道節度使。溫篡唐心急，還要甚麼榮封，當下密囑蔣玄暉，令與柳璨計議，指日迫唐帝傳禪。偏玄暉與璨，謀事迂遠，謂必須封過大國，加過九錫，然後禪位，方合魏、晉以來的古制。乃再晉封溫為魏王，加九錫，入朝不趨，贊拜不名，兼充天下兵馬元帥。溫勃然怒道：「這等虛名，我有何用？但教把帝位交付與我，便好了事。」遂拒還詔命，不願受賜。宣徽副使王殷、趙殷衡平時與璨等有隙，乘間至溫處進讒，謂璨等欲延唐祚，所以種種留難，靜候外援。溫因此益憤，欲殺柳璨、蔣玄暉。璨聞信大懼，亟奏請傳禪，且往汴自解，偏受了一碗閉門羹。還至東都，正值宮人傳何太后旨，乞璨代為保護傳禪後子母生全，璨含糊答應。蔣玄暉、張廷範處，亦經太后諭意，覆語如璨略同。王殷、趙殷衡又得了間隙，密報汴梁，誣稱璨與玄暉、廷範，入積善宮夜宴，對太后焚香為誓，興復唐祚。溫素性暴戾，管甚麼虛虛實實，竟令殷等收捕玄暉，殷等且說玄暉私通太后，索性把何太后一併弒死。玄暉梟首，焚骨揚灰。又執璨至上東門，賞他一刀，璨自呼道：「負國賊柳璨，該死！該死！」死有餘辜。廷範亦被拿下，車裂以徇。助逆者其聽之。溫即欲赴洛，把帝位篡奪了來，偏魏博軍帥羅紹威，有密書到汴，請溫發兵代除悍將，溫乃自往魏州，屠戮魏州牙軍八千家。又因幽州軍帥劉仁恭，屢為魏患，便順道渡河，圍攻滄州。仁恭向河東乞援，李克用遣將周德威、李嗣昭等，出兵潞州，作為聲援。潞州節度使丁會，即昭義節度使。本已歸順汴梁，至是為河東兵所攻，力不能支，且嫉溫弒逆不道，竟舉城降河東軍。溫攻滄州不下，又聞潞州失守，乃引兵還魏，由魏返梁。自經這番奔波，唐祚才得苟延了一年。唐昭宣帝天祐四年三月，東都遣御史大夫薛貽矩，到了汴城，傳述禪位詔旨。溫盛稱符瑞，自言有慶雲蓋護府署，繼又謂家廟中生五色芝，第一室神主上，有五色衣，顯是代唐的預兆。貽矩北面拜舞，實行稱臣，及返至東都，請昭宣帝即日禪位。昭宣帝無可奈何，只得遣宰相張文蔚、楊涉，及薛貽矩、蘇循、張策、趙光逢等一班大臣，奉玉冊傳國寶，及諸司儀仗法駕，馳往汴梁。溫命館待上源驛，即下令改名為晃，取日光普照的意義。四月甲子日，張文蔚等自驛館入城，登大梁殿廷，殿名金祥也是溫臨時定名。溫戴著通天冕，穿著袞龍袍，大搖大擺，從殿後簇擁出來，汴將早鵠立兩旁，拱手伺候。張文蔚、蘇循奉冊以進，由文蔚朗聲讀冊道：

咨爾天下兵馬元帥相國總百揆梁王：朕每觀上古之書，以堯舜為始者，蓋以禪讓之典，垂於無窮，故封泰山，禪梁父，略可道者七十二君，則知天下至公，非一姓獨有。自古明王聖帝，焦思勞神，惴若納隍，坐以待旦，莫不居之則兢畏，去之則逸安。且軒轅非不明，放勛非不聖，尚欲游於姑射，體彼大廷，矧乎曆數尋終，期運久謝，屬於孤藐，統御萬方者哉？況自懿祖之後，嬖倖亂朝，禍起有階，政漸無象，天綱幅裂，海水橫流，四紀於茲，群生無庇，洎乎喪亂，誰其底綏？洎於小子，粵以沖年，繼茲衰緒，豈茲沖昧，能守洪基？唯王明聖在躬，體於上哲，奮揚神武，戡定區夏，大功二十，光著冊書。北越陰山，南逾粵海，東至碣石，西暨流沙，懷生之倫，罔不悅附，矧予寡昧，危而獲存。今則上察天文，下觀人願，是土德終極之際，乃金行兆應之辰。十載之間，彗星三見，布新除舊，厥有明徵，謳歌所歸，屬在睿德。今遣持節銀紫光祿大夫同中書門下平章事張文蔚等，奉皇帝寶綬，敬遜於位。於戲！天之曆數在爾躬，允執厥中，天祿永終，王其祗顯大禮，享茲萬國，以肅膺天命！

文蔚讀畢，將冊文交溫，再由張策、楊涉、薛貽矩、趙光逢，依次遞呈御寶，均由溫接受。溫遂儼然升座，文蔚等降至殿下，率百官舞蹈稱賀。自問有愧心否？

禮畢退班，溫休息半日。午後在內殿設宴，遍賜群臣。這殿叫做玄德殿，隱以虞舜自比，引用「玄德升聞」的成語。文蔚等俱蒙賜宴，侍坐兩旁。溫舉觴與語道：「朕輔政未久，區區功德，未能遍及人民，今日得居尊位，實皆由諸公推戴，朕未免且感且慚！請諸公暢飲數杯！」何其客氣！文蔚等聽著此言，離席叩謝，但一時無詞可答，也只有噤聲不語。獨蘇循、薛貽矩及刑部尚書張禕，極力獻諛，盛稱陛下功德巍巍，正宜應天順人，臣等毫無功力，唯深感陛下鴻恩，誓圖後效云云。天良喪盡。溫掀髯大笑，開懷痛飲，直至鼉鼓冬冬，方才撤席，大家謝恩而歸。

越日大赦改元，國號大梁，廢昭宣帝為濟陰王。特下一詔令道：

王者受命於天，光宅四海，祇事上帝，寵綏萬民。革故鼎新，諒曆數而先定，創業垂統，知圖籙以無差。神器所歸，祥符合應，是以三正互用，五運相生。前朝道消，中原政散，瞻烏莫定，失鹿難追。朕經緯風雷，沐浴霜露，四征七伐，垂三十年，糾合齊盟，翼戴唐室。隨山刊木，罔憚胼胝；投袂揮戈，不遑寢處。洎上穹之所贊，知唐運之不興；莫諧輔漢之文，徒罄事殷之禮。忽比夏禹，忽擬周文，適足令人齒冷！唐主知英華易竭，算祀有終，釋龜鼎以如遺，推劍紱而相授。朕懼德勿嗣，執謙允恭，避景命於南河，眷清風於潁水。吾誰欺，欺天乎。而乃列岳群後，盈廷庶官，東西南北之人，斑白緇黃之眾，謂朕功蓋上下，澤被幽深，宜順天以應時，俾化家而為國。恐只有寡廉鮮恥等人，如是云云。拒彼億兆，至於再三。史策無聞。且日七政已齊，萬幾難曠：勉遵令典，爰正鴻名。告天地神祇，建宗廟社稷。顧唯涼德，曷副樂推，栗若履冰，懍如馭朽。金行啟祚，玉歷建元。方宏經始之規，宜布維新之令。可改唐天祐四年為開平元年，國號大梁。書載虞賓，斯為令範，《詩》稱周客，蓋有明文。

是用先封，以禮後嗣，宜以曹州濟陰之邑奉唐主，封為濟陰王。凡百軌儀，並遵故實。姬庭多士，比是殷臣。楚國群材，終為晉用。歷觀前載，自有通規。但遵故事之文，勿替在公之效。應是唐朝中外文武舊臣，現任前資官爵，一切仍舊。凡百有位，無易厥章，陳力濟時，盡瘁事朕。此詔。

嗣是升汴州為開封府，定名東都。舊有唐東都洛陽，改稱西都，廢京兆府，易名大安府，長安縣為大安縣。置佑國軍節度使，即令前鎮國軍治華州。節度使韓建充任。授張文蔚、楊涉為門下侍郎，薛貽矩為中書侍郎，並同平章事。改樞密院為崇政院，命太府卿敬翔為院使。敬翔系梁主溫第一功臣，凡一切篡唐謀劃，無不與商。所以梁主受禪，仍使他特掌機要。此後軍國大事，必經崇政院裁定，然後宣白宰相。宰相非時奏請，皆由崇政院代陳。又特設建昌院，管領國家錢谷，即令養子朱友文知院事。友文本姓康，名勤，為梁主溫所特愛，視同己出，改賜姓名，排入親子行中。溫有七子，長名友裕，次為友珪、友璋、友貞、友雍、友徽、友孜，友孜一作友敬。連友文共稱八兒。友裕時已逝世，追封郴王，友珪為郢王，友璋為福王，友貞為均王，友雍為賀王，友徽為建王，友文亦受封博王；友孜尚幼，故未得王爵。追尊朱氏四代廟號，高祖黯為肅祖皇帝，妣范氏為宣僖皇后，曾祖茂琳為敬祖皇帝，妣楊氏為光孝皇后，祖信為憲祖皇帝，妣劉氏為昭懿皇后；父誠為烈祖皇帝，母王氏為文惠皇后。封長兄全昱為廣王，追封次兄存為朗王。全昱子友諒為衡王，友能為惠王，友誨為邵王，存子友寧、友倫已死，亦得追封：友寧為安王，友倫為密王。

溫特開家宴，召集諸王宗戚，酣飲宮中。喝到酩酊大醉，尚是餘興未消，頓時取出五色骰子，與族屬戲起賭來，一擲千金，呼喝甚豪，幾把那皇帝架子，丟拋淨盡，依然是個碭山無賴，滿口呶呶，醉罵不休。到是本色。

全昱平時，本無心富貴，嘗居碭山故里，攜杖逍遙。唐廷曾授他為嶺南西道治桂州。節度使，他卻不願赴任，仍舊辭職家居。此次聞溫受禪，不得已來至大梁，就是得封王爵，也不過隨遇而安，沒甚喜歡。難能可貴。及見溫使酒狂賭，很覺看不過去，便斜視溫面道：「朱阿三，汝本碭山小民，從黃巢為盜，目無法紀。一旦反正歸唐，遭逢盛遇，天子用汝為四鎮節度使，位極人臣，窮享富貴，也可謂不負汝志，汝奈何起了歹心，竟滅唐家三百年社稷！似此忘恩背義，恐鬼神未必佑汝，我恐朱氏一族，將被汝覆滅了！還賭出什麼來！」快人快語。說至此，順手取過骰盆，將骰子散擲地上。

看官！你想朱溫到了此時，叫他如何忍受，不由的奮袂起座，要與全昱拚命。族屬慌忙勸解，令全昱退出宮外，溫尚恨恨不已，亂呼亂罵，幾乎把朱氏祖宗十七八代，也一併揶揄在內。寫盡狂奴。經大眾勸他返寢，才算免事。全昱竟飄然自去，仍回碭山故里中，芒鞋竹杖，安享清福去了。及溫次日起床，細思兄言，恰也有理，便擱過一邊，不再提及。全昱竟得享天年，直至貞明二年，貞明為梁主友貞年號，見後文。壽終故里。

這且休表。且說唐祚已移，正朔復改，梁廷傳詔四方，不準再用前唐年號。各鎮多畏梁主勢力，不敢抗命，獨有四鎮未服，仍奉唐正朔，且移檄討梁，興復唐室。看官道是那四鎮，就是上文所說的晉、岐、吳、蜀。小子更略述來歷如下：晉即河東，為沙陀人李克用所據。原姓朱邪，父名赤心，以功任雲州刺史，賜姓名李國昌。克用為雲中守捉使，擅殺大同防禦使段文楚，據住雲州，敗奔韃靼。後因黃巢僭亂，入征有功，拜河東節度使，加封晉王。唐亡後不服梁命，仍稱天祐四年。

岐即鳳翔，為深州人李茂貞所據。茂貞本姓宋，名文通，討黃巢有功，改賜姓名，官鳳翔節度使，累封至岐王。

唐亡後亦不服梁命，仍稱天祐四年。

吳即淮南，為廬州人楊行密所據。行密少為盜，轉投軍伍，乘亂據廬州，平黃巢餘黨，得拜淮南節度使，晉封吳王。唐昭宣帝季年，行密歿，子渥嗣職，因見晉、岐不受梁命，亦仍奉唐正朔，稱天祐四年。

蜀即西川，為許州人王建所據。建以鹽梟從忠武軍。治許州。入關逐黃巢，得補禁軍八都頭之一。嗣入蜀並有兩川，洊封至蜀王。唐亡後不受梁命，並因天祐為朱氏所改，不應遵名，但稱為天復七年。

那時四鎮變做四國，與梁分峙中原。晉最強，次為吳、蜀、岐。四國移檄討梁，梁亦傳檄討四國，這真叫做中原逐鹿了。

小子有詩嘆道：

人心世道已淪亡，元惡公然作帝王。
差幸綱常存一線，尚留四鎮抗強梁。

欲知四國後事，且看下回續表。

朱溫於唐，無甚功績，第因乘亂崛起，得肆其狡猾凶暴之手段，據唐祚而有之。從前王莽、曹操、司馬懿、劉裕諸奸雄，其險惡猶不若溫也。當時之獻媚貢諛者，不一而足，溫自以為一手掩盡天下耳目，庸詎知骨肉宗親中，獨有佼佼如全昱，仗義宣言，足以喪其魂而褫其魄耶！觀全昱寥寥數語，使閱者浮一大白。而溫敢弒昭宗，弒何太后，弒昭宣帝，獨不能戕害一兄。蓋義正詞嚴，令彼無從躲閃，即令彼無從下手。而全昱復飄然歸里，自適其所，卒得壽終，是亦一武攸緒之流亞歟？安得以為溫兄而少之哉？

第四回　康懷貞築壘圍潞州李存勗督兵破夾寨

卻說晉王李克用，岐王李茂貞，吳王楊渥，蜀王王建，有志抗梁，移檄四方，興復唐室。當時四方各鎮，號稱最大的，為吳越、湖南、荊南、福建、嶺南五區。這五區見了檄文，並沒有甚麼響應，轉令晉、岐、吳、蜀四國，亦急切未敢發難。究竟這五鎮軍帥，是何等人物，也不得不表明如下。為後文十國伏案。

吳越系臨安人錢鏐據守地。鏐曾販鹽為盜，改投石鏡鎮將董昌麾下，以功補都知兵馬使。後與昌分據杭越，昌居越州，僭號稱帝，鏐由杭州發兵斬昌，傳首唐廷，唐封鏐為越王，繼又改封吳王。

湖南系許州人馬殷據守地。殷初為秦宗權黨孫儒裨將，儒敗死，殷與同黨劉建鋒走洪州。建鋒據湖南，為下所殺，眾推殷為帥。殷表聞唐廷，唐乃授殷為淮南節度使。

荊南系陝州人高季昌據守地。季昌少為汴州富人李讓家僮。朱溫鎮汴，讓以入貲見溫，溫令為義子，易姓名為朱友讓。季昌亦因讓進見，溫與語頗以為能，命讓畜為義兒，遂亦冒姓朱氏。後隨溫攻鳳翔有功，得拜宋州刺史，仍復高姓。及溫擊走趙匡凝兄弟，見前回。遂保奏季昌為荊南留後，唐廷從之。

福建系光州人王審知據守地。審知兄潮為縣史，因亂從軍，略定閩邑，由福建觀察使陳岩舉薦，得任泉州刺史。岩卒，潮進代岩職，審知亦得官副使。及潮歿，審知繼任，尋且升任節度使，加封琅琊王。

嶺南系閩人劉隱據守地。隱祖安仁經商南海，留家居此。父謙為封州刺史，兼賀江鎮遏使。謙歿，隱得襲職。嶺南節度使徐彥若，表薦隱為節度副使，委以軍事。彥若卒，軍中推隱為留後，隱表聞唐廷，且納賄朱溫，遂得實授節度使。

看官，你想這五鎮中，高季昌為梁主溫所拔擢，當然為溫效力，劉隱也得溫好處，怎肯背梁？吳越、湖南、福建與溫素無惡感，樂得袖手旁觀。況自溫受禪後，特別籠絡，加封錢鏐為吳越王，馬殷為楚王，王審知為閩王，高季昌實授節度使，兼同平章事職銜，劉隱加檢校太尉兼侍中，旋且晉封為南平王。這五鎮自然歲修朝貢，稽首稱臣，那裡還記得唐朝厚恩，願附入晉、岐、吳、蜀四國，協圖興復呢？富貴誤人。

此外尚有河北著名數大鎮，唐季嘗稱雄割據，不奉朝命，至唐室衰亡，各鎮非削即弱。成德軍治鎮州。節度使王鎔，為唐累世藩臣，年齡未高，資望最著，向來與河東連和。自朱溫得勢，會同魏博軍攻河東，取得邢、洺、磁三州，見第二回。遂作書招鎔，令他絕晉歸梁。鎔尚猶豫未決，溫率軍進薄鎮州城下，焚去南關，鎔乃乞和，願以子昭祚為質。溫帶昭祚還汴，妻以愛女，與鎔結為兒女親家，至開平元年，且封鎔為趙王。時成德軍已傾心歸梁了。一鎮屬梁。

魏博軍節度使羅紹威，素與梁和，長子廷規，娶溫女為婦，結為婚姻。溫嘗替他屠滅悍卒，隱除內患。見前回。雖費了無數供億，紹威嘗有鑄成大錯的悔語，但德多怨少，總不肯無故背梁。溫即帝位，且進貢魏州良木，為建造宮殿的材料，溫賜他寶帶名馬，作為酬儀，彼此歡洽，不問可知。又一鎮屬梁。

盧龍軍治幽州。節度使劉仁恭，據有幽、滄各州，與魏博不協。曾經溫替魏往攻，因仁恭得河東聲援，未能得利。見前回。這一鎮是與晉通好，與梁為仇。那知仁恭驕侈性成，既得擊退梁兵，越覺窮奢極欲，恣情淫佚。幽州有大安山，四面懸絕，他偏在山上築起宮室，備極華麗，採選良家婦女，令他居住，以供游幸。自恐精力不繼，鎮日裡召集方士，共煉丹藥，冀得長生，凡百姓所得制錢，勒令繳出，窖藏山中，民間買賣交易，但令用墐土代錢，各處怨聲載道，他尚自稱得計。平時第一愛妾，為羅氏女，生得杏臉桃腮，千嬌百媚，偏為次子守光，暗中豔羨，勾搭上手，竟代父薦寢，與羅氏作雲雨歡。事為仁恭所聞，立將守光笞責百下，逐出幽州。子肯代你效勞，何故黜逐？可巧梁將李思安，奉梁主命，領兵來攻幽州，仁恭尚在大安山，淫樂自如。守光從外引兵到來，擊走梁軍，隨即遣部將李小喜、元行欽等，襲入大安山，把仁恭拘來，幽住別室，自稱盧龍節度使。凡父親羅氏以下，但見得姿色可人，一概取回城中，輪流伴宿，日夕烝淫。舍老得少，想彼時伴宿婦女，應亦贊同。乃兄守文，為義昌軍治滄州。節度使，聞父被囚，召集將吏，且泣且語道：「不意我家生此梟獍，我生不如死，誓與諸君往討此賊！」將吏應諾，守文遂督眾至蘆臺，與守光部兵對仗。戰了半日，互有殺傷，兩下鳴金收軍。越日，守文再進戰藍田，反為守光所敗，乃返兵至鎮，遣使向契丹乞援。守光恐守文復至，又慮梁兵乘隙來攻，因差人至梁，齎表乞降。梁主溫即頒發詔命，授守光為盧龍節度使。想是性情相同，故不暇指斥。於是幽滄一方面，也為朱梁的屬鎮了。又一鎮屬梁。此三鎮敘筆與前五鎮不同，蓋前五鎮為後文十國伏案，與此三鎮互有重輕，故詳略互異。

外此如義武軍治定州。節度使王處直，夏州節度使李思諫，朔方節度使韓遜，匡國軍治同州。節度使馮行襲等，均已臣事朱梁，不生異心。此四鎮為唐室舊臣，非由朱梁特授，故亦略表。所以晉、岐、吳、蜀各檄文，傳達遠近，終歸無效。

蜀王王建，因貽晉王李克用書，請各帝一方。克用覆書答云：「此生誓不失節！」克用生平，功不掩過，唯此一語特見忠忱。王建得書，又延宕數月，畢竟皇帝心熱，竟僭號稱尊。國號大蜀，改元武成，用王宗佶韋莊為宰相，唐道襲為內樞密使，立子宗懿為皇太子。嗣復自上尊號，稱英武睿聖皇帝。岐王李茂貞，也想照這般行為，究因地狹兵虛，未敢稱帝，但開府置官，所有宮殿號令，略擬帝制罷了。

梁主溫最忌晉王，篡位後即遣大將康懷貞，率兵數萬，往攻潞州。晉將李嗣昭拒守，懷貞日夕猛攻，竟不能克。乃四面築壘，成蚰蜒塹，蚰蜒蟲名，取以名塹有堅耐意。分兵屯守，為久圍計。嗣昭向晉告急。晉王李克用，即派周德威為行營都指揮使，率同李嗣本、史建瑭、安元信、李嗣源、安金全等，往援潞州。行至高河，遇著梁將秦武，前來攔阻，即麾兵殺去。秦武敗走，康懷貞也向梁廷添兵。梁主溫恨他無能，另授亳州刺史李思安為潞州行營都統，降懷貞為行營都虞侯。思安領河北兵西行，至潞州城下，更築重城，內防城中衝突，外拒城中援軍，取名叫做夾寨。且調山東人民，饋運軍糧，儼然有壘高糧足，虎視眈眈的形勢。晉將德威，不與力爭，但日遣輕騎抄襲，彼出即歸，彼歸復出，為牽制梁軍的計畫，思安恐糧車被劫，再從東南出口，築起甬道，與夾寨相接，免得疏漏。怎奈周德威與部下諸將，更番進攻，排牆填塹，時來騷擾，害得梁軍日不得安，夜不得眠，只好堅壁不出，與晉軍積久相持。李克用卻命李存璋等分攻晉州、洺州，使梁軍往來援應，東西奔命。梁主溫也發河中陝州將士，馳赴行營，厚添兵力，兩下里旗鼓相當，誓決雌雄，自梁開平元年秋季開戰，直至二年正月，尚未解決。此為梁晉第一次大戰爭。

李克用因軍務倥偬，半年不解，免不得憂勞交集，竟致疽發背中。臥床數日，疽患尤劇，無藥可療，自知病將不起，乃命弟振武軍治故單於東都護府。節度使克寧，監軍張承業，及大將李存璋，吳珙，掌書記吳質等，立長子存勗為嗣。存勗為克用次妻曹氏所出，小名亞子，幼嫺騎射，膽力過人，克用早目為奇兒。年十一，隨克用立功，獻捷唐廷。唐昭宗見他異表，特賞他鸂鶒卮，翡翠盤，且撫背道：「兒有奇姿，他日富貴，毋忘我家！」因此克用益加鍾愛，特令襲封。並語克寧等道：「此兒志氣遠大，必能成我遺志，願汝等善為教導，我死無恨了！」又召存勗至臥榻前，叮嚀囑咐道：「嗣昭守潞，方困重圍，恨我不能親身往援，恐與他要長別了。我死後，喪葬事了，汝速與德威等竭力救他，勿令陷沒為要！」語至此，又令取過平時佩帶的箭袋，拔出三矢，分交存勗，交付一支，諄囑數語。第一矢是教他滅梁，第二矢是教他掃燕，第三矢是教他逐契丹。梁晉世仇，克用不能滅梁，原是一生大恨。燕指劉守光，守光叛晉降梁，也是克用所恨的。契丹酋長耶律阿保機，阿保機一譯作按巴堅。曾與克用約為兄弟，及梁主受禪，阿保機與梁通好，自食前言，所以克用也引為恨事。存勗涕泣受命。事見歐陽氏《五代史．伶官列傳》。克用復語克寧道：「此後以亞子累汝，汝勿負我！」說到我字，已是忍不住痛苦，一聲狂呼，竟爾畢命。享年五十三歲。

存勗號哭擗踴，非常哀慟。克寧等料理喪事，忙亂了好幾天。唯克用在日，養子甚多，衣服禮秩，與存勗相等，共有六七人。存勗嗣位，彼等心懷不服，捏造謠言，意圖作亂。克寧久握兵權，又為軍士所傾向，因此也涉嫌疑。監軍張承業，本是唐朝宦官，當朱溫扈駕入京，與崔胤大殺宦官時，見第二回。曾令各鎮悉誅監軍。李克用與承業友善，但殺罪犯一人，充作承業，承業仍監軍如故，感克用恩，特別效力，至是代為銜憂。且見存勗久居喪廬，未曾視事，乃排闥入語存勗道：「大孝在不墜基業，非尋常哭泣可了。目今汴寇壓境，利我凶哀，我又內勢未靖，謠言百出，一或搖動，禍變立至，請嗣王墨縗聽政，勉持危局，方為盡孝。」存勗才出廬莅事，聞軍中私議紛紛，也覺驚心。便邀克寧入室，淒然與語道：「兒年尚幼，未通庶政，恐不足上承遺命，彈壓各軍。叔父勛德俱高，眾情推服，且請制置軍府，俟兒能成立，再聽叔父處分。」克寧慨語道：「汝系亡兄家嗣，且有遺命，何人得生異議？」本意卻是不錯。遂扶存勗出堂，召集軍中將士，推戴存勗為晉王，兼河東節度使。克寧首先拜賀。將士等亦不敢不從，相率下拜。唯克用養子李存顥等，託疾不至。

至克寧退歸私第，存顥獨乘夜入謁，用言挑撥道：「兄終弟及，也是古今舊事，奈何以叔拜侄呢？」克寧正色道：「這是體統所關，怎得顧全私誼？」語未畢，忽屏後有人竊笑道：「叔可拜侄，將來侄要殺叔，也只好束手受刃了！」克寧聞聲返顧，見有一人出來，原來是妻室孟氏。便道：「你如何也來胡說！」孟氏道：「天與不取，必且受殃！你道存勗是好人麼？」存顥得了一個大幫手，復用著一番甜言蜜語，竭力攛掇。說得克寧也覺心動。壞了！壞了！便嘆息道：「名位已定，叫我如何區處？」存顥道：「這有何難？但教殺死張承業、李存璋，便好成功。」克寧道：「你且去與密友妥商，再作計較。」

存顥大喜，出與同黨計議，決奉克寧為節度使，並執晉王存勗，及存勗母曹氏歸梁，願為梁藩。大約是喪心病狂了。都虞侯李存質，也是克用養子，時亦在座與議，唯嘗與克寧有嫌，議論時不免齟齬。存顥訴知克寧，竟誣稱存質罪狀，把他殺斃。克寧遂求為雲中節度使，且割蔚、應、朔三州為屬郡。存勗已是動疑，但表面上尚含糊答應。

既而幸臣史敬鎔，入見太夫人曹氏，將克寧及存顥等陰謀，詳細告聞。曹氏大駭，亟語存勗，存勗召張承業、李存璋入內，涕泣與語道：「吾叔欲害我母子，太無叔侄情；但骨肉不應自相魚肉，我當退避賢路，少抒內禍。」這是欲擒故縱之言，看官莫被瞞過。承業勃然道：「臣受命先王，言猶在耳，存顥等欲舉晉降賊，王從何路求生？若非大義滅親，恐國亡無日了！」存勗乃與存璋等定謀，伏兵府署，誘克寧、存顥等入宴。才行就座，伏兵遽起，即將克寧、存顥等拿下。存勗流涕責克寧道：「兒前曾讓位叔父，叔父不取；今兒已定位，奈何復為此謀，竟欲將我母子執送仇讎，忍心至此，是何道理？」克寧慚伏不能對。存璋等齊呼速誅，存勗乃取出祖父神主，擺起香案，才將克寧梟首，存顥等一併伏誅，令克寧妻孟氏自盡。

長舌婦有何善果！一場內亂，化作冰銷。

正擬出救潞州，忽聞唐廢帝暴死濟陰，料知為朱溫所害，遂縞素舉哀，聲討朱梁。隨筆了過唐昭宣帝。部眾以周德威外握重兵，恐他謀變，且素與嗣昭不睦，未肯出力相援，因慫恿晉王存勗，調回德威。適梁主溫自至澤州，黜退李思安，換用劉知俊，另派范君實、劉重霸為先鋒，牛存節為撫遏使，駐兵長子。一面派使至潞州，諭令李嗣昭歸降。嗣昭焚書斬使，厲兵死守，梁軍又復猛撲。流矢中嗣昭足，嗣昭潛自拔去，毫不動容，仍然督兵力拒，因此城中雖已匱乏，兀自支撐得住。

梁主溫聞潞州難下，擬即退師，諸將爭獻議道：「李克用已死，周德威且歸，潞州孤城無援，指日可下，請陛下暫留旬月，定可破滅潞城。」梁主溫勉留數日，恐岐人乘虛來攻，截他後路，乃決自澤州還師，留劉知俊圍攻潞州。

周德威由潞還晉，留兵城外，徒步入城，至李克用柩前，伏哭盡哀，然後退見嗣王，謹執臣禮。存勗大喜，遂與商及軍情，且述先王遺命，令援潞州。德威且感且泣，固請再往。存勗乃召諸將會議，首先開言道：「潞州為河東藩蔽，若無潞州，便是無河東了。從前朱溫所患，只一先王，今聞我少年嗣位，必以為未習戎事，不能出師，我若簡練兵甲，倍道兼行，出他不意，掩他無備，以憤卒擊惰兵，何憂不勝？解圍定霸，便在此一舉了！」頗有英雄氣象。張承業在旁應聲道：「王言甚是，請即起師。」諸將亦同聲贊成。

存勗乃大閱士卒，命丁會為都招討使，偕周德威等先行，自率軍繼進。到了三垂崗下，距潞州只十餘里，天色已暮，存勗命軍士少休，偃旗息鼓，銜枚伏著。待至黎明，適值大霧漫天，咫尺不辨，驅軍急進，直抵夾寨。梁軍毫不設備，劉知俊尚高臥未起，陡聞晉兵殺到，好似迅雷不及掩耳，慌忙披衣趿履，整甲上馬，召集將士等，出寨抵禦。那知西北隅已殺入李嗣源，東北隅已殺入周德威，兩路敵軍，手中統執著火具，連燒連殺，嚇得梁軍東逃西竄，七歪八倒，知俊料不能支，領了敗兵數百，撥馬先逃。梁招討使符道昭，情急狂奔，用鞭向馬尾亂揮，馬反驚倒，把道昭掀落地上。湊巧周德威追到，手起刀落，剁成兩段，梁軍大潰，將士喪亡逾萬，委棄資糧兵械，幾如山積。敗報到了汴梁，梁主溫驚嘆道：「生子當如李亞子，克用雖死猶生！若似我諸兒，簡直與豚犬一般呢！」似你得有美媳，也足慰你老懷。小子有詩詠道：

晉陽一鼓奮雄師，夾寨摧殘定霸基。
生子當如李亞子，虎兒畢竟掃豚兒。

夾寨已破，周德威至潞州城下，呼李嗣昭開門，偏嗣昭彎弓搭箭，竟欲射死德威。究竟為著何事，容小子下回說明。

唐亡以後，雖有四國反抗朱梁，實則皆純盜虛聲，非真有心興唐。唯晉王李克用，猶為彼善於此爾，餘鎮皆利祿薰心，受梁籠絡，更不足道。唯唐梁之交，土宇分崩，群雄割據，幾如亂猬一般，經作者一一敘清，才覺頭頭是道，得使閱者爽目。看似容易卻艱辛，幸勿輕口滑過，至四國五鎮，及關係《五代史》等藩屬，俱已交代明白，方折到梁晉交戰事。夾寨一役，為梁晉興亡嚆矢，故敘事從詳。至若克用父子，一終一繼，亦不肯少略，俱為後文處處伏案。閱者悉心瀏覽，自知作者苦心，非尋常小說比也。

第五回　策淮南嚴可求除逆　戰薊北劉守光殺兄

卻說周德威至潞州城下，呼李嗣昭開門，且遙語道：「先王已薨，今嗣王親自來援，破賊夾寨，賊兵都遁去了。快開門迎接嗣王！」嗣昭聞言，竟抽矢欲射德威。左右連忙勸阻，嗣昭道：「我恐他為賊所得，由賊使他來誑我呢！」左右道：「他既說嗣王自來，何不求見嗣王，再作區處。」嗣昭乃答德威道：「嗣王既已到此，可否一見？」德威才退告存勗。存勗親至城下，仰呼嗣昭。嗣昭見存勗素服，不禁大慟起來，軍士亦相率泣下。乃下城開門，迎存勗入城。存勗好言慰勞，並述克用遺言，與德威同來援潞。嗣昭因與德威相見，彼此釋嫌，歡好如初。

德威請進攻澤州，存勗令與李存璋等偕行。適梁撫遏使牛存節，率兵接應夾寨，至天井關遇見潰兵，才知夾寨被破，且聞晉軍有進攻澤州消息，便號令軍前道：「澤州地據要害，萬不可失，雖無詔命，亦當趨救為是！」大眾都有懼色，存節又道：「見危不救，怎得為義？畏敵先避，怎得為勇？諸君奈何自餒呢！」你從了弒君逆賊，難道可稱義勇麼？遂舉起馬鞭，麾眾前進，到了澤州城下，城中人已有變志，經存節入城拒守，眾心乃定，周德威等率眾到來，圍攻至十餘日，存節多方抵禦，無懈可擊。劉知俊又收集潰兵，來援存節，德威乃焚去攻具，退保高平。

晉王存勗，亦引兵歸晉陽，休兵行賞。命德威為振武軍節度使，更兄事張承業，升堂拜母，賜遺甚厚。一面飭州縣舉賢才，黜貪殘，寬租稅，撫孤窮，伸冤濫，禁姦盜，境內大治。復訓練士卒，嚴定軍律，信賞必罰，蔚成強國。潞州經李嗣昭撫治，勸課農桑，寬租緩刑，不到數年，軍城完復，依舊變作巨鎮。自是與朱梁爭衡，成為勁敵了。為後唐滅梁張本。

梁主溫既鴆死唐帝，復因蘇循等為唐室舊臣，勒令致仕，共斥去十五人。貢諛何益。張文蔚死，楊涉亦免官，改用吏部侍郎于兢，禮部侍郎張策，同平章事。且因韓建盡忠梁室，亦加他同平章事職銜。越年復遷都洛陽，改稱大梁為東都。命養子博王友文留守。會岐、蜀、晉三國，聯兵攻梁雍州，為梁將劉知俊所拒，不能得志。三國兵陸續引還，再擬聯結淮南，共圖大舉，偏淮南陡起內亂，也鬧出弒逆大事來了。

淮南節度使楊渥，年少襲位，性好游飲，又善擊球，居父喪時，嘗燃燭十圍，與左右擊球為樂，一燭費錢數萬。或單騎出外，竟日忘歸，連帳前親卒，都不知他的去向。左牙指揮使張顥，右牙指揮使徐溫，統是行密舊臣，面受遺命，輔渥襲爵。渥嘗襲取洪州，擄歸鎮南節度使鍾匡時，鎮南軍治洪州。兼有江西地，嗣是驕侈益甚，日夜荒淫，顥與溫入內泣諫，渥怒斥道：「汝兩人謂我不才，何不殺我，好教汝等快心？」自己討殺，真是奇聞。顥、溫失色而出。渥恐兩人為變，召入心腹將陳璠、范遇，令掌東院馬軍，為自衛計。那知顥、溫已窺透渥意，乘渥視事，親率牙兵數百人，直入庭中。渥不覺驚駭道：「汝等果欲殺我麼？」你既怕死，何必討殺。顥、溫齊聲道：「這卻未敢，但大王左右，多年挾權亂政，必須誅死數人，方可定國。」渥尚未及言，顥、溫見陳璠、范遇侍側，立麾軍士上前，把璠、遇二人曳下，雙刀並舉，兩首落地，顥、溫始降階認罪，還說是兵諫遺風，非敢無禮。渥亦無可奈何，只好強為含忍，豁免罪名。從此淮南軍政，悉歸顥、溫兩人掌握。渥日夜謀去兩人，但苦沒法。兩人亦心不自安，共謀弒渥，分據淮南土地，向梁稱臣。計亦太左。顥尤迫不及待，竟遣同黨紀祥等，夤夜入渥帳中，拔刃刺渥。渥尚未就寢，驚問何事，紀祥直言不諱，渥且驚且語道：「汝等能反殺顥、溫，我當盡授刺史。」大眾頗願應允，獨紀祥不從，把手中刀砍渥。渥無從閃避，飲刃倒地，尚有餘氣未盡，又被紀祥用繩縊頸，立刻扼死。當即出帳報顥，顥率兵馳入，從夾道及庭中堂下，令兵站著，露刃以待，然後召入將吏，厲聲問道：「嗣王暴薨，軍府當歸何人主持？」大眾都不敢對，顥接連問了三次，仍無音響，不由的暴躁起來。忽有幕僚嚴可求，緩步上前，低聲與語道：「軍府至大，四境多虞，非公將何人主持？但今日尚嫌太速。」顥問為何故？可求道：「先王舊屬，尚有劉威、陶雅、李簡、李遇等人，現均在外，公欲自立，彼等肯為公下否？不若暫立幼主，寬假時日，待他一致歸公，然後可成此事。」顥聽了這番言語，倒也未免心慌，十分怒氣，消了九分，反做了默默無言的木偶。可求料他氣沮，便麾同列趨出，共至節度使大堂，鵠立以俟，大眾也莫名其妙。但見可求趨入旁室，不到半刻，仍復出來，揚聲呼道：「太夫人有教令，請諸君靜聽！」說著，即從袖中取出一紙，長跪宣讀，諸將亦依次下跪，但聽可求朗讀道：

先王創業艱難，中道薨逝。嗣王又不幸早世，次子隆演，依次當立，諸將多先王舊臣，應無負楊氏，善輔導之，予有厚望焉！

讀畢乃起，大眾亦齊起立道：「既有太夫人教令，應該遵從，快迎新王嗣位便了。」張顥此時也已出來，聞可求所讀教令，詞旨明切，恰也不敢異議。乃由他主張，迎入隆演，奉為淮南留後。看官，你道果真是太夫人教令麼？行密正室史氏，本來是沒甚練達，不過渥為所出，並系行密元妃，例當奉為太夫人。可求乘亂行權，特從旁室中草草書就，詐稱為史氏教令，諸將都被瞞過，連張顥亦疑他是真，未敢作梗。楊氏一脈，賴以不亡。可求誠楊氏功臣。

顥專權如故，默思徐溫本是同謀，此次迎立隆演，溫卻置諸不問，轉令自己孤掌難鳴。此中顯有可疑情跡，計唯調他出去，免得一患。乃入白隆演，請出溫為浙西觀察使。可求聞知消息，即潛往說溫道：「顥令公出就外藩，必把弒君罪狀，加入公身，禍且立至了！」溫大驚問計，可求道：「顥剛愎寡智，可以計誘，公能見聽，自當為公設法。」溫起謝可求。可求即轉說顥道：「公與徐溫同受顧命，令調溫外出，他人都說公奪溫衛兵，意圖加害，此事真否？」顥驚道：「我無此意。」可求道：「人言原是可畏，倘溫亦從此疑公，號召外兵，入清君側。公將何法對待呢？」三寸舌確是善掉。顥少斷多疑，聞可求言，果將原議取消，乃勸隆演任溫如舊。隆演也是個庸柔人物，一一依從。

既而行軍副使李承嗣，知可求有附溫意，暗中告顥。顥夜遣刺客入可求室，陰刺可求，虧得可求眼明手快，用物格刀，訊明來意，刺客謂由顥所遣，可求神色不變，即對刺客道：「要死就死，但須我稟辭府主，方可受刃。」刺客允諾，執刀旁立，可求操筆為書，語語激烈，刺客頗識文字，不禁心折，便道：「公系長者，我不忍殺公，但須由公略出財帛，以便覆命。」可求任他自取，刺客掠得數物，便去覆顥，但說可求已聞風遁去，但俟異日，顥亦只得靜待。

可求恐顥再行加害，忙向溫告變，力請先發制人，且謂左監門衛將軍鍾泰章，可與共事，溫遂使親將翟虔，邀泰章入室，與謀殺顥。泰章一力擔承，歸與壯士三十人，商定祕謀，刺臂流血，瀝酒共飲。翌晨起來，裝束停當，直入左牙都堂，正值顥升座視事，被泰章擲刀中腦，頓時倒斃。壯士一齊下手，殺死顥左右數十人。溫率右牙兵親來接應，左牙兵憚不敢動，當由溫宣言道：「張顥實行弒逆，按律當誅，今已誅死首惡，尚有餘黨未盡，無論左右牙兵，但能捕除逆黨，一概行賞！」左牙兵得此號令，踴躍而出，捕得紀祥等到來，由溫命推出市曹，處以極刑。

一面入白史太夫人，史氏惶恐失色，向溫泣語道：「我兒年幼，不勝重任，今禍變至此，情願自率家口，返歸廬州原籍，請公放我一條生路，也是一種大德呢。」可見她實是無能。溫逡巡拜謝道：「顥為大逆，不可不誅。溫豈敢負先王厚恩，願太夫人勿再疑溫，盡可放心！」史氏方才收淚，溫乃趨退。當時淮南人士，總道徐溫是楊氏忠臣，從前弒渥實未與聞，那知溫與顥實是同謀，不過顥為傀儡，轉被溫所利用，強中更有強中手，就是這事的註腳哩。總斷數語坐實溫罪。

溫既殺顥，遂得兼任左右牙都指揮使，軍府事概令取決。隆演不過備位充數，毫無主意。嚴可求升任揚州司馬，佐溫治理軍旅，修明紀律。支計官駱知祥，由溫委任財賦，綱舉目張，絲毫不紊。淮南人號為嚴、駱，很是悅服。溫原籍海州，少隨楊行密為盜，行密貴顯，倚為心腹，至是得握重權，嘗語嚴可求道：「大事已定，我與公等當力行善政，使人解衣安寢，方為盡職。否則與張顥一般，如何安民！」可求當然贊成，舉顥所行弊政，盡行革除，立法度，禁強暴，通冤滯，省刑罰，軍民大安。不沒善政。是善善從長之意。

溫乃出鎮廣陵，大治水師，用養子知誥為樓船副使，防遏昇州。知誥系徐州人，原姓李名昪，幼年喪父，流落濠泗間，行密攻濠州，昪為所掠，年僅八歲，卻生得頭角峥嵘，狀貌魁梧，行密取為養子，偏不為楊渥所容，乃轉令拜溫為義父，溫命名知誥。及長，喜書善射，沈毅有謀，溫嘗語家人道：「此兒為人中俊傑，將來必遠過我兒。」自是益加寵愛，知誥亦事溫唯謹。所以溫修治戰艦，特任知誥為副使，知誥果然稱職，經營舟師，整而且嚴。為南唐開國伏筆，故敘徐知誥較詳。

過了三月，撫州刺史危全諷，聯合撫、信、袁、吉各州將吏，進攻洪州。節度使劉威，遣使至廣陵告急，自與僚佐登城宴飲，佯示從容。全諷疑威有備，不敢輕進，但屯兵象牙潭，派人至湖南乞師。楚王馬殷見第四回。遣指揮使苑玫圍高安，遙作聲援。會廣陵派將周本，率七千人援洪州，倍道疾趨，徑抵象牙潭。全諷臨溪營柵，綿亙數十里。本隔溪布陣，令羸卒挑戰，誘全諷兵追來。全諷輕進寡謀，想打他一個下馬威，便傾寨出追，不管好歹，麾眾渡溪，甫至半渡，那周本卻帶領銳卒，前來截擊。全諷始知中計，慌忙對仗，奈部眾已無行列，東奔西散，只剩得親卒數百人，保住全諷，又被周本兵圍住，殺斃無數，好容易衝開一條血路，奔回溪岸，才得登陸，兜頭碰著冤家，一聲大呼，竟將全諷嚇落馬下，活活的被他捉去。真不濟事。看官道是何人擒住全諷，原來就是周本，他見部兵圍住全諷，便覷隙過溪，截他歸路，可巧全諷奔回，掩他不備，遂得順手擒來。復乘勝攻克袁州，獲住刺史彭彥章。吉州刺史彭，率眾奔湖南。信州刺史危仔倡，單騎奔吳越。湖南將苑玫，聞全諷被擒，撤去高安圍軍，正思引還，偏被淮南大將米志誠殺到，吃了一個敗仗，抱頭竄歸。江西復平，淮南無恙，小子正好續述河北軍情。

義昌節度使劉守文，因弟守光囚父不道，發兵聲討，偏偏連戰不勝，不得已用著重賄，向契丹借兵，見前回。契丹酋長阿保機，發兵萬人，並吐谷渾部眾數千，來援守文。守文盡發滄、德兩州戰士，得二萬餘人，與契丹吐谷渾兩軍會合，有眾四萬，出屯薊州。守光聞守文又至，也將幽州兵士，全數發出，親自督領，與乃兄相見雞蘇，爭個你死我活。陣方布定，契丹吐谷渾兩路鐵騎，分頭突入，銳氣百倍，守光部下，見他來勢甚猛，料知抵敵不住，便即倒退。守光也無法禁止，只好隨勢退下。守文見外兵得勝，也驟馬出陣，且馳且呼道：「勿傷我弟！」迂腐之至。語尚未絕，忽聽得颼的一聲。知是有暗箭射來，急忙勒馬一躍，那來箭正不偏不倚，射中馬首，馬熬痛不住，當然掀翻，守文亦隨馬倒地，倉猝中不知誰人，把他掖起，夾入肘下，疾趨而去，又仔細辨認，才曉得是守光部將元行欽。此時暗暗叫苦，也已無及了。

守光見行欽擒住守文，膽氣復豪，又麾兵殺回，滄、德軍已失主帥，還有何心戀戰，霎時大潰。契丹吐谷渾兩路人馬，也被牽動。索性各走自己的路，一哄兒都去了。守光命部將押回守文，禁居別室，圍以叢棘，更督兵攻滄州。

滄州節度判官呂兗、孫鶴，推立守文子延祚為帥，登陴守禦。守光連日猛攻，終不能下，乃堵住糧道，截住樵採，圍得他水洩不通，相持到了百日，城中食盡，斗米值錢三萬，尚無從得購，人民但食堇泥，驢馬互啖騣尾。呂兗揀得羸弱男女，飼以騣面，乃烹割充食，叫做宰殺務，究竟人肉有限，不足餉軍，滿城枯骨纍纍，慘無人煙。孫鶴不得已輸款守光，擁延祚出降。守光入城，命將滄州將士家屬，悉數擄回幽州，連延祚亦帶了回去，留子繼威鎮義昌軍。派大將張萬進、周知裕為輔，嗚鞭奏凱，得意班師。全無人心。且遣使告捷梁廷，並代父乞請致仕。梁主溫準如所請，命仁恭為太師，養老幽州。封守光為燕王，兼盧龍、義昌兩軍節度使。義昌留守劉繼威，後為張萬進所殺，守光亦不能制。唯遣人刺死守文，佯為涕泣，歸罪刺客，把他殺死償命。又大殺滄州將士，族滅呂兗家，僅留孫鶴不殺。兗子琦年十五，被牽出市中，將要處斬。呂氏門客趙玉，急至法場大呼道：「這是我弟趙琦，誤投呂家，幸勿誤誅。」監刑官乃命停刑。玉挈琦逃生，琦足痛不能行，由玉負他奔竄，變易姓名，沿途乞食，得轉輾至代州。琦痛家門殄滅，刻苦勤學，始得自立。晉王存勗聞琦名，命署代州判官，並旌玉義，賜他金帛。小子有詩嘆道：

幽父殺兄劉守光，朔方黑黯任倡狂，尚餘一個忠誠僕，竊負遺孤義獨彰。

梁主溫既得服燕，遂欲乘勢並岐，遣大將劉知俊出兵，取得丹、延、鄜、坊四州，不意知俊竟起了變志，叛梁降岐。欲知他叛梁情由，容待下回聲明。

淮南之亂，首惡為張顥，徐溫其從犯也。顥既弒渥，而仍不得逞其志，是由嚴可求達權之效，迨與溫定謀，結鍾泰章，手刃逆顥，雖未免存右袒之心，使溫得避弒君之罪，然微溫不能除顥。顥豈長肯為隆演下乎？然則楊氏之猶得保存，固可求之力居多，本編歸功可求，良有以也。劉守光幽父不道，守文乞師外族，幸得少勝，此時苟得捕獲守光，雖誅之不為過，乃對眾號呼，願勿傷弟，以丈夫之義憤，忽變而為婦人之仁柔。一何可笑！卒之身為所縶，死逆弟手，天下之愚昧寡識者，無過守文，而守光之行同梟獍，喪盡天良，且自是益著矣。作者敘守光事，略略點染，而惡已盡露，是固有關世道之文，不得以斷爛朝報目之。

第六回　劉知俊降岐挫汴將　周德威援趙破梁軍

卻說梁將劉知俊，曾受梁主溫命令，為西路行營都招討使，防禦岐晉。梁佑國軍注見第三回。節度使王重師，與知俊友善，嘗偕知俊會師幕谷，大破岐兵。梁廷聞捷，更令知俊乘勝進軍，連拔丹、延、鄜、坊四州。梁主溫即令牛存節為保大軍節度使，鎮守鄜坊，高萬興為保塞軍節度使，鎮守丹延，唐曾置保大軍於延州，統轄四州，後折為二鎮。再命知俊進取邠州。邠州為岐王茂貞養子繼徽所據，繼徽原姓楊，名崇本，擁兵不多，尚有勢力。知俊恐不能拔，託言缺糧，不肯遽進。

梁主溫疑有異志，召使還朝。知俊正擬赴洛，忽聞王重師被逮，身誅族滅，另用劉捍為留後，不由的吃一大驚。原來重師鎮長安數年，貢奉不時，統軍劉捍，欲奪重師位置，密向梁主處進讒，但說重師暗通邠、岐，梁主遂召還重師，嚴刑懲罪，即以劉捍繼任。看官，試想此時的劉知俊，能不動了兔死狐悲，鳥盡弓藏的念頭麼？接連又得弟知浣密書，教他切勿入朝，入朝必死，他越加恐懼，觀望不前。知浣曾任梁廷指揮使，復在梁主前面請，願自迎乃兄還朝。梁主溫不知是假，當即允準，他竟挈領弟侄，同至知俊行營。知俊喜家屬生全，遂據了同州，降附岐王茂貞，並陰賂長安諸將，令他執住劉捍，械送鳳翔，自率部兵占住潼關。

梁主溫再遣近臣招諭知俊，知俊不從，乃削知俊官爵，特派山南東道節度使楊師厚，率同馬步軍都指揮使劉鄩，往討知俊。鄩至關東，得獲知俊伏兵，令為前導，乘夜叩關，關吏未曾辨明，立即開門，鄩兵一擁而入，害得知俊措手不及，只得棄關西走，挈族奔岐。

岐王茂貞，正殺死劉捍，發兵援應知俊，不料知俊倉猝前來，不得已好言撫慰，特授中書令。命他往取靈州，俟得地後，即授封鎮帥。知俊請得岐兵數千人，剋日就道，徑至靈州城下，把城池圍困起來。梁朔方節度使韓遜，飛使告急，梁王溫立遣鎮國軍唐鎮國軍治華州，梁遷置陜州，改華州為感化軍。節度使康懷貞，感化軍唐稱徐州為感化軍，梁改置。節度使寇彥卿，會師往援，兼攻邠寧。

懷貞等星夜前進，連下寧、衍二州，直入涇州境內。知俊解圍還援，懷貞等亦退兵三水，偏知俊已繞出前面，據險邀擊，把懷貞麾下的兵士，衝作數段，懷貞倉皇失措，不知所為，虧得左龍驤軍使王彥章，持著兩大桿鐵槍，當先開路，左挑右撥，搠死岐兵數百人，岐兵嚇退兩旁，剩出一條走路，放過梁軍。懷貞方得走脫。偏將李德遇、許從實、王審權等，統皆失散，不知下落。狼狽奔至昇平，驀有大山當道，兩面峭壁，只一狹徑可通人馬，懷貞正在擔憂，猛聞一聲胡哨，那岐兵從谷中出來，堵住山口，為首一員大將，正是劉知俊，大呼懷貞快來受死。知俊亦頗能軍，後被岐用，全是好猜所致。懷貞嚇得手足冰冷，顧著王彥章道：「這，句。這將奈何？」彥章道：「節帥只隨我前進。怕他甚麼？」遂舞動兩槍，殺入山口，一桿槍足重百斤，經他兩手運動，好似篾片一般。知俊上前攔阻，怎經得彥章神力，戰到三五個回合，已殺得汗流浹背，招抵不上，慌忙勒馬退還，彥章且戰且前，懷貞緊緊隨後，費了若干氣力，才得殺透山谷，麾鞭遁去，手下許多軍士，多被岐兵截住，不是殺死，就是受擒，一個都沒有生還。獨寇彥卿與懷貞分途進兵，聞懷貞敗還，急急收軍回來，還算不吃大虧。

知俊向岐王獻捷，岐王授知俊為彰義節度，鎮治涇州。梁主溫因懷貞喪師，懊悵了好幾日，復接了外鎮許多軍報，無心批駁，只好敷衍了事。一是夏州節度使李思諫病歿，子彝昌嗣職，為部將高宗益所殺，宗益又經將吏誅死，另推彝昌族叔仁福為帥，表聞梁廷，梁主即刻批准，授仁福為夏州節度使。後來即成為西夏國。一是魏博節度使羅紹威病亡，紹威長子廷規，即梁主女夫，亦早去世，次子周翰在鎮，表請襲位，梁主亦批准發行。一是楚王馬殷，求給賜號為天策上將軍，梁主不覺自忖道：「我既封他為王，還要這上將軍名號，卻是何用？」我亦不解。意欲批斥不準，轉思籠絡要緊，不如依他所請，免令反側，乃亦許給名號，令為上將。楚王殷得報大喜，遂借天策上將軍名目，開府置官，令弟賓存為左右相，居然也獨霸一方了。三處皆用簡筆敘過，不涉浪墨。

忽由成德軍節度使趙王王鎔，報稱祖母壽終，乃遣使臣賚賜賻儀，兼令弔問。及使臣回來，謂晉使亦曾與弔，轉令梁主溫大起疑心，便欲併吞河北，省得為晉爪牙。乃遣供奉官杜廷隱、丁延徽為趙監軍，且命他發魏博兵數千，分屯深、冀二州，託詞助趙守禦，暗中實囑使襲趙。

趙將石公立方戍深州，急遣白王鎔，願拒絕梁使。鎔不肯從，反召公立還鎮州。公立出門，指城下涕道：「朱氏滅唐社稷，三尺童子，猶知他居心叵測，我王反恃為姻好，令他屯兵，這叫做開門揖盜，眼見得全城為虜了！」至公立已去，梁使杜廷隱等，率魏博兵入城，深州人民，相率驚駭，奔匿城外，廷隱即將城門關住，盡殺趙戍卒，復照樣襲取冀州。

石公立返謁王鎔，極言梁人無信，鎔尚半信半疑。至深、冀失守消息，報入鎮州，才令公立再攻深、冀，杜廷隱等已浚濠拒守，嚴兵以待，那裡還能攻入！看官聽著，這成德軍的管轄地，只有鎮、趙、深、冀四州；此時失去一半，教王鎔如何不慌？當下四出求援，先遣說客至定州，用了甘言厚幣，賣通義武節度使王處直，與約拒梁。王處直見第四回。再派使至燕晉告急。

燕王劉守光不報，唯晉王李存勗，接見趙使，卻毫不遲疑，允令出援。晉將多諫阻道：「王鎔臣事朱溫，已有數年，歲輸重賂，並結婚姻，此次向我求救，必有詐謀，願大王勿允彼言！」存勗搖首道：「汝等但知其一，不知其二。試想王氏在唐，尚且叛服無常，怎肯長為朱氏臣屬？今朱氏出兵掩襲，王鎔救死不暇，還顧及甚麼姻好？我若不救，正墮朱氏計中，應急速發兵，會同趙軍，共破朱氏，免得他踏平河朔，侵及河東哩！」英斷過人。語未畢，定州亦派使到來，調願聯合鎮州，推晉王為盟主，合兵攻梁。存勗允諾，即將兩使遣歸，命周德威率兵萬人，往屯趙州，助鎔防守。

梁主溫聞晉軍援趙，也命王景仁、韓勍、李思安諸將，領兵十萬，進逼鎮州，直至柏鄉。王鎔大懼，復遣使向晉乞師。存勗乃親自出馬，留蕃漢副總管李存番等守晉陽，自率大軍東下。王處直亦派兵五千，前來從行。存勗至趙州，與周德威合軍，進營野河，與柏鄉只隔五里。梁兵堅壁不出，存勗命德威率兵挑戰，仍沒有一人出來接仗。德威令遊騎進薄梁營，痛罵梁軍，且發矢射入營帳。惱了梁軍副使韓勍，開營逆戰，出兵三萬，怒馬奔來，德威即麾軍退回，勍那裡肯舍，分三萬人為三隊，追擊晉軍。晉軍見梁軍盔甲鮮明，光耀奪目，不禁心搖氣餒，各有懼容。德威瞧著，便下令道：「敵軍皆汴州屠販徒，衣鎧雖是鮮明，統是沒用，十人不足當汝一人，汝等盡可無慮。且汝等能擒他一卒，便得小富，這是奇貨可居，不應坐失哩。」軍士得令，方有起色，統回頭想與搏鬥。德威就分兵兩路，攻擊梁軍兩頭，左馳右突，出入數四，俘獲得百餘人。乃且戰且行，回至野河，存勗出兵接應，梁兵乃退。

德威既馳入大營，上帳獻議道：「賊勢甚銳，宜按兵持重，待他疲敝，方可進攻。」存勗道：「我率孤軍遠來，救人急難，利在速戰，奈何按兵持重呢！」德威道：「鎮定兵只能守城，不能野戰，我兵雖能馳騁，但唯曠野間方可衝突，今壓賊寨門，無從展技，並且彼眾我寡，勢不相敵，倘被彼知我虛實，我必危了！」是謂知彼知己。存勗愀然不答，退臥帳中。德威出語張承業道：「大王驟勝而驕，不自量力，專務速戰，今去賊咫尺，只有一水相隔。彼若造橋迫我，我眾恐立盡了，不如退屯高邑，依城自固，一面誘賊離營，彼出我歸，彼歸我出，再派輕騎掠彼糧餉，不出月餘，定可破敵。」仍是從前攻夾寨之計。承業點首，入帳語存勗道：「這豈大王安枕時麼？周德威老將知兵，言不可忽，願大王注意！」存勗躍然起床道：「我正思德威言，頗有至理。」即出帳召入德威，令拔營徐退，回屯高邑。

嗣獲得梁營偵卒，果然王景仁飭兵編筏，擬多造浮橋，以便進兵。存勗始稱德威先見，獎勞有加，時已為梁開平四年冬季，兩軍休兵不戰。

過了殘冬，越年正月，晉軍屢出遊騎，截敵芻牧，凡刈芻飼馬諸梁兵，多為所擄，梁兵遂閉門不出，周德威令遊騎環噪梁營。梁兵疑有埋伏，愈不敢動，唯銼屋第坐席，喂飼戰馬，馬多餓斃。德威見梁兵連日不戰，定欲誘他出來，乃與史建瑭、李嗣源兩將，帶著精騎三千，自往誘敵，馳至梁寨門前，令騎士辱罵梁將，並及梁主，寨門仍寂然無聲。再飭騎士下馬，席地坐著，信口痛詈，直把那汴梁君臣的醜史，一古腦兒宣揚出來，約罵到一兩個時辰，才把寨門罵開，梁兵似潮湧出，當先為梁將李思安，挺槍躍馬，引兵前來，周德威忙令騎士上馬，與他接戰，約略數合，便即引退，一面走，一面追，至野河旁，已有浮橋築著，晉將李存璋帶著鎮定兵士，護守浮橋，讓過德威等人，方上前攔住梁兵。梁兵橫亙數里，競前奪橋，鎮定兵左右抵禦，多被梁兵殺退，勢將不支，晉王存勗方登高觀戰，顧語都指揮使李建及道：「賊若過橋，不可複製了。」建及奮然躍出，號召長槍兵二百名，奔助存璋，一當十，十當百，努力向前，竟將梁兵殺退。梁兵稍稍休息，復來奪橋，存璋、建及等，仍然死鬥，不許越雷池一步，自巳牌殺到未牌，尚是勝負未分。這是梁晉第二次惡戰。

存勗語德威道：「兩軍已合，勢不相下，我軍興亡，在此一舉。我願為公等先驅，公等繼進，定要殺敗了他，方泄我恨！」說至此，援轡欲行。德威叩馬力諫道：「梁兵甚眾，只可計取，不能力勝。彼去營數里，雖帶著乾糧，也無暇取食，俟戰至日暮，飢渴兩迫，兵刃外交，士卒勞倦，必有退志，我方出精騎掩擊，必得大勝，此時還須靜待哩！」存勗乃止。兩軍尚喊殺連天，奮鬥不已。

既而夕陽西下，暮色橫天，梁兵尚未得食，當然疲乏，漸漸的倒退下去，周德威登高大呼道：「梁兵遁走了！」說著，即麾動銳騎，鼓噪而進，梁兵已無鬥志，紛紛逃生。王景仁、韓勍、李思安等，也拍馬飛奔，遠颺而去。李存璋率兵追擊，且令軍士齊呼道：「梁人也是吾民，但教解甲投戈，悉令免死！」梁兵聞言，統把甲兵棄去，委地如山。趙軍懷著深、冀舊恨，不願掠取，但操刀追敵，殺一個，好一個，汴梁精兵，斬馘幾盡，自野河至柏鄉，屍骸枕籍，敗旗斷戟，沿途皆是。晉軍追至柏鄉，梁營內已無一人，所棄輜重糧械，不可勝計。凡斬首二萬級，獲馬三千匹，鎧甲兵仗七萬件，擒梁將陳思權以下二百八十五人。

晉王存勗，收軍屯趙州，擬休息一宵，進攻深、冀。那知梁使杜廷隱等，即棄城遁去，所有二州丁壯，都擄去充做奴婢，老弱坑死。及趙州軍入城檢視，城中只剩得壞垣碎瓦，一片荒涼了。梁人凶毒一至於此。嗣是鎮、定兩鎮，均與梁絕，改用唐天祐年號。

晉王李存勗，因魏博軍助梁為虐，決計會同鎮、定兩軍，移節攻魏。先頒發一篇檄文，說得堂堂正正，慷慨淋漓。文云：

王室遇屯，七廟被陵夷之酷，昊天不吊，萬民罹塗炭之災。必有英主奮庸，忠臣仗順，斬長鯨而清四海，靖祲以泰三靈。予位忝維城，任當分閫，念茲顛覆，詎可宴安！故仗桓文輔合之規，問羿浞凶狂之罪。逆溫碭山庸隸，巢孽餘凶。當僖宗奔播之初，我太祖指克用。掃平之際，束身泥首，請命牙門，包藏奸詐之心，唯示婦人之態。我太祖撫憐窮鳥，曲為開懷，特發表章，請帥梁汴，才出萑蒲之澤，便居茅社之尊，殊不感恩，遽行猜忌，我國家祚隆周漢，跡盛伊唐，二十聖之鎡基，三百年之文物，外則五侯九伯，內則百辟千官，或代襲簪纓，或門傳忠孝，皆遭陷害，永抱沈冤。且鎮、定兩藩，國家巨鎮，冀安民而保族，咸屈節以稱藩。逆溫唯伏陰謀，專行不義，欲全吞噬，先據屬州。趙州特發使車，來求援助。予情唯蕩寇，義切親仁，躬率賦輿，赴茲盟約。賊將王景仁，將兵十萬，屯據柏鄉，遂驅三鎮之師。授以七擒之略。鸛鵝才列，梟獍大奔，易如走阪之丸，勢若燎原之火。殭屍僕地，流血成川，組甲雕戈，皆投草莽。謀夫猛將，盡作俘囚。群凶既快於天誅，大憝須垂於鬼篆。今則選搜兵甲，簡練車徒，乘勝長驅，翦除元惡。凡爾魏博、邢洺之眾，感恩懷義之人，乃祖乃孫，為盛唐赤子，豈徇虎狼之黨，遂忘覆載之恩？蓋以封豕長蛇，憑陵薦食，無方逃難，遂被脅從。空嘗膽以啣冤，竟無門而雪憤。既聞告捷，想所慰懷。今義旅徂征，止於招撫。昔耿純焚廬而向順，蕭何舉族以從軍，皆審料興亡，能圖富貴，殊勛茂業，翼子貽孫，轉禍見機，決在今日。若能詣轅門而效順，開城堡以迎降，長官則改補官資，百姓則優加賞賜，所經詿誤，更不推窮。三鎮諸軍，已申嚴令，不得焚燒廬舍，剽掠馬牛，但仰所在生靈，各安耕織。予恭行天罰，罪止元兇，已外歸明，一切不問。凡爾士眾，咸諒予懷，檄到如律令。末數語，隱然以皇帝自命。

檄文既發，遂令周德威、史建瑭趨魏州，張承業、李存璋趨邢州，自率李嗣源等繼進。魏博軍師羅周翰，急向梁廷乞援，一面出兵五千，堵住石灰窯口。周德威率騎兵掩擊，迫入觀音門，周翰閉壁自固。晉王存勗，亦率軍到了魏州，會聞梁主溫親出援魏，屯兵白馬坡，遣楊師厚領兵數萬，先驅至邢州，存勗擬速拔魏城，再拒梁兵。

忽由鎮州王鎔，遞到一書，連忙啟視，乃是劉守光給與王鎔，由王鎔轉遞軍前。匆匆一覽，禁不住冷笑起來。正是：

狡猾難逃英主鑑，聰明反被別人欺。

欲知書中所說大略，待看下回表明。

四國抗梁，岐為最弱。所據共二十州，勢不足與梁敵。梁將劉知俊率軍西進，即奪去丹、延、鄜、坊四州，大局蓋岌岌矣。乃天厭朱氏，偏令溫猜忌知俊，迫其走險，叛梁降岐。康懷貞為知俊所挫，而梁軍始不敢入岐境，是岐之得以保全，知俊之力也。晉王存勗，出軍援趙。幸賴周德威之善謀，方得戰勝柏鄉，殲除大敵。故本回特推美德威，以明其功之所由成。至錄入晉王檄文，特為朱氏聲明罪惡，而深許晉王之加討，蓋亦一歐陽公之遺意也。

第七回　殺諫臣燕王僭號　卻強敵晉將善謀

卻說燕王劉守光，前次不肯救趙，意欲令兩虎相鬥，自己做個卞莊子。偏晉軍大破梁兵，聲勢甚盛，他亦未免自悔，又想出乘虛襲晉的計策，竟治兵戒嚴，且貽書鎮、定，大略說是兩鎮聯晉，破梁南下，燕有精兵三十萬，也願為諸公前驅，但四鎮連兵，必有盟主，敢問當屬何人？既欲乘虛襲晉，偏又致書二鎮，求為盟主，是明明使晉預防。彼以為智，我笑其愚。王鎔得書，因轉遞存勗。存勗冷笑數聲，召語諸將道：「趙人嘗向燕告急，守光不能發兵相助，今聞我戰勝，反自詡兵威，欲來離間三鎮，豈不可笑！」諸將齊聲道：「雲、代二州，與燕接境，他若擾我城戍，動搖人情，也是一心腹大患，不若先取守光，然後可專意南討了。」存勗點頭稱善，乃下令班師，還至趙州。趙王鎔迎謁晉王，大犒將士，且遣養子德明，隨從晉軍。德明原姓張，名文禮，狡猾過人，後來王鎔且為所害，事見下文。存勗留周德威等助守趙州，自率大軍返晉陽。

梁將楊師厚到了邢州，奉梁主溫命令，教他留兵屯守。且遣戶部尚書李振，為魏博節度副使，率兵入魏州。但託言周翰年少，未能拒寇，所以添兵防戍，其實是暗圖魏博，陽窺成德。

王鎔聞報大驚，又致書晉王存勗，相約會議。兩王至承天軍，握手敘談，很是親暱。存祐因鎔為父執，稱鎔為叔。鎔以梁寇為憂，面龐上似強作歡笑，不甚開懷。存勗慨然道：「朱溫惡貫將滿，必遭天誅。雖有師厚等助他為惡，將來總要敗亡。倘或前來侵犯，僕願率眾援應，請叔父勿憂。」鎔始改憂為喜，自捧酒卮，為晉王壽。晉王一飲而盡，也斟酒回敬，鎔亦飲畢，又令幼子昭誨，謁見存勗。昭誨年僅四五齡，隨父莅會。存勗見他婉孌可愛，許妻以女，割襟為盟。彼此歡飲至暮，方各散歸。晉趙交好，從此益固。

鎔返至鎮州，正值燕使到來，求尊守光為尚父。鎔大起躊躇，只好留入館中，飛使往報晉王。存勗怒道：「是子也配稱尚父麼？我正要興兵問罪，他還敢夜郎自大麼？」遂擬下令出師。諸將入諫道：「守光罪大惡極，誠應加討，但目今我軍新歸，瘡痍未復，不若佯為推尊，令他稔惡速亡，容易下手，大王以為何如？」這便是驕兵計。存勗沈吟半晌，才微笑道：「這也使得。」便復報王鎔，姑尊他為尚父。鎔即遣歸燕使，允他所請。義武節度使王處直，也依樣畫著葫蘆，與晉趙二鎮，共推守光為尚父，兼尚書令。

守光大喜，復上表梁廷，謂晉趙等一致推戴，唯臣受陛下厚恩，未敢遽受，今請陛下授臣為河北都統，臣願為陛下掃滅鎮、定、河東。兩面討好，恰也心苦。梁主溫也笑他狂愚，權令任河北採訪使，遣使冊命。

守光命有司草定儀注，將加尚父尊號。有司取唐冊太尉禮儀，呈入守光，守光瞧閱一週，便問道：「這儀注中，奈何無郊天改元的禮節？」有司答道：「尚父乃是人臣，未得行郊天改元禮。」守光大怒，將儀注單擲向地上，且瞋目道：「方今天下四分五裂，大稱帝，小稱王，我擁地二千里，帶甲三十萬，直做河北天子，何人敢來阻我！尚父微名，我簡直不要了！你等快去草定帝制，擇日做大燕皇帝！」有司唯唯而退。

守光遂自服赭袍，妄作威福，部下稍稍怫意，即捕置獄中，甚且囚入鐵籠，外用炭火熾熱，令他煨斃，或用鐵刷刷面，使無完膚。孫鶴看不過去，時常進諫，且勸守光不應為帝，略謂「河東伺西，契丹伺北，國中公私交困，如何稱帝？」守光不聽，將佐亦竊竊私議。守光竟命庭中陳列斧鑕，懸令示眾道：「敢諫者斬！」梁使王瞳、史彥章到燕，竟將他拘禁起來。各道使臣，到一個，囚一個，定期八月上旬，即燕帝位。孫鶴復進諫道：「滄州一役，臣自分當死，幸蒙大王矜全，得至今日，臣怎敢愛死忘恩！為大王計，目下究不宜稱帝！」與禽獸談仁義，徒自取死，不得為忠。守光怒道：「汝敢違我號令麼？」便令軍吏捽鶴伏鑕，剮肉以食，鶴大呼道：「百日以外，必有急兵！」守光益怒，命用泥土塞住鶴口，寸磔以徇。

越數日即皇帝位，國號大燕，改元應天。從獄中釋出梁使，脅令稱臣，即用王瞳為左相，盧龍判官齊涉為右相，史彥章為御史大夫，這消息傳到晉陽，晉王存勗大笑道：「不出今年，我即當向他問鼎了。」張承業請遣使致賀，令他驕盈不備。存勗乃遣太原少尹李承勳赴燕，用列國聘問禮。守光命以臣禮見，承勳道：「我受命唐朝，為太原少尹，燕王豈能臣我？」守光大怒，械係數日，釋他出獄，悍然問道：「你今願臣我否？」承勳道：「燕王能臣服我主，我方願稱臣，否則要殺就殺，何必多問！」守光怒上加怒，竟命將承勳推出斬首。晉王聞承勳被殺，乃大閱軍馬，籌備伐燕，外面恰託言南征。

梁主溫正改開平五年為乾化元年，大赦天下，封賞功臣，又聞清海軍即嶺南。節度使劉隱病卒，也輟朝三日。假惺惺。令隱子巖襲爵，既而連日生病，無心治事，就是劉守光拘住梁使，自稱皇帝，也只好聽他胡行，不暇過問。

到了七八月間，秋陽甚烈，他聞河南尹張宗奭家，園沼甚多，遂帶領侍從，竟往宗奭私第。宗奭原名全義，家世濮州，曾從黃巢為盜，充任偽齊吏部尚書。巢敗死，全義與同黨李罕之，分據河陽。罕之貪暴，嘗向全義需索，全義積不能平，潛襲罕之。罕之奔晉，乞得晉師，圍攻全義。全義大困，忙向汴梁求救。朱溫遣將往援，擊退罕之，晉軍亦引去。全義得受封河南尹，感溫厚恩，始終盡力，且素性勤儉，教民耕稼，自己亦得積資巨萬。特在私第中築造會節園，枕山引水，備極雅緻，卻是一個家內小桃源。朱溫篡位，授職如故，全義曲意媚溫，乞請改名，溫賜名宗奭，屢給優賞。及溫到他家避暑，自然特別巴結，殷勤侍奉，凡家中所有妻妾婦女，概令叩見。

溫一住數日，病竟好了一大半，食慾大開，色慾復熾，默想全義家眷，多半姿色可人，樂得仗著皇帝威風，召她幾個進來，陪伴寂寥。第一次召入全義愛妾兩人，迫她同寢，第二次復改召全義女兒，第三次是輪到全義子婦，簡直是豬狗不如。婦女們憚他淫威，不敢抗命，只好橫陳玉體，由他玷汙。甚至全義繼妻儲氏，已是個半老徐娘，也被他摟住求歡，演了一出高唐夢。張氏妻女何無廉恥。

全義子繼祚，羞憤交並，取了一把快刀，就夜間奔入園中，往殺朱溫，還是他有些志氣。偏被全義看見，硬行扯回，且密語道：「我前在河陽，為李罕之所圍，啖木屑為食，身旁只有一馬，擬宰割飼軍，正是命在須臾，朝不保暮，虧得梁軍到來，救我全家性命，此恩此德，如何忘懷！汝休得妄動，否則我先殺汝！」不是報恩，直是怕死。繼祚乃止。

越宿，已有人傳報朱溫。溫召集從臣，傳見全義，全義恐繼祚事發，嚇得亂抖。妻儲氏從旁笑道：「如此膽怯，做甚麼男兒漢？我隨同入見，包管無事！」遂與全義同入，見溫面帶怒容，也豎起柳眉，厲聲問道：「宗奭一種田叟，守河南三十年，開荒掘土，斂財聚賦，助陛下創業，今年齒衰朽，尚何能為？聞陛下信人讒言，疑及宗奭，究為何意？」恃有隨身法寶，故敢如此唐突。溫被她一駁，說不出甚麼道理，又恐儲氏變臉，將日前曖昧情事，和盤托出，反致越傳越醜，沒奈何假作笑容，勸慰儲氏道：「我無惡意，幸勿多言！」好個箝口方法。儲氏夫婦，乃謝恩趨出，朱溫也未免心虛，即令侍從扈蹕還都。

忽聞晉、趙將聯軍南來，又想出些風頭，親至興安鞠場，傳集將吏，躬自教閱，待逐隊成軍，乃下令親征。出次衛州，正在就食，又有人來報導：「晉軍已出井陘了。」當下匆匆食畢，即拔寨北趨，兼程至相州，始接偵騎實報，晉軍尚未南來，乃停兵不進，已而移軍洹水，又得邊吏奏報，晉、趙兵已經出境，累得梁主溫坐食不安，急引軍往魏縣。軍中時有謠傳，一日早起，不知從何處得著風聲，嘩言沙陀騎兵，雜沓前來，頓時全營大亂，你逃我散。梁主命嚴刑禁遏，尚不能止。嗣探得數十里間，並無敵騎，軍心才定。

梁主溫疾已經年，只因夾寨、柏鄉，兩次失利，不得不力疾北行，勉圖報復。誰知又著了晉王聲東擊西的詭計，徒落得奔波跋涉，冒犯風霜，還是倖免，否則軍志浮囂，寧能不敗？他不禁躁忿異常，所有功臣宿將，略犯過誤，不是誅戮，就是斥逐，因此眾心益懼，日夕恟恟。待了一月有餘，仍不見有一個敵兵，乃南還懷州。懷州刺史段明遠，出城迎謁，很是恭謹。梁主入城，供饋甚盛。明遠有一妹子，荳蔻年華，芙蓉臉面，驀被梁主溫瞧著，問明明遠，硬索侍寢。明遠無可奈何，便令妹子盛飾入謁，親承雨露。少婦嫁老夫，恐非段妹所願。春風一度，深愜皇心，即面封段妹為美人，挈歸洛陽。怎奈年周花甲，禁不住途中辛苦，並因色慾過度，精力愈衰，還洛後舊病復發，服過了無數參茸，才得起床。可巧前使史彥章回來，替劉守光代乞援師。梁主溫怒道：「汝已臣事守光，尚敢來見朕麼？」彥章伏奏道：「臣怎敢負恩事燕。只因晉趙各鎮，推尊守光，嗾他背叛陛下，出來當衝，他卻以漁人自居，穩收厚利。臣與王瞳暫時居燕，力勸守光勿負陛下，守光因復與各鎮絕交，為陛下往攻易、定。定州王處直，向晉、趙乞得援兵，夾攻幽州，幽州危急萬分，若陛下坐視不救，恐河朔終非梁有了！」這一番花言巧語，又把梁主溫的怒氣平了下去。彥章又特隨來的燕使，召入見溫，呈上守光表文，中多悔過乞憐等語，惹動梁主雄心，許出援師，遂又督兵親出。

到了白馬頓，從官多不願隨行，勉強趲程，有三人剩落後面，一是左散騎常侍孫，一是右諫議大夫張衍，一是兵部郎中張儁，都至隔宿才到。梁主溫恨他後至，一併處斬，行至懷州，段明遠供張極盛，比前次還要華膴。此次變作國舅，應該比前巴結。梁主大喜，厚加賞賜，且改令明遠名凝，及進次魏州，決議攻趙以紓燕難，乃命楊師厚為都招討使，李周彝為副使，率三萬人圍棗強縣，賀德倫為招討接應使，袁象先為副使，也率三萬人圍蓨縣。

兩路兵馬，同時發出，梁主溫安居行幄，專候捷音。突有哨卒踉蹌奔入，大聲奏報導：「晉兵來了！」梁主溫倉皇失措，忙出帳騎了御馬，只帶親兵數百名，奔往楊師厚軍前。看官！你道晉軍有否到來？原來並不是晉軍，乃是趙將符習，引數百騎邏偵消息，梁兵誤作晉軍，竟棄幄遠颺，眼見得軍心不固，便是敗象哩。

楊師厚到了棗強，督兵急攻。棗強城小而堅，趙人用精兵守住，很是堅忍，任他如何攻撲，死戰不退。一攻數日，城牆屢壞屢修，內外死傷，約以萬計，既而城中矢石將竭，共議出降，有一卒奮然道：「賊自柏鄉戰敗，恨我趙人切骨，今若往降，徒自取死，我願獨入虎口，殺他一二員大將，或得使他解圍，也未可知。」遂乘夜縋城而下，徑至梁營詐降。李周彝召他入帳，問及城中情形，趙卒答道：「城中糧械尚多，足有半月可持，但軍使既收錄微材，乞賜一劍，效死先登，願取守城將首。」周彝恰還小心，不肯給劍，止令荷擔從軍，趙卒覷得間隙，竟舉擔擊周彝首，周彝呼痛踣地。左右急救周彝，立將趙卒砍死。趙卒頗有忠膽，可惜史冊中不留姓名。梁主溫聞報大怒，限令三日取城。師厚親冒矢石，晝夜猛攻，越二日，得陷。入城中，不問老幼，一概駢戮，可憐這棗強城中，變做了一座血汙城。極寫梁主暴虐。

那賀德倫等進攻蓨縣，蓨縣為趙州屬地，相距不遠。趙州本由晉將周德威駐紮，後來調鎮振武軍，注見前。僅留李存審、史建瑭、李嗣肱等戍守，既得蓨縣急報，當由存審主議，與建瑭、嗣肱熟商道：「我王方有事幽薊，無暇到此，南方軍事，委任我等數人，今蓨縣告急，我等怎能坐視？況賊得蓨縣，必西侵深、冀，為患益深。我當與公等別出奇謀，使賊自遁。」建瑭、嗣肱齊聲道：「果有奇計，願聽指揮！」存審乃引兵趨下博橋，令建瑭、嗣肱分道巡邏，遇有梁卒芻牧，立刻擒來。自分麾下為五隊，統令啣枚疾走，沿途遇著梁兵，無論為偵探，為樵採，一概捕住，帶回下博橋。建瑭、嗣肱，也有一二百人捉回，存審命一一殺死，只留活數人，斷去一臂，縱使還報導：「汝等為我轉達朱公，晉王大軍已到，叫他前來受死！」斷臂兵奔回梁營，當然依言稟報。適值梁主溫引楊師厚兵，自就賀德倫營，助攻蓨縣，聽著斷臂兵報語，恰也驚心，即與德倫分駐營寨，相隔裡許。德倫也很是戒備，派兵四巡，慎防不測。不意到了日暮，營門外忽然火起，煙霧沖霄，接連是噪聲大作，箭鏃齊來。德倫忙命親卒把守營門，嚴禁各軍妄動。外面卻亂了一兩個時辰，待至天色昏黑，方聞散去。當由德倫檢查軍士，又失了一二百名，或說是變起本軍，究竟不知真偽。偏是梁主營前，又有斷臂兵突入，大呼晉軍大至，賀軍使營，已陷沒了。梁主溫驚愕異常，立命毀去營寨，乘夜遁走。天昏不辨南北，竟至失道，委曲行二三百里，始抵貝州。如此膽小，何必誇語親征？

德倫聞梁主遁還，也即退軍。再遣偵騎探明虛實，返入梁營，報稱晉軍實未大出，不過令先鋒遊騎，先來示威。德倫聽著，雖帶著三分慚色，尚得謂梁主先遁，聊自解嘲。只梁主聞知，叫他如何忍受，且憂且恚，病又增劇，不得已養疾貝州，令各軍陸續退歸。

當時晉軍計卻大敵，歡聲雷動，統稱存審善謀。小子把存審計畫，上文第敘明一半，還有一半詳情，應該補敘。存審聞梁主自至，與德倫分營駐紮，已知梁主墮入計中。再將前時俘斬的梁卒，從屍身上剝下衣服，令遊騎穿著，偽充梁兵，三三五五，混至德倫營前。德倫雖有巡兵四察，還道是本營士卒，不加查問。那偽充梁兵的晉軍，遂就梁營前放火射箭，喊殺連天，乘間捕得幾十個梁兵，依著存審密計，把他截臂縱去，令他往嚇梁主。梁主被他一嚇，果然遠遁，連德倫也立足不住，拔營退去。經此一段說明，方知前文筆法之妙。僅僅幾百個晉軍，嚇退了七八萬梁兵，這都是李存審的妙計。小子有詩詠存審道：

疆場決勝在多謀，用力何如用智優，任爾貔貅七八萬，尚輸良將幄中籌。

梁主溫一病兼旬，好容易得有起色，復自貝州至魏州。博王友文，自東都過覲，請駕還都，梁主溫乃啟程南歸。欲知後事，且閱下回。

劉守光一騃豎耳，如尚父皇帝之尊卑，尚不能辨，顧欲侈然稱帝，凌壓各鎮，何不自量力若此！況前幽父，繼殺兄，後且淫刑求逞，妄戮諫臣，天下有如此狂騃，而能不危且亡者，未之聞也。若梁主溫之老奸巨猾，較守光固勝一籌；但暴虐不亞守光，淫惡比守光為尤甚。夾寨破，柏鄉敗，乃欲親出報怨，兩次督師，未遇敵而先怯，是正天奪之魄，陰促老奸之壽算耳。此而不悟，愈老愈虐，愈虐愈淫，幾何而不受剸刃之慘也？善惡到頭終有報，只爭來早與來遲，斯言雖俚，亶其然乎！

第八回　父子聚麀慘遭剸刃　君臣討逆謀定鋤凶

卻說梁主溫還至洛陽，病體少愈，適博王友文，新創食殿，獻入內宴錢三千貫，銀器一千五百兩，乃即就食殿開宴，召宰相及文武從官等侍宴。酒酣興發，遽欲泛舟九曲池，池不甚深，舟又甚大，本來是沒甚危險，不料蕩入池心，陡遇一陣怪風，竟將御舟吹覆。梁主溫墮入池中，幸虧侍從竭力撈救，方免溺死。別乘小舟抵岸，累得拖泥帶水，驚悸不堪。

不若此時溺死，尚免一刀之慘。

時方初夏，天氣溫和，急忙換了龍袍，還入大內，嗣是心疾愈甚，夜間屢不能眠，常令妃嬪宮女，通宵陪著，尚覺驚魂不定，寤寐彷徨。那燕王劉守光屢陳敗報，一再乞援，梁主病不能興，召語近臣道：「我經營天下三十年，不意太原餘孽，猖獗至此，我觀他志不在小，必為我患，天又欲奪我餘年，我若一死，諸兒均不足與敵，恐我且死無葬地了！」語至此，哽咽數聲，竟至暈去。近臣急忙呼救，才得復甦。只怕晉王，誰知禍不在晉，反在蕭牆之內。嗣是奄臥床褥，常不視朝，內政且病不能理，外事更無暇過問了。

是年岐、蜀失和，屢有戰爭。蜀主王建，曾將愛女普慈公主，許嫁岐王從子李繼崇，岐王因戚誼相關，屢遣人至蜀求貨幣，蜀主無不照給。尋又求巴、劍二州，蜀主王建怒道：「我待遇茂貞，也算情義兼盡，奈何求貨不足，又來求地，我若割地畀彼，便是棄民。寧可多給貨物，不能割地。」乃復髮絲茶布帛七萬，交來使帶還。賠貼妝奩，確是不少。奈彼尚貪心未饜何？茂貞因求地不與，屢向繼崇說及，有不平意。繼崇本嗜酒使氣，伉儷間常有違言，至是益致反目。普慈公主潛遣宦官宋光嗣，用絹書稟報蜀主，求歸成都。蜀主王建，遂召公主歸寧，留住不遣，且用宋光嗣為閤門南院使。

岐王大怒，即與蜀絕好，遣兵攻蜀興元，為蜀將唐道襲擊退。岐王復使彰義節度使劉知俊，及從子李繼崇，發大兵攻蜀。蜀命王宗侃為北路行營都統，出兵搦戰，被知俊等殺敗，奔安遠軍。安遠軍為興元城西縣號，障蔽興元。知俊等進兵圍攻，經蜀主傾國來援，大破岐兵，知俊等狼狽走還，後來知俊為岐將所讒，兵權被奪，舉族寓秦州。越三年，秦州為蜀所奪，知俊因妻孥被擄，又背岐投蜀去了。後文慢表。

且說梁主溫連年抱病，時發時止，年齡已逾花甲，只一片好色心腸，到老不衰，自從張妃謝世，篡唐登基，始終不立皇后，昭儀陳氏，昭容李氏，起初統以美色得幸，漸漸的色衰愛弛，廢置冷宮。應第二回陳氏願度為尼，出居宋州佛寺，李氏抑鬱而終，此外後宮妃嬪，隨時選入，並不是沒有麗容，怎奈梁主喜新厭故，今日愛這個，明日愛那個，多多益善，博采兼收，甚至兒媳有色，亦征令入侍，與她苟合，居然做個扒灰老。博王友文，頗有材藝，雖是梁主溫假子，卻很是憐愛，比親兒還要優待，梁主遷洛，留安文守汴梁。見第五回曆年不遷，唯友文妻王氏，生得一貌似花，為假翁所涎羨，便藉著侍疾為名，召她至洛，留陪枕席，王氏並不推辭，反曲意奉承，備極繾綣，但只有一種交換條件，迫令假翁承認，看官道是何事？乃是梁室江山，將來須傳位友文。還記得乃夫麼？

梁主溫既愛友文，復愛王氏，自然應允。偏暗中有一反對的雌兒，與王氏勢不兩立，竟存一個你死我活的意見。這人為誰？乃是友珪妻室張氏。張氏姿色，恰也妖豔，但略遜王氏一籌，王氏未曾入侍，她已得乃翁專寵，及王氏應召進來，乃翁愛情，一大半移至王氏身上，漸把張氏冷淡下去，張氏含酸吃醋，很是不平，因此買通宮女，專伺王氏隱情。

一日合當有事，梁主溫屏去左右，專召王氏入室，與她密語道：「我病已深，恐終不起，明日汝往東都，召友文來，我當囑咐後事，免得延誤。」為了肉慾起見，遂擬把帝位傳與假子，扒灰老也不值得。王氏大喜，即出整行裝，越日登程。這個消息，竟有人瞧透機關，報與張氏，張氏即轉告友珪，且語且泣道：「官家將傳國寶付與王氏，懷往東都，俟彼夫婦得志，我等統要就死了！」友珪聞言，也驚得目瞪口呆，嗣見愛妻哭泣不休，不由的淚下兩行。

正在沒法擺布，突有一人插口道，「欲要求生，須早用計，難道相對涕泣，便好沒事麼？」友珪愕然驚顧，乃是僕夫馮廷諤，便把他呆視片刻，方扯他到了別室，談了許多密語。忽由崇政院遣來詔使已入大廳，他方聞信出來接受詔旨，才知被出為萊州刺史，他愈加驚愕，勉強按定了神，送還詔使，復入語廷諤，廷諤道：「近來左遷官吏，多半被誅，事已萬急，不行大事，死在目前了！」

友珪乃易服微行，潛至左龍虎軍營，與統軍韓勍密商，勍見功臣宿將，往往誅死，心中正不自安，便奮然道：「郴王指友裕。早薨，大王依次當立，奈何反欲傳與養子？主上老悖淫昏，有此妄想，大王誠宜早圖為是！」又是一個薪上添火。遂派牙兵五百人，隨從友珪，雜入控鶴士中，唐已有控鶴監，系是值宿禁中。混入禁門，分頭埋伏，待至夜靜更深，方斬關突入，竟至梁主溫寢室，嘩噪起來。侍從諸人，四處逃避，單剩了一個老頭兒，揭帳啟視，披衣急起，怒視友珪道：「我原疑此逆賊，悔不早日殺卻！逆賊逆賊！汝忍心害父，天地豈肯容汝麼？」友珪亦瞋目道：「老賊當碎屍萬段！」臣忍殺君，子亦何妨弒父。惜友珪凶莽，未能反唇相譏！馮廷諤即拔劍上前，直迫朱溫，溫繞柱而走，劍中柱三次，都被溫閃過，奈溫是有病在身，更兼老憊，三次繞柱，眼目昏花，一陣頭暈，倒翻床上，廷諤搶步急進，刺入溫腹，一聲狂叫，嗚呼哀哉！年六十一歲。

友珪見他腸胃皆出，血流滿床，即命將裀褥裹屍，瘞諸床下。祕不發喪，立派供奉官丁昭溥，齎著偽詔，馳往東都，令東都馬步軍都指揮使均王友貞，速誅友文。友貞不知是假，即誘入友文，把他殺死。友文妻王氏，未曾登途，已被友珪派人捕戮，一面宣布偽詔道：

朕艱難創業，逾三十年，托於人上，忽焉六載，中外協力，期於小康。豈意友文陰蓄異圖，將行大逆，昨二日夜間，甲士突入大內，賴郢王友珪忠孝，領兵剿戮，保全朕躬。然疾因震驚，彌致危殆。友珪克平凶逆，厥功靡倫，宜令權主軍國重事，再聽後命。

越二日，丁昭溥自東都馳還，報稱友文已誅，喜得友珪心花怒開，彈冠登極，再下一道矯詔，托稱乃父遺制，傳位次子，乃將遺骸草草棺殮，準備發喪，自己即位柩前，特授韓勍為侍衛諸軍使，值宿宮中，勍勸友珪多出金帛，遍賜諸軍，取悅士心，諸軍得了厚賚，也樂得取養妻孥，束手旁觀。

唯內廷被他籠絡，外鎮卻不受羈縻。

匡國軍聞知內亂，都向節度使告變，時值韓建調任鎮帥，置諸不理，竟為軍士所害。此匡國軍為陳許軍號，與唐時之同州有別。楊師厚留戍邢魏，也乘隙馳入魏州，驅出羅周翰，據位視事。友珪懼師厚勢盛，只好將周翰徙鎮宣義，注見第二回。特任師厚為天雄軍節度使。天雄軍就是魏博，唐時舊有此號，屢廢屢行，梁嘗稱魏博為天雄軍，小子因前文未詳，故特別表明。護國軍治河中。節度使朱友謙，少時為石壕間大盜，原名只一簡字，後來歸附朱溫，因與溫同姓，願附子列，改名友謙，溫篡位後命鎮河中，加封冀王。他聞洛陽告哀，已知有異，泣對群下道：「先帝勤苦數十年，得此基業，前日變起宮掖，傳聞甚惡，我備位藩鎮，未能入掃逆氛，豈不是一大恨事！」道言未絕，又有洛使到來，加他為侍中中書令，並征他入朝，友謙語來使道：「先帝晏駕，現在何人嗣立？我正要來前問罪，還待徵召麼？」

來使返報友珪，友珪即遣韓勍等往擊河中。友謙舉河中降晉，向晉乞援。晉王李存勗統兵赴急，大破梁軍，勍等走還。看官聽著！這朱友珪的生母，本是亳州一個營倡，從前朱溫鎮守宣武，見第一回。略地宋亳，與該倡野合生男，取名友珪，排行第二，弟兄多瞧他不起。況又加刃乃父，敢行大逆，豈諉罪友文，平空誣陷，就可瞞盡耳目，長享富貴麼？至理名言。

糊糊塗塗的過了半年，已是梁乾化三年元旦，友珪居然朝享太廟，返受群臣朝賀。越日祀圜丘，大赦天下，改元鳳歷。均王友貞，已代友文職任，做了東都留守，至是復加官檢校司徒，令駙馬都尉趙巖，齎敕至東都，友貞與巖私宴，密語巖道：「君與我系郎舅至親，不妨直告，先帝升遐，外間嘖有煩言，君在內廷供職，見聞較確，究竟事變如何？」巖流涕道：「大王不言，也當直陳。首惡實嗣君一人，內臣無力討罪，全仗外鎮為力了。」友貞道：「我早有此意，但患不得臂助，奈何？」巖答道：「今日擁強兵，握大權，莫如魏州楊令公，近又加任都招討使，但能得他一言，曉諭內外軍士，事可立辦了。」友貞道：「此計甚妙。」

待至宴畢，即遣心腹將馬慎，馳至魏州，入見楊師厚，並傳語道：「郢王弒逆，天下共知，眾望共屬大梁，公若乘機起義，幫立大功，這正所謂千載一時呢！」師厚尚在遲疑，慎又述均王言，謂事成以後，當更給犒軍錢五十萬緡。師厚乃召集將佐，向眾質問道：「方郢王弒逆時，我不能入都討罪，今君臣名分已定，無故改圖，果可行得否？」眾尚未答，有一將應聲道：「郢王親弒君父，便是亂賊。均王興兵復仇，便是忠義。奉義討賊，怎得認為君臣？若一旦均王破賊，敢問公將如何自處哩？」這人不知誰氏，也惜姓名不傳。師厚驚起道：「我幾誤事，幸得良言提醒，我當為討賊先驅哩！」遂與馬慎說明，令歸白均王，佇候好音，自派將校王舜賢，潛詣洛陽，與龍虎統軍袁象先定謀，復遣都虞侯朱漢賓屯兵滑州，作為外應。

舜賢至洛，可巧趙巖亦自汴梁回來，至象先處會商，巖為梁主溫婿，象先為梁主溫甥，當然有報仇意，妥商大計，密報梁魏。

先是懷州龍驤軍系梁主溫從前隨軍。三千，推指揮劉重霸為首，聲言討逆，據住懷州，友珪命將剿治，經年未平，汴梁戍卒，亦有龍驤軍參入，友珪也召令入都。均王友貞也遣人激眾道：「天子因龍驤軍嘗叛懷州，所以疑及爾等，一概召還，爾等一至洛下，恐將悉數坑死。均王處已有密詔，因不忍爾等駢誅，特先布聞。」戍卒聞言，統至均王府前，環跪呼籲，乞指生路。友貞已預書偽詔，令他遍閱，隨即流涕與語道：「先帝與爾等經營社稷，共歷三十餘年，千征萬戰，始有今日。今先帝尚落人奸計，爾等從何處逃生呢？」說至此，引士卒入府廳，令仰視壁間懸像。大眾望將過去，乃是梁主溫遺容，都跪伏廳前，且拜且泣。友貞亦唏噓道：「郢王賊害君父，違天逆地，復欲屠滅親軍，殘忍已極，爾等能自趨洛陽，擒取逆豎，告謝先帝，尚可轉禍為福呢！」

大眾齊聲應諾，唯乞給兵械，以便趨洛。友貞即令左右頒發兵器，令士卒起來，每人各給一械，大眾無不踴躍，爭呼友貞為萬歲，各持械而去。此計想由趙巖等指授。

友貞遣使飛報趙巖等人，趙巖、袁象先夜開城門，放諸軍入都，一面賄通禁卒千人，共入宮城，友珪倉猝聞變，慌忙挈妻張氏，及馮廷諤共趨北垣樓下，擬越城逃生。偏後面追兵大至，喧呼殺賊。自知不能脫走，乃令廷諤先殺妻，後殺自己。廷諤亦自剄。都中各軍，乘勢大掠，百官逃散。中書侍郎同平章事杜曉，侍講學士李珽，均為亂兵所殺，門下侍郎同平章事於兢，宣政院使李振代敬翔。被傷。騷擾了一日餘，至暮乃定。

袁象先取得傳國寶，派趙巖持詣汴梁，迎接均王友貞。友貞道：「大梁系國家創業地，何必定往洛陽。公等如果同心推戴，就在東都受冊，俟亂賊盡除，往謁洛陽陵廟便了。」巖返告百官，百官都無異辭。乃由均王友貞，即位東都，削去鳳歷年號，仍稱乾化三年，追尊父溫為太祖神武元聖孝皇帝，母張氏為元貞皇太后，給還友文官爵，廢友珪為庶人，頒詔四方道：

我國家賞功罰罪，必協朝章，報德伸冤，敢欺天道？苟顯違於法制，雖暫滯於歲時，終振大綱，須歸至理。重念太祖皇帝嘗開霸府，有事四方，迨建皇朝，載遷都邑，每以主留重務，居守需才，慎擇親賢，方膺寄任。故博王友文，才兼文武，識達古今，俾分憂於在浚之郊，亦共理於興王之地，一心無易，二紀於茲，嘗施惠於士民，實有勞於家國。去歲郢王友珪，嘗懷逆節，已露凶鋒，將不利於君親，欲竊窺夫神器，此際值先皇寢疾，大漸日臻，博王乃密上封章，請嚴宮禁。因以萊州刺史授於郢王，友珪才睹宣綸，俄行大逆，豈有自縱兵於內殿，翻誘罪於東都？偽造詔書，枉加刑戮，且奪博王封爵，又改姓名，冤恥兩深，欺罔何極！伏賴上穹垂祐，宗社降靈，俾中外以葉謀，致遐邇之共怒。尋平內難，獲誅元兇，既雪恥於同天，且免譏於共國，朕方期遁世，敢竊臨人？遽迫推崇，爰膺纘嗣。

冤憤既伸於幽顯，霈澤宜及於下泉。博王宜復官爵，仍令有司擇日歸葬。友珪兇殘滔天，神人共棄，生前敢為大逆，死後且有餘辜，例應廢為庶人，以昭炯戒。特此布敕，俾遠近聞知。

此詔下後，又改名為鍠，進天雄軍節度使楊師厚為檢校太師，兼中書令，加封鄴王。西京左龍虎統軍袁象先為檢校太保同平章事，加封開國公。這兩人最為出力，所以封爵最優。餘如趙巖以下，各升官晉爵有差。又遣使招撫朱友謙。友謙仍復歸藩，稱梁年號。唯對晉仍然未絕，算是一個騎牆派人物。梁廷至此，才得苟安。越二年始改元貞明，梁主友貞，又改名為瑱。小子有詩嘆道：

多行不義必遭殃，稽古無如鑑後梁，乃父淫凶子更惡，屠腸截脰有誰傷？

梁室粗定，晉已滅燕，欲知燕亡情形，且至下回再敘。

淫惡如朱溫，宜有剸刃之禍，但為其子友珪所弒，豈彼蒼故演奇劇，特假手友珪，以示惡報之巧乎！溫為臣弒君，友珪為子弒父，有是父乃有是子，果報固不爽也。唯友珪弒逆不道，尚得竊位半年，楊帥厚兼雄鎮，擅勁兵，未聞首先倡義，乃迫於均王之一激，部將之一言，始幡然變計，蓋當時禮教衰微，幾視篡弒為常事。非有大聲疾呼者，喚醒其旁，幾何不胥天下為禽獸也！然淫惡者終遭子禍，凶逆者卒受身誅。蒼蒼者天，豈真長此晦盲乎？老氏謂天地不仁，夫豈其然！

第九回　失燕土僞帝作囚　奴平宣州徐氏專政柄

卻說劉守光僭稱帝號，遂欲併吞鄰鎮，擬攻易定。參軍馮道，系景城人，長樂老出身，應該略詳。面諫守光，勸阻行軍。守光不從，反將道拘繫獄中。道素性和平，能得人歡，所以燕人聞他下獄，都代為救解，幸得釋出。道料守光必亡，舉家潛遁，奔入晉陽，晉王李存勗，令掌書記，且問及燕事，得知虛實。

正擬發兵攻燕，可巧王處直派使乞援，遂遣振武節度使周德威，領兵三萬，往救定州。德威東出飛狐，與趙將王德明，義武即定州，見前。將程嚴，會師易水，同攻岐溝關。一鼓即下，進圍涿州。刺史劉知溫，令偏將劉守奇拒守。守奇有門客劉去非，大呼城下道：「河東兵為父討賊，干汝甚事，乃出力固守呢？」守兵被他一呼，各無鬥志，多半逃去。知溫料不能守，開門迎降。守奇奔梁，得任博州刺史。晉將周德威，即率眾抵幽州城下，另派裨將李存暉等往攻瓦橋關。守關將吏，及莫州刺史李嚴皆降。守光連接敗報，驚惶的了不得，卑辭厚幣，向梁求援。梁主溫督兵攻趙，為晉將李存審所卻。見第七回。本段是回溯文字。幽州失一大援，益覺孤危，只好誓死堅守。

晉將周德威，因幽州城大且固，兵不敷用，再向晉陽濟師。晉王李存勗，便調李存審援應，帶領吐谷渾、契苾兩部番兵，往會德威。德威已得增兵，即四面築壘，為圍攻計，守光益懼。

燕將單廷珪，素號驍勇，獨請出戰。守光乃撥精兵萬人，令他開城逆擊。廷珪披甲上馬，揚鞭出城，一聲狂呼，萬人隨進，左衝右突，恰是有些利害。晉軍攔阻不住，退至龍頭岡。岡巒高出雲表，勢頗險峻，周德威倚岡立寨，據險自固，猛見單廷珪躍馬前來，勢甚兇猛，即令部將排定陣勢，自己登岡指揮，準備對敵。廷珪遙見德威，便顧左右道：「今日必擒周陽五以獻！」大言何益？陽五系德威小字。說畢，持著一枝長槍，當先突陣，槍鋒所至，無人不靡。晉軍三進三卻，由廷珪沖過陣後，一人一騎，不管甚麼死活，竟上岡去捉德威。德威究是老將，沒甚慌忙，但佯作膽怯狀，回馬急走，跑上峰巒。廷珪也躍馬追上，覷著德威背後，一槍刺去，正道是洞穿胸腹，那知德威早已防著，閃過一旁，讓開槍頭，右手恰掣出鐵檛，向廷珪馬頭猛擊。馬忍痛不住，滾了下去，這一滾約有數丈。任你廷珪如何驍悍，也是約束不住，人仰馬翻，統跌得皮開血裂，湊巧下面尚有晉軍，順手揿住廷珪，把他捆綁起來。燕兵見主將被擒，慌忙退走。被晉軍驅殺一陣，斬首三千級，餘眾逃入城中，全城奪氣。

德威斬了廷珪，又分兵攻下順州檀州，復拔蘆臺軍，再克居庸關。劉守光惶急異常，屢使人赴梁告急，正值梁廷內亂，不暇應命。他只得自去設法，命大將元行欽募兵山北，騎將高行珪出守武州，作為外援。晉王李存勗，即遣李嗣源往攻武州，行珪出戰失利，遂降嗣源，嗣源乃退。元行欽聞武州失守，亟引兵攻行珪。行珪令弟行周往質晉軍，求他援助。嗣源再進兵擊行欽，八戰八勝，行欽力屈乃降。嗣源愛他材勇，養為己子，令為代州刺史。

行周留事嗣源，常與嗣源養子從珂，分領牙兵，轉戰有功。從珂母魏氏，先為王氏婦，生子名阿三，嗣源隨克用出師河北，掠得魏氏，見她秀色可餐，便納為妾媵。阿三即拜嗣源為義父，取名從珂。及年已成立，以勇健聞。晉王存勗，嘗呼他小字道：「阿三與我同年，勇敢亦與我相類，恰是個不凡子。」後來叛唐篡國，就是此人，事見下文。不第敘過從珂，並帶過高行周。

且說周德威圍攻幽州，已是踰年。從前因幽州四近，尚有燕兵散布，須要遠近兼顧，內外合籌，一時不便進副，唯連營豎柵，與燕相持。嗣聞四面犄角，均已毀滅，乃進軍南門，專力攻城。守光晝夜不安，自知兵力不支，不得已致書乞憐，願為城下盟。德威笑語來使道：「大燕皇帝，尚未郊天，何故雌伏如此！我受命討罪，不知他事，繼盟修好，更非樂聞，請為我轉語燕帝，休想乞和，快來一戰。」揶揄得妙。遂叱退來使，不答一字。守光聞報，越加窘迫，又遣將周遵業，賫絹千匹，銀千兩，錦百段，獻入晉營，哀求德威道：「富貴成敗，人生常理，錄功敘過，也是霸主盛業。我王守光，不欲為朱溫下，所以背梁稱尊。那知得罪大國，勞師經年，現已自知罪戾，還祈少恕！」德威道：「能戰即來，不能戰即降，何必多言！」遵業尚欲開口，見德威起身入內，只好怏怏退還，報知守光。守光搔首挖耳，無法可施。躊躇了許多時候，突聞城外喊聲大震，又來攻城，不得已硬著頭皮，登陴巡守。遙見周德威跨著駿馬，手執令旗，指揮戰士，遂淒聲遙呼道：「周將軍！汝系三晉賢士，奈何迫人危急，不開一網呢？」淫威掃地。德威答道：「公已為俎上肉，但教責己，不必責人！」守光語塞，流涕而下。

既而平營、莫瀛諸州，均已降晉，他卻情急智生，暗覷晉軍少懈，自引兵夜出城中，潛抵順州城下，假充晉軍，呼開城門。守卒被他所紿，又當黑夜無光，竟開城放入。城門甫啟，守光麾兵大進，亂砍，傷斃許多守卒，占住城池，復乘勝轉趨檀州，那時周德威已經聞知，急引兵至檀州邀擊。適與守光相遇，一場混戰，大破守光，守光帶領殘卒百餘騎，逃回幽州。晉王存勗，遣張承業犒慰行營，並與德威商議軍情。事為守光偵悉，又致書承業，舉城乞降。承業知他狡猾，拒回來使。急得守光真正沒法，再派人往契丹，籲請援兵。契丹酋長阿保機，也聞他平日無信，不肯出援。無信之害如此。守光急上加急，除出降外無別法，乃屢遣使向德威乞降，德威始終不許，守光復登城語德威道：「我已力屈計窮，只求將軍少寬一線，俟晉王親至，我便開門迎謁，泥首聽命！」皇帝也不願做了。

德威乃托張承業返報晉王。晉王命承業居守，權知軍府事，自詣幽州，單騎抵城下，呼守光與語道：

「朱溫篡逆，我本欲會合河朔五鎮兵馬，興復唐祚，公不肯與我同心，乃傚尤逆溫，居然僭號稱帝，且欲併吞鎮、定，是以大眾憤發，至有今日。成敗亦丈夫常事，必須自擇所向，敢問公將何從？」守光流涕道：「我今已為釜中魚，甕中鱉了，唯王所命！」晉王也覺動憐，即折斷弓矢，向他設誓道：「但出來相見，保無他虞。」守光聞言，又道他是仁柔易欺，便含糊答應道：「再俟他日！」是謂無信。

晉王且笑且憤，返入德威營中，決定明日督軍猛攻，誓入此城。是夕有燕將李小喜，縋城來降，報稱城中力竭。看官道這小喜是何等人物？他原是守光嬖臣，教守光切勿降晉，守光被他哄動，遇著危急時候，不得不作書乞降，其實是借此緩兵，並非實心投誠，不料小喜卻先走一著，竟已奔投晉營。欺人者反為人欺，可為後鑑。晉王存勗，即命五更造飯，飭各軍飽餐一頓，俟至黎明，一聲鼓角，全營湧出。晉王親披甲冑，督令進攻，這邊豎梯，那邊攀堞，四面八方，同時動手。燕兵已經力盡，哪裡還能支持，就使有心拒守，也是防不勝防，霎時間闔城鼎沸，紛紛亂竄。晉兵一齊登城，拔去燕幟，改張晉幟，趁勢下城往捉守光。守光已挈妻李氏、祝氏，子繼珣、繼方、繼祚等，逃出城外，南走滄州，只有乃父仁恭，還幽住別室，被晉軍馬到擒來。此外有家族三百口，逃奔不及，一齊作了俘囚。

晉王存勗入幽州城，禁殺安民，授德威盧龍節度使，兼官侍中，改命李嗣本為振武節度使，更遣別將追捕守光。可憐守光抱頭南奔，途次又復失道，向荒徑中走了數日，身旁未帶乾糧，只是枵腹逃難。到了燕樂界內，見有村落數處，乃遣妻祝氏乞食田家，可稱作討飯皇后。田家見她衣服華麗，並沒有乞人形相，遂向他盤問，祝氏直言不諱。大抵想用皇后威勢去嚇平民。田家主人張師造，假意留她食宿，且令家人往紿守光，一同到家，暗中卻飛報晉軍。晉軍疾趨而至，將守光及二妻三子，一併捉住，械送軍門。晉王存勗，方宴犒將士，見將吏擒到守光，便笑語道：「王是本城主人，奈何出城避客？」守光匍伏階下，叩首乞命。晉王命與仁恭同系館舍，給與酒食。

守光正是腹飢，樂得一飽。寫盡狂愚。

越數日，晉王下令班師，令守光父子，荷校隨行。守光父母，對著守光，且唾且罵道：「逆賊破滅我家，竟到這般！」守光俯首無言。路過趙州，趙王鎔盛帳行幄，迎犒晉軍。且請晉王上坐，奉觴稱壽，酒酣起請道：「願見大燕皇帝劉守光一面。」挖苦之極。晉王乃命將吏牽入仁恭父子，脫去桎梏，就席與飲。仁恭父子拜鎔，鎔亦答拜，又贈他衣服鞍馬，守光飲食自如，毫無慚色。

及晉王辭別趙王返至晉陽，即將仁恭父子，用白鏈牽入太廟，自己親往監刑，守光呼道：「守光死亦無恨，但教守光不降，實出李小喜一人！」晉王召小喜入證，小喜瞋目叱守光道：「囚父殺兄，上烝父妾，難道亦我教汝麼？」晉王怒指小喜道：「汝究竟做過燕臣，不應如此無禮！」便喝令左右，先將小喜梟首，然後命斬守光。守光又呼道：「守光素善騎射，大王欲成霸業，何不開恩赦罪，令得自效！」晉王不答，二妻恰在旁叱責道：「事已至此，生亦何為?我等情願先死，即伸頸就戮！」還是二婦豪爽。守光臨刑，尚哀求不已，直至刀起首落，方才寂然。獨留住仁恭，不即處斬，另派節度副使盧汝弼，押仁恭至代州，剖心祭先王克用墓，然後梟首示眾。所有劉氏家口，盡行處死，不消絮述。

王鎔與王處直，推晉王存勗為尚書令。晉王三讓乃受，始開府置行臺，仿唐太宗故事，再命李嗣源會同周德威及鎮州兵馬，攻梁邢州。梁天雄節度使楊師厚，發兵救邢。晉軍前鋒失利，便即引還。

話分兩頭，且說淮南節度使楊隆演，既得嗣位，又由徐溫遣將周本，戡定江西，內外無事。回應第五回。乃令將軍萬全感分詣晉、岐，報告襲位。晉、岐兩國，承認他為嗣吳王，隆演自然喜慰。唯徐溫輔政，權勢日盛一日，鎮南節度使劉威，歙州觀察使陶雅，宣州觀察使李遇，常州刺史李簡，統是楊行密宿將，恃有舊勛，蔑視徐溫。李遇嘗語人道：「徐溫何人！我未曾與他會面，乃儼然為吳相麼？」這語傳入溫耳，溫派館驛使徐玠，出使吳越，令他道過宣州，順便召遇入朝。遇踟躕未決。玠又說道：「公若不即入謁，恐人將疑有反意了！」遇忿然道：「君說遇反，日前與殺侍中，指楊渥，渥曾自兼侍中。還是反不是反呢？」及玠回來報溫，溫觸著隱情，頓時動怒，便令淮南節度副使王玠，出為宣州制置使，即加遇抗命不朝的罪狀，遣都指揮使柴再用，及徐知誥兩人，領兵納壇，乘勢討遇。遇怎肯聽命，閉城拒守，再用等圍攻月餘，竟不能下。遇少子曾為淮南牙將，被溫捕送軍前，由再用呼遇指示道：「如再抗命，當殺汝少子。」遇見少子悲號求生，心中好似刀割，乃答再用道：「限我兩日，當即報命！」再用乃牽遇少子還營，適值典客何蕘，由溫派令勸遇，即入城語遇道：「公若不肯改圖，蕘此來亦不想求生，任憑斬首，止靠此一城，恐未能長持過去，不若隨蕘納款，保全身家！」遇左思右想，實無良法，沒奈何依了蕘言，開門請降，那知徐溫卻是利害，竟令柴再用把遇殺死，且將遇全家人口，一併誅夷。如此殘虐，宜其無後。於是諸將相率畏溫，不敢逆命。

知誥以功升昇州刺史，選用廉吏，修明政教，特延洪州進士宋齊邱，闢為推官，與判官王令謀，參軍王翃，同主謀議，牙吏馬仁裕、周宗、曹悰為腹心，隱然有籠絡眾心，締造宏碁的思想。唯向溫通問，恪守子道，一些兒不露驕態。溫嘗謂諸子道：「汝等事我，能如知誥否？」恐也著了道兒。從此知誥所請，無不依從。

知誥密陳劉威專恣，不可不防，溫又欲興兵往討。威有幕客黃訥，向威獻議道：「公雖遭讒謗，究竟未得確據，若輕舟見溫，自然嫌疑盡釋了。」威如訥言，便乘一小舟，只帶侍從二三人，徑詣廣陵，陶雅亦至，與溫相見。溫館待甚恭，以後進自居，且轉達吳王隆演，優加二人官爵。威、雅很是悅服，一住經旬，方才告別。溫盛筵餞行，席間備極殷勤，佯作戀戀不捨的狀態，引得威、雅兩人，死心塌地，誓不相負，方灑淚還鎮去了。徐溫頗有莽操手段。

已而溫與威、雅，推吳王楊隆演為太師，溫亦得升官加爵，領鎮海軍治潤州。節度使，兼同平章事職銜。溫尚在廣陵，遣將陳章攻楚，取得岳州，擒歸刺史苑玫。又在無錫擊退吳越兵。楚與吳越，先後訴梁，梁命大將王景仁為淮南招討使，率兵萬人，進攻廬、壽二州。溫與東南諸道副都統朱瑾，聯兵出御，大破梁軍。溫遂超任馬步諸軍都指揮使，並兩浙招討使，兼官侍中，晉爵齊國公。乃徙鎮潤州，留子知訓居廣陵，知訓已得充淮南行軍副使，至是更握內政，小事悉由知訓裁決，大事始遙與溫商。當時淮南一大鎮，只知有徐氏父子，不知有楊隆演了。

梁主友貞，聞淮南勢盛，恐東南各鎮，或與淮南連兵，將為梁患，正擬設法牢籠。可巧荊南節度使高季昌，見第四回。造戰艦五百艘，治城塹，繕器械，招兵買馬，有志稱雄，梁主亟封他為渤海王，賜給袞冕劍佩，為羈縻計。季昌意氣益豪，日謀拓地，探得蜀有內變，即親率戰船，攻蜀夔州。小子先將蜀中亂事，大略補述，方好敘明戰事。

蜀王王建，自僭號稱帝後，與岐王失和構兵，爭戰經年，得將岐兵擊退，氣焰益張。見第八回。左相王宗佶，本王建養子，與太子宗懿不協，並因樞密使唐道襲，以舞僮得寵，素常輕視，致為所譖，被建撲死。宗懿改名元膺，豭喙齲齒，好勇善射，既與道襲譖死宗佶，復好面辱大臣，最喜與道襲戲謔，嘗在大庭廣眾中，效為舞僮模樣，任意揶揄。道襲老羞成怒，引為深恨。他本是王建寵臣，每事必與熟商，遂得乘隙進讒，誣稱元膺謀亂。王建初尚未信，禁不得道襲再三浸潤，復由諸王大臣，加添數語，也不覺動疑起來，遂令道襲召兵入衛。也怕作劉仁恭耶！元膺聞信，驚懼交並，遂囑大將徐瑤、常謙等，引兵猝攻道襲，道襲身中流矢，墜馬而亡。那時王建得報，果道是元膺為逆，即遣王宗侃調集大軍，出討元兵所殺。建追廢元膺為庶人，改立幼子宗衍為太子。

高季昌以蜀遭內亂，有隙可乘，遂進攻夔州。夔州刺史王成先出兵逆戰，季昌令軍士乘風縱火，焚蜀浮橋。蜀兵頗有懼色，幸蜀將張武，舉鐵絙拒住敵艦。季昌仍不能進軍，忽然間風勢倒吹，害得季昌放火自燃，荊南兵不被焚死，也被溺死，季昌忙易小舟，狼狽奔還。小子有詩詠道：

返風撲火自當災，數載經營一炬灰！
天意未容公滅蜀，艨艟多事溯江來。

荊蜀戰罷，梁、晉又復交兵，欲知勝負如何，試看下回便知。

劉守光父子，有必亡之道，亦有應誅之罪。晉王存勗，出兵滅燕，縶歸守光父子，聲其罪而誅之，宜也，但必駢戮家屬，毋乃過甚。李遇自恃舊勛，蔑視徐溫，不過驕矜之失，無甚大惡，且既誇命出降，黜其官而赦之，可也，即不赦之，而家族何辜，寧必誅夷而後快！周文王治岐，罪人不孥，方卜世至八百年，蓋不嗜殺人，方垂久遠。李存勗已為過暴，而徐溫尤甚。是欲垂裕後昆，其可得乎？蜀事隨手敘入，亦為按時敘事起見，僭偽之徒，且不能自全骨肉，雄鷙亦何益乎？

第十回　逾黃澤劉鄩失計襲晉陽王檀無功

卻說梁任楊師厚為天雄節度使，兼封鄴王。師厚晚年，擁兵自恣，幾非梁主所能制，幸享年不久，遽爾去世，梁廷私相慶賀。租庸使趙巖，判官邵贊，請分天雄軍為兩鎮，減削兵權，梁主友貞依計而行。天雄軍舊轄疆土，便是魏、博、貝、相、澶、衛六州，梁主派賀德倫為天雄節度使，止領魏、博、貝三州，另在相州置昭德軍，兼轄澶、衛，即以張筠為昭德節度使，二人受命赴鎮。梁主又恐魏人不服，更遣開封尹劉鄩，率兵六萬名，自白馬頓渡河，陽言往擊鎮、定，實防魏人變亂，暗作後援。

德倫至魏，依著梁主命令，將魏州原有將士，分派一半，徙往相州。魏兵皆父子相承，族姻結合，不願分徙，甚至連營聚哭，怨苦連天。德倫恐他謀變，即報知劉鄩，鄩屯兵南樂，先遣澶州刺史王彥章，率龍驤軍五百騎入魏州。魏兵益懼，相率聚謀道：「朝廷忌我軍府強盛，所以使我分離，我六州歷代世居，未嘗遠出河門，一旦骨肉分拋，生還不如死罷！」當即乘夜作亂，縱火大掠，圍住王彥章軍營。可見一動不如百靜。彥章斬關出走，亂兵擁入牙城，殺死德倫親卒五百人，劫德倫禁居樓上。德倫焦急萬分，適有亂軍首領張彥，禁止黨人剽掠，但逼德倫表達梁廷，請仍舊制，德倫只好依他奉表。梁主得表大驚，立遣供奉官扈異，馳撫魏軍，許張彥為刺史，唯不準規復舊制。彥一再固請，梁使一再往返，只是齎詔宣慰，始終不許復舊。彥怒裂詔書，散擲地上，戟手南指，詬詈梁廷，且憤然語德倫道：「天子愚闇，聽人穿鼻，今我兵甲雖強，究難自立，應請鎮帥投款晉陽，乞一外援，方無他患。」仍要求人，何如不亂。德倫顧命要緊，又只得依他言語，向晉輸誠，並乞援師。

晉王得書，即命李存審進據臨清，自率大軍東下，與存審會。途次復接德倫來書，說是梁將劉鄩，進次洹水，距城不遠，懇速進軍。晉王尚慮魏人多詐，未肯輕進。德倫遣判官司空頲往犒晉軍。頲系德倫心腹，既至臨清，密陳魏州起亂情由，且向晉王獻言道：「除亂當除根，張彥凶狡，不可不除，大王為民定亂，幸勿縱容亂首！」

晉王乃進屯永濟，召張彥至營議事，彥率黨與五百人，各持兵仗，往謁晉王。晉王令軍士分站驛門，自登驛樓待著，俟彥等伏謁，即喝令軍士，將他拿下，並捕住黨目七人。彥等大呼無罪，晉王宣諭道：「汝陵脅主帥，殘虐百姓，尚得說是無罪麼？我今舉兵來此，但為安民起見，並非貪人土地，汝向我有功，對魏有罪，功小罪大，不得不誅汝以謝魏人。」彥無詞可答。即由晉王出令處斬，並及黨目七人。殺得好。餘眾股慄，晉王復傳諭道：「罪止八人，他不復問，眾皆拜伏，爭呼萬歲。

越日，皆命為帳前親卒，自己輕裘緩帶，令他擐甲執兵，冀馬前進，眾心越覺感服。賀德倫聞晉王到來，率將吏出城迎謁。晉王從容入城，由德倫奉上印信，請晉王兼領天雄軍。晉王謙讓道：「我聞城中塗炭，來此救民，公不垂察，即以印信見讓，誠非本懷。」未免做作。德倫再拜道：「德倫不才，心腹紀綱，多遭張彥毒手，形孤勢弱，怎能再統州軍？況寇敵逼近，一旦有失，轉負大恩，請大王勿辭！」晉王乃受了印信，調德倫為大同節度使。德倫別了晉王，行抵晉陽，為張承業所留，不令抵任，後文再表。

且說晉王存勗，既得魏城，令沁州刺史李存進，為天雄都巡按使，巡察城市。遇有無故訛言，及掠人錢物，悉誅無赦，城中因是帖然，莫敢喧譁。一面派兵襲陷德、澶二州，梁將王彥章，奔往劉鄩軍營，家屬猶在澶州城內，被晉軍掠取，仍然優待，且遣使招置彥章。彥章置家不顧，殺斃晉使，晉軍乃把彥章家屬，駢戮無遺。劉鄩進次魏縣，晉王出軍抵禦，他素好冒險，但率百餘騎往探鄩營，偏為鄩所探悉，分布伏兵，待晉王馳至，鼓譟而出，圍繞數匝，晉王躍馬大呼，麾騎衝突，所向披靡，騎將夏魯奇，手持利刃，翼王突圍，自午至申，殺死梁兵百餘名，方得躍出，奪路馳回。梁軍尚不肯舍，在後急追，魯奇請晉王先行，自率百騎斷後，又手刃梁兵數十人，身上亦遍受創傷，正危急間，救星已到。李存審率軍前來，擊退梁兵，隨王回營。晉王檢點從騎，雖多受傷，陣亡只有七人，乃顧語從騎道：「幾為虜笑。」從騎應聲道：「敵人怎敢笑王，適使他見王英武哩！」晉王因魯奇獨出死力，撫賞有加，賜姓名為李紹奇。

劉鄩馳入魏縣城中，數日不出，杳無聲跡。晉王懷疑，便命偵騎往探鄩軍，返報城中並無煙火，只有旗幟豎著，很是整齊。晉王道：「我聞劉鄩用兵，一步百計，這必是有詐謀哩！」乃再命偵探，始得確報，果繫縛芻為人，執旗乘驢，分立城上。晉王笑道：「他道我軍盡在魏州，必乘虛襲我晉陽，計策卻很是利害，但他的長處在襲人，短處在決戰，我料他前行不遠，速往追擊，不難取勝。」料事頗明。遂發騎兵萬人，倍道急追，果然鄩軍潛逾黃澤嶺，欲襲晉陽，途次遇著霪雨，道險泥滑，部眾扳藤援葛，越嶺西行，害得腹疾足腫，或且失足墮死，因此不能急進。晉陽城內，也已接得軍報，勒兵戒嚴，鄩軍行至樂平，糧食且盡，又聞晉陽有備，後面又有追兵到來，免不得進退兩難，驚惶交迫。大眾將有變志，勢且潰散，鄩泣諭道：「我等去家千里，深入敵境，腹背皆有敵兵，山谷高深，去將何往？唯力戰尚可得免。否則一死報君便了。」

部眾感他忠誠，才免異圖。

晉將周德威本留鎮幽州，見前回。聞劉鄩西襲晉陽，亟引千騎往援，行至土門，鄩已整眾下山，自邢州繞出宗城，欲襲據臨清，絕晉糧道。又複變計。德威兼程追鄩，到了南宮，捕得鄩諜數人，斷腕縱還，令他還報導：「周侍中已到臨清了！」鄩始大驚，按兵不進，那知中了德威詭計，直至次日遲明，始由德威軍略過鄩營，馳入臨清，煞是鬥智。鄩始悔為德威所賺，亟引兵鄩貝州。晉王連得軍報，已知鄩由西返東，追兵不能得手，乃出屯博州，遙應德威。德威追鄩至堂邑，殺了一仗，互有死傷，鄩移軍莘縣，設塹固守，自莘及河，築甬道以通糧餉。晉王存勗，也出屯莘縣西偏，煙火相望，一日數戰，未分勝負，晉王分兵攻鄩甬道，用著大刀闊斧，斬伐柵木，鄩督兵堅拒，隨壞隨修，晉軍亦無可奈何，只捕得數十人，便即退還。劉鄩也算能軍。

梁主友貞，偏責鄩老師費糧，催令速戰，鄩歷奏行軍情形，且言晉系勁敵，不能輕戰，只有訓兵養銳，徐圖進取云云。這報呈將進去，又接梁主手諭，問他何時決勝，鄩很是懊悵，竟覆奏道：「臣今日無策，唯願每人給千斛糧，始可破賊。」看官！試想這梁主友貞，雖然是素性優柔，見了這種奏語，也有些忍耐不住，便復下手諭道：「將軍屯軍積糧，究竟為鄩饑呢？還是為破賊呢？」鄩接得此諭，不得已召問諸將道：「主上深居禁中，不知軍旅，徒與少年新進，謀劃軍機，急求一逞，無如敵勢方強，戰必不利，奈何奈何？」智囊也沒法了。諸將齊聲道：「勝負總須一決，曠日持久，亦非善策。」鄩不禁變色，退語親軍道：「主暗臣諛，將驕卒惰，我未知死所了！」

越日，又召集諸將，每人面前置水一器，令他飲盡，大眾皆面面相覷，無人敢飲。鄩便對諸將道：「一器中水，尚難盡飲，滔滔河流，能一口吸盡麼？」眾始知他借水喻意，莫敢發言，偏是朝使到來，總是促戰。鄩乃自選精兵萬餘人，開城薄鎮定軍營。鎮定軍猝不及防，到也驚亂，偏晉將李存審、李建及等，左右來援，沖斷鄩軍。鄩腹背受敵，慌忙收兵奔還，已喪失了千餘人，乃決計堅守，不準出兵，且詳報梁主友貞，請勿欲速。

梁主友貞，疑信參半，連日不安，又因寵妃張氏，忽然得病，很是沉重。妃系梁功臣張歸霸女，才色兼優，梁主友貞，早欲冊她為后，張妃請待帝郊天，然後受冊，友貞因連年戰爭，無心改元，所以郊天大禮，也延宕過去。至妃病已劇，亟冊她為德妃，日間行禮，夜半去世，未免有情，誰能遣此！那梁主友貞，悲悼了好幾日，自覺形神俱憊，未晚即寢，到了夜間，夢寐中似有人行刺，駭極乃寤。正在徬徨時候，突聞御榻中有擊刺聲，越覺驚異。仔細一聽，乃出自劍匣中，就開匣取劍，披衣亟起，自言自語道：「難道果有急變麼？」道言未絕，寢門忽啟，有一人持刀直入，竟來行兇，不防梁主持劍以待，急忙轉身返奔，被梁主搶上一步，將他刺倒，結果性命。僥倖僥倖。乃急呼衛士入室，令他驗視屍骸。有人識是康王友孜的門客，因即令衛士往捕友孜。友孜正待刺客返報，一聞叩門，親來啟視，被衛士順手牽來，押入內廷。梁主面加審訊，友孜無可抵賴，俯首無詞，便由梁主喝令處斬，原來友孜系梁主幼弟，雙目有重瞳子，遂自謂有天子相，欲弒兄自立，不意弄巧成拙，竟至喪命。既自命有異相，何不待兄終弟及，乃遽自送命耶？

越宿梁主視朝，顧語租庸使趙巖，及張妃兄弟漢鼎、漢杰道：「幾與卿等不得相見！」趙巖等尚未詳悉，經梁主說明底細，方頓首稱賀，且面奏道：「陛下踐祚，已越三年，尚未郊天改元，致被奸人覬覦，猝生內變，若陛下早已親郊，早已改元，當不致有此事了！」梁主友貞，乃改乾化五年為貞明元年，親祀圜邱，頒詔大赦，即命次妃郭氏，暫攝六宮事宜。郭氏為登州刺史郭歸厚女，亦以姿色見幸，無容瑣述。唯自友孜伏誅，梁主遂疏忌宗室，專任趙巖及張妃兄弟，參預謀議。巖等依勢弄權，賣官鬻爵，讒間故舊將相，如敬翔、李振等一班勛臣，名為秉政，所言皆不見用。大家灰心懈體，眼見得朱梁七十八州，要陸續被人占去，不能長此安享了。為朱梁滅亡斷筆。

梁主改元貞明，已在乾化五年十一月中，轉瞬間就是貞明二年。劉鄩仍堅守莘城，閉壁不出。晉軍乃屢次挑戰，終無人出來接應，城上卻守得甚固，無隙可乘。晉王存勗，留李存審守營，自往貝州勞軍，陽言當返歸晉陽。劉鄩乃奏請襲擊魏州，梁主友貞答書道：「朕舉全國兵賦，付託將軍，社稷存亡，關係此舉，願將軍勉力！」鄩因令楊師厚故將楊延直，引兵萬人，往襲魏州。延直夜半至城南，總道城中未曾備防，慢慢兒的紮營，不料營未立定，突來了一彪人馬，統是精壯絕倫，所當輒靡。況且夜深天黑，幾不知有多少敵軍，只好見機急走，其實城中止有五百名壯士，潛出劫寨，卻嚇退了梁兵萬人。

翌日晨刻，劉鄩率兵至城東，與延直相會，正擬督兵進攻，但聽城中鼓聲大震，城門洞開，有一大將領軍殺出，前來接仗。鄩遙認是李嗣源，也擺開陣勢，與他交鋒。將對將，兵對兵，正殺得難解難分，突見貝州路上，也有一軍殺到，當先一員統帥，服色不等尋常，面貌很是英偉，手中執著令旗，似風驅來。鄩驚語道：「來帥乃是晉王，莫非又被他賺了？」果如尊言。遂引兵卻退。晉王與嗣源合兵，步步進逼，鄩且戰且行，奔至故元城西，後面喊聲又震，李存審驅軍殺來，鄩叫苦不迭，急麾兵布成圓陣，為自固計。偏西北是晉王軍，東南是存審軍，兩軍皆布方陣，鼓噪而前，害得鄩軍四面受敵，合戰多時，鄩軍不支，紛紛潰散，鄩急引數十騎突圍出走，所有步卒七萬，經晉軍一陣環擊，殺死了一大半，餘眾僥倖逃脫，又被晉軍追至河上，殺溺幾盡，僅剩數千人過河，跟著劉鄩退保滑州。

梁匡國軍節度使王檀，密奏梁廷，請發關西兵掩襲晉陽，廷臣以為奇計，即令照行。檀發河中、陝同華諸鎮兵，合三萬人，出陰地關，掩至晉陽城下，果然城中未及預防，即由監軍張承業，調發諸司丁匠，並市民登城拒守。檀晝夜猛攻，險些兒陷入城中，承業慌急異常。代北故將安金全，退居晉陽，入見承業道：「晉陽系根本地，一或失守，大事去了！僕雖老病，憂兼家國，願授我庫甲，為公拒敵。」幸有此人。承業易憂為喜，立發庫中甲械，給與金全，金全召集子弟，及退職故將，得數百人，夜出北門，襲擊梁營，梁兵驚退，金全乃還。

過了一日，又由昭義軍即澤潞二州。昭義軍本統五州，自澤潞入晉。余如邢、洺、磁三州，尚為梁有，統稱昭義軍，故五代初有兩昭義軍。節度使李嗣昭，撥出牙將石君立，引五百騎來援。君立朝發潞州，夕至晉陽，突過汾河橋，擊敗梁兵，直抵城下，佯呼道：「昭義全軍都來了！」承業大喜，開城迎入。君立即與安金全等，夜出各門，分劫梁營，梁兵屢有死傷，王檀料不能克，又恐援軍四集，遂大掠而還。是時賀德倫尚留住晉陽，部兵多縋城逃出，往投梁軍。承業恐他內應，收斬德倫，然後報達晉王，晉王也不加罪。唯晉陽解圍，並非由晉王授計，晉王素好誇伐，竟不行賞，還虧張承業撫慰有方，大眾始無怨言。晉室功臣，要算承業。梁主友貞，聞劉鄩敗還，王檀又復無功，忍不住長嘆道：「我事去了！」乃召劉鄩入朝。鄩恐戰敗受誅，但託言晉軍未退，不便離滑。梁主權授鄩為宣義節度使，使將兵進屯黎陽。晉王使李存審往攻貝州，刺史張源德固守，屢攻不下。晉王自攻衛、磁二州，均皆得手，降衛州刺史米昭，斬磁州刺史靳紹。再派將分徇洺、相、邢三州，守吏或降或走，三州俱下。晉王命將相州仍歸天雄軍，唯邢州特置安國軍，兼轄洺、磁，即令李嗣源為安國節度使，又進兵滄州。滄州已為梁所據，守將毛璋，至是亦降。只有貝州刺史張源德，始終拒晉，城中食盡，甚至噉人為糧，軍士將源德殺死，奉款晉營，因恐久守被誅，請擐甲執兵，出城迎降。存審佯為應允，俟開城後，麾兵擁入，撫慰一番，乃令降眾釋甲。降眾不知是計，各將甲兵卸置，不料一聲號令，四面被圍，見一個，殺一個，把降眾三千人，殺得乾乾淨淨，一個不留。存審亦太慘毒。自是河北一帶，均為晉有。唯黎陽尚由劉鄩守住，總算還是梁土。晉軍往攻不克，班師而回。

晉王存勗，亟倍道馳歸晉陽，原來存勗頗孝，累歲經營河北，必乘暇馳歸，省視生母曹氏。此次因行軍日久，所以急歸。看官聽著，晉祖李克用正室，本是劉氏，克用起兵代北，轉戰中原，嘗令劉氏偕行，劉氏頗習兵機，又善騎射，嘗組成宮女一隊，教以武技，隨從軍中。克用所向有功，半出內助，及克用封王，劉氏亦受封秦國夫人。唯劉氏無子，與克用妾曹氏，相得甚歡，每與克用言及，曹氏相當生貴子，後來果生存勗，存勗嗣立，曹氏亦推為晉國夫人，母以子貴，幾出劉氏右。劉氏毫不妒忌，歡愛逾恆，存勗歸省曹氏，曹氏亦必令問候嫡母，不致缺儀。難得有此二賢婦。小子有詩詠道：

尹邢相讓不相爭，王業應由內助成，到底賢明推大婦，周南樛木好重賡。推重劉氏，為後文易嫡為庶伏案。

晉王存勗歸省後，過了殘年，忽聞契丹酋長阿保機，稱帝改元，竟取晉新州，入圍幽州。那時又要大動干戈了。欲知契丹入寇情事，請看官續閱下回。

本回敘梁、晉交爭，為梁、晉興亡一大關鍵。劉鄩良將也，一步百計，可謂善謀，然晉為勁敵，非智力足以勝之。觀鄩之固守莘城，堅壁不出，最為良策，司馬懿之所以能拒諸葛者，即是道也。梁主不察，屢次促戰，卒致鄩不能牢守成見，墮入晉王詐計，魏州一役，喪師無算，渡河奔還，而河北遂為晉有矣。王檀之襲擊晉陽，智不在劉鄩下，乃頓兵城下，又復無功。河東方盛，人謀無益，梁亡晉興，實關此舉。然梁主不分天、雄二鎮，尚不致有此敗。興亡之數，雖曰天命，豈非人事哉！況友孜謀逆，內變頻興，不能安內，烏能攘外，識者以是知朱梁之必亡！

第十一回　阿保機得勢號天皇　胡柳陂輕戰喪良將

卻說中國北方，素為外夷所居，歷代相沿，屢有變革。唐初突厥最大，後來突厥分裂，回鶻、奚、契丹，相繼稱盛。到了唐末，契丹最強，他本是鮮卑別種，散居潢河兩岸，乘唐衰微，逐漸拓地，成為北方強國，國分八部。但皆利部，乙室活部，實活部，納尾部，頻沒部，內會雞部，集解部，奚嗢部。每部各有酋長，號為大人。又嘗公推一大人為領袖，統轄八部，三年一任，不得爭奪。居然有選舉遺風。

到了唐朝季年，正值阿保機為八部統領，善騎射，饒智略，嘗乘間入塞，攻陷城邑，擄得中國人民，擇地使耕，闢土墾田，大興稼穡。不到數年，居然禾麥豐收，戶口蕃息。阿保機為治城郭，設廛市，立官置吏，仿中國幽州制度，稱新城為漢城，漢人安居此土，不復思歸。阿保機聞漢人言，謂中國君主，向來世襲，未嘗交替，因此威制諸部，不肯遵行三年一任的老例，悠悠忽忽，已越九年。八部大人，各有違言，阿保機乃通告諸部道：「我在任九年，所得漢人，不下數萬，現皆居住漢城，我今自為一部，去做漢城首領，不再統轄各部，可好麼？」各部大人，當然允諾。阿保機遂徙居漢城，練兵造械，四出略地。

党項在漢城西，他率兵往攻，欲取党項為屬地，不意東方的室韋部，乘虛來襲漢城，城中聞報皆驚，偏出了一個女英雄，披甲上馬，號召徒眾，竟開城搦戰，擊破室韋部眾，追逐至二十里外，斬獲無數，始收眾回城。這人為誰？就是阿保機妻述律氏。述律一作舒嚕。述律氏名平，系回鶻遺裔，小字月理朵，一作鄂爾多。生得身長面白，有勇有謀，阿保機行兵御眾，多由述律氏暗中參議，屢建奇功，此次阿保機西侵党項，留她居守，她日夕戒備，竟得從容破敵。及阿保機聞變回來，敵人早已敗走，全城安然無恙了。

梁興有張妃，晉興有劉妃，契丹之興有述律氏，可見開國成家，必資內助。漢城在炭山西南，素產鹽鐵，所出食鹽，往往分給諸部。述律氏為阿保機設法，擬借此召集諸部大人，為聚殲計，阿保機遂遣使語諸部道：「我有鹽池，為諸部所仰給，諸部得了鹽利，難道不知有鹽主麼？何不一來犒我！」諸部大人乃各齎牛酒，親詣漢城，與阿保機共會鹽池。阿保機設筵相待，飲至酒酣，擲杯為號，兩旁伏兵突發，持刀亂殺，八部大人，無一生還。阿保機即分兵往徇八部。八部已失了主子，哪個敢來抵擋，只好俯首聽命，願戴阿保機為國主，阿保機遂得雄長北方了。阿保機併吞八部，敘筆不略。

晉王李克用，聞梁將篡唐，意圖聲討，因欲聯絡契丹，作為臂助，乃遣人往約阿保機，願與聯盟。阿保機率兵三十萬，來會克用，到了雲州東城，由克用迎入宴飲，約為兄弟，共舉兵擊梁，臨別時贈遺甚厚。阿保機亦酬馬千匹，不意梁既篡唐，阿保機竟背盟食言，反使袍笏梅老詣梁，袍笏系番官名。獻上名馬貂皮，求給封冊。梁主溫遣使答報，令他翦滅晉陽，方給封冊，許為甥舅國。看官！你想李克用得此消息，能不引為大恨麼？克用病終，曾付一箭與存勗，囑他剿滅契丹。見前第四回。

存勗嗣立，先圖河北，不便與契丹絕交，所以貽書契丹，仍稱阿保機為叔父，述律氏為叔母。及存勗伐燕，燕王劉守光，使參軍韓延徽往契丹乞師，阿保機不肯發兵。見前第九回。但留住延徽，令他為契丹臣。延徽不拜，惹動阿保機怒意，罰使喂牛飼馬，獨述律氏慧眼識人，徐勸阿保機道：「延徽守節不屈，正是當今賢士，若能優禮相待，當為我用，奈何使充賤役呢！」阿保機乃召入延徽，令延旁坐，與語軍國大事，應對如流。阿保機大喜，遂待若上賓，用為謀主，延徽感懷知遇，竭力贊襄，教他戰陣，導他侵略，東馳西突，收服党項、室韋諸部，又制文字，定禮儀，置官號，一切法度，番漢參半，尊阿保機為契丹皇帝。阿保機自稱天皇王，令妻述律氏為天王皇后，改元天贊。即以所居橫帳地名為姓，叫做世里，由中國文翻譯出來，便是耶律二字。別在漢城北方，營造城邑宮室，稱為上京，上京四近，各築高樓，為往來遊畋，登高憩望的區處，俗尚拜日崇鬼，每月逢朔望，必東向禮日，所以阿保機蒞朝視事，亦嘗東向稱尊。這是梁貞明二年間事。

韓延徽卻潛歸幽州，探視家屬，乘便到了晉陽，入見晉王李存勗。存勗留居幕府，命掌書記。偏有燕將王緘，密白晉王，說他反覆無常，不宜信任。反覆無常四字，確是延徽定評。晉王因也動疑，延徽瞧透隱情，便借省母為名，復走契丹。阿保機失了延徽，如喪指臂，及延徽復至，幾疑他從天而下，大喜過望，即令延徽為相，叫做政事令。延徽致晉王書，歸咎王緘，且云延徽在此，必不使契丹南牧，唯幽州尚有老母，幸開恩贍養，誓不忘德。晉王存勗，乃令幽州長官，歲時問延徽母，不令乏食。那知契丹竟大舉南寇，自麟、勝二州攻入，直抵蔚州。晉振武軍節度使李嗣本，發兵往拒，眾寡不敵，嗣本被擒。又值新州防禦使李存矩，驕惰不恤軍民，為偏將盧文進等殺死，文進亡入契丹，引契丹兵入據新州，留部校劉殷居守，雲、朔大震。

晉王李存勗，正自河北歸來，接連得著警報，亟調幽州節度使周德威，發兵三萬，往拒契丹。德威至新州城下，望見契丹兵士，精悍絕倫，已有退志。嗣聞契丹皇帝阿保機，率兵數十萬，前來援應，料知不能抵敵，引兵退還。到了半途，突聞後面喊聲大震，契丹兵已經殺到。德威回馬北望，那胡騎漫山遍野，踴躍奔來，急忙下令布陣，整備對仗，陣方布定，敵騎已至，憑著一股銳氣，突入陣中，德威招抵不上，沒奈何麾軍再走。偏敵騎馳騁甚速，霎時間又被沖斷，裹去了無數人馬，僅得數千人保住德威，狼狽急奔，始得回入幽州。德威老將，也有此敗。契丹兵乘勝進薄城下，聲言有眾百萬人，氈車毳幕，瀰漫山澤，沿途俘獲兵民，統用長繩捆住，連頭帶足，似縛豚相似，懸諸樹上。恰是好看。兵民到了夜間，往往潛自解脫，伺隙逸去，契丹主也不過問，但督兵圍攻幽州。周德威一面乞援，一面固守。契丹降將盧文進，請造火車道地，仰攻俯掘，德威用銅鐵鎔汁，上下揮灑，敵眾多被沾染，無不焦爛，因此攻勢少懈。

相持至百餘日，晉將李嗣源、閻寶、李存審等，奉晉王命令，率步騎七萬，進援幽州，嗣源與存審商議道：「敵利野戰，我利據險，不若自山中潛行，趨往幽州，倘或遇敵，亦可依險自固，免為所乘。」存審稱善，遂逾大防嶺東行，由嗣源與養子從珂率三千騎為先鋒，啣枚疾走，距幽州六十里，與契丹兵相值，力戰得進，行至山口，契丹用萬騎阻住去路，嗣源僅率百餘騎，至契丹陣前，免胄揚鞭，口操胡語道：「汝無故背盟，犯我疆土，我王已麾眾百萬，直抵西樓，滅汝種族，汝等還在此做什麼？」契丹兵聽了此語，不免心驚，互相顧視，嗣源乘勢突入，手舞鐵鎔，擊死敵目一人，後軍怒馬繼進，得將契丹兵沖退，徑抵幽州。契丹主阿保機，攻城不下，又值大暑霖潦，班師回國，止留部將盧國用圍城。說本《遼史．太祖紀》國用聞救兵到來，列陣待著，李存審命步兵伏住陣後，戒勿妄動，但令羸卒曳柴燃草，鼓噪先進，那時煙塵蔽天，弄得契丹兵莫名其妙，不得已出陣逆戰，存審始令陣後伏兵，齊向前進，趁著煙霧迷離的時候，人自為戰，蹂躪敵陣。契丹兵大敗而逃，由晉軍從後追擊，俘斬萬計，乃收軍入幽州。前寫嗣源，後寫存審。德威接見諸將，握手流涕，越日始遣人告捷。

晉王聞契丹敗歸，又決計伐梁，調回李嗣源等將士，指日出師。會值天寒水涸，河冰四合，晉王大喜道：「用兵數載，只因一水相隔，不便飛渡，今河冰自合，正是天助我了！」遂急赴魏州，調兵南下。

是時梁黎陽留守劉鄩，應召入朝，接應前回。朝議責他失守河朔，貶為亳州團練使。河北失一大將，沒人抵擋晉軍，晉王視河冰堅沍，即引步騎渡河。河南有楊劉城，由梁兵屯守，沿河數十里，列柵相望。晉王麾軍突進，毀去各柵，竟抵楊劉城，飭步兵各負葭葦，填塞城濠，四面攻撲，即日登城，擒住守將安彥之。梁主友貞，正在洛陽謁陵，擬行西郊祀天禮，忽聞楊劉城失守，晉軍將抵汜水，急得不知所措，慌忙停罷郊祀，奔還大梁。嗣探得晉王略地濮鄆，大掠而還，才得略略放心，安穩過了殘年。

越年為貞明四年，梁主友貞，與近臣會議，欲發兵收復楊劉。梁相敬翔上疏道：「國家連年喪師，疆宇日蹙，陛下居深宮中，唯與左右近臣，商議軍務，所見怎能及遠？試想李亞子繼位以來，攻城野戰，無不身先士卒，親冒矢石，近聞攻楊劉城，且身負束薪，為士卒先，所以一鼓登城，毀我藩籬。陛下儒雅守文，宴安自若，徒令後進將士，攘逐寇仇，恐非良策。為今日計，速宜周諮黎老，別求善謀，否則來日方長，後患正不少哩！」頗切時弊。梁主覽奏，乃與趙、張諸臣商議。趙、張諸臣，反說敬翔自恃宿望，口出怨言，竟請梁主下詔譴責。還是梁主曲意優容，但將奏疏擱起，置諸不理。

過了數日，令河陽節度使謝彥章，領兵數萬，攻楊劉城。晉王存勗，已還寓魏州，接到楊劉警報，亟率輕騎馳抵河上。彥章築壘自固，決河灌水，阻住晉軍。晉王泛舟測水，見水勢瀰漫數里，深且沒槍，也覺暗暗出驚，沈吟半晌，始笑顧諸將道：「我料梁軍並無戰意，但欲阻水為固，使我自敝，我豈墮他狡計！看我先驅渡水，攻他不備哩。」翌晨即調集將士，下令攻敵。自率魏軍先涉，各軍繼進，褰甲橫槍，整隊後行，可巧水勢亦落，深才及膝，大眾歡躍而前。梁將謝彥章，率眾數萬，臨水拒戰，晉軍衝突數次，統被擊退。晉王眉頭一皺，計上心來，即麾軍卻還。到了中流，回顧梁兵追來，復翻身殺回。軍士亦皆返戰，奮呼殺賊。彥章不防這著，竟被晉軍沖散隊伍，及奔還岸上，已是不能成列。晉王驅軍大殺一陣，流血萬人，河水為赤，彥章倉皇遁走，晉軍遂陷入濱河四寨。極寫晉王智勇。

晉王欲乘勝滅梁，四面徵兵，令周德威率幽州兵三萬人，李存審率滄、景兵萬人，李嗣源率邢、洺兵萬人，王處直遣將率易、定兵萬人，及麟、勝、雲、朔各鎮兵馬，同集魏州，還有河東、魏博各軍，齊赴校場，由晉王升座大閱，慷慨誓師，各軍齊聲應諾，彷彿似海嘯山崩，響震百里。梁兗州節度使張萬進，望風股慄，遣使納款。晉王乃帶領全軍，循河直上，立營麻家渡。梁命賀瓌為北面行營招討使，率師十萬，與謝彥章會兵濮州，出屯州北行臺，相持不戰。原是上策。

晉王屢發兵誘敵，梁營中始終不動，惱得晉王性起，自引輕騎數百人，到梁營前，踞坐辱罵。梁兵卻出營追趕，險些兒刺及晉王，虧得騎將李紹榮，力戰得免。眾將皆諫，趙王鎔及王處直，亦致書晉王道：「元元命脈，系諸王身，大唐命脈，亦系諸王身，奈何自輕若此！」晉王笑語來使道：「自古到今，平定天下，多由百戰得來，怎可深居帷闥，自溺宴安哩！」來使既去，晉王又出營上馬，親往挑戰。李存審叩馬泣諫道：「大王當為天下自重，先登陷陣，乃是存審等職務，並非大王所應為！」晉王尚不肯止，經存審攬住馬韁，方下馬還營。

越日覷存審外出，復策馬馳往敵營，隨身仍不過百騎，且顧語左右道：「老子妨人戲，令人惹厭！」既近梁營，營外有長堤，晉王躍馬先登，隨登的騎將，僅及十餘人，不防堤下伏有梁兵，一聲呼噪，持械突發，圍住晉王至數十匝，晉王拚命力戰，一時衝突不出，幸後騎陸續登堤，從外面攻入，方殺開一條血路，策馬飛奔，李存審也領兵來援，方將梁兵殺退，晉王方信存審忠言，待遇益加厚了。存勗之不得善終，亦未始非輕躁之失。

兩軍相持，轉瞬百日，晉王又暴躁起來，飭令進軍，距梁營十里下寨。梁招討使賀瓌，屢欲出戰，均被謝彥章阻住。一日瓌與彥章閱兵營外，對營數里，適有高地，瓌指示彥章道：「此地可以立柵。」彥章不答，及晉軍進逼，果在高地上豎柵屯軍，瓌遂疑彥章與晉通謀，密報梁主，誣稱彥章撓阻軍謀，私通寇敵。一面與行營都虞侯朱珪密謀，誘殺彥章，並騎將孟審澄、侯溫裕。當下再奏梁主，只說三人謀叛，已與朱珪定計，將他誅死。梁主不辨虛實，竟升珪為平盧節度使，兼行營副指揮使。

晉王聞彥章被殺，喜語諸將道：「將帥不和，自相魚肉，這正是有隙可乘！我若引軍直指梁都，他豈能仍然堅壁，不來攔阻？我得與戰，當無不勝了。」周德威諫阻道：「梁人雖屠上將，兵甲尚是完全，若冒險輕行，恐難得利。」晉王不從，下令軍中，老弱悉歸魏州，所有精兵猛將，一概隨行。當即毀營亟進，竟向汴梁進發。至胡柳陂，有偵騎來報導：「梁將賀瓌，也率大兵追來了。」晉王道：「我正要他追來，好與一戰。」周德威又諫道：「賊眾倍道來追，未曾休息，我軍步步為營，所至立柵，守備有餘，兵法上所謂以逸待勞，便是此策，請王按兵勿戰，但由德威等分出騎兵，往擾敵壘，使他不得安息，然後一鼓出師，可以立殲，否則梁人顧念家鄉，內懷憤激，銳氣方盛，暮氣未生，驟然與戰，恐未必得志呢。」晉王勃然道：「前在河上，恨不得賊，今賊至不擊，尚復何待？公何膽怯至此！」說至此，復顧李存審道：「爾等令輜重兵先發，我為爾等斷後，破賊即行。」勇則有餘，慎則不足。德威不得已，引幽州兵從行，向子流涕道：「我不知死所了。」也是命數該終，所以良謀不用。

已而梁軍大至，橫亙數十里，晉王自領中軍，鎮定軍居左，幽州軍居右，輜重兵留屯陳西，晉王率親軍陷入梁陣，所向無前，十蕩十決，往返至十餘次，梁馬軍都指揮使王彥章，支持不住，竟率部眾西走。晉輜重兵望見梁幟，還道他來襲輜重，頓時驚潰，馳入幽州軍。幽州軍亦被他擾亂，反令彥章乘隙搗入，斫死許多幽州軍。周德威慌忙拒戰，已是不及攔阻，再經賀瓌部眾，也來幫助彥章，一場蹂躪，可憐德威父子，竟戰死亂軍中！小子有詩嘆道：

統兵百戰老疆場，具有兵謀保晉王。
誰料渡河偏梗議？將軍難免陣中亡。

德威已死，晉軍奪氣，晉王存勗，忙據住高邱，收集散兵。梁兵四面會合，賀瓌亦占了對面的土山，與晉王再決勝負。欲知再戰情形，俟小子下回續敘。

契丹阿保機之強，謀略多出述律氏，彼徒執哲婦傾城之語，以律人家國者，毋乃其所見太小耶！蓋唯妖媚妒悍之婦人，不誤人家國不止，若果智勇深沈，好謀善斷，則佐興一國且有餘，遑論一家乎！但為阿保機設法，誘入八部大人，聚而殲旃，雖從此得統一契丹，而居心未免太毒，述律氏亦悍矣哉！若夫晉之攻梁，名正言順，不勞贅述。晉王之冒險輕進，原違臨事而懼，好謀而成之誡，胡柳陂一役，宿將如周德威，亦致戰死，此皆由輕率之害。但德威行軍日久，奈何不預先戒備，竟為各軍所乘！然則其戰死也，殆亦有自取之咎乎？蓋德威年已衰邁，暮氣亦深，無怪其前遇契丹，即望風奔靡也。

第十二回　莽朱瑾手刃徐知訓　病徐溫計焚吳越軍

卻說梁將賀瓌，據住土山，為晉王所望見，即顧語將士道：「今欲轉敗為勝，必須往奪此山。」說著，即引騎兵下丘，馳至對面土山前，奮勇先登，李從珂、王建及等，隨後踵至，統是努力向前，一擁而上，梁兵抵敵不住，紛紛下山，改向山西列陣，尚是氣焰逼人。晉軍相顧失色，各將請晉王斂兵還營，詰朝復戰，獨閻寶進言道：「王彥章騎兵，已西走濮陽，山下只有步卒，向晚必有歸志，我乘高臨下，定可破敵，且大王深入敵境，偏師失利，若再引退，必為敵乘，就使收眾北歸，河朔恐非王有，成敗決諸今日，奈何退去？」晉王尚猶豫未決，此時何亦遲疑耶？李嗣昭亦進諫道：「賊無營壘，日暮思歸，但使精騎往擾，使彼不得晚食，待他引退，麾眾追擊，必得全勝。」王建及擐甲橫槊，慷慨陳詞道：「敵兵已有倦容，不乘此時往擊，更待何時？大王儘管登山，看臣為王破賊！」晉王見他聲容俱壯，也奮然道：「非公等言，幾誤大計！」便令嗣昭、建及，率領騎兵，先驅突陣，自率各軍繼進。

梁兵正慮枵腹，不防嗣昭、建及兩大將，盛怒前來，大刀長槊，攪入陣中，刀過處頭顱亂滾，槊到時血肉橫飛，大眾逃命要緊，立時潰散。那晉王又率大軍驅到，好似泰山壓卵一般，所當輒碎。賀瓌拍馬返奔，部眾大潰，死亡約三萬人。這是梁、晉第三次鏖戰。

晉王存勗，得勝還營，檢點軍士，到也死了不少。又聞德威父子陣亡，不禁大慟道：「喪我良將，咎實在我，悔無及了！」德威尚有子光輔，為幽州中軍兵馬使，留守幽州，當即命為嵐州刺史。唯李嗣源與從珂相失，且因軍中訛傳，晉王已渡河北返，也即乘冰北渡，嗣聞晉王得勝，進拔濮陽城，乃再南渡至濮陽，進謁晉王。晉王冷笑道：「汝道我已死麼？倉猝北渡，意欲何為？」嗣源頓首謝罪。晉王以從珂有功，不忍加譴，且罰他飲酒一大觥，聊示薄懲。自引軍北還魏州，遣嗣昭權知幽州軍府事。

梁主友貞，接到賀瓌敗耗，已是不安，隨後有王彥章敗卒奔還，說是晉軍將至，越加驚惶，亟驅市人登城，又欲奔往洛陽，及得行營確報，方知晉軍北還，始免奔波，但已是吃驚不小了。寫出友貞庸柔。

先是晉王發兵攻梁，曾遣使至吳，約他南北夾攻。吳王楊隆演，命行軍副使徐知訓，為淮北行營都招討使，偕副都統朱瑾等，領兵趨宋亳，與晉相應，且移檄州縣，進圍潁州。梁令宣武節度袁象先，出兵救潁，吳軍不戰即退。看官！你道吳軍何故如此怯弱呢？原來徐知訓驕倨淫暴，未愜輿情，所以士無鬥志，不願接仗，知訓亦樂得退軍，返至廣陵，自耽淫樂。但是有勢不可行盡，有福不可享盡，似徐知訓的生平行誼，那裡能保有富貴，安佚終身？借古警世，不啻暮鼓晨鐘。說來又是話長，待小子略述知訓的行為。

知訓憑藉父威，累任至內外都軍使，兼同平章事職銜，平時酗酒好色，遇有姿色的婦女，百計營取。知撫州李德誠，有家妓數十人，為知訓所聞，即貽書德誠，向他分肥。德誠覆書道：「寒家雖有數妓，俱系老醜，不足侍貴人，當為公別求少艾，徐徐報命。」知訓得書大怒道：「他連家妓也不肯給我，我當殺死德誠，並他妻室都取了回來！看他能逃我掌中否？」德誠聞之大恐，亟購了幾個嬌娃，獻與知訓，知訓方才罷休。

吳王隆演幼懦，嘗被知訓侮弄。一日，知訓侍隆演宴飲，喝得酩酊大醉，便迫隆演下座，令與優人為戲，且使隆演扮作蒼鶻，自己扮作參軍。什麼叫做參軍蒼鶻呢？向例優人演戲，一人衹頭衣綠，叫做參軍，一人總角敝衣，執帽跟著參軍，如僮僕狀，叫做蒼鶻。隆演不敢違拗，只好勉強扮演，胡亂一番罷了。想入非非。又嘗與隆演泛舟夜遊，隆演先行登岸，知訓恨他不遜，用彈抛擊隆演，還幸隆演隨卒，格去彈子，才免受傷，既而至禪智寺賞花，知訓乘著酒意，詬罵隆演，甚至隆演泣下，尚呶呶不休。左右看不上眼，潛扶隆演登舟，飛駛而去。知訓怒上加怒，急乘輕舟追趕，偏偏不及，竟持了鐵檛，尋擊隆演親吏，撲死一人，餘眾逃去，知訓酒亦略醒，歸寢了事。隆演有衛將李球、馬謙，意欲為主除害，俟知訓入朝時，挾隆演登樓，引著衛卒出擊知訓，知訓隨身也有侍從，即與衛士交戰，只因寡不敵眾，且戰且卻，可巧朱瑾馳至，知訓急忙呼救，瑾返顧一麾，外兵爭進，得將李球、馬謙兩人殺死，衛卒皆遁。知訓欲入犯隆演，為瑾所阻，始不敢行，但從此益加驕恣，不特凌蔑同僚，並且嫉忌知誥。

知誥為昇州刺史，修築府舍，振興城市，很有富庶氣象。潤州司馬陳彥謙，勸徐溫徙治昇州，調知誥為潤州團練使。知誥乘便入朝，辭行時，知訓佯為宴餞，暗中伏甲，欲殺知誥。幸知訓季弟知諫，素睦知誥，此時亦在座中，躡知誥足，知誥始知詭計，佯稱如廁，逾垣遁去。知訓聞知誥已遁，拔劍出鞘，授親吏刁彥能，令速追殺知誥。彥能追及中途，但以劍示知誥，縱使逃生，自己返報知訓，只說是無從追尋，知訓無法可施，也即罷論。

朱瑾前助知訓，幸得脫難，他卻不念舊德，陰懷猜忌。瑾嘗遣家妓問候知訓，知訓將她留住，欲與奸宿。家妓知他不懷好意，乘間逸出，還語朱瑾，瑾亦憤憤不平，嗣又聞知訓將他外調，出鎮泗州，免不得恨上加恨，於是想出一計，請知訓到家，盛筵相待，席間召出寵妓，曼歌侑酒，惹動知訓一雙色眼，目不轉睛的瞟著歌妓。瑾暗中竊笑，佯為奉承，願以歌妓相贈，並出名馬為壽。引得知訓手舞足蹈，喜極欲狂。瑾因知訓僕從，多在廳外，急切未便下手，乃復延入內堂，召繼妻陶氏出見。瑾妻為朱溫所擄，已見前。陶氏斂衽而前，下拜知訓，知訓當然答禮，不防背後被瑾一擊，立足不住，竟致踣地。戶內伏有壯士，持刀出來，刀鋒一下，那淫凶暴戾的徐知訓，魂靈透出，向鬼門關掛號去了。趣語。

瑾梟下知訓首級，持出大廳，知訓從人，立即駭散。瑾復馳入吳王府，向楊隆演說道：「僕已為大王除了一害！」說著，即將血淋淋的頭顱，舉示隆演。隆演嚇得魂不附體，慌忙用衣障面，囁嚅答道：「這……這事我不敢與聞。」一面說，一面走入內室。實是沒用。瑾不禁忿怒交集，大聲呼道：「豎子無知，不足與成大事！」你亦未免太粗莽了。隨即將首擊柱，擲置廳上，挺劍欲出，不料府門已闔，內城使翟虔等，竟勒兵擁至，爭來殺瑾，瑾急奔回後垣，一躍而上，再躍墜地，竟至折足，後面追兵，也逾垣趕來，瑾自知不免，便遙語道：「我為萬人除害，以一身任患，也可告無罪了。」言已，把手中劍向頸一橫，也即殞命。

徐溫向居外鎮，未知子惡，一聞知訓被殺，憤怒的了不得，即日引兵渡江，徑至廣陵，入叩興安門，問瑾所在。守吏報稱瑾死，乃即令兵士搜捕瑾家，自瑾妻陶氏以下，一併拘至，推出斬首。陶氏臨刑泣下，瑾妾恰怡然道：「何必多哭，此行卻好見朱公了！」陶氏聞言，遂亦收淚，伸頸就刑。一妻受汙，一妻受戮，難乎其為朱瑾妻。家口盡被誅夷，並令將瑾屍陳示北門。瑾名重江淮，人民頗畏威懷德，私下竊屍埋葬。適值疫氣盛行，病人取瑾墓土，用水和服，應手輒愈，更為墓上培益新土，致成高墳。徐溫聞知，命劚發瑾屍，投入雷公塘下。後來溫竟抱病，夢見瑾挽弓欲射，不由的驚懼交並，再命漁人網得瑾骨，就塘側立祠，始得告痊。總計朱瑾一生，尚無大惡，也應受此廟祀。溫本欲窮治瑾黨，為此一夢，才稍變計，又因徐知誥、嚴可求等，具述知訓罪惡，乃皤然道：「孽子死已遲了！」遂斥責知訓將佐，不能匡救，一律落職，獨刁彥能屢有諍言，特別加賞。恐是由知誥代陳。進知誥為淮南節度副使，兼內外馬步都軍副使，通判府事，命知諫權潤州團練事，溫仍然還鎮。庶政俱決諸知誥。

知誥乃悉反知訓所為，事吳王盡恭，接士大夫以謙，御眾以寬，束身以儉，求賢才，納規諫，杜請託，除奸猾，蠲逋稅，士民翕然歸心。就是悍夫宿將，亦無一不悅服。用宋齊邱為謀主，齊邱勸知誥興農薄賦，江淮間方無曠土，桑柘滿野，禾黍盈郊，國以富強。務本之策，原無逾此。知誥欲重用齊邱，偏是徐溫不願，但令為殿直軍判官。齊邱終為知誥效力，每夕與知誥密謀，恐屬垣有耳，只用鐵筯畫灰為字，隨書隨滅，所以兩人祕計，無人得聞。

嚴可求料有大志，嘗語徐溫道：「二郎君指知誥。非徐氏子，乃推賢下士，籠絡人望，若不早除，必為後患！」溫不肯從，可求又勸溫令次子知詢，代掌內政，溫亦不許。知誥頗有所聞，竟調可求為楚州刺史。可求知已遭忌，亟往謁徐溫道：「唐亡已十餘年，我吳尚奉唐正朔，無非以興復為名，今朱、李爭逐河上，朱氏日衰，李氏日盛，一旦李氏得有天下，難道我國向他稱臣麼？不若先建吳國，為自立計。」這一席話，深中徐溫心坎，原來溫曾勸楊隆演為帝，隆演不答，因致遷延。在溫的意思中，自慮權重位卑，得使吳王稱帝，自己好總掌百揆，約束各鎮。獨嚴可求卻另有一種思想，自恐知誥反對，不得不推重徐溫，作一靠山。既要推重徐溫，不得不陽尊吳王，彼此各存私見，竟似心心相印。

溫即留可求參總庶政，令他草表，推吳王為帝，吳王楊隆演，仍然卻還。溫再邀集將吏藩鎮，一再上表，乃於唐天祐十六年，這是淮南舊稱。即梁貞明五年四月，楊隆演即吳王位，大赦國中，改元武義，建宗廟社稷，置百官宮殿，文物皆用天子禮，唯不稱帝號。追尊行密為太祖，謚曰孝武王，渥為烈祖，謚曰景王，母史氏為太妃。拜徐溫為大丞相，都督中外軍事，封東海郡王，授徐知誥為左僕射，參知政事，嚴可求為門下侍郎，駱知祥為中書侍郎，立弟濛為廬江郡公，溥為丹陽郡公，潯為新安郡公，澈為鄱陽郡公，子繼明為廬陵郡公。濛有材氣，嘗嘆息道：「我祖創造艱難，難道可為他人有麼？」溫聞言，懼不能制，竟出濛為楚州團練使。吳王楊隆演本意是不願稱制，只因為徐氏所迫，勉強登臺，且見徐氏父子，專權日久，無論如何懊悵，不敢形諸詞色，所以居常怏怏，鎮日裡沈飲少食，竟致疾病纏身，屢不視朝。想是沒福為王。

哪知吳越忽來構釁。吳越王錢鏐竟遣仲子傳瓘，率戰艦五百艘，自東洲擊吳，警報與雪片相似，連達廣陵。吳王隆演，病中不願聞事，一切調兵遣將的事情，當然委任大丞相大都督了。先是吳越王錢鏐，本與淮南不和，梁廷因得利用，令他牽制淮南，且加他兼職，授淮南節度使，充本道招討制置使。錢鏐亦嘗奉表梁廷，極陳淮南可取狀。嗣是屢侵淮南，互有勝負，及梁主友珪篡位，冊錢鏐為尚父，友貞誅逆嗣統，又授鏐為天下兵馬元帥。鏐遂立元帥府，建置官屬，雄據東南。至吳王隆演建國改元，梁主友貞，又頒詔吳越，令大舉伐吳，因此錢鏐復遣傳瓘出師。

吳相徐溫亟調舒州刺史彭彥章，及裨將陳汾，帶領舟師，往拒吳越軍。舟師順流而下，到了狼山，正與吳越軍相遇，可巧一帆風順，不及停留，那吳越戰艦，又復避開兩旁，由他馳過，明明有計。吳軍踴躍前進，不意後面鼓角齊鳴，吳越軍帥錢傳瓘，竟驅動戰艦，揚帆追來，吳軍只好回船與戰。甫經交鋒，吳越艦中，忽拋出許多石灰，乘風飛入吳船，迷住吳軍雙目，吳軍不住的擦眼，他又用豆及沙，散擲過來，吳軍已是頭眼昏花，怎禁得腳下的沙豆，七高八低，立腳不住，又經吳越軍亂劈亂斫，殺得鮮血淋漓，潰及沙豆，愈加圓滑，頓時彼傾此跌，全船大亂。傳瓘復令軍士縱火，焚燬吳船，吳軍心驚膽落，四散奔逃。彭彥章還想力戰，身被數十創，知窮力竭，情急自刭。陳汾卻先已逃回，坐視彥章戰死，並不顧救，遂致戰艦四百艘，多成灰燼，偏將被擄七十人，兵士傷亡數千名。

徐溫聞報，立誅陳汾，籍沒家產，半給彥章妻子，贍養終身。一面出屯無錫，截住敵軍，一面令右雄武統軍陳璋，率水軍繞出海門，斷敵歸路，吳越軍乘勝進軍，與溫相值，時當孟秋，暑氣未退，溫適病熱，不能治軍，判官陳彥謙亟從軍中選一弁目，面貌似溫，令他充作軍帥，身環甲胄，號令軍士，溫得少休。既而吳越軍來攻中軍，溫疾已少閒，親自出戰，遙見秋陽暴烈，兩岸間萑葦已枯，又值西北風起，正好乘勢放火，燒他一個精光，便令軍士挾著火具，四散縱火，火隨風猛，風引火騰，吳越軍立時驚潰。當由溫驅兵追擊，斬首萬計，吳趙將何逢、吳建，亦被殺死，只傳瓘遁去。前曾以火攻勝吳，奈何自不及防，豈真一報還一報耶！走至香山，又被吳將陳璋，截住去路，好容易奪路逃回。十成水師，已失去七八成了。

徐溫令收兵回鎮，知誥請派步卒二千，假冒吳越旗幟，東襲蘇州。溫喟然道：「汝策原是甚妙，但我只求息民，敵已遠遁，何必多結仇怨！」也是有理。諸將又齊請道：「吳越所恃，全在舟楫，方今天旱水涸，舟楫不便行駛，這正天亡吳越的機會，何不乘勝進兵，掃滅了他！」溫又嘆道：「天下離亂，已是多年，百姓困苦極了，錢公亦未可輕視。若連兵不解，反為國憂，今我既得勝，彼已懼我，我且斂兵示惠，令兩地人民，各安生業，君臣高枕，豈非快事！多殺果何益呢！」具有保境息民之意。遂引兵還鎮。嗣復用吳王書，通使吳越，願歸無錫俘囚。吳越王錢鏐亦答書求和。兩下釋怨，休兵息民，彼此和好度日，卻有二十年不起烽煙，這未始非徐溫所賜呢。應該稱美。

越年五月，吳王楊隆演，病已垂危。溫自升州入朝，與廷臣商及嗣位事宜。或語溫道：「從前蜀先主臨終時，嘗語諸葛武侯，謂嗣子不才，君宜自取。」溫不待詞畢，即正色道：「這是何言，我若有意竊位，誅張顥時即可做得，何必待至今日？楊氏已傳三主，就使無男有女，亦當擁立，如有妄言，斬首不赦！」大眾唯唯聽命，乃傳吳王命令，召丹陽公楊溥監國，徙溥兄濛為舒州團練使。未幾隆演病逝，年僅二十四歲。弟溥嗣立，尊生母王氏為太妃，追尊兄隆演為高祖宣皇帝。小子有詩詠徐溫道：

權兼內外總兵屯，報國猶知戴一尊，試看入朝排眾議，徐溫畢竟勝朱溫。

吳王溥已經嗣位，國中好幾年無事，小子好別敘蜀中情形，欲知蜀事，且閱下回。

是回除首數行外，純敘吳事，如徐知訓之不道，朱瑾誅之宜也；但瑾之所為，未免鹵莽，投鼠尚且忌器，豈有內為孱主，外有強鎮，顧可為孤注之一擲乎？況徐溫亦非真懵於事者，特未聞其子之過惡耳。為瑾計，何不致書徐溫，直陳知訓罪狀，令他自行廢置，乃誘誅知訓，卒致殺身亡家，武夫之一往直前，不知審慎，往往有此大弊。幸徐溫入都，心目中尚有吳王，不致篡奪，否則隆演之首，幾何而不立隕也。史稱溫夢瑾挽射，始為改葬，瑾未必有此靈異，但亦因嚴可求、徐知誥之先陳子惡，未免生悔，悔則因致成夢耳。且隆演幼懦，內外軍事，亦賴有徐氏主持，觀吳越之大舉侵吳，幸溫用火攻計，轉敗為勝，淮南得以無恙。厥後隆演病劇，且使楊氏無男有女，亦當擁立之言，寧得以父子專政，遽謂其罪大功小哉？篇中抑揚得當，可作史評一則。

第十三回　嗣蜀主淫昏失德　唐監軍諫阻稱尊

卻說蜀主王建，殺死太子元膺，改立幼子宗衍為太子。見前第九回。建子有十一人，為何獨立這幼子呢？原來蜀主正室周氏，才貌平常，且無子嗣，雖有妾媵數人，生了數子，怎奈沒有麗色。嗣得眉州刺史徐耕二女，入侍後宮，一對姊妹花，具有麗容，彷彿與江東大小喬相似。看官，你想蜀主得此二美，尚有不愛逾珍璧麼？大徐女生子宗衍，小徐女生子宗鼎。宗鼎先生，排行第七，宗衍後生，排行最幼。此外尚有宗仁、宗紀、宗輅、宗智、宗特、宗杰、宗澤、宗平等，均系別媵所出。王建僭號，十一子均得封王。元膺既死，建因宗輅類己，宗杰有才，兩子中擬擇一為嗣。大徐女已進封賢妃，小徐女亦進封淑妃，兩妃專房用事，怎肯令一把龍椅，付與別子？當下令心腹太監唐文扆，齎金百鎰，送與宰相張格，囑他號召百官，立宗衍為太子。張格既得重賄，即草得一表，令百官署名，但說是已奉密旨，決立宗衍。百官以君相定策，不便違議，樂得署名呈入。蜀主覽表驚疑道：「宗衍幼弱，好立做太子麼？」未始無識。適值大徐妃在旁，便即進言道：「宗衍已十多歲了，相士謂後當大貴；不過陛下今日，卻很為難；諸王十數，後宮充斥，那裡挨得著宗衍，妾情願挈他出宮，免遭人妒，也省得陛下為難呢！」說至此，面上的淚珠兒，已撲簌簌的墜了下來。婦人慣技。蜀主連忙慰諭道：「我並非不願立宗衍，但恐他少不更事，反誤國計。」徐妃復答道：「相臣以下，且一致贊成，只有陛下聖明，慮及此著，妾恐陛下並不為此，無非是左右為難，借此誑妾呢！」蜀主一再申辯，徐妃一再撒嬌，弄得蜀主情急起來，便道：「罷！罷！我明日決立宗衍便了。」徐妃方含淚謝恩。翌日即立宗衍為太子。

宗衍方頤大口，垂手過膝，顧目見耳，頗知學問，童年即能屬文。只是性好靡麗，酷愛鄭聲，嘗集豔體詩二百篇，署名煙花集，傳誦全蜀。但不合人主身分。既得立為儲貳，開府置官，專任一班淫朋狎客，充作僚屬，除倡和淫詞外，鬥雞擊球，鎮日戲狎。蜀主嘗過東宮，聞裡面喧呼聲很是熱鬧，問明底細，乃是太子與諸王蹴踘，不禁長嘆道：「我百戰經營，才立基業，此輩豈能守成麼？」嗣是頗恨及張格，且有廢立意。怎奈徐賢妃從中把持，但將一笑一顰的作態，竟制住這狡猾梟雄的蜀主王建，一成不變，無法改移。

宗杰為蜀主所愛，屢陳時政，不知為何中毒，四肢青黑，霎時身亡。明明是徐妃下毒。蜀主益加憂疑，並因年力衰邁，禁不住這般播弄，傷感成疾，無藥可醫，私念唯北面行營招討使王宗弼，沉重有謀，可屬大事，遂召還成都，令為馬步都指揮使，當下宣入寢殿，並飭同宰相張格等，共受面囑道：「太子仁弱，朕曲循眾請，越次冊立。若他未能承業，可置居別宮，幸勿加害。我子尚多，幸擇賢繼立。徐妃兄弟，只可優給祿位，慎勿使他掌兵預政，借示保全。」偏不由你算奈何？宗弼等唯唯而退，偏此語被徐妃聞知，轉告唐文扆。文扆為內飛龍使，久握禁兵，兼參樞密，他竟派兵守住宮門，不令大臣再入。宗弼等三十餘人，日夕問安，不得入見，只有慰撫的命令，逐日外頒。宗弼料文扆謀亂，正擬設法抵制，可巧皇城使潘在迎，密報宗弼，說是文扆謀害大臣。宗弼遂帶領壯士，排闥入謁，極言文扆罪狀。蜀主王建，病雖加劇，尚知人事，乃召太子宗衍，入宮侍疾，並令東宮掌書記崔延昌，權判六軍事，貶文扆為眉州刺史。翰林學士承旨王保晦，亦坐文扆私黨，褫奪官爵，流戍瀘州。所有內外財賦，及中書除授諸司，與一切刑牘案獄，統委翰林學士庾凝績承辦。都城及行營軍旅，統委宣徽南院使宋光嗣管領。光嗣系小太監出身，專務揣摩迎合，因得重用。本來蜀主平時，內置樞密使，專用士人。此次恐太子年少，士人不為所用，因特改任宦官，那知這兩川土宇，要被這閹人破裂了！士人不可用，宦官更不可用，王建系殘唐狡將，難道未鑑唐事麼？

既而蜀主彌留，令宗弼兼中書令，光嗣任內樞密使，與功臣王宗綰、王宗瑤、王宗夔等，同受遺詔。宗弼、宗綰、宗瑤、宗夔，統是王建養子，改姓王氏，輔建有功，俱得兼中書令。及建已病歿，太子宗衍嗣位，除去宗字，單名為衍。宗弼等進封為王，尊父建為高祖皇帝，嫡母周氏為昭聖皇后。周氏哀毀成病，未幾去世，乃尊生母徐賢妃為皇太后，太后妹徐淑妃為皇太妃，命宋光嗣判六軍諸衛事，再奪唐文扆官爵，賜他自盡。王保晦亦誅死，貶宰相張格為茂州刺史，尋又謫為潍州司戶。援立宗衍，究有何益？禮部尚書楊玢，吏部侍郎許寂，戶部侍郎潘嶠，皆坐格黨貶官。一朝天子一朝臣，同平章事的位置，授與兵部尚書庾傳素。即凝績從兄。又用內給事王廷紹、歐陽晃、李周輅、宋光葆、宋承蘊、田魯儔為將軍，各參軍事。兄弟諸王，俱使他兼領軍使。彭王宗鼎，獨遍白兄弟道：「親王掌兵，實是禍本，況主少臣強，讒間必興，繕甲訓兵，殊非我輩應做的事情哩。」遂辭去軍使兼職，自營書舍，植松竹自娛，倒也逍遙快活，無是無非。唯宗弼已封鉅鹿王，復晉封齊王，總攬大權，職兼文武，凡內外遷除官吏，均出他一人掌握，他得納賄營私，擅作威福。蜀主衍毫不過問，鎮日裡醉酒唱歌，靡靡忘倦。即位時，冊立一位皇后，乃是前兵部尚書高知言女，端莊沈靜，頗有婦德，衍獨謂她樸陋少文，不甚愜意。乃更令內教坊嚴旭，選取良家女子二十人，入備後宮。旭強搜民家，見有姿色女子，無論他家願與不願，硬要他獻入宮中。唯該家厚給金帛，才得免選，民間怨聲載道。旭卻腰橐豐盈，至二十人已經滿額，入宮覆旨。蜀主見他所選各女，統是芙蓉為面，楊柳為眉，不由的喜笑顏開，極稱旭辦事才能，即擢為蓬州刺史。嗣是左擁右抱，備極歡娛。還有太后太妃，也最喜冶遊，時常至親貴私第，酣飲達旦。有時蜀主亦與偕行，或同遊近郡名山，飲酒賦詩，耗費不可勝計。太后太妃，又各出教令，賣官鬻爵，出價最多，得官最速。禮部尚書韓昭，素無才具，但以便佞得幸，又納賂太后太妃，得升任文思殿大學士，位出翰林承旨上。后妃賣官，古今罕聞。他嘗出入宮禁，面懇蜀主，乞買數州刺史官職。得金營第，蜀主衍居然應諾，這真可謂特別加恩了。

蜀主衍改元乾德。乾德元年，改龍躍池為宣華池，就池造苑，大興工作，越年立高祖廟於萬歲橋，蜀主衍奏太后太妃，及後宮妃嬪等，入廟祭祀，參用褻味，並及鄭聲。華陽尉張士喬，上疏切諫，頓觸衍怒，飭令處斬，還是徐太后當面諭阻，始得免誅，流竄黎州，士喬憤激得很，竟投水自盡。未幾下詔北巡，蜀主衍出發成都，披金甲，冠珠帽，執弓矢而行，旌旗兵甲，亙百餘里，人民疑為灌口襖神。到了安遠城，令王宗儔、王宗昱、王宗晏、王宗信等，俱王建養子。統兵伐岐，進攻隴州。岐王李茂貞出屯汧陽，遙為援應，蜀偏將陳彥威，出散關至箭筈嶺，遇著岐兵，打了一回勝仗，便即引還。蜀主衍接得捷報，親赴利州，龍舟畫舸，輝映江渚，州縣供張，窮奢極麗，百姓各有怨言。

及抵閬州，見州民何康女，美麗過人，即命侍從強行取來。何女已經字人，出嫁有日，經蜀主問明底細，乃齎帛百匹，賜他夫家，飭令別娶，還算是浩蕩皇恩，不使向隅，那何女卻占為己有，樂得受用。誰料該未婚夫聞這急變，竟致一慟而亡！想也是個情種，可惜何女未能報他。

蜀主衍既得何女，也無心再遊，即日歸還成都，與何女繾綣月餘，又覺得味同嚼蠟，平淡無奇。會奉徐太后往省母家，瞥見一個絕代佳人，極嬝娜，極娉婷，端的是玉骨仙姿，不同凡豔。王衍怎肯輕輕放過，詢明太后，知是徐耕孫女，與衍為中表姊妹，當下召令出見，攜帶進宮。看官！你想王衍是個蜀帝，叫徐氏如何違慢，只好睜著雙眼，由他攜去，入宮以後，顛鸞倒鳳，自在意中。那徐女不但美豔，並且曲盡柔媚，極善奉承。引得這位偽天子，非常戀愛，寵冠六宮。既有大小徐妃，復有這位徐女，何徐娘之多耶！徐太后姊妹，因侄女又得專寵，可為母族增光，也為欣慰。偏王衍不欲娶諸母族，反託言是韋昭度女孫，竟封她為韋婕妤，嗣又加封為韋元妃，六宮粉黛，當然懷妒。最難堪的是正宮高氏，平時本已失寵，自韋妃入宮，更被疏薄，免不得略有怨言。王衍竟將她廢去，遣令還家。乃父高知言，時已老邁，聞著此變，頓時驚僕，好容易灌救轉來，還是涕泣漣漣，不願進食，餓了數日竟致死去。何必如此？王衍也不加賻恤，即欲立韋妃為繼后，無如宮內還有一位金貴妃，姿容恰也秀媚，兼通繪事。她出世時，天大風雨，母夢見赤龍繞庭，因得分娩，所以閨名叫做飛山，乾德初選入掖庭，曾得專寵，至韋妃入幸，也逐漸見疏。但資格比韋妃為優，勢不能後來居上，且有赤龍夢兆，已具瑞征，王衍躊躇多日，不得已立金妃為繼后。後來又欲廢立，幸虧錢貴妃代為力爭，才得定位。唯名目上雖然未易，情意中不甚相親。蜀宮內佳麗日增，鎮日裡酣歌恆舞，變成一個花天酒地。俗語說得好，樂極悲生，似這蜀主衍的荒淫無度，尚能不自速危亡麼？為下文伏筆。

可巧梁、晉交爭，晉王李存勗，出次魏州，得了一個傳國寶，系是僧人傳真獻入，謂由唐京喪亂時所得，祕藏已四十年，於是晉臣相率稱賀，接連是上表勸進，慫恿晉王為帝。蜀主衍得知消息，也遣使致書，請晉王嗣唐稱尊。勸人稱帝，即能自保耶？晉王出書示僚佐道：「昔王太師指王建。亦嘗遺先王書，請各帝一方，先王嘗語我云：『昔唐天子幸石門，我嘗發兵誅賊，當然威震天下。我若挾天子，據關中，自作九錫禪文，何人敢阻？但我家世代忠良，不忍出此，他日務當規復唐室，保全唐祚，慎勿效若輩所為！』此語猶在耳中，我怎好背棄父訓呢？」言已泣下，群臣乃暫將稱尊事擱起，一時不敢多言。

這時候的梁、晉兩國，方在德勝兩城間，窮年鏖兵。德勝是個渡名，正當河北要衝，晉王命李存審夾河築城，分作南北二郭，亦稱夾寨。梁將賀瓌，率兵往爭，大小百餘戰，終不能克。梁河中節度使冀王朱友謙，因為子令德表求節鉞，不得所請，復舉河中降晉。梁又起用劉鄩為招討使，令攻河中。鄩與友謙素有婚誼，先移書諭以禍福，然後進兵。友謙不答，但向晉王處告急，晉王遣李存審往援。及鄩待覆不至，始進逼同州，那時李存審亦已馳至，兩下交綏，鄩軍敗走，梁副使尹皓、段凝等，密表梁主，誣鄩徇親誤國，沿途逗撓，乃有此敗。梁主友貞，遂潛令西都留守張宗弼，將鄩鴆死，賀瓌又復病歿。

梁將中智推劉鄩，勇推賀瓌，相繼畢命，諸軍奪氣。晉軍連得勝仗，聲威愈振。於是一班攀龍附鳳的臣僚，復提出勸進文，陸續呈入，無非說是天命攸歸，人心屬望，亟正大位等語。各鎮節度使，又各獻貨幣數十萬，充作即位經費，還有吳王楊溥，亦貽書勸進，遂令這無心稱帝的李存勗，也不能抱定宗旨，居然雄心勃勃，想做起皇帝來了。皇帝趣味，究竟動人。

獨有一個唐室遺臣，聞知此信，大為不然，遂自晉陽趨魏州，面加諫阻。這人為誰？就是監軍張承業，承業竭誠事晉，凡晉王出征，所有軍府政事，俱委承業處置。承業勸課農桑，貯積金谷，收養兵馬，征租行法，不寬貴戚，因此軍政肅清，饋餉不乏。劉、曹兩太夫人，嘗重視承業，有時承業忤存勗意，兩太夫人必痛責存勗，令謝承業。存勗加授承業為左衛上將軍，兼燕國公，承業皆固辭不受，但稱唐官終身。至是諸臣勸進，晉王已為所動，即至魏州面諫道：「我王世忠唐室，歷救患難，所以老奴事王，至今已三十餘年，為王聚積財賦，召補兵馬，誓滅逆賊，恢復本朝宗社，借盡臣心。今河北甫定，朱氏尚存，王乃遽即大位，實與前時征伐初意，殊不相同，天下謂王自相矛盾，必致失望，尚有不因此解體麼？今為王計，最好是先滅朱氏，為列聖復仇，然後求立唐後，南取吳，西取蜀，泛掃宇內，合為一家。那時功德無比，就使高祖、太宗，再生今世，也未能高居王上，王讓國愈久，即得國愈堅，老奴並無他意，不過受先王大恩，欲為王立萬年基業，請王勿疑！」為唐進言，志節可嘉。李存勗徐答道：「這事原非我意，但眾志從同，不便相違，奈何？」承業知不可止，忍不住慟哭道：「諸侯血戰，本為唐家，今王乃自取，不特誤諸侯，兼誤老奴了！」遂辭歸晉陽，鬱鬱成疾，竟不能起。

存勗聞承業得病，一時也不願稱帝。會值成德軍變，王鎔養子王德明，原姓名為張文禮，竟弒死主將王鎔，屠滅王氏家族，且遣使向晉告亂，乞典旌節，為這一番意外情事，又惹動李家兵甲，假仁仗義，往討鎮州。正是：

亂世屢生篡奪禍，強王又逞甲兵威。

欲知張文禮何故弒主，且看下回分解。

蜀主王建，明知幼子之不能守成，乃為徐賢妃所迫，唐文扆、張格等所慫恿，卒立為太子。舉兩川數十載之經營，不惜為孤注之一擲，何其誤甚？但溯厥禍源，實為一婦人而起，好色者終為色誤，云建其明鑑也！夫其父行劫，其子必且殺人，建因好色而誤國，衍即因好色而亡國。父作而子述，其禍必有甚於乃父者，故祖父貽謀，斷不可不慎耳！自來國家之患，莫如女色，尤莫如宦官。但宦官中亦非無賢者，如張承業之乃心唐室，始終不渝，洵足為庸中佼佼，鐵中錚錚之特色。觀其諫阻晉王，瀝肝披膽，無非為復唐起見。及力諫不從，慟哭而返，遂至悒悒不起，彼其悔所輔之非人乎？篤於效忠，而短於料事，承業亦不得為智。但略跡原心，固足告無愧於天下！故《綱目》於承業之歿，特書曰唐河東監軍使，而本回亦特別提明，不沒忠節雲。

第十四回　助趙將發兵圍鎮州　嗣唐統登壇卽帝位

卻說成德節度使趙王王鎔，自與晉連和後，得一強援，因乏外患，他不免居安忘危，因佚思淫，大治府第，廣選婦女，又寵信方士王若訥，在西山盛築宮宇，煉丹製藥，求長生術。居然一劉仁恭。每一往遊，輒使婦人維繫錦繡，牽持而上。既入離宮，連日忘歸，一切政務，委任宦官李弘規、石希蒙。希蒙素善諂諛，尤見寵幸，嘗與鎔同臥起，會鎔宿西山鶻營莊，李弘規進諫道：「今天下強國莫如晉，晉王尚身自暴露，親冒矢石，今大王搜括國帑，充作游資，開城空宮，旬月不返，倘使一夫閉門不納，試問大王將歸依何處？」鎔聞言頗知戒懼，急命還駕。偏石希蒙從旁阻住，不令鎔歸。弘規怒起，竟遣親事軍將蘇漢衡，率兵擐甲，直入莊中，露刃逼鎔道：「軍士已勞敝了，願從王歸國！」鎔尚未及答，弘規又繼進道：「石希蒙逢君長惡，罪在不赦，請亟誅以謝眾士。」鎔仍不應，弘規竟招呼甲士，捕斬希蒙，擲首鎔前。鎔無奈馳歸，時長子昭祚，已挈梁公主歸趙。回應卷前。鎔遂與熟商，謀誅弘規、漢衡。昭祚轉告王德明，遂將弘規、漢衡拿下，一併梟首，且駢戮二人族屬。一面搜緝餘黨，窮究反狀，親軍皆慄慄自危。

德明本來狡獪，至此有隙可乘，即煽誘親軍道：「大王命我盡坑爾曹，從命實不忍，不從又獲罪，應如何區處？」眾皆感泣，願聽指揮，德明乃密令親軍千人，夜半逾垣，往弒王鎔，適鎔與道士焚香受籙，想是祈死。軍士不費氣力，立斷鎔首，攜報德明。德明索性毀去宮室，大殺王氏家族，自昭祚以下，悉數斃命。唯梁女普寧公主，留下不殺，還有鎔少子昭誨，年方十齡，由親將救出，藏置穴中，幸得不死，後來潛往湖南，髡髮為僧，易名崇隱。即卷前晉王許婚之昭誨。德明仍複姓名為張文禮，向晉告亂，求為留後。晉王即欲加討，群臣謂方與梁爭，不宜更樹一敵，乃暫準所請。偏張文禮又密表梁主，但稱王氏為亂兵所屠，幸公主無恙，請朝廷亟發精兵萬人，由臣更乞契丹為助，自德棣渡河，往攻河東，晉可從此掃滅了。梁主友貞，覽表未決，敬翔請乘釁規復河北，趙岩、張漢鼎、漢杰等，謂文禮首鼠兩端，萬不可恃，梁主乃按兵不發。文禮且一再馳書，多被晉軍中途搜獲。

趙將都指揮使符習，曾率兵萬人，從晉王駐德勝城，文禮陰懷猜忌，召令還鎮，願以他將代任。習入謁晉王，涕泣請留。晉王與語道：「我與趙王同盟討賊，誼同骨肉，不料一旦遇禍，竟為所戕，我心很是痛悼。汝若不忘故主，能為復仇，我願助汝兵糧，往討逆賊！」有心討逆，何必許為留後，此次遣習復仇，無非恨他通梁耳。習與部將三十餘人，舉身投地，且泣且語道：「大王誠記念故主，許令復仇，習等不敢上煩府兵，情願領本部前往，搏取凶豎，報王氏累世隆恩，雖死亦無恨了！」晉王大喜，立命習為成德留後，領本部兵先進，且遣大將閻寶、史建瑭為後應，自邢、鋊北趨，直抵趙州，刺史王鋊，自知不支，開城乞降。晉王仍令為刺史，即飭移軍攻鎮州。

文德已經病疽，聞趙州失守，便即嚇死，子處瑾祕不發喪，與他將韓正時等，悉力拒晉。晉兵渡滹沱河，進薄鎮州，城上矢石雨下，史建瑭中箭身亡。晉王得建瑭死耗，擬分兵自往策應，湊巧獲得梁軍諜卒，俯首乞降，且言梁北面招討使戴思遠，將乘虛來襲德勝城，晉王亟命李存審屯兵德勝，李嗣源伏兵戚城，先用羸騎往誘梁兵，待他入境，鼓起伏發。李嗣源先出接仗，已將梁兵衝亂，李存審又從城中殺出，晉王復自率鐵騎三千，迎頭痛擊，斬獲梁兵二萬餘人。

思遠竄去，晉王乃擬自往鎮州，忽接到定州來書，勸阻進兵，轉令晉王動起疑來，暗暗自忖道：「王處直從我有年，奈何阻我！」乃即取出文禮與梁蠟書，寄示處直，且傳語道：「文禮負我，不能不討！」看官道處直為何勸阻晉王？原來處直聞晉討文禮，即與左右商議道：「鎮、定二州，互為唇齒，鎮州亡，定州不能獨存，此事不可不防。」乃致書晉王，請赦文禮。偏晉王覆詞拒絕，害得處直日夕耽憂。

處直有庶子名郁，素來無寵，亡奔晉陽，晉王克用，曾妻以愛女，累遷至新州防禦使。此時處直貳晉，潛遣人語郁，令他重賂契丹，乞師南下，牽制晉軍。郁求為繼嗣，方才聽命，處直不得已許諾。怎奈定州軍士，都不欲召入契丹，就中又有處直養子劉雲郎，改名為都，向為處直所愛，有嗣立意。至是聞郁得為嗣，眼見得定州節鉞，被他取去，心下甚是不安，適有小吏和昭，勸都先行發難，都遂率新軍數百人，闖入府第，挾刃大噪道：「公誤信孽子，私召外寇，大眾無一贊成，昏謬如公，不能再理軍事，請退居西宅，聊盡天年！」處直正要面駁，那知軍士一哄而上，把他擁出府中，竟往西第，又逼勒處直妻妾，同至西第中，一併錮住。所有王氏子孫，及處直心腹將士，殺戮無遺。引狼入室，宜遭此禍。都遂遣使報晉王，晉王以處直被幽，免為晉患，即令都代握兵權。都罪不亞文禮，胡為一討一賞？都得晉王書，詣西第見處直，處直投袂奮起，捶胸大呼道：「逆賊！我何負爾？」說至此，四顧無械，竟牽住都袂，張口噬鼻。都慌忙躲閃，掣袖外走，處直憂憤竟死。都復撥兵助晉，晉王即留李存審、李嗣源居守德勝，自率大軍攻鎮州，城中防守頗嚴，旬日不克。

驀得幽州急報，契丹大舉南下，涿州被陷，幽州亦在圍中了。晉王擬分兵往援，偏定州亦來告急，報稱契丹前鋒，已入境內，那時晉王不能兼顧，只好先救定州，當下率軍北進，行至新城，聞契丹兵已涉沙河，士卒皆有懼容，或潛自亡去，嚴刑不能止。諸將入帳請道：「契丹鋒盛，恐不可當，又值梁寇內侵，不如還師以救根本。」晉王卻也難決，或說宜西入井陘，暫避寇鋒。

正在聚議紛紜的時候，忽有一人朗聲道：「契丹前來，意在利人金帛，並非為鎮州急難，誠意相援，大王新破梁兵，威振夷夏，若挫他前鋒，他自然遁走了。」晉王瞧著，乃是中門副使郭崇韜，方欲答言，又有一人接入道：「強兵在前，有進無退，怎可無故輕動，搖惑人心？」這數語出自李嗣昭，晉王挺身起座道：「我意亦是如此！」遂出營上馬，自麾鐵騎五千，奮勇先進，諸將不敢不從。

至新城北，前面一帶，統是桑林，晉軍從林中分趨，逐隊馳至，可巧契丹兵驟馬前來，見桑林中塵埃蔽天，幾不知有多少人馬，當即回轡返奔。晉王分兵追擊，驅契丹兵過沙河，多半溺死，契丹主阿保機子，被晉軍擒還，阿保機退保望都。晉王收兵入定州，王都迎謁馬前，願以愛女妻王子繼岌。繼岌系晉王第五子，為寵妃劉氏所出，嘗隨晉王軍前，晉王慨然許婚。

休息一宵，便引兵趨望都，中途遇奚酋禿餒，一作托輝。帶著許多番騎，前來攔截。晉王兵少，被番騎困在垓心，晉王麾軍力戰，出入數四，尚不能解，幸李嗣昭率兵三百騎，上前救應，橫擊奚兵，奚酋乃退。晉王乘勢奮擊，連敗奚酋，契丹主亦立足不住，北奔易州。晉王追趕不及，轉入幽州，契丹兵解圍遁去，會大雪經旬，平地數尺，虜兵凍斃甚多，阿保機懊悵而還。

先是契丹出兵，實由王郁乞請，郁曾語阿保機道：「鎮州美女如雲，金帛如山，天皇即速往取，可以盡得，否則將為晉有了。」阿保機大喜，獨番後述律道：「我有羊馬千萬頭，坐踞西樓，自多樂趣，為何勞師遠出，乘危徼利呢？況我聞晉王用兵，天下無敵，倘一失敗，後悔難追！」此非述律預能知敗，實恐阿保機取得趙女，自己必致失寵，故有此諫。阿保機躍然道：「張文禮有金五百萬，留待皇后，我當代為取來，供給內費。」不出郭崇韜所料。遂不從述律言，悉眾南下，不幸吃了幾個敗仗，嗒然回去，私心懊悶，無處可泄，遂將王郁縶歸，錮住獄中。

晉王聞番兵遠遁，巡閱番營故址，見他隨地布藁，迴環方正，均如編剪，雖去無一枝倒亂，不禁長嘆道：「用法嚴明，乃能至此，非我中國所可及，後患正不淺哩！」隱伏後文。道言甫畢，那德勝城遞到軍報，說是梁兵乘虛襲魏，現正吃緊，亟請濟師。晉王忙招呼親軍，倍道南行，五日即抵魏州。梁將戴思遠，燒營遁去。

晉王以南北兩敵，均已擊退，鎮州援絕勢孤，可以立拔，偏偏兵家得失，不能逆料，大將閻寶，竟為鎮州兵所破，退保趙州。原來閻寶抵鎮州城下，築起長壘，連日圍攻，又絕滹沱水環城，斷絕內外。城中食盡，夜出五百人覓食，寶亦探知消息，故意縱使出來，擬伏兵掩捕，一鼓盡殲，誰知這五百人鼓噪而至，竟攻長圍。寶見他兵少，尚不為備，俄頃有數千人繼至，各用大刀闊斧，破圍徑出，來燒寶營。寶抵擋不住，只好棄營竄去，往守趙州。營中芻粟甚多，統被鎮州兵搬去，數日不盡。

晉王聞報，急改任李嗣昭為招討使，代寶統軍。嗣昭馳至鎮州，正值鎮州守將張處瑾遣兵千人，出城迎糧，被嗣昭率軍掩至，殺獲殆盡，有數人避匿牆墟間，嗣昭躍馬彎弓，迭發迭中。不意城上有暗箭射來，正中嗣昭腦上。嗣昭忍痛拔箭，返射守卒。一發即殪，時已日暮，回營裹創，血流不止，竟爾暈斃。凶信傳到魏州，晉王很是悲悼，好幾日不食酒肉，繼聞嗣昭遺言，暫將澤潞兵授判官任圜，令督諸軍攻鎮州，晉王依言而行，一面調李存進為招討使，進營東垣渡，立柵未就，鎮州將張處球即處瑾弟。領兵七千人，突來劫寨。存進慌忙對敵，出鬥橋上，殺斃鎮兵無數，自已亦戰歿陣中。

鎮州力竭糧盡，張處瑾等束手無策，只好遣使至魏州乞降，使人方去，晉王已遣李存審到來，揮兵猛撲，兩下相持至暮。城中守將李再豐，願為內應，乘著夜闌月黑，投縋招引晉軍，晉軍緣縋而上，到了黎明，全軍畢登，擒住張文禮妻，及子處瑾、處球、處琪，及餘黨高蒙、李翥、齊儉等，擬送魏州，趙人請命軍前，願得此數人，為故主泄恨。存審報明晉王，準如所請，趙人將數人醢為肉泥，頃刻食盡，又掘發張文禮屍，寸磔市曹。且向故宮灰燼中，檢出趙王王鎔遺骸，以禮祭葬。授趙將符習為成德節度使，習泣辭道：「故使無後，習當斬衰送葬，俟禮畢聽命。」既而葬畢，仍詣魏州，趙人請晉王兼領成德軍。晉王許諾，另擬割相、衛二州，置義寧軍，即命習為節度使。習復辭道：「魏博霸府，不應分疆，願得河南一鎮，歸習自取，方不虛縻廩祿呢。」乃以習為天平節度使，兼東南面招討使，加李存審兼侍中。

是時晉魏州刺史李存儒，原姓名為楊婆兒，以俳優得幸。既為刺史，專事剝民，州民交怨，梁將段凝、張朗等，引兵襲入，執住存儒，遂拔衛州，又與戴思遠攻陷淇門、共城、新鄉，於是澶州以西，相州以南，復為梁有。還有澤潞留後李繼韜，竟叛晉降梁，受梁命為節度使。繼韜系李嗣昭次子，嗣昭曾任澤潞節度使，及戰歿鎮州，長子繼儔襲職。因秉性懦弱，為弟繼韜所囚。晉王以用兵方殷，無暇過問，權命繼韜為留後。澤潞本置昭義軍，至是改稱安義軍。繼韜雖得竊位，心中終不自安，幕僚魏琢，牙將申蒙，復語繼韜道：「晉朝無人，將來終為梁所並，不如先機歸梁為是。」繼韜弟繼遠亦勸兄降梁。繼韜乃遣繼遠奉表梁廷，梁主喜甚，立授繼韜節度使。

唯昭義舊將裴約，曾戍澤州，涕泣誓眾道：「我服事故使，已逾二紀，嘗見故使分財享士，志滅仇讎，不幸一旦捐館，柩尚未葬，乃郎君遽背君親，甘心降賊，誠不可解？我寧死不肯相從哩！」也是符習流亞。遂據城自守，梁遣偏將董璋往攻，久不能克。繼韜散財募士，堯山人郭威應募，嘗殺人系獄，繼韜惜他才勇，縱令逸去。郭威事始此。一面發新募各兵，往助董璋，裴約向魏州乞援，偏晉王李存勗，創行帝制，鎮日間編訂禮儀，竟無心顧及澤州。

看官閱過上文，應知晉臣勸進，已不止一二次，只因監軍張承業，力加諫阻，又延宕了一兩年。偏承業得病不起，奄臥年餘，竟致逝世，晉王雖似含哀，卻帶著三分喜意，僚佐覷透隱情，因復上箋勸進。五臺山僧人，又獻入古鼎，目為祥瑞。晉王乃命有司制置百官省寺，仗衛法物，定期四月舉行，派河東判官盧質為大禮使，就在魏州牙城南面，築起壇幄，行即位禮。晉王本奉唐正朔，稱為天祐二十年，至四月上旬，升壇稱帝，祭告天神地祇，改元同光，國號唐。宣制大赦，授行臺左丞相豆盧革為門下侍郎，右丞相盧澄為中書侍郎並同平章事，中門使郭崇韜、昭義監軍使張居翰並為樞密使，判官盧質、掌書記馮道俱充翰林學士，升魏州為東京興唐府，號太原即晉陽。為西京，鎮州為北都，令魏博判官王正言為興唐尹，都虞侯孟知祥為太原尹，充西京副留守，澤潞判官任圜為真定尹，充北京副留守，凡李存審、李嗣源等一班功臣，統加官進秩，兼任節度使如舊。追尊曾祖執宜為懿祖皇帝，祖國昌為獻祖皇帝，父克用為太祖皇帝，立廟晉陽。除三代外，又奉唐高祖、太宗、懿宗、昭宗四主，分建四廟。與懿祖以下，合成七室，尊生母曹氏為皇太后，嫡母劉氏為皇太妃。劉氏毫不介意，依著故例，向太后曹氏處稱謝，曹氏恰有慚色，離坐起迎，露出那跼蹐不安的狀態，劉氏獨怡然道：「願吾兒享國無窮，使我得終天年，隨先君於地下，已是萬幸！此外還計較甚麼？」曹氏亦相向欷歔。嗣命宮中開宴，彼此對坐，略跡言情，盡歡而罷。後人共稱劉太妃的美德。小子恰有一詩道：

並後猶防禍變隨，況經嫡庶亂尊卑；
私圖報德成愚孝，亞子開基禮已虧！

晉王李存勗，已改號為唐，當然稱為唐主，其時尚留魏州，意欲攻梁，巧值梁鄆州將盧順密奔唐，獻襲取鄆州策，唐主乃召群臣會議，議決後如何進止，待至下回表明。

張文禮弒養父王鎔，固有應討之罪，晉王討之，宜也。但文禮宜討，而王都亦曷嘗不宜討？晉王獨以私廢公，授彼節鉞，聞急赴援，且與之約為婚姻，所謂見利忘義者非耶！即是以觀晉王之心術，已可見矣。鎮州雖下，逆子駢誅，而衛州一帶，復為梁取，李繼韜又以潞州降梁，是固非稱帝之時，乃以張承業之去世，五臺山僧之獻鼎，即稱尊魏州，前時之假面具，一舉盡撤，既食前言，兼露驕態，識者已知其不終。況於生母而尊之，於嫡母而抑之，嫡庶倒置，貽謀不臧，寧待劉後之專權亂政，始肇危機耶？閱者於文字間細心求之，褒貶固自不苟云。

第十五回　王彥章喪師失律　梁末帝隕首覆宗

卻說唐主李存勗，因鄆州將盧順密來降，即欲依順密計議，進襲鄆州。當下與諸臣商定進止，郭崇韜等都說未可。唐主獨召李嗣源入商，嗣源嘗自悔胡柳渡河，致遭譴罰，見十二回。至是欲立功補過，即慨然進言道：「我朝連年用兵，生民疲敝，若非出奇取勝，大功何日得成？臣願獨當此任，勉圖報命！」唐主大悅，立遣他率兵五千，潛趨鄆州，行至河濱，天色昏暮，夜雨沈陰，軍士多不欲進行，前鋒將高行周宣言道：「這是天助我成功哩！鄆人今日，必不防備，我正好出他不意，進取此城。」遂渡河東趨，直抵城下，李從珂緣梯先登，軍士踴躍隨上，守卒至此始覺，哪裡還及抵敵，徒落得身首分離，做了數十百個刀頭鬼。從珂開城迎入嗣源，再攻牙城，一鼓即下，擒住州官崔簹，判官趙鳳，送入興唐府。唐主喜甚，嘆嗣源為奇才，即命為天平節度使。

梁主友貞，聞鄆州失守，驚惶的了不得，斥罷北面招討使戴思遠，嚴促他將段凝、王彥章等，發兵進戰。梁相敬翔，自知梁室將危，即入見梁主道：「臣隨先帝取天下，先帝錄臣菲才，言無不用，今敵勢益強，陛下乃棄忽臣言，臣尸位素餐，生亦何用，不如就此請死罷！」說至此，即從靴中取出一繩，套入頸中，作自經狀。後常未見良謨，遇急則以死相脅，是乃兒女子態，不足與言相道。梁主急命左右救解，問所欲言。敬翔道：「大局日危，事機益急，非用王彥章為大將，萬難支持了！」用一王彥章，即能救亡麼？梁主點首，即擢彥章為北面招討使，段凝為副。彥章入見梁主，梁主問他破敵的期限，彥章答以三日，左右都不禁失笑。

及彥章退出，即向滑州進發，兩日即至，召集將士，置酒大會，暗中卻遣人至楊村具舟，夜命甲士六百人，各持巨斧，與冶工一同登舟，順流而下，時飲尚未散，彥章佯起更衣，從營後趨出，引精兵數千，循河南岸，直趨德勝南城。德勝守將為朱守殷，唐主曾遙囑道：「王鐵槍勇決過人，必來衝突德勝，汝宜嚴備為是。」守殷屯兵北城，總道彥章出兵，無此迅速，所以未曾預防。那知彥章所遣的兵船，乘風前來，先由冶工熾炭，燒斷河中的鐵鎖，再由甲士用斧砍斷浮橋，南城孤立失援，王彥章麾兵馳至，急擊南城，立被破入，殺斃守兵數千人，計自彥章受命出師，先後正值三日，已將德勝南城奪下。朱守殷忙用小船載兵，渡河往援，又被彥章殺退。

彥章復進拔潘張、麻家口、景店諸寨，軍勢大振。

唐主聞報，亟遣宦官焦守賓，趨楊劉城，助鎮使李周固守。且命守殷棄去德勝北城，撤屋為筏，載著兵械，俱至楊劉。王彥章亦撤南城屋材，浮河而下，作為攻具。兩造各行一岸，每遇灣曲，便即交鬥，飛矢雨集，一日百戰，兵械往往覆沒，各有損傷。彥章又偕副使段凝，率十萬眾進攻楊劉，好幾次衝毀城堞，賴李周悉力堵御，始得保全。彥章猛攻不下，退屯城南，另用水師據守河津。

李周飛使告急，唐主自率兵赴援，至楊劉城，見梁兵塹壘復疊，無路可通，也不禁憂急起來。當下向郭崇韜問計，崇韜答道：「今彥章據守津要，實欲進取東平，若我軍不能南進，彼必指日東趨，鄆州便不可守了。臣請在博州東岸，築城戍兵，截住河津，既可接應東平，復可分賊兵勢。但或被彥章詗知，前來薄我，使我無暇築城，恰是一樁大患。臣願陛下募敢死士，日往挑戰，牽綴彥章，彥章十日不得東行，城已築就，當可無慮了。」唐主一再稱善。即命崇韜率兵萬人，夤夜往博州，至麻家口渡河築城，晝夜不息。

唐主在楊劉城下，與彥章日夕苦戰，殺傷相當，才閱六日，彥章得知崇韜築城，便統兵往攻。城方築就，未具守備，且沙土疏惡，不甚堅固。崇韜亟鼓勵部眾，四面拒戰。彥章兵約數萬，且用巨艦十餘艘，橫亙河流，斷絕援路，氣勢張甚。猶幸崇韜身先士卒，死戰不退，尚自支持得住，一面請唐主濟師，唐主自楊劉馳援，列陣新城西岸。城中望見援師，頓時增氣，呼叱梁軍。梁軍始有懼色，斷絏收纜，彥章亦自知無成，解圍退去。前時雖得幸勝，此次不免卻退，王鐵槍亦徒勇耳。鄆州奏報始通，李嗣源密表唐主，請正朱守殷罪狀，唐主不從。守殷系唐主舊役蒼頭，所以不忍加罪。為私廢公，終屬未當。隨即引兵南下，彥章等復趨楊劉，唐騎將李紹榮，先驅至梁營，擒住梁諜牧人，復縱火焚梁連艦，段凝首先怯退，彥章亦自楊劉退保楊村，唐軍奮力追擊，斬獲梁兵萬人，仍得屯德勝城，楊劉城中，已三日無食，至此始得解圍，守兵乃共慶更生了。

先是彥章在軍，深恨趙、張亂政，嘗語左右道：「待我成功還朝，當盡誅奸臣以謝天下。」機事不密則害成，可見彥章是徒勇無謀。這二語為趙、張所聞，私相告語道：「我等寧受死沙陀，不可為彥章所殺！」因結黨構陷彥章。段凝嘗倚附趙、張，素與彥章不協，在軍時動與齟齬，多方牽掣。每有捷奏，趙、張即歸功段凝，至敗書報入，乃歸咎彥章。梁主友貞，高居深宮，怎知外事。且恐彥章成功難制，召還汴梁，把軍事悉付段凝。自是將士灰心，梁室覆亡不遠了。敘出梁亡之由來。

唐主聞彥章已退，乃還軍興唐府。澤州守將裴約，連章告急，唐主嘆息道：「我兄不幸，生此梟獍！嗣昭為克用養子，故唐主稱嗣昭為兄。裴約能知順逆，不可使陷沒敵中。」乃顧指揮使李紹斌道：「澤州系彈丸地，朕無所用，卿為我救裴約，叫他回來。」紹斌奉命而去，及趨至澤州，城已被陷，裴約戰死，乃返報唐主，唐主悲悼不已。

嗣聞梁將段凝，繼任招討使，督軍河上，且從酸棗決河，東注曹濮及鄆州，隔絕唐軍，不由的冷笑道：「決水成渠，徒害民田，難道我不能飛渡麼？」遂統軍出屯朝城。可巧梁指揮使康延孝得罪梁主，引百騎來奔。唐主召入，賜他錦袍玉帶，溫顏問以梁事。延孝答道：「梁朝地不為狹，兵不為少，但梁主暗懦不明，趙巖、張漢杰等，攬權專政，內結宮掖，外納貨賂，段凝本無智勇，徒知克剝軍餉，私奉權貴，王彥章、霍彥威諸宿將，反出凝下。梁主不善擇帥，並且用人不專，每一發兵，輒令近臣監製，進止可否，悉取監軍處分。近又聞欲數道出兵，令董璋趨太原，霍彥威寇鎮定，王彥章攻鄆州，段凝當陛下，定期十月大舉。臣竊觀梁朝兵力，聚固不少，分即無餘。陛下但養精蓄銳，待他分兵，趁著梁都空虛的時候，即率精騎五千，自鄆州直抵大梁，不出旬月，天下可大定了。」策固甚善，但叛梁降唐，又為唐獻議滅梁，心術殊不可問。唐主大喜，即授延孝為招討指揮使。

果然不到數日，即聞王彥章進攻鄆州。原來彥章應召還梁，入見梁主，用笏畫地，歷陳勝敗形跡，趙巖等劾他不恭，勒歸私第。旋擬分道進兵，乃再命彥章攻鄆州，僅給保鑾將士五百騎，及新募兵數千人，歸他統領。另使張漢杰監彥章軍，彥章怏怏東行。梁主又令段凝帶著大兵，牽制唐主。凝屢遣遊騎至澶、相二州間，抄掠不休。澤、潞二州，為梁援應。契丹因前次敗還，日思報復，傳聞俟草枯冰合，深入為寇。唐主至此，頗費躊躇。宣徽使李紹宏等，都說是鄆州難守，不如與梁講和，掉換衛州及黎陽，彼此劃河為界，休兵息民，再圖後舉。唐主勃然變色道：「誠如此言，我等無葬身地了！」遂叱退紹宏等人，另召郭崇韜入議，崇韜進言道：「陛下不櫛沐，不解甲，已十有五年，無非欲翦滅偽梁，雪我仇恥，今已正尊號。河北士庶，日望承平，方得鄆州尺寸土，乃仍欲棄去，還為梁有，臣恐將士解體，將來食盡眾散，就使畫河為境，何人為陛下拒守哩？臣嘗細問康延孝，已知偽梁虛實。梁悉舉精兵授段凝，據我南鄙，又決河自固，謂我不能飛渡，可以無患。彼卻使王彥章侵逼鄆州，兩路下手，搖動我軍，計非不妙。但段凝本非將才，臨機未能決策。彥章統兵不多，又為梁主所忌，亦難成事。近得敵中降卒，俱言大梁無兵，陛下若留兵守魏，固保楊劉，自率精兵與鄆州合勢，長驅入汴，彼城中既經空虛，勢必望風瓦解，偽主授首，敵將自降。否則今年秋穀不登，軍糧將盡，長此遷延，且生內變，俗語有云：築室道旁，三年不成，願陛下奮志獨斷，勿惑眾議！帝王應運，必有天命，為甚麼畏首畏尾哩？」崇韜智勇，確是過人。唐主聞言，不禁眉飛色舞道：「卿言正合朕意，大丈夫成即為王，敗即為虜，我便決計進行了！」

既而得李嗣源捷報，謂已遣李從珂等，擊敗王彥章前鋒，彥章退保中都。唐主顧語崇韜道：「鄆州告捷，足壯吾氣，就此進兵，下必遲疑！」當下命將士遣還家屬，盡入興唐府，並將隨身第三妃劉氏，及皇子繼岌，也遣歸興唐，自送至離亭，唏噓與訣道：「國家成敗，在此一舉，事若不濟，當就魏宮中聚我家屬，悉數盡焚，毋汙敵手！」劉氏獨怡然道：「陛下此去，必得成功，妾等將長托鴻庥，何致變生意外呢？」言已，從容告別。能博唐主歡心，就在此處。

唐主囑李紹宏送歸劉氏母子，且飭他與宰相豆盧革，興唐尹王正言等，同守魏城。自率大軍由楊劉渡河，直至鄆州，與李嗣源會師。即命嗣源為前鋒，乘夜進軍，三鼓越汶河，逼梁中都。中都素無守備，雖由王彥章屯紮，怎奈兵不滿萬，且多是新來募兵，將卒不相習，行陣不相諳，任你百戰不殆的王彥章，也是有力難使，孤掌難鳴。初得偵報，聞唐主親自到來，忙選前鋒數千人，出城十里，前往堵截，不值唐軍一掃，剩得幾個敗卒，逃回中都。彥章焦急異常，正擬棄城奔回，城外已鼓角齊鳴，炮聲大震，唐軍數萬人，乘勝殺到。彥章登城遙望，但見戈鋋耀日，旌旗蔽空，一班似虎似羆的將士，擁著一位後唐主子李存勗，踴躍前來，禁不住仰天嘆道：「如此強敵，叫我如何對付呢？」當下飭軍登陴，諭令固守。偏各兵士望見唐軍，統已魂馳魄散，意變神搖，勉強守了半日，那唐軍的強弓硬箭，接連射上，飛集城頭，守兵多中箭暈僕，餘卒嘩走城下。彥章料不可支，沒奈何開城突圍，仗著兩桿鐵槍，挑開血路，破了一重，又有一重，破了兩重，又有兩重，等到重重解脫，向前急奔，身上已遍受重創，手下已不過數十騎，只因逃命要緊，不得不勉力趲路。偏後面有人叫道：「王鐵槍！王鐵槍！」彥章不知為誰，回馬相顧，那來人手起槊落，刺傷彥章馬頭，馬即僕地，彥章當然跌下，時已重傷，無力跳免，眼見被來將捉去。徒勇者終不得其死。

看官道是何人捉住彥章？原來是唐將李紹奇。唐主麾動兵士，圍捕梁將，擒住監軍張漢杰，曹州刺史李知節，及裨將趙廷隱、劉嗣彬等二百餘人，斬首至數千級。王彥章嘗語人道：「李亞子系鬥雞小兒，怕他做甚？」至是被紹奇縛送帳下，唐主笑問道：「汝嘗目我為小兒，今日肯服我否？」彥章不答，唐主又問道：「汝系著名大將，奈何不守兗州，獨退處危城？」彥章正色道：「天命已去，尚復何言？」唐主惜彥章材勇，諭令降唐，且賜藥敷他創痕。彥章長嘆道：「我本一匹夫，蒙梁朝厚恩，位至上將，與皇帝交戰十五年，今兵敗力竭，不死何為！就使皇帝意欲生我，我有何面目見天下士，豈可朝為梁將，暮作唐臣麼？」忠壯可風。

唐主令暫居別室，再遣李嗣源往諭。嗣源小名邈佶烈，彥章倨臥自若，毅然說道：「汝非邈佶烈麼？休來誘我！」嗣源忿然歸報。唐主大開盛筵，宴集將佐，即命嗣源列坐首席，舉酒相屬道：「今日戰功，公為首，次為郭卿崇韜。向使誤聽紹宏等言，大事去了。」又語諸將道：「從前所患，只一王彥章，今已就擒，是天意已欲滅梁了。但段凝尚在河上，究竟我軍所向，如何為善？」諸將議論不一，或言宜先徇海東，或言須轉攻河上，獨康延孝請亟取大梁。李嗣源起座道：「兵貴神速，今彥章就擒，段凝尚未及知，就使有人傳報，他必半信半疑。如果知我所向，即發救兵，亦應由白馬南渡，舟楫何能猝辦？我軍前往大梁，路程不遠，又無山險梗阻，可以方陣橫行，晝夜兼程，信宿可至，竊料段凝未離河上，友貞已為我所擒了！陛下盡可依延孝言，率大軍徐進，臣願帶領千騎，為陛下前驅！」唐主遂令撤宴，即夕遣嗣源先行。

翌晨，唐主率大軍繼進，令王彥章隨行，途次問彥章道：「我此行能保必勝否？」彥章道：「段凝有精兵六萬，豈肯驟然倒戈，此行恐未必果勝呢！」唐主叱道：「汝敢搖我軍心麼？」遂令左右推出斬首，彥章慨然就刑，顏色不變，及處斬後，獻上首級，唐主亦嘆為忠臣，即命藁葬。越二日到了曹州，梁守將開城迎降。

梁主友貞，迭接警報，慌得手足無措，亟召群臣問計，大眾面面相覷，不發一言。梁主泣語敬翔道：「朕自悔不用卿言！今事已萬急，幸勿怨朕，為朕設一良謀！」翔亦泣拜道：「臣受先帝厚恩，已將三紀，名為宰相，不啻老奴，事陛下如事郎君。臣嘗謂段凝不宜大用，陛下不從。今唐兵將至，段凝限居河北，不能入援。臣欲請陛下避狄，諒陛下必不肯從，欲請陛下出奇合戰，陛下亦未必決行。今日雖良、平復出，亦難為陛下設法，請先賜臣死，聊謝先帝！臣不忍見宗社淪亡哩！」全是怨言，何濟國難。梁主無詞可答，只得相向慟哭。哭到無可如何，乃令張漢倫馳騎北去，追還段凝軍。漢倫到了滑州，墜馬傷足，又為河水所限，竟不能達。梁都待援不至，越加惶急。城中只有控鶴軍數千，朱珪請率令出戰，梁主不從，但召開封尹王瓚，囑託守城。瓚無兵可調，不得已驅迫市民，登城為備。唐軍尚未薄城，城內已一日數驚，朝不保夕了。

先是梁故廣王全昱子友誨，為陝州節度使，頗得人心，或誣他勾眾謀亂，召還都中，與友誨兄友諒、友能，並錮別第。及唐軍將至，梁主恐他乘危起事，一併賜死，並將皇弟賀王友雍，建王友徽，亦勒令自盡，自登建國樓，欷歔北望，或請西奔洛陽，或請出詣段凝軍。控鶴都指揮使皇甫麟道：「凝本非將材，官由幸進，今時事萬急，能望他臨機制勝，轉敗為功麼？且凝聞彥章軍敗，心膽已寒，恐未必能為陛下盡節呢！」趙巖亦從旁接口道：「事勢至此，一下此樓，誰心可保？」既亡梁室，復死梁主，汝心果如何生著？梁主乃止，復召宰相鄭珏等問計，珏答道：「願請將陛下傳國寶，齎送唐營，為緩兵計，徐待外援。」梁主道：「朕本不惜此寶，但如卿言，事果可了否？」珏俯首良久，乃出言道：「尚恐未了。」左右皆從旁匿笑，珏懷慚而退。梁主日夜涕泣，不知所為，及在臥寢間檢取傳國寶，已不知何時失去，想已被從臣竊出，往獻唐軍了。越日傳到急耗，唐軍將至城下，最信任的租庸使趙巖，又不別而行，潛奔許州。梁主已無生望，乃召語皇甫麟道：「李氏是我世仇，理難低頭，我不俟他刀鋸，卿可先斷我首！」麟答道：「臣只可為陛下仗劍，效死唐軍，怎敢奉行此詔？」梁主道：「卿欲賣我麼？」麟急欲自刎，梁主阻手道：「當與卿俱死！」說至此，即握麟手中刃，向頸一橫，鮮血直噴，倒斃樓側，麟亦自殺。史稱梁主友貞為末帝，在位十年，享年止三十六歲。梁自朱溫篡位，國僅一傳，共得一十六年而亡。小子有詩嘆道：

登樓自盡亦堪哀，階禍都由性好猜，宗室駢誅黎老棄，覆宗原是理應該！

過了一日，唐前鋒將李嗣源，始到大梁城下，王瓚即開城迎降。欲知後事，且至下回再閱。

梁室大將，只一王彥章，然角力有餘，角智不足。觀其取德勝南城，適與三日之言相符。第一時之僥倖耳。彼守德勝者為朱守殷，故為所掩襲，若易以他將，寧亦能應刃而下耶？迨晉主自援楊劉，用郭崇韜計，築城博州東岸，而彥章即無從施技。迭次敗北，及奉召還朝，用笏畫地，亦無非堂陛空談，何怪梁主之不肯信任也！若段凝更不足道！決河阻敵，反致自阻，及梁室已亡，又不能如王彥章之決死，歐陽公作死節傳，首列彥章，其固因彼善於此，而特為表揚乎？梁主友貞，所任非人，敵未至而已內潰，首先隕而即亡家，愚若可憫，咎實自取，且死期已至，尚忍摧殘骨肉，天下有如是忮刻者，而能長享國家乎？史稱其寵信趙、張，疏棄敬、李，以至於亡，是尚未能盡梁主之失也。

第十六回　滅梁朝因驕思逸　冊劉后以妾爲妻

卻說唐將李嗣源，到了大梁城下，王瓚開門迎降。嗣源入城，撫安軍民。未幾唐主亦至，嗣源率梁臣出迎。梁臣拜伏請罪，由唐主溫詞撫慰，令仍舊職。又舉手引嗣源衣，用首相觸道：「我有天下，統是卿父子的功勞，此後富貴，應與卿父子同享了！」暗射下文。既入城，御元德殿受賀，梁相李振語敬翔道：「新主已有詔赦罪，我輩理當入朝。」翔慨然道：「我二人同為梁相，君昏不能諫，國亡不能救，新君若問及此事，將如何對答呢？」李振退出，次日竟入謁唐主。有人報告敬翔，翔嘆道：「李振謬為丈夫，國亡君死，有何面目入建國門呢？」遂投繯自盡。還算有志。

唐主命緝梁主友貞，有梁臣攜首來獻，當由唐主審視，憮然嘆道：「古人有言，敵惠敵怨，不在後嗣。朕與梁主十年對壘，恨不得生見他面。今已身死，遺骸應令收葬，唯首級當函獻太廟，可塗漆收藏。」左右聞諭，當然依言辦理。一面遣李從珂等，出師封邱，招降段凝。凝正率兵入援，遣部將杜晏球為先鋒，途次接得唐主詔敕，晏球即貽書從珂，情願投降。凝眾五萬，統隨凝投誠。凝詣闕請罪，唐主好言撫慰，並溫諭將士，仍使得所。

凝揚揚自得，毫無愧容。梁室舊臣，相見切齒，凝遂暗地進讒，極力排斥。於是貶梁相鄭珏為萊州司戶，蕭傾為登州司戶，翰林學士劉岳為均州司馬，任贊為房州司馬，封翹為唐州司馬，李懌為懷州司馬，竇夢徵為沂州司馬，崇政院學士劉光素為密州司戶，陸崇為安州司戶，御史中丞王權，為隨州司戶，共計十一人，同日黜逐。段凝意尚未足，再與杜晏球聯名上書，謂梁要人趙巖、張漢杰、朱珪等，竊弄威福，殘害群生，不可不誅。唐主再下詔令，首罪敬翔、李振，說他黨同朱氏，共傾唐祚，宜一併誅夷。朱珪助虐害良，張氏族屬，塗毒生靈，一應駢戮。趙巖在逃，飭嚴加擒捕，歸案正法。

這詔一下，除敬翔已死外，所有李振、朱珪、張漢杰、張漢倫等，均被縛至汴橋下，盡行處斬。所有妻孥人等，亦被收戮，敬翔家屬，也並受誅。趙珪逃至許州，為匡國節度使溫韜所殺，獻首唐廷。巖家滿門抄斬，自不必說。以上諸人非無應誅之罪，但由段凝媒孽，始命誅夷，唐主於凝何德？於群臣何仇耶？賜段凝姓名為李紹欽，杜晏球姓名為李紹虔。追廢朱溫、朱友貞為庶人，毀去梁宗廟神主，並欲發朱溫墓，斫棺焚屍。河南尹張宗奭，已復名全義，自河南入朝唐主，唐主與語掘墓事，全義面陳道：「朱溫雖陛下世仇，但死已多年，刑無可加，乞免焚斫，借示聖恩！」不憶妻女被淫否？唐主乃止，只令剷除闕室，削去封樹，便算了事。乃頒詔大赦，凡梁室文武職員將校，概置不問。令樞密使郭崇韜權行中書事，尋進封為太原郡侯，賜給鐵券，並兼成德軍節度使，崇韜職兼內外，竭忠無隱，唐主亦倚為心膂。豆盧革、盧程等，本沒有甚麼材能，無非因唐室故舊，得廁相位，坐受成命罷了。

唐主命肅清宮掖，捕戮朱氏族屬。所有梁主妃嬪，多半怕死，統是匍匐乞哀，涕乞求免，獨賀王友雍妃石氏，兀立不拜，面色凜然。唐主見她豐容盛鬋，體態端莊，不禁愛慕起來，便諭令入侍巾櫛。石氏瞋目道：「我乃堂堂王妃，豈肯事你胡狗。頭可斬，身不可辱！」朱氏中有此烈婦，安可不傳！唐主怒起，即令斬首。繼見梁末帝妃郭氏，縞裳素袂，淚眼愁眉，彷彿似帶雨梨花，嬌姿欲滴，便和顏問她數語，釋令還宮。此外一班妃妾，或留或遣，多半免刑。是夕召郭氏侍寢，郭氏貪生畏死，沒奈何解帶寬衣，一任唐主戲弄。這也是朱溫淫惡的孽報，該當有此出醜哩。好淫者其聽之。

已而唐主第三夫人劉氏，及皇子繼岌，自興唐府至汴，當由唐主迎入，重敘歡情。劉氏家世本微，籍隸成安，乃父黃須，通醫卜術，自號劉山人。唐主攻魏，裨將袁建豐掠得劉女，年不過六七齡，生得聰明伶俐，嬌小風流。唐主愛她秀慧，挈入晉陽，令侍太夫人曹氏。太夫人教她吹笙，一學即能，再教以歌舞諸技，無不心領神會，曲盡微妙。轉瞬間已將及笄，更覺得異樣鮮妍，居然成了一代尤物。唐主隨時省母，上觴稱壽，自起歌舞，曹氏即命劉女吹笙為節，悠揚宛轉，楚楚動人，尤妙在不疾不徐，正與歌舞相合。唐主深通音律，聞劉女按聲度曲，一些兒沒有舛誤，已是驚喜不置，又見她千嬌百媚，態度纏綿，越覺可憐可愛，只管目不轉睛，向她注射。曹太夫人也已覺著，便把劉女賜與為妾。唐主大喜過望，便拜謝慈恩，挈她同至寢室，去演那龍鳳配了。當時唐主正室，為衛國夫人韓氏，次為燕國夫人伊氏，自從劉女得幸，作為第三個妻房，也封為魏國夫人。劉氏生子繼岌，貌頗類父，甚得唐主歡心，劉氏因益專寵。

唐主經營河北，每令劉氏母子相隨。劉叟聞女已貴顯，詣魏宮入謁，自稱為劉氏父，唐主令袁建豐審視，建豐謂得劉氏時，曾見此黃鬚老人，挈著劉氏，偏劉氏不肯承認，且大怒道：「妾離鄉時，尚略能記憶，妾父已死亂兵中，曾由妾慟哭告別，何來這田舍翁，敢冒稱妾父呢？」忍哉此婦！因命笞劉叟百下，可憐劉叟老邁龍鍾，那裡禁受得起？昏暈了好幾次，方得蘇轉，大號而去。入謁時，何不一卜，乃受此無情杖耶！看官！

你想這位劉夫人，連生父尚不肯認，何況是他人呢？

既至汴宮，聞唐主召幸梁妃，自然生了醋意，便提出一番正語，與唐主大起交涉。唐主也自覺不合，乃出梁妃為尼。這位梁妃郭氏，被唐主占宿數宵，仍然不得享受榮華，只好灑淚別去。唐主慨贈金帛，並賜名誓正，作為最後的恩典。劉氏尚恐他藕斷絲連，定要唐主遣發遠方。唐主因命送往洛陽，為尼終身。

此事一傳，內外共知劉氏權重，相率獻諛。宋州節度使袁象先入朝，輦珍寶數十萬，先賂劉夫人，次及唐主親幸，遂得宮廷稱譽，備邀寵賚，賜姓名為李紹安。此外如梁將霍彥威、戴思遠等，亦皆納賄宮中，陰結內援，得蒙唐主恩賜。段凝既改姓名為李紹欽，仍為滑州留後，他又因伶官景進，獻寶入宮，劉夫人替他揄揚，竟升任泰寧節度使。還有河中節度朱友謙，博州刺史康延孝，相繼入朝，無一不打通內線，厚沐恩施。友謙得賜姓名為李繼麟，延孝得賜姓名為李紹琛，匡國節度使溫韜，從前助梁肆虐，發唐山陵，此次因獻趙巖首，仍居方鎮，聞袁象先等俱受寵榮，也輦金入都，遍賂宮禁，即由唐主召見，再三慰勞，賜姓名為李紹沖，旬日遣還許州。郭崇韜劾他罪狀，唐主不問。

既而楚遣使入貢，吳遣使入賀，岐遣使奉表稱臣，引得唐主志滿氣盈，不是出外遊畋，就是深居宴樂。劉夫人善歌舞，唐主欲取悅劉氏，嘗自傅粉墨，與優人共戲庭中。優人呼為「李天下」。唐主亦以「李天下」自稱。一日在庭四顧道：「李天下！李天下！」優人敬新磨，竟上前批唐主頰，唐主失色，餘優大駭。新磨從容說道：「李天下只有一人，尚向誰呼呢？」唐主乃轉怒為喜，厚賞新磨。

越數日出畋中牟，踐害民禾，中牟令叩馬前諫道：「陛下為民父母，奈何損民稼穡，令他轉死溝壑呢！」唐主恨他多言，叱退中牟令，意欲置諸死刑，新磨追還該令，牽至馬前，佯加詬責道：「汝為縣令，獨不知我天子好獵麼？奈何縱民耕種，有礙吾皇馳騁哩！汝罪當死！」唐主聽了此言，也不禁啞然失笑，乃赦該令罪，仍使還宰中牟。該令不失為強項，敬磨也有譎諫風。

唯伶官流品混雜，有幾個能如敬新磨，並因劉夫人愛看戲劇，輒召伶人入戲，多多益善，諸伶得出入宮掖，侮弄搢紳。群臣側目，莫敢發言，或反相依附，取媚深宮。最有權勢的是伶官景進，平時常採訪民間瑣事，奏聞唐主。唐主亦欲探悉外情，遂恃進為耳目，進得乘間行讒，蠹民害政，連將相都怕他凶威。唐主本英武過人，乃滅梁以後，即如此糊塗，殊不可解。

宰相盧程，才不稱職，已罷為左庶子。郭崇韜薦引尚書左丞趙光胤，豆盧革薦引禮部侍郎韋說，俱授為同平章事。其實光胤是輕率好誇，說亦不過謹重守常，都沒有相國材略。況值此變倖當道，朝政昏蒙，單靠這幾個庸夫，怎能斡旋大局呢？

荊南節度使高季昌，聞唐已滅梁，頗加畏憚，特避唐祖國昌廟諱，改名季興，親自入朝。司空梁震進諫道：「大王系梁室故臣，今唐已滅梁，必將南下，大王嚴兵守險，尤恐難保，奈何自投虎口，甘為魚肉呢？」季興不從，留二子居守，但率衛士三百人，竟至汴都。唐主果欲留住季興，經郭崇韜婉言相勸，謂新得天下，宜示寬大，乃優禮相待，並賜盛宴。席間趁著酒興，由唐主笑問季興道：「朕仗著十指，得取天下，現在各鎮多已稱臣，唯吳、蜀二國，未肯歸命，今欲為統一計，應先取吳呢？還是取蜀呢？」季興暗思蜀道艱險，未易進攻，乃故意答說道：「吳地卑下，不如蜀土富饒，況蜀主荒淫日甚，民多怨言，若王師進攻，無患不勝。待全蜀掃平，順流東下，取吳亦似反掌哩。」唐主稱善，盡歡而散。越宿，即遣使歸鎮。

季興聞命，立即陛辭，倍道南歸，行至襄州，投宿驛館，忽然心動起來，即命衛士斬關夜逸。果然襄州刺史劉訓，夜得唐主飛詔，令他羈住季興。那知季興已早馳去，追亦無益，只好據實覆命。原來季興入朝，伶官閹人，屢向季興索賂，季興雖有饋贈，尚未償他心願，所以季興辭行，便由伶官等互勸唐主，拘住季興。季興幸已脫身，馳回江陵，握梁震手道：「不用君言，幾致不免，但新朝百戰經營，才得河南，便自矜功烈，色荒禽荒，怎能久享？我可無庸多慮了！」旁觀者清。乃繕城積粟，招納梁朝散卒，日加操練，為戰守計。那唐主藐視季興，就使被他幸脫，也不甚注意。

河南尹張全義，因前時梁主至洛，將行郊禮，被唐軍一鼓嚇回，見十一回。剩下儀仗法物，俱未取歸。此時江山易姓，樂得趨奉新主，表請唐主幸洛郊天，儀物俱備，唐主大喜，加拜全義太師尚書令，即擇期仲冬吉日，挈著家屬，由汴赴洛，全義竭誠迎接，匍伏道旁，怎奈年力衰邁，一經跪下，兩足已覺痠痛。至唐主諭令平身，他欲伸足起來，偏偏一個腳軟，復致跌倒。描寫醜態。唐主亟命左右扶持，方得勉強起身，導入洛城。當下檢驗儀物，準備南郊，獨劉夫人別具私心，但言儀物未齊，不足示尊，須再加製造，方可大祀。唐主專信婦言，遂囑全義增辦儀物，改期來年二月朔日，行郊祀禮，且見洛陽宮闕，較汴梁尤為華麗，索性就此定都，不願還汴。仍復汴州開封府為宣武軍。且改前梁永平軍大安府即長安。為西京，仍置京兆尹，稱晉陽為北京，仍復鎮州為成德軍。此外如宋州宣武軍，改名歸德軍。華州感化軍，改名鎮國軍。許州匡國軍，復為忠武軍。滑州宣義軍，復為義成軍。陝府鎮國軍，復為保義軍。耀州靜勝軍，復為順義軍。潞州匡義軍，復為安義軍。郎州武順軍，復為武貞軍。延州置彰武軍，鄧州置威勝軍，晉州置建雄軍，安州置安遠軍，所有天下官府名號，及寺觀名額，曾經梁室改名，一律復舊。

安義軍李繼韜，前已叛唐降梁。見十四回。梁亡後，欲北走契丹。唐主召他詣闕，他尚卻顧不前。唯生母楊氏，素善蓄財，積資百萬，以為錢可通靈，不妨入朝，遂率子偕行。一入洛陽，遍賂伶宦，且由楊氏入宮，厚贈劉妃金寶，乞為解免。劉妃即代白唐主，極言嗣昭功臣，宜加恩貸，伶宦等亦替繼韜乞哀，說他本無邪意，但為奸人所惑，因致誤為，唐主乃召入繼韜。繼韜叩頭謝罪，泣言知悔，當經唐主慨諭赦免，且屢命從畋，漸漸的寵幸起來。獨唐主弟薛王存渥，不直繼韜，屢加面責，繼韜未免不安，復賂宦官伶人，乞請還鎮。唐主不許，繼韜密貽弟繼遠書，令佯囑軍士縱火，冀唐主遣歸安撫。那知詭謀被泄，立遭梟首，繼遠亦受捕伏誅。

乃兄繼儔，前為繼韜所囚，至此受命襲職，出來報怨，悉取繼韜產物，並將他妻妾一併奪去，恣意淫汙。繼韜弟繼達大怒道：「吾兄被誅，大兄無骨肉情，毫不悲痛，反劫他貨財，淫他妻妾，此等人面獸心，尚堪與同處麼？」乃為繼韜服縗麻，使私黨入殺繼儔。節度副使李繼珂，又募市人攻繼達，繼達自刎而亡。唐主聞報，即命李繼珂知潞州事，便算了案。

越年為同光二年，唐主遣皇弟存渥，及皇子繼岌，同往晉陽，迎太后太妃至洛。劉太妃道：「陵廟在此，若同往洛陽，歲時何人奉祀呢？」因留居晉陽，但與曹太后餞行，涕泣而別。曹太后遂詣洛陽，由唐主迎居長壽宮，還有唐主正妃韓氏，次妃伊氏，也隨同到洛，分居宮中，母子團圓，妻妾歡聚，經唐主開筵接風，暢飲通宵，自不消說。獨有這位貌美心凶的劉夫人，外面佯作歡容，暗中非常焦灼。她本想冊為皇后，一意蛊惑唐主，求達奢願，唐主頗有允意，只因韓、伊兩夫人，位次在劉氏上，究不便越次冊立，所以隨時遷延，懷意未發。劉夫人屢次設謀，未見成效，前此擬行郊祀，從旁力阻，也是她借端梗議，欲令唐主立她為后，然後再行郊禮。唐主雖改定郊期，終究未定后位，此次韓、伊兩夫人，又復到來，眼見得正宮位置，要被她兩人奪去，當下情急智生，亟囑使伶人宦官，運動相臣。

豆盧革素來模棱，自然樂允。唯郭崇韜位兼將相，遇事不阿，平常嫉視伶宦，未易進言。乃轉令他故人子弟，往說崇韜。崇韜正慮伶宦用事，與己不利，見了故人子弟，談及後患，故人子弟便答道：「為公計，莫如請立劉氏為后。劉氏專寵，公所深知，主上早有意冊立，唯恐公不肯相從。今公能先行陳請，上結主歡，內得後助，雖有千百讒人，也無從撼公了。」崇韜不禁點首，遂與豆盧革等聯名上書，請立劉氏為皇后。徒中後計，無補後來。

唐主自然欣慰。因郊祀屆期，崇韜復獻勞軍錢十萬緡。二月朔日，唐主親祀南郊，命皇子繼岌為亞獻，皇弟存紀為終獻，禮畢退班，宰相以下，就次稱賀，還御五鳳樓，宣詔大赦。過了數日，即冊劉氏為皇后，封皇子繼岌為魏王。時洛都已建太廟，皇后劉氏既受冊寶，遂乘重翟車，鹵簿鼓吹，行廟見禮。她本是個脂粉班頭，更兼那珠冠玉珮，象服翬衣，愈顯出萬種妖嬈，千般婀娜。洛陽士女，夾道聚觀，稱美不置。可惜不合國母身分。還宮後相率朝賀，只韓、伊兩夫人，很是不平，未肯往朝。唐主不得已封韓氏為淑妃，伊氏為德妃。小子有詩嘆道：

漫將妾媵冊中宮，禁掖甘心啟女戎，縱使英雄多好色，小星胡竟亂西東！

劉氏既得為后，益複選用伶宦，群小幸進，宮廷竟從此多事了。欲知後來如何，待至下回再表。

本回敘後唐興亡關鍵，為承上啟下之轉捩文字。唐主李存勗，以英武聞，雖有強兵猛將，不足以制之，而獨受制於一婦人之手！倘所謂以柔克剛者非耶？劉氏出身微賤，無德可稱，徒以色進，而唐主乃寵愛逾恆，視如珍寶，隨軍數載，朝夕不離，其蠱惑唐主也，亦已久矣。滅梁以後，先至汴都，唐主自傅粉墨，與優為戲，取悅愛妾，何其惑也！且伶人宦官，由此而進，媚子諧臣，借此而榮，以視前日知人善任，披甲枕戈之唐主，幾不啻判若兩人，蓋驕則思佚，佚則思淫，而劉氏益得乘間獻媚，玩弄唐主於股掌之上。蛾眉不肯讓人，狐媚偏能惑主，斯言其信然乎？甚至以妾為妻，越次冊立，嫡庶倒置，內亂已生，外侮乘之而起，自在意中，獨惜郭崇韜名為智士，乃不能急流勇退，反墮劉氏陰謀，代為陳請，富貴誤人，一至於此，可勝嘆哉！

第十七回　房幃溺愛牝雞司晨　酒色亡家牽羊待命

卻說唐主既冊立劉后，嫡庶倒置，已成大錯，更且聽信劉氏，復用宦官為內諸司使，及諸道監軍，嗣更命伶人陳俊、儲德源為刺史。郭崇韜力諫不從，功臣多半憤惋，漸起怨聲。再加租庸副使孔謙，得兼任鹽鐵轉運副使，凡赦文所蠲賦稅，仍舊徵收。自是每有詔令，人多不信，百姓亦愁怨盈途。唐主尚自加尊號，封賞幸臣，並加封岐王李茂貞為秦王，荊南節度使高季興為南平王，夏州節度使李仁福為朔方王，賜吳越王錢鏐金印玉冊，並遣客省使李嚴赴蜀，探察虛實。嚴返報唐主，謂蜀主王衍，童騃荒縱，不親政務，斥逐故老，昵比小人，賢愚易位，刑賞失常，若大兵一臨，定可成功等語。

唐主乃決意攻蜀，整備兵馬糧械，指日出師。

會秦王李茂貞病死，此老竟得善終，可謂萬幸。遺表令長子繼曮權知軍府事。唐主拜繼曮為鳳翔節度使，賜名從曮，且徵兵會同伐蜀。從曮尚未出軍，那契丹已進蔚州，乃將攻蜀事暫行擱起，即授李嗣源為招討使，出御契丹。嗣源既奉命出師，唐主又與郭崇韜商議，令嗣源鎮守成德軍，調崇韜兼鎮汴州。崇韜兼鎮成德軍事，見前回。崇韜面辭道：「臣富貴已極，何必更領藩方？且群臣或經百戰，所得不過一州，臣無汗馬功勞，得居高位，本已深抱不安，今因委任親賢，使臣得解旄節，正出陛下聖恩，使臣免疚！況汴州衝要富繁，臣不至治所，徒令他人攝職，也與空城無二，為甚麼設此虛名，無補國本呢？」唐主道：「卿言亦是，但卿為朕畫策，保固河津，直趨大梁，成朕帝業，豈百戰功所得比麼？」崇韜一再固辭，乃許他解除兼職，令蕃漢總管李嗣源，出鎮成德軍。嗣源受命蒞鎮，因家在太原，表請授從珂為北京內牙指揮使，俾得顧家。唐主覽表，恨他為家忘國，竟斥從珂為突騎指揮使，令率數百人戍石門鎮。嗣源正擊退契丹，聞從珂被黜，惶恐求朝，唐主不許，嗣源至此，更不免疑上加疑，憂上加憂了。唐主與嗣源曾有富貴與共之約，此時嗣源並無異志，乃激使起疑，豈非自尋禍祟麼？且說唐主聞契丹已退，北顧無憂，又好肆志畋遊，耽情聲色，嘗與劉後私幸大臣私第，酣飲達旦，最多往返的是張全義宅中。全義屢陳貢獻，半輸內府，半入中宮，劉后很是滿意，自念母家微賤，未免為妃妾所嫌，不如拜全義為養父，得借餘光，乃面奏唐主，自言幼失怙恃，願父事張全義。唐主慨然允諾。劉后遂乘夜宴時，請全義上坐，行父女禮。全義怎敢遽受？劉后令隨宦強他入座，竟爾亭亭下拜，惹得全義眼熱耳紅，急欲趨避，又被諸宦官擁住，沒奈何受了全禮。唐主在旁坐著，反嘻笑顏開，叫全義不必辭讓，並親酌巨觥，為全義上壽。全義謝恩飲畢，復搬出許多貢儀，贈獻劉后。大約算是妝奩。俟帝后返宮時，齎送進去。

越日，劉后命翰林學士趙鳳，草書謝全義。鳳入奏道：「國母拜人臣為父，從古未聞，臣不敢起草！」唐主微笑道：「卿不愧直言，但后意如此，且與國體亦沒甚大損，願卿勿辭！」

鳳無可奈何，只好承旨草書，繳入了事。

唐主復採訪良家女子，充入後庭。有一女生有國色，為唐主所愛幸，竟得生子。劉后很懷妒意，時欲將她捽去。可巧李紹榮喪婦，唐主召他入宮，賜宴解悶，且諭行欽道：「卿新賦悼亡，自當復娶，朕願助卿聘一美婦。」劉后即召唐主愛姬，指示唐主道：「陛下憐愛紹榮，何不將此女為賜？」唐主不便忤后，佯為允許。不意劉后即促紹榮拜謝，一面即囑令宦官，扶掖愛姬出宮，一肩乘輿，竟抬入紹榮私第去了。紹榮何幸，得此美婦！唐主愀然不樂，好幾日稱疾不食，始終拗不過劉皇后，只好耐著性子，仍然與劉后交歡。

劉后素性佞佛，自思貴為國母，無非佛力保護，平時所得貨賂，輒賜給僧尼，且勸唐主信奉佛教。

有胡僧從於闐來，唐主率劉後及諸子，向僧膜拜。僧遊五臺山，因遣中使隨行，供張豐備，傾動城邑。又有五臺僧誠惠，自言能降伏天龍，呼風使雨，先時嘗過鎮州，王鎔不加禮待，誠惠忿然道：「我有毒龍五百，歸我驅遣，今當遣一龍揭起片石，恐州民皆成魚鱉了！」越年鎮州大水，漂壞關城，人乃共稱為神僧。唐主聞他神奇，飭中使延令入宮，自率后妃下拜。誠惠居然高坐，安身不動，至唐主已經拜畢，留居別館，他乘著閒暇，昂然出遊，百官道旁相遇，莫敢不拜。獨郭崇韜不肯從眾，相見不過拱手，誠惠尚傲不為禮。冤冤相湊，洛陽天旱，數旬不雨。崇韜奏白唐主，請令誠惠祈雨。誠惠無可推辭，便令築壇齋醮，每日登壇誦咒，也似唸唸有詞，偏龍神不來聽令，赤日儘管高升，遂被崇韜指摘，說他禱雨無驗，擬在壇下積薪，將他焚死。不意有人報知誠惠，嚇得誠惠神色倉皇，乘夜遁去。後來聞他逃回五臺，只恐都中飭捕，竟致憂死。妖僧惑人，大都如此。唐主及劉后，尚自言信佛未虔，不能留住高僧，引為悔恨！劉氏不足責，唐主何昏庸至此？許州節度使溫韜，聞劉后佞佛，情願改私第為佛寺，替后薦福。奏疏一上，得旨嘉獎。還有皇后教令，亦聯翩下去，優加褒美。當時太后旨意稱誥令，皇后旨意稱教令，與唐主詔旨並行，勢力相等。內外官吏，接到後教，也奉行維謹，不敢稍違，所以中宮使命，愈沿愈多，還幸太后誥令，罕有所聞，大眾尚得少顧一面，免得頭緒紛繁。

同光三年，太妃劉氏，得病晉陽，曹太后親擬往省，為唐主諫止。嗣聞太妃病逝，又欲自往送葬，再經唐主泣諫，與群臣交章請留，太后雖難拂眾意，未曾啟行，但哀痛異常，累日不食。過了一月，也魂歸地下，往尋那位劉太妃，再續生前睦誼去了。卻是難得。唐主初遭母喪，卻也號慟哭泣，至絕飲食，百官連表勸慰，閱五日始進御膳，漸漸的悲懷減殺，又把那佚遊故態，發作出來。

是年春夏大旱，至六月中方才下雨。一雨至七十五日，天始開霽，百川泛濫，遍地浸淫。宮中本是高地，至此亦患暑濕。唐主欲登高避暑，苦乏層樓，似乎悶悶不樂。宦官等即進言道：「臣見長安全盛時，宮中樓閣，不下百數，今陛下乃無一避暑樓，亦太不適意了。」唐主道：「朕富有天下，豈不能繕築一樓？」宦官又道：「郭崇韜常眉頭不展，屢與租庸使孔謙，談及國用不足，陛下雖欲營繕，恐終不可得呢。」借端誣人，利口可畏。唐主變色道：「朕自用內府錢，何關國帑？」遂命宮苑使王允平，趕造清暑樓。因恐崇韜進諫，特遣中使傳諭道：「朕昔在河上，與梁軍對壘，雖行營暑濕，被甲乘馬，未嘗覺疲。今居深宮，蔭大廈，反不堪苦熱，未識何因？」崇韜即托中使轉奏道：「陛下前在河上，強敵未滅，深念仇恥，雖遇盛暑，不介聖懷。今外患已除，海內賓服，雖居珍臺涼館，尚患郁蒸，這乃是艱難逸豫，為慮不同！陛下能居安思危，便覺今日暑濕，變為清涼了！」唐主聞言，默然不語。宦官又進讒道：「崇韜居第，無異皇宮，怪不得未識帝熱哩。」唐主由是隱恨崇韜。崇韜聞允平營樓，日役萬人，費至巨萬，因復進諫道：「今河南水旱，軍食不充，願息役以俟豐年！」看官試想，唐主既偏信讒言，尚肯依他奏請麼？還有河南令羅貫，人品強直，系由崇韜薦拔，伶宦有所請託，貫守正不阿，屢將請託書獻示崇韜。崇韜一再奏聞，唐主亦置諸不理，伶宦等尤加切齒。張全義亦恨羅貫，密訴劉后，劉后遂譖貫不法，唐主含怒未發。會因曹太后將葬坤陵，先期往祀，適天雨道濘，橋樑亦壞，唐主問明宦官，謂系河南境內，屬貫管轄，當即拘貫下獄，獄吏拷掠，幾無完膚，至祀陵返駕，且傳詔誅貫。崇韜進諫道：「貫不過失修道路，罪不至死。」唐主怒道：「太后靈駕將發，天子朝夕往來，橋路不修，尚得說死無罪麼？」崇韜又叩首道：「陛下貴為天子，乃嫉一縣令，使天下謂陛下用法不公，罪在臣等！」唐主拂袖遽起道：「卿未免與貫為黨，但卿既愛貫，任卿裁決！」言已，返身入宮。崇韜也起身隨入，還欲辯論。唐主竟闔門不納，崇韜懊悵而出。貫竟被殺，暴屍府門，遠近共呼為冤，獨伶宦等互相道賀。崇韜尚戀棧不去，意欲何為？

既而唐主召集群臣，會議伐蜀。宣徽使李紹宏，保薦李紹欽為帥。崇韜奮然道：「段凝即紹欽，詳見前回。系亡國舊將，徒知諛諂，有何材略！」群臣乃更舉李嗣源。崇韜又說道：「契丹方熾，李總管，即嗣源。不應調開河朔。」唐主乃問崇韜道：「公意果屬何人？」崇韜道：「魏王地當儲嗣，未立殊功，請授為統帥，俾成威望。」保薦繼岌亦是誤處。唐主道：「繼岌年幼，何能獨往？當更求副帥。」崇韜尚未及答，唐主復道：「朕意屬卿，煩卿一行。」崇韜不好違命，便拜稱遵諭。乃命魏王繼岌充西川四面行營都統，崇韜充西川北面都招討制置等使，悉付軍事。又命荊南節度使高季興，充西川東南面行營招討使，鳳翔節度使李從曮，充供軍轉運應接等使，同州節度使李令德，充行營副招討使，陝府節度使李紹琛，充蕃漢馬步軍都排陣斬斫使，西京留守張筠，充西川管內安撫應接使，華州節度使毛璋，充左廂馬步軍都虞侯，邠州節度使董璋，充右廂馬步軍都虞侯，客省使李嚴為安撫使，率兵六萬，西向進發。尋又任工部尚書任圜，翰林學士李愚，並隨魏王出征，參預軍機。

蜀主王衍，尚南巡北幸，淫昏無度。中書令王宗儔，與王宗弼密謀廢立。宗弼猶豫未決，宗儔憂憤身亡，蜀主衍仍得安位，日與狎客美人，縱情遊客。自宣華苑告成後，中有重光、太清、延昌、會真等殿，清和、迎仙等宮，降真、蓬萊、丹霞等亭，又有飛鸞閣、瑞獸門、怡神院等名目，統是金碧輝煌，備極奢麗。每令後宮婦女，戴金蓮冠，著女道士服，扈從至苑，列座暢飲，不問晨夕。又往往參入近臣，得與宮人並坐並飲，到了得意忘情的時候，男女媟褻，脫冠露髻，恣意喧呶，毫無禁忌。大約是與人同樂的意思。有時令宮人濃施朱粉，號為醉粧，上行下效，全國通行。會逢太后太妃，遊青城山，宮人衣服，統繪雲霞，飄飄如神仙中人。衍自作甘州曲，侈述仙狀，往返山中，沿途歌唱。宮人依聲屬和，嬌喉清脆，娓娓可聽，確是一種賞心悅耳的形景。他又以為與唐修好，可以無虞，撤出邊疆兵戍，安享太平。

宣徽北院使王承休，本是一個宦官，恰娶有妻室嚴氏。嚴氏具有絕色，由王衍屢召入宮，與她同夢。承休與嚴氏，本是一對假夫婦，樂得借妻求寵，仰沐恩榮。後世之縱妻為奸，冀得升官者，想都從承休處學來，可惜身非閹宦。果然夫因妻貴，得升任龍武軍都指揮使，用裨將安重霸為副。重霸狡佞善媚，勸承休入求秦州節度使，且授他奏語。承休即入見王衍道：「秦州多美婦人，願為陛下采獻。」王衍大悅，即授承休為秦州節度使，兼封魯國公。承休挈妻赴鎮，毀府署，作行宮，大興力役，強取民間女子，教導歌舞，當將歌女繪成圖像，並畫秦州花木，齎送成都尹韓昭，托他代奏，請駕東遊。

衍覽圖甚喜，即擬登程，群臣交章諫阻，衍皆不從。王宗弼上表力爭，反被衍擲棄地上。徐太后涕泣勸止，亦不見效。前秦州判官蒲禹卿上書極諫，幾二千言，韓昭語禹卿道：「我收汝表，俟主上西歸，當使獄吏字字問汝！」恐不及待了。禹卿退去，王衍既記念嚴氏，欲續舊歡，承休既借妻求寵，何不留妻在宮？又因承休所呈各圖，統皆中意。無論何人規諫，也是阻他不住。當下改元咸康，頒詔東巡，令兵士數萬扈蹕，出發成都。

行次漢州，武興節度使王承捷，報稱唐軍西來，衍尚未信，且大語道：「我正欲耀武，怕他甚麼？」及進至梓潼，遇大風發木拔屋。隨行史官占兆，謂此風為貪狼風，當有敗軍覆將的大患。衍亦未省，在途與狎客賦詩，毫不為意。再進抵利州城，始接到警信，威武城守將唐景思，已迎降唐將李紹琛了。衍方信承捷軍報，實非謊言。越宿由威武潰軍，陸續奔來，說是鳳、興、文、扶四州，已由節度使王承捷，一併獻唐，那時才覺惶急，令隨駕清道指揮使王宗勳、王宗儼，及待中王宗昱，並為招討使，率兵三萬，往拒唐軍。

唐軍倍道前進，勢如破竹。李紹琛等為先驅，所過城邑，不戰自破。既收降威武城，並得鳳、興、文、扶四州，遂令降將為嚮導，入攻興州。興州刺史王承鑒棄城遁去。郭崇韜命承捷攝興州刺史，再促紹琛等進兵，拔紹州，下成州，到了三泉，與蜀三招討使相遇，憑著一股銳氣，橫衝直撞，殺將過去。蜀兵連年不練，很是窳惰，怎禁得百戰雄師，乘勝前來，頓時你驚我懼，彼逃此散。三招討使本非將才，統嚇得魂魄飛揚，抱頭鼠竄，所領部眾，被唐軍殺死五千人，餘皆四潰。

蜀主衍聞三泉又敗，急自利州西還，留王宗弼屯戍利州，且令斬三招討使，以振士心。唐將李紹琛，晝夜兼行，徑向利州進發，西川大震。蜀武德留後宋光葆，貽郭崇韜書，請唐軍不入轄境，當舉巡屬內附，否則當背城決戰。崇韜覆書如約。光葆遂舉梓、綿、劍、龍、普五州降唐。武定節度使王承肇，山南節度使王宗戚，階州刺史王宗岳，也聞風生畏，各遣使至唐營中，奉土投誠。一班降將軍，送完蜀土。秦州節度使王承休，與副使安重霸謀襲唐軍，重霸道：「一擊不勝，大事去了；但公受國恩，聞難不可不赴，願與公西行入援。」承休以為真情，整軍出城，重霸隨至城外，忽向承休下拜道：「國家取得秦隴，何等竭力，若從公還朝，誰人守此？重霸願代公留守！」說至此，竟麾親軍還城，承休無可奈何，只好西行。

重霸竟舉秦隴歸唐。

王宗弼聞各屬瓦解，正在驚惶，可巧唐使到來，投入郭崇韜書，為陳利害，勉令歸降。他已怦然心動，無意守城，又值王宗勳等狼狽到來，即出示詔書，相持而泣。宗勳等流涕道：「國危至此，統由主上一人，荒淫所致，公今日依詔，殺我三人，他日必輪及公身了！願公亟圖變計！」宗弼道：「我正懷此意，所以出示詔書，同籌良策。」三人齊聲道：「不如降唐罷？」宗弼徐說道：「公等先送款唐軍，我且往成都一行，何如？」宗勳等當然贊成，便分頭行事。

宗弼棄城西歸，距蜀主衍返都時，僅隔五六日。衍至成都，百官及後宮出迎，衍馳入妃嬪中，令宮人排作回鶻隊，送擁入宮。還有這般興致。至宗弼到來，登太元門，嚴兵自衛。徐太后與蜀主衍，同往慰勞，宗弼竟趁勢圖逆，劫遷太后及蜀主，幽置西宮。所有後宮及諸王，一同錮禁，收取國寶，及內庫金帛，俱入私第，自稱西川兵馬留後。嗣聞唐軍已入鹿頭關，進據漢州，當即撥出幣馬若干，牛酒若干，遣人迎犒唐軍。且因唐安撫使李嚴，曾至蜀聘問，與有一面交，遂偽作蜀主書，送達李嚴道：「公來我即降！」降將軍外，又出這叛將軍，西蜀可謂多人。嚴既得書，便欲馳往，或阻嚴道：「公首議伐蜀，蜀人怨公，深入骨髓，奈何輕往！」嚴微笑不答，竟率數騎入成都，撫諭吏民，告以大軍繼至，悉命撤去樓櫓。且入西宮見蜀主衍，衍向嚴慟哭。兒女子態，有何用處？嚴婉言勸慰，謂出降以後，必能保全家屬。衍乃收淚，引嚴見太后，以母妻為托。一面令翰林學士李昊草降表，同平章事王鍇草降書，遣兵部侍郎歐陽彬，齎奉書表，偕嚴同迎唐軍。唐統帥繼岌，郭崇韜等，聞蜀已願降，即兼程至成都，令李嚴再行入城，引蜀君臣出降馬前。蜀主衍白衣首絰，銜璧牽羊，蜀臣衰絰徒跣，輿櫬俟命，繼岌受璧，崇韜解縛焚櫬，承製赦蜀君臣罪，衍率百官向東北拜謝，導唐軍入成都。總計蜀自王建據守，一傳即亡，共計一十九年。

小子有詩嘆道：

休言蜀道是崎嶇，徒險終難阻萬夫，劉李以來王氏繼，荒淫亡國付長吁！

蜀主出降時，尚有王宗弼一番舉動，且至下回表明。

前半回承述前文，歷述劉後行誼，一無可取，而唐主反事事聽從，益見唐主之為色所迷，致兆危亡之漸。郭崇韜已遭主忌，尚不知引退，為唐主嘅，尤為崇韜惜，寓意固深且遠也。下半回敘伐蜀事，蜀主以淫昏致亡，正為唐主一大對照。唐軍西入，勢如破竹，僅有三泉之戰，一交鋒而即潰，各鎮望風迎降，不待遺鏃。而王宗弼且棄城走還，劫遷蜀主及太后，並後宮諸王，卒致牽羊銜璧，面縛輿櫬，淫昏失德者，終局如是，非唐主之殷鑑乎？然郭崇韜以得蜀而益危，唐主以得蜀而益驕，是蜀之亡，未見唐利，反為唐害，杜牧所謂後人哀之而不鑑之，使後人復哀後人，正本回之註腳也。

第十八回　得后教椎擊郭招討　遘兵亂劫逼李令公

卻說王宗弼納款唐軍，並斬內樞密使宋光嗣、景潤澄，及宣徽使李周輅、歐陽晃，說他熒惑唐主，函首送唐帥繼岌，又責韓昭佞諛，梟首金馬坊門，又令子從班，劫得蜀主後宮，及珍奇寶玩，齎獻繼岌及郭崇韜，求為西川節度使。繼岌笑道：「這原是我家應有物，何用他獻來呢？」及大軍既入成都，露佈告捷，當由崇韜禁止侵掠，市不改肆。自出師至此，只七十日，得方鎮十，州六十四，縣二百四十九，兵三萬，鎧仗錢糧，金銀繒帛，以千萬計。當時平蜀首功，要算李紹琛，獨崇韜與董璋友善，每召璋入議軍情，不及紹琛。紹琛位在璋上，很是不平，顧語董璋道：「我有平蜀大功，公等樸樕喻小材也。相從，反向郭公前饒舌，難道我為都將，不能用軍法斬公麼？」璋不禁懷慚，轉訴崇韜。崇韜竟表薦璋為東川節度使，紹琛益怒道：「我冒白刃，越險阻，手定兩川，乃反令董璋坐享麼？」遂入見崇韜，極言東川重地，不應位置庸臣，現唯任尚書兼文武材，宜表為鎮帥。崇韜變色道：「我奉上命，節制各軍，公怎得違我處置？」紹琛快快而退。紹琛固誤，崇韜尤誤。王宗弼欲鎮西川，為繼岌所拒，復密賂崇韜，乞令保薦。崇韜佯為允許，始終不為出奏。宗弼乃率蜀人列狀，請留崇韜鎮蜀。宦官李從襲，隨繼岌至成都，他本挾望而來，想乘此多得財帛，偏軍中措置，全屬崇韜，無從染指，遂入語繼岌道：「郭公專橫，今又使蜀人請已為帥，心跡可知，王宜預防為是！」繼岌道：「主上倚郭公如山岳，怎肯令他出鎮蠻方？且此事亦非我所應聞，姑俟班師以後，由汝等詣闕自陳便了。」原來崇韜有五子，長廷誨，次廷信，隨父從軍，廷誨私受貨賂，蜀臣自宗弼以下，多由廷誨先容，饋遺崇韜，寶貨妓樂，連日不絕。唯都統牙門，寂然無人，繼岌所得，不過匹馬束帛，及唾壺麈尾等件，心下亦覺不平，再加從襲在旁讒構，自然疑忿交乘，有時與崇韜晤談，語多譏諷。崇韜不能自明，乃欲歸罪宗弼，特向宗弼索犒軍錢數萬緡，宗弼靳不肯給。由崇韜唆動軍士，縱火喧噪，一面入白繼岌，召入宗弼，責他貪黷不忠，牽出斬首。該殺。並收誅宗勳、宗渥，駢戮族屬，籍沒家產，並將宗弼屍骸，陳諸市曹，蜀人剖肉烹食，聊泄怨恨。

先是乾德中曾傳童謠云：「我有一帖藥，名目叫阿魏，賣與十八子。」至是始驗。原來宗弼系王建養子，原姓名為魏宏夫，自王建為假父，始改姓名。宗弼已誅，王承休亦自秦州到來，進謁崇韜。崇韜亦數責罪狀，梟示軍轅。也是該死，但嚴氏不知如何下落？因復薦孟知祥為西川節度使，知祥本留守北都，與崇韜為故交，所以薦引。屢引私人，已覺不當，且使全蜀得歸孟氏，未始非崇韜貽患。知祥從北到西，一時未能莅蜀，蜀中留駐的大軍，不便遽行班師，且因盜賊四起，隨處須剿，特由崇韜派遣偏師，令任圜、張筠等分領，四出招討。

唐主遣宦官向延嗣，促令大軍還朝。延嗣到了成都，崇韜未嘗郊迎，及入城相見，敘及班師事宜，崇韜且有違言，延嗣好生不樂。因與李從襲僚誼相關，密談情愫，從襲得間進言道：「此間軍事，統由郭公把持，伊子廷誨，復日與軍中驍將，及蜀土豪杰，把酒狎飲，指天誓日，不知懷著何意？諸將皆郭氏羽黨，一或有變，不特我等死無葬地，恐魏王亦不免罹禍了！」言已泣下。閹人醜態，不啻婦女。延嗣道：「俟我歸報宮廷，必有後命。」

越日，即向繼岌、崇韜處辭行，匆匆還洛，入訴劉后。劉后亟白唐主，請早救繼岌。唐主聞蜀人請崇韜為帥，已是懷疑，及閱蜀中府庫各籍，更不愜意，至此聞劉后言，即召入延嗣，問明底細。延嗣統歸咎崇韜，且言蜀庫貨財，俱入崇韜父子私囊，惹得唐主怒氣上沖，復遣宦官馬彥珪，速詣成都，促崇韜歸朝，且面諭道：「崇韜果奉詔班師，不必說了。若遷延跋扈，可與魏王繼岌密謀，早除此患！」彥珪唯唯聽命，臨行時入見劉后道：「蜀中事勢，憂在朝夕，如有急變，怎能在三千里外，往復稟命呢？」劉后再白唐主，唐主道：「事出傳聞，未知虛實，怎得便令斷決！」后不得請，因自草教令，囑彥珪付與繼岌，令殺崇韜。

崇韜方部署軍事，與繼岌約期還都。適彥珪至蜀，把劉后教令，出示繼岌，繼岌道：「今大軍將還，未有釁端，怎可作此負心事？」唐主父子，非無一隙之明，乃卒為所蒙，以底危亡。彥珪道：「皇后已有密敕，王若不行，倘被崇韜聞知，我輩無噍類了。」繼岌道：「主上並無詔書，徒用皇后手教，怎能妄殺招討使？」李從襲等在旁，相向環泣，並捕風捉影，說出許多利害關係，恐嚇繼岌，令繼岌不敢不從。乃命從襲召崇韜議事，繼岌登樓避面，囑使心腹將李環，藏著鐵椎，俟立階下。崇韜昂然入都統府，下馬升階，那李環急步隨上，出椎猛擊，正中崇韜頭顱，霎時間腦漿迸裂，倒斃階前。

繼岌在樓上瞧著，見李環已經得手，亟下樓宣示後教，收誅崇韜子廷誨、廷信。崇韜左右，統皆竄避，唯掌書記張礪，詣魏王府前撫崇韜屍，慟哭失聲。推官李崧進語繼岌道：「今行軍三千里外，未接皇上敕旨，擅殺大將，若軍心一變，歸路皆成荊棘了。大王奈何行此危事？」繼岌方著急起來，自述悔意，且向李崧問計。崧乃召書吏數人，登樓去梯，偽造敕書，鈐蓋蠟印，再行頒示，但言罪止及崇韜父子，不及他人，於是軍心略定。適任圜平盜還軍，繼岌令他代總軍政，乃遣彥珪還報闕廷，唐主再飭繼岌還都，且令王衍入覲，賜他詔書道：「固當裂土而封，必不薄人於險，三辰在上，一言不欺！」衍奉詔大喜，語母及妻妾道：「幸不失為安樂公！」未必。遂轉告繼岌，願隨入洛。繼岌正要動身，湊巧孟知祥亦至，遂留部將李仁罕、潘仁嗣、趙廷隱、張業、武璋、李延厚等，佐知祥守成都。自率大軍啟程，押同王衍家屬，向東北進發。沿途山高水長，免不得隨驛逗留，那時唐主已下詔暴崇韜罪狀，並殺崇韜三子，抄沒家資。保大軍節度使，睦王李存渁，系唐主第五弟，曾娶崇韜女為妻。宦官欲盡誅崇韜親黨，杜絕後患。乃入奏唐主道：「睦王聞郭氏誅夷，攘臂稱冤，語多怨望。」唐主大怒，竟發兵圍存渁第，悉加誅戮。全然昏憒。伶官景進，又誣稱存渁與李繼麟通謀。繼麟就是朱友謙，任護國軍節度使，常苦伶宦索貨，屢拒絕與，大軍征蜀，曾遣子令德從行。讒人罔極，借端株連。剛值繼麟懼讒入朝，意欲自白心跡，偏唐主已先惑蜚言，待他入居館舍，竟囑令朱守殷，發兵至館，驅他出徽安門外，一刀殺死，復她名為朱友謙。且傳詔至繼岌軍前，令誅令德。繼岌尚未出蜀境，才至武連，遇著敕使，即諭令董璋依敕行事，董璋將令德殺斃。

李紹琛率領後軍，與繼岌相隔三十里，聞令德被誅，但委董璋，不及自己，遂怒語諸將道：「國家南取大梁，西定巴蜀，定策由郭公，戰勝由我儕，至若去逆效順，與國家協力破梁，實出朱公友謙。今朱、郭皆無罪族滅，我若歸朝，亦必及禍，冤哉冤哉！奈何奈何？」部將焦武等，本由河中撥隸紹琛，曾隨友謙麾下，聞紹琛言，便一齊號哭道：「朱公何罪？闔門受戮！我輩歸即同誅，絕不復東行了。」遂同擁紹琛，由劍州西還。紹琛自稱西川節度使，移檄成都，招諭蜀人，有眾五萬。

繼岌聞變，立授任圜為副招討使，令與董璋率兵數萬，追紹琛至漢州。紹琛麾眾接戰，勝負未分，忽後隊紛紛潰亂，另有一彪人馬，長驅突入，穿過紹琛陣內，接應任圜等軍。紹琛腹背受敵，哪裡支持得住，當下拚命殺出，僅率十餘騎奔綿竹，途中被唐軍追及，一鼓圍住，任你紹琛勇武絕倫，也只好束手成擒了。看官道後軍何來？原來就是新任西川節度使孟知祥。知祥得紹琛檄文，料他必進窺成都，不如先行出兵，堵截紹琛。可巧紹琛與任圜等對仗，便乘機夾攻，把紹琛一陣殺敗，追擒而歸。

當下至漢州犒軍，與任圜、董璋，置酒高會，引紹琛檻車至座中，知祥自酌大卮，遞飲紹琛，且與語道：「公身立大功，何患不富貴，乃甘心覓死麼？」紹琛道：「郭公為佐命第一功臣，兵不血刃，手定兩川，一旦無罪族誅，如紹琛等怎能保全？因此不敢還朝。今日殺紹琛，明日恐將及公等了！」知祥卻也心動，但對著大眾，不便措詞，伏下文王蜀事。只好令任圜等押送洛陽。紹琛被解至鳳翔，由宦官向延嗣齎敕到來，誅死紹琛，複姓名為康延孝。朱友謙與康延孝，首先叛梁歸唐，至此亦相繼被戮，可為賣國求榮者戒。

繼岌因紹琛變後，恐王衍在途脫逃，特令李從曮發鳳翔軍，與李嚴送衍入洛，得先交卸。從曮等押衍家族，及蜀臣眷屬三千人，行至長安，忽接唐主敕書，止令入都。這事發生的原因，系由鄴都作亂，洛陽亦未免驚慌，恐王衍入都為變，所以將他截留長安，督令西京留守，把他看管。鄴都就是魏州，唐主在魏州即位，因號為鄴都。

魏博指揮使楊仁晸，曾率兵戍瓦橋關，踰年受代，當然歸鄴。偏唐主因鄴都空虛，恐還兵生變，降敕令仁晸留屯貝州。當時鄴下謠傳，謂郭崇韜殺死繼岌，自王蜀中，因致族滅。或且說繼岌被殺。劉皇后歸咎唐主，已加弒逆。鄴都留守興唐尹王正言，年老怕事，急召監軍史彥瓊入商。彥瓊本由伶人得寵，在鄴專恣，藐視將佐，及與正言密議終日，便令人心惶惑，訛言益甚。

仁晸部兵皇甫暉，因人情不安，遂號召徒眾，入劫仁晸道：「主上撫有天下，都是我魏軍百戰得來，魏軍甲不去體，馬不解鞍，約有十餘年。今天子不念舊勞，更加猜忌，遠戍踰年，方喜代歸，乃去家咫尺，不使相見。今聞皇后弒逆，京師已亂，將士願與公俱歸。表聞朝廷，若天子萬福，興兵致討，似我魏、博兵力，亦足拒敵，或更得意外富貴，也未可知，請公不必遲疑！」仁晸怒道：「這是何言？」暉亦厲色道：「公如不允，禍在目前！」仁晸尚欲呵叱，已被暉指麾徒眾，亂刀交揮，立將仁晸砍死，又欲劫一小校為帥，仍不見從，並為所殺。

效節指揮使趙在禮聞亂，衣不及帶，逾垣出走。暉率眾追及，曳在禮足，示以二首。在禮恐遭毒手，勉強承認。暉等遂奉他為帥，焚掠貝州，南越臨清、永濟、館陶等縣，所過剽掠，警報飛達鄴都。都巡檢使孫鐸等，急白史彥瓊，請授甲登城。彥瓊尚疑鐸有異志，謂俟賊到城，防守未遲。賊豎可殺。那知到了黃昏，賊隊已到城下，環攻北門，彥瓊倉猝召兵，登北門樓拒守。驀聞賊眾大噪，便即駭散，彥瓊單騎奔洛陽，賊擁在禮入鄴都，孫鐸等拒戰不勝，也即遁去。在禮據住宮城，署皇甫暉、趙進為馬步都指揮使，縱兵大掠。王正言尚莫名其妙，方據案召吏草奏，竟無一至，他遂拍案大呼。家人入稟道：「賊已入城，焚掠都布，吏皆逃散，公尚呼誰人呢？」正言才驚起道：「有這等事麼？」不是老昏，定是重聽。急命家人索馬，四覓無著，躊躇良久，不得已步出府門，走謁在禮，再拜請罪。倒是個急救良方。在禮亦答拜道：「士卒思歸，不得不然，公勿過自卑屈，盡可無虞。」正言涕泣求歸，由在禮送他出城，暉等以鄴都無主，即推在禮為魏博留後。在禮出示安民，聞北京留守張憲家族，留住鄴都，即著人慰問，且致書張憲，誘使入黨。憲得書未曾啟封，立將使人斬訖，舉原書奏聞唐主。

唐主正欲派將往剿，適值史彥瓊奔還洛陽，由唐主令他擇將。不加彼罪，反令擇將，真是糊塗！彥瓊推薦李紹宏，紹宏轉薦李紹欽，獨劉皇后謂些須小事，但使李紹榮往辦，即雖敉平。唐主乃頒敕宋州，令歸德節度使李紹榮，詣鄴都招撫，仍使史彥瓊監紹榮軍。紹榮率兵至鄴都，駐紮南門，先遣人入城，持敕撫諭。趙在禮用羊酒犒師，且羅拜城上道：「將士思家擅歸，勞公代為奏明，如得免死，敢不自新？」遂奉敕遍諭將士，偏彥瓊戟手大罵道：「群死賊！城破萬段！」可恨可殺！皇甫暉見彥瓊情狀，便語眾道：「史監軍這般說法，想不得蒙恩赦了！」遂鼓噪拒守，撕壞敕書，紹榮攻城失利，退至澶州，招集兵馬，再行進攻。裨將楊重霸，率數百人，奮勇登城，後面無人繼上，徒落得身首分離，無一生還。

唐主聞報，欲自征鄴都，適從馬直軍士王溫等，擅殺軍使，鬨亂都下，雖幸得即日捕誅，終究是驚疑不安。看官聽著！唐王嘗選勇士為親軍，叫做從馬直，親軍生變，心腹已潰，教唐主如何放心自行出征？接連是邢州兵趙太等，結黨四百人，戕官據城，居然自稱留後。滄州相繼生亂，由小校王景戡討平，亦以留後自稱，彼此俱自說有理，表聞洛都。唐主命東北面招討副使李紹真，往討趙太。紹真即霍彥威，由唐主改賜姓名。另派人撫諭王景戡。獨鄴都日久未下，又擬督師親征。宰相等交章諫阻，並薦李嗣源為帥，代李紹榮。

嗣源已為唐主所忌，征令入朝。宣徽使李紹宏，與嗣源友善，力為救護。唐主密令朱守殷伺察嗣源，守殷反私語嗣源道：「令公勳業震主，宜自圖歸藩，毋自攖禍！」嗣源道：「我心誠不負天地，所遇禍福，聽諸命數罷了！」及鄴都亂起，嗣源尚在洛中，廷臣以紹榮無功，乃奏令赴鄴。唐主道：「朕惜嗣源，欲留他為宿衛，所以不便遣往。」李紹宏從旁力請，張全義亦乞命嗣源出師，唐主乃令他總率親軍，渡河北討。

嗣源拜命即行，至鄴城西南，正值李紹真蕩平邢州，擒住趙太等叛徒，亦來鄴會師。嗣源與紹真相見，即令紹真推出趙太等人，至城下斬首以徇，為鄴都作一榜樣。當即下令軍中，立營休息，待詰旦攻城。不意時至夜半，從馬直軍士張破敗，竟糾眾大譁，殺都將，焚營舍，直逼中軍。嗣源率親軍出營，大聲呵叱道：「爾等意欲何為？」亂眾嘩聲道：「將士從主上十餘年，百戰得天下，今貝州戍卒思歸，主上不赦，從馬直數卒喧鬧，便欲悉眾誅夷，我等本無叛志，今為時勢所逼，不得不死中求生。現經大眾定議，與城中合勢同心，請主上帝河南，令公帝河北。全是唐主一人激使出來。嗣源不禁失色，涕泣勸導，終不見從。嗣源復道：「爾等不聽我言，任爾所為，我當自歸京師。」亂眾又道：「令公去將何往？若不見機，將蹈不測了！」遂抽戈露刃，擁嗣源入城。

嗣源尚不肯行，經李紹真躡足示意，乃越濠而入。城中不受外兵，由皇甫暉開城邀擊，陣斬張破敗，亂眾盡潰。只剩嗣源、紹真，進退無路。恰巧趙在禮出迎，率將校羅拜嗣源，且泣謝道：「將士等負令公，在禮願從公命！」嗣源偕紹真入城，在禮設宴相待，酒酣登南樓，閱視形勢，當由嗣源詭詞道：「此城險固，可作根據，但必須借資兵力，城中兵不敷用，應由我出招各軍，才好舉事。」在禮隨口贊成，嗣源即與紹真出城，寄宿魏縣，將佐稍集，但亦不過百人。

先是李紹榮屯兵城南，眾尚逾萬，嗣源為亂兵所逼，即遣牙將高行周等，密石紹榮，共攻亂卒，紹榮不應，引眾徑去。及嗣源出次魏縣，才得百人歸集，又無兵仗，幸紹真所領鎮兵五千，留營以待，仍來歸命。嗣源流涕道：「國家患難，一至於此！我唯有歸藩待罪，再圖後舉。」紹真道：「此語不便果行。公為元帥，不幸為凶人所劫，李紹榮不戰而退，必且指公為逆，公若歸藩，便是據地邀君，適資讒人口實。不若亟馳詣闕，面陳天子，尚可自明。」中門使安重誨，所言略同。嗣源乃南趨相州，遇馬坊使康福，給官馬數千匹，始得成事。

嗣聞紹榮退至衛州，飛章奏嗣源叛逆，與賊通謀。嗣源很是惶急，忙遣使上章申辯，接連數奏，並不見有朝旨到來，益覺慌張得很，忽有一人馳入道：「明公何不速籌善策！難道願束手受戮麼？」嗣源便驚問道：「公意將如何辦法？」那人不慌不忙，便說出一條計策出來。為這一計，有分教：

佐命功臣同叛命，平戎大將反興戎。

欲知何人獻計，容待下回表明。

郭崇韜有取死之咎，而無應誅之罪，劉后何人，敢自草教令，命繼岌殺崇韜！繼岌又何人，敢私奉后教，令李環擊死崇韜？母子二人，輕信讒言，擅戕功臣，唐主不罪劉后，不罪繼岌，且並崇韜家屬而盡戮之。溺愛不明，偏聽生亂，曾有如此昏憒，而尚不亡國敗家乎！貝州戍兵之亂，一也；都城從馬直之亂，二也；邢州趙太等之亂，三也；滄州王景戡之亂，四也。四亂俱起，或幸得立時撲滅，而鄴都終未得告平。李嗣源一至鄴下，即為亂兵所劫，亂愈熾而國亦愈危矣。誰生厲階，相尋不已？閱是書者當有以知亂源之由來也。

第十九回　郭從謙突門弒主李嗣源據國登基

卻說李嗣源正在惶急，帳下有人獻議，請嗣源速決大計。這人為誰？乃是左射軍使石敬瑭。敬瑭沙陀人，父名臬捩雞，從李克用轉戰有功，官至洺州刺史。臬捩雞歿，子敬瑭得隨嗣源麾下，所向無前，得署左射軍使。敬瑭為後晉開國主，故世系較詳。至是獨進言道：「天下事成自果決，敗自猶豫，寧有上將為叛卒所劫，同入賊城，他日尚得無恙麼？大梁為天下要會，願假敬瑭三百騎，先往占據，公引軍亟進，借大梁為根本地，方可自全！」突騎都指揮使康義誠亦接入道：「主上無道，軍民怨憤，公從眾乃生，守節必死。」嗣源想了多時，除此亦無別法，乃令安重誨移檄會兵，決向大梁。

唐主先得紹榮奏報，即遣嗣源長子從審，往諭嗣源。行至衛州，為紹榮所阻，欲殺從審。從審道：「公等既不諒我父，我亦不能徑往父所，願復還宿衛。」紹榮乃釋令還都。從審返見唐主，泣訴紹榮阻撓，唐主恰也矜憐，賜名繼璟，待他如子。嗣源前後奏辯，亦被紹榮截住，不使上達。

是時兩河南北，屢患水溢，人民流徙，餓莩盈途。即陰氣太盛之兆。京師財賦減收，軍食不足，唐主尚挈領后妃，出獵白沙，歷伊闕，宿龕澗，衛士萬騎，責民供給。可憐百姓已賣妻鬻子，啼飢號寒，還有甚麼錢財，上應徵求？輦駕所經，逃避一空。衛兵憤無所泄，甚至毀廬舍，壞什器，樂隳西突，比強盜還要逞兇，地方有司，亦畏他如虎，亡竄山谷。至唐主還都，軍士因在途枵腹，各起怨聲，租庸使孔謙，且因倉儲將罄，尅扣軍糧，各營中流言愈甚。唐主亦有所聞，反下一詔敕，預借明年夏秋租稅。

看官試想，當年租賦，百姓尚無從措繳，那裡繳得出次年的租稅哩？官吏奉詔苛迫，累得人民怨苦異常，激成天變，太史上奏客心犯天庫，防有兵變，宜速頒內帑，散給禳災。宰相等亦上表固請，唐主意欲準奏，偏是劉后不肯，憤語唐主道：「我夫婦君臨天下，雖借武功，亦由天命，命既在天，人不足畏了！」頗似桀紂口吻，不過男女不同。唐主乃停詔不下，宰相等又入陳便殿。劉后在屏後竊聽，聞相臣等仍固執前議，她即令宮人取出妝具，及銀盆三件，並皇幼子三人，挈至帝前，豎著兩道柳眉，帶嗔帶笑道：「四方貢獻，給賜已盡，宮中只有此數，鬻財給軍！」唐主不禁色變，宰相等統瞠目伸舌，陸續退去。及嗣源舉事，警報頻傳，河南尹張全義，恐連坐嗣源，竟致急死。唐主乃令指揮使白從暉，扼守洛陽橋，且出內府金帛，給賜諸軍，軍士詬詈道：「我等妻子，均已餓死，還要這金帛何用？」唐主聞言，悔已無及，飛詔李紹榮還洛。紹榮至鷂店，由唐主親出慰勞。紹榮面請道：「鄴都亂兵，欲渡河襲取鄆、汴，願陛下亟幸關東，招撫各軍，免為所誘。」

唐主點首，返入都城，調集衛士，計日出發。

伶官景進，因事生風，即入白唐主道：「西南未安，王衍族黨不少，聞車駕東征，未免謀變，不如早除為妥。」唐主已忘卻前言，急遣向延嗣齎敕西行，敕中寫著，乃是王衍一行，並從殺戮云云。樞密使張居翰，取敕覆視，亟就殿柱上揩去「行」字，改為「家」字。一字活人無數。始付延嗣齎去。延嗣到了長安，由西京留守接詔，即至秦川驛中，收捕王衍全眷，盡行處斬。衍母徐氏臨刑。搏膺大呼道：「我兒舉國迎降，反加夷戮，信義何在？料爾唐主亦將受禍了！」徐氏母子既死，所有衍妻妾金氏、韋氏、錢氏等，一併隕首。唯幼妾劉氏，最為少艾，髮似烏雲，臉若朝霞，被監刑官瞧著，暗生豔羨，指令停刑。劉氏慨然道：「國亡家破，義不受汙，幸速殺我！」不沒烈婦。刑官無可如何，乃概令受刃。此外蜀臣家屬，及王衍僕役，悉數獲免，不下千餘人。虧得張居翰。

延嗣還都覆命，唐主乃出發洛陽，遣李紹榮帶著騎兵，沿河先行，自率衛兵徐進。行次汜水，凡與嗣源親黨相關，多半逃亡。獨嗣源子繼璟，尚然隨著。唐主命他再諭嗣源。他終不肯應命，情願請死。旋經唐主慰諭再三，強使召父，不得已奉諭登程。道遇紹榮，竟被殺死。還有嗣源家屬，留居真定，經虞侯將王建立，出為保護，殺斃監軍，正擬與嗣源通書告慰，湊巧嗣源養子從珂，自橫水率軍到來，遂與建立會合，倍道從嗣源。嗣源大喜，即分兵三百騎，歸石敬瑭統帶，令為前驅。李從珂為後應，向汴梁進發。又檄召齊州防禦使李紹虔，即杜晏球。泰寧節度使李紹欽，即段凝。貝州刺史李紹英，原姓名為房知溫，由唐主改賜姓名。北京右廂馬軍都指揮使安審通，約期來會。隨即渡河至滑州，再召平盧節度使符習。習自天平軍徙鎮平盧，習鎮天平，見十四回。聞梁臣多半被誅，已有懼意，一聞嗣源相召，便即過從，安審通亦引兵馳至，軍勢大振。

知汴州孔循，既遣使奉迎唐主，復遣使輸款嗣源。好一條兩頭蛇。嗣源前鋒石敬瑭，星夜抵汴，突入封邱門，遂據大梁，亟使人催促嗣源。嗣源從滑州急行，亦夤夜趨入大梁城。時唐主方至滎澤，命龍驤指揮使姚彥溫，率三千騎為前軍，且面諭道：「汝等俱系汴人，我入汝境，不欲使他軍前驅，恐擾汝室家，汝宜善體我意！」彥溫應聲即發，行抵汴城，見嗣源已經據守，便釋甲入見，向嗣源進言道：「京師危迫，主上為紹榮所惑，不可復事了。」嗣源冷笑道：「汝自不忠，何得妄毀！」遂奪他軍印，收三千騎為己屬。指揮使潘環，守王村寨，有芻粟數萬，亦獻入大梁。

唐主進次萬勝鎮，接得各種軍報，不由得神色沮喪，登高唏噓道：「吾事不濟了！」前日英雄，而今安在？遂下令旋師。還至汜水，衛軍已逃去半數，乃留秦州都指揮使張唐，駐守汜水關。李紹榮請唐主招撫關東，便是此關。自率余軍西歸，道過罌子谷，山路險窄，見從官執仗扈衛，輒用好言慰撫，且與語道：

「魏王已將入京，載回西川金銀五十萬，當盡給汝等，酬汝勞績！」從官直陳道：「陛下至今日慨賜，已太遲了！恐受賜各人，亦未感念聖恩哩。」唐主又恨又悔，不禁流涕，乃向內庫使張容哥，索取袍帶，欲賜從臣。容哥方說出頒給已盡四字，那衛士一擁直上，大聲叱道：「國家敗壞，都出爾閹豎手中，尚敢多言麼！」道言未絕，即抽刀逐容哥，還是唐主涕泣諭止，才得罷休。容哥私語同黨道：「皇后吝財至此，今乃歸咎我等，事若不測，我等必被他碎屍，我不忍待遭此慘了！」竟投河自盡。唐主至石橋西，置酒悲涕，淒然語紹榮等道：「卿等事我有年，富貴休戚，無不與共，今使我至此，難道無一策相救麼？」紹榮等百餘人，皆截髮置地，共誓死報。

無非相欺。唐主乃馳入洛都。

越宿，即聞汜水關急報，嗣源前軍石敬瑭，已抵關下。李紹虔、李紹英等，皆與嗣源合軍，氣勢益盛雲雲。宮廷很是驚惶，宰相樞密等，奏稱魏王將率軍到來，請車駕亟控汜水，收撫散兵，靜俟西軍接應。唐主乃自出上東門，搜閱車乘，約期詰旦啟行，復赴汜水。

同光四年四月朔日，急述年月，點醒眉目。為唐主再往汜水的行期，嚴裝將發，騎兵列宣仁門外，步兵列五鳳門外，專候御駕出巡。唐主方在早餐，忽聞皇城興教門口，喊聲大震，料知有變，慌忙放下匕箸，召集近衛騎兵，親督出御。至中左門，見亂兵已突入門內，聲勢洶洶，亂首乃是從馬直禦指揮使郭從謙，惹得唐主躁怒異常，麾動衛騎，迎頭痛擊。從謙抵敵不住，率亂軍退出門外，當將城門關住，再遣中使至宣仁門外，速召騎兵統將朱守殷，入剿亂黨。那知守殷並不見到，郭從謙更糾集多人，焚興教門，且有許多亂兵，援城而入。唐主再欲抵禦，四顧近臣宿將，多半逃匿，只有散員都指揮使李彥卿，軍校何福進、王全斌等，尚隨著唐主，挺刃血戰。唐主亦冒險格鬥，殺死亂兵百餘人，突有一箭飛來，正中唐主面頰，唐主痛不可忍，幾乎暈倒。鷹坊人善友，見唐主中箭，忙上前扶掖，還至絳霄殿廡下，拔去箭鏃，流血盈身。唐主渴懣求飲，宦官承劉后命，奉進酪漿，一杯才下，遽爾殞命。年才四十二歲。

李彥卿、何福進、王全斌等，見唐主已殂，皆慟哭而去。善友斂樂器覆屍，放起一把無名火，將樂器及唐主遺骸，俱付灰燼，免得亂兵蹂躪，然後遁去。統計唐主稱帝，僅及四年，先時承父遺志，滅偽燕，掃殘梁，走契丹，三矢報恨，還告太廟，及家仇既雪，國祚中興，幾與夏少康、漢光武相似。偏後來婦寺擅權，優伶亂政，戮功臣，忌族戚，不恤軍民，釀成禍患，就是作亂犯上的郭從謙，也是優人出身，平白地令典親軍，致為所弒。這可見女子小人，最為難養，兩害相兼，斷沒有不危且亡哩。伏筆如椽。

劉皇后最得恩寵，聞夫主傷亡，並不出視，亟與唐主第四弟申王存渥，及行營招討使李紹榮等，收拾金寶，貯入行囊，匆匆出宮，焚去嘉慶殿，引七百騎出獅子門，向西遁走。宮中大亂，紛紛避匿。那朱守殷至此才入，並不設法平亂，先選得宮人三十餘名，各令自取樂器珍玩，帶回私第，去做那李存勗第二，尋歡取樂去了。夫妻尚且不顧，遑問蒼頭。各軍遂大掠都城，晝夜不息。

是夕李嗣源已至罌子谷，聞唐主凶耗，泣語諸將道：「主上素得士心，只為群小所惑，慘遭此變，我今將何歸呢？」好去做皇帝了。諸將當然勸慰，才見收淚。越日，由朱守殷遣使到來，報告京城大亂，請即入撫。嗣源乃引軍入洛，暫居私第，禁止焚掠。守殷進見，當由嗣源面語道：「公善為巡徼，靜待魏王。淑妃、德妃在宮，淑妃、德妃見十六回。供給尤應豐備！我俟山林葬畢，社稷有主，仍當歸藩盡職，為國家捍禦北方呢！」真耶！假耶！說至此，即命守殷往收唐主遺骨，在灰燼中拾出，妥加棺殮，留殯西宮。宰相豆盧革、韋說等，即率百官奉籤勸進，嗣源召諭道：「我奉詔討賊，不幸部曲叛散，意欲入朝自訴，偏為紹榮所遏，披猖至此，我本無他意，今為諸君所推，殊非知己，幸勿復言！」於是馳書遠近，報告主喪。

魏王繼岌，因蜀亂稽延，至此始至興平，得悉洛陽變亂，恐嗣源不能相容，復引兵西行，謀保鳳翔。西京推官張昭遠，勸留守張憲，上勸進表，憲慨然道：「我一書生，自布衣至服金紫，均出先帝厚恩，怎可偷生怕死，背主求榮呢？」昭遠感泣道：「公能如此，忠義不朽了！」先是晉陽城中，曾由唐主遣呂、鄭二幸臣，監督兵賦，至是又有唐主近屬李存沼，自洛陽奔至晉陽，與呂、鄭二人密謀，擬害死張憲，據住晉陽。汾州刺史李彥超，得知消息，即勸憲先發制人。憲又說道：「僕受先帝厚恩，不忍出此，若為義亡身，乃是天數，怎得趨避呢！」未免近迂。彥超趨出，免不得與將士敘談，將士不待命令，乘夜起事，殺斃存沼，及呂、鄭二人。憲聞變起，出奔忻州。適值洛都使至，出嗣源書，由彥超號令士卒，城中始安。當即遣回洛使，奉表勸進。都中百官，又三次上牋，請嗣源監國。嗣源始允，入居興聖宮，百官班見，下令稱教。後宮尚存侍女千餘人，宣徽使選得數百名，獻諸嗣源。嗣源道：「留此何用？」宣徽使答道：「宮中使令，亦不可闕。」嗣源道：「宮中充使，宜諳故事。此輩年少無知，不能充選。」乃悉令出宮還家，無家可歸，令戚黨領去。另用老舊宮人，分掌各職。即用安重誨為樞密使，張延朗為副使。延朗本梁舊臣，善事權要，與重誨相結，所以引入。

嗣源又令內外有司，訪求諸王。永王存霸，系唐主存勗次弟，本留守北京，李紹榮自洛陽奔出，撇去劉后，欲往依存霸，行至平陸，為野人所執，送往虢州，刺史石潭，擊斷紹榮足骨，置入囚車，解至洛陽。嗣源怒罵道：「我兒有何負汝，乃遭汝毒手？」紹榮道：「先皇帝有何負汝，乃叛命入都？」嗣源怒甚，即命推出斬首。還有通王存確，雅王存紀，系唐主季弟，逃匿民間，安重誨查有著落，即與李紹真密謀，遣人殺死二王，免人屬目。過了月餘，嗣源方才聞知，切責重誨，但已不能重生，只好付諸一嘆罷了。也是一番假慈悲。

存渥與劉后奔晉陽，途次晝行夜宿，備歷艱辛。劉后因紹榮他去，只恐存渥也即分離，索性相依為命，獻身報德。存渥見嫂氏多姿，雖已三十餘齡，風韻不減疇昔，樂得將錯便錯，與劉后結成露水緣。婦人之壞，無所不至。及抵晉陽，李彥超不納存渥，存渥走至鳳谷，被部下所殺。劉后無處存身，沒奈何削髮為尼，就把懷金取出，築一尼庵，權作羈棲。偏監國嗣源，不肯輕恕，竟遣人至晉陽，刺死劉后。一代紅顏，到此才算收場。無非惡貫滿盈。

北京留守永王存霸，聞兄弟多遭殺戮，自然寒心，即棄鎮奔晉陽，往依彥超，願為山僧。彥超欲奏取進止，偏部眾不肯縱容，定要置他死地。存霸駭極，即祝髮披緇，潛出府門，奈被軍士阻住，拔刀斫去，死於非命。薛王存禮，是唐主三弟，與唐主子繼潼、繼潼、繼嶢等，俱不知所終。唯唐主介弟存美，素有風疾，幸得免死。克用本有七子，只一存美僅存。存勗五子，四子未知下落。

繼岌行至武功，宦官李從襲，又勸繼岌馳赴京師，往定內難。繼岌又復東行，到了渭河。西都留守張籛，折斷浮橋，不令東渡，乃只好沿河東趨，途中隨兵，陸續奔散，從襲又語繼岌道：「大事已去，福不可再，請王早自為計。」繼岌徬徨泣下，徐語李環道：「我已道盡途窮，汝可殺我。」環遲疑多時，乃語繼岌乳母道：「我不忍見王死，王若無路求生，當臥榻踣面，方可下手。」乳母泣白繼岌，繼岌面榻偃臥，環遂取帛套頸，把他縊死。從襲自往華州，也為都監李沖所殺。任圜後至，收集餘眾，得二萬人還洛。嗣源命石敬瑭慰撫，軍士皆無異言，各退還原營。

百官因繼岌已死，仍累表勸進。嗣源始有動意，大行賞罰，先責租庸使孔謙奸佞苛刻，將他處斬。廢去租庸使名目，悉除苛政。又罷諸道監軍使，暦數宦官劣跡，令所在地一概加誅。李紹真總決樞機，擅收李紹欽、李紹衝下獄。安重誨語紹真道：「溫、段罪惡，皆在梁朝，今監國新平內亂，冀安萬國，豈專為公復仇麼？」紹真意沮，乃稟明監國，復兩人姓名為段凝、溫韜，放歸田裡。召孔循為樞密使。循與紹真，皆入白監國，請改建國號。嗣源道：「我年十三事獻祖，即李國昌，見十四回。獻祖因我關宗屬，視我猶子，又事太祖、指克用，亦見十四回。先帝垂五十年，經營攻戰，未嘗不預。太祖基業，就是我的基業，先帝天下，就是我的天下，那有同家異國的道理？當令執政更議！」禮部尚書李琪，承旨入對道：「若改國號，是先帝成為路人，梓宮何所依託？不但殿下不忘三世舊君，就是我輩人臣，問心也自覺不安！前代以旁支入繼，不一而足，請用嗣子柩前即位禮，才算得情義兩全了。」嗣源稱善，群議乃定。

過了兩日，嗣源自興聖宮轉赴西宮，自服斬衰，至柩前即位，百官俱服縞素，既而御衮冕受冊，百官皆改著吉服，行朝賀禮，頒詔大赦。即改同光四年為天成元年。酌留後宮百人，宦官三十人，教坊百人，鷹坊二十人，御廚五十人，自餘任從他適。中外毋得獻鷹犬奇玩，諸司有名無實，一體裁革。分遣諸軍就食近畿，減省饋運，除夏秋稅省耗，各道四節供奉，不得苛斂百姓，刺史以下，不得貢奉。封賞百官，進任圜同平章事，復李紹真、李紹虔、李紹英等姓名，仍為霍彥威、房知溫、杜晏球。晏球又自稱為王氏子，仍複姓王。又有河陽節度使夏魯奇，洺州刺史米君立，本由唐主李存勗，賜姓名為東紹奇、李紹能，至是俱復原姓名，聽郭崇韜歸葬，賜還朱友謙官爵，安葬先帝李存勗於雍陵，廟號莊宗。小子有詩嘆道：

得國非難保國難，霸圖才啟即摧殘；
沙陀派接雖猶舊，畢竟雍陵骨早寒！

朝廷易主，庶政維新。欲知後事，請看下回續敘。

唐主存勗，不死於他人，而獨死於伶人郭從謙之手，天之留示後世，何其微而顯也！堂堂天子，寧有與優人為戲，足以治國平天下者？其遇弒也，正天之所以加譴也！然則李嗣源果為無罪乎？曰：薄乎云爾，惡得無罪。嗣源為部眾所逼，擁入鄴都，尚出於不得已，及移檄會兵，進據大梁，無君之心，固已暴露，入洛以後，何不亟誅首逆，為故主復仇？且魏王在外，未嘗遣使奉迎，通、雅二王，由安重誨、霍彥威等，定謀致斃。徒以一責了事，自飾逆跡，古人所謂欲蓋彌彰者，可為嗣源論定矣。至若存霸之死於晉陽，繼岌之死於渭南，且未聞一言痛悼，並假面具亦揭去之。百僚勸進，靦然即真，謂非篡逆得乎？讀是回畢，當下一斷詞曰：弒莊宗者為郭從謙，令從謙得弒莊宗者實李嗣源！

第二十回　立德光番後愛次子殺任圜權相報私仇

卻說李嗣源即位以後，更張庶政，改易百官，宰相任圜，盡心佐治，朝綱漸振，軍民各飽食無憂。鄴都守將趙在禮，卻請唐主嗣源，轉幸鄴都。唐主頗以為疑，徙在禮為義成節度使。在禮不肯離鄴，但表稱軍情未協，乃改拜鄴都留守興唐尹。尚有從馬直指揮使郭從謙，本是個弒君首惡，唐主嗣源入都，並未過問，仍復舊職。既而出調為景州刺史，乃遣使加誅，並令夷族。入洛時，並未聲討，直至後來誅夷，轉若罰非其罪，趙在禮明是亂首，乃一意優容，嗣源之心不大可見耶。嗣源自不知書，四方奏事，統令安重誨旁讀。重誨亦不能盡通，因奏請選用文士，上供應對。乃命翰林學士馮道、趙鳳，俱充端明殿學士。端明學士的職位，向無此官，至是創設。唐主因侍讀得人，使重誨兼領山南東道節度使。重誨奏言襄陽重地，不可乏帥，未便兼領，因此表辭。唐主始收回成命。但重誨自恃功高，未免挾權專恣，盈廷大臣，又要從此側目了。奈何不鑑郭崇韜！

這且慢表，且說契丹主阿保機，自沙河敗退，未敢入寇。見十四回。同光年間，反遣使聘唐通好，唐亦釋嫌館使，優禮相待。阿保機南和東戰，恰出擊渤海，進攻扶餘城。適唐廷遣使姚坤，至契丹告哀，且報明新主嗣位。阿保機尚未返西樓，由番官伴坤東行，往謁行幄。坤入帳中，但見阿保機錦袍大帶，與妻述律氏對坐。俟坤行過了禮，便啟問道：「聞爾河南北有兩天子，可真麼？」坤答道：「天子因魏州軍亂，命總管李令公往討，不幸變起洛陽，御駕猝崩。總管返兵河北，赴難京師，為眾所推，勉副人望，現已正位有日了。」

阿保機聞言變色，突然起座，仰天大哭道：「晉王與我約為兄弟，河南天子，就是我兄弟的長兒，今果因變致亡麼？我聞中國有亂，未知確實，正擬率甲馬五萬，來助我兒，只因渤海未除，坐此遷延，那知我兒竟長逝了！」說畢復哭，哭畢復說道：「我兒既歿，理應遣人北來，與我商量，新天子怎得自立？」彷彿是無賴徒口吻。坤又道：「新天子統師二十年，位至大總管，所領精兵三十萬，上應天時，下從人欲，那裡還好延宕呢？」阿保機尚未及言，長子突欲，一作托允。入帳指駁道：「唐使不必多瀆，爾新天子究臣事故主！擅自稱尊，豈不為過！」坤正色道：「應天順人，豈徇匹夫小節，試問爾天皇王得國，究由何人授受？難道也是強取麼！」突欲不能再駁，只好默然。阿保機乃和顏語坤道：「理亦應爾。」隨即廷坤旁坐，徐語坤道：「我聞此兒有宮婢二千人，樂官千人，放鷹走狗，嗜酒好色，任用不肖，不惜人民，應該遭禍致敗。我得知消息，即舉家斷酒，解放鷹犬，罷散樂官，若效我兒所為，亦將同歸覆沒了！」外人尚知借鑑，所以漸臻強盛。坤答道：「今新天子聖明英武，剔清宿弊，庶政一新，即位才經旬月，海內慰望，億兆咸懷。天皇王誠有心修好，令南北人民，共享太平，豈不甚善！」阿保機道：「我與汝新天子並無宿怨，不妨修好，但須割河北地歸我，我從此絕不南侵，與汝國長敦睦誼了！」坤又說道：「這非使臣所敢與聞！」阿保機復道：「河北不肯讓我，但與我鎮、定、幽州，也算了事。」說至此，從案上取過紙筆，令草讓書。坤朗聲道：「外臣為告哀來此，豈為割地來麼？」遂繳還紙筆，不肯草寫。

阿保機將他拘住，不使南歸。及奪得扶餘城，改名東丹國，留長子突欲鎮守，號為人皇王，挈次子德光回國，號為元帥太子，途次遇病，竟致歿世。由皇后述律氏護喪返西樓，突欲亦奔喪歸來。當由述律氏召集部酋，商議繼統問題。述律後素愛德光，至是命二子乘馬，俱立帳前，乃宣告諸部酋道：「二子皆我所愛，未知所立，還請汝等審擇一人。如已審擇得宜，可趨前執轡。」說至此，以目斜視德光，諸酋長素憚雌威，瞧著述律後形狀，已經窺測意旨，便各趨德光馬前，握住馬轡。述律後喜道：「眾志從同，我怎敢故違？」遂立德光為契丹嗣主。舍長立次，究屬未當。令突欲仍歸東丹，一面釋出唐使姚坤，令他歸國報喪。

坤還洛都，報明唐主嗣源，唐主以使臣得歸，不便決裂，乃遣使弔問。德光尊述律氏為太后，送阿保機歸葬木葉山，廟號太祖。述律太后徵集各酋長夫妻，一同會葬，臨葬時，問諸酋長道：「汝等思先帝否？」諸酋長自然同聲道：「我等受先帝恩，怎得不思？」述律太后微笑道：「汝等既思先帝，我當令汝相見地下。」遂指令左右，引諸酋長至墓前，殺死殉葬。各酋長妻皆失色大慟。述律太后又傳諭道：「汝等不得多哭，我今寡居，汝等豈可不效我麼？」全沒道理。各酋長妻無法違拗，只好退去。述律太后見左右桀黠，又常與語道：「為我傳達先帝！」說畢，即牽至阿保機墓前，殺斃了事。前後被殺，不下百數，最後輪到阿保機寵臣趙思溫，獨不肯行。述律太后道：「汝嘗親近先帝，怎得不往？」思溫答道：「親近莫如皇后；太后若行，臣自當相隨！」此子可謂有膽。述律太后道：「我非不欲追隨先帝，侍奉地下，但因嗣子幼弱，國家無主，所以不便往殉呢。」道言未已，竟取劍截去左腕，令左右攜置墓中。恰是一奇。趙思溫竟得免死。

述律太后臨朝諭政，大小國事，均由裁決，仍令韓延徽為政事令，見第十一回。納侄女為德光帝后。德光性頗孝謹，每遇太后有恙，憂急異常，甚至不進飲食，太后疾愈，仍復常度。禮失求野，所以敘及。越三年始改元天顯。述律太后素有智謀，德光亦勇略過人，所以雄長北方，依然如舊，並不聞有甚麼大變哩。唯契丹盧龍節度使盧文進，由唐主嗣源遣人遊說，謂易代以後，無復嫌怨，何不歸朝！文進部下皆華人，聞言思歸，不由文進不從，乃率眾歸唐。文進降契丹亦見第十一回。唐主令為義成軍節度使，尋復徙鎮威勝軍，加授同平章事，這真所謂特別寵榮了。

是時蜀亡岐降，吳尚照舊。嶺南鎮將南海王劉巖，因兄隱死後，承襲舊封。梁末建國號越，自稱皇帝，改元乾亨。尋又改國號漢，更名為陟。嘗與唐主存勗書，自稱大漢國主。唐廷令改定國書，漢使何詞不從，返報漢主。謂唐主驕淫，必不能久，漢主遂與唐絕好。南詔與漢境接壤，當時酋長蒙氏，為部下鄭旻所滅，改國號為長和。旻遣使鄭昭淳至漢，獻上朱鬃白馬，並乞和親。漢王賜昭淳宴，賦詩屬和，昭淳隨口吟詠，壓倒漢臣。漢主乃以兄女增城公主，遣嫁鄭旻。其實旻已有後馬氏，就是楚王馬殷女，那增城公主到了長和，無非是備作嬪嬙罷了。既而漢南宮忽現白龍，漢王應瑞改名，易陟為龔。有胡僧呈入讖書，謂滅劉者龔，漢主乃更采飛龍在天的意義，杜造一個龑字，定音為儼，取以為名。白龍已不足信，至自造名字，更旻無謂。未幾與楚失和，楚人入攻封州，龑頗有懼意，筮《易》得「大有卦」，乃改元大有。遣將蘇章救封州，用誘敵計，盡覆楚軍。楚王馬殷，乃遣使貢唐，聯唐拒漢，自是楚漢相持，各按兵不動。

漢東就是福建，自王審知受梁封爵，稱號閩王。同光三年，審知病歿，子延翰嗣，受唐封為節度使。至莊宗遇弒，中原多故，延翰也建國稱王，表面上尚奉唐正朔。只是延翰好色，妻崔氏貌甚醜陋，卻異常妒悍，延翰廣選良家女，充當妾媵，被崔氏接連加害，一年中傷斃至八十四人，崔氏為冤鬼所祟，也致暴亡。延翰得拔眼中釘，很是欣幸，樂得淫縱暴虐，任所欲為。弟延鈞上書極諫，反被黜為泉州刺史。延鈞很是不平，便與延稟私下設謀，欲殺延翰。延稟為審知養子，本姓周氏，原名彥琛，素與延翰有隙，曾任建州刺史，此次遂合兵進襲福州。延稟先至，緣城得入。延翰為色所迷，一些兒未曾預聞，至延稟突入宮門，方驚走床後。延稟早已瞧著，令部兵牽出門外，面數罪狀，將他殺死。即開城迎納延鈞，推為留後。

延鈞仍令延稟還守建州，一面詳報唐廷。唐封延鈞為閩王。但閩已立國，與漢相似，不過漢已絕唐，閩尚臣唐，所以後唐天成元年，分為四國三鎮。唐、吳、漢、閩為四國，吳越、荊南、湖南為三鎮，吳、漢不服唐命，此外還算稱臣唐室，列作屏藩。此段是補敘文字，亦即是點醒文字，遙應前第三回，表明大勢沿革。但荊南節度使南平王高季興，與唐是陽奉陰違，當唐師伐蜀時，曾命充西川東南面行營招討使，見十七回。他卻請自取夔、忠、萬、歸、峽等州，唐莊宗當然允許。那知他實作壁上觀，按兵不發。嗣聞蜀已被滅，不禁大驚道：「這是老夫的過失哩！」司空梁震道：「唐主得蜀，勢必益驕，驕必速亡，何足深慮！且安知不為吾福？」季興乃放著大膽，竟遣兵士截住江中，遇有唐吏押解蜀物，送往洛陽，即就中途邀劫，奪得蜀貨四十萬，並殺死唐押牙官韓珙等十餘人。會唐都大亂，不暇過問。至嗣源即位，遣人詰問季興，季興滿口抵賴，只說是押官覆溺，當問水神。嗣源聞報，未免含憤，但因即位未久，不便勞師進討。那知季興得步進步，且乞將夔、忠、萬等州，歸屬荊南。唐主嗣源，還是含忍優容，勉強允許，唯刺史須由唐廷簡放。偏季興先襲踞夔州，拒絕唐官。那時唐主忍耐不住，遙飭襄州鎮帥劉訓為招討使，進攻荊南。老天似暗助季興，竟連日霪雨，不肯放晴，劉訓部軍，多半病疫，且因糧運不繼，沒奈何引兵退還。季興遂並取忠、萬、歸、峽四州，已而唐將西方鄴，突出奇兵，把夔、忠、萬三州奪還，更欲入攻荊南，季興才有懼意，竟舉荊、歸、峽三州，向吳稱臣去了。同一稱臣，何必舍北逐南。

唐相豆盧革、吳說，為諫議大夫蕭希旨所劾，說他不忠故主，一併罷職，朝政悉令任圜主持。樞密使孔循，獨薦引梁臣鄭珏，得擢為相，尋又薦入太常卿崔協，任圜以協無相才，擬改用吏部尚書李琪。偏鄭珏與琪不協，極力阻撓，安重誨又袒護鄭珏，與任圜屢起齟齬，一日在御前爭議，任圜憤然道：「重誨未悉朝中人物，為人所賣，協雖出名家，識字無多，臣方愧不學，謬居相位，奈何復添入崔協，惹人笑議！」唐主嗣源道：「宰相位高責重，應仔細審擇。朕前在河東時，見馮書記博學多材，與人無忤，看來且可任為相呢。」語畢退朝。孔循面帶慍色，拂衣先走，且行且語道：「天下事統歸任圜，究竟任圜有甚麼才能？如果崔協暴死，也不必說了；協如不死，總要入相，看任圜如何對待呢？」全是蠻話。嗣是好幾日稱疾不朝。唐主令重誨慰諭，方入朝莅事，重誨私語任圜道：「現在朝廷乏人，姑令崔協備員，想亦無妨。」圜答道：「公舍李琪，相崔協，好似棄蘇合丸，取蛣蜣糞了。」重誨不答，心中很是不樂，每與孔循相結，毀琪譽協，唐主竟為所蒙，命馮道、崔協同平章事。看官！你想圜既短協，協必嫉圜，兩人共掌朝綱，還能和衷共濟嗎？圜奈何還不辭職！

任圜自蜀入相，兼判三司，素知成都富饒，前時除犒軍外，尚餘錢數百萬緡，乃遣太僕卿趙季良，為三川制置轉運使，令送犒軍餘錢至京使。西川節度使孟知祥，怒不奉命，但因季良舊交，留居蜀中，不使任事。知祥妻李氏，系唐莊宗從姊，曾封瓊華長公主，自與董璋分鎮兩川，內恃帝戚，外擁強兵，權勢日盛，及季良至蜀，不得輸送犒軍餘錢，唐廷頗加疑忌。安重誨尤欲設法除患，客省使李嚴，自請為西川監軍，嚴母面諭道：「汝倡謀伐蜀，僥倖成功。今日尚好再往麼？」嚴謂食君祿，當盡君事，竟不遵母教，得請即行。得意不宜再往，此去真是送死了。既至成都，知祥盛兵出迎，入城與宴，酒至半酣，知祥勃然道：「公前奉使王衍，歸即請公伐蜀，莊宗信用公言，遂致兩川俱亡，今公復來，蜀人能不懷懼麼？況現今各鎮，俱廢監軍，公獨來監我軍，究是何意？」嚴方欲答辯，知祥已顧部將王彥銖，令他動手。彥銖率嚴下座，嚴始惶恐乞哀。知祥道：「蜀人俱欲殺公，並非出自我意，公亦知眾怒難違嗎？」遂不由分說，竟被彥銖推至階下，一刀兩段。

遂上表唐廷，誣嚴他罪，且請授趙季良為節度副使。

唐主嗣源，尚欲以恩信羈縻，再遣客省使李仁矩赴蜀慰諭。並因瓊華公主及知祥子昶，尚留住都中，亦命仁矩乘便送去，知祥總算厚待仁矩，遣歸洛陽，申表稱謝，但心中已不免藐視唐廷了。為後文伏案。

時平盧軍校王公儼作亂，幸得討平，公儼伏誅，支使官名。韓叔嗣坐黨並死。叔嗣子熙載奔吳，鄴都軍亦蠢然思動，留守趙在禮恐不能制，密求移鎮。唐主徙在禮為橫海節度使，授皇甫暉為陳州刺史，趙進為貝州刺史，遣皇次子從榮鎮守鄴都。盧臺兵變，由副招討使房知溫，與馬軍指揮使安審通，合兵圍擊，才得蕩平。

宰相任圜，與安重誨同議內外重事，多半未合，唐主因敉平外亂，多出重誨主張，所以專信重誨。向例使臣出四方，必由戶部給劵，重誨擬改從內出，任圜與他力爭廷前，聲色俱厲，唐主也看不過去，怏怏入內。適有宮嬪接著，見唐主含有怒意，便問道：「陛下與何人議事，聲徹內廷？」唐主說是宰相任圜，宮嬪道：「妾在長安宮中，從未見宰相奏事，如此放肆，莫非輕視陛下不成？」想是花見羞，詳見下文。唐主被她挑撥，愈滋不悅，卒從重誨言。圜因求罷，遂免他相職，令為太子少保，圜心不自安，更請致仕，也由唐主允準，退老磁州。已經遲了。

嗣因唐主出巡汴州，行至滎陽，民間訛言紛起，都說車駕將調遷鎮帥。朱守殷正出鎮宣武軍，頗懷疑懼。判官孫，勸守殷先發制人，守殷遂召都指揮使馬彥超，與謀叛命。彥超不從，守殷便砍死彥超，登城拒守。唐主急遣宣徽使範延光往諭，延光道：「往諭何益，不如急攻。否則彼得繕備，反致城堅難下了。臣願得五百騎速趨汴城，乘他無備，方可收功。」唐主乃撥騎兵五百，星夜前往，飛馳二百里，到了大梁城下，天尚未明，喊聲動地。守殷從睡夢中驚醒，急忙號召徒眾，開城搦戰，兩下里殺到黎明，御營使石敬瑭，又率親軍趨至，殺得汴軍人仰馬翻。守殷正要退回，遙見有一簇人馬，擁著黃蓋乘輿，呼喝前來。

不由的意忙心亂，策馬返奔，那知城上已豎起降旂，守兵一齊擁出，向前迎降，眼見是禁遏不住，無路可歸，沒奈何拔刀自刎，血濺身亡！死有餘辜。

唐主入城，搜誅餘黨，共死數十百人，獨孫乘間逃脫，徑奔淮南。安重誨尚恨任圜，誣稱圜與守殷通謀，密遣供奉官王鎬赴磁州，矯制賜任圜自盡。圜受命怡然，聚族酣飲，然後仰藥自殺。圜系京兆人氏，素有政聲，相業卓著，不幸抗直遭讒，無辜畢命。小子有詩嘆道：

折檻留旌抗直臣，漢成庸弱尚知人，如何五季稱賢辟，坐使忠良枉殺身！

重誨既矯制殺圜，然後出奏，究竟唐主嗣源如何主張？待至下回說明。

本回多敘外事，是前後過渡文字。前數回是專敘後唐，無暇述及外情，即如滅蜀一段，亦系唐廷直接用兵，唐為主，蜀固為客也。此回敘契丹事，兼及南方各鎮，是契丹為主，而各鎮為客，經此一回表明，則既足顧應上文，俾閱者知所沿革，下文因事敘人，自不至無緒可尋矣。至若孟知祥之殺李嚴，及平盧之亂，鄴都之亂，汴州之亂，俱用簡筆敘過，絕不滲漏。而任圜枉死，即順手帶出，後唐賢相莫如圜，特別提明，正所以表其賢而惜其死也。

第二十一回　王德妃更衣承寵唐明宗焚香祝天

卻說唐主李嗣源，寵任樞密使安重誨，連他矯制與否，亦未嘗過問。重誨冤殺任圜，才行奏聞，唐主反詔數圜罪，說他不遵禮分，潛附守殷，應該處死。唯骨肉親戚僕役等，並皆赦罪云云。在唐主的意見，還算是特別矜全，其實已為重誨所矇蔽，枉害忠良了。

重誨為佐命功臣，因此得寵。還有一個後宮寵妃，與重誨陰相聯絡，每在唐主面前，陳說重誨好處，唐主益深信不疑。原來唐主正室，系是曹氏，只生一女，封永寧公主，次為夏氏，生子從榮、從厚，妾為魏氏，就是從珂生母，由平山擄掠得來。見前文。又有一個王氏女，出自邠州餅家，為梁將劉鄩所買，作為侍兒，及年將及笄，居然生成一副絕色，眉如遠山，目如秋水，鼻似瓊瑤，齒似瓠犀，當時號為「花見羞」。得鄩鍾愛，鄩死後，此女無家可歸，流寓汴梁。適嗣源次妻夏夫人去世，另求別耦。有人至安重誨處，稱揚王氏美色，重誨即轉白嗣源，嗣源召入王氏，仔細端詳，果然是豔冶無雙，名足稱實。雖王氏行誼不同劉后，但也是一朝尤物。從來好色心腸，人人所同，難道唐主嗣源，見了美色，有不特別愛憐麼？況王氏身雖無主，尚帶得遺金數萬，至此多賫給嗣源。嗣源既得麗姝，又得黃金，自然喜上加喜，寵上加寵。即位未幾，封曹氏為淑妃，王氏為德妃。

王氏尚有餘金，又贈遺嗣源左右，與嗣源諸子。大家得了錢財，哪個不極口稱讚，並且王氏性情和婉，應酬周到，每當嗣源早起，盥櫛服御，統由她在旁侍奉，就是待遇曹淑妃，亦必恭必敬，不敢少忤。及曹淑妃將冊為皇后，密語王氏道：「我素多病，不耐煩勞，妹可代我正位中宮。」王氏慌忙拜辭道：「后為帝匹，即天下母，妾怎敢當此尊位呢？」初意卻還可取。既而六宮定位，曹氏雖總掌內權，如同虛設，一切處置，多出王氏主張。

王氏既已得志，倒也顧念恩人，如遇重誨請託，無不代為周旋。重誨有數女，經王氏代為介紹，欲令皇子從厚娶重誨女為婦，唐主恰也樂允。偏重誨入朝固辭，轉令王氏一番好意，無從效用。看官閱此，幾疑安重誨是個笨伯，有此內援，得與後唐天子，結作兒女親家，尚然不願，豈不是轉惹冰上人懊悵麼？那知重誨並非不願，卻是受了孔循的愚弄。循也有一女，方運動作太子妃，一聞重誨行了先著，不禁著急起來，他本是刁猾絕頂的人，便往見重誨道：「公職居近密，不應再與皇子為婚，否則轉滋主忌，恐反將外調呢。」重誨是喜內惡外，又與循為莫逆交，總道是好言進諫，定無歹意，因此力辭婚議。聰明反被聰明誤。循遂托宦官孟漢瓊，入白王德妃，願納女為皇子婦。王氏因重誨辜負盛情，未免介意，此時由漢瓊入請，樂得以李代桃，便乘間轉告唐主，玉成好事。重誨漸有所聞，才覺大怒，即奏調孔循出外，充忠武軍節度使，兼東都留守，唐主勉從所請。

可巧秦州節度使溫琪入朝，願留闕下。唐主頗喜他恭順，授為左驍衛上將軍，別給廩祿。過了多日，唐主語重誨道：「溫琪系是舊人，應擇一重鎮，俾他為帥。」重誨答道：「現時並無要缺，俟日後再議。」又隔了月餘，唐主復問重誨，重誨勃然道：「臣奏言近日無闕，若陛下定要簡放，只有樞密使可代了。」唐主亦忍耐不住，便道：「這也無妨，溫琪豈必不能做樞密使麼？」重誨也覺說錯，無詞可對。誰叫你如此驕橫。溫琪得知此事，反暗生恐懼，好幾日託疾不出。

成德節度使王建立，亦與重誨有隙，重誨說他潛結王都，陰懷異志。建立亦奏重誨專權，願入朝面對。唐主即召令入都，建立奉詔即行，馳入朝堂，極言重誨植黨營私，且說樞密副使張延朗，以女嫁重誨子，得相援引，互作威福。唐主已疑及重誨，又聽得建立一番奏語，當然不樂，便召重誨入殿。重誨也含怒進來，惹得唐主愈加懊惱，便顧語重誨道：「朕擬付卿一鎮，暫俾休息，權令王建立代卿，張延朗亦除授外官。」重誨不待說畢，厲聲答道：「臣披除荊棘，隨陛下已數十年，值陛下龍飛九重，承乏機密，又閱三載，天下幸得無事，一旦將臣擯棄，移徙外鎮，臣罪在何處？敢乞明示！」

唐主愈怒，拂袖遽起，退入內廷。

適宣徽使朱弘昭入侍，便與語重誨無禮，弘昭婉奏道：「陛下平日待重誨如左右手，奈何因一旦小忿，遽加擯斥，臣見重誨語多拗戾，心實無他，還求陛下三思！」唐主怒為少霽，越日復召入重誨，溫言撫慰。建立乃陛辭歸鎮，唐主道：「卿曾言入分朕憂，奈何辭去？」建立道：「臣若在朝，反累陛下動怒，不若告辭！」唐主道：「朕知道了。」會同平章事鄭珏，表情致仕，有詔允準，即令建立為右僕射，兼同平章事。

既而皇子從厚納孔循女為妃，循乘便入朝，厚賂王德妃左右，乞留內用。安重誨再三奏斥，仍促令赴鎮。皇侄從璨，素性剛猛，不為人屈。從前唐主幸汴，往討朱守殷，留他為皇城使，他召客宴會節園，酒後忘情，戲登御榻，當日並無人糾彈，蹉跎年餘，反由重誨提出劾奏，貶為房州司戶參軍，尋且賜死。此外挾權脅主，黨同伐異，尚難盡述。

義武節度使王都，在鎮十餘年，因與莊宗結為姻親，曾將愛女嫁與繼岌，所以累蒙寵眷，屬州得自除刺史，所出租賦，皆贍本軍。至莊宗已歿，繼岌自殺，唐主嗣源即位，尚是曲意優容，不加征索，獨安重誨屢加裁抑，且說他逼父奪位，心不可問，因之唐主亦隨時預防。會契丹屢次犯塞，唐廷調兵守邊，多屯駐幽、易間，免不得仰給定州，都不願輸運，遂有異圖。再加心腹將和昭訓，勸都為自全計，都即遣人至青、徐、歧、潞、梓五鎮，齎投蠟書，約同起事。偏五鎮概不答覆，令都孤掌難鳴，乃復募得說客，令勸北面副招討使王晏球。晏球不但不從，反飛表唐廷，報稱都反。唐主便命晏球為招討使，發諸道兵進攻定州。

都至此已勢成騎虎，不能再下，只好糾眾拒守。不反烏乎死，不死烏能泄養父遺恨！一面向奚酋禿餒處求救，啗以重賂。禿餒遂率萬騎來援，突入定州。晏球見番兵氣盛，不如讓他一舍，退保曲陽。那禿餒即揚揚自得，與都合兵進攻。將至曲陽附近，伏兵猝發，左右夾擊，把禿餒等一鼓殺退。晏球乘勝追擊，拔西關城，作為行府，令祁、易、定三州士民，輸稅供軍。都與禿餒困守孤城，呼禿餒為餒王，屈身奉事，求他設法免患。禿餒乃替他乞師契丹，契丹亦發兵相助。都遣部將鄭季璘、杜弘壽等，往迎契丹軍。適被晏球偵悉，潛師邀擊，把季璘、弘壽一併擒回，斬首示眾。

都益覺氣沮，至契丹兵到，方與禿餒開城相會，合兵襲破新樂，復逼曲陽。晏球憑城遙望，見來軍輕佻不整，可以力破，便召集將校，指示敵隙，方下城宣諭道：「王都恃有外援，躍馬前來，我看他趾高氣揚，必然無備，可一戰成擒哩。今日乃諸軍報國的時間，宜悉去弓矢，概用短兵接戰，不得回顧，違令立斬！」此令一下，全軍應命，當即開城出戰。騎兵先驅，步兵繼進，或奮檛，或揮劍，或持斧，或挺刃，不管甚麼死活，一齊衝殺過去。晏球在後督戰，有進無退，任你番騎精壯得很，也被殺得七零八落，死亡過半，餘眾北遁，都與禿餒，拚命逃還。

契丹敗卒，走回本國，途中又被盧龍軍截殺一陣，只剩得寥寥無幾，脫歸告敗。契丹主耶律德光，再遣酋長惕隱一作特哩袞，系契丹官名。來救定州，又為王晏球殺敗，仍然遁回。盧龍節度使趙德鈞，復遣牙將武從諫，埋伏要路，截住歸蹤。惕隱不及防備，被從諫突出一槍，搠落馬下，活捉而去；並擒得番目五十人，番兵六百人。趙德鈞遣使獻俘，解至洛都。廷臣請駢戮示威，唐主道：「此等皆虜中驍將，若盡加誅戮，使彼絕望，不如暫行留存，借紓邊患。」乃赦惕隱及番目五十人，餘六百人一體處斬。

契丹兩次失敗，不敢再入。唐主即遣使促晏球攻城，晏球與朝使聯轡並行，至定州城下，指閱形勢，揚鞭密語道：「此城如此高峻，就使城主聽外兵登城，亦非梯衝所及，徒喪精兵，無損賊勢，不若食三州租賦，愛民養兵，靜俟內潰，自可不戰而下了。」確是將略。朝使返報唐主，唐主乃不再催逼。好容易過了殘年，直至次年即天成四年。二月，定州內亂，都指揮使馬讓能，開城迎納官軍，晏球麾軍直入，都闔家自焚。負心人應該如此。禿餒被唐軍擒住，械送大梁，就地梟首。貪小失大。晏球振旅而還，已而入朝，唐主褒勞有加。晏球口不言功，但說是久勞饋運，不免懷慚，因此益契主心，拜為天平軍節度使，兼中書令，未幾又徙鎮平盧，尋即病逝。追贈太尉。晏球雖是兩朝臣，但將略可稱，故特詳敘。會吳丞相徐溫病歿，吳主楊溥，自稱皇帝，改元乾貞，追尊行密為太祖武皇帝，渥為烈宗景皇帝，隆演為高祖宣皇帝，授徐知誥太尉兼侍中，拜溫子知詢為輔國大將軍，兼金陵尹。因荊南高季興稱藩表賀，特封秦王。應前回。季興侵楚，至白田擊敗楚師，獲將吏三十四人，獻入吳國。楚王馬殷，遣使訴唐，且請建行臺。唐封殷為楚國王，殷始升潭州為長沙府，立宮殿，置百官，命弟賓為靜江軍節度使，子希振為武順軍節度使，次子希聲，判內外諸軍事，姚彥章為左相，許德勳為右相，整兵添戍，控制邊疆。

吳主楊溥，聞唐楚相結，遣使與唐修好，國書中自稱皇帝。安重誨謂楊溥敢與朝廷抗禮，遣使窺視，不應延納，遂將吳使拒絕，吳使自去。楊溥以唐既絕好，索性再發兵攻楚。到了岳州，楚人早已預備，不待吳兵列陣，便迎頭痛擊，擒得吳將苗璘、王彥章。尚有幾個敗卒，逃歸報知吳主。吳主方有懼色，亟遣人赴楚求和，請放還苗、王二將。楚王殷乃將二將釋歸，與吳息爭。

荊南節度史高季興死，有子九人，長子從誨，向吳告哀，吳令從誨承襲父職。從誨既得嗣位，召語僚佐道：「唐近吳遠，務遠捨近，終非良策，不如服唐為是。」乃遣使如楚，浼楚王殷代為謝罪，情願仍修職貢，一面令押牙官劉知謙，奉表唐廷，進贖罪銀三千兩。唐主許令赦罪，拜從誨節度使，追封季興為楚王。

先是季興在日，聞楚得富強，賴有謀臣高郁，乃屢遣門客至楚，進說楚王，陰加反間。楚王殷始終不信，待郁如初。及希聲用事，又向楚散佈謠言，謂馬氏當為高郁所奪，希聲已是動疑，又經妻族楊昭遂，謀代郁任，屢向希聲前譖郁，希聲竟奪郁兵柄，左遷為行軍司馬，鬱憤憤道：「犬子漸大，即欲咋人，我將歸老西山，免為所噬！」這數語為希聲所聞，立矯父命殺郁，並及族黨。數語殺身，可見語言不可不慎。是日大霧四塞，馬殷深居簡出，尚未知郁死耗，及瞧著大霧，方語左右道：「我昔從孫儒渡淮，每殺無辜，必遭天變，難道今日有冤死的人麼？」翌日始聞郁死，殷拊膺大慟道：「我已老耄，政非己出，使我動舊橫罹冤酷，可悲可痛！看來我亦不能長久了。」不死何為。越年殷即病死，年已七十九。

長子希振，因弟握大權，自願讓位。遂由希聲承襲父職，報達唐廷。唐以殷官爵俱高，無可追贈，唯賜謚武穆。並授希聲為武安、靜江等軍節度使，希聲嗜食雞汁，每日必烹五十雞，至送殷安葬，並無戚容，且食盡雞☒數器，然後出送。禮部侍郎潘起道：「從前阮籍居喪，嘗食蒸豚，何代沒有賢人呢！」希聲尚莫名其妙，還道他是讚美詞，烹雞如故。唯去建國成制，復藩鎮舊儀，盡心事唐，尚不失畏天事大的意義。且因亨國不永，二載即亡，所以保全首領，尚得善終。

此外如吳越王錢鏐，當莊宗末年，也據國稱尊，改元寶正。後來致安重誨書，語多倨傲，重誨奏遣供奉官烏昭遇、韓玫，出使吳越，傳旨詰問。吳越王錢鏐，還算照舊接待，不曾擺出帝王的架子，脅迫唐使。及唐使北返，韓玫卻誣劾昭遇，說他屈節稱臣，向鏐拜舞，昭遇竟致枉死。重誨請削鏐王爵，但令以太師致仕，所有吳越朝聘使臣，悉令所在系治。鏐令子傳瓘等上表訟冤，均被重誨捎阻，不得自伸。嗣是重誨身為怨府，連藩鎮亦痛心疾首了。死期將至。

唯自唐主嗣源即位後，勵精圖治，不事畋遊，不耽貨利，不任宦官，不喜兵革，志在與民更始，共享承平，所以四方無事，百谷用成。唐主改名為亶，表示誠意，且與宰相等從容坐論，談及樂歲，亦自覺有三分喜色。馮道在旁諷諫道：「臣昔在先皇幕府，奉使中山，道出井陘，路甚險阻。臣自憂馬蹶，牢持馬轡，幸不失墜。及行入坦途，放轡自逸，竟至顛隕。可見臨危時未必果危，居安時未必果安，行路尚且如此，何況治國平天下呢！」述馮道語，是不以人廢言之意。唐主點首稱善，又接口問道：「今歲雖是豐年，百姓果家給人足否？」道又答道：「凶年患餓斃，豐年傷穀賤，豐凶皆病，唯農家如是。臣嘗記進士聶夷詩云：『二月賣新絲，五月糶新谷，醫得眼前瘡，剜卻心頭肉。』語雖鄙俚，卻曲盡田家情狀。總之民業有四，農為最苦，人主最應體恤呢。」

唐主甚喜，命左右錄聶夷詩，時常諷誦，差不多似座右銘，且因自己年逾花甲，料不能久，每夜在宮中沐手焚香，向天叩祝道：「某本胡人，因天下擾亂，為眾所推，權居此位，自慚不德，未足安民，願天早生聖人，為生民主，俾某早得息肩，乃是四海的幸福了！」相傳宋太祖趙匡胤，便是後唐天成二年，降生洛陽的夾馬營內。乃父叫做趙弘殷，曾在後唐掌領禁軍，至匡胤開國登基，海內才得統一。這都由唐主嗣源，一片誠心，感格上蒼，方生此真命天子呢。小子有詩詠道：

敢將誠意告蒼穹，一片私心願化公，夾馬營中征誕降，果然天意與人同。

天成五年二月，唐主復改元長興。過了二月，河中忽報兵變，逐去節度使李從珂。欲知變亂原因，容待下回分解。

史稱唐明宗不邇聲色，語難盡信。王德妃為梁將劉鄩侍兒，曾有「花見羞」之美名，至為唐主所得，極承寵眷，尚得謂非好色耶！況唐主納德妃時，度其年已逾半百，此時已非少壯，尚為美色所迷，盥櫛服御，悉出妃手，是其溺情床笫，朝夕不離，已可想見。安重誨雖為佐命功臣，而挾權專恣，實由妃釀成之。設重誨不失妃懽，始終固結，吾知在明宗朝，未必其即遭危禍也。自王都受誅，四方無事，亦不過為一時之幸遇。至焚香祝天一事，史家播為美談，夫既無心為帝，則何不迎立繼岌，豈必知繼岌之不足治民，乃起而暫代耶？第時當五季，如天成、長興之小康，已屬僅見，故史官不無溢美之詞。本編敘明宗事，瑕瑜並採，毀譽存真，是固猶是董狐史筆也。

第二十二回　攻三鎮悍帥生謀失兩川權臣碎首

卻說唐主養子李從珂，屢立戰功，就是唐主得國，亦虧他引兵先至，才得號召各軍，從珂未免自恃，與安重誨勢不相下。一日重誨宴飲，彼此爭誇功績，究竟從珂是武夫，數語不合，即起座用武，欲毆重誨。幸重誨自知不敵，急忙走匿，方免老拳。越宿，從珂酒醒，亦自悔鹵莽，至重誨處謝過，重誨雖然接待，總不免懷恨在心。度量太窄。唐主頗有所聞，乃出從珂為河中節度使。從珂至鎮，性好遊獵，出入無常。重誨意欲加害，矯傳密旨，諭河東牙內指揮使王彥溫，令覷隨逐從珂。彥溫奉命，會從珂出城閱馬，彥溫即勒兵閉門，不容從珂入內，從珂叩門呼問道：「我待汝甚厚，奈何見拒？」彥溫從城上應聲道：「彥溫未敢負恩，但受樞密院密札，請公入朝，不必還城！」從珂沒法，只好退駐虞鄉，遣使表聞。

唐主毫不接洽，自然召問重誨。重誨不便實陳，詐稱由奸人妄言，應速加討。唐主欲誘致彥溫，面訊虛實，乃除授彥溫為絳州刺史，促令入朝。看官試想，此時矯詔害人的安重誨，肯令彥溫入朝面證麼？當下一再請討，始由西都留守索自通，步軍都指揮使藥彥稠，率兵往討彥溫。唐主卻面囑彥稠道：「彥溫拒絕從珂，想是有人主使，汝至河中，須生縶彥溫回來，朕當面問底細。」彥稠應命而去，及馳抵河中，彥溫尚未悉情由，出城相迎。不料見了彥稠，未曾發言，那刀鋒已經過來，好頭顱竟被斫去。恐做鬼也莫名其妙。彥稠既殺了彥溫，即傳首闕下，唐主怒彥稠違命，下敕嚴責，重誨獨出為解免，竟不加罪。明是串通一氣。從珂知為重誨所構，詣闕自陳，偏唐主不令詳辯，責使歸第。重誨再諷令馮道、趙鳳等，劾奏從珂失守河中，應加罪譴。唐主道：「我兒為奸黨所傾，未明曲直，奈何亦出此言，豈必欲置諸死地麼？朕料卿等受託而來，未必出自本意。」道與鳳不禁懷慚，無言而退。

翌日由重誨獨自進見，仍劾從珂罪狀。唐主艴然道：「朕昔為小校時，家況貧苦，賴此兒負石灰，收馬糞，得錢養活，朕今日貴為天子，難道不能庇護一兒！卿必欲加他譴責，試問卿將若何處置？」憤懣已極。重誨道：「陛下誼關父子，臣何敢言！唯陛下裁斷！」唐主道：「令他閒居私第，也算是重處了，此外何必多言！」重誨更奏保索自通為河中節度使，有詔允準。自通至鎮，承重誨意旨，檢點軍府甲仗，列籍上陳，指為從珂私造。賴王德妃從中保護，從珂因得免罪。看官閱過前回，已知王德妃為了婚議，漸疏重誨。是時德妃已進位淑妃，取外庫美錦，造作地毯。重誨上書切諫，引劉后事為戒。這卻不得咎重誨。惹起美人嗔怒，始與重誨兩不相容。重誨欲害從珂，王德妃偏陰護從珂，究竟樞密權威，不及帷房氣焰，重誨尚未知斂抑，特徙磁州刺史康福，出鎮朔方。朔方為羌胡出沒地，鎮帥往往罹害，福受知唐主，為重誨所忌，欲令他出當戎沖，虧得主恩隆重，特遣將軍牛知柔、衛審峆等，率萬人護送，沿途掩擊逆羌，殺獲幾盡，轉令福安抵塞上，大振聲威。人各有命，謀害何益？

重誨計不得逞，也只好付諸緩圖。偏是一波才了，一波又起，西川節度使孟知祥，雄踞成都，漸露異志，重誨又出預軍謀，獻上二議，一是分蜀地以鎩蜀勢，一是增蜀官以制蜀帥。兩策不得謂非，可惜調度未善。唐主卻也稱善，便委重誨調度。重誨令夏魯奇為武信軍節度使，鎮治遂州。又割東川中的果、閬二州，創置保寧軍，授李仁矩為節度使。並命武虔裕為綿州刺史，各置戍兵。這種處置，實為防備兩川起見。東川節度使董璋，首先動起疑來。原來李仁矩曾往來東川，先時因唐主祀天，持詔諭璋，令獻禮錢百萬緡，仁矩到了梓州，由璋設宴相待，一再催請，至日中尚然未至。璋不禁怒起，帶領徒卒，持刃入驛，仁矩方擁妓酣飲，驀聞璋至，倉皇出見。璋令他站立階下，厲聲喝斥道：「公但聞西川斬李客省，難道我不能殺汝麼？」仁矩始有懼意，涕泣拜請，才得乞免。璋乃遣仁矩歸，但獻錢五十萬緡。仁矩本唐主舊將，又與安重誨友善，挾怒歸來，極言璋必叛命，重誨因命他出鎮閬州，使與綿州刺史武虔裕聯絡，控制東川。虔裕系重誨表兄，重誨益恃為心腹，密令詗璋。嗣是唐廷屢得密報，競言璋將發難，重誨又飭武信軍節度使夏魯奇，亟治遂州城隍，嚴兵為備。

那時董璋很是驚惶，不得不自求生路，實行抵制。他與孟知祥素有宿嫌，未嘗通問，此次因急求外援，不得不通好知祥，願與知祥結為婚媾。知祥見梓州使至，召入問明，本意是不願連和，只因道路謠傳，朝廷將割綿、龍二州為節鎮，自思禍近剝膚，與董璋同病相憐，也只好棄嫌修好。當下商諸副使趙季良，季良亦請合縱拒唐。知祥遂遣梓州使還報，願招璋子為女夫，並令季良答聘梓州。季良歸語知祥道：「董公貪殘好勝，志大謀短，將來必為患西川，不可不防！」後來兩川交哄，由此一言。知祥始欲悔婚，但一時不好渝盟，姑與董璋虛與周旋，約他聯名上表，略言「閬中建鎮，綿、遂增兵，適啟流言，震動全蜀，請收回成命」等語。嗣得唐廷頒敕，不過略加慰諭，毫不更張。董璋乃誘執武虔裕，幽錮府廷，發兵至劍門，築起七寨，復在劍門北置永定關，布列烽火，一面募民入伍，剪髮黥面，驅往遂、閬二州，剽掠鎮軍。孟知祥又表請割雲安十二鹽監，隸屬西川，將鹽值撥給寧江戍兵。

於是兩難並發，反令唐廷大費躊躇。

唐主嗣源，因董璋已露叛跡，不若知祥尚隱逆萌，乃許知祥所請，另派指揮使姚洪，率兵千人，從李仁矩戍閬州。董璋聞閬州又增兵戍，忍無可忍，他本有子光業，在都為宮苑使，便致書囑子道：「朝廷割我支郡，分建節鎮，又屢次撥兵戍守，是明明欲殺我了。你為我轉白樞要，若朝廷再發一騎入斜谷，我不得不反，當與汝永訣呢。」光業得書，取示樞密院承旨李虔徽，虔徽轉告安重誨。重誨怒道：「他敢阻我增兵麼？我偏要增兵，看他如何區處！」既已挑動二憾，還要抱薪赴火。隨即派別將荀咸洐再率千人西行。光業聞知，急語虔徽道：「此兵西去，我父必反，我不敢自愛，恐煩朝廷調發，糜餉勞師，不若速止此兵，可保我父不反。」虔徽又轉白重誨，重誨哪裡肯依。果然咸洐未到閬州，董璋已經倡亂。

閬州鎮將李仁矩，遂州鎮將夏魯奇，與利州鎮將李彥琦，飛表奏聞。唐主召群臣會議軍事，安重誨進言道：「臣早料兩川必反，但陛下含容不討，因致如此！」若非你去逼反，度亦未必至此。唐主道：「我不負人，人既負我，不能不討了。」遂飭利、遂、閬三州，聯兵進討。偏三鎮尚未出師，兩川先已入犯，反使三鎮自顧不暇，還想甚麼聯軍。看官道兩川兵馬，如何這般迅速？原來唐廷會議發兵，適有西川進奏官蘇願，得知消息，立遣從官馳報知祥。知祥與趙季良計議。季良道：「為今日計，莫若令東川先取遂、閬，然後我撥兵相助，並守劍門。彼時大軍雖至，我已無內顧憂了！」知祥依議而行，遣使約董璋起兵。璋願引兵擊閬州，請知祥進攻遂州。知祥乃遣指揮使李仁罕為行營都部署，漢州刺史趙廷隱為副，簡州刺史張業為先鋒，率兵三萬，往攻遂州，再派牙內指揮使侯弘實、孟思恭等，領兵四千，助董璋攻閬州。

閬中鎮帥李仁矩，本來是個糊塗蟲，一聞川兵到來，便欲出城搦戰，部將皆進諫道：「董璋久蓄反謀，來鋒必不可當，不如固壘拒守，挫他銳氣，俟大軍到來，賊自然走了。」仁矩怒道：「蜀兵懦弱，怎能當我精卒呢？」遂不從眾言，居然出戰。諸將因良謀不納，各無鬥志，未曾交鋒，便即潰退，仁矩亦策馬逃歸。董璋乘勢追擊，險些兒突入城中，幸經姚洪斷後，抵敵一陣，才得收兵入城，登陣拒守。璋曾為梁將，姚洪嘗隸璋麾下，至是用密書招洪，誘令內應，洪投諸廁中。璋晝夜攻城，城中除姚洪外，都不肯為仁矩效力，眼見得保守乏人，坐致陷沒。仁矩立被殺斃，家屬盡死。姚洪巷戰被執，由董璋向他面責道：「我嘗從行間拔汝，今日如何相負！」洪瞋目道：「老賊！汝昔為李氏奴，掃除馬糞，得一臠殘炙，感恩無窮。今天子用汝為節度使，有何負汝，乃竟爾造反呢？汝猶負天子，反云相負！我寧為天子死，不願與人奴並生！」璋聞言大怒，令壯士扛鑊至前，刲洪肉入鑊烹食，洪至死尚罵不絕聲。不沒忠節。

唐廷聞閬州失守，乃下詔削董璋官爵，誅璋子光業，命天雄軍節度使石敬瑭為招討使，夏魯奇為副，右武衛上將軍王思同為先鋒，率兵征蜀，且令孟知祥兼供饋使。知祥已與璋同反，唐主尚欲籠絡，所以有此詔命。毋乃太愚。知祥當然不受，反益兵圍遂州，並促董璋速攻利州。璋向利州進發，途次遇雨，餉運不繼，仍退還閬州。知祥聞報大驚道：「閬中已破，正好進取利州，我聞李彥琦無甚勇略，必望風遁去，若得他倉廩，據險拒守，北軍怎能西救遂州！今董公僻處閬中，遠棄劍閣，必非良策，一旦劍門失陷，兩川都吃緊了！」知祥謀略，遠過董璋，故董璋卒為所敗。遂遣人馳白董璋，願發兵三千人，助守劍門。璋答言劍門有備，不勞遣師。知祥乃更派將下夔州，取瀘州，更分道往略黔涪。

過了旬日，果得董璋急報，謂石敬瑭前軍，已襲據劍門，守將齊彥溫被他擒去。知祥頓足道：「董公果誤我了！」急召都指揮使李肇入見，令他率兵五千，倍道往據劍州。又遣人詣遂州，令趙廷隱分兵萬人，會屯劍州。再派故蜀永平節度使李筠領兵四千，據守龍州要害。西川諸將，多系郭崇韜留戍，崇韜冤死，諸將多歸咎朝廷，故願為知祥效力。時適隆冬，天寒道滑，士卒多觀望不前。廷隱泣諭道：「今北軍勢盛，若汝等不肯力戰，妻孥皆為人有了！」

於是眾志始奮，亟向劍州進發。

先是西川牙內指揮使龐福誠，昭信指揮使謝鍠，屯來蘇村，聞劍門失守，互相告語道：「若北軍更得劍州，兩蜀恐難保了。」遂引步兵千餘人，從間道趨劍州，適值石敬瑭前鋒王思同，與階州刺史王弘贄，瀘州刺史馮暉等，從此山馳下，望將過去，不下萬餘人，福誠便語謝鍠道：「我軍只有千餘名，來軍總在萬人以上，就使以一敵十，尚慮不足。今已天暮，待至明晨，我輩恐無遺類了。」謝鍠道：「不若乘著今夜，先去劫營，殺他一個下馬威，免他輕視。」福誠道：「我意也是如此！但敵眾我寡，只好用著疑兵計，前後夾攻，令他驚退，便好保住劍州了。」鍠奮然道：「我擋敵前，君擋敵後，可好麼？」福誠大喜，便與鍠分路潛進，是夜唐軍已越北山，就在山下紮營，約至黎明進攻劍州。夜色將闌，忽聞營外喊聲驟起，急忙出兵對敵，不意來兵甚猛，所持皆系利刃，亂衝亂斫，好似生龍活虎一般。時當黑夜，也不知來兵若干，情急心虛，已覺遮攔不住，又聽得山上吹角鳴鼓，響徹行營，不由的驚上加驚，立即棄營遁去，還保劍門，十多日不敢出軍。龐、謝二將，已將唐軍嚇退，安返劍州，計議用明寫，次戰用虛寫，筆法靈活。趙廷隱、李肇兩軍，亦陸續到來，劍州已保無虞，再加董璋遣將王暉，也來助守，兵厚勢盛，足敵官軍。那龐、謝二將，仍出鎮原汛去了。

石敬瑭到了劍門，才奏稱知祥拒命。有詔奪知祥官爵，促敬瑭即日進討。知祥聞劍州已固，方大喜道：「我但恐唐軍進據劍州，扼守險要，或分兵直趨樸州，董公必棄閬州奔還，我軍失援，也只好撤遂州圍。兩川震動，勢甚可虞，今乃頓兵劍門，連日不出，我定可濟事了。」遂命趙廷隱、李肇等，整備迎敵。石敬瑭帶著大軍，進屯北山。趙廷隱在牙城後面，依山列陣，使李肇、王暉，出陣河橋。敬瑭引步兵進擊廷隱，飭騎兵衝突河橋，兩路兵馬，統被蜀兵用強弩射退。到了日暮，敬瑭引退，又被廷隱等追殺一陣，喪失至千餘人，仍還屯劍門。

當下飛使至洛，極言蜀道險阻，未易進兵，關右人民，轉餉多勞，往往竄匿山谷，聚為盜賊，情勢可憂，務乞睿斷等語。敬瑭亦不免推諉。唐主接得軍報，愀然語左右道：「何人能辦得了蜀事？看來朕當自行呢。」安重誨在旁進言道：「臣職忝機密，軍威不振，由臣負責，臣願自往督戰！」唐主道：「卿願西行，尚有何言！」

重誨拜命即行，日夜馳數百里，西方藩鎮，聞重誨西來，無不惶駭，急將錢帛芻糧，運往利州。天寒道阻，人畜斃踣，不可勝計。鳳翔節度使李從曮，已徙鎮天平軍，繼任為朱弘昭，聞重誨過境，迎拜馬前，留館府舍，供張甚謹，連妻子也出來拜謁。重誨還道他是義重情深，與語朝事，無非說是讒言可畏，此行誓為國家宣力，杜塞讒口。弘昭尚極力稱揚，及重誨既去，他即上書奏陳，說是重誨怨望，不可令至行營。小人之不可與處也如此。又貽書石敬瑭，勸他阻止重誨，免奪兵權。敬瑭正防到此著，再引兵出屯北山，與趙廷隱等交戰數次，未見得利。且因遂州被陷，夏魯奇陣亡，心下很是焦煩，一得弘昭來書，連忙拜表唐廷，但言重誨遠來，轉惑軍心，乞即征還。

唐主早不悅重誨，別用範延光為樞密使，又因宣徽使孟漢瓊，出使軍前，還言兩川變亂，統由重誨一人所致，再加王德妃從旁媒孽，越使唐主動疑，遂召重誨東歸。重誨方到三泉，接到詔敕，不得已馬首東瞻。

石敬瑭聞重誨東還，即生退志，適知祥梟夏魯奇首，遣人持示行營。魯奇有二子隨軍，共向敬瑭泣陳，願取父首。敬瑭道：「知祥長厚，必葬汝父，較諸身首異處，不更好麼？」越日果由知祥傳命，收還首級，備棺殮葬。敬瑭即毀去營寨，班師北歸，兩川兵從後追躡，直至利州。李彥琦亦棄城奔還。自是利、遂、閬三鎮，盡為蜀有。知祥復遣李仁罕等，攻奪忠、萬、夔三州，聲勢大振。董璋乃收兵還東川。

唐主聞敬瑭奔還，並不加譴，但欲歸罪重誨。重誨還，過鳳翔，再想與朱弘昭談心，弘昭已經變臉，閉門不納。重誨悵悵還都，途中奉詔，命為河中節度使，不必入覲，方轉趨河中去了。

未幾由唐廷宣敕，復吳越王錢鏐官爵，再起李從珂為左衛上將軍，出鎮鳳翔。重誨愈覺不安，乃上章乞休，朝命以太子太師致仕，另簡皇侄從璋為河中節度使，並遣步軍蘗彥稠率兵同行，使防重誨變狀。重誨有二子，長崇緒，次崇贊，宿衛京師，一聞制下，即日私奔至河中，省視重誨。重誨道：「爾等來此，有無朝命？」二子答言未曾，重誨大驚道：「未奉敕旨，怎得擅來！」說至此，不禁頓足，半晌才欷歔道：「我知道了，這事非爾等意，有人誘使爾等，陷我重罪，我以死報國罷了，餘復何言！」乃將二子械送闕下。行至陝州，已有制敕傳到，令就地下獄。

重誨既發遣二子，自如不妙，日夕防有後命。忽有中使到來，見了重誨，尚未開口，即向他慟哭。重誨亦流涕問故。中使道：「人言公有異志，朝廷已遣蘗彥稠領兵來了。」重誨泫然道：「我久受國恩，死不足報，尚敢另生異志，更煩國家發兵，貽主上憂麼？」已而李從璋、蘗彥稠到來，與重誨相見，尚無惡意。重誨正要交卸，不防來了皇城使翟光鄴，傳著密旨，令從璋轉圖重誨。從璋即帶兵圍重誨第，自入門見重誨。甫至庭中，便即下拜。重誨驚出，降階答禮，偏從璋手出一錘，趁著重誨俯首時，猛擊過去，砉然一聲，流血滿庭。重誨妻張氏，三腳兩步的走了出來，抱住重誨大呼道：「令公就使得罪，死亦未晚，何必這般辣手！」從璋又用錘擊張氏首，可憐一對夫婦，就此畢命，同歸地下。享盡榮華，難免有此一日。

看官聽著！翟光鄴奉遣至河中，不過由唐主密囑，謂重誨果有異志，可與從璋密商。光鄴素恨重誨，即授意從璋，擊死重誨夫婦，然後返報唐主，只說重誨已蓄異圖。唐主即日下詔，把斷絕錢鏐，及離間孟知祥、董璋等事，一古腦兒歸至重誨身上，並將他二子並誅，唯族屬得免連坐。小子有詩嘆道：

大臣風度貴休休，貪利終貽家國憂，一奮鐵錘雙隕命，生前何不早回頭！

唐主已誅死重誨，又命西川進奏官蘇顧，東川進奉軍將劉澄，各還本道，傳諭安重誨專命興兵，今已伏辜了。畢竟兩川如何對待，且至下回表明。

安重誨恃寵擅權，其足以致死也，由來久矣。從珂雖唐主養子，但為唐主所垂愛，且已立有大功，語云疏不間親，寧重誨獨未之聞乎？顧因杯酒小嫌，必欲陷害從珂，計尚未遂，而君臣之疑忌，已從此生矣。王德妃為重誨內援，特以制錦鋪地之諫阻，即致失歡，重誨不乘此乞休，尚欲何為？至於兩川發難，必激之使變，已屬乖方。且李仁矩、武虔裕等，皆非將才，乃一以私黨而令鎮閬州，一以私親而使守綿州，用人失當，專顧私圖，幾何而不僨事也！逮夫內外交構，不死何待，彼尚自詡為一死報國。為問其所謂報國者，果屬何在耶？或猶以死非其罪惜之，夫罪如重誨，死何足惜，所惜者唐主嗣源，不能明正其罪，乃徒為李從璋所擊斃耳。重誨不死於國法，而死於從璋之手，宜後人之為彼呼冤也。

第二十三回　殺董璋亂兵賣主寵從榮驕子弄兵

卻說孟知祥據有西川，得進奉官蘇願歸報，已知朝廷有意詔諭，且聞在京家屬，均得無恙，乃遣使往告董璋，欲約他同上謝表。璋勃然道：「孟公家屬皆存，原可歸附，我子孫已經被戮，還謝他甚麼？」遂將來使斥歸。知祥再三遣使，往說董璋，略言主上既加禮兩川，若非奉表謝罪，恐復致討。我曲彼直，反足致敗，不如早日歸朝，得免後禍。璋始終不從。越年為唐主長興元年，知祥再遣掌書記李昊詣梓州，極陳利害。璋不但不允，反將昊詬罵一番，攆出府門。昊怏怏回來，入白知祥道：「璋不通謀議，且欲入窺西川，公宜預備為是。」

知祥乃增戍設防，按兵以待。

果然到了孟夏，董璋率兵入境，攻破白楊林鎮，把守將武弘禮擒去。當董璋出兵時，與諸將謀襲成都，諸將統皆贊成，獨部將王暉道：「劍南萬里，成都為大，時方盛夏，師出無名，看來似未必成功哩。」璋不肯依言，遂進兵白楊林鎮。

知祥聞武弘禮被擒，亟集眾將會議。副使趙季良道：「董璋為人，輕躁寡恩，未能拊循士卒，若據險固守，卻是不易進攻，今不守巢穴，前來野戰，乃是舍長用短，不難成擒了。唯董璋用兵，輕銳皆在前鋒，公宜誘以羸卒，待以勁兵，始雖小衄，終必大捷。願公勿憂！」季良善謀。知祥又問何人可為統帥，季良道：「璋素有威名，今舉兵突至，搖動人心，公當自出抵禦，振作士氣。」趙廷隱獨插入道：「璋有勇無謀，舉兵必敗，廷隱當為公往擒此賊！」知祥大喜，即命廷隱為行營馬步軍都部署，率三萬人出拒董璋。

廷隱部署軍伍，已經成隊，乃入府辭行，適外面遞入董璋檄文，指斥知祥悔婚敗盟，又有遺季良、廷隱及李肇書，文中語氣，似與三人已訂密約，有裡應外合的意思。知祥閱畢，遞視廷隱，廷隱舉書擲地：「何必汙目！想總是行反間計，欲公殺副使及廷隱呢。」再拜而行，知祥目送廷隱道：「眾志成城，當必能濟事了。」

才閱兩日，又接漢州敗報，守將潘仁嗣，與董璋交戰赤水，大敗被擒，接連又得漢州失守警耗。知祥投袂起座，命趙季良守成都，自率八千人趨漢州，行至彌牟鎮，見廷隱駐營鎮北，遂與他會師。次日見董璋兵至，會廷隱列陣雞蹤橋，扼住敵衝，又令都知兵馬使張公鐸，列陣後面，自登高阜督戰。

董璋至雞蹤橋畔，望見西川兵盛，也有懼意，退駐武侯廟前，下馬休息。帳下驍卒忽大噪道：「日已亭午，曝我做甚？何不速戰！」璋乃上馬趨進，前鋒甫交，東川右廂馬步指揮使張守進，即棄甲投戈，奔降知祥。知祥召問軍情，守進道：「璋兵盡此，無復後繼，請急擊勿失。」知祥乃麾軍逆擊，兩下裡一場鏖鬥，東川兵恰也利害，爭奪雞蹤橋，廷隱部下指揮使毛重威、李瑭，相繼陣亡，惹得廷隱性起，拚死力戰，三進三卻，總敵不住東川兵。都指揮副使侯弘實，見廷隱不能得利，也揮兵倒退。知祥立馬高阜，瞧著情形，不禁捏著一把冷汗，亟用馬箠指麾後陣，令張公鐸上前救應。公鐸部下，養足銳氣，一經知祥指麾，驟馬突出，大呼而進。東川兵已殺得筋疲力軟，不防一支生力軍，從刺斜裡殺將過來，頓時旗靡轍亂，不能支持。廷隱、弘實，又乘勢殺轉，把東川兵一陣蹂躪，擒住東川指揮使元積、董光裕等八十餘人。先敗後勝，果如季良所料。董璋拊膺長嘆道：「親兵已盡，我將何依？」遂率數騎遁去，餘眾七千人投降知祥。潘仁嗣也得逃還。知祥再引兵窮追，至五侯津，又收降東川都指揮使元瓌，長驅入漢州城。董璋早棄城東奔，西川兵入璋府第，覓璋不得，但見有芻糧甲械，遺積甚多，大眾相率搬取，無心去追董璋，璋因是得脫。

唯趙廷隱帶著親卒，追至赤水，復得收降東川散卒三千人。知祥命李昊草牓，慰諭東川吏民，且草書勞問董璋，謂將至梓州，詰問負約情由，及見侵罪狀，一面至赤水會廷隱軍，進攻梓州。璋奔至梓州城下，肩輿入城。王暉迎問道：「公全軍出征，今隨還不及十人，究屬何因？」報復語雖然痛快，究非臣下所宜。璋無言可答，只向他流涕下淚。暉卻冷笑而退。及璋入府就食，不意外面突起喧聲，慌忙投箸出窺，略略一瞧，亂兵不下數百，為首有兩員統領，一個正是王暉，一個乃是從子都虞侯董延浩，自知不能理喻，亟率妻子從後門逃出，登城呼指揮使潘稠，令討亂兵。稠引十卒登城，竟把璋首取去，獻與王暉。璋妻及子光嗣，統自經死。適西川軍將趙廷隱，馳抵城下，暉即開城迎降。

廷隱趨入梓州，檢封府庫，候知祥到來發落。偏是知祥有疾，中途逗留。那李仁罕自遂州到來，由廷隱出迎板橋，仁罕並不道賀，且侮嫚廷隱。廷隱非常啣恨，強延仁罕入城。既而知祥疾瘳，方入梓州，犒賞將士，本欲令廷隱為東川留後，偏是仁罕不服，也欲留鎮梓州，乃由知祥自行兼領，調廷隱為保寧軍留後，仍飭仁罕還鎮遂州，兩人才算受命，各歸鎮地。

山南西道王思同，奏達唐廷，謂董璋敗死，知祥已並有兩川。當由唐主商諸輔臣，樞密使范延光道：「知祥雖據全蜀，但士卒皆東方人，知祥恐他思歸為變，亦欲借朝廷威望，鎮壓眾心，陛下不如曲意招撫，令彼自新。」唐主道：「知祥本我故人，為讒人離間至此，朕今日招撫故交，也不好算是曲意哩。」乃遣供奉官李存瓌赴蜀，宣慰知祥。知祥已還成都，聞存瓌持詔到來，即遣李昊出迎，延入府第，存瓌即開讀詔詞，略云：

董璋狐狼，自貽族滅。卿邱園親戚，皆保安全，所宜成家世之美名，守君臣之大節。既往不咎，勉釋前嫌，卿其善體朕意！

知祥跪讀詔書，拜泣受命。存瓌將詔書遞交知祥，然後與知祥行甥舅禮。原來存瓌系李克寧子，克寧妻孟氏，即知祥胞妹。克寧為莊宗所殺，子孫免罪。克寧被殺，見第四回。存瓌留事闕下，得為供奉官。知祥見甥兒無恙，恰也欣慰。留住數日，便遣存瓌東歸，上表謝罪。且因瓊華長公主，即知祥妻，見前文。已經病逝，訃告喪期，又表稱將校趙季良五人，平東有功，乞授節鉞。唐主再命存瓌西行，賜故長公主祭奠，贈絹三千匹，賞還知祥官爵，並賜玉帶。所有趙季良等五將，候知祥擇地委任，再請後命。知祥乃復請西川文武將吏，乞許權行墨制，除補始奏。唐主一一允許。知祥遂用墨制授季良等為節度使。越年且由唐廷派遣尚書盧文紀，禮部郎中呂琦，冊封知祥為東西川節度使蜀王，自是知祥得步進步，隱然有帝蜀的思想了。隱伏下文。

是時吳越王錢鏐，亦已老病，奄臥多日，自知病必不起，召諸將吏入寢室，流涕與語道：「我子皆愚懦，恐不足任後事，我死，願公等擇賢嗣立！」諸將吏皆泣下道：「大王令嗣傳瓘，素從征伐，仁孝有功，大眾俱願受戴，請以為嗣！」鏐乃召入傳瓘，悉出印鑰相授道：「將士推爾，爾宜善自守成，無忝所生！」傳瓘拜受印鑰，起侍寢側，鏐又與語道：「世世子孫，當善事中國，就使中原易姓，亦毋失事大禮，切記勿忘！」傳瓘亦唯唯遵教，未幾鏐歿，享壽八十一歲。

相傳鏐生時適遇天旱，道士東方生指鏐所居，謂池龍已生此家。時鏐正產下，紅光滿室，父寬以為不祥，棄諸井旁。唯鏐祖母知非常兒，抱歸撫養，名為婆留，且號井為婆留井。及鏐年數歲，嘗在村中大木下，指示群兒，戲為隊伍，頗得軍法。後來驍勇絕倫，善射與槊。邑中有衣錦山，上列石鏡，闊二尺七寸，鏐對石自顧，身服冕旒，如封王狀。雖嘗隱祕不言，但因此有自負意。至受梁封為吳越王后，廣杭州城，築捍海石塘。江中怒潮急湍，版築不就，鏐采山陽勁竹，製成強弩五百，硬箭三千，選弓弩手出射潮頭，潮乃退趨西陵，遂得豎椿壘石，築成長堤。射潮事傳為美談，其實潮汐長落，本有定時，鏐特借此以鼓動工役耳。且建候潮、通江等城門，並置龍山、浙江兩閘，遏潮入河。嗣是錢塘富庶，冠絕東南。為民奠土，不為無功。

鏐自少年從軍，夜未嘗寐，倦極乃就圓木小枕，或枕大鈴，枕欹輒寤，名為警枕。寢室內置一粉盤，有所記憶，即書盤中，至老不倦。平時立法頗嚴，一夕微行，還叩北城門，門吏不肯啟關，自內傳語道：「就使大王到來，亦不便啟門！」詰旦鏐乃從北門入，召入北門守吏，嘉他守法，厚給賞賜。有寵姬鄭氏父，犯法當死，左右替他乞免。鏐怒道：「為一婦人，欲亂我法麼？」並命宮人牽出鄭姬，斬首以徇。純是權術。每遇春秋薦享，必嗚咽道：「今日貴盛，皆祖先積善所致，但恨祖考不及見哩。」孝思可嘉。晚年禮賢下士，得知人譽。自傳瓘襲職，傳訃唐都，唐主賜謚武肅，命以王禮安葬，且令工部侍郎楊凝式撰作碑文。浙民代請立廟，奉詔俞允。越二年廟成供像，歷代不移。浙人稱為海龍王，或沿稱為錢大王。補敘錢鏐故事，亦不可少。

傳瓘為鏐第五子，《十國春秋》謂為第七子。曾任鎮海、鎮東兩軍節度使，嗣位後改名元瓘，以遺命去國儀，仍用藩鎮法，除民逋賦，友於兄弟，慎擇賢能，所以吳越一方，安堵如恆。

唯閩王王延鈞殺兄攘位，據閩數年，會遇疾不能視事，延稟竟率子繼雄自建州來襲福州。延鈞忙遣樓船指揮使王仁達往御，仁達遇繼雄軍，為立白幟，作乞降狀。繼雄信為真情，過舟慰撫，被仁達一刀殺死，乘勢追擒延稟，牽至延鈞帳前。延鈞病已少愈，面責延稟道：「兄嘗謂我善繼先志，免兄再來，今日煩兄至此，莫非由我不能承先麼？」回應前第二十回。延稟慚不能答，即由延鈞喝令推出，梟首示眾，複姓名為周紹琛。遣弟延政往撫建州，慰撫軍民，閩地復安。

延鈞漸萌驕態，上書唐廷，內稱楚王馬殷，吳越王錢鏐，統加尚書令，今兩王皆歿，請授臣尚書令。唐廷置諸不理。延鈞遂不通朝貢。已而信道士陳守元言，建寶皇宮，自稱皇帝，改名為鏻。守元又妄稱黃龍出現，因改元龍啟，國仍號閩，追尊審知為太祖，立五廟，置百官，升福州為長樂府，獨霸一方。唐廷力不能討，由他逞雄。

武安軍節度使馬希聲病死，弟希範向唐報喪，唐主準令襲職，不煩細表。定難軍治夏州。節度使李仁福，也因病去世，子彝超自稱留後，唐主欲稍示國威，徙彝超鎮彰武軍，治延州。別簡安從進為定難留後。偏彝超不肯奉命，但託詞為軍民所留，不得他往。唐廷令從進往討彝超，卒因餉道不繼，無功引還。彝超上表謝罪，自陳無叛唐意，不過因祖父世守，上下相習，所以遷徙為難，乞恩許留鎮。廷議以夏州僻遠，不若權事羈縻，省得勞師費財。唐主也得過且過，授彝超得節度使，姑息偷安罷了。將外事並作一束，無非是插敘文字。

外事粗定，內亂復萌，骨肉竟同仇敵，蕭牆忽起干戈，這也是教訓不良，釀成禍變，說將起來，可嘆可悲！哭起一峰，筆不平直。原來唐主嗣源，生有四子，長名從璟，為元行欽所殺，元行欽即李紹榮。已見前文。次名從榮，又次名從厚，又次名從益。天成元年，從榮受命為天雄軍節度使，兼同平章事。次年，授從厚同平章事，充河南尹，判六軍諸衛事。從榮聞從厚位出己上，未免怏怏。又越年，徙從榮為河東節度使，兼北都留守。未幾，又與從厚互易，從榮得為河南尹，判六軍諸衛事。兩人為一母所生，見二十一回。性情卻絕不相同。從厚謹慎小心，頗有老成態度，獨從榮躁率輕誇，專喜與浮薄子弟，賦詩飲酒，自命不凡。唐主屢遣人規勸，終不肯改，也只好付諸度外。教之不從，奈何置之。長興元年，封從榮為秦王，從厚為宋王。從榮既得王爵，開府置屬，益招集淫朋為僚佐，日夕酣歌，豪縱無度，一日入謁內廷，唐主問道：「爾當軍政餘暇，所習何事？」從榮答道：「暇時讀書，或與諸儒講論經義。」唐主道：「我雖不知書，但喜聞經義，經義所陳，無非父子君臣的大道，足以益人智思，此外皆不足學。我見莊宗好作歌詩，毫無益處，爾系將家子，文章本非素習，必不能工，傳諸人口，徒滋笑謗，願汝勿效此浮華哩！」從榮勉強答應，心中卻不以為然。唯當時安重誨尚在禁中，遇事抑制，為從榮所敬憚，故尚未敢為非。及重誨已死，王淑妃、孟漢瓊居中用事，授范延光、趙延壽為樞密使。延光以疏屬見用，沒甚重望。延壽本姓劉，為盧龍節度使趙德鈞養子，冒姓劉氏，因巧佞得幸，尚唐主女興平公主，參入樞要。從榮都瞧不上眼，任意揶揄。石敬瑭自西蜀還朝，受任六軍諸衛副使。他本娶唐主女永寧公主，公主與從榮異母，素相憎嫉，敬瑭恐因妻得禍，不願與從榮共事，屢思出補外任，免惹是非。就是延光、延壽，也與敬瑭同一思想，巴不得離開殿廷，省卻無數惡氣，只恨無隙可請，沒奈何低首下心，虛與周旋。會契丹東丹王兀欲，怨及母弟，越海奔唐。唐賜姓名為李贊華，授懷化軍治慎州。節度使。就是從前盧龍獻俘的惕隱，見二十一回。也授他官職，賜姓名為狄懷忠。契丹遣使索還，唐廷不許，遂屢次入寇。唐主欲簡擇河東鎮帥，控御契丹，延光、延壽遂薦舉石敬瑭，及山南東道節度使康義誠。敬瑭幸得此隙，立即入闕，自請出鎮，乃授敬瑭為河東節度使，敬瑭拜命，即日登程。既至晉陽，用部將劉知遠、周瓌為都押衙，委以心腹，軍事委知遠，財政委瓌，靜聽內處消息，相機行事。後晉基業，肇始於此。唐主調回康義誠，令掌六軍諸衛副使，代敬瑭職。出從珂為鳳翔節度使，加封潞王。四子從益為許王，並加秦王從榮為尚書令，兼官侍中。從益乳母王氏，本宮中司衣，因見秦王勢盛，欲借端依託，為日後計，乃暗囑從益至唐主前，求見秦王。唐主以幼兒思兄，人情常事，乃遣王氏挈往秦府。王氏見了從榮，非常諂諛，甚且裝出許多媚態，殷勤湊奉。從榮最喜奉承，又見王氏有三分姿色，樂得移篙近舵，索性將從益哄出，令婢媪抱見王妃劉氏，自與王氏摟入別室，做了一出鴛鴦夢。待至雲收雨散，再訂後期，且囑王氏伺察宮中動靜。王氏當然依囑，仍帶從益回宮。嗣是王氏常出入秦府，傳遞消息，所有宮中情事，從榮無不與聞。又有太僕少卿致仕何澤，乘機希寵，表請立從榮為皇太子。唐主覽表泣下，私語左右道：「群臣請立太子，朕當歸老太原舊第了！」六十餘歲，尚戀戀尊榮耶？不得已令宰相樞密會議。從榮聞信，亟入見唐主道：「近聞有奸人請立太子，臣年尚幼，願學治軍民，不願當此名位呢。」唐主道：「這是群臣的意思，朕尚未曾決定。」從榮乃退，出語延光、延壽道：「執政欲立我為太子，是欲奪人兵權，幽入東宮哩。」延光等揣知上意，且懼從榮見怪，遂奏請授從榮為天下兵馬大元帥，位宰相上。有詔準奏，於是從榮總攬兵權，得用禁軍為牙兵。每一出入，侍衛盈途，就是入朝時候，從騎必數百人，張弓挾矢，馳騁皇衢，居然是六軍領袖，八面威風。小子有詩詠道：

皇嗣何堪使帥師？春秋大義貴先知。
只因驕子操兵柄，坐使蕭牆禍亂隨。

從榮擅權，朝臣畏禍，最著急的莫若兩人。看官道兩人為誰？待小子下回再表。

讀此回而知唐明宗之未足有為，不過一庸柔主耳。兩川交爭，正可借此進兵，坐收漁人之利，董璋出師，能間道以襲東川，易如反手，否則俟孟知祥入東川時，乘虛搗成都，亦是攻其無備之一策。璋固敗死，知祥亦疲，卞莊子之所以能刺二虎者，由是道也。乃事前毫不注意，事後徒知慰諭，遂令知祥坐大，並有兩川，是非失策之甚者乎？至若對待藩鎮，同一柔弱，甚至不能制馭其子，釀成驕戾，衛州籲之致亂，咎在莊公，豈盡厥子罪哉！況年已老邁，尚不欲擇賢為嗣，當斷不斷，反受其亂，識者有以窺明宗之心術矣。

第二十四回　斃秦王夫妻同受刃號蜀帝父子迭稱雄

卻說唐廷大臣，見秦王從榮擅權，多恐惹禍，就中最著急的，乃是樞密使范延光、趙延壽兩人。屢次辭職，俱不得唐主允許。嗣因唐主有疾，好幾日不能視朝，從榮卻私語親屬道：「我一旦得居南面，定當族誅權幸，廓清宮廷！」如此狂言，奈何得居南面！延光、延壽得聞此語，越加惶急，復上表乞請外調。唐主正日夕憂病，見了此表，遽擲置地上道：「要去便去，何用表聞！」延光、延壽急得沒法。究竟延壽是唐室駙馬，有公主可通內線。公主已進封齊國，頗得唐主垂愛，遂替延壽入宮陳情，但說是延壽多病，不堪機務，唐主還未肯遽允。延壽又邀同延光，入內自陳道：「臣等非敢憚勞，願與勳舊迭掌樞密，免人疑議。且亦未敢俱去，願聽一人先出，若新進不能稱職，仍可召臣，臣奉詔即至便了。」唐主乃令延壽為宣武節度使，延壽懽躍而去。樞密使一缺，召入節度使朱弘昭繼任。弘昭入朝固辭，唐主怒叱道：「汝等皆不欲侍側，朕養汝等做什麼？」弘昭始不敢再言，悚惶受命。前日待安重誨機變得很，此次卻上鉤了。

范延光見延壽外調，欣羨得很，他恨無玉葉金枝，作為妻室，只好把囊中積蓄，取了出來，送奉宣徽使孟漢瓊，托他懇求王淑妃，代為請求，希望外調。無非拜倒石榴裙下，不過難易有別。畢竟錢可通靈，一道詔下，授延光為成德軍節度使。延光如脫重囚，即日陛辭，向鎮州莅任去了。晦氣了一個三司使馮贇，調補樞密使，樞密使非不可為，但惜朱馮二人，才不稱職耳。外此如近要各官，亦多半求去。有蒙允準的，有不蒙允準的，允準的統是喜慰，不允準的統是憂愁。康義誠度不能脫，遣子服事秦王，為自全計，唐主還道他樸忠可恃，命為親軍都指揮使，兼同平章事，其實義誠是佯為恭順，陰持兩端，有甚麼樸忠可恃呢！一班狡徒，任內外事，安得不亂？

先是大理少卿康澄，目擊亂萌，曾有五不足懼，六可畏一疏。奏入宮廷，當時稱為名論。疏中略云：

臣聞安危得失，治亂興亡，曾不繫於天時，固非由於地利，童謠非禍福之本，妖祥豈隆替之源？故雊雉升鼎而桑谷生朝，不能止殷宗之盛；神馬長嘶而玉龜告兆，不能延晉祚之長。是知國家有不足懼者五，有深可畏者六，陰陽不調不足懼，三辰失行不足懼，小人訛言不足懼，山崩川涸不足懼，蟊賊傷稼不足懼，此不足懼者五也。賢人藏匿深可畏，四民遷業深可畏，上下相徇深可畏，廉恥道消深可畏，毀譽亂真深可畏，直言蔑聞深可畏，此深可畏者六也。伏唯陛下尊臨萬國，奄有八紘，蕩三季之澆風，振百王之舊典。設四科而羅俊彥，提二柄而御英雄。所以不軌不物之徒，咸思革面；無禮無義之輩，相率悛心。然而不足畏者，願陛下存而勿論，深可畏者，願陛下修而靡忒。

加以崇三綱五常之教，敷六府三事之歌，則鴻基與五嶽爭高，盛業共磐石永固矣。謹此疏聞。

唐主覽疏，雖優詔褒答，但總未能切實舉行。所以六可畏事，始終失防，徒落得優柔寡斷，上下矇蔽，幾乎又惹出倫常大變，貽禍宮闈。

長興四年十一月，唐主病體少瘳，出宮賞雪，至士和亭宴玩半日，免不得受了風寒。回宮以後，當夜發然，急召醫官診視，說是傷寒所致，投藥一劑，未得挽回。次日且熱不可耐，竟至昏昏沈沈，不省人事。秦王從榮，與樞密使朱弘昭、馮贇，入問起居，三呼不應。王淑妃侍坐榻旁，代為傳語道：「從榮在此。」唐主又不答。淑妃再說道：「弘昭等亦在此。」唐主仍然不答。從榮等無言可說，只好退出。

既至門外，聞宮中有哭泣聲，還疑是唐主已崩。從榮還至府中，竟夕不寐，專俟中使迎入。那知候到黎明，一些兒沒有影響，自己卻倦極思眠，便在臥室中躺下，呼呼睡去，等到醒來，已是午牌時候，起問僕從，並沒有宮廷消息，不由的驚懼交並，一心思想做皇帝，可惜運氣未來。當即遣人入宮，詐稱遇疾，私下召集黨人，定一密謀，擬用兵入侍，先制權臣。遂遣押衙馬處鈞，往告朱弘昭、馮贇道：「我欲帶兵入宮，既便侍疾，且備非常，當就何處居住？」弘昭等答道：「宮中隨便可居，唯王自擇。」嗣又私語處鈞道：「皇上萬福，王宜竭力忠孝，不可妄信浮言。」處鈞還白從榮，從榮又遣處鈞語二人道：「爾等獨不念家族麼？怎敢拒我！」二人大懼，入告孟漢瓊。漢瓊轉白王德妃，德妃道：「主上昨已少愈，今晨食粥一器，當可無虞。從榮奈何敢蓄異圖！」漢瓊道：「此事須要預防，一經秦王入宮，必有巨變！看來唯先召康義誠，調兵入衛，方免他慮。」德妃點首，漢瓊自去。

原來唐主嗣源，昏睡了一晝夜，到了次日夜半，出了一身微汗，便覺熱退神清，蹶然坐起。四顧臥室，只有一個守漏宮女，尚是坐著。便問道：「夜漏幾何？」宮女起答道：「已是四更了。」唐主再欲續問，忽覺喉間微癢，忙向痰盂唾出數片敗肉，好似肺葉一般，隨又令宮女攜起溺壺，撤下許多涎液，當有宮女啟問道：「萬歲爺曾省事否？」唐主道：「終日昏沈，此刻才能知曉，未知后妃等何往？」宮女道：「想是各往寢室，待去通報便了。」語畢，便搶步外出，往報后妃。六宮聞信，陸續趨集，互相笑語道：「大家還魂了！」汝等去做什麼？因相率請安，並問唐主腹可飢否？唐主頗欲進食，乃進粥一器，由唐主食盡，仍然安睡，到了天明，神色更好了許多。

唯從榮尚未得知，還疑是宮中祕喪，將迎立他人，不得不先行下手。至孟漢瓊往晤康義誠。義誠愛子情深，未免投鼠忌器，但囁嚅對答道：「僕系將校，不敢預議，凡事須由宰相處置！」漢瓊見義誠首鼠兩端，忙去轉告朱弘昭。弘昭大驚，夜邀義誠入私室，一再詳問，義誠仍執前言，未幾辭去。是夕已由從榮召集牙兵千人，列陣天津橋，待至黎明，即遣馬處鈞至馮贇第，叩門傳語道：「秦王決計入侍，當居興聖宮，公等各有宗族，辦事應求詳允，禍福在指顧間，幸勿自誤！」贇未及答，處鈞已去，轉告康義誠，義誠道：「王欲入宮，自當奉迎。」於是馮贇、康義誠，各懷私意，俱馳入右掖門。朱弘昭相繼馳至，孟漢瓊自內趨出，與弘昭等共至中興殿門外，聚議要事。贇具述處鈞傳語，且顧語義誠道：「如秦王言，心跡可知，公勿因兒在秦府，左右顧望，須知主上祿養吾徒，正為今日，若使秦王兵得入此門，將置主上何地！我輩尚有遺種麼？」義誠尚未及答，門吏已倉皇趨入，大聲呼道：「秦王已引兵至端門外了。」孟漢瓊聞報，拂袖遽起道：「今日變生倉猝，危及君父，難道尚可觀望麼？如我賤命，有何足惜，當自率兵拒擊哩！」說著，即趨入殿門，朱、馮兩人，聯步隨入。義誠不得已，也跟在後面。漢瓊入白唐主道：「從榮造反，已引兵攻端門，若縱他入宮，便成大亂了！」宮人聽了此言，相向號哭，唐主亦驚語道：「從榮何苦出此！」還是溺愛。便問朱、馮兩人道：「究竟有無此事？」兩人齊聲道：「確有此事，現已令門吏閉門了。」唐主指天泣下，且語義誠道：「煩卿處置，勿驚百姓！」還是相信。

適從珂子控鶴指揮使重吉在側，也由唐主與語道：「我與爾父親冒矢石，手定天下，從榮等有何功勞，今乃為人所教，敢行悖逆！我原知此等豎子，不足付大事，當呼爾父來朝，授他兵柄。汝速為我閉守宮門！」重吉應命，即召集控鶴兵，把宮門堵住。

孟漢瓊披甲上馬，出召入馬軍都指揮使朱弘實，令率五百騎討從榮。從榮方扼住天津橋，踞坐胡床，令親卒召康義誠。親卒行至端門，見門已緊閉，轉叩左掖門，亦沒人答應，便從門隙中瞧將進去，遙見朱弘實引著騎兵，踴躍而來。慌忙走白從榮，從榮驚惶失措，忙起座擐甲，彎弓執矢。俄而騎兵大至，冒矢直進，朱弘實遙呼道：「來軍何故從逆，怏怏回營，免得連坐！」從榮部下的牙兵，應聲散去，慌得從榮狼狽奔回。走入府第，四顧無人，只有妻室劉氏，在寢室中抖做一團。正在沒法擺布，又聽得人聲鼎沸，突入門來，劉氏先鑽入床下，從榮急不暇擇，也匍匐進去，與劉氏一同避匿。似此怯弱，何故作威！皇城使安從益，先驅馳入，帶兵搜尋，從外至內，上下一顧，已見床下伏著兩人，便即順手拽出，一刀一個，結果性命。夫妻同死，不意安重誨後，復有從榮。再從床後搜尋，尚躲著少子一人，也即殺死，各梟首級，攜歸獻功。

唐主聞從榮被殺，且悲且駭，險些兒墮落御榻。再絕再蘇，疾乃復劇。從榮尚有一子，留養宮中，諸將請一體誅夷。唐主泣語道：「此兒何罪？」語未畢，孟漢瓊入奏道：「從榮為逆，應坐妻孥，望陛下割恩正法！」唐主尚不肯遽允，偏將吏嘩聲遽起，無可禁止。只得命漢瓊取出幼兒，畢命刀下，追廢從榮為庶人。諸將方才散歸。

宰相馮道率百寮入宮問安，唐主淚下如雨，嗚咽與語道：「我家不幸，竟致如此，愧見卿等！」馮道等亦泣下沾襟，徐用婉言勸慰，然後退出。行至朝堂，朱弘昭等正在聚議，欲盡誅秦府官屬，道即抗聲道：「從榮心腹，只有高輦、劉陟、王說三人，若判官任贊任事才及半月，王居敏、司徒詡，因病告假，已過半年，豈與從榮同謀？為政宜尚寬大，不宜株連無辜！」弘昭尚不肯從，馮贇卻贊同道議，與弘昭力爭，乃止誅高輦一人。劉陟、王說，也得免死，長流遠方。任贊、王居敏、司徒詡等，貶謫有差。

時宋王從厚，已調鎮天雄軍，唐主命孟漢瓊馳驛往召，即令漢瓊權知天雄軍府事。從厚奉命還都，及至宮中，那唐主李嗣源，已先三日歸天了。總計唐主嗣源在位，共得八年，壽六十有七。史稱他性不猜忌，與物無競，即位後年穀屢豐，兵革罕用，好算是五代賢君，小子也不暇評騭，請看官自加體察便了。不斷之斷，尤善於斷。越年四月，始得安葬徽陵，廟號明宗。這且慢表。

且說宋王從厚，既至洛都，便在柩前行即位禮。閱七日始縗服朝見群臣，給賜中外將士。至群臣退後，御光政樓存問軍民，無非是表示新政，安定人心。及還宮後，謁見曹後、王妃，恰也盡禮，不消細說。適朱弘實妻入宮朝賀，司衣王氏，與語秦王從榮事，欷歔說道：「秦王為人子，不在左右侍疾，反欲引兵入衛，原是誤處；但必說他敢為大逆，實是冤誣！朱公頗受王恩，奈何不為辯白呢？」語雖近是，但汝與他私通，忽出此語，轉令人愈加疑心。弘實妻歸告弘實。弘實大懼，亟與康義誠同白嗣皇，且言王氏曾私通從榮，嘗代詗宮中情事。一番奏陳，斷送王氏生命，有詔令她自盡。好去與從榮敘地下歡了。既而輾轉牽連，復累及司儀康氏，也一併賜死。尋復株連王德妃，險些兒遷入至德宮，幸曹後出為洗釋，才算無事，但嗣皇從厚，待遇王德妃，即因是寖薄了。

越年正月，改元應順，大赦天下。加封馮道為司空，李愚為右僕射，劉煦為吏部尚書，並兼同平章事。進康義誠為檢校太尉，兼官侍中，判六軍諸衛事。朱弘實為檢校太保，充侍衛馬軍都指揮使。且命樞密使朱弘昭、馮贇及河東節度使石敬瑭，並兼中書令。贇以超遷太過，辭不受命，乃改兼侍中，封邠國公。康義誠以下並得加封，豈因其殺兄有功耶？居心如此，安得令終！外如內外百官，俱進階有差。就是荊南節度使高從誨，也進封南平王，湖南節度使馬希範，得進封楚王，兩浙節度使錢元瓘，並進封吳越王。唯加蜀王孟知祥為檢校太師。知祥卻不願受命，遣歸唐使，囑使代辭。

看官聽著！知祥既並有兩川，野心勃勃，欲效王建故事。聞唐主已殂，從厚入嗣，遂顧語僚佐道：「宋王幼弱，執政皆胥吏小人，不久即要生亂哩。」僚佐聞言，已知他富有深意，但因歲月將闌，權且蹉跎過去。未幾就是孟春，乃推趙季良為首，上表勸進，且歷陳符命，什麼黃龍現，什麼白鵲集，都說是瑞征駢集，天與人歸。知祥假意謙讓道：「孤德薄不足辱天命，但得以蜀王終老，已算幸事！」季良進言道：「將士大夫，盡節效忠，無非望附翼攀鱗，長承恩寵，今王不正大統，轉無從慰副人望，還乞勿辭！」季良本臣事後唐，乃赴蜀後，專媚知祥，曲為效力，可鄙可嘆！知祥乃命草定帝制，擇日登位。國號蜀，改元明德。

屆期袞冕登壇，受百寮朝賀。偏天公不肯做美，竟爾狂風怒號，陰霾四塞，一班趨炎附勢的人員，恰也有些驚異。但且享受了目前富貴，無暇顧及天心。何不亦稱符瑞？當下授趙季良為司空同平章事，王處回為樞密使，李仁罕為衛聖諸軍馬步軍指揮使，趙廷隱為左匡聖步軍都指揮使，張業為右匡聖步軍都指揮使，張公鐸為捧聖控鶴都指揮使，李肇為奉鑾肅衛都指揮使，侯弘實為副使，毋昭裔為御史中丞，李昊為觀察判官，徐光溥為翰林學士。所有季良等兼領節使，概令照舊。追冊唐長公主李氏為皇后，夫人李氏為貴妃。妃系唐莊宗嬪御，賜給知祥，累從知祥出兵，備嘗艱苦。一夕夢大星墜懷，起告長公主，公主即語知祥道：「此女頗有福相，當生貴子。」既而生子仁贊，就是蜀後主昶。昶系仁贊改名，詳見下文。史家稱王建為前蜀，孟知祥為後蜀。

知祥僭號以後，唐山南西道張虔釗，武定軍節度使孫漢韶，皆奉款請降，興州刺史劉遂清盡撤三泉、西縣、金牛、桑林戍兵，退歸洛陽。於是散關以南，如階、成、文諸州，悉為蜀有。

過了數月，張虔釗等入謁知祥，知祥宴勞降將。由虔釗等奉觴上壽，知祥正欲接受，不意手臂竟痠痛起來，勉強受觴，好似九鼎一般，力不能勝，急忙取置案上，以口承飲，及虔釗等謝宴趨退，知祥強起入內，手足都不便運動，成了一個瘋癱症。延至新秋，一命告終。遺詔立子仁贊為太子，承襲帝位。

趙季良、李仁罕、趙廷隱、王處回、張公鐸、侯弘實等，擁立仁贊，然後告喪。仁贊改名為昶，年才十六，暫不改元。

尊知祥為高祖，生母李氏為皇太后。

知祥據蜀稱尊，才閱六月，當時有一僧人，自號醋頭，手攜一燈檠，隨走隨呼道：「不得燈，得燈便倒！」蜀人都目僧為痴，及知祥去世，才知燈字是借映登極。又相傳知祥入蜀時，見有一老人狀貌清癯，輓車趨過，所載無多。知祥問他能載幾何？老人答道：「盡力不過兩袋。」知祥初不經意，漸亦引為忌諱，後來果傳了兩代，為宋所並。小子有詩詠道：

兩川竊據即稱尊，風日陰霾蜀道昏。
半載甫經燈便倒，才知釋子不虛言。

知祥帝蜀，半年即亡。這半年內，後唐國事，卻有一番絕大變動，待小子下回再詳。

觀從榮之引兵入衛，謂其即圖殺逆，尚無確證，不過急思承祚，恐為乃弟所奪耳。孟漢瓊、朱弘昭、馮贇等，遽以反告，命朱弘實、安從益率兵迎擊，追入秦府，殺於床下。從榮死不足責，但罪及妻孥，毋乃太甚！唐主嗣源，始不能抑制驕兒，繼不能抑制莽將，徒因悲駭增病，遽爾告終。宋王入都，已死三日，幸當時如潞王者，在外尚未聞喪訃。否則鬩牆之釁，早起闕下，寧待至應順改元後耶！蜀王知祥，乘間稱帝，彼既知從厚幼弱，不久必亂，奈何於親子仁贊，轉未知所防耶！觀人則明，對己則昧，知祥亦徒自曉曉耳。

第二十五回　討鳳翔軍帥潰歸入洛陽藩王篡位

卻說唐主從厚，已改元應順，尊嫡母曹氏為太后，庶母王氏為太妃，所有藩鎮文武臣僚，更一體覃恩，俱給賞賜。獨疑忌潞王從珂，聽信朱、馮兩樞密，出從珂子重吉為亳州團練使。重吉有妹名惠明，在洛為尼，亦召入禁中。從珂聞子被外黜，女被內召，料知新主有猜忌意，免不得瞻顧徬徨。他本為明宗所愛，夙立戰功，明宗病劇，只遣夫人劉氏入省，自在鳳翔觀望。及明宗去世，亦謝病不來奔喪。彼時已料有內釁，坐覘成敗。果然嗣皇從厚，信讒見猜，屢遣使偵察從珂。朱弘昭、馮贇，又捕風捉影，專喜生事。內侍孟漢瓊，與朱、馮結為知己，朱、馮說他有功，加官至開府儀同三司，且賜號忠貞扶運保泰功臣。漢瓊有何功績，只殺從榮一事，由他首倡。此時漢瓊出守天雄軍，見上次。意欲邀他回都，協同辦事，於是奏請召還漢瓊，徙成德節度使范延光，轉鎮天雄軍。河東節度使石敬瑭，移鎮成德軍。潞王從珂，卻叫他改鎮河東，兼北都留守。天下本無事，庸人自擾之。從厚也不知利害，俱從所請，遣使出發四鎮，分頭傳命。

從珂鎮守鳳翔，距都最近，第一個接到敕使，滿肚中懷著鬼胎。忽又聞洋王從璋，前來接替，更覺疑慮不安。看官閱過上文，應知從璋為明宗從子，前時簡任河中，手殺安重誨。這番調至鳳翔，從珂也恐他來下辣手，隨即召集僚佐，商議行止。大眾應聲道：「主上年少，未親庶事，軍國大政，統由朱、馮兩樞密主持。大王威名震主，離鎮是自投羅網，不如拒絕為是！」觀察判官馮胤孫，獨出為諫阻道：「君命召，不俟駕而行，諸君所議，恐非良圖。」大眾聞言，統啞然失笑，目為迂談。從珂乃命書記李專美，草起檄文，傳達鄰鎮，大略謂朱弘昭、馮贇等，乘先帝疾亟，殺長立少，專制朝權，疏間骨肉，動搖藩垣，從珂將整甲入朝，誓清君側，但慮力不逮心，願乞靈鄰藩，共圖報國云云。

檄文既發，又因西都留守王思同，擋住出路，不得不先與聯絡，特派推官郝詡，押牙朱廷☒等，相繼詣長安，說以利害，餌以美妓。思同卻慨然道：「我受明宗大恩，位至節鎮，若與鳳翔同反，就使成事，也不足為榮。一或失敗，身名兩喪，反致遺臭萬年。這事豈可行得！」遂將郝詡、朱廷☒拘住，詳報唐廷。此外各鎮，接到從珂檄文，或與反對，或主中立，唯隴州防禦使相裡金，有心依附，即遣判官薛文遇，往來計事。

唐主從厚，既聞從珂叛命，擬遣康義誠出兵往討。義誠不欲督師，請飭王思同為統帥，羽林都指揮使侯益為行營馬步都虞侯。益知軍情將變，辭疾不行，遂被黜為商州刺史，侯益尚不失為智，義誠卻很是狡詐。即命王思同為西面行營馬步軍都部署，前靜難軍節度使藥彥稠為副，前絳州刺史萇從簡為馬步都虞侯，嚴衛步軍左廂指揮使尹暉，羽林指揮使楊思權等，皆為偏裨，出師數萬，往討從珂。又命護國節度使安彥威，為西面行營都監，會同山南、西道，及武定、彰義、靜難各軍帥，夾攻鳳翔。一面令殿直楚昭祚，往執亳州團練使李重吉，幽錮宋州。洋王從璋，行至中途，聞從珂拒命，便即折還。

王思同等會同各道兵馬，共至鳳翔城下，鼙鼓喧天，兵戈耀日，當即傳令攻城。城塹低淺，守備不多，由從珂勉諭部眾，乘陴抵禦。怎奈城外兵眾勢盛，防不勝防，東西兩關，為全城保障，不到一日，都被攻破，守兵傷亡，不下千百，急得從珂危懼萬分，寢食不遑。好容易過了一宵，才見天明，又聽得城外喧聲，一齊趨集，好似那霸王被困，四面楚歌。極寫唐軍聲勢，反射後文降潰。

從珂情急登城，泣語外軍道：「我年未二十，即從先帝征伐，出生入死，金瘡滿身，才立得本朝基業，汝等都隨我有年，亦應目睹，今朝廷信任讒臣，猜忌骨肉，試想我有何罪，乃勞大軍痛擊，必欲置我死地呢！」說至此，就在城上大哭起來。內外軍士，相率泣下。忽西門外躍出一將，仰首大呼道：「大相公真是我主哩！」遂率部眾解甲投戈，願降潞王。從珂開城放入，思權用片紙呈入，內書數語云：願王克京城日，授臣節度使，勿用作防團。從珂即下城迎勞，援筆批入紙中，寫就思權為邠寧節度使七字，授與思權。思權舞蹈稱謝。為彼一人，斷送社稷，試問彼心何忍？且登城招誘尹暉，尹暉即遍呼各軍道：「城西軍已入城受賞了！我等應早自為計！」說著，也將甲冑脫卸，作為先導，各軍遂紛紛棄械，乞降城中。從珂復開了東門，迎納尹暉等降軍。

王思同毫不接洽，驟見亂兵入城，頓時倉皇失措，與安彥威等五節度使，統皆遁去。鳳翔城下，依舊是風清日朗，霧掃雲開。從珂轉驚為喜，大括城中財帛，犒賞將士，甚至鼎釜等器，亦估值作為賞物。大眾都得滿願，歡聲如雷。長安副留守對遂雍，聞思同敗還，也生異志，閉門不納。思同等只好轉走潼關。從珂建大將旗鼓，整眾東行，尚恐思同據住長安，併力拒守。及行次岐山，聞劉遂雍不納思同，大喜過望，便即遣人慰撫。遂雍悉傾庫帑，遍賞從珂前軍，前軍皆不入城，受賞即去。至從珂到來，由遂雍出城迎接，復搜尋民財，充作供給。從珂也無暇入城，順道東趨，徑逼潼關。

唐廷尚未得敗報，至西面步軍都監王景從等，自軍中奔還，才識各軍大潰。唐主從厚，驚慌的了不得，亟召康義誠入議，淒然與語道：「先帝升遐，朕在外藩，並不願入都爭位，諸公同心推戴，輔朕登基。朕既承大業，自恐年少無知，國事都委任諸公，就是朕對待兄弟，也未嘗苛刻。不幸鳳翔發難，諸公皆主張出師，以為區區叛亂，立可蕩平，今乃失敗至此，如何能轉禍為福？看來只有朕親往鳳翔，迎兄入主社稷，朕仍舊歸藩。就使不免罪譴，亦所甘心，省得生靈塗炭了！」徒然哀鳴，有何益處？朱弘昭、馮贇等，面面相覷，不發一言。

不能收火，如何放火？

康義誠眉頭一皺，計上心來，便進議道：「西師驚潰，統由主將失策，今侍衛諸軍尚多，臣請自往抵敵，扼住要衝，招集離散，想不至再蹈前轍，願陛下勿為過憂！」唐主從厚道：「卿果前往督軍，當有把握，但恐寇敵方盛，一人不足濟事，且去召入石駙馬，一同進兵，可好麼？」義誠道：「石駙馬聞徙鎮命，恐亦未願，倘有異心，轉足資寇，不如由臣自行，免受牽制！」巧言如簧。從厚總道他語出至誠，毫不動疑，便召將士慰諭，親至左藏，悉發所儲金帛，分給將士。且更面囑道：「汝等若平鳳翔，每人當更賞二百緡。」將士無功得賞，益加驕玩，各負所賜物，出語途人道：「到鳳翔後，再請給一分，不怕朝廷不允！」途人聞言，有幾個見識較高，已料他貪狡難恃，康義誠獨揚揚得意，調集衛軍，入朝辭行。

都指揮使朱弘實，進白唐主道：「禁軍若都出拒敵，洛都歸何人把守？臣意以為先固洛陽，然後徐圖進取，可保萬全。」義誠正恨弘實主兵，擊斃從榮，此時又出來阻撓，頓覺怒氣上沖，厲聲叱道：「弘實敢為此言，莫非圖反不成？」弘實本是莽夫，怎肯退讓，也厲聲答道：「公自欲反，還說別人欲反麼？」這二語的聲音，比義誠還要激響，適值從厚登殿，聽是弘實口音，心滋不悅，便召二人面訊。二人爭訟殿前，弘實仍盛怒相向，義誠獨佯作低聲，兩下各執一詞。義誠便面奏道：「弘實目無君上，在御座前，尚敢這般放肆，況叛兵將至，不發兵攔阻，卻聽他直入都下，驚動宗社，這尚得謂非反麼？」從厚不禁點首，義誠又逼緊一層道：「朝廷出此奸臣，怪不得鳳翔一亂，各軍驚潰，今欲整軍耀武，必須將此等國蠹，先正典刑，然後將士奮振，足以平寇！」從厚被他一激，遂命將弘實綁出市曹，斬首以徇。各禁軍見弘實冤死，無不驚嘆，那康義誠得泄餘恨，遂帶著禁軍，一麾出都去了。

從厚見義誠就道，還以為長城可靠，索性令楚匡祚殺死李重吉，並將重吉妹惠明，也勒令自盡，眼巴巴的專待捷音。當下宣詔軍前，命康義誠為鳳翔行營都招討使，王思同為副。那知思同奔至潼關，被從珂前軍追至，活擒而去，解至從珂行轅。從珂面加詰責，思同慨然道：「思同起自行間，蒙先帝擢至節鎮，常愧無功報主；非不知依附大王，立得富貴，但人生總有一死，死後何顏往見先帝？今戰敗就擒，願早就死！」忠有餘而才略不足，終致殺身。從珂也自覺懷慚，改容起謝道：「公且休言！」遂命羈住後帳，偏楊思權、尹暉二人，羞與相見，屢勸從珂心腹將劉延朗，謀斃思同。延朗遂乘從珂醉後，擅將思同殺死。及從珂醒後報聞，託言思同謀變，從珂徒付諸一嘆罷了。

再進軍入華州，前驅又執到藥彥稠，命系獄中。越日進次閿鄉，又越日進次靈寶，各州邑無一拒守，如入無人之境。護國節度使安彥威，與匡國節度使安重霸，望風迎降。獨陝州節度使康思立，閉門登城，擬俟康義誠到來，協同守禦。從珂前驅至城下，中有捧聖軍五百騎，前曾出守陝西，至此為從珂所誘，令充前鋒，便向城上仰呼道：「城中將吏聽著！現我等禁軍十萬，已奉迎新帝，爾等數人，尚為誰守？徒累得一城人民，肝腦塗地，豈不可惜！」守兵應聲下城，開門出迎。

思立禁遏不住，也只好隨了出來，迎從珂入城。

從珂入城安民，與僚佐再商行止。僚佐獻議道：「今大王將及京畿，料都中人必皆喪膽，不如移書入都，慰諭文武士庶，令他趨吉避凶，定可不勞而服了。」從珂依言，即馳書都中，略言大兵入都，唯朱弘昭、馮贇兩族不赦外，此外各安舊職，不必憂疑。時侍衛馬軍指揮使安從進，方受命為京城巡檢，一得此書，即潛布心腹，專待從珂軍到，好出城迎降。

唐主從厚，尚似睡在夢中，詔促康義誠進兵。義誠軍至新安，部下將士，爭棄甲兵，赴陝投降。及抵乾壕，十成中走去了九成半，只剩得寥寥數十人。義誠心本叵測，此次自請出兵，意欲盡舉衛卒，迎降從珂，作為首功，不意衛卒已走了先著，頓失所望。可巧途次遇著從珂候騎，即與他相見，自解所佩弓劍，令攜去作為信物，傳語請降。心術最壞，莫如此人。警報飛達都中，可憐唐主從厚，急得不知所為，忙遣中使宣召朱弘昭。弘昭正憂心如焚，突然聞召，即惶遽出涕道：「急乃召我，是明明欲殺我謝敵呢！」當即投井自盡。安從進聞弘昭已死，竟引兵入弘昭第，梟了弘昭首級，乘便往殺馮贇，把馮家男女長幼，盡行屠戮，遂將朱、馮兩顆頭顱，送入陝中。

從厚得弘昭死耗，復聞馮族被屠，自知危在旦夕，不得不避難出奔。適值孟漢瓊自魏州歸來，便令他再往魏州，整備行轅，以便出幸。漢瓊佯為應命，及趨出都門，卻揚鞭西馳，投奔陝府去了。保泰功臣，所為也如是麼？從厚尚未得知，自率五十騎至玄武門，顧語控鶴指揮使慕容進道：「朕且幸魏州，徐圖興復，汝可率控鶴兵從行！」進系從厚愛將，便即應聲道：「生死當從陛下！請陛下先行一步，俟臣召集部眾，出衛乘輿！」從厚乃馳出玄武門。一出門外，門便闔住。看官道是何人所闔？原來就是慕容進。進給出主子，立即變卦，安安穩穩的居住都中，並沒有從駕的意思。

宰相馮道等入朝，到了端門，始知朱、馮皆死，車駕出走，因悵然欲歸。李愚道：「天子出幸，並未向我等與謀，今太后在宮，我等且至中書省，遣小黃門入宮請示，取太后進止，然後歸第，諸公以為何如？」道搖首道：「主上失守社稷，人臣將何處稟承？若再入宮城，恐非所宜。潞王已處處張榜，不若歸俟教令，再作計較。」已生變志。乃共歸至天宮寺。安從進遣人與語道：「潞王倍道前來，行將入都，相公宜帶領百官，至谷水奉迎。」道等乃入憩寺中，傳召百官。中書舍人盧導先至，道與語道：「聞潞王將至，應具書勸進，請舍人速即起草！」便欲勸進，太無廉恥。導答道：「潞王入朝，百官只可班迎，就使有廢立情事，亦當俟太后教令，怎得遽往勸進呢？」道又說道：「凡事總須務實。」導答駁道：「公等身為大臣，難道有天子出外，遽向別人勸進嗎？若潞王尚守臣節，舉大義相責，敢問公等具何詞對答呢？為公等計，不如率百官徑詣宮門，進名問安，取太后進止，再定去就，方算是情義兼盡了。」

道尚躊躇未決，那安從進復遣人催促道：「潞王來了，太后太妃，已遣中使迎勞潞王，奈何百官尚未出迎？」道慌忙出寺，李愚、劉等，也紛然隨行。到了上陽門外，佇候了半日有餘，並不見潞王到來，但只有盧導趨過。道復召與語，導對答如初。李愚喟然道：「舍人所言甚當，我等罪不勝數了。」

罪止貪生，何必過謙。乃相偕還都。

是時潞王從珂，尚留陝中，康義誠至陝待罪，從珂面責道：「先帝晏駕，立嗣由諸公，今上居喪，政事出諸公，何為不能終始，陷吾弟至此？」你也口是心非。義誠大懼，叩頭請死。本意想立首功，誰知當場出醜！從珂冷笑道：「你且住著，再聽後命！」已露殺機。義誠不得已留住行黃，馬步都虞侯萇從簡，左龍武統軍王景戡，均為從珂軍所執，匍匐乞降。從珂俱命系獄，遂遣人上箋太后，一面由陝出發，東趨洛都。至澠池西，遇著孟漢瓊，漢瓊伏地大哭，欲有所陳。一哭便能保命麼？從珂勃然道：「汝也不必多言，我已早知道了！」遂命左右道：「快了此閹奴！」漢瓊魂不附體，連哀求語都說不出來，刀光一閃，身首分離。

殺得好。

從珂復引兵至蔣橋，唐相馮道等，已排班恭迎。醜極。從珂傳令，說是未謁梓宮，不便相見。道等又上箋勸進，越醜。從珂並不審視，但令左右收下，竟爾昂然入都。先進謁太后、太妃，再趨至西宮，拜伏明宗柩前，泣訴詣闕的緣由。馮道等跟了進來，俟從珂起身，列班拜謁。從珂亦答拜。馮道等又復勸進。

從珂道：「我非來奪位，實出自不得已。俟皇帝歸闕，園寢禮終，當還守藩服，諸公遽議及此，似未諒我的苦衷了！」吾誰欺？欺天乎！看官！你道從珂此言，果然好當真麼？翌日即由太后下令，廢少帝從厚為鄂王，命從珂知軍國事。又翌日復傳出太后教令，謂潞王從珂，應即皇帝位。從珂並不固辭，居然在柩前行即位禮，受百官朝賀了。寫得從珂即位之速，返射上文偽言。

先是從珂在鳳翔，有瞽者張濛，自言知術數事，嘗事太白山神。神祠就是北魏崔浩廟。每遇人問休咎，由濛禱告，神即附體傳語，頗有應驗。從珂親校房暠，酷信濛術，曾托濛代詢潞王吉凶。濛即傳神語道：「三珠並一珠，驢馬沒人驅。歲月甲庚午，中興戊己土。」暠茫然不解，請濛代釋。濛答道：「這是神語，我亦未能解釋呢。」暠轉白從珂，從珂亦莫名其妙，至入都受冊，文中起首，便是應順元年歲次甲午，四月庚午朔三語，從珂回視房暠道：「張濛神言，果然應驗了！」唯三珠兩語，尚難索解，再令暠往延張暠，共相研究。濛言三珠指三帝，驢馬沒人驅，便是失位的意義。是耶非耶！乃授濛為將作少監同正，敕賜金紫，作為酬謝。

還有一種奇怪的應兆，鳳翔人何叟，年逾七十，無疾猝死。冥中見了陰官，憑幾告叟道：「為我白潞王，來年三月，當為天子二十三年。」叟方聞此語，一聲怪響，竟爾還陽。自思陰官所言，不便轉告，仍祕匿過去。逾月又死，復見陰官，向他怒叱道：「怎得違我命令，不去轉達！今再放汝還陽，速即傳報！」陰官必欲轉白，究是何因？叟惶恐遵教，退見廊廡下簿書，便問守吏。守吏道：「朝代將易，這就是升降人爵的簿籍呢。」及叟已再蘇，不敢隱匿，乃轉告從珂親校劉延朗，延朗轉白從珂，從珂召叟入問，叟答道：「請待至來年三月，必有徵信，否則戮我未遲。」從珂乃給與金帛，囑他不再泄漏，遣令還家，及期果驗。但從珂據國，先後僅及三年，何故訛作二十三年，後人仔細研求，方知從珂生日，是正月二十三日，小字二十三，諢名便叫做阿三。二十三年，就是三年，究竟此事真假，小子也無從辨明。但史乘上載有此語，不妨依言錄述，聊供看官談助。並隨筆寫入一詩道：

同胞兄弟尚操戈，異類何能保太和！

養子可曾如養虎，明宗以後即從珂。

從珂篡位，故主從厚，究竟往何處去了？欲知詳情，試閱下回便知。

明宗既殂，從厚依次當立，名正言順，本無可乘之隙。且即位僅及數月，無甚失德，亦何至速即危亡，所誤者任用非人耳！朱弘昭、馮贇等，前時嘗畏憚從榮，不敢入任樞密使。至從榮既死，從珂猶存，阿三驍勇善戰，出從榮上，亟宜設法籠絡，曲予羈縻。彼於從厚入都之時，不過在外觀望，未嘗反唇相譏，是固非覬覦神器者比。何物朱、馮，乃輕令徙鎮，激之使反乎！且王思同等率領大軍，圍攻鳳翔，東西關陷，圍城岌岌，而楊思權大呼先降，尹暉隨靡，遂致眾軍大潰，是思權之罪，且比朱、馮為尤甚。康義誠居心叵測，更過思權，從厚誤信而用之，幾何而不亡國殺身耶！然觀當時賣國諸臣，皆屬先朝遺老，是其咎尤不在從厚，而在明宗。祖父欲傳國於子孫，不為之擇賢而輔，雖舉國家而授之，亦屬無益。此貽謀之所以宜慎也。

第二十六回　衛州廨賊臣縊故主　長春宮逆子弒昏君

卻說潞王從珂，入洛篡位的期間，正故主從厚，流寓衛州驛，剩得一個匹馬單身，窮極無聊的時候。他自玄武門趨出，隨身只五十騎兵，四顧門已闔住，料知慕容進變卦，不由的自嗟自怨，躑躅前行。到了衛州東境，忽見有一簇人馬，擁著一位金盔鐵甲的大員，吆喝而來。到了面前，那大員滾鞍下馬，倒身下拜，仔細瞧著，乃是河東節度使石敬瑭。便即傳諭免禮，令他起談。敬瑭起問道：「陛下為什麼到此？」從厚道：「潞王發難，氣焰甚盛，京都恐不能保守，我所以匆匆出幸，擬號召各鎮，勉圖興復，公來正好助我！」敬瑭道：「聞康義誠出軍西討，勝負如何？」從厚道：「還要說他甚麼，他已是叛去了！」敬瑭俯首無言，只是長嘆。也生歹心。從厚道：「公系國家懿戚，事至今日，全仗公一力扶持！」敬瑭道：「臣奉命從鎮，所以入朝。麾下不過一二百人，如何禦敵？唯聞衛州刺史王弘贄，本系宿將，練達老成，願與他共謀國事，再行稟命！」從厚允諾。敬瑭即馳入衛州，由弘贄出來迎見，兩下敘談。敬瑭即開口道：「天子蒙塵，已入使君境內，君奈何不去迎駕？」弘贄嘆息道：「前代天子，亦多播越，但總有將相侍衛，並隨帶府庫法物，使群下得所依仰。今聞車駕北來，只有五十騎相隨，就使有忠臣義士，赤心報主，恐到了此時，亦無能為力了！」樂得別圖富貴。

敬瑭聞言，也不加評駁，但支吾對付道：「君言亦是，唯主上留駐驛館，亦須還報，聽候裁奪。」便別了弘贄，返白從厚，盡述弘贄所言。從厚不禁隕涕。旁邊惱動了弓箭使沙守榮、奔洪進，奔與賁同系洪進姓。直趨敬瑭前，正辭詰責道：「公系明宗愛婿，與國家義同休戚，今日主憂臣辱，理應相恤，況天子蒙塵播越，所恃唯公，今公乃誤聽邪言，不代設法，直欲趨附逆賊，賣我天子呢！」說至此，守榮即拔出佩刀，欲刺敬瑭。忠義可嘉，惜太莽撞。敬瑭連忙倒退，部將陳暉，即上前救護敬瑭，拔劍與守榮交鬥，約有三五個回合。敬瑭牙將指揮使劉知遠，遽引兵入驛，接應陳暉。暉膽力愈奮，格去守榮手中刀，把他一劍劈死。洪進料不能支，也即自刎。知遠見兩人已死，索性指揮部兵，趨至從厚面前，將從厚隨騎數十人，殺得一個不留。從厚已嚇做一團，不敢發聲，那知遠卻麾兵出驛，擁了敬瑭，竟馳往洛陽去了。不殺從厚，還算是留些餘地。看官！你想此時的唐主從厚，弄得形單影隻，舉目無親，進不得進，退不得退，只好流落驛中，任人發落。衛州刺史王弘贄，全不過問，直至廢立令下，乃遣使迎入從厚，使居州廨。明知從厚難保，因特視為奇貨。一住數日，無人問候，唯磁州刺史宋令詢，遣使存問起居。從厚但對使流淚，未敢多言。皇帝失勢，一至於此，後人亦何苦欲做皇帝。既而洛陽遣到一使，入見弘贄，向贄下拜，這人非別，就是弘贄子巒，曾充殿前宿衛。贄問他來意，他即與贄附耳數語。贄頻頻點首，便備了鴆酒，引巒往見從厚。從厚識是王巒，便詢都中消息。巒不發一語，即進酒勸飲。從厚顧問弘贄道：「這是何意？」弘贄道：「殿下已封鄂王，朝廷遣巒進酒，想是為殿下餞行呢。」從厚知非真言，未肯遽飲，弘贄父子，屢勸不允，巒竟性起，取過束帛，硬將從厚勒斃，年止二十一歲。

從厚妃孔氏，即孔循女。尚居宮中，生子四人，俱屬幼稚。自王巒弒主還報，從珂遣人語孔妃道：「重吉等何在？汝等尚想全生麼？」孔妃顧著四子，只是悲號。不到一時，復有人持刃進來，隨手亂斫，可憐妃與四子，一同畢命。從厚只殺一重吉，卻要六人抵命，如此凶橫，寧能久存！磁州刺史宋令詢，聞故主遇害，慟哭半日，自縊而亡。從厚之死，尚有宋令詢死節，後來從珂自焚，無一死事忠臣，是從珂且有愧多矣。從珂即改應順元年為清泰元年，大赦天下，唯不赦康義誠、藥彥稠。義誠伏誅，並且夷族。此舉差快人意。餘如萇從簡、王景戡等，一律釋免。葬明宗於徽陵，並從榮、重吉遺棺，及故主從厚遺骸，俱埋葬徽陵域中。從厚墓土，才及數尺，不封不樹，令人悲嘆。至後晉石敬瑭登基，乃追謚從厚為閔帝，可見從珂殘忍，且過敬瑭，怪不得他在位三年，葬身火窟哩。莫謂天道無知。

從珂下詔犒軍，見府庫已經空虛，乃令有司遍括民財，敲剝了好幾日，也止得二萬緡。從珂大怒，硬行科派，否則系獄。於是獄囚纍纍，貧民多赴井自盡，或投繯自經。軍士卻遊行市肆，俱有驕色。市人從旁聚詬道：「汝等但知為主立功，反令我等鞭胸杖背，出財為賞，自問良心，能無愧天地否？」軍士聞言，橫加毆逐，甚至血肉紛飛，積屍道旁，人民無從呼籲。犒軍費尚屬不敷，再搜括內藏舊物，及諸道貢獻，極至太后、太妃，亦取出器物簪珥，充作犒賞，還不過二十萬緡。當從珂出發鳳翔時，曾下令軍中，謂入洛後當賞人百緡，至是估計，非五十萬緡不可，偏僅得二十萬緡，不及半數。從珂未免懷憂。

適李專美夜值禁中，遂召入與語道：「卿素有才名，獨不能為我設謀，籌足軍賞麼？」專美拜謝道：「臣本駑劣，材不稱職，但軍賞不足，與臣無咎。自長興以來，屢次行賞，反養成一班驕卒。財帛有限，慾望無窮，陛下適乘此隙，故能得國。臣愚以為國家存亡，不在厚賞，要當修法度，立紀綱，保養元氣，若不改前車覆轍，恐徒困百姓，存亡尚未可知呢！今財力已盡，只得此數，即請酌量派給，何必定踐前言哩！」從珂沒法，只得下了制敕，凡在鳳翔歸命，如楊思權、尹暉等，各賜二馬一駝，錢七十緡，下至軍人錢二十緡，在京軍士各十緡。諸軍未滿所望，便即造謠道：「去卻生菩薩，扶起一條鐵。」生菩薩指故主從厚，一條鐵指新主從珂。玩他語意，已不免懷著悔心了。全為下文寫照。

當下大封功臣，除馮道、李愚、劉三宰相，仍守舊職外，用鳳翔判官韓昭胤為樞密使，劉延朗為副，房暠為宣徽北院使，隨駕牙將宋審虔為皇城使，觀察判官馬裔孫為翰林學士，掌書記李專美為樞密院直學士。康思立調任邢州節度使，安重霸調任西京留守，楊思權升任邠州節度使，尹暉升任齊州防禦使，安重進升任河陽節度使，相裡金升任陜州節度使。加封天雄軍節度使范延光為齊國公，宣武軍節度使駙馬都尉趙延壽為魯國公，幽州節度使趙德鈞，封北平王，青州節度使房知溫，封東平王，天平節度使李從曮仍回鎮鳳翔，封西平王。唯石敬瑭自衛州入朝，雖由從珂面加慰勞，禮貌頗恭，但前此同事明宗，兩人各以勇力自誇，素不相下，此時從珂為主，敬瑭為臣，不但敬瑭易勉強趨承，就是從珂亦勉強接待。相見後留居都中，未聞遷調，敬瑭很自不安，以致愁病相侵，形同骨文。虧得妻室永寧公主，出入禁中，屢與曹太后談及，請令夫婿仍歸河東。公主本曹太后所出，情關母女，自然竭力代謀。從珂入事太后、太妃，還算盡禮，因此太后較易進言。有時公主入謁，與從珂相見，亦嘗面陳微意。從珂乃復令敬瑭還鎮河東，加官檢校太師兼中書令，封公主為魏國長公主。

鳳翔舊將佐，入勸從珂，都說應留住敬瑭，不宜外任。唯韓昭胤、李專美兩人，謂敬瑭與趙延壽，並皆尚主，一居汴州，一留都中，顯是陰懷猜忌，未示大公，不如遣歸河東為便。從珂也見他骨瘦如柴，料不足患，遂遣使還鎮。敬瑭得詔即行，好似那鳳出籠中，龍游海外，擺尾搖首，揚長而去。

原是得意。

既而進馮道為檢校太尉，相國如故。李愚、劉，一太苛察，一太剛褊，議論多不相合。或至彼此詬詈，失大臣體。從珂乃有意易相，問及親信，俱說尚書左丞姚顗，太常卿盧文紀，祕書監崔居儉，均具相才，可以擇用。從珂意不能決，因書三人姓名，置諸琉璃瓶中，焚香祝天，用箸挾出，得姚、盧兩人。遂命姚顗、盧文紀同平章事，罷李愚為左僕射，劉為右僕射。尋冊夫人劉氏為皇后，授次子重美為右衛上將軍，兼河南尹，判六軍諸衛事。嗣且命兼同平章事職銜，加封雍王。一朝規制，內外粗備，那弒君篡國的李從珂，遂高拱九重，自以為安枕無憂了。筆伐口誅，不肯放過。小子按時敘事，正好趁著筆閒，敘及閩中軼聞。回應二十三回。

閩主延鈞，既僭稱皇帝，封長子繼鵬為福王，充寶皇宮使，尊生母黃氏為太后，冊妃陳氏為皇后。先子而後及母妻，是依時事為錄述，並非倒置於此，見閩主之溺愛不明，卒遭子禍。看官道陳氏是何等人物？她本是延鈞父王審知侍婢，小名金鳳。說起她的履歷，更屬卑汙。他本是福清人氏，父名侯倫，年少美豐姿，曾事福建觀察使陳巖。巖酷嗜南風，與侯倫常同臥起，視若男妾。偏巖妾陸氏，也心愛侯倫，眉來眼去，竟與侯倫結不解緣，只瞞了一個陳巖，未幾巖死，巖妻弟范暉，自稱留後。陸氏復託身范暉，產下一女，便是金鳳。此女系侯倫所生，由暉留養，至王審知攻殺范暉，金鳳母女，乘亂走脫，流落民間。幸由族人陳匡勝收養，方得生存。審知據閩，選良家女充入後宮，金鳳幸得與選，年方十七，姿貌不過中人，卻生得聰明乖巧，嬌小玲瓏。一入宮中，便解歌舞。審知喜她靈敏，即令貼身服事。

延鈞出入問安，金鳳曲意承迎，引得延鈞很是歡洽，心癢難熬。唯因老父尚在，不便勾搭，沒奈何遷延過去。至審知一歿，延鈞嗣位，還有甚麼顧忌，便即召入金鳳，侑酒為歡，郎有心，妾有意，彼此不必言傳，等到酒酣興至，自然擁抱入床，同作巫山好夢。這一夜的顛鸞倒鳳，備極淫蕩。延鈞已娶過兩妻，從沒有這般滋味，遂不禁喜出望外，特別情濃。及僭號稱帝，擬冊正宮，元配劉氏早卒，繼室金氏，貌美且賢，不過枕席上的工夫，很是平淡，延鈞本不甚歡暱。到了金鳳入幸，比金氏加歡百倍。那時閩后的位置，當然屬諸金鳳了。只是要做元緒公奈何！既立金鳳為皇后，即追封他假父陳巖為節度使，母陸氏為夫人，族人守恩、匡勝為殿使。別築長春宮，作藏嬌窟。

延鈞嘗用薛文杰為國計使，文杰斂財求媚，往往誣富人罪，籍沒家資，充作國用，以此得大興土木，窮極奢華。並且廣采民女，羅列長春宮中，令充侍役。每當宮中夜宴，輒燃金龍燭數百枝，環繞左右，光明如晝。所用杯盤，統是瑪瑙、琥珀及金玉製成，且令宮婢數十人擎住，不設幾筵。匪夷所思。飲到醉意醺醺，延鈞與金鳳，便將衣服盡行卸去，裸著身體，上床交歡。床四圍共有數丈，枕可丈餘，當兩人交歡時，又令諸宮人裸體伴寢，互為笑謔。嗣復遣使至安南，特製水晶屏風一具，周圍四丈二尺，運入長春宮寢室。延鈞與金鳳淫狎，每令諸宮女隔屏窺視，金鳳常演出種種淫態，取悅延鈞。或遇上巳修禊，及端午競渡，必挈金鳳偕遊。後宮婦女，雜衣文錦，夾擁而行。金鳳作樂游曲，令宮女同聲歌唱，悠揚宛轉，響遏行雲。還有蘭麝氣，環麝聲，遍傳遠近，令人心醉。這真可謂淫荒已極了。

延鈞既貪女色，復愛孌僮。有小吏歸守明，面似冠玉，膚似凝酥，他即引入宮中，與為歡狎，號為歸郎。淫女尤喜狂，且頓令這水性楊花的金鳳姑娘，也為顛倒夢想，願與歸郎作並頭蓮。歸郎樂得奉承，便覷隙至金鳳臥房，成了好事。金鳳得自母傳，不意歸郎竟似侯倫。起初尚顧避延鈞，後來延鈞得疾，變成一個瘋癱症。於是金鳳與歸郎，差不多夜夜同床，時時並坐了。但宮中婢妾甚多，有幾個狡黠善淫的，也想親近歸郎，乘機要挾。害得歸郎無分身法，另想出一條妙計，招入百工院使李可殷，與金鳳通姦。金鳳多多益善，況可殷是個偉岸男子，彷彿是戰國時候的嫪毐，獨得祕緘，益足令金鳳愜意。歸郎稍稍得暇，好去應酬宮人，金鳳也不去過問。唯可殷不在時，仍令歸郎當差。當時延鈞曾命錦工作九龍帳，掩蔽大床，國人探悉宮中情形，作一歌詞道：「誰謂九龍帳，只貯一歸郎！」延鈞那裡得知，就使有些知覺，也因疾病在身，振作不起。

天下事無獨必有偶，那皇后陳金鳳外，又出一個李春燕。鳳後有燕，何畜生之多也！春燕為延鈞侍妾，妖冶善媚，不下金鳳。姿態比金鳳尤妍。延鈞也加愛寵，令居長春宮東偏，叫做東華宮。用珊瑚為棁榆，琉璃為檽瓦，檀楠為梁棟，綴珠為簾幕，范金為柱礎，與長春宮一般無二。自延鈞驟得瘋癱，不能御女，金鳳得了歸守明、李可殷等，作為延鈞的替身，春燕未免向隅，勢不免另尋主顧。湊巧延鈞長子繼鵬，願替父代勞，與春燕聯為比翼，私下訂約，願作長久夫妻。乃運動金鳳，乞她轉告延鈞，令兩人得為配偶。延鈞本來不願，經金鳳巧言代請，方將春燕賜給繼鵬，兩人自然快意，不消絮述。

唯延鈞素性猜忌，委任權奸。內樞密使吳英，為國計使薛文杰所譖，竟致處死。英嘗典兵，得軍士心，軍士因此嗟怨。忽聞吳人攻建州，當即發兵出御，偏軍士不肯出發，請先將文杰交出，然後起程。延鈞不允，經繼鵬一再固請，乃將文杰捕下，給與軍士，軍士亂刀分剷，臠食立盡，始登途拒吳。吳人退去。

既而延鈞復忌親軍將領王仁達，勒令自盡，一切政事，統歸繼鵬處置。皇城使李仿，與春燕同姓，冒認兄妹，遂與繼鵬作郎舅親，自恣威福。李可殷嘗被狎侮，心懷不平，密與殿使陳匡勝勾結，讒構李仿及繼鵬。繼鵬弟繼韜，又與繼鵬不睦，黨入可殷，密圖殺兄。偏繼鵬已有所聞，也嘗與李仿密商，設法除患。會延鈞病劇，繼鵬及仿，放膽橫行，竟使壯士持梃，闖入可殷宅中。正值可殷出來，當頭猛擊，腦裂而死。死得猝不及防。

看官試想，這李可殷是皇后情夫，驟遭慘斃，教阿鳳何以為情？慌忙轉白延鈞，不意延鈞昏臥床上，滿口譫語，不是說延稟索命，就是說仁達呼冤。金鳳無從進言，只好暗暗垂淚，暫行忍耐。到了次日，延鈞已經清醒，即由金鳳入訴，激起延鈞暴怒，力疾視朝。呼入李仿，詰問可殷何罪？仿含糊對付，但言當查明復旨。踉蹌趨出，急與繼鵬定計，一不做，二不休，號召皇城衛士，鼓噪入宮。

延鈞正退朝休息，高臥九龍帳中，驀聞嘩聲大至，亟欲起身，怎奈手足疲軟，無力支撐。那衛士一擁突入，就在帳外用槊亂刺，把延鈞搠了幾個窟窿。金鳳不及奔避，也被刺死。歸郎躲入門後，由衛士一把抓住，斫斷頭顱。李仿再出外擒捕陳守恩、匡勝兩殿使，盡加殺戮。繼韜聞變欲逃，奔至城門，冤家碰著對頭，適與李仿相值，拔刀一揮，便即隕首。延鈞在九龍帳中，尚未斷氣，宛轉啼號，痛苦難忍，宮人因衛士已去，揭帳啟視，已是血殷床褥，當由延鈞囑咐，自求速死，令宮人刺斷喉管，方才畢命。小子有詩嘆道：

九龍帳內閃刀光，一代昏君到此亡！
蕩婦狂且同一死，人生何苦極淫荒！

延鈞被弒，這大閩皇帝的寶座，便由繼鵬據住，安然即位。欲知此後情形，俟小子下回說明。

唐主從厚，與閩主延鈞，先後被弒，正是兩兩相對。唯從厚生平行事，不若延鈞之淫昏，乃一則即位未幾，即遭變禍，一則享國十年，才致隕命；此非天道之無知，實由人事之有別。明宗末年，亂機已伏，不發難於明宗之世，而延及於從厚之身，天或者尚因明宗之逆取順守，尚有令名，特不忍其親罹慘禍，乃使其子從厚當之耳。延鈞嗣位，閩固無恙，初年尚不甚淫荒，至僭號為帝，立淫女為后，於是愈昏愈亂，而大禍起矣。本回敘入閩事，全從《十國春秋》中演出，並非故意媟褻，導人為淫。閱者當知淫昏之適以致亡，勿作穢語觀可也。

第二十七回　嘲公主醉語啟戎　援石郎番兵破敵

卻說王繼鵬弒父殺弟，並將仇人一併處死，喜歡的了不得，遂假傳皇太后命，即日監國。到了晚間，沒一人敢生異議，便登了帝座，召見群臣。群臣皆俯伏稱賀。繼鵬改名為昶。冊李春燕為賢妃。命李仿判六軍諸衛事。仿為弒君首惡，心常自疑，多養死士，作為護衛。繼鵬恐他復蓄異謀，密與指揮使林延皓計議，託名犒軍，大享將士，暗中布著埋伏，專候李仿進來，順便下手。仿昂然直入，趨至內殿，猝遇伏甲突出，將他拿下，立即梟斬。當下闔住內城，嚴防外亂，並將仿首懸示啟聖門外，揭仿弒君弒后，及擅殺繼韜等罪狀。仿部眾不服，攻應天門，未能得手，轉焚啟聖門，由林延皓率兵拒守，也不得逞。但將仿首取去，東奔吳越。

繼鵬聞亂兵潰去，心下大悅，當命弟繼嚴權判六軍諸衛，用六軍判官葉翹為內宣徽使，追號父鏻即延鈞，見前。為惠宗皇帝，發喪安葬，改元通文。尊皇太后黃氏為太皇太后，進冊李春燕為皇后。繼鵬本有妻李氏，自得了春燕，將妻作妻，正室反貶入冷宮。春燕好淫工媚，善伺主意，繼鵬非常寵愛，坐必同席，行必同輿，別造紫微宮，專供春燕遊幸，繁華奢麗，且過東華。好算跨灶。春燕所言，繼鵬無不允從。內宣徽使葉翹，博學質直，本為福邸賓僚，繼鵬待以師禮，多所裨益。及入為宣徽使，反致言不見用，翹固請辭職，卻屢承慰留。既而為李後事，上書切諫，惹動繼鵬怒意，援筆批答道：「一葉隨風落御溝！」是古今批語中所罕有。遂放翹歸水泰原籍，翹幸得壽終。

這且慢表，且說河東節度使石敬瑭，既抵晉陽，尚恐為朝廷所忌，陰圖自全，常稱病不理政事。有二子重英、重裔，留仕都中，重英任右衛上將軍，重裔為皇城副使，皆受敬瑭密囑，偵探內事。兩人賄托太后左右，每有所聞，即行傳報。所以唐主從珂，與李專美、李崧、呂琦、薛文遇、趙延乂等，日夕密談，無不探悉。適契丹屢寇北邊，禁軍多屯戍幽州。敬瑭乃與幽州節度使趙德鈞，聯名上表，乞請增糧。有詔借河東菽粟，及鎮州輸絹五萬匹，出易糧米。特派鎮、冀二州車千五百乘，運糧至幽州戍所。敬瑭復自率大軍，出屯忻州。

是時天旱民饑，百姓既苦乏食，又病徭役。敬瑭督促甚急，未免怨聲載道。湊巧唐廷遣使到來，賜給敬瑭軍夏衣，軍士急呼萬歲，聲徹全營。敬瑭獨自耽憂，幕僚段希堯進言道：「將在外，君命有所不受。今軍士不由將令，預先傳呼萬歲，是目中已無主帥了，他日如何使用？請查出首倡，明正軍法！」敬瑭乃令劉知遠查究，得三十六人，推出處斬，為各軍戒。朝使聞此消息，返報從珂。從珂越生疑忌，即派武寧軍節度使張敬達，為北面行營副總管，名目上是防禦契丹，實際上是監製敬瑭。敬瑭並非笨伯，猜透從珂微意，特別加防。藥線已設，總要爆裂。

好容易到了清泰三年，正月上浣，即值從珂誕辰，宮中號為千春節，置酒內廷，文武百官，聯翩趨入，奉觴進賀。從珂已喝了許多巨觥，帶著一片醉意，宴畢回宮，巧值魏國長公主，自晉陽來朝祝壽，便即捧上瑤觴，表達賀忱。從珂接飲畢，便笑問道：「石郎近日何為？」公主答道：「敬瑭多病，連政務都不願親理，每日唯臥床調養，需人侍奉罷了。」為夫託疾，究竟女生外向。從珂道：「我憶他筋力素強，何致驟然衰弱？公主既已至京，且在宮中寬留數日，由他去罷。」公主著急道：「正為他侍奉需人，所以今日入祝，明日即擬辭歸。」從珂不待詞畢，便作醉語道：「才行到京，便想西歸，莫非欲與石郎謀反麼？」公主聞言，不禁俯首，默然趨退。從珂亦即安寢。

次日醒來，即有人入諫從珂，說他酒後失言。此人為誰？乃是皇后劉氏。從珂即位後，曾追尊生母魯國夫人魏氏為太后，冊正室沛國夫人劉氏為皇后。此是補敘之筆。劉氏素性強悍，頗為從珂所畏，她聞從珂醉語，一時不便進規，待至詰旦，方才入諫。從珂已經失記，至由劉后述及，方模模糊糊的記憶起來，心中亦覺自悔。當下召入魏國長公主，好言撫慰，並說昨夕過醉，語不加檢，幸勿介懷。公主自然謙遜，一住數日，方敢告辭。從珂且進封她為晉國長公主，俾她悅意，且賜宴餞行。

畢竟夫婦情深，遠過兄妹，公主還歸晉陽，即將從珂醉語，報告敬瑭。敬瑭益加疑懼，即致書二子，囑令將洛都存積的私財，悉數載至晉陽，只託言軍需不足，取此接濟。於是都下謠言，日甚一日，都說是河東將反。

唐主從珂，時有所聞，夜與近臣從容議事，因與語道：「石郎是朕至親，本無可疑，但謠言不靖，萬一失歡，將如何對待呢？」群臣皆不敢對，彼此支吾半晌，便即退出。學士李崧，私語同僚呂琦道：「我等受恩深厚，怎能袖手旁觀？呂公智慮過人，究竟有無良策？」琦答道：「河東若有異謀，必結契丹為援。契丹太后，以贊華投奔我國，屢求和親，贊華事見二十三回。只因我拘留番將，未盡遣還，所以和議未成。今若送歸番將，再餌以厚利，歲給禮幣十餘萬緡，諒契丹必歡然從命，河東雖欲跳梁，當亦無能為了。」和親亦非良策，不過少延歲月。崧答道：「這原是目前至計，唯錢谷皆出三司，須先與張相熟商，方可奏聞。」說著，即邀呂琦同往張第。

張相乃是張延朗，明宗時曾充三司使，從珂篡位，命他為吏部尚書，兼同平章事職銜，仍掌三司。後唐稱度支，鹽鐵，戶部為三司。聞李、呂二人進謁，當即出迎。李崧代述琦計。延朗道：「如呂學士言，不但足制河東，並可節省邊費。若主上果行此計，國家自可少安，應納契丹禮幣，但向老夫責辦，定可籌措，請兩公速即奏陳。」二人大喜，辭了延朗。至次日入內密奏，從珂頗以為然，令二人密草國書，往遺契丹，靜俟使命。

二人應命退出，從珂復召入樞密直學士薛文遇，與商此事。文遇道：「堂堂天子，若屈身夷狄，豈不足羞！況虜性無厭，他日求尚公主，如何拒絕！漢成帝獻昭君出塞，後悔無窮，後人作昭君詩云：『安危托婦人。』這事豈可行得？」從珂不禁失聲道：「非卿言，幾乎誤事！」

越日急召崧、珂入後樓，二人總道是索閱國書，懷稿入見。不料從珂在座，滿面怒容，待二人行過了禮，便叱責道：「卿等當力持大體，敷佐承平，奈何徒出和親下策！朕只一女，年尚乳臭，卿等欲棄諸沙漠麼？且外人並未索幣，乃欲以養士財帛，輸納虜廷，試問二卿究懷何意？」二人慌忙拜伏道：「臣等竭愚報國，並非敢為虜計，願陛下熟察！」從珂怒尚未息，李崧只管磕頭，呂琦拜了兩拜，便即停住。從珂瞋目道：「呂琦強項，尚視朕為人主麼？」琦亦抗聲道：「臣等為謀不臧，但請陛下治罪，若多拜即可邀赦，國法轉致沒用了！」尚有丈夫氣。從珂被他一駁，顏才少霽，令二人起身，各賜卮酒壓驚。

二人跪飲，拜謝而退。

未幾即降調琦為御史中丞，不令入直。朝臣窺測意旨，哪敢再言和親。忽由河東呈入奏章，系是石敬瑭自陳羸疾，乞解兵柄，或徙他鎮。從珂覽奏，明知非敬瑭真意，但事出彼請，樂得依從，便擬將敬瑭移鎮鄆州。李崧、呂琦又上書諫阻，還有升任樞密使房暠，亦力言不可。獨薛文遇奮然道：「俗語有言，道旁築室，三年不成，此事應斷自聖衷，群臣各為身謀，怎肯盡言！臣料河東移亦反，不移亦反，不若先事防維為是！」也是漢晁錯流亞。從珂大喜道：「卿言正合朕意。前日有術士言，謂朕今年應得賢佐，謀定天下，想應驗在卿身了！」不從彼言，何致焚身？立命學士院草制，徙敬瑭為天平節度使，特命馬軍都指揮使宋審虔出鎮河東，且令張敬達為西北蕃漢馬步都部署，促敬瑭速移鄆州。

看官試想，這石敬瑭表請移鎮，明明是有意嘗試，那知弄假成真，竟頒下這道詔命。慌忙召集將佐，私下與商道：「我再來河東時，主上曾許我終身在此，不更換人接替，今忽有是命，是與千春節向公主言，同一忌我，我難道便來就死麼？」幕僚段希堯，及節度判官趙瑩，觀察判官薛融等，俱勸敬瑭暫且忍耐，姑往鄆州。旁有一將閃出道：「不可不可！明公今往鄆州，是所謂遷喬入谷了。試思明公在此，兵強馬壯，若稱兵傳檄，帝業可成，奈何以一紙詔書，甘投虎口呢？」敬瑭聞言瞧著，正是都押牙劉知遠，彼固不屑在人下者。方欲出言回答，又有一人接入道：「明公入朝，今上新即位，豈不知蛟龍異物，不宜縱入深淵，乃仍把河東授公，這是天意相助，非人謀所得違。況明宗遺愛在人，今上以養子入繼，名不正，言不順，公系明宗愛婿，反招今上疑忌，若不早圖，後悔無及了！」敬瑭視之，是掌書記桑維翰，一推一挽，擁起此石。乃向二人拱手道：「二公所言甚明，但恐河東一鎮，未能抵制朝廷。」維翰又道：「從前契丹主子，與明宗約為兄弟，今部兵出沒西北，公誠能推誠屈節，服事契丹，萬一有急，朝呼夕至，何患不成？」甘心事狄，淪十六州為左衽，維翰實為罪魁。敬瑭遂決意發難，特令維翰草起表文，請唐主從珂讓位。略云：

臣河東節度使石敬瑭，謹頓首上言：古者帝王之治天下也，立儲以長，傳位以嫡，為古今不易之良法。晉獻公以驪姬之故，廢太子，立奚齊，晉之亂者數十年。秦始皇不早立儲君，殺扶蘇，立胡亥，卒至自亡其國。唐之天下，明宗之天下也。明宗皇帝，金戈鐵馬之所經營，麥飯豆粥之所收拾，持三尺劍，馬上得天下，厥功亦非小可。近者宮車晏駕，宋王登基，陛下乃以養子入攘大統，天下忠義之士，皆為扼腕。區區臣愚，慫望陛下退處藩邸，傳位許王，有以對明宗皇帝在天之靈，有以服天下忠臣義士之心。不然，同興問罪之師，稍正篡位之罪，徒使流血汙庭，生靈塗炭，彼時悔之，亦噬臍矣！冒昧上言，復候裁奪。

原來從珂篡位時，除弒死故主從厚外，所有明宗后妃，及少子許王從益，俱安居宮中，未嘗冒犯。所以敬瑭此表，迫從珂傳位從益。情理頗正，但問汝入洛後，何故不擁立許王？看官！你想從珂是肯依不肯依呢？表文到京，一入從珂目中，無名火引起三丈，立即撕碎，拋擲地上，令學士書詔斥責道：

卿於鄂王，固非疏遠，衛州之事，卿實負之。許王之言，何人肯信？卿其速往鄆州，毋得徘徊不進，致干罪戾，特此諭知。

敬瑭得詔，復與劉知遠等商議，知遠道：「先發制人，後發為人制。今日已成騎虎，不能再下，請即傳檄四方，且求救契丹，即日舉義，當無不克！」敬瑭依計而行，忽報雄義都指揮使安元信，率部下六百人來降，即由敬瑭迎入，婉言慰問道：「朝廷稱強，河東稱弱，公為何舍強歸弱呢？」元信道：「元信不能知星識氣，但據人事而論，帝王能治天下，唯信最重。今主上與明公最親，尚不能以信相待，況疏賤呢？無信如此，亡可立待，怎得為強！」敬瑭大悅，委以軍事，命為親軍巡檢使。既而振武西北巡檢使安重榮，及西北先鋒指揮使安審信、張萬迪等，各率部兵歸晉陽。敬瑭一一欣納。

嗣聞朝旨次第頒下，削奪河東節度使官爵，這尚是意中所有的事情。未幾，由探卒入報，張敬達為四面排陣使，張彥琪為馬步軍都指揮使，安審琦為馬軍都指揮使，相裡金為步軍都指揮使，武廷翰為壕塞使，率兵數萬，殺奔太原來了。一急。又未幾再得急報，張敬達為太原四面都部署，楊光遠為副，高行周為太原四面招撫排陣等使，調集各道馬步兵，已自懷州進行，不日要到太原了。二急。

敬瑭召語將佐道：「事急了！快到契丹求救罷。」言未已，復有一凶耗傳來，乃是親弟都指揮使敬德，及從弟都指揮使敬殷，並二子重英、重裔，一併被誅，險些兒將敬瑭痛死，半晌才哭出聲來。此急非同小可。一聲大慟，又復將喉嚨塞住，但用兩手捶胸，好容易迸出聲淚，且哭且語道：「我受明宗皇帝厚恩，出力報國，今乃使子弟冤死，含恨九泉！若非舉兵向闕，恐一門無噍類了！我非敢負明宗，實朝廷激我至此，不得不然。皇天后土，實聞此言！」各將佐等都從旁勸慰。

敬瑭亟命桑維翰草表，向契丹稱臣，且願事以父禮，乞即發兵入援。事成以後，願割盧龍一道，及雁門關以北諸州，作為酬謝。劉知遠忙出阻道：「稱臣已足，何必稱子，厚許金幣，亦足求援，何必割界土地。今日因急相許，他日必為中國大患，悔無及了！」頗得先見，可惜敬瑭不從。敬瑭道：「且管眼前要緊，顧不得日後了。」便令維翰繕訖，遣使持表赴契丹。

契丹主耶律德光，曾夢一神人從天而下，莊容與語道：「石郎使人喚汝，汝宜速去！」及醒後，轉告述律太后，太后以為夢兆無憑，不足注意。及敬瑭使至，覽表大喜，慨然允諾。入白述律太后道：「夢兆已驗，天意早使我援石郎呢！」述律太后也即喜慰，因打發回書，仍令原使賚還，約言秋高馬肥，當傾國入援。敬瑭得書，稍稍放懷，唯整繕兵備，固守城濠。

過了數日，張敬達率軍大至，來攻晉陽。敬瑭授劉知遠為馬步軍指揮使，所有安重榮、張萬迪諸降將，悉歸節制。知遠用法無私，不分新舊，因此士心歸附，俱樂為用。敬瑭身披重甲，親自登城，任他城下各軍，飛矢投石，一些兒沒有畏縮，只是坐鎮城樓。知遠在旁進言道：「觀敬達輩無他奇策，不過深溝高壘，為持久計，願明公分道遣使，招撫軍民，免得與我為難。若守城尚是容易，知遠一人，已足擔當，請公勿憂！」敬瑭握知遠手，且撫背道：「得公如此，我自無憂了。」

遂下城自去辦事，一切守城計畫，悉委知遠。

知遠日夕不懈，小心拒守，張敬達屢攻不下。那催督攻城的朝使，卻一再至軍，嗣又令呂琦犒師。兵馬副使楊光遠語琦道：「願附奏皇上，幸寬宵旰，賊若無援，旦夕當平，就使契丹兵到來，亦可一戰破敵呢！」談何容易。琦返報唐主從珂，從珂很是欣慰。偏偏過了旬日，未見捷報，免不得再下詔諭，飭諸軍速攻晉陽。敬達恰也心焦，四面圍攻，適值秋雨連綿，營壘多被沖壞，長圍竟不能合。晉陽城中，糧儲日罄，也不免焦急起來，專望契丹入援。

契丹主耶律德光，如約出師，號令軍前道：「我非為石郎興兵，乃奉天帝敕使，汝等但踴躍前進，必得天助，保無他患！」可見夢兆之言，或由德光設詞欺眾，並非果有此事。軍士齊聲應命，共得五萬鐵騎，浩蕩南來，揚言大兵三十萬，從揚武谷趨入，直達晉陽，列營汾北。德光先遣人通報敬瑭道：「我今日即擬破敵，可好麼？」敬瑭亟遣人馳告德光，謂南軍勢盛，未可輕戰，不如待至明日。使人方去，遙聞鼓角齊鳴，喊聲大震，料知兩邊已經交鋒，忙令劉知遠帶著精兵，出城助戰。

說時遲，那時快，契丹主德光，已遣輕騎三千，進薄張敬達大營。敬達早已防著，見來兵皆不被甲，縱馬亂闖，還道他輕率不整，便盡出營兵搦戰，一場驅逐，把契丹兵趕至汾曲，契丹兵涉水自去。唐兵尚不肯舍，沿岸追擊，那知蘆葦中盡是伏兵，幾聲胡哨，盡行突出，將唐兵沖做數截。唐步兵已追過北岸，多為所殺，唯騎兵尚在南岸，一齊引退。敬達忙收軍回營，營內忽突出一彪人馬，首先一員大將，躍馬橫槍，大聲呼道：「張敬達休走，劉知遠已守候多時了。」敬達不覺著忙，急率敗軍南遁，又被追兵掩殺一陣，傷亡約萬餘人。

晉陽解圍，敬瑭即整備羊酒，親出犒契丹兵士。見了契丹主德光，行過臣禮。德光用手攙扶，且語敬瑭道：「會面很遲，今日是君臣父子，幸得相會，也好算是盛遇了！」敬瑭拜謝，認虜為父已出不情，況敬瑭年齡當比德光為長，奈何以父禮事之！起身復問道：「皇帝遠來，士馬疲倦，驟與唐兵大戰，竟得大勝，這是何因？」德光大笑道：「聞汝帶兵多年，難道尚未知兵法麼？」樂得嘲笑。敬瑭懷慚，只好側身恭聽。正是：

戰敗適形中國弱，兵謀竟讓外夷優。

畢竟德光如何說法，且看下回續敘。

有從珂之弒君篡位，必有石敬瑭之叛命興師，以逆召逆，非特天道，人事亦如是耳。從珂，明宗之養子也。敬瑭，明宗之愛婿也。養子得之，何如愛婿得之。從珂因而忌敬瑭，敬瑭亦因之拒從珂。薛文遇謂河東移亦反，不移亦反，原是確論，但不結契丹以制河東之死命，徒激之使反，果何益乎？敬瑭急於叛命，甘臣契丹。稱臣不足，繼以稱子，稱子不足，繼以割燕雲十六州，劉知遠諫阻不從，卒使十六州人民，淪入夷狄，敬瑭之罪，莫大於此。故其叛從珂也，情尚可原，而其引契丹人中國也，罪實難恕。敬瑭其五代時之禍首乎！

第二十八回　契丹主冊立晉高祖述律後笑罵趙大王

卻說契丹主耶律德光，因石敬瑭問及兵謀，便笑答道：「我出兵南來，但恐雁門諸路，為唐軍所阻，扼守險要，使我不得進兵。嗣使人偵視，並無一卒，我知唐無能為，事必有成，所以長驅深入，直壓唐營。我氣方銳，彼氣方沮，若非乘勢急擊，坐誤事機，勝負轉未可知了。這乃是臨機應變，不能與勞逸常理，一般評論哩。」敬瑭很是嘆服，便與德光會師，進逼唐軍。

張敬達等奔至晉安寨，收集殘兵，閉門固守，當被兩軍圍住，幾乎水洩不通。敬達檢點兵卒，尚不下五萬人，戰馬亦尚存萬匹，怎奈士無鬥志，無故自驚，敬達也自知難恃，忙遣使從間道馳出，齎表入京，詳告敗狀，並乞濟師。唐主從珂，當然惶急，更命都指揮使符言饒，率洛陽步騎兵，出屯河陽，天雄節度使范延光，盧龍節度使趙德鈞，耀州防禦使潘環，三路進兵，共救晉安寨。一面下敕親征。次子雍王重美入奏道：「陛下目疾未痊，不宜遠涉風沙，臣兒雖然幼弱，願代陛下北行！」從珂巴不得有人代往，既得重美奏請，即欲依議，尚書張延朗及宣徽使劉延朗等入諫道：「河東聯絡契丹，氣焰正盛，陛下若不親征，恐士卒失望，轉誤大事。還請陛下三思！」從珂不得已，自洛陽出發。

途次語宰相盧文紀道：「朕素聞卿有相才，所以重用，今禍難至此，卿可為朕分憂否？」文紀無言可答，唯惶恐拜謝。及進次河陽，再由從珂召集群臣，諮詢方略。文紀才進言道：「國家根本，實在河南，胡兵忽來忽往，怎能久留？晉安大寨甚固，況已發三路兵馬，剋日往援，兵厚力集，不難破敵。河陽系天下津要，車駕可留此鎮撫南北，且遣近臣前往督戰，就使不得解圍，進亦未晚。」善承意旨，總算相才。

張延朗亦插入道：

「文紀所言甚是，請陛下準議便了。」

看官聽著！張延朗曾勸駕親征，為什麼到了中途，驟然變計？他因忠武節度使趙延壽，隨駕北行，兼掌樞務，大權為彼所握，自己未免失勢。此時聞文紀請遣近臣，正好將他派往，免得爭權，因此竭力贊成。到此還要傾軋，可嘆可恨！從珂怎識私謀，還道兩人愛己，只是點首。待延朗說畢，乃問何人可派往督戰，延朗又開口道：「趙延壽父德鈞，率盧龍兵赴難，陛下何不遣延壽往會，乘便督戰。」從珂遲疑未答，翰林學士須昌、和凝等，一同慫恿，方命延壽率兵二萬，前往潞州。延壽領命去訖。

從珂數日不接軍報，因復出次懷州，遍諭文武官僚，令他設謀拒敵。各官吏多半無能，想不出甚麼計策，唯吏部侍郎龍敏，上書獻議道：「河東叛命，全仗契丹幫助，契丹主傾國入寇，內顧必然空虛，臣意請立李贊華為契丹主，派天雄、盧龍二鎮，分兵護送，自幽州直趨西樓，令他自亂。朝廷不妨露檄說明，使契丹主內顧懷憂，回兵備變，然後命行營將士，簡選精銳，從後追擊，不但晉安可以解圍，就是寇叛亦不難掃滅，這乃是出奇搗虛的上計。」確是良策。從珂卻也稱妙，偏宰相盧文紀等，謂契丹太后，素善用兵，國內不致無備，反多使二鎮將士，送命沙場，因是議久不決，從珂反弄得毫無主張，但酣飲悲歌，得過且過。

群臣或又勸從珂北行，從珂道：「卿等勿言石郎，使我心膽墮地！」想是天奪其魄，所以索然氣餒。於是群臣箝口，相戒勿言。獨趙德鈞上表行在，願調集附近兵馬，自救晉安寨，從珂總道他忠心為國，優詔傳獎，且命他為諸道行營都統。趙延壽為河東道南面行營招討使，父子在潞州相見，延壽便將所部二萬人，盡付德鈞。天雄節度使范延光，正奉命出屯遼州，德鈞欲並延光軍，延光不從，德鈞即逗留潞州，延挨不進。從珂一再敦促，未聞受命。又是一個變臉。乃遣呂琦賜德鈞手敕，並齎金帛犒師，德鈞乃引軍至團柏，屯營谷口，再行觀望。

契丹主耶律德光，進兵榆林，所有輜重老弱，留住虎北口，相機行事，勝即進，敗即退。趙延壽欲探知消息，出兵掩擊，入白德鈞，德鈞笑道：「汝尚未知我來意麼？我且為汝表奏行在，請授汝為成德節度使，若得旨俞允，我父子姑效忠朝廷，否則石氏稱兵，欲圖河南，我難道不能行此麼？」延壽頗怨及延朗，也樂得依了假父，即日上表，略言臣德鈞奉命遠征，幽州勢孤，欲使延壽往駐鎮州，以便接應，請朝廷暫假旌節云云。從珂得表，面諭來使道：「延壽方往擊賊，何暇移駐鎮州，俟賊平後，當如所請。」來使返報德鈞。德鈞又復上表，堅請即日簡命。從珂大怒道：「趙氏父子，必欲得一鎮州，究為何意？他能擊卻胡寇，雖入代朕位，朕亦甘心。若徒玩寇要君，恐犬兔俱斃，難道畀一鎮州，便能永遠富貴麼？」遂叱回來使，不允所請。

德鈞聞報，即遣幕客厚齎金帛，往賂契丹。契丹主德光，問他來意，幕客便進言道：「皇帝率兵遠來，非欲得中國土地，不過為石郎報怨。但石郎兵馬，不及幽州，今幽州鎮帥趙德鈞，願至皇帝前請命；如皇帝肯立德鈞為帝，德鈞兵力，自足平定洛陽，將與貴國約為兄弟，永不渝盟。石氏一面，仍令常鎮河東，皇帝不必久勞士卒，盡可整甲回國，待德鈞事成，再當厚禮相報。」這番言語，卻把德光哄動起來。暗思自己深入唐境，晉安未下，德鈞尚強，范延光出屯遼州，倘或歸路被截，反致腹背受敵，陷入危途，不若姑允所請，一來可賣情德鈞，二來仍保全石郎，取了金帛，安然歸國，也可謂不虛此行了。便留住德鈞幕客，徐與定議。

早有敬瑭探馬，報知敬瑭。敬瑭大驚，忙令桑維翰謁見德光。德光傳入，由維翰跪告道：「皇帝親提義師，來救孤危，汾曲一戰，唐兵瓦解，退守孤寨，食盡力窮，轉眼間即可掃滅。趙氏父子，不忠不信，素蓄異圖，部下皆臨期召集，更不足畏，彼特懼皇帝兵威，權詞為餌，皇帝怎可信他詭言，貪取微利，坐隳大功。且使晉得天下，將盡中國財力，奉獻大國，豈小利所得比呢！」德光半晌答道：「爾曾見捕鼠否？不自防備，必致嚙傷，況大敵呢！」維翰又道：「今大國已扼彼喉，怎能嚙人！」德光道：「我非背盟，不過兵家權謀，知難乃退。況石郎仍得永鎮河東，我也算是保全他了。」維翰急答道：「皇帝顧全信義，救人急難，四海人民，俱系耳目，奈何一旦變約，反使大義不終，臣竊為陛下不取哩。」德光尚未肯允，經維翰跪在帳前，自旦至暮，涕泣固爭，說得德光無詞可駁，只好屈志相從。便召出德鈞幕客，指著帳外大石，且示且語道：「我為石郎前來，石爛乃改此心。汝去回報趙將軍，他若曉事，且退兵自守，將來不失一方面，否則盡可來戰！」

德鈞幕客，料知不便再說，只好辭歸。

德光乃使維翰返報敬瑭，敬瑭即至契丹軍營，親自拜謝。但管自己，不管子孫，真正何苦！德光喜道：「我千里來援，總要成功方去。觀汝氣貌識量，不愧中原主，我今便立汝為天子，可好麼？」敬瑭聞言，好似暖天吃雪，非常涼快。但一時不好承認，只得推辭道：「敬瑭受明宗厚恩，何忍遽忘？今因潞王篡國，恃強欺人，致煩皇帝遠來，救危紓難。若自立為帝，非但無以對明宗，並且無以對大國！此事未敢從命！」德光道：「事貴從權，立汝為帝，方使中國有主，何必固辭！」敬瑭含糊答應，但言回營再議。

既返本營，諸將佐已知消息，當然奉書勸進。遂在晉陽城南，築起壇位，先受契丹主冊封，命為晉王。然後擇吉登壇，特於唐清泰三年十一月間，行即位禮。屆期這一日，契丹主德光，自解衣冠，遣使齎授，並給冊命。相傳冊中詞句，因夷夏不同，特命桑維翰主稿，冊文有云：

維天顯九年。天顯系契丹年號，見前文。歲次丙申，十一月丙戌朔，十二日丁酉，大契丹皇帝若曰：於戲！元氣肇開，樹之以君，天命不恆，人輔以德。故商政衰而周道盛，秦德亂而漢圖昌。人事天心，古今靡異。咨爾子晉王，神鍾睿哲，天贊英雄，葉夢日以儲祥，應澄河而啟運。迨事數帝，歷試諸艱。武略文經，乃由天縱，忠規孝節，固自生知。猥以眇躬，奄有北土，暨明宗之享國也，與我先哲王保奉明契，所期子孫順承，患難相濟，丹書未泯，白日難欺。顧予纂承，匪敢失墜，爾維近戚，實系本支，所以予視爾若子，爾待予猶父也。朕昨以獨夫從珂，本非公族，竊據寶圖，棄義忘恩，逆天暴物，誅翦骨肉，離間忠良，聽任矯訣，威虐黎獻，華夷震悚，內外崩離。知爾無辜，為彼致害，敢征眾旅，來逼嚴城。雖併吞之志甚堅，而幽顯之情何負！達於聞聽，深激憤驚，乃命興師，為爾除患。親提萬旅，遠殄群雄，但赴急難，罔辭艱險。果見神祇助順，卿士協謀，旗一麾而棄甲平山，鼓三作而殭屍遍野。雖已遂予本志，快彼群心，將期稅駕金河，班師玉塞。矧今中原無主，四海未寧，茫茫生民，若墜塗炭。況萬幾不可以暫廢，大寶不可以久虛，拯溺救焚，當在此日。爾有庇民之德，格於上下；爾有戡難之勛，光於區宇；爾有無私之行，通乎神明；爾有不言之信，彰乎兆庶。予懋乃德，嘉乃不績，天之曆數在爾躬，是用命爾，當踐皇極。仍以爾自茲並士，首建義旗，宜以國號曰晉。朕永與為父子之邦，保山河之誓。於戲！誦百王之闕禮，行茲盛典，成千載之大義，遂我初心。爾其永保兆民，勉持一德，慎乃有位，允執闕中，亦唯無疆之休，其誡之哉！中國主子，受外夷冊封，史不多見，故錄述全文。

敬瑭登壇，拜受冊命，並接過衣冠，穿戴起來。好一個不華不夷的主子，南面就座，受部臣朝賀。禮畢乃鼓吹而歸。當時附和諸臣，又盛言符讖，托為符瑞。相傳朱梁開國時，壺關縣庶穰鄉中，有鄉人伐樹，樹分兩片，中有六字云：「天十四載石進。」潞州行營使李思安，呈報梁主朱溫，溫令大臣考察，均不能解。乃藏諸武庫。至敬瑭稱帝，遂有人強為解釋，謂天字兩旁，取四字旁兩畫加入，便成丙字，四字去中間兩畫，加入十字，便成申字。如此牽強，無不可解。這就是應在丙申年。《周易》晉卦彖辭，有晉者進也一語，國號大晉，豈非明驗。又當晉陽受困時，城中北面，有毗沙門天王祠，夤夜獻靈，金甲執殳，巡行城上，既而不見，內外俱驚為神奇。牙城內有崇福坊，坊西北隅有泥神，首上忽出現煙光，如曲突狀。詢諸坊憎，謂唐莊宗得國時，神首上亦曾出煙。今煙又重出，當有別應。嗣是日旁多有五色雲氣，如蓮芰狀，術士多指為天瑞。敬瑭也目為祥征，因此乘勢稱帝，號令四方。即位以後，又至番營拜謝德光，願割幽、薊、瀛、莫、涿、檀、順、新、媯、儒、武、雲、應、環、朔、蔚十六州，作為酬謝，並輸契丹歲幣三十萬匹。何其慷慨。德光自然心喜，就在營內設宴，與敬瑭歡飲而別。

敬瑭返入晉陽，即於次日御崇元殿，降制改元，號為天福。一切法制，皆遵唐明宗故事。命趙瑩為翰林學士承旨，桑維翰為翰林學士，權知樞密院事。劉知遠為侍衛馬軍都指揮使，客將景延廣為步軍都指揮使。此外文武將佐，封賞有差，冊立晉國長公主李氏為皇后，大赦天下。佈置已定，再會契丹兵攻晉安寨。

晉安寨已被圍數月，待援不至，營將高行周、符彥卿等，屢出突圍，均被契丹兵殺回，寨中芻糧俱盡，張敬達決志死守，毫無叛意。楊光遠、安審琦等，入勸敬達，謂不如投降契丹，保全一營性命。敬達怒叱道：「我為元帥，兵敗被圍，已負重罪，奈何反教我降敵呢！且援兵旦暮且至，何妨再待數日。萬一援絕勢窮，汝等可降，我卻不降，寧可刎首，俾汝等出獻番虜，自求多福，我終不願背主求榮哩！」還算忠臣。光遠斜睨審琦，意欲令他下手。審琦不忍加害，轉身趨出，告知高行周，行周也服敬達忠誠，常引壯騎為衛。敬達未識情由，反語人道：「行周嘗隨我後，意欲何為？」不識好人，終致一死。行周乃不敢相隨。楊光遠覷得此隙，屢召諸將密議，諸將常稱敬達為張生鐵，各有怨言，遂與光遠合謀，決殺敬達。詰旦敬達升帳，光遠佯稱啟事，趨至案前，拔出佩刀，竟將敬達刺死，開寨出降契丹。

契丹主德光，收納降眾，入寨檢查，尚存馬五千匹，鎧仗五萬件，悉數搬歸，交與敬瑭，並將降將降卒，亦盡歸敬瑭約束，且面諭道：「勉事爾主！」又因張敬達為忠死事，收屍禮葬，語部眾及晉諸將道：「汝等身為人臣，當傚法敬達呢！」唐馬軍都指揮使康思立，聽了此言，且慚且憤，即致病終。思立尚有人心，足愧楊光遠等。敬瑭復請命德光，會師南下。德光語敬瑭道：「桑維翰為汝盡忠，汝當用以為相。」敬瑭乃授維翰為中書侍郎，趙瑩為門下侍郎，並同平章事，賜號推忠興運致理功臣。敬瑭欲留一子守河東，亦向德光詢明。德光令盡出諸子，以便審擇。敬瑭當然遵命，令諸子進謁德光。德光仔細端詳，見有一人貌類敬瑭，雙目炯炯有光，即指示敬瑭道：「此兒目大，可任留守。」敬瑭答道：「這是臣養子重貴。」德光點首，乃令重貴留守太原，兼河東節度使。看官聽說！這重貴是敬瑭兄敬儒子，敬儒早卒，敬瑭頗愛重貴，視若己兒，就是後來的出帝。

晉陽既有人把守，遂由德光下令，遣部將高謨翰為先鋒，用降卒前導，迤邐進兵，自與敬瑭為後應。前鋒到了團柏，趙德鈞父子，未戰先遁。符彥饒、張彥琪、劉延朗、劉在明各將吏，本皆由從珂遣往救應，至是亦相繼潰散。士卒自相踐踏，傷亡無算，再經契丹兵從後尾擊，殺得唐軍屍橫遍野，血流成渠。及德光、敬瑭至團柏谷口，唐軍早不知去向，僅剩得一片荒郊，枯骨纍纍了。

唐主從珂，留寓懷州，尚未得各軍消息，至劉延朗、劉在明等，狼狽奔還，方知晉安失守，團柏又潰，敬瑭已自稱帝，楊光遠等統皆叛去，急得神色倉皇，不知所措。眾議天雄軍未曾交戰，軍府遠在山東，足遏敵氛，不如駕幸魏州，再作計較。從珂也以為然。但因學士李崧，素與范延光友善，乃召崧入議。薛文遇未知情由，亦踵跡入見，從珂勃然變色。崧料知為著文遇，急躡文遇靴尖，文遇會意，慌忙退出。從珂乃語崧道：「我見此物，幾乎肉顫，恨不拔刀刺死了他！」本是賢佐，奈何欲將他刺死？崧答道：「文遇小人，淺謀誤國。何勞陛下親自動手！」從珂怒意少解，始與崧議東幸事。崧謂延光亦未必可恃，不如南還洛陽。從珂依議，遂諭令起程還都。

洛陽人民，聞北軍敗潰，車駕遁還，頓時謠言四起，爭出逃生。門吏稟請河南尹重美，出令禁止，重美道：「國家多難，未能保護百姓，倘再欲絕他生路，愈增惡名，不如聽他自便罷！」乃縱令四竄，眾心少安。

從珂自懷州至河陽，聞都下有慌亂情形，也不敢遽返，且在河陽暫住，命諸將分守南北城。一面遣人招撫潰將，為興復計。那知人心瓦解，眾叛親離，諸道行營都統趙德鈞，與招討使趙延壽，已迎降契丹，被耶律德光拘送西樓去了。原來德鈞父子，奔至潞州，敬瑭先遣降將高行周，勸令迎降，德鈞到也樂從。既而敬瑭與德光同至潞州，德鈞父子，即迎謁高河。德光尚好言慰諭，唯敬瑭掉頭不顧，任他謁問，始終不與交言。德光知兩下難容，乃將德鈞父子，送解西樓。

德鈞見述律太后，把所齎寶貨，及田宅冊籍進獻。述律太后問道：「汝近日何故往太原？」德鈞道：「奉唐主命。」述律太后指天道：「汝從吾兒求為天子，奈何作此妄語？」說著，又自指胸前道：「此心殊不可欺哩！」德鈞俯伏在地，不敢出聲。至此亦知愧悔否？述律太后又說道：「我兒將行，我曾誡我兒云：『趙大王若伺我空虛，北向渝關，汝急宜引歸，自顧要緊！太原一方的成敗，管不得許多了。』汝果欲為天子，俟擊退我兒，再行打算，也不為遲。汝本為人臣，既不思報主，又不能擊敵，徒欲乘亂徼利，不忠不義，尚有甚麼面目，來此求生呢？」爽快之至，讀至此應浮一大白！德鈞嚇得亂抖，只是叩首乞哀。述律太后又問道：「貨物在此，田宅何在？」德鈞道：「在幽州。」述律太后道：「幽州今屬何人？」德鈞道：「現屬太地上無隙，不能鑽入。還是述律太后大發慈悲，令暫拘獄中，俟德光回來，再行發落。可憐德鈞至此，又不能不磕頭稱謝，退至番獄待罪。及德光北歸，才將他父子釋出。德鈞怏怏而亡，延壽卻得為翰林學士。小子有詩嘆道：

番婦猶知忠義名，如何華冑反偷生！
虜廷俯伏遭呵責，可有人心抱不平！

欲知耶律德光何時歸國，容至下回敘明。

從珂以驍勇著名，乃石郎一反，即致心膽墜地，是非前勇而後怯也，蓋未得富貴以前，冒險進取，雖死不顧，故能以百戰成名。既得富貴以後，志願既盈，其氣漸衰，故轉至一蹶不振。且也從珂得國，由於篡竊而來，不意石郎之起而議其後，自問心虛，益致氣餒。而當時文武將佐，又屬朝秦暮楚，成為習慣，四顧無一人可恃，安能不為之沮喪也。唯石敬瑭乞憐外族，恬不知羞，同一稱臣，何如不反，既已為帝，奈何受封，雖為唐廷所迫，不能不倒行逆施，然名節攸關，豈宜輕隳！謀之不臧，非特貽害子孫，抑且淪陷民族，惜不令述律太后，以責趙德鈞者責石敬瑭，而竟使其靦為民上也。

第二十九回　一炬成灰到頭孽報　三帥叛命依次削平

卻說晉王石敬瑭，既入潞州，即欲引軍南向。契丹主耶律德光，意欲北歸，乃置酒告別，舉杯語敬瑭道：「我遠來赴義，幸蒙天佑，累破唐軍。今大事已成，我若南向，未免驚擾中原，汝可自引漢兵南下，省得人心震動。我令先鋒高謨翰，率五千騎護送，汝至河梁，尚欲謨翰相助，可一同渡河，否則亦聽汝所便。我且留此數日，候汝好音，萬一有急，可飛使報我，我當南來救汝！若洛陽既定，我即北返了。」敬瑭很是感激，與德光握手，依依不捨，泣下沾襟。亦知德光之為胡酋否？德光亦不禁淚下，自脫白貂裘，披住敬瑭身上。且贈敬瑭良馬二十匹，戰馬千二百匹，並與訂約道：「世世子孫，幸勿相忘！」敬瑭自然應命。德光又說道：「劉知遠、趙瑩、桑維翰，統是汝創業功臣，若無大故，不得相棄！」敬瑭亦唯唯遵教。隨即拜別德光，與契丹將高謨翰，進逼河陽。

唐都指揮使符彥饒、張彥琪等，自團柏敗還，密白唐主從珂道：「今胡兵得勢，即日南來，河水復淺，人心已離，此處斷不能固守，不如退歸洛都。」從珂乃命河陽節度使萇從簡，與趙州刺史趙在明，協守河陽南城，自斷浮橋歸洛陽。遣宦官秦繼旻，與皇城使李彥紳，突至李贊華第中，將他擊死，聊自泄忿。哪知石敬瑭一到河陽，萇從簡馬上迎降，且代備舟楫，請敬瑭渡河，一面執住刺史劉在明，送入敬瑭營中。敬瑭釋在明縛，令復原官，遂渡河向洛陽進發。

唐主從珂，亟命都指揮使宋審虔、符彥饒，及節度使張彥琪，宣徽使劉延朗，率千餘騎至白馬阪，巡行戰地，準備駐守。忽見晉軍渡河而來，約有五千餘騎，登岸先驅，符彥饒等已相顧駭愕，共語審虔道：

「何地不可戰？何苦在此駐營，首當敵衝！」說著，便即馳還。審虔獨力難支，也即退歸。從珂見四將還朝，尚是痴心妄想，與議恢復河陽，四將面面相覷，不發一言。迎新送舊，已成常態。

那警報如雪片傳來，不是說敵到某處，就是說某將迎敵，最後報稱是胡兵千騎，分扼澠池，截住西行要路，從珂方仰天嘆道：「這是絕我生機了！」既有今日，何必當初！遂返入宮中，往見曹太后、王太妃，潸然淚下。王太妃不待說出，已知不佳，便語曹太后道：「事已萬急，不如權時躲避，聽候姑夫裁奪！」太后道：「我子孫婦女，一朝至此，我還有何顏求生，妹請早自為計！」曹太后亦有呆氣，何不死於從厚時，而獨為養子死耶？王太妃乃搶步趨出，帶了許王從益，竄往球場去了。

從珂奉著曹太后，並挈皇后劉氏，及次子雍王重美，並都指揮使宋審虔等，攜傳國寶，登玄武樓，積薪自焚。劉皇后回顧宮室，語從珂道：「我等將葬身火窟，還留宮室何用？不如一同毀去，免入敵手！」婦人心腸，究比男子為毒。重美在旁諫阻道：「新天子入都，怎肯露居！他日重勞民力，死且遺怨，亦何苦出此辣手哩！」於是後議不行，就在玄武樓下，縱起火來。一道煙焰，直衝霄漢，霎時間火烈樓崩，所有在樓諸人的靈魂，統隨了祝融氏馳往南方去了。

從珂一死，都城各將吏，統開城迎降，解甲待罪。晉主石敬瑭，即率兵入都，暫居舊第。命劉知遠部署京城，撲滅玄武樓餘火，禁止侵掠，使各軍一律還營。所有契丹將卒留館天宮寺中，全城肅然，莫敢犯令。從前竄匿諸人民，數日皆還，悉復舊業。當由晉主下詔，促朝官入見，文武百官，俱在宮門外謝恩。車駕乃移入大內，御文明殿，受群臣朝賀，用唐禮樂，大赦天下。唯從珂舊臣張延朗、劉延浩、劉延朗三人，罪在不赦，應正典刑。延浩自縊，兩延朗皆處斬。追謚鄂王從厚為閔帝，改行禮葬，閔帝妃孔氏為皇后，祔葬閔帝陵。並為明宗皇后曹氏舉哀，輟朝三日，拾骨安埋。覓得王德妃及許王從益，迎還宮中。妃自請為尼，晉主不許，引居至德宮，令皇后隨時省問，事妃若母。封從益為郇國公，獨廢故主從珂為庶人。或取從珂髕及髀骨以獻，乃命用王禮瘞葬。從珂享年至五十一歲，史家稱為廢帝。總計後唐，自莊宗起，至廢帝止，四易主，三易姓，只過了十三年。

後唐已亡，變作後晉，仍用馮道同平章事，盧文紀為吏部尚書，周瓌為大將軍，充三司使。符彥饒為滑州節度使，萇從簡為許州節度使，劉凝為華州節度使，張希崇為朔方節度使，皇甫遇為定州節度使，餘鎮多沿用舊帥。命皇子重乂為河南尹。追贈皇弟敬德、敬殷為太傅，皇子重英、重裔為太保。改興唐府為廣晉府，唐莊宗晉陵為伊陵。餞契丹將士歸國，送回李贊華喪，封贈燕王。前學士李崧、呂琦，逃匿伊闕，晉主聞他多才，赦罪召還，授琦為祕書監，崧為兵部侍郎，兼判戶部。尋且擢崧為相，充樞密使。桑維翰兼樞密使。

時晉主新得中原，藩鎮未盡歸服，就使上表稱賀，也未免反側不安。再加兵燹餘生，瘡痍未復，公私兩困，國庫空虛，契丹獨徵求無厭，今日索幣，明日索金，幾乎供不勝供，屢苦支絀。維翰勸晉主推誠棄怨，厚撫藩鎮，卑辭厚禮，敬事契丹，訓卒繕兵，勤修武備，勸農課桑，藉實倉廩，通商惠工，俾足財貨，因此中外歡洽，國內粗安。

契丹主耶律德光，聞晉主已經得國，當即北還，道出雲州，節度使沙彥珣出迎，為德光所留。城中將吏，奉判官吳巒，管領州事，閉城拒寇。德光自至城下，仰呼吳巒道：「雲州已讓歸我屬，奈何拒命？」言未已，忽有一箭射下，險些兒穿通項領。幸虧閃避得快，才將來箭撇過一旁，德光大怒，立命部眾攻城，城上矢石如雨，反擊傷許多番兵，一連旬日，竟不能下。倒是一位硬漢子。德光急欲歸國，乃留部將圍攻，自己帶領親卒，奏凱而回。吳巒固守至半年，尚不稍懈，但苦城孤糧竭，不得已遣使至洛，乞即濟師。晉主不便食言，一面致書契丹，請他解圍，一面召還吳巒，免他作梗，契丹兵果解圍引去，巒亦奉召入都，晉主令為寧武軍節度使。還有應州指揮使郭崇威，亦恥臣契丹，挺身南歸。十六州土地人民，悉數割與契丹。中國外患，從此迭發，差不多有三百年，這都是石晉釀成大禍呢！痛乎言之！

盧龍節度使盧文進，自思為契丹叛將，恐契丹向晉索捕，乃棄鎮奔吳。文進歸唐見前文。吳徐知誥方謀篡國，引為己用，當時中原多故，名士耆儒，多拔身南來。知誥預使人招迎淮上，贈給厚幣。既至金陵，即縻以厚祿，客卿多樂為效用。知誥又陰察民間，遇有婚喪乏貲，輒為賙恤。盛暑不張蓋操扇，嘗語左右道：「士眾尚多暴露，我何忍用此！」士民為所籠絡，相率歸心。他因生時曾得異征，有一赤蛇從梨中出，走入母劉氏榻下，劉氏就此得孕，滿月而產。及為楊行密所掠，令拜徐溫為義父，溫又夢得一黃龍，所以特別垂愛。為此種種徵兆，遂靠了養父餘烈，牢籠人士，日思篡吳。

吳王楊溥，尚無失德，知誥苦無隙可乘，乃陽請歸老金陵，留子景通為相，暗中卻囑使右僕射宋齊邱，勸吳王溥徙都金陵。不懷好意。吳人多不願遷都，溥亦無心移徙，仍遣齊邱往諭知誥，罷遷都議。知誥計不得逞，再令屬吏周宗馳詣廣陵，諷吳王傳禪。齊邱獨以為未可，請斬宗以謝吳人，因黜宗為池州刺史。既而節度副使李建勳，及司馬徐玠等，屢陳知誥功業，應早從民望，乃復召宗為都押牙，封知誥為東海郡王，嗣復加封尚父太師大丞相天下兵馬大元帥，進封齊王。

知誥復忌吳王弟臨川王濛，誣他藏匿亡命，擅造兵器，竟降濛為歷陽公，幽錮和州，令控鶴軍使王宏監守。濛突出殺宏，奔往廬州，欲依節度使周本。本子祚將濛執住，解送金陵，為知誥所殺。知誥遂開大元帥府，自置僚屬。閩越諸國，皆遣使勸進。那時吳王楊溥已成贅瘤，樂得推位讓國。把乃父傳下的土地人民，悉數交給，即遣江夏王璘奉冊寶至金陵，禪位齊王。知誥建太廟社稷，改金陵為江寧府，即皇帝位，改吳天祚三年為升元元年，國號大齊。尊吳王溥為高尚思玄弘古讓皇帝，上冊自稱受禪老臣。用宋齊邱、徐玠為左右丞相，周宗、周廷玉為內樞密使，追尊徐溫為太祖武皇帝。溫子知詢，與知誥未洽，已被褫官。獨知詢弟知證、知諤，素與知誥親睦，因封知證為江王，知諤為饒王。且以知字應該避嫌，不如自將知字除去，單名為誥。吳太子璉，嘗娶誥女為妃，宋齊邱請與絕婚，且遷讓皇溥居他州。誥遂徙讓皇溥至潤州丹陽宮，派兵防守，陽稱護衛，陰實管束。降吳太子璉為弘農郡公，封璉妃即誥女。為永興公主。可憐楊溥父子，抑鬱成疾，父死丹陽宮，子死池州康化軍。得保首領，還是大幸。就是這位皇女永興公主，也朝夕悲切，聞宮人呼公主名，越多涕淚，漸漸的形瘵骨瘦，也致病終。

誥立宋氏為皇后，子景通為吳王，改名為璟。徐氏子知證、知諤，請誥複姓，誥佯為謙抑，只言不敢忘徐氏恩。旋經百官申請，乃複姓李氏，改名為昪。自言為唐憲宗子建王恪四世孫，因再易國號為唐，立唐高祖太宗廟，追尊四代祖恪為定宗，曾祖超為成宗，祖志為惠宗，父榮為慶宗。奉徐溫為義祖。以江寧為西都。廣陵為東都。廬州節度使周本，亦曾至金陵勸進，歸途自嘆道：「我不能聲討逆臣，報楊氏德，老而無用，還有何顏事二姓呢？」返鎮未幾，即至去世。既知自愧，何必勸進？

自李昪改國號為唐，史家恐與唐朝相混，特標明為南唐。先是江南童謠云：「東海鯉魚飛上天」。至是南唐大臣，趁勢附會，謂鯉李音通，東海系徐氏祖籍，李昪過養徐氏，乃得為帝，這便是童謠的應驗。又江西有楊花一株，變成李花，臨川有李樹生連理枝，相傳為李昪還宗預兆。江州陳氏，宗族多至七百口，仍不析居，每食必設廣席，長幼依次，坐食。又畜犬百餘，也共食一牢，一犬不至，諸犬不食。當時稱為德政所及，因有此瑞。州縣有司，采風問俗，報明孝子悌弟，不下百數，五代同居，共計七家，由李昪頒下制敕，旌表門閭，蠲免役賦。這也無非是鋪張揚厲，粉飾承平罷了。抹倒一切。

事且慢表，且說天雄軍節度使范延光，聞晉軍入洛，自遼州退歸魏州，及晉主頒敕招撫，不得已奉表請降。但事出強迫，未免陽奉陰違。他未貴顯時，曾有術士張生，與談命理，謂他日必為將相。至張言果驗，特別信重。又嘗夢蛇入腹，仍要張生詳夢，張生謂蛇龍同種，將來可做帝王。蛇鑽七竅，還有何吉。嗣是侈然自負，陰懷非望。因唐主從珂，素加厚待，一時不忍負德，所以蹉跎過去。到了石晉開國，還有什麼顧戀，不過倉猝發兵，恐非晉敵，乃虛與周旋，敷衍面子，暗中致齊州防禦使祕瓊書，欲與為亂。瓊得書不報，延光恐他密報晉主，使人伺瓊，乘他因事出城，把他刺死。隨即聚卒繕兵，意圖作亂。

晉主聞知消息，頗以為憂。桑維翰請晉主徙都大梁，且獻議道：「大梁北控燕趙，南通江淮，是一個水陸都會，資用很是富足。今延光反形已露，正好乘時遷都。大梁距魏，不過十驛，彼若有變，即可發兵往討，迅雷不及掩耳，庶可制彼死命！」晉主稱善，遂託詞東巡，出發洛都。留前朔方節度使張從賓為東都巡檢使，輔皇子重乂居守，自挈后妃等赴汴。沿途由百官扈蹕，安安穩穩，到了大梁。下詔大赦，進封鳳翔節度使李從曮為岐王，平盧節度使王建立為臨淄王，兩人是范延光陪賓。就是將反未反的范延光，也加封臨清王，權示羈縻。

延光得了王爵，也把反意一半打消。偏左都押牙孫銳，與澶州刺史馮暉合謀，屢勸延光發難。延光尚是躊躇，會有病恙，不能視事，銳竟擅上表章，詆斥朝廷。及延光得知，使人已經出發，不能追回。乃召銳面詢，銳本延光心腹，久知一切底細，便伸述延光夢兆，催他乘機發難，必得成功。否則何至速死！延光又覺心熱，遂依了銳計，遣兵渡河，焚劫草市。

滑州節度使符彥饒，據實奏聞。當由晉主調動兵馬，令馬軍都指揮使白奉進，率騎兵千五百人，出屯白馬津。再命東都巡檢使張從賓為魏府西南面都部署，續派侍衛都軍使楊光遠，率步騎萬人屯滑州。護聖都指揮使杜重威，率步騎五千屯衛州。那知人情變幻，不可預料，西南面都部署張從賓，出兵討魏，反為延光所誘，也一同造起反來。

晉主方令楊光遠為魏府四面都部署，以從賓為副。忽聞此報，急調杜重威移師往討。重威未及移兵，從賓已還陷河陽，殺死節度使皇子重信，再入洛陽，殺死東都留守皇子重乂，並進兵據汜水關，將逼汴州。有詔令都指揮使侯益，統禁兵五千，會同杜重威，往擊從賓，並飭宣徽使劉處讓，從黎陽分兵會討。遠水難救近火，急得汴城裡面，烽火驚心，從官無不驚懼。獨桑維翰指畫軍事，從容不迫，神色自如。晉主戎服戒嚴，密議奔往晉陽。奪位時非常踴躍，即位後非常膽怯，這都為富貴所誤。維翰叩頭苦諫道：「賊烽雖盛，勢不能久，請少待數日，不可輕動！」晉主乃止，但促各軍分頭進剿。

白奉進至滑州，與符彥饒分營駐紮。軍士有乘夜掠奪，由奉進遣兵出捕，共得五人，三人系奉進部下，二人系彥饒部下，奉進盡令斬首，然後通知彥饒。彥饒以奉進不先關白，很覺不平，奉進乃率數騎至彥饒營，婉言謝過。彥饒道：「軍中各有部分，公奈何取滑州軍士，擅加誅戮！難道不分主客麼？」奉進也不禁怒起，便勃然答道：「軍士犯法，例當受誅，僕與公同為大臣，何分彼此！況僕已引咎謝公，公尚不肯解怒，莫非欲與延光同反麼？」語亦太激。說著，拂衣竟去，彥饒並不挽留，由他自去。偏帳下甲士大噪，持刀突出，竟殺奉進。所有奉進從騎，倉皇逃脫，且走且呼。諸軍各擐甲操兵，喧噪不休。左廂都指揮使馬萬，禁遏不住，意欲從亂。巧遇右廂都指揮使盧順密，率兵出營，厲聲語萬道：「符公擅殺白公，必與魏州通謀，我等家屬，盡在大梁，奈何不思報國，反欲助亂，自求滅族呢？今日當共擒符公送天子，立大功，軍士從命有賞，違命即誅，何必再疑！」萬嘿然不答，部下且還有數人，呼躍而出，被順密麾動親軍，捕戮數人，餘眾才不敢動。萬亦只好依了順密，與都虞侯方太等，共攻牙城，一鼓即拔，擒住彥饒，令方太解送大梁，詔賜自盡。即授馬萬為滑州節度使，盧順密為果州團練使，方太為趙州刺史。楊光遠為滑州變亂，急自白皋至滑城，士卒欲推光遠為主。光遠叱道：「天子豈汝等販弄物！晉陽乞降，出自窮蹙，今又欲改圖，乃真是反賊了！」士卒始不敢再言。及抵滑城，已是風平浪靜，重見太平。乃奏請滑州平亂情形，歸功盧順密。

晉主因三鎮迭叛，不免驚惶，遂向劉知遠問計。知遠道：「陛下前在晉陽，糧不能支五日，尚成大業，今中原已定，內擁勁兵，外結強鄰，難道尚怕這鼠輩麼？願下撫將相以恩，臣等馭士卒以威，恩威並著，京邑自安，本根深固，枝葉自不致傷殘了！」確是至論。晉主轉憂為喜，委知遠整飭禁軍。知遠嚴申科禁，用法無私，有軍士盜紙錢一幞，事發被擒，知遠即令處死。左右因罪犯輕微，代求赦宥。知遠道：「國法論心不論跡，我誅彼情，豈計價值呢！」由是眾皆畏服，全城安堵。

及得楊光遠奏報，覆命光遠為魏府行營都招討使，兼知行府事。調昭義節度使高行周為河南尹，兼東都留守，授杜重威昭義節度使，充侍衛馬軍都指揮使，命侯益為河陽節度使。且因重威方在討逆，盧順密平亂有功，先調順密為昭義留後，令重威、侯益與光遠進軍討賊。光遠驅眾至六明鎮，正值魏州叛將馮暉、孫銳等，渡河前來，當即掩他不備，橫擊中流。暉與銳不能抵當，大敗走還，眾多溺死。重威、侯益乘勝至汜水，遇張從賓眾萬餘人，迎頭痛擊，俘斬殆盡。從賓慌忙西走，乘馬渡河，竟致溺死。黨與張延播、張繼祚、婁繼英等，統被擒住，送至闕下。那時還有何幸，當然身首分離，妻孥駢戮了。兩鎮既平，范延光知事不濟，歸罪孫銳，把他族誅。因貽書楊光遠，乞他代奏闕廷，情願待罪。正是：

失勢復成搖尾犬，乞憐再作磕頭蟲。

楊光遠代為奏聞，能否邀晉主允準，容待下回敘明。

俚語有云：風吹牆頭草，東吹東倒，西吹西倒。觀五代時之將吏，正與俚諺相符。從珂得勢，則歸從珂，從珂失勢，即降敬瑭，是而欲國家治安，百年不亂，其可得乎！但從珂弒鄂王，殺孔妃，及其四子，篡逆不道，隱干天誅，其舉室自焚，宜也！非不幸也！敬瑭入洛，雖未能迎立從益，昌言仗義，但奉養王德妃，仍封從益以公爵，不忘故主，猶為可取。范延光為唐大臣，不能效死於晉陽，反欲稱兵於魏博，朝降晉，夕叛晉，不忠不義，烏能成事？符彥饒、張從賓等，益等諸自鄶以下，不足譏焉。然敬瑭入洛，僅閱一年，而叛者迭起，降臣之不足信也，固如是夫！

第三十回　楊光遠貪利噬人王延義乘亂竊國

卻說晉主得楊光遠奏報，不欲遽允，仍敕光遠進攻魏州。光遠意存觀望，遇有軍事調度，輒與朝廷齟齬。晉主曲意含容，且令光遠長子承祚，尚帝女長安公主，次子承信，亦拜美官，光遠乃整軍徐進。到了魏州城下，駐立大營，亦不過虛張聲勢，遷延時日。自天福二年秋季進兵，直至次年秋季，仍不損魏州片堞。唯招降前澶州刺史馮暉，薦請授官。晉主特擢暉為義成節度使，欲借此誘勸魏州將士，偏魏州堅守如故，楊光遠曠日無功。為下文謀叛伏案。

晉主因師老民疲，沒奈何再議招撫，乃遣內職朱憲，往諭延光，許以大藩，且使朱憲傳諭道：「汝若投降，絕不殺汝，如或食言，白日在上，不得享國！」至此與設重誓，何如前日允請！延光乃顧副使李式道：「主上重信，許我不死，想不至有他慮了。」遂撤去守備，厚待朱憲，遣令歸報。憲覆命後，好幾日不得延光降表，因復遣宣徽使劉處讓往諭，申說再三，始由延光令二子入質，並派牙將奉表待罪。晉主頒賜赦書，延光素服出迎，頓首受詔。接連是恩詔迭下，改封延光為高平郡王，調任天平軍節度使，仍賜鐵券。所有延光將佐李式、孫漢威、薛霸等，各授防禦使、團練使、刺史。牙兵皆升為侍衛親軍，就是張從賓、符彥饒餘黨，一併赦罪，不再株連。未免太寬。魏州步軍都監使李彥珣，本為河陽行軍司馬，隨張從賓同反。從賓敗死，他得脫奔魏州，延光令為都監使，登城拒守。彥珣有母在邢州，為楊光遠軍捕取，推至城下，招降彥珣。彥珣拈弓搭箭，竟將老母射死。及延光復降，晉主卻令彥珣為坊州刺史。近臣言彥珣殺母，惡逆已甚，不宜輕赦。晉主道：「赦令已行，如何再改呢？」即許令莅任。叛君之罪尚可赦，弒母之罪烏可恕！晉主欲全小信，反失大義，故特揭之。授楊光遠為天雄節度使，加官檢校太師，兼中書令。光遠已恃寵生驕，嘗與宣徽使劉處讓敘談，多不平語。處讓答言朝廷處置，均由李、桑二相主議，並非出自宸斷。光遠不禁動怒道：「宰相得兼樞密，自前代郭崇韜後，無此重官。今聞李、桑二相，皆兼樞密，怪不得他獨斷獨行。主上尚肯優容，我光遠卻忍耐不下呢！」既而處讓歸朝，光遠即托呈密奏，極言執政過失。晉主明知他有意刁難，但因軍事甫平，不得已曲從所請，乃加桑維翰兵部尚書，李崧工部尚書，撤去樞密使兼職，即令劉處讓代任。光遠益加專恣，隨時上表，尚指斥宰輔不已。晉主見他跋扈，恐將來勢大難制，密與桑維翰熟商。維翰謂天雄重鎮，屢生叛亂，應析土分眾，減殺勢力。延光可使守洛陽，調虎離山，免為後患。晉主依議，即升汴州為東京，置開封府，改洛京為西京，雍京為晉昌軍，即加楊光遠為太尉，命任西京留守，兼河陽節度使。升廣晉府為鄴都，即魏州。設置留守，就命高行周調任。升相州為彰德軍，以澶、衛二州為屬郡，置節度使，由貝州防禦使王延胤升任。升貝州為永清軍，以博、冀二州為屬郡，也置節度使，由右神武統軍王周升任。自高行周以下，俱奉命蒞鎮，毫無異言。獨楊光遠怏怏失望，勉強移鎮，密貽契丹貨賂，詆毀晉室君臣。自養壯士千餘人，作為爪牙。既而誣劾桑維翰，遷除不公，與民爭利。晉主不得已出維翰鎮相州，調王延胤為義武節度使，另用劉知遠、杜重威同平章事。知遠有佐命大功，得升宰輔，自謂應當此職。重威出討魏州，略有微勛，怎能與知遠相比，不過尚帝妹樂平公主，得列外戚，也居然與攬朝綱。知遠羞與為伍，杜門託疾，不受朝命。晉主不覺怒起，召問趙瑩道：「知遠堅拒制敕，太覺不恭，朕意擬削奪兵權，令歸私第。」瑩拜請道：「陛下前在晉陽，兵不過五千人，為唐兵十餘萬所攻，危如朝露，若非知遠心同金石，怎能成此大業？奈何因區區小過，便欲棄置，竊恐此語外聞，反不足示人君大度呢！」晉主意乃少解，即命學士和凝，詣知遠第慰諭。知遠才起床拜受。范延光自鄆州入朝，面請致仕，經晉主慰留，仍行還鎮。嗣復屢表乞休，乃命以太子太師致仕，留居大梁。越年，延光又請歸河陽私第，奉詔允準，遂重載而行。西京留守楊光遠，偏奏稱延光叛臣，不居洛汴，歸處裡門，他日逃入敵國，適貽後患，請思患預防，禁止歸里云云。晉主乃命延光寓居西京，延光到了洛陽，光遠即遣子承貴，帶領甲士，把他圍住，逼令自殺。延光道：「天子在上，賜我鐵券，許我不死，爾父子怎得如此！」承貴不允，挺著白刃，驅延光上馬，脅見光遠。途中遇河過橋，被承貴推落橋左，連人帶馬，墜了下去，活活沉死。死固其宜。只不應為光遠父子所殺。所有延光載歸寶貨，統為承貴所劫，一古腦兒搬回府署，光遠大喜。無非為此。

奏聞晉廷，但說延光赴水自盡。晉主也詗破陰謀，但畏光遠強盛，不敢詰責，只征令光遠入朝。光遠還算聽命，入闕面覲，晉主與語道：「圍魏一役，卿左右各立功勞，未授重賞，今當各除一州，遍給恩榮，免他失望。」光遠代為謝恩，晉主遂選擇光遠親將數人，分授各州刺史。待他出發，卻下了一道詔敕，徙光遠為平盧節度使，進爵東平王。光遠才識中計，悒悒出都，馳赴青州去了。

時契丹改元會同，國號大遼。公卿百官，皆仿中國制度，且參用中國人，進趙延壽為樞密使，兼政事令。一面遣人入洛，接歸延壽妻燕國長公主。即興平公主進爵燕國。夫婦同入虜廷，延壽遂一心一意，為遼效力。晉主聞契丹改遼，乃遣使上遼尊號，命宰相馮道為遼太后冊禮使，左僕射劉昫為遼主冊禮使，備著鹵簿儀仗，直抵西樓。遼主大悅，優待二使，厚賞遣歸。晉主事遼甚謹，奉表稱臣，尊遼主為父皇帝，每遼使至，必至別殿拜受詔敕，歲輸金帛三十萬外，吉凶慶吊，歲時贈遺，相續不絕。凡遼太后、元帥、太子、諸王大臣，各有饋遺，稍不如意，即來誚讓，朝廷均引為恥事，獨晉主卑辭厚禮，忍辱含羞。前已鑄成大錯，此時不得不爾。遼主見他誠意，屢止晉主上表稱臣，但令稱兒皇帝，如家人禮。嗣且頒給冊寶，加晉主號為英武明義皇帝。晉主受冊，事遼益恭。遼主既得幽州，改名南京，用唐降將趙思溫為留守。思溫子延照在晉，晉主命為祁州刺史。思溫密令延照代奏，謂虜情終變，願以幽州內附，晉主不許。吐谷渾在雁門北面，本屬中國，自盧龍一帶，讓歸遼有，吐谷渾亦皆遼屬。因苦遼貪虐，仍思歸晉，遂挈千餘帳來奔。遼主因此責晉，晉主忙派兵逐回，才得無事。

北方稍得安靜，始思控馭南方。吳越王錢元瓘，楚王馬希範，南平王高從誨，均向晉通好，尚守臣禮。獨閩自王延鈞稱帝后，與中原久絕通問，嗣主繼鵬，改名為昶，晉天福二年，曾遣弟繼恭，入修職貢，且告嗣位。晉主以三鎮方亂，不暇南顧。但禮待繼恭，即日遣還。次年冬季，始命左散騎常侍盧損為冊禮使，封閩主昶為閩王，賜給赭袍，閩主弟繼恭為臨海郡王。

使節方發，閩主昶已有所聞，即令進奏官林恩，入白晉相，謂已襲帝號，願辭冊使。晉主不追回盧損，損竟至福州，昶辭疾不見，但令弟繼恭招待，不受冊命。有士人林省鄒，私語盧損道：「我主不事君，不愛親，不恤民，不敬神，不睦鄰，不禮賓，怎能久享國家？我將僧服北逃，他日當相見上國呢！」不為國諱，亦非所宜。損遂辭歸。昶仍不出面，但令繼恭署名奉表，遣禮部員外郎鄭元弼，隨損入貢。晉主召元弼入見，諭令歸國稟明，此後上表，不應再由繼恭出名。元弼唯唯而去，還白閩主。閩主昶置諸不理，但與寵後李春燕，及六宮嬪御，徹夜宴飲，淫媟不休。弒父逆子，獨守家法，也算難得。應二十七回。

方士陳守元、譚紫霄，以房術得幸。守元號天師，紫霄號正一先生，兩人受賄入請，言無不從。通文二年建白龍寺，四年作三清殿，統是雕甍畫棟，備極輝煌。白龍寺的緣起，是由譚紫霄等捏稱白龍夜現，乃命建築。三清殿是由天師慫恿，內供寶皇大帝，元始天尊，太上老君像。統用黃金鑄成，約需數千斤。

日焚龍腦薰陸諸香，佐以鐃鈸諸樂。每晨禱祝，謂可求大還丹，命巫祝林興住持殿中。一切國政，均由興傳寶皇命，裁決施行。確是搗鬼。興與閩主叔父延武、延望有怨，假托神語，謂二叔將生內變。閩主昶不察虛實，即令興率壯士夜殺二叔，及他五子。判六軍諸衛事建王繼嚴，即昶弟，見二十七回。頗得士心，昶又信林興言，罷他兵柄，令改名繼裕，別命季弟繼鎔掌判六軍，革去諸衛字樣。既而興謀發覺，尚不加誅，只流戍泉州。方士等又上言紫微宮中，恐有災祲，乃徙居長春宮。兩宮俱見二十六七回。淫酗如故。有時且召入諸王，強令飲酒，伺他過失。從弟繼隆，因醉失禮，即命處斬，又屢因醉後動怒，誅戮宗室。

左僕射平章事延羲，系昶叔父，佯狂避禍，由昶賞給道士服，放置武夷山中。嗣復召還，幽錮私第。國用不足，專務苛徵，甚至果蓏雞豚，無不有賦。因此天怒人怨，眾叛親離。

先是昶父在日，曾襲開國遺制，設二衛軍，號為控宸、控鶴二都，昶獨另募壯士二千人為腹心，號為宸衛都，祿賜比二都較厚。或言二都怨望，恐將為亂。昶因欲將他遣出，分隸漳、泉二州，二都相率驚惶。控宸軍使朱文進，控鶴軍使連重遇，又屢為昶所侮弄，陰懷不平。會北宮大火，求賊不得，昶令重遇率內外營兵，掃除灰燼，限日告成。又疑重遇與謀縱火，意欲加誅。內學士陳郯，私告重遇，重遇因夜入值，竟號召二都衛兵，焚燬長春宮，攻逼閩王。且使人就延羲私第，迫出延羲，令從瓦礫中直入，奉為主帥，共呼萬歲。

復召外營兵共逐閩主。

閩主昶倉皇出走，引著皇后李春燕，及妃妾諸王，奔至宸衛都營中，宸衛都慌忙拒戰。怎奈火勢燎原，不可向邇，那控宸、控鶴二都，又乘勢殺來，令人無從攔阻。彼此亂殺多時，宸衛都一半傷亡，剩得殘兵千餘人，奉閩主昶等逃出北關。行至梧桐嶺，眾稍潰散。忽聞後面喊聲大震，延羲兄子繼業，統兵追來。昶素來善射，引弓射斃多人。俄而追兵雲集，射不勝射，昶投弓語繼業道：「卿為人臣，臣節何在？」繼業道：「君無君德，臣怎得有臣節？況新君系是叔父，舊君乃是兄弟，孰親孰疏，不問可知！」可作昏君棒喝。昶無詞可答，即由繼業麾動兵士，擁與俱還。行至陁莊，用酒灌昶，令他醉臥，用帛搤死。皇后李春燕，及昶諸子，並昶弟繼恭，一併被殺，藁葬蓮花山側。後來塚上生樹，樹生異花，似鴛鴦交頸狀，時人號為鴛鴦樹。可謂一雙同命鳥。

繼業返報延羲，延羲遂自稱閩王，易名為曦，改元永隆。訃聞鄰國，反說是宸衛都所弒，假意改葬故主，謚昶為康宗，一面向晉稱藩，遣商人間道上表。晉乃遣使至閩，授曦為檢校太師中書令，福州威武軍節度使，兼封閩國王。曦雖受晉命，一切措施，仍如帝制。天師陳守元等，已為重遇所殺，更命泉州刺史，誅死林興，用太子太傅致仕李真為司空，兼同平章事，閩中粗安。

曦因宮闕俱焚，另造新宮居住，冊李真女為皇后。曦性嗜酒，后性亦嗜酒，一雙夫婦，統視杯中物為性命。閩主累世嗜飲，應改稱為酒國。所以終日痛飲，不醉不休。一日在九龍殿宴集群臣，從子繼柔在側，向不能飲，偏曦令概酌巨觥，不得少減。繼柔實飲不下去，伺曦旁顧，傾酒壺中，不意被曦瞧著，怒他違令，竟命推出斬首。群臣相顧駭愕，不知所措，勉強飲了數觥，偷看曦面，亦有醉容，便陸續逃席，退出殿外。只翰林學士周維岳，尚在席中。曦醉眼模糊，顧左右道：「下面坐著，系是何人？」左右答是維岳，曦微笑道：「維岳身子矮小，為何獨能容酒？」左右道：「酒有別腸，不在長大。」曦作色道：「酒果有別腸麼？可捽他下殿，剖腹驗腸。」此語說出，嚇得維岳魂不附身，面無人色。幸虧左右代為解免，向曦稟白道：「陛下如殺維岳，何人侍陛下終飲？」曦乃免殺維岳，叱令退去。維岳忙磕頭謝恩，急趨而出，三腳兩步的逃回私第。

泉州刺史余廷英，嘗矯曦命，掠取良家女，曦聞報大怒，即欲加誅。廷英即進買宴錢十萬緡，曦尚是嫌少，便道：「皇后土貢，奈何沒有！」廷英乃復獻皇后錢十萬，因得赦罪。

曦嘗嫁女，全朝士盡獻賀禮，否則加笞。御史劉贊，坐不糾舉，亦將笞責。諫議大夫鄭元弼，入朝面諍，曦叱責道：「卿何如魏鄭公，乃敢來強諫麼？」元弼答道：「陛下似唐太宗，臣亦敢自擬魏徵了！」曦乃心喜，釋贊不笞。

曦又納金吾使尚保殷女為妃，尚妃生有殊色，甚得寵幸。每當曦酣醉時，妃欲殺即殺，欲宥即宥，朝臣時虞不測。曦弟延政，出任建州刺史，屢上書規兄，曦不但不從，反覆書痛詈，且遣親吏鄴翹，監建州軍。

翹與延政議事，屢起齟齬，翹語延政道：「公欲反麼！」延政遽起，欲拔劍斬翹。翹狂奔而出，往投南鎮，依監軍杜漢崇。延政發兵進攻，南鎮兵潰，翹與漢崇俱逃回福州。曦見二人奔歸，乃遣統軍使潘師逵、吳行真等，率兵四萬，往擊延政。兵至建州城下，分扎二營，師逵駐城西，行真駐城南，皆阻水自固，所有城外廬舍，悉數焚燬。鎮日裡煙霧迷濛。延政登城四顧，未免驚心，亟遣使至吳越乞援。吳越王元瓘，命同平章事仰仁詮，都監使薛萬忠，領兵救建州。兵尚未至，那延政已攻破閩軍，殺退大敵。原來師逵在營，輕率寡謀，被延政探悉情形，先遣將林漢徽等，出兵挑戰，誘至茶山，由城中出軍接應，兩路夾攻，斬首千餘級。越宿復募敢死士千餘人，昏暮渡水，潛劫師逵營，因風縱火，城上鼓噪助威，嚇得師逵腳忙手亂，闖營出奔。湊巧碰著建州都頭陳誨，一槍刺去，墜落馬下，再復一槍，斷送性命。餘眾四潰。待至黎明，整兵再攻行真寨，行真聞潘營盡覆，正想遁走，驀聞鼓聲遙震，亟棄營奔逃。建州兵追殺一陣，約死萬餘人。延政遂分兵進取水平、順昌二城。

會值吳越兵至，延政出牛酒犒師，說是閩軍敗去，請他回軍。偏仰仁詮等不肯空回，竟至城西北隅下營，想與建州為難。正是多事。建州已經過兩戰，人馬勞乏，更因分兵出攻，愈覺空虛，不得已想出一策，延入名幕，寫了一封急書，遣人詣閩求救，閩主曦本與延政為敵。得了來書，怎肯遽允，但書中說得異常懇切，引著鬩牆禦侮的大義，前來勸勉，乃令泉州刺史王繼業為行營都統，率兵二萬馳援，並遣輕兵絕吳越糧道。吳越軍食盡欲歸，由延政麾兵出擊，大破吳越軍，俘斬萬計，仁詮等倉皇竄免。這叫做自討苦吃。

延政乃遣牙將賫了誓書，女奴捧了香爐，赴閩盟曦。曦與建州牙將，同至太祖審知墓前，歃血與盟，總算是罷戰息爭，再敦睦誼。但宿嫌未泯，總不能貫徹始終。

未幾延政添築建州城，周圍二十里，一面向閩王乞請，擬升建州為威武軍，自為節度使。曦以威武軍是福州定名，不應復稱，但稱建州為鎮安軍，授延政節度使，加封富沙王。延政復改鎮安為鎮武，不從曦議。曦因是復忌延政。

汀州刺史延喜，系是曦弟，曦疑他與延政通謀，發兵捕歸。又聞延政與繼業書，有勾通意，因即召繼業還閩，賜死郊外。並殺繼業子於泉州，別授繼嚴為刺史。後來復疑及繼嚴，罷歸酖死，專用子亞澄同平章事，掌判六軍諸衛，自稱為大閩皇。已而僭號為帝，授子亞澄為威武節度使，兼中書令，封長樂王。尋且加封閩王。王延政亦自稱兵馬大元帥，與曦失和，再行攻擊，兩下互有勝負。至晉天福八年，也公然稱帝。國號殷，改元天德，偌大一個閩國，生出了兩個皇帝來。彷彿兩頭蛇。小子有詩嘆道：

鬩牆構釁肇兵爭，寧識君臣與弟兄！
分守一隅蝸角似，如何同氣不同情！

閩亂未靖，晉廷亦變故多端，俟小子下回再表。

楊光遠為後唐部將，從張敬達出討晉陽，戰敗以後，遽殺敬達出降，其心跡之不足恃，已可概見。及魏州一役，僥倖成功，彼即擁兵自恣，要挾多端。晉主曲為優容，愈足養成跋扈。范延光乞休歸里，載寶甚多，雖象齒焚身，咎由自取，然光遠安得而殺之，亦安得而奪之！身為人臣，目無法紀，彼豈尚肯為晉室臣乎？閩祖王審知，雖起自盜賊，而好禮下士，有長者風。乃子孫不賢，淫酗無度，鏻後有昶，昶後有曦。篡殺相尋，禍亂無已。要之五季之世，君不君，臣不臣，父不父，子不子，一晦盲否塞之天下也，胥中國而夷狄之，禽獸之，可悲也夫！

第三十一回　討叛鎮行宮遣將　納叔母嗣主亂倫

卻說晉成德節度使安重榮，出自行伍，恃勇輕暴，嘗語部下道：「現今時代，講甚麼君臣，但教兵強馬壯，便好做天子了。」府署立有幡竿，高數十尺，嘗挾弓矢自詡道：「我射中竿上龍首，必得天命。」說著，即將一箭射去，正中龍首。投弓大笑，侈然自負。嗣是召集亡命，採買戰馬，意欲獨霸一方，每有奏請，輒多逾制，朝廷稍稍批駁，他便反唇相譏。

鎮帥多跋扈不臣，都是當日的主子教導出來。

晉主懲前毖後，嘗有戒心，義武軍節度使皇甫遇，與重榮為兒女親家，晉主恐他就近聯絡，特徙遇為昭義軍節度使，並命劉知遠為北京留守，隱防重榮。重榮不願事晉，尤不屑事遼，每見遼使，必箕踞嫚罵，有時且將遼使殺斃境上，遼主嘗貽書誚讓，晉主只好卑辭謝罪。重榮越加氣憤，適遇遼使拽剌一作伊呼。過境，便派兵捕歸。再遣輕騎出掠幽州人民，置諸博野。又上表晉廷，略言吐谷渾、突厥、契苾、沙陀等，各率部眾歸附，党項等亦納遼牒，願備十萬眾擊遼。朔州節度副使趙崇，已逐去遼節度使劉山，求歸中國，此外舊臣淪沒虜廷，亦皆延頸企踵，專待王師，天道人心，不便違拒，興華掃虜，正在此時。陛下臣事北虜，甘心為子，竭中國脂膏，供外夷欲壑，薄海臣民，無不慚憤。何勿勃然變計，誓師北討，上洗國恥，下慰人望，臣願為陛下前驅云云。晉主覽奏，卻也有些心動，屢召群臣會議。北京留守劉知遠，尚未出發，勸晉主毋信重榮，桑維翰正調鎮泰寧軍，聞知消息，亦即密疏諫阻，略云：

竊謂善兵者待機乃發，不善戰者彼己不量。陛下得免晉陽之難，而有天下，皆契丹之功，不可負也。今安重榮恃勇輕敵，吐谷渾假手報仇，皆非國家之利，不可聽也。臣觀契丹數年以來，士馬精強，吞噬四鄰，戰必勝，攻必取。割中國之土地，收中國之器械，其君智勇過人，其臣上下輯睦，牛馬蕃息，國無天災，此未可與為敵也。且中國初定，士氣雕沮，以當契丹乘勝之威，其勢相去甚遠。若和親既絕，則當發兵守塞。兵少不足以待寇，兵多則餽運無以繼之。我出則彼歸，我歸則彼至，臣恐禁衛之士，疲於奔命，鎮定之地，無復遺民。今天下粗安，瘡痍未復，府庫虛竭，兵民疲敝，靜而守之，猶懼不濟，其可妄動乎？契丹與國家恩義非輕，信誓甚著，彼無間隙而自啟釁端，就使克之，後患愈重。萬一不克，大事去矣！議者以為歲輸繒帛，謂之耗蠹，有所卑遜，謂之屈辱。殊不知兵連而不休，禍結而不解，財力將匱，耗蠹孰甚焉！用兵則武吏功臣，過求姑息，邊藩遠郡，得以驕矜，屈辱孰甚焉！臣願陛下訓農習戰，養兵息民，俟國無內憂，民有餘力，然後觀釁而動，則動必有成矣。近聞鄴都留守，尚未赴鎮，軍府乏人。以鄴都之富強，為國家之藩屏，臣竊思慢藏誨盜之言，勇夫重閉之戒。乞陛下略加巡幸，以杜奸謀，是所至盼。冒昧上言，伏乞裁奪。

晉主看到此疏，方欣然道：「朕今日心緒未寧，煩懣不決，得桑卿奏，似醉初醒了。」遂促劉知遠速赴鄴都，並兼河東節度使，且詔諭安重榮道：

爾身為大臣，家有老母，忿不思難，棄君與親。吾因契丹得天下，爾因吾致富貴，吾不敢忘德，爾乃忘之。何耶？今吾以天下臣之，爾欲以一鎮抗之，不亦難乎！宜審思之，毋取後悔！

重榮得詔，反加驕慢，指揮使賈章，一再勸諫，反誣以他罪，推出斬首。章家中只遺一女，年僅垂髫，因此得釋。女慨然道：「我家三十口，俱罹兵燹，獨我與父尚存。今父無罪見殺，我何忍獨生！願隨父俱死。」重榮也將女處斬。鎮州人民，稱為烈女。不沒烈女。饒陽令劉巖，獻五色水鳥，重榮妄指為鳳，畜諸水潭。又使人制大鐵鞭，置諸牙門，謂鐵鞭有神，指人輒死，自號鐵鞭郎君，每出必令軍士抬鞭，作為前導。鎮州城門，有抱關鐵像，狀似胡人，像頭無故自落。重榮小字鐵胡，雖知引為忌諱，但反意總未肯消融。取死之兆。

山南東道節度使安從進，與重榮同姓，恃江為險，隱蓄異謀，重榮遂陰相結托，互為表裡。晉主既慮重榮，復防從進，乃遣人語從進道：「青州節度使王建立來朝，願歸鄉里，朕已允準。特虛青州待卿，卿若樂行，朕即降敕。」要徙就徙，必先使人探問，主權已旁落了。從進答道：「移青州至漢江南，臣即赴任。」晉主聞他出言不遜，頗有怒意，但恐兩難並發，權且含容。從進子弘超，為宮苑副使，留居京師，從進請遣子歸省，晉主也依言遣歸。弘超既至襄州，從進遂決計造反。

天福六年冬季，晉主憶桑維翰言，北巡鄴都。學士和凝已升任同平章事，獨入朝面請道：「陛下北行，從進必反，理應預先佈置。」晉主道：「朕已留鄭王重貴，居守大梁，卿意還有何說？」凝又奏道：「兵法有言，先人乃能奪人，陛下此行，京中事恐難兼顧，願留空名宣敕三十通，密付留守鄭王，一旦聞變，便可書諸將名遣往討逆了。」晉主稱善，依議而行，遂留重貴居守，自向鄴都進發。及駕入鄴都，留守劉知遠，已遣親將郭威，招誘吐谷渾酋長白承福，徙入內地，翦去安重榮羽翼，專待晉主命令，聽候發兵。晉主因重榮雖有反意，尚無反跡，但遣杜重威為天平節度使，馬全節為安國節度使，密令調軍儲械，控制重榮。

重榮致書從進，教他即日起事，趁著大梁空虛，掩擊過去。從進遂舉兵造反，進攻鄧州。鄭王重貴聞報，立派西京留守高行周，為南面行營都部署，前同州節度使宋彥筠為副，宣徽南院使張從恩為監軍，就從空敕填名，頒發出去，令討從進。鄧州節度使安審暉，方閉城拒守，飛促高行周赴援。行周亟命武德使焦繼勳，先鋒都指揮使郭金海，右廂都監陳思讓等，帶著精兵萬人，往援鄧州。從進得偵卒探報，謂鄧州援師將至，不禁驚詫道：「晉主未歸，何人調兵派將，來得這般迅速呢？」乃退至唐州，駐紮花山，列營待戰。陳思讓躍馬前來，挺槍突入，焦、郭二將，揮兵後應，一哄兒衝入從進陣內。從進不防他這般勇猛，嚇得步步倒退。主將一動，士卒自亂，被思讓等一陣掃擊，萬餘人統行潰散。襄州指揮使安弘義，馬蹶被擒，從進單騎走脫，連山南東道的印信，都致失去。如此不耐戰，也想造反，真是自不量力。既返襄州，慌忙集眾守禦。高行周、宋彥筠、張從恩等，陸續至襄州，四面圍住。從進很是危急，重榮尚未聞知，竟集境內飢民數萬，南向鄴都，聲言將入朝行在。晉主知他詐謀，即命杜重威、馬全節進討，添派前貝州節度使王周，為馬步都虞侯。重威率師西趨，至宗城西南，正與重榮相值。重榮列陣自固，由重威一再挑戰，均被強弩射退。重威頗有懼色，便欲退兵。指揮使王重胤道：「兵家有進無退，鎮州精兵，盡在中軍，請公分銳卒為二隊，擊他左右兩翼。重胤等願直衝中堅，彼勢難兼顧，必敗無疑。」重威依議，分軍並進，重胤身先士卒，闖入中堅。鎮軍少卻，重威、全節，見前軍已經得勢，也麾眾齊進，殺死鎮軍無數。鎮州將趙彥之，卷旗倒戈，奔降晉軍。晉軍見他鎧甲鞍轡，俱用銀飾，不由的起了貪心，也無暇問及來由，即把他亂刀分屍，擲首與敵，所有鎧甲鞍轡等，當即分散。此等軍士，實不中用，奈安重榮更屬不濟，所以敗死。重榮見全軍失利，已是驚心，更聞彥之降晉被殺，益覺戰慄不安。遂退匿輜重中，飛奔而去。部下二萬餘人馬，一半被殺，一半逃散。是年冬季大冷，逃兵饑寒交迫，至無孑遺，重榮僅率十餘騎，奔還鎮州。驅州民守城，用牛馬皮為甲，鬧得全城不寧。重威兵至城下，鎮州牙將自西郭水碾門，引官軍入城，殺守陴民二萬人，城中大亂。重榮入守牙城，又被晉軍攻破，沒處奔逃，束手就戮，梟首送鄴。晉主御樓受馘，命漆重榮首級，齎獻遼主，改鎮州成德軍為恆州順國軍，即用杜重威為順國節度使，令鎮恆州。

先是遼主耶律德光，聞重榮擅執遼使，即遣人馳責晉廷。晉主恐他犯塞，亟遣邢州即安國軍。節度使楊彥珣為使，至遼謝罪。遼主盛怒相見，彥珣卻從容說道：「譬如家出逆子，父母不能制伏，奈何？」遼主怒乃少解，但尚拘留彥珣，不肯放歸。至重榮已反，始信罪在重榮，與晉無涉，乃釋彥珣歸晉。既而重榮首級，已至西樓，晉廷以為可告無罪，那知遼使復來詰責，問晉何故招納吐谷渾？晉主以吐谷渾酋長，陰附重榮，不得已徙入內地。偏遼使索白承福頭顱，致晉主無從應命，為此憂鬱盈胸，漸漸的生起重病來了。誰叫你向虜稱臣，事虜為父？

是時已是天福七年，高行周攻克襄州，安從進自焚死，執住從進子弘超，及將佐四十三人，送往大梁。晉主尚在鄴都，病已不起，但聞捷報，不能還京受俘，徒落得唏噓嘆息，一命嗚呼。統計在位七年，壽五十一歲，後來廟號高祖，安葬顯陵。

晉主生有七子，四子被殺，二子早歿，只剩幼子重睿，尚在沖齡。晉主臥疾，宰相馮道入見，由晉主呼出重睿，向道下拜，且令內侍抱置道懷，意欲託孤寄命，使道輔立幼主。及晉主病終，道與侍衛馬步都虞侯景延廣商議，延廣謂國家多難，應立長君。道本是個模棱人物，依了延廣，竟與議定擁立重貴，飛使奉迎。

重貴已晉封齊王，接得來使，星夜赴鄴，哭臨保昌殿，就在柩前即位，大赦天下。內外文武官吏，進爵有差。會襄州行營都部署高行周，都監張從恩等，自大梁獻俘至鄴。由嗣主重貴，御乾明門受俘，命將安弘超等四十餘人，斬首市曹。隨即就崇德殿宴集將校，行飲至受賞禮，命高行周為宋州節度使，加檢校太尉，改調宋州節度使安彥威為西京留守，兼河南尹，張從恩為東京留守，兼開封尹，加檢校太尉。降襄州為防禦使，升鄧州為威勝軍，即授宋彥筠為鄧州節度使，此外立功將校，並皆進階。加景延廣同平章事，兼侍衛馬步軍都指揮使。延廣恃定策功，乘勢擅權，禁人不得偶語，官吏相率側目。從前高祖彌留，曾有遺言，命劉知遠輔政。延廣密勸重貴，抹煞遺旨，加知遠檢校太師，調任河東節度使。知遠由是怏快，失望而去。暗映下文。

馮道、景延廣等，擬向遼告哀，草表時互有爭議，延廣謂稱孫已足，不必稱臣。既已稱孫，何妨稱臣。道不置一詞。長樂老慣作此態。學士李崧，新任為左僕射，獨從旁力諍道：「屈身事遼，無非為社稷計，今日若不稱臣，他日戰釁一開，貽憂宵旰，恐已無及了！」延廣猶辯駁不休。重貴正倚重延廣，便依他計議，繕表告哀。晉使至遼，遼主覽表大怒，遣使至鄴，問何故稱孫不稱臣？且責重貴不先稟命，遽即帝位，亦屬非是。景延廣怒目道：「先帝為北朝所立，所以奉表稱臣。今上乃中國所立，不過為先帝盟約，卑躬稱孫，這已是特別遜順，有什麼稱臣的道理！況國不可一日無君，若先帝晏駕，必須稟命北朝，然後立主，恐國中已啟亂端，試問北朝能負此責任麼？」強詞非不足奪理，奈將士乏材何？遼使倔強不服，懷忿北歸，詳報遼主。遼主已怒上加怒，再經政事令兼盧龍節度使趙延壽，從旁挑撥，好似火上添油。那時遼主德光，自然憤不能平，便欲興兵問罪，入搗中原了。後來戰禍，實始於此。

晉主重貴，毫不在意，反日去勾搭一位嫠居嬌娘，竟得稱心如願，一淘兒行起樂來。看官道嫠婦為誰？原來是重貴叔母馮氏。馮氏為鄴都副留守馮濛女，很有美色，晉高祖素與濛善，遂替季弟重胤，娶濛女為婦，得封吳國夫人。不幸紅顏薄命，竟失所天，馮氏寂居寡歡，免不得雙眉鎖恨，兩淚傾珠。重貴早已生心，只因叔侄相關，尊卑須辨，更兼晉高祖素嚴閫範，不敢胡行，藍橋無路，徒喚奈何！及為汴京留守，正值元配魏國夫人張氏，得病身亡，他便想勾引這位馮叔母，要她來做繼室。轉思高祖出幸，總有歸期，倘被聞知，必遭譴責。況且高祖膝下，單剩一個幼子重睿，自己雖是高祖侄兒，受寵不殊皇子，他日皇位繼承，十成中可希望七八成，若使亂倫得罪，豈非這個現成帝座，恰為了一時淫樂，把他拋棄嗎？於是捺下情腸，專心籌劃軍事，得平定安從進，成了大功。

到了赴鄴嗣位，大權在手，正好任所欲為，求償宿願。可巧這位馮叔母，也與高祖後李氏，重貴母安氏等，同來奔喪，彼此在梓宮前，素服舉哀。由重貴瞧將過去，但見馮氏縞衣素袂，越覺苗條。青溜溜的一簇烏雲，碧澄澄的一雙鳳目，紅隱隱的一張桃靨，嬌怯怯的一搦柳肢，真是無形不俏，無態不妍，再加那一腔嬌喉，啼哭起來，彷彿鶯歌百囀，饒有餘音。此時的重貴呆立一旁，幾不知如何才好。那馮氏卻已偷眼覷著，把水汪汪的眼波，與重貴打個照面，更把那重貴的神魂，攝了過去。及舉哀已畢，重貴方按定了神，即命左右導入行宮，揀了一所幽雅房間，使馮氏居住。

到了晚間，重貴先至李後、安妃處，請過了安，順便路行至馮氏房間。馮氏起身相迎，重貴便說道：「我的嬸娘，可辛苦了麼？我特來問安！」馮氏道：「不敢不敢！陛下既承大統，妾正當拜賀，那裡當得起問安二字！」開口已心許了。說至此，即向重貴襝衽，重貴忙欲攙扶，馮氏偏停住不拜，卻故意說道：「妾弄錯了！朝賀須在正殿哩。」重貴笑道：「正是，此處只可行家人禮，且坐下敘談。」馮氏乃與重貴對坐。重貴令侍女迴避，便對馮氏道：「我特來與嬸娘密商，我已正位，萬事俱備，可惜沒有皇后！」馮氏答道：「元妃雖薨，難道沒有嬪御？」重貴道：「後房雖多，都不配為后，奈何？」馮氏嫣然道：「陛下身為天子，要如何才貌佳人，盡可採選，中原甚大，寧無一人中意麼？」重貴道：「意中卻有一人，但不知她樂允否？」馮氏道：「天威咫尺，怎敢不依！」滿口應承。重貴欣然起立，湊近馮氏身旁，附耳說出一語，乃是看中了嬸娘。馮氏又驚又喜，偏低聲答道：「這卻使不得，妾是殘花敗柳，怎堪過侍陛下！」重貴道：「我的娘！你已說過依我，今日是就要依我了。」說著，即用雙手去摟馮氏。馮氏假意推開，起身趨入臥房，欲將寢門掩住。重貴搶步趕入，關住了門，憑著一副膂力，輕輕將馮氏舉起，掖入羅幃。馮氏半推半就，遂與重貴成了好事。這一夜的海誓山盟，筆難盡述。

好容易歡戀數宵，大眾俱已聞知。重貴竟不避嫌疑，意欲冊馮氏為后，先尊高祖後李氏為皇太后，生母安氏為皇太妃，然後備著六宮仗衛，太常鼓吹，與馮氏同至西御莊，就高祖像前，行廟見禮。宰臣馮道以下，統皆入賀。重貴怡然道：「奉皇太后命，卿等不必慶賀！」道等乃退。重貴挈馮氏回宮，張樂設飲，金樽檀板，展開西子之顰，綠酒紅燈，煊出南威之色。重貴固樂不可支，馮氏亦喜出望外。待至酒酣興至，醉態橫生，那馮氏憑著一身豔妝，起座歌舞，曼聲度曲，宛轉動人，彩袖生姿，蹁躚入畫。重貴越瞧越愛，越愛越憐，驀然間憶及梓宮，竟移酒過奠，且拜禱道：「皇太后有命，先帝不預大慶！」真是昏語。一語說出，左右都以為奇聞，忍不住掩口胡盧。重貴亦自覺說錯，也不禁大笑絕倒，且顧語左右道：「我今日又做新女婿了！」馮氏聞言，嗤然一笑，左右不暇避忌，索性一笑哄堂。重貴趁勢攬馮氏手，竟入寢宮，再演龍鳳配去了。小子有詩詠道：

叔母何堪作繼妻，雄狐牝雉太痴迷！
北廷暴惡移文日，曾否疚心悔噬臍？

轉瞬間又閱一年，晉主重貴，已將高祖安葬，奉了太后、太妃，及寵后馮氏，一同還都。欲知後事，請看下回。

安從進與安重榮，材具平庸，且無功績之足言，徒以攀龍附鳳，得為鎮帥，富貴已達極點，而猶不知足，敢生異志者，無非欲為石敬瑭第二，妄冀非分之尊榮耳。迨晉軍分道出兵，而二憾即歸殄滅，不度德，不量力，害必至此，何足怪乎！重貴以兄子繼統，甫經莅事，即聽景延廣言，開罪契丹。外釁已開，自速其禍，而又納叔母馮氏，瀆倫傷化，敗德亂常，名為人主，而行同禽獸，亦安能不危且亡也！若馮氏以叔母之尊，甘與猶子為偶，淫婦無恥，殊不足責，厥後與重貴同斃沙漠，正天道惡淫之報。此淫之所以為萬惡首也！

第三十二回　悍弟殺兄僭承漢祚逆臣弒主大亂閩都

卻說晉主重貴，由鄴都啟行還汴，暫不改元，仍稱天福八年。自幸內外無事，但與馮皇后日夕縱樂，消遣光陰。馮氏得專內寵，所有宮內女官，得邀馮氏歡心，無不封為郡夫人。又用男子李彥弼為皇后都押衙，正是特開創例，破格用人。重貴已為色所迷，也不管甚麼男女嫌疑，但教後意所欲，統皆從命。獨不怕為元緒公麼？後兄馮玉，本不知書，因是椒房懿戚，擢知制誥，拜中書舍人。同僚殷鵬，頗有才思，一切制誥，常替玉捉刀，玉得敷衍過去。尋且升為端明殿學士，又未幾升任樞密使，真個是皇親國戚，比眾不同。可惜是塊碔砆。

小子因專敘晉事，把別國別鎮的狀況，未免失記。此處乘晉室少暇，不得不將別國情形，略行敘述。南漢主劉龑，自遣何詞入唐後，已知唐不足懼，並因擊敗楚軍，越加強橫。事見第二十回。龑生十九子，俱封為王。長子耀樞，次子龜圖，已皆早世。三子弘度，受封秦王。四子弘熙，受封晉王，兩人素性驕恣。唯五子弘昌封越王，頗能孝謹，且有智識。龑欲使為儲貳，唯越次冊立，心殊未安，因此蹉跎過去。且自龑僭位後，嶺南無恙，全國太平，他卻安安穩穩過了二十多年。年齡雖越五十，尚屬體強力壯，沒甚病痛，總道是壽命延長，不妨將立儲問題，寬延時日。那知六氣偶侵，二豎為祟。當後晉天福七年，即南漢大有十五年，竟染了一場重症，醫藥罔效。當下召入左僕射王翻，密與語道：「弘度、弘熙，壽算雖長，但終不能任大事，弘昌類我，我早欲立為太子，苦不能決，我子孫不肖，恐將來骨肉紛爭，好似鼠入牛角，越鬥越小呢。」說至此，泣下唏噓。翻勸慰道：「陛下既屬意越王，須趕緊籌備，臣意擬將秦、晉二王，調守他州，方可無虞。」

龑點首稱是，乃擬徙弘度守邕州，弘熙守容州。

計議已定，適崇文使蕭益入問起居，龑又述明己意。益力諫道：「廢長立少，必啟爭端，此事還求三思！」龑被他一說，又害得沒有主意，蹉跎了好幾日，竟爾畢命。弘度依次當立，遂即南漢皇帝位，更名為玢，改大有十五年為光天元年。命弟晉王弘熙輔政，尊龑為天皇大帝，廟號高祖。龑僭位二十六年，享年五十四歲，生平最喜殺人，創設湯鑊鐵床等具，有灌鼻、割舌、支解、刳剔、炮炙、烹蒸諸刑，或就水中捕集毒蛇，即將罪人投入，俾蛇吮噬，號為水獄。每決罪囚，必親往監視，往往垂涎呀呷，不覺朵頤。想是豺狼轉生。又性好奢侈，盡聚南海珍寶，作為玉堂璇宮。晚年更築起一座南薰殿，柱皆鏤金飾玉，礎石間暗置香爐，朝夕燃香，有氣無形，真個是窮奢極麗，不惜工資。

到了弘度即位，比乃父更覺驕奢，更添一種好色的奇癖，專喜觀男女裸逐，混作一淘，外面作樂，裡面飲酒，鎮日間嬉戲淫媟，不親政事。或夜間穿著墨縗，與娼女微行，出入民家，毫無顧忌。左右稍稍諫阻，立被殺死。唯越王弘昌及內常侍吳懷恩，屢次進諫，雖然言不見從，還算是顧全臉面，不加殺戮。

晉王弘熙，日進聲伎，誘他荒淫。昏迷了好幾月，度過殘冬，已是光天二年，弘熙陰圖篡位，知乃兄素好手搏，特囑指揮使陳道庠，引力士劉思潮、譚令禋、林少彊、林少良、何昌廷等五人，聚習晉府，習角抵戲。技藝有成，獻入漢宮。弘度大悅，親加驗視，果然拳法精通，不同凡漢，遂留五人為侍衛，有暇輒命他角逐，評量優劣，核定賞罰。未幾已屆暮春，召集諸王至長春宮，宴飲為歡。侑樂以外，即令五力士演角抵戲，且飲且觀。五力士抖擻精神，賣弄拳技，引得弘度心花大開，儘管把黃湯灌將下去，頓時酩酊大醉，不省人事。弘熙發出暗號，那陳道庠即指示劉思潮等，掖著弘度，就勢用力，竟將弘度干骨拉斷。但聽得一聲狂叫，遽爾暴亡。可憐這位少年昏君，只活得二十四歲，便被害死。速死為幸。

後來謚為殤帝。所有宮內侍從，都殺得一個不留，諸王乘勢逸出，不敢入視。待至翌晨，始由越王弘昌，帶著諸弟，哭臨寢殿。因即迎弘熙嗣位，易名為晟，改光天二年為應乾元年。命弟弘昌為太尉，兼諸道兵馬都元帥，少弟循王弘杲為副，並預政事。陳道庠及劉思潮等，皆賞賚有差。南漢吏民，雖不敢公然討逆，但宮中篡弒情形，已是無人不曉，免不得街談巷議，傳作新聞。循王弘杲，請斬劉思潮等以謝中外。不能仗義討逆，徒欲歸咎從犯，安得不自取死亡！看官試想，這弒君殺兄的劉弘熙，豈肯把佐命功臣，付諸典刑麼？思潮等聞弘杲言，反誣稱弘杲謀反，弘熙遂囑思潮暗伺行蹤。會弘杲宴客，思潮即糾集譚令禋等，帶同衛兵，持械突入。弘杲不及趨避，立被刺死。弘熙聞報，很是欣慰，且大出金帛，厚賞思潮、令禋等人。一面嚴刑峻法，威嚇臣下，並且猜忌骨肉，比前益甚。南漢高祖十九子，除長次二子早死外，三子五子被害，第九子萬王弘操，先在交州陣亡，此時尚剩十四子。弘熙欲將十三人盡行加害，陸續設法，殺一個，少一個，結果是同歸於盡，這便是南漢主龑好殺的慘報呢。大聲疾呼。

小子因隔年太遠，不應並敘下去，只好將漢事暫擱，另述唐事。唐主徐知誥，已複姓李氏，改名為昪。見二十九回。自命為江南強國，與晉廷不相聘問，獨向遼通使，彼此互有往來。每當遼使至唐，輒給厚賄。及送至淮北，已入晉境，暗使人刺殺遼使，竟欲嫁禍晉廷，令他南北失和，自己可收漁人厚利。晉天福五年，晉安遠節度使李金全，為親吏胡漢筠所慫恿，擅殺朝使賈仁沼，為晉所討，不得已奉表降唐。唐主昪遣鄂州屯營使李承裕、段處恭等，率兵三千，往迎金全。金全馳詣唐軍，承裕遂入據安州。晉廷別簡節度使馬全節，興師規復，與李承裕交戰安州城南，承裕敗走。晉副使安審暉領兵追擊，復破唐兵，斬段處恭，擒李承裕，自唐監軍杜光鄴以下，盡被捕獲。全節殺死承裕及浮卒千五百人，械送光鄴等歸大梁。

時晉主石敬瑭尚存，聞光鄴等被械入都，不禁嘆息道：「此曹何罪！」遂各賜馬匹及器服，令還江南。唐主昪嚴拒絕納，送還淮北，且遺晉主書，內有邊校貪功，乘便據壘，軍法朝章，彼此不可四語。晉主仍遣令南歸，偏唐主昪派了戰船，力拒光鄴，光鄴只好仍入大梁。晉主授光鄴官，編光鄴部兵為顯義都，命舊將劉康統領，追贈賈仁沼官階，算是了案。李金全到了金陵，唐主昪待他甚薄，只命為宣威統軍，金全已不能歸晉，沒奈何昪顏受命，此段文字，補前文所未詳。嗣是昪無心窺晉，唯知保守吳疆。

既而吳越大火，焚去宮室府庫，所儲財帛兵甲，俱付一炬。吳越王錢元瓘，駭極成狂，竟致病歿。將吏奉元瓘子弘佐為嗣，弘佐年僅十三，主少國疑，更因火災以後，元氣蕭條。吳越事就便帶過。南唐大臣，多勸昪進擊吳越，昪搖首道：「奈何利人災殃！」這是李昪仁心，不得謂其迂腐。遂遣使厚齎金粟，吊災唁喪，此後通好不絕。昪客馮延己好大言，嘗私譏昪道：「田舍翁怎能成大事？」昪雖有所聞，也並不加罪。但保境安民，韜甲斂戈，吳人賴以休息。

好容易做了七年的江南皇帝，年已五十六歲，未免精力衰頹。方士史守沖，獻入丹方，照方合藥，服將下去，起初似覺一振，後來漸致躁急。近臣謂不宜再服，昪卻不從。忽然間背中奇痛，突發一疽，他尚不令人知，密召醫官診治，每晨仍強起視朝。無如疽患愈劇，醫治無功，乃召長子齊王璟入侍，未幾已近彌留，執璟手與語道：「德昌宮積儲兵器金帛，約七百餘萬，汝守成業，應善交鄰國，保全社稷。我試服金石，欲求延年，不意反自速死，汝宜視此為戒！」說至此，牽璟手入口，囓指出血，才行放下，涕泣囑咐道：「他日北方當有事，勿忘我言！」為後文伏筆。

璟唯唯聽命。是夕昪殂，璟祕不發喪，先下制命齊王監國，大赦中外。越數日不聞異議，方宣遺詔，即皇帝位，改元保大。太常卿韓熙載上書，謂越年改元，乃是古制，事不師古，勿可以訓。璟優旨褒答，但制書已行，不便收回，就將錯便錯的混了過去。

璟初名景通，有四弟景遷、景遂、景達、景逷。景遷蚤卒，由璟追封為楚王。景遂由壽王進封燕王，景達由宣城王進封鄂王，景遏為昪妃種氏所出。昪既受禪，方得此子，頗加寵愛。種氏以樂妓得幸，至此亦加封郡夫人。蛾眉擅寵，便思奪嫡，嘗乘間進言，謂景遏才過諸兄。昪不禁發怒，責他刁狡，竟出種氏為尼，且不加景遏封爵。及昪歿璟繼，種氏恐璟報怨，且泣且語道：「人彘骨醉，將復見今日了！」以小人心，度君子腹。幸璟篤愛同胞，晉封景遏為保寧王，並許種氏入宮就養。璟母宋氏，尊為皇太后，種氏亦受冊為皇太妃。議定父昪廟號，稱為烈祖。

尋改封景遂為齊王，兼諸道兵馬元帥，燕王景達為副。璟與諸弟立盟柩前，誓兄弟世世繼立，景遂等一再謙讓，璟終不許。給事中蕭儼疏諫，亦不見報，但封長子弘冀為南昌王，兼江都尹。虔州妖賊張遇賢作亂，派將蕩平。中書令太保宋齊邱，自恃勛舊，樹黨擅權，由璟徙宋為鎮海軍節度使。宋齊邱暗生忿懟，自請歸老九華，一表即允，賜號九華先生，封青陽公。齊邱去後，引用馮延己、常夢錫為翰林學士，馮延魯為中書舍人，陳覺為樞密使，魏岑、查文徽為副使。這六人中除夢錫外，半系齊邱舊黨，且專喜傾軋，貽誤國家，吳人目為五鬼。夢錫屢言五人不宜重用，璟皆不納。

既而璟欲傳位景遂，令他裁決庶政。馮延己、陳覺等，乘機設法，令中外不得擅奏，大臣非經召對，不得進見。給事中蕭儼，復上疏極諫，俱留中不發。連宋齊邱在外聞知，亦上表諫阻。侍衛都虞侯賈崇，排闥入諍道：「臣事先帝三十年，看他延納忠言，孜孜不倦，尚慮下情不能上達，陛下新即位，所恃何人，遽與群臣謝絕。臣年已衰老，死期將至，恐從此不能再見天顏了！」言畢，泣下嗚咽。璟亦不覺動容，引坐賜食，乃將前令撤銷。表揚諫臣。

忽由閩將朱文進，弒主稱王，遣使入告，唐主璟斥他不道，拘住來使，擬發兵聲討。群臣謂閩亂首禍，為王延政，應先討偽殷，方足代除亂本。延政不過叛兄，未嘗弒主，唐臣所言不免偏見。因將閩使遣歸，特派查文徽為江西安撫使，令覘建州虛實，再行進兵。看官道閩中大亂，從何而起？小子在前文三十回中，已敘閩主曦酗亂情形，早見他不能久享。唐主璟即位，曾貽閩主曦及殷主延政書，責他兄弟尋戈，有乖友愛。曦覆書辯駁，引周公誅管蔡，及唐太宗殺建成、元吉事，作為比附，自護所短。延政且駁斥唐主篡吳，負楊氏恩。唐主怒起，便與兩國絕好，尤恨延政無禮，意圖報怨。釋閩攻殷，伏機於此。可巧閩拱宸都指揮使朱文進，突然發難，再弒閩主，激成禍亂，於是全閩大擾，利歸南唐。

先是文進與連重遇，分統兩都，重遇弒昶立曦，入任閤門使，控鶴都歸魏從朗統帶，從朗亦朱、連黨羽，統軍未久，為曦所殺。文進、重遇，未免兔死狐悲，陰生疑貳。曦又召二人侍宴，酒興方酣，遽吟唐白居易詩云：「唯有人心相對間，咫尺之情不能料！」二人知曦示諷，忙起座下拜道：「臣子服事君父，怎敢再生他志？」曦微笑無言，二人佯為流涕，亦不聞慰答。宴畢趨出，文進顧語重遇道：「主上忌我已深，毋遭毒手！」重遇應諾。

會曦後半氏，妒害尚妃。俱見三十回。密欲圖曦，改立子亞澄為閩主，遂使人告文進、重遇道：「主上將加害二公，如何是好？」夫主不可信，別人可信麼？二人聞言益懼，即密謀行弒。適后父李真有疾，曦至真第問安，文進、重遇，暗囑拱宸馬步使錢達，掖曦上馬，乘便拉死。

侍從奔散，文進、重遇，擁兵至朝堂，率百官會議。當由文進宣言道：「太祖皇帝，光啟閩國，已數十年，今子孫淫虐，荒墜厥緒，天厭王氏，應該擇賢嗣立，如有異議，罪在不赦！」大眾統是怕死，沒一人敢發一言。重遇即接口道：「功高望重，無過朱公，今日應當推立了！」大眾又噤不發聲。文進並不推讓，居然升殿，被服袞冕，南面坐著。重遇率百官北面朝賀，再拜稱臣，草草成禮。即由文進下令，悉收王氏宗族。自太祖子延熹以下，少長共五十餘人，一體駢戮。就是曦后李氏，曦子亞澄，也同時被殺。李真聞變驚死，餘官得過且過，樂得偷生。唯諫議大夫鄭元弼，抗辭不屈，擬奔建州，為文進所害。元弼雖死猶榮，不若曦后、曦子之死有餘辜。文進自稱威武軍留後，權知閩國事。葬閩主曦，號為景宗。用重遇總掌六軍，兼禮部尚書判三司事，進樞密使鮑思潤同平章事，令羽林統軍使黃紹頗，為泉州刺史，左軍使程文緯為漳州刺史，汀州刺史許文稹，舉郡降文進，文進許為原官。部署少定，因派人四出報告，且向晉奉表稱藩。晉授文進為威武節度使，知閩國事。獨殷主延政，倡議討逆，先遣統軍使吳成義，率兵擊閩，與戰不利。再遣部將陳敬佺，領兵三千，屯尤溪及古田，盧進率兵二千屯長溪，作為援應。

泉州指揮使留從效，語同僚王忠順、董思安、張漢思道：「朱文進屠滅王氏，遣腹心分據諸州，我輩世受王氏恩，乃交臂事賊，一旦富沙王攻克福州，我輩且死有餘愧了！」王、董等也以為然，從效即召部下壯士，夜飲家中，酒酣與語道：「富沙王已平福州，密旨令我等討黃紹頗，我觀諸君狀貌，皆非貧賤士，何不乘此討賊？能從我言，富貴可圖，否則禍且立至了！」眾壯士不以為詐，踴躍效命，各出持白梃，逾垣入刺史署，擒住紹頗，剁作兩段。從效入取州印，赴延政族子王繼勳宅中，請主軍府，自稱平賊統軍使，函紹頗首，遣兵馬使陳洪進動詣建州。延政立授繼勳為泉州刺史，從效、洪進為都指揮使。漳州將陳謨，聞風起應，亦殺刺史程文緯，請王繼成權知州事。繼成也是延政族子，與繼勳同居疏遠，所以文進篡位，王氏親族多死，唯二人幸全。汀州刺史許文稹，又見風駛帆，奉表降殷。

朱文進聞三州生變，慌得手足無措，忙懸重賞募兵，得二萬人，令部下林守諒、李廷諤為將，往攻泉州，鉦鼓聲達百里。殷主延政，也遣大將軍杜進，率兵二萬救泉州。留從效得了援師，開城出戰，與杜進夾攻閩軍。閩軍兵皆烏合，似鳥獸散，林守諒戰死，李廷諤被擒。捷報飛達建州，延政因促吳成義，率戰艦千艘，速攻福州。朱文進求救吳越，遣子弟為質，吳越尚未出師，殷軍已集城下。那時唐主璟已從查文徽請，遣都虞侯邊鎬攻殷。吳成義嚇迫閩人，反詐稱唐軍援己，閩人大恐。朱文進無法可施，因遣同平章事李光準詣建州，齎獻國寶。

光準方行，部吏已有貳心。南廊承旨林仁翰，密語徒眾道：「我輩世事王氏，今受制賊臣，倘富沙王到來，有何面目相見呢？」眾應聲道：「願聽公令！」仁翰便令眾被甲，徑趨連重遇第，重遇嚴兵自衛，由仁翰執槊直前，刺殺重遇，斬首示眾道：「富沙王將至，恐汝等要族滅了！現我已殺死重遇，去一逆黨，汝等何不亟取文進，贖罪圖功？」大眾聽到此言，一齊摩拳擦掌，闖入闕廷，饒你文進威焰薰天，至此變成一個獨夫，立被亂軍拖出，亂刀齊下，粉骨碎身！惡人終有惡報，世人何苦作惡！

當下大開城門，迎吳成義入城。成義驗過二人首級，傳送建州，並由閩臣附表，請殷主延政歸閩。延政因唐兵方至，未暇徙都，但命從子繼昌，出鎮福州，改號福州為南都，且復國號為閩。發南都侍衛及左右兩軍甲士萬五千人，同至建州，抵禦唐兵。小子有詩嘆道：

外侮都從內訌招，一波才了一波搖；閩江波浪喧豗甚，春色原來已早凋。

欲知閩唐爭戰情形，且容下回續敘。

五季之世，雖為天地閉塞之時，然亦未嘗無公理。南漢主劉龑，暴虐不仁，以殺人為快事，竟得安享國家，至二十有六年之久，且生子至十有九人，幾疑天心助暴，公理盡亡。且弘熙殺兄屠弟，淫刑以逞，弘度荒耽酒色，死不足惜，諸弟無辜，亦遭毒手，冥漠豈真無憑，意者其假手弘熙，俾龑子之無噍類，以償其殺人之罪惡乎！即如閩亂情形，成自篡弒，子可弒父，弟何不可叛兄！臣何不可戕君！朱文進、連重遇兩逆，連斃二主，自以為凶橫無敵，而卒歸誅夷，報施不爽，公理固自在也。彼唐主昪雖得國不正，而休兵息民，終為彼善於此。嗣主璟篤愛同胞，迎養庶母，孝友可風，大節已著，即無失政，而卒免篡弒之禍。閱者於夾縫中求之，可知公理昭昭，著書人固已道破也。

第三十三回　得主援高行周脫圍　迫父降楊光遠伏法

卻說唐閩交爭的時候，正晉遼失好的期間。晉主重貴，自信任一個景延廣，向遼稱孫不稱臣，遼主已有怒意，見三十一回。會遼回圖使喬榮，來晉互市，置邸大梁。回圖使系遼官名，執掌通商事宜。榮本河陽牙將，從趙延壽降遼，遼主因他熟悉華情，令充此使。偏景延廣喜事生風，說榮為虎作倀，力勸晉主捕榮，拘繫獄中。晉主不管好歹，唯言是從。延廣既將榮下獄，復把榮邸存貨，盡行奪取，再命境內所有遼商，一律捕誅，沒貨充公。彷彿強盜行徑。晉廷大臣，恐激怒北廷，乃上言遼有大功，不應遽負。晉主重貴，難違眾議，因釋榮出獄，厚禮遣歸。

榮過辭延廣，延廣張目道：「歸語爾主，勿再信趙延壽等誑言，輕侮中國，須知中國士馬，今方盛強，翁若來戰，孫有十萬橫磨劍，盡足相待，他日為孫所敗，貽笑天下，悔無及了！」大言不慚者，其鑑之。榮正慮亡失貨財，不便歸報，既聞延廣大言，遂乘機對答道：「公語頗多，未免遺忘，敢請記諸紙墨，俾便覽憶！」延廣即令屬吏照詞筆錄，付與喬榮。榮歡然別去，歸至西樓，即將書紙呈上。遼主耶律德光，不瞧猶可，瞧著此紙，勃然大怒，立命將在遼諸晉使，縶住幽州，一面集兵五萬，指日南侵。

是時晉連遭水旱，復遇飛蝗，國中大飢。晉廷方遣使六十餘人，分行諸道，搜括民穀。一聞遼將入寇，稍有知識的官吏，自然加憂。桑維翰已入為侍中，力請卑辭謝遼，免起兵戈。獨景延廣以為無恐，再四阻撓。那晉主重貴，始終倚任延廣，還道平遼妙策，言聽計從。朝臣領袖，除延廣外，要算維翰，維翰言不見用，還有何人再來多嘴。河東節度使劉知遠，料定延廣鹵莽，必致巨寇，只因不便力爭，但募兵戍邊，奏置興捷武節等十餘軍，為固圉計。為後文代晉張本。

平盧節度使楊光遠，已蓄異謀。見三十回。從前高祖嘗借給良馬三百匹，景延廣又特傳詔命，發使索還。光遠不得已取繳，密語親吏道：「這明明是疑我呢！」遂發使至單州，召子承祚使歸。承祚本為單州刺史，聞召後，即託詞母病，夜奔青州。晉廷遣飛龍使何超權知單州事，且頒賜光遠金帛，及玉帶御馬，隱示羈縻。這卻不必。光遠視恩若仇，竟密遣心腹至遼，報稱晉主負德背盟，境內大飢，公私困敝，乘此進攻，一舉可滅等語。遼主已躍躍欲動，再加趙延壽從旁慫恿，便語延壽道：「我已召集山後及盧龍兵五萬人，令汝為將。汝此去經略中原，如果得手，當立汝為帝！」

延壽聞命，喜歡的了不得，忙伏地叩謝。謝畢起身，即統兵起程。到了幽州，適留守趙思溫子延照，自祁州奔至父所。見三十回。當由延壽命為先鋒，驅軍南下，直逼貝州。

晉主重貴方因即位踰年，御殿受賀，慶賞上元，忽接到貝州警報，說是危急異常。重貴召群臣計議，群臣多說道：「貝州系水陸要衝，關係甚大，但前此已撥給芻粟，厚為防備，大約可支持十年，為什麼一旦遇寇，便這般緊急哩！」重貴道：「想是知州吳巒，虛張敵焰，待朕慢慢兒的遣將援他便了！」救兵如救火，奈何遲緩！

過了數日，又有警信到來，乃是貝州失守，吳巒死節。於是晉廷君臣，才覺著忙。看官閱過前文，應知吳巒在雲州時，守城半年，尚不為動，此次何故速敗，與城俱亡？原來貝州升為永清軍，曾由節度使王周管轄。見三十回。王周調任，改用王令溫。令溫因軍校邵珂，凶悖不法，將他斥革。珂陰懷怨望，潛結遼軍。會令溫入朝執政，保舉吳巒，權知州事。巒才到任，遼兵大至，城中將卒，與巒素不相習，怎能驅使得人？巒尚推誠撫士，誓眾守城，將士頗為感奮，願效死力。那居心叵測的邵珂，也居然在吳巒前，自告奮勇，情願獨當一面。巒不知有詐，優詞獎勉，令他率兵守南門，自統將吏守東門。趙延壽麾眾猛撲，經巒登陴督守，所有遼人攻具，多被巒用火撲毀，殘缺不全。極寫吳巒。既而遼主耶律德光，親率大軍至貝州城下，再行進攻，巒毫不膽怯，一面向晉廷乞援，一面督將吏死守。不意邵珂竟大開南門，迎納遼兵。遼兵一擁而入，全城大亂。巒懊悔不及，尚率將吏巷戰，待至支持不住，自赴井中，投水殉難。貝州遂陷，被殺至萬人。

晉廷聞報，乃命歸德節度使高行周為北面行營都部署，河陽節度使符彥卿為馬軍左廂排陣使，右神武統軍皇甫遇為馬軍右廂排陣使，陝府節度使王周為步軍左廂排陣使，左羽林將軍潘環為步軍右廂排陣使，率兵三萬，往御遼兵。晉主重貴，更下詔親征，擇日啟鑾。可巧成德節度使杜威，即杜重威，因避晉主名諱，去一重字。遣幕僚曹光裔至青州，為楊光遠陳說禍福。光遠即令光裔入奏，詭言存心不二，臣子承祚私歸，實由省視母病，既蒙恩宥，全族荷恩，怎敢再作他想，重貴信以為真，仍命光裔復往慰諭。其實光遠何嘗變計，不過為緩兵起見，權作哀詞。重貴以為東顧無憂，可以安心北征，命前邠州節度使李周為東京留守，自率禁軍啟行。授景延廣為御營使，一切方略號令，悉歸延廣主裁。

途次連接各道警報，河東奏稱遼兵入雁門關，恆、邢、滄三州，亦俱報寇入境內，滑州又飛奏遼主至黎陽。重貴乃命河東節度使劉知遠為幽州道行營招討使，成德節度使杜威為副。再派右武衛上將軍張彥澤等，赴黎陽御遼。因恐遼兵勢盛，未可輕敵，更派譯官孟守忠，致書遼主，乞修舊好。遼主覆書道：「事勢已成，不可復改了！」

重貴未免心焦，硬著頭皮，行至澶州。探報謂遼主屯元城，趙延壽屯南樂，又覺得與敵相近，益加愁煩。鎮日裡軍書旁午，應接不遑。太原劉知遠，奏破遼偉王於秀容，斬首三千級，餘眾遁去。一喜。知鄆州顏衎，遣觀察判官竇儀馳報，說是博州刺史周儒舉城降遼，又與楊光遠通使往來，引遼兵自馬家口渡河，左武衛將軍察行遇戰敗，竟為所擒。一憂。

重貴憂喜交並，只好請出這位全權大使景延廣，與議軍情。竇儀語延廣道：「虜若渡河，與光遠合，河南兩面受敵，勢且難保了！」延廣也以為然，乃派侍衛馬軍都指揮使李守貞，及神武統軍皇甫遇，陳州防禦使梁漢璋，懷州刺史薛懷讓，統兵萬人，沿河進御。驀接高行周、符彥卿等急報，謂軍至戚城，被遼兵圍住，請即發兵相援。延廣本已下令，飭諸將分地拒守，毋得相救，此次來使請師，稍與軍令有違，不如觀望數天，再作計較。以人命為兒戲，安能不亡國敗家！

嗣是戚城軍報，日緊一日，始入白重貴。重貴大驚道：「這是正軍，怎得不救！」延廣道：「各軍已皆派往別處，現在只有陛下親軍，難道也派往不成！」重貴奮然道：「朕自統軍赴援，有何不可！」改怯為勇，想是被延廣激起。遂召集衛軍，整轡前行。

將至戚城附近，遙聞鼓角喧天，料知兩軍開戰，當下麾軍急進，僅越裡許，已達戰場。遙見敵騎甚眾，縱橫滿野，一少年驍將，白袍白馬，翼住行營都部署高行周，衝突出圍，敵騎四面追來，被少將張弓迭射，左射左倒，右射右倒，敵皆披靡。重貴乘勢殺上，高行周見御駕親援，也翻身再戰，救出左廂排陣使符彥卿，及先鋒指揮使石公霸，殺斃遼兵甚多。

遼兵遁去。

重貴登戚城古臺，慰勞三將，三將齊聲道：「臣等早已告急，待援不至，幸蒙陛下親臨，始得重生。」重貴不禁失聲道：「這皆為景延廣所誤！延廣遲報數日，所以朕來得太遲了。」三人淒然道：「延廣與臣等何仇，不肯遣兵救急？」說至此，相對泣下。經重貴好言撫慰，始各收淚。重貴問少將為誰？行周道：「是臣兒懷德。」點出高懷德，語加鄭重。重貴立即召見，賜給弓馬，懷德拜謝，重貴仍還次澶州。

這邊方奏凱班師，那邊亦捷書馳至，李守貞等至馬家口正值遼兵築壘，步兵為役，騎兵為衛，當由守貞等衝殺過去，騎兵退走。晉軍乘勝攻壘，應手即下，遼兵大潰，乘馬赴河，溺死數千人，戰歿亦數千人，還有駐紮河西的遼兵，見河東失敗，也痛哭退還，遼人始不敢東侵了。守貞生擒敵將七十八人，及部眾五百人，解送澶州，一併伏法。又有夏州節度使李彝殷，奏稱合蕃、漢兵四萬，從麟州渡河，攻入遼境，牽制敵勢，有詔授彝殷為西南面招討使。尋聞楊光遠欲西會遼兵，即命前保義節度使石贇，分兵屯戍鄆州，防禦光遠。且命劉知遠帶領部眾，自土門出恆州，會同杜威各軍，掩擊遼兵。知遠不肯受命，但移屯樂平，逗留不進。

遼主耶律德光，聞各路失利，已萌退志，又未甘遽退，特想出一計，偽棄元城，聲言北歸，暗在古頓、邱城旁，埋伏精騎，等候晉軍。鄴都留守張從恩，屢奏稱虜已遁去，晉軍意欲追擊，為霖雨所阻，方才停止。遼兵埋伏經旬，並不見晉軍追來，反弄得人馬饑疲。遼主因計不得逞，唏噓不已。趙延壽進策道：「晉軍畏我勢盛，必不敢前，不如進薄澶州，四面合攻，得據住浮梁，便可長驅中原了！」遼主依議，即於三月朔日，自督兵十餘萬，進攻澶州。自城北列陣，橫亙至東西兩隅，端的是金戈揮日，鐵騎成雲。高行周等自戚城進援，前鋒與遼兵對仗，自午至晡，不分勝負。遼主自領精騎，前來接應，晉主重貴，亦出陣待著。遼主望見晉軍頗盛，顧語左右道：「楊光遠謂晉遇饑荒，兵多餒死，為何尚這般強盛呢？」遂分精騎為兩隊，左右夾擊晉軍，晉軍屹立不動。等到遼兵趨近，卻發出一聲梆響，接連是萬弩齊發，飛矢蔽空，遼兵前隊，多半中箭，當然退卻。又攻晉軍東偏，兩下里苦戰至暮，互有殺傷。遼主知不能勝，引兵自去，至三十里外下營。

既而北去，有帳中小校竊馬來奔，報稱遼主已收兵北歸，景延廣疑他有詐，閉營高坐，不敢追躡。那遼主卻分軍為二，一出滄德，一出深冀，安然歸去。所過焚掠一空，留趙延壽為貝州留後。別將麻答陷德州，把刺史尹居璠拘去。嗣由緣河巡檢梁進，募集鄉社民兵，乘敵出境，復將德州取還。

晉主重貴，因遼兵已退，留高行周、王周鎮守澶州，自率親軍歸大梁。侍中桑維翰，劾奏景延廣不救戚城，專權自恣，乃出延廣為西京留守。延廣鬱鬱無聊，唯日夕縱酒，藉以自娛。旋因朝使出括民財，河南府出緡錢二十萬，延廣擅增至三十七萬，意欲把十七萬緡，中飽私囊。判官盧億進言道：「公位兼將相，富貴已極，今國家不幸，府庫空虛，不得已取諸百姓，公奈何額外求利，徒為子孫增累呢！」延廣也不覺懷慚，方才罷議。尚有人心。

各道橫斂民財，鎖械刀杖，備極苛酷，百姓求生不得，求死不能。再加朝旨驅民為兵，號武定軍，得七萬餘人，每七戶迫出兵械，供給一卒，可憐百姓無從呼籲，統害得賣妻鬻子，蕩產破家。那晉主重貴，尚下詔改元開運，連日慶賀，朝歡暮樂，曉得甚麼民間痛苦，草野流離。坐是速亡。

鄴都留守張從恩，上言趙延壽雖據貝州，部眾統久客思歸，正好伺隙進擊。奉詔授為貝州行營都部署，督將士規復貝州。當下麾兵往攻。及抵貝州城下，趙延壽已棄城遁去。城中煙焰迷濛，餘火未息。從恩入城撲救，盤查府庫，已無一錢，民居亦被劫無遺，徒剩得一座空城了。

未幾滑州河決，水溢汴、曹、單、濮、鄆五州，朝命發數道丁夫，堵塞決口，好容易才得堵住。晉主重貴，欲刻碑記事，中書舍人楊昭進諫，疏中有「刻石紀功，不若降哀痛之詔，染翰頌美，不若頒罪已之文」，四語最為懇切。重貴方將原議擱起。

嗣有人謂宰相馮道，依違兩可，無補時艱，特出道為匡國軍節度使，進任桑維翰為中書令，兼樞密使。維翰再秉國政，盡心措置，紀綱少振，頗有轉機。且授劉知遠為北面行營都統，晉封北平王，杜威為招討使，督率十三節度，控御朔方。維翰在內指揮，自行營都統以下，無敢違命，時人多服他膽略。唯權位既重，四方賂遺，競集門庭，僅閱一歲，積資鉅萬。並且恩怨太明，睚眦必報，又生成一張大面，耳目口鼻，無不廣大。僚屬按班進見，仰視聲威，無不失色，所以秉政歲餘，漸有謗言。磨穿鐵硯之桑維翰，亦未能免俗，可嘆！

楊光遠素為維翰所嫉，至是維翰必欲除去光遠，遂專任侍衛馬步都虞侯李守貞，率步騎二萬，進討青州。光遠方自棣州敗還，突聞守貞兵到，慌忙領兵守城，且遣使求救遼廷。守貞奮力督攻，四面兜圍，困得水洩不通。光遠日望遼兵來援，那知遼兵只來得千餘人，被齊州防禦使薛可言，中途擊退。城中援絕勢孤，糧食漸盡，兵士多半餓死。光遠料不能出，自登城上，遙向北方叩首道：「皇帝皇帝，誤我光遠了！」誰叫你叛國事虜？言已泣下，光遠子承勳、承信、承祚等，勸光遠出降，光遠搖首道：「我在代北時，嘗用紙錢駝馬祭天，入池沈沒，人皆說我當作天子，我且死守待援，勿輕言降晉哩！」承勳等怏怏退下，回憶謀叛首領，實出判官邱濤，及親校杜延壽、楊贍、白承祚數人，乃俟光遠回府，竟號召徒眾，殺死邱、杜、楊、白四人，函首出送晉營。一面縱火大噪，劫光遠出居私第，然後開城迎納官軍，派即墨縣令王德柔上表謝罪。

德柔齎表入都，晉主重貴覽表，躊躇未決，召桑維翰入問道：「光遠罪大宜誅，但伊子歸命，可否為子免父？」維翰忙接口道：「豈有逆狀滔天，尚可輕赦？望陛下速正明刑。」重貴始終懷疑，俟維翰退後，唯傳命軍前，飭李守貞便宜從事。守貞已入青州，接到廷寄，乃遣客省副使何延祚，率兵入光遠私第，拉死光遠，便算了案。上書報聞，詭言光遠病死。晉主重貴，反起復楊承勳為汝州防禦使。乃父叛君，諸子劫父，不忠不孝，同一負辜，可笑那重貴賞罰不明，縱容叛逆，徒養成一班無父無君的禽獸，那裡能保有國家呢！評論精嚴！

先是光遠叛命，中外大震，有朝士揚言道：「楊光遠欲謀大事麼？我實不值！光遠素患禿瘡，伊妻又嘗跛足，天下豈有禿頭天子，跛腳皇后麼？」為這數語，轉令人心漸靖，不到一年，光遠果然伏誅了！

遼主耶律德光，聞光遠被誅，青州歸晉，又擬大舉入寇。令趙延壽引兵先進，前鋒直達邢州。成德節度使杜威，飛章告急。晉主復欲親征，會遇疾不果，乃調張從恩為天平節度使，馬全節為鄴都留守，會同護國軍節度使安審琦，武寧軍節度使趙在禮，共禦遼兵。在禮屯鄴都，餘軍皆屯邢州，兩下俱按兵不戰。遼主德光，復率大兵踵至，建牙元氏縣，聲勢甚盛。各軍已有懼意，再經晉廷戒他慎重，越加惶恐，頓時未戰先卻，沿途拋棄甲仗，無復部伍。匆匆奔至相州，勉強過了殘冬。

開運二年正月，朝旨命趙在禮退屯澶州，馬全節還守鄴都，另遣右神武統軍張彥澤，出戍黎陽，西京留守景延廣，出扼胡梁渡。遼兵大掠邢、洺、磁三州，進逼鄴境。張從恩、馬全節、安審琦三軍，同時會集，列陣相州安陽水南，為截擊計。神武統軍皇甫遇，方加官檢校太師，出任義成軍節度使，也聞難前來，與濮州刺史慕容彥超，帶著數千騎兵，作為遊騎，先去偵探敵勢。自旦至暮，未見回來，安陽諸將，免不得驚訝起來。正是：

軍情艱險原難測，兵報稽遲促暗驚。

究竟皇甫遇馳往何處，容至下回表明。

石晉之向遼稱臣，原一大謬。但鑄錯已成，勢難驟改。重貴新立，皇綱未振，乃誤信一景延廣，向遼挑釁，遼主入寇無功，旋即引去，此豈重貴之果能卻敵，實由天奪之鑑，促其波亡耳！景延廣雖被劾外調，而進任者為一桑維翰，悉心秉政，頗有轉機。然賄賂公行，恩怨必報，究非大臣風度。且幽、涿十六州，淪沒虜廷，創此議者為誰，而可謂無罪乎？楊光遠引虜入侵，甘心叛主，實欲效石敬瑭故事，但禿瘡天子，跛腳皇后，久為世笑，安能有成？唯重貴不能明正典刑，徒令李守貞之遣人拉死，反以病卒見告，叛命者可以免罪，則天下誰不思藉蠻夷力，竊皇帝位乎？故遼兵再舉，而虎倀甚多。石晉不亡於內亂，而亡於外寇，有以夫！

第三十四回　戰陽城遼兵敗潰失建州閩主覆亡

卻說義成節度使皇甫遇，與濮州刺史慕容彥超，往探敵蹤，行至鄴縣漳水旁，正值遼兵數萬，控騎前來。遇等且戰且卻，至榆林店，後面塵頭大起，見遼兵無數馳至，遇語彥超道：「我等寡不敵眾，但越逃越死，不如列陣待援。」彥超亦以為然，乃布一方陣，露刃相向。遼兵四面衝突，由遇督軍力戰，自午至未，約百餘合，殺傷甚眾。遇坐馬受傷，下騎步戰。僕人顧知敏，讓馬與遇。遇一躍上馬，再行衝鋒，奮鬥多時，才見遼兵少卻。旁覓知敏，已經失去，料知為敵所擒，便呼彥超道：「知敏義士，怎可輕棄！」彥超聞言，便怒馬突入遼陣，遇亦隨往，從槍林箭雨中，救出知敏，躍馬而還。義勇可風。

時已薄暮，遼兵又調出生力軍，前來圍擊，遇復語彥超道：「我等萬不可走，只得以死報國了！」乃閉營自固，以守為戰。安陽諸將，怪遇等至暮未歸，各生疑慮。安審琦道：「皇甫太師，寂無聲問，想必為敵所困。」言未已，有一騎士馳來，報稱遇等被圍，危急萬狀。審琦即引騎兵出行。張從恩問將何往？審琦慨然道：「往救皇甫太師！」如聞其聲。從恩道：「傳言未必可信，果有此事，虜騎必多，夜色昏皇，公往何益！」審琦朗聲道：「成敗乃是天數，萬一不濟，亦當共受艱難，倘使虜不南來，坐失皇甫太師，我輩何顏還見天子！」審琦亦頗忠勇。說至此，已揚鞭馳去，逾水急進，遼兵見有援師，便即解圍。遇與彥超，才得偕歸相州。

張從恩道：「遼主傾國南來，勢甚洶湧，我兵不多，城中糧又不支一旬，倘有奸人告我虛實，彼虜悉眾來圍，我等死無葬地了。不若引兵就黎陽倉，倚河為拒，尚保萬全。」審琦等尚未從議，從恩麾軍先走，各軍不能堅持，相率南趨，擾亂失次，如邢州潰退時相同。從恩只留步卒五百名，守安陽橋，夜已四鼓。

知相州事符彥倫，聞各軍退去，驚語將佐道：「暮夜紛紜，人無固志，區區五百步卒，怎能守橋！快召他入城，登陴守禦。」當下遣使召還守兵，甫經入城，天色已曙。遙望安陽水北，已是敵騎縱橫。彥倫命將士乘城，揚旗鳴鼓，佯示軍威。遼兵不知底細，總道是兵防嚴密，不敢徑進。彥倫復出甲士五百，列陣城北，遼兵益懼，至午退歸。

北面副招討使馬全節等，奏稱虜眾引還，宜乘勢大舉，出襲幽州。振武節度使折從遠，又表稱截擊歸寇，進攻勝朔。於是晉主重貴，復起雄心，召張從恩入都，權充東京留守，自率親軍往滑州。命安審琦屯鄴都，再從滑州趨澶州，馬全節部軍，依次北上。劉知遠在河東，得知消息，不禁嘆息道：「中原疲敝，自守尚恐不足，今乃橫挑強胡，幸勝且有後患，況未必能勝呢！」你也未免觀望。

遼主尚未知晉主親出，但取道恆州，向北旋師。前驅用羸兵帶著牛羊，趨過祁州城下，刺史沈斌，望見遼兵羸弱，以為可取，遂派兵出擊。不意兵已出發，那後隊的遼兵，突然掩至，竟將州兵隔斷，趁勢急攻。斌登城督守，趙延壽在城下指揮遼兵，仰首呼斌道：「沈使君！你我本系故交，想區區孤城，如何得保！不如趨利避害，速即出降。」斌正色答道：「公父子失計，陷沒虜廷，忍心害理，敢率犬羊遺裔，來噬父母宗邦，試問公具有天良，奈何不自愧恥，尚有驕色。斌弓折矢盡，寧為國家死節，終不效公所為！」對牛彈琴。延壽惱羞成怒，撲攻益急，兩下相持一晝夜，待至詰朝，城被攻破，斌即自殺。延壽擄掠一週，出城自歸。

晉主再命杜威為北面行營都招討使，領本道兵，會馬全節等進軍。杜威乃進兵定州，派供奉官蕭處鈞，收復祁州，權知州事。一面會同各軍，進攻泰州，遼刺史晉廷謙開城出降。

晉軍乘勝攻滿城，擒住遼將沒刺，復移兵拔遂城。

遼主耶律德光，還至虎北口，迭接晉軍進攻消息，又擁眾南向，麾下約八萬人。晉營哨卒，報知杜威，威不禁生畏，拔寨遽退，還保泰州。及遼軍進逼，再退至陽城，那遼主不肯休息，鼓行而南，晉軍退無可退，不得不上前廝殺。可巧遇著遼兵前鋒，即兜頭攔截，一陣痛擊，殺敗遼兵，逐北十餘里，遼兵始逾白溝遁去。

越二日，晉軍結隊南行，才經十餘里，忽遇遼兵掩住，四面環攻。晉軍突圍而出，至白團衛村，依險列陣，前後左右，排著鹿角，權作行寨。遼兵一齊奔集，攢聚如蟻，又把晉營圍住，並用奇兵繞出營後斷絕晉軍糧道。是夜東北風大起，拔木揚沙，很是利害。晉營中掘井取水，方見泉源，泥輒倒入，軍士用帛絞泥，得水取飲，終究不能解渴，免不得人馬俱疲。挨至黎明，風勢愈劇，遼主德光，踞坐胡車，大聲發令道：「晉軍止有此數，今日須一律擒住，然後南取大梁。」遂命鐵鷂軍遼人稱精騎為鐵鷂。同時下馬，來踹晉營。拔去鹿角，用短兵殺入，後隊更順風揚火，聲助兵威。

晉軍至此，卻也憤怒起來，齊聲大呼道：「都招討使！何不下令速戰！難道甘束手就死麼？」杜威尚是遲疑，徐徐答道：「俟風少緩，再定進止。」李守貞進言道：「敵眾我寡，現值風揚塵起，彼尚未辨我軍多少，此風正是助我，若再不出軍奮擊，一俟風緩，吾屬無噍類了！」說至此，便向眾齊呼道：「速出擊賊。」又回頭語威道：「公善守禦，守貞願率中軍決死了。」馬軍排陣使張彥澤欲退，副使藥元福力阻道：「軍中飢渴已甚，一經退走，必且崩潰。敵謂我不能逆風出戰，我何妨出彼所料，上前痛擊，這正是兵法中詭道哩！」馬步軍都排陣使符彥卿，亦挺身出語道：「與其束手就擒，寧可拚生報國！」遂與彥澤、元福，拔關出戰。皇甫遇亦麾兵躍出，縱橫馳驟，銳不可當，遼兵辟易，倒退至數百步。風勢越吹越大，天愈昏暗，幾乎不辨南北，彥卿與守貞相遇，並馬與語道：「還是曳隊往來呢？還是再行前進，以勝為度呢？」守貞道：「兵利速進，正宜長驅取勝，怎得回馬自沮！」彥卿乃呼集諸軍，擁著萬餘騎，橫擊遼兵，吶喊聲震動天地。遼兵大敗而走，勢如崩山，晉軍追逐至二十餘里。

遼鐵鷂軍已經下馬，倉猝不能復上，委棄馬仗，滿積沙場，及奔至陽城東南水上，始稍稍成列。杜威聞勝出追，行至陽城，遙見遼兵正在佈陣，乃下令道：「賊已破膽，不宜更令成列！」因遣輕騎馳擊，也來駛順風船麼？遼兵皆逾水遁去。耶律德光乘車北走千餘里，得一橐駝，改乘急走。諸將請諸杜威，謂急追勿失。杜威獨揚言道，「遇賊幸得不死，尚欲索取衣囊麼？」總不肯改過本心。李守貞接入道：「兩日以來，人馬渴甚，今得水暢飲，必患腳腫；不如全軍南歸為是。」乃退保定州，嗣復自定州引還，晉主也即還都。

杜威歸鎮，表請入朝，晉主不許。看官道他何意？原來杜威久鎮恆州，自恃貴戚，貪縱無度，往往託詞備邊，斂取吏民錢帛，入充私橐。富室藏有珍貨，及名姝駿馬，必設法奪取，甚且誣以他罪，橫加殺戮，沒資充公。至虜騎入境，他卻畏縮異常，任他縱掠，屬城多成榛莽。自思境內殘敝，又適當敵衝，不如入都覲主，面請改調。晉主重貴不許，他竟不受朝命，委鎮入朝。

朝廷聞報，相率驚駭。桑維翰入奏道：「威常憑恃勛親，邀求姑息，及疆埸多事，無守禦意，擅離邊鎮，藐視帝命。正當乘他入朝，降旨黜逐，方免後患！」晉主重貴，默然不答，面上反露出二分慍意。維翰又道：「陛下若顧全親誼，不忍加罪，亦只宜授他近京小鎮，勿復委鎮雄藩。」重貴才出言道：「威與朕至親，必無異志，但長公主欲來相見，所以入朝，願卿勿疑！」維翰怏怏趨出。嗣是不願再言國事，託詞足疾，上表乞休。晉主總算慰留。

未幾杜威入都，果挈妻同至。妻係晉主女弟，已進封宋國長公主，至是入宮私覲，替威面請，求改鎮鄴都。晉主重貴，立即應諾，命威為鄴都留守，仍號鄴都為天雄軍，令兼充節度使。為了兄妹的私情，竟把宗社送掉了。調故留守馬全節鎮成德軍。威欣然辭行，挈妻偕往。馬全節調任未幾，即報病歿，後任為定州節度使王周，用前易州刺史安審約充定州留後，這也無容絮述。

且說遼主連年入寇，中國原被他蹂躪，受害不堪，就是北廷人畜，亦多致亡死。述律太后語德光道：「今欲令漢人為遼主，汝以為可行否？」德光答言不可。述律太后復道：「汝不欲漢人主遼，奈何汝欲主漢？」德光答道：「石氏負我太甚，情不可容！」述律太后道：「汝今日雖得漢土，亦不能久居，萬一蹉跌，後悔難追！」又顧語群下道：「漢兒怎得一向眠，自古但聞漢和蕃，不聞蕃和漢，若漢兒果能回意，我亦何惜與和。」這消息傳入大梁，桑維翰含忍不住，復勸晉主向遼修和，稍紓國患。晉主重貴，乃使供奉官張暉，奉表稱臣，往遼謝過。

遼主德光道：「使景延廣、桑維翰自來，再割鎮、定兩道與我，方可言和。」張暉不敢多辯，歸白晉主。晉主謂遼無和意，不再遣使。且默憶遼兵兩入，均得擊退，自謂可無後虞，樂得安享太平，耽戀酒色。凡四方貢獻珍奇，盡歸內府，選嬪御，廣宮室，多造器玩，崇飾後庭。在宮中築織錦樓，用織工數百，製成地毯，期年甫成。又往往召入優伶，夤夜歌舞，賞賜無算。尋且因各道貢賦，統用銀兩，遂命將銀易金，取藏內庫，笑語侍臣道：「金質輕價昂，最便攜帶。」後人即指為北遷預兆。驕侈如此，即無以金易銀之舉，寧能免虜！桑維翰復進諫道：「強鄰在邇，未可偷安！曩時陛下親御胡寇，遇有戰士重傷，且不過賞帛數端。今優人一談一笑，偶爾稱旨，輒賜束帛萬緡，並給錦袍銀帶，彼戰士寧無見聞！將謂陛下待遇優伶，遠過戰將，勢必灰心懈體，尚誰肯奮身效力，為陛下保衛社稷呢？」重貴不從。

樞密使馮玉，專事逢迎，甚得主歡，兄妹本是同情。竟升任同平章事。玉嘗有微疾，乞假在家，重貴語群臣道：「自刺史以上，俟馮玉病癒視事，方可遷除。」嗣是內外官吏，多趨奉馮玉，門庭如市。還有宣徽南院使李彥韜，傾邪儉巧，素為高祖幸臣，至此復與馮玉聯絡，得充侍衛馬軍都指揮使，晉官檢校太保。兩孌專權，朝政益壞。

先是重貴有疾，桑維翰嘗遣女僕入宮，朝見太后，且問皇弟重睿，曾否讀書。語為重貴所聞，未免芥蒂。至馮玉擅權，偶與談及，玉即謂維翰有意廢立，益觸動重貴疑心。李彥韜是馮家走狗，當然與玉相聯，排斥維翰。還有天平節度使李守貞，亦與維翰有隙，內外搆陷，立將維翰捽去，罷為開封尹，進前開封尹趙瑩為中書令，左僕射李崧為樞密使，司空劉昫判三司。維翰政權被奪，遂屢稱足疾，謝絕賓客，不常朝謁。或語馮玉道：「桑公系是元老，就使撤除樞務，亦當委任重藩，奈何令為開封尹，徒治理瑣務呢！」玉半晌才道：「恐他造反囉！」或又道：「彼乃儒生，怎能造反？」玉復道：「自己不能造反，難道不能教人造反麼？」朝臣以玉黨同伐異，嘖有煩言。玉內恃懿戚，外結藩臣，遂把那石氏一家，輕輕的送與他人了。

小子因開運二年的秋季，閩為唐滅，不得不按時敘入，只好把晉事暫停，另述閩事。應三十二回。閩主延政，與唐相拒，不分勝負。唐安撫使查文徽，屢請益兵，唐主璟更派都虞侯何敬洙為建州行營招討使，將軍祖全恩為應援使，姚鳳為都監，率兵數千攻建州，由崇安進屯赤嶺。閩主延政，遣僕射楊思恭，統軍使陳望，率兵萬人，前往抵禦。望列柵水南，旬餘不戰，唐人也不敢進逼。偏思恭傳延政命，促望出擊。望答道：「江淮兵精將悍，不可輕敵，我國安危，系此一舉，須謀出萬全，然後可動！」思恭變色道：「唐兵深入，主上寢不交睫，委命將軍。今唐軍不過數千，將軍擁眾萬餘，不急督兵出擊，徒然老師糜餉，試問將軍如何對得住主上呢？」望不得已引軍涉水，與唐交仗。

唐將祖全恩見閩兵到來，只用千人對仗，佯作虧輸，誘望窮追。望猛力追去，驀聽得後隊大噪，急忙回顧，已被唐兵截作數段，頓時腳忙手亂，不及施救。唐將姚鳳攬入中堅，先將帥旗砍翻，祖全恩又自前殺入。兩唐將交逼陳望，望心膽愈裂，偶然失防，身已中槊，一個倒栽蔥，跌落馬下，立刻送命。望能守，不能戰，故致喪身。楊思恭並不援應，一聞陳望陣亡，即慌忙逃回。延政大懼，嬰城自守，且向泉州調將董思安、王忠順，使率本州兵五千，分防建州要害。王、董二人見三十二回。

偏建州未能免兵，福州又復生變。從前福州指揮使李仁達，叛曦奔建州，延政用以為將。及朱文進叛曦，仁達復奔還福州，為文進謀取建州。文進慮他多詐，黜居福清。尚有著作郎陳繼珣，亦叛延政入福州。至延政子繼昌，由延政派為福州鎮守，仁達、繼珣，恐難免罪，意欲先發制人。繼昌闇弱嗜酒，不恤將士，部下多生怨謗，延政曾防到此著，遣指揮使黃仁諷，為鎮遏使，率兵保護繼昌。繼昌瞧不起仁諷，仁諷亦不免介意。仁達、繼珣，乘間進語仁諷道：「今唐兵乘勝南下，建州孤危，富沙王不能保有建州，怎能顧及福州？昔王潮兄弟，皆光山布衣，取福建尚如反掌，況我等乘此機會，自圖富貴，難道不及王潮兄弟麼！」仁諷也不多說，但點首示表同情。仁達、繼珣退出，即密召黨羽，乘夜突入府舍，殺死王繼昌。吳成義聞變來援，雙手不敵四拳，也為所殺。

仁達初欲自立，恐眾心未服，特迎雪峰寺僧卓巖明為主，託言此僧兩目重瞳，手垂過膝，真天子相。黨徒同聲附和，遂將禿奴擁入，代解衲衣，被服袞冕，就在南面高坐起來。大約亦是盤坐。仁達率將吏北面拜舞，年號恰遵晉正朔，稱為天福十年。遣使至大梁，上表稱藩。閩主延政聞報，族滅黃仁諷家，更派統軍使張漢真，帶領水軍五千，會漳泉兵往討巖明。

到了福州東關，船甫下椗，那城內突出一將，領著數千弓弩手，飛射來船。漢真不及備御，所帶戰艦，均被射得帆折檣摧。當下麾船欲遁，不防江中駛出許多小舟，舟中載著水兵，七鐺八叉，來捉漢真。漢真措手不迭，被他叉落水中，活擒而去。餘眾或逃或死，不在話下。該統將入城報功，即將漢真砍為兩段。看官道該將為誰？原來就是黃仁諷。仁諷因家族夷滅，無憤可泄，所以勇往直前，擒戮來將，聊報仇恨。亦是錯想。那半僧半帝的卓巖明，毫無他能。唯在殿上噀水散豆，喃喃誦呪，謂為鎮壓來兵，因得勝仗。賞勞已畢，派人至莆田迎入乃父，尊為太上皇。仁達自判六軍諸衛事，使黃仁諷守西門，陳繼珣守北門。

仁諷事後追思，忽覺懷慙，是良心發現處。從容語繼珣道：「人生世上，貴有忠信仁義，我嘗服事富沙王，中道背叛，忠在那裡？富沙王以從子托我，我反幫同亂黨，將他殺斃，信在那裡？近日與建州兵交戰，所殺多鄉曲故人，仁在那裡？拋撇妻子，令為魚肉，受人屠戮，義在那裡？身負數惡，死有餘愧了！」說著，淚如雨下。繼珣勸慰道：「大丈夫建功立名，顧不到甚麼妻子，且置此事，勿自取禍！」兩人密談心曲，偏為外人所聞，往報仁達。仁達競誣稱兩人謀反，猝遣兵役捕至，梟首示眾。仁諷實是該死。

既而大集將士，請卓巖明親臨校閱。巖明昂然到來，甫經坐定，由仁達目視部眾，眾已會意，競登階刺殺巖明，仁達卻佯作驚惶，倉皇欲走，當被大眾擁住，迫居巖明坐位。仁達令殺偽太上皇，自稱威武軍留後，用南唐保大年號，向唐稱臣，又遣人入貢晉廷。唐命仁達為威武節度使，賜名弘義，編入國籍。仁達又派使至吳越修好。

閩主延政，因國勢日危，亦遣使至吳越乞援，願為附庸。吳越尚未發兵，那唐軍卻銳意進攻，日夕不休。延政左右，密告福州援兵，有謀叛情狀，乃收還甲仗，遣歸福州。暗中卻出兵埋伏，待至半途，突起圍住，殺得一個不留，共得八千餘屍骸，載歸為脯，充作兵糧。看官試想，兔死尚且狐悲，這守兵也有天良，怎忍殘食同類，因此人人痛怨，瓦解土崩。或勸董思安早擇去就，思安慨然道：「我世事王氏，見危即叛，天下尚有人容我麼？」部眾感泣，始無叛意。

唐先鋒使王建封，攻城數日，偵得守兵已無固志，遂緣梯先登。唐兵隨上，守卒盡遁。閩主延政，無可奈何，只好自縛請降。王忠順戰死，董思安整眾奔泉州，汀州守將許文稹，泉州守將王繼勳，漳州守將王繼成，聞建州失守，相繼降唐。閩自王審知僭據，至延政降唐，凡六主，共五十年。小子有詩嘆道：

不經弒奪不危亡，禍亂都因政失常。
五十年來正氏祚，可憐一戰入南唐！

延政被解至金陵，能否保全性命，待至下回再表。

兵貴鼓氣，氣盛則一往莫御，觀此回白團衛村之戰，知晉之所以能勝遼者，全在氣盛而已。然杜威、張彥澤之臨陣畏縮，偷生畏死，已見一斑。若非李守貞、藥元福、符彥卿、皇甫遇諸人，踴躍直前，彼早靦顏降虜矣。晉主重貴，任用非人，反以威為懿親，有功王室，違命不誅，拒諫不從，能保狼子之不反噬乎！若閩主延政，勢成弩末，既無保邦卻敵之材，復有好猜嗜殺之失，倒行逆施，不亡何待！彼雪峰寺僧卓巖明，是何僥倖，一躍稱帝！但有非分之福，必有無妄之災。僭位未幾，父子駢戮，求再披緇而不可得，富貴其可幸致耶！覽此書，可作當頭棒喝。

第三十五回　拒唐師李達守危城　中遼計杜威設孤寨

卻說王延政被虜至金臨，入見唐主。唐主降敕赦罪，授為羽林大將軍，所有建州諸臣，一概赦免。唯僕射楊思恭，暴斂橫徵，剝民肥己，建州人號為楊剝皮，唐主特數罪處斬，以謝建人。另簡王崇文為永安節度使，令鎮建州。崇文治尚寬簡，建人遂安。

越年三月，唐泉州刺史王繼勳，貽書福州，意在修好。李弘義即李仁達。以泉州本隸威武軍，素歸節制，此時平行抗禮，與前不符，免不得暗生憤怒，拒書不受。嗣且遣弟弘通，率兵萬人，往攻泉州。泉州指揮使留從效，語刺史王繼勳道：「李弘通兵勢甚盛，本州將士，因使君賞罰不明，不願出戰，使君且避位自省罷！」繼勳沈吟未決，當由從效指揮部眾，把繼勳掖出府門，逼居私第。自稱代領軍府事，部署行伍，出截弘通。戰至數十回合，從效用旗一麾，部兵都冒死直上，弘通招抵不上，回馬返奔。主將一逃，全軍大亂，走得快的還算倖免，稍遲一步，便即喪生。從效追至數十里外，方才凱旋，便遣人至金陵告捷。唐主璟授從效為泉州刺史，召繼勳歸金陵，徙漳州刺史王繼成為和州刺史，汀州許文稹為蘄州刺史，懲前毖後，為休息計。

燕王景達，用屬掾謝仲宣言，面白唐主，謂宋齊邱系國家勛舊，棄諸草萊，未愜眾望。宋齊邱歸老九華，見三十二回。唐主乃復召齊邱為太傅，但奉朝請，不令預政。偏齊邱未肯安閒，硬要來出風頭。樞密使陳覺，向與齊邱交好，遂托齊邱上疏推薦，願往召李弘義入朝。齊邱樂得吹噓。未奉批答，覺又自上一書，謂子身往說弘義，不怕弘義不來。唐主乃令覺為福州宣諭使，賚賜弘義金帛，並封弘義母妻為國夫人，四弟皆遷官。

覺到了福州，滿望弘義出迎，就可仗他三寸舌，勸令入覲。不意弘義高坐府署，但遣屬吏導覺入見，弘義唯稍稍欠身，面上含著一種殺氣，凜凜可畏。兩旁更站住刀斧手，彷彿與覺為仇，有請君入甕的情狀。嚇得陳覺魂膽飛揚，但傳唐主賜命，不敢說及入朝二字。弘義但拱手言謝，即使屬吏送覺入館，以尋常酒飯相待。覺很覺沒趣，住了一晝夜，便即辭歸。可謂掃臉。

行至劍州，越想越慚，越慚越憤，便矯詔使侍衛官顧忠，再至福州，召弘義入朝。自稱權領福州軍府事，且擅發汀、建、撫、信各州戍卒，命建州監軍使馮延魯為將，前往福州，促弘義入朝。延魯先致弘義書，曉諭禍福。弘義毫不畏怯，竟覆書請戰，特遣樓船指揮使楊崇葆，率舟師抵拒延魯。覺恐延魯獨力難支，續派劍州刺史陳誨，為沿江戰棹指揮使，援應延魯。一面拜表金陵，但說福州孤危，旦夕可克。

唐主璟並未接洽，接閱表文，才知覺矯制調兵，專擅的了不得，禁不住怒氣勃發。學士馮延己已進任首相，與朝上一班大臣，多是陳覺黨羽，慌忙上前勸解，統說是兵逼福州，不宜中止，且俟戰勝後再作區處。唐主乃權時忍耐。未幾接得軍報，延魯已得勝仗，擊敗楊崇葆。又未幾復接軍報，延魯進攻福州西關，被弘義一鼓擊退，士卒多死。連左神威指揮使楊匡鄴，都為所擒。那時唐主不能罷手，只好將錯便錯的做了下去。當下命永安節度使王崇文，為東南面都招討使，漳泉安撫使魏岑，為東面監軍使，延魯為南面監軍使，會兵進攻福州。憑著人多勢厚，陷入外郛。弘義收集殘眾，固守內城，改名弘達，奉表晉廷。晉授弘達為威武節度使，知閩國事，唯不過授他虛名，並沒有甚麼幫助。唐兵在福州外城，攻撲以外，一再招誘。福州排陣使馬捷，願為內應，遽引唐軍至善化門橋。弘達不防內變，幾乎手足失措，還虧都指揮使丁彥貞，率敢死士百人，用著短兵，闖入唐兵陣內，再蕩再決，才將唐兵擊卻，不令入門。但孤城總危急得很，弘達寢臥不安，復改名為達，遣使至吳越乞援，奉表稱臣。再四改名，有何益處？適唐漳州將林贊堯作亂，殺死監軍使周承義。劍州刺史陳誨，忙會同泉州刺史留從效，往平漳亂，逐去贊堯。即用故閩將董思安權知漳州事，且聯名保薦思安，唐主因授思安為漳州刺史。思安以父名章，上書辭職。這也未免迂拘。唐主特改稱漳州為南州，且令他與從效合兵，助攻福州。

福州已如累卵，怎禁得住唐兵合攻，只好再三派使，至吳越催促援軍。吳越王弘佐，召諸將商議進止，諸將統言道路險遠，不便往援，唯內都監使邱昭券，主張出師。弘佐道：「脣亡齒寒，古有明戒，我世受中原命令，位居天下兵馬元帥，難道鄰國有難，可坐視不救麼？諸君只樂飽食安坐，奈何為國！」說著，便命統軍使張筠、趙承泰，調兵二萬，水陸南下，往援福州。李達聞援兵到來，急開水城門迎接。吳越軍自浦夜進，得入城中。偏唐軍聞風急攻，進東武門。李達偕吳越軍拚命出拒，鏖鬥多時，不能得勝，只勉強保守危城。

唐主更遣信州刺史王建封，再往福州，滿擬添兵益將，指日成功。偏建封素性倔強，不肯服從王崇文。陳覺、馮延魯、魏岑、留從效等，又彼此爭功，彼進此退，彼退此進，好似滿盤散沙，不相團結，因此將士灰心，各無鬥志。唐主召江州觀察使杜昌業為吏部尚書，昌業查閱簿籍，慨然嘆道：「連年用兵，國帑將罄，如何能持久呢？」為下文伏筆。

且說晉主重貴，本欲發兵援閩，因北寇方深，無暇南顧，只好虛詞籠絡，得過且過。定州西北有狼山，土人入山築堡，意在避寇。堡中有佛舍，由女尼孫深意住持，深意妖言惑眾，遠近奉若神明。中山人孫方簡，及弟行友，與深意聯宗。自居侄輩，敬事深意。深意病死，方簡詭稱深意坐化，用漆髹屍，置諸神龕中，服飾如生，香花供奉。徒黨輾轉依附，多至數百人。時晉、遼絕好，北方賦役繁重，寇盜充斥。

方簡兄弟，自言有天神相助，可庇人民。百姓奔趨如鶩，求他保護，他遂選擇壯丁，勒成部伍，舍寺作寨，號為一方保障。初意卻是可取。

遼兵入寇，即督眾邀擊，奪得甲兵牛馬軍資，分給徒眾，眾皆歡躍。鄉民聞風往依，攜老挈幼，絡繹不絕，歷久得千餘家，自恐為吏所討，歸款晉廷。晉廷亦借他禦寇，令署東北招收指揮使，方簡遂屢入遼境抄掠，輒有殺獲，漸漸的驕恣起來，嘗向晉廷多方要求。晉廷怎能事事依他，他不得如願，即叛晉降遼，願為嚮導，引遼入寇。匪人之不可恃也如此！會河北大飢，餓莩載道，兗、鄆、滄、貝一帶，盜賊蜂起，吏不能禁。天雄軍節度使杜威，遣部將劉延翰，出塞市馬，竟為方簡所擄，押獻遼廷。途次被延翰脫逃，還奔大梁。報稱方簡為遼作倀，亟宜預防。晉主乃命天平節度使李守貞為北面行營都部署，義成節度使皇甫遇為副，彰德節度使張彥澤充馬軍都指揮使，義武節度使李殷，充步軍都指揮使，並遣指揮使王彥超、白延遇等，率步兵十營戍邢州。守貞雖為統帥，但與內廷都指揮使李彥韜未協。彥韜方黨附馮玉，掌握軍權，應前回。往往牽制守貞。守貞佯為敬奉，暗中實怒恨不平。看官！你想內外不和，形同水火，國事尚堪再問麼！呼應語不可少。

晉主恐吐谷渾等，再為遼誘，屢召白承福入朝，宴賜甚厚，白承福降晉見三十一回。令戍滑州。承福令部眾仍往太原，擇地畜牧。番眾不知法律，嘗犯河東禁令。節度使劉知遠，依法懲辦，不肯少貸。番目白可久，漸生怨望，率所部先亡歸遼。

知遠得報，密與親將郭威計議道：「今天下多事，番部出沒太原，實是腹心大病，況白可久已先叛去，能保不輾轉相誘麼！」威答道：「頃聞可久奔遼，遼授他雲州觀察使，倘被承福聞知，必望風欣羨，陰生異圖。俗語說得好：『擒賊先擒王』，承福一除，部落自衰。且承福擁貲甚厚，飼馬嘗用銀槽，我若得資餉軍，雄踞河東，就使中原生變，也可獨霸一方。天下事安危難測，願公早為決計！」威亦亂世梟雄。知遠稱善，因密表吐谷渾反覆無常，請遷居內地。晉主遂派使押還蕃眾，分置諸州。

知遠料承福勢孤，即遣郭威召誘承福，俟承福入太原城，用兵圍住，誣他謀叛，把承福親族四百餘口，殺得精光。所有承福遺資，一併籍沒，事後奏達晉廷，仍然將謀叛二字，作為話柄。晉主哪裡知曉，頒敕褒賞，吐谷渾從此衰微，河東卻從此雄厚了。為劉氏代晉張本。

既而遼兵三萬寇河東。想由白可久導入！劉知遠命郭威出拒陽武谷，擊破遼兵，斬首七千級，露佈告捷。張彥澤亦報稱泰、定二州，連敗遼人，俘馘二千名。晉廷君臣，得意揚揚，還道是北虜寖衰，容易翦滅。

適幽州來了一個弁目，謂趙延壽有意歸國。樞密使李崧、馮玉信為真情，遽使杜威致書延壽，具述朝旨，啗他厚利。嗣得延壽覆書，略言久處異域，思歸故國，乞發大兵接應，即當自拔來歸。馮玉等更懷痴望，且派使往幽州，與延壽約定師期。延壽假意承認，暗地裡報知遼主。遼主將計就計，且囑瀛州刺史劉延祚，遺樂壽監軍王巒書，佯言願舉城內附。並云城中遼兵不滿千人，朝廷若發兵往襲，自為內應，城可立下。今秋又值多雨，瓦橋以北，積水漫天，遼主已歸牙帳，雖聞關南有變，道遠水阻，如何能來？請朝廷乘勢速行等語。王巒得書，飛使表聞。

馮玉、李崧，喜歡的了不得，擬先發大軍，往迎延壽與延祚。杜威亦上言瀛、莫可取狀。深州刺史慕容遷，且獻入瀛、莫地圖。玉與崧遂奏白晉主，請用杜威為都招討使，李守貞為副。中書令趙瑩，私語馮、李二人道：「杜為國戚，身兼將相，尚所欲無饜，心常慊慊，此豈還可復假兵權！必欲有事朔方，不如專任守貞，尚無他慮呢！」亦非知本之言。馮、李亦不以為然，遂授杜威行營都招討使，李守貞為兵馬都監，安審琦為左右廂都指揮使，符彥卿為馬軍左廂都指揮使，皇甫遇為馬軍右廂都指揮使，他如梁漢璋、宋彥筠、王饒、薛懷讓諸將，統隨往北征。且下敕牓道，專發大軍，往平黠虜，先收瀛、莫，安定關南，次復幽、燕，蕩平塞北。能說不能行奈何？結末一行，是有能擒獲虜主者，除上鎮節度使，賞錢萬緡，絹萬匹，銀萬兩。是敕一下，各軍陸續出發。偏偏天不助美，自六月積雨，至十月末止，軍行糧輸，免不得拖泥帶水，各生怨言。

杜威到了廣晉，與李守貞會師，北向進行，且恐兵馬不足，再令妻宋國公主入都，乞請添兵。晉主將禁軍多半撥往，顧不得宿衛空虛，但望他剋期奏捷。威帶領全軍，直往瀛州，遙見城門大開，寂若無人，不由的暗暗驚疑，徬徨卻顧。當下駐營城外，分遣偵騎四往探聽。俟得偵報，謂遼將高漠翰，已引兵潛出，刺史劉延祚不知去向，威乃令馬軍排陣使梁漢璋，引二千騎往追遼兵。此時應知中計，何不速退？還要令梁漢璋往追，想是漢璋該死此地了。漢璋奉令前進，行至南陽務，陷入伏中，遼兵四面齊起，把漢璋困住垓心。漢璋左衝右突，竟不能脫，徒落得全軍覆沒，暴骨沙場。

敗報遞入威營，威慌忙引還。那時遼主耶律德光，聞知晉軍已退，遂大舉南來，追躡晉軍。杜威素來膽小，星夜南奔，張彥澤時在恆州，引兵往會，主張拒敵。威乃與同趨恆州，使彥澤為先鋒。進至中渡橋，橋據滹沱河中流，遼兵已上橋扼守，由彥澤麾眾與爭，三卻三進，遼兵焚橋退去，與晉軍夾河列營。

遼主德光，見晉軍大至，爭橋失利，恐晉軍急渡滹沱，勢不可當，正擬引眾北歸。嗣聞晉軍沿河築寨，為持久計，乃逗留不去。杜威築壘自固，閉門高坐，偏裨皆節度使，無一奮進，但日相承迎，置酒作樂，罕談軍事。磁州刺史李穀獻策道：「今大軍與恆州相距，不過咫尺，煙火相望。若多用三股木置水中，就木上積薪布土，橋可立成，更密約城中舉火相應，夜募壯士，斫入虜營，表裡合勢，虜自驚潰了！」確是退敵之策。諸將皆以為然，獨杜威不從。唯遣穀南至懷孟，督運軍糧。

遼主德光，見杜威久不出兵，料知恇怯無能，遂用大兵潛壓晉營，暗遣部將蕭翰，與通事劉重進，領騎兵百人，及步卒數百，潛渡滹沱河上游，繞出晉軍後面，斷晉糧道。途中遇著晉軍樵採，便即掠去。有幾個腳生得長的，逃回營中，張皇虜勢，說有無數遼兵，截我歸路。營中得此消息，當然恟懼。遼將蕭翰等馳至欒城，如入無人之境，城中戍兵千餘人，猝不及防，竟被翰等闖入，沒奈何狼狽乞降。翰俘得晉民，黥面為文，有奉敕不殺四字，各縱使南走。運糧諸役夫，從道旁遇著，總道是虜兵深入，不如趕緊逃生，遂把糧車棄去，四處奔潰。一時風聲鶴唳，傳遍中原。中國專思騙人，偏被外人騙去。李穀在懷孟聞警，忙自繕奏疏，密陳大軍危急，請車駕速幸澶州，並召高行周、符彥卿扈從，急發兵守澶州、河陽，防備敵衝。這疏由軍將關勳飛馬走報，晉廷接到穀疏，相率驚惶。那杜威又奏請益兵，都城衛士，已遣發軍前，只剩得宮禁守兵數百名，又一齊調赴，並命發河北及滑、孟、澤、潞芻糧五十萬，往詣軍前，追呼嚴急，所在鼎沸。已而杜威復遣使張祚告急，晉廷無從派兵，但遣祚歸報行營，令他嚴守。祚還至途中，竟被遼兵擄去。嗣是內外隔絕，兩不相通。

開封尹桑維翰目擊危狀，求見晉主，擬進陳守禦計畫。晉主正在苑中調鷹，只圖快樂，不欲維翰入見，當遣內侍拒絕。維翰不得已入樞密院，與馮玉、李崧，談及國事。話不投機半句多，任你桑維翰韜略弘深，議論確當，那馮、李兩公，只是搖首閉目，不答一詞。維翰悵然趨出，還語所親道：「晉氏將不血食了！」

過了兩三天，軍報益急，晉主因欲親自出征，都指揮使李彥韜入阻道：「陛下親征，孰守宗社？臣聞千金之子，坐不垂堂；況陛下尊為天子，難道可屢冒矢石麼？」晉主乃命高行周為北面都部署，副以符彥卿，共戍澶州，遣西京留守景延廣，出屯河陽。

杜威在中渡橋，與遼兵相持多日，不展一籌，惱了指揮使王清，入帳見威道：「我軍暴露河濱，無城為障，營孤食盡，勢且自潰。清願率步兵二千為先鋒，奪橋開道，公率諸軍繼進，得入恆州，守禦有資，始可無恐了！」威躊躇半晌，方才許諾。派宋彥筠領兵千人，與清俱往。清挺身直前，逾河進戰，約數十回合，殺斃遼兵百餘人，虜勢少卻。宋彥筠膽小如鼷，一遇遼兵接仗，不到半刻，便即退縮。遼兵從後追殺，彥筠梟水逃回。獨清尚帶著孤軍，猛力奮鬥，互有殺傷。一再遣使至大營，促威進兵，威安坐營幄，竟不使一人一騎，往救王清。清力戰至暮，顧語部眾道：「上將握兵，坐視我等圍困，不肯來援，想必另有異謀。我等食君祿，當盡力君事，遲早總是一死，不如以死報國罷！」部眾都為感動，死戰不退。既而天色漸昏，遼主騰出新軍，來圍王清。可憐王清勢孤力竭，與眾盡死。臨死時尚格斃遼兵數名。小子有詩嘆道：

沙場戰死顯忠名，壯士原來不惜生；
只恨賊臣甘誤國，前驅殉節尚無成。

王清既死，諸軍奪氣，遼兵乘勝逾河，環逼晉營。究竟杜威如何抵敵，容至下回再詳。

傾南唐之全力，尚不能拔一孤城，可見師克在和，不和必敗。彼李仁達四處乞援，僅得一吳越偏師，拒戰失利，假令南唐各將，齊心協力，取孤城如反手，亦何至曠日無功耶？若杜威雖中遼計，坐失一梁漢璋，然尚無損大局。苟聯合張彥澤等，逾滹沱河以殺敵，則一舉可逐遼兵，抑或從王清言，併力俱進，亦得入據恆州，固守卻敵。失此不行，徒致良將喪軀，強虜四逼，天下未有將帥不和，而能出師告捷者也。南唐尚不足責，如杜威者，其石氏之賊臣乎！

第三十六回　張彥澤倒戈入汴　石重貴舉國降遼

卻說遼兵環逼晉營，氣焰甚盛，晉營中勢孤援絕，糧食且盡。杜威計無所施，唯有降遼一策，或尚得保全性命。當與李守貞、宋彥筠等商議，眾皆無言。獨皇甫遇進言道：「朝廷以公為貴戚，委付重任，今兵未戰敗，遽欲靦顏降虜，敢問公如何得對朝廷！」遇後來為晉殉難，故特別提出。威答道：「時勢如此，不能不委曲求全！」遇憤慨而出。威密遣心腹將士，馳往遼營請降，且求重賞。遼主德光道：「趙延壽威望素淺，未足為中原主子；汝果降我，當令汝為帝。」仍是騙局。這語由將士還報，威大喜過望，即令書記官草好降表。越宿召集諸將，出表相示，令他依次署名。諸將雖然駭愕，但多半貪生怕死，依令畫諾，唯皇甫遇未曾與列。威再遣閤門使高勳，齎奉降表，呈入遼營。遼主優詔慰納，遣勳報威，即日受降。

威便令軍士出營列陣，軍士踴躍趨出，摩拳擦掌，等待廝殺。俄見威出帳宣諭道：「現已食盡途窮，當與汝等共求生計，看來只有降敵了。」說著，遂命軍士釋甲投戈，軍士驚出意外，禁不住號哭起來，霎時聞聲震原野。威與守貞同時揚言道：「主上失德，信用奸邪，猜忌我軍，我等進退無路，不如投順北朝，別求富貴。」杜威原是喪心，不意守貞亦復如此。

語未畢，已有一遼將帶著遼騎，整轡前來，身上穿著赭袍，很是鮮明。看官道是何人？原來就是趙延壽。延壽到了軍前，撫慰士卒，杜威以下，相率迎謁。延壽命隨行遼兵，遞上赭袍，交與杜威。威欣然披服，向北下拜，及起身向眾，居然趾高氣揚，隱隱以中國皇帝自命。廉恥掃地。延壽即引威等往謁遼主。遼主語威道：「汝果立功中國，我當不負前言！」威率眾將舞蹈謝恩。遼主面授威為太傅，李守貞為司徒。

威願為前驅，引遼主至恆州城下，招諭守將王周，勸他出降。周即開城迎入，遼主率大軍入城，派兵往襲代州，刺史王暉，亦舉城迎降。遼主復遣通事耿崇美，招降易州。易州刺史郭璘，素具忠忱，每當遼兵過境，必登陴拒守，無懈可擊。遼主德光，嘗恐他邀截歸路，屢有戒心，每過城下，必指城嘆息道：「我欲吞併中原，恨為此人所扼，遲早總要除他哩。」至是命崇美往撫易州，易州兵吏，聞風生畏，爭先出降。璘不能禁阻。但痛詈崇美。崇美怒起，拔劍殺璘，應手而倒。

不略忠臣。

易州歸遼，義武軍節度使李殷，安國軍留後方泰，相繼降遼。遼主命孫方簡為義武節度使，麻答為安國節度使，另派客省副使馬崇祚權知恆州事。遂引兵自邢相南行，杜威率降眾隨從。皇甫遇不欲降遼，偏遼主召他入帳，令先驅入大梁。遇固辭而出，泣謂左右曰：「我位為將相，敗不能死，尚忍倒戈圖主麼！」是夜引從騎數人，行至平棘，顧語從騎道：「我已數日不食了，尚何面目南行！」遂扼吭而死。節尚可取。

遼主改命張彥澤先進，用通事傅住兒一譯作富珠哩。為都監，偕彥澤前職大梁。彥澤引兵二千騎，倍道疾馳，星夜渡白馬津，直抵滑州。晉主重貴，始聞杜威敗降，接連收到遼主檄文，乃是由彥澤傳驛遞來，內有納叔母於中宮，亂人倫之大典等語。想是晉臣所為。慌得重貴面色如土，急召馮玉、李崧、李彥韜三人，入內計事。三人面面相覷，最後是李崧開口道：「禁軍統已外出，急切無兵可調，看來只有飛詔河東，令劉知遠發兵入衛呢！」重貴聞言，忙命李崧草詔，遣使西往。

過了一宵，天色微明，宮廷內外，競起喧聲。重貴驚醒起床，出問左右，才知張彥澤領著番騎，已逼城下。嗣又有內侍入報導：「封邱門失守，張彥澤斬關直入，已抵明德門了！」重貴越加慌忙，急令李彥韜蒐集禁兵，往阻彥澤。不意彥韜已去，宮中益亂，有兩三處縱起火來。重貴自知難免，攜劍巡宮，驅后妃以下十餘人，將同赴火，親軍將薛超，從後趕上，抱住重貴，乞請緩圖。俄遞入遼主與晉太后書，語頗和平，重貴乃令親卒撲滅煙火，自出上苑中，召入翰林學士范質，含淚與語道：「杜郎背我降遼，太覺相負，從前先帝起太原時，欲擇一子為留守，商諸遼主，遼主曾謂我可當此任，卿今替我草一降表，具述前事，我母子或尚可生活了。」

質依言起草，援筆寫就，但見表中列著：

孫男臣重貴言：頃者唐運告終，中原失馭，數窮否極，天缺地傾。先人有田一成，有眾一旅，兵連禍結，力屈勢孤。翁皇帝救患摧剛，興利除害，躬擐甲冑，深入寇場，犯露蒙霜，度雁門之險，馳風擊電，行中冀之誅，黃鉞一麾，天下大定，勢淩宇宙，義感神明；功成不居，遂興晉祚，則翁皇帝有大造於石氏也。旋屬天降鞠凶，先君即世。臣遵承遺旨，纂紹前基。諒闇之初，荒迷失次，凡有軍國重事，皆委將相大臣。至於嬗繼宗祧，既非稟命，輕發文字，輒敢抗尊，自啟釁端，果貽赫怒。禍至神惑，運盡天亡，十萬師徒，望風束手，億兆黎庶，延頸歸心。臣負義包羞，貪生忍恥，自貽顛覆，上累祖宗，偷度朝昏，苟存視息。翁皇帝若惠顧疇昔，稍霽雷霆，未賜靈誅，不絕先祀，則百口荷更生之德，一門銜罔報之恩，雖所願焉，非敢望也。臣與太后暨妻馮氏，及舉家戚屬，見於郊野，面縛待罪，所有國寶一面，金印三面，今遣長子陝府節度使延煦，次子曹州節度使延寶，管押進納，並奉表請罪，陳謝以聞。

表文草就，呈示重貴。重貴正在瞧著，突有一老婦踉蹌進來，帶哭帶語道：「我曾屢說馮氏兄妹，是靠不住的。汝寵信馮氏，聽他妄行，目今鬧到這個地步，如何保全宗社！如何對得住先人！」重貴轉眼旁顧，進來的不是別人，正是皇太后李氏。當下心煩意亂，也無心行禮，只呆呆的站立一旁，李太后尚欲發言，外面又有人趨入道：「遼兵已入寬仁門，專待太后及皇帝回話！」太后乃顧問重貴道：「汝究竟怎麼樣辦？」重貴答不出一句話兒，只好將降表奉閱，太后約略一瞧，又慟哭起來。

范質在旁勸慰道：「臣聞遼主來書，無甚惡意，或因奉表請罪，仍舊還我宗社，亦未可知。」痴呆子語。太后也想不出別法，徐徐答道：「禍及燃眉，也顧不得許多了。他既致書與我，我也只好覆答一表，卿且為我繕草罷。」質乃再草一表。其文云：

晉室皇太后新婦李氏妾言：張彥澤、傅住兒至，伏蒙阿翁皇帝降書安撫。妾伏念先皇帝頃在並汾，適逢屯難，危同累卵，急若倒懸，智勇俱窮，朝夕不保。皇帝阿翁，發自冀北，親抵河東，跋履山川，踰越險阻，立平巨孽，遂定中原。救石氏之覆亡，立晉朝之社稷。不幸先皇帝厭代，嗣子承祧，不能繼好息民，反且辜恩虧義。兵戈屢動，駟馬難追，戚實自貽，咎將誰執！今穹旻震怒，中外攜離，上將牽羊，六師解甲，妾舉宗負釁，視景偷生。惶惑之中，撫問斯至，明宣恩旨，曲示含容，慰諭丁寧，神爽飛越，豈謂已垂之命，忽蒙更生之恩！省罪責躬，九死未報。今遣孫男延煦、延寶，奉表請罪，陳謝以聞！

太后與重貴，把表文略瞧一週，便召入延煦、延寶，令他齎著表文，往謁遼營。相傳延煦、延寶，系是重貴從子，重貴養為己兒，或說由重貴親生，未知孰是。兩人素居內廷，所兼節度使職銜，乃是遙領，並未蒞任。此次入奉主命，只好齎表前去。那遼通事傅住兒，已入朝來宣遼主敕命，重貴無法拒絕，勉強出見。傅住兒令重貴脫去黃袍，改服素衣，下階再拜，聽讀遼敕。重貴顧命要緊，不得已唯言是從，左右皆掩面而泣。滿朝皆婦人，如何守國！

待傅住兒讀畢出朝，重貴垂淚入內，特遣內侍往召張彥澤，欲與商量後事。彥澤不肯應召，但使內侍覆報導：「臣無面目見陛下！」重貴還道他懷羞怕責，因此不來。再遣使慰召，彥澤微笑不應，自至侍衛司中，揑稱晉主命令，召開封尹桑維翰入見。維翰應命前來，行至天街，適與李崧相遇，立馬與談。才說了一二語，有軍吏行近維翰馬前，長揖與語道：「請相公赴侍衛司。」維翰料為彥澤所欺，勢難免禍，乃語李崧道：「侍中當國，今日國亡，反令維翰死事，究為何因？」崧懷慚自去。

維翰既入侍衛司，望見彥澤堂皇高坐，面色驕倨，不禁憤恨交並，指斥彥澤道：「去年脫公罪戾，使領大鎮，繼授兵權，主上待公不薄，公奈何負恩至此！」彥澤無詞可答，但令置諸別室，派兵看守。

一面索捕仇人，稍有嫌隙，無不處死。復縱兵大掠，擄得珍寶，多取為己有。貧民亦乘勢闖入富家，殺人越貨，搶劫至兩晝夜，都城一空。彥澤所居，寶貨山積，自謂有功北朝，日益驕橫，出入騎從，常數百人，前面導著大旗，上書赤心為主四字。道旁士民，免不得笑罵揶揄。隨軍聞聲拿捕，有幾個晦氣的，被他拿至彥澤面前，彥澤不問所犯，但瞋目豎起三指，便將犯人梟首。宣徽使孟承誨，匿避私第，也被彥澤捕至，結果性命。閤門使高勳，外出未歸。彥澤乘醉入高勳家，勳有叔母及弟，出來酬應，片語未合，俱被殺死，陳屍門前。都下咸有戒心，差不多似豺虎入境，寢食不安。

先是彥澤嘗為彰義軍節度使，擅殺掌書記張式，甚至決口剖心，截斷四肢。又捕住亡將楊洪，先截手足，然後處斬。河陽節度使王周，曾奏劾彥澤不法二十六條，刑部郎中李濤等，亦交章請誅，彥澤坐貶為龍武將軍。後來御遼有功，因復擢用。上文所載桑維翰語，就指此事。補敘明白。

李濤時為中書舍人，私語所親道：「我若逃匿溝瀆，仍不得免，何如親自往見，聽他處置！」遂大膽前往，至彥澤處投刺直入，朗聲呼道：「上疏請殺太尉人李濤，謹來請死！」彥澤欣就接見。且笑語道：「舍人今日，可知懼否？」濤答道：「濤今日懼足下，彷佛足下前日懼濤，向使朝廷早用濤言，何致有今日事！」彥澤益發狂笑，命從吏酌酒與飲。濤取飲立盡，從容自去，旁若無人。彥澤倒也無可如何。

未幾令部兵入宮，脅遷重貴家屬至開封府，宮中無不痛哭。重貴與太后李氏，皇后馮氏，得乘肩輿，宮人宦官十餘名，隨後步行。彥澤見重貴等攜有金珠，又使人前語道：「北朝皇帝，就要來京，庫物卻不應取藏哩。」重貴沒法，悉數繳出。彥澤擇取奇玩，餘仍還封庫中，留待遼主。及重貴等已入開封府署，更派控鶴指揮使李筠率兵監守，內外不通。漢奸比外夷更凶，彥澤可見一斑。重貴姑母烏氏公主，以金帛賂守卒，始得入見重貴及太后，相持一慟，訣別而歸，夜自經死。倒還是個烈婦。重貴使取內庫帛數匹，庫吏不肯照給，且厲聲道：「這豈尚是晉主所有麼？」重貴又向李崧求酒，崧語使人道：「非敢愛酒，恐陛下飲酒後，更致憂躁，別生不測，所以不敢奉進。」宗社已失，還要酒帛何用，這是重貴自取其辱。重貴因所求不得，再欲召見李彥韜。待久不至，正在潸然淚下，忽由彥澤差來悍吏，硬索楚國夫人丁氏。丁氏系延煦母，年逾三十，華色不衰，為彥澤所垂涎。重貴稟白太后，不欲使往，太后當然遲疑。怎奈彥澤一再強迫，連太后亦不能阻難，丁氏更身不由主，被他載去。冶容誨淫，想總不能保全名節了！不索馮皇后，還保存重貴體面。是夕彥澤竟殺死桑維翰，用帶加頸，遣報遼主，詭云維翰自縊身亡。遼主悵然道：「我並不欲殺維翰，奈何自盡！」遂傳命厚恤家屬。晉將高行周、符彥卿，都詣遼營請降。遼主傳入，兩人拜謁帳前，但聽遼主宣言道：「符彥卿！你可記得陽城戰事否？」見三十四回。彥卿答道：「臣當日出戰，但知為晉主效力，不暇他想，今日特來請罪，死生唯命！」你既知有晉主，到此何故變節！遼主解頤笑道：「也好算一個強項士，我赦你前罪罷了！」彥卿拜謝，與高行週一同退出。

適延煦、延寶，奉表入帳，並呈上傳國寶等，遼主覽過表文，也不多言，唯接受傳國寶時，卻反覆摩挲，最後問延煦道：「這印可真嗎？」延煦答言是真，遼主沈吟道：「恐怕未必！」遂從案上取過片紙，草草寫了數行，遞給延煦道：「你去交與重貴便了。」二人趨出，即返報重貴。重貴見遼主手書，乃是模模糊糊的漢文。略云：

大遼皇帝付與孫石重貴知悉，孫勿憂恐，必使汝有啖飯處。唯所獻傳國寶，未必是真，汝既誠心歸降，速將真印送來！

重貴看了前數語，心下略略放寬。及瞧到後數語，又不免焦急起來，便自言自語道：「我家只有此寶，奈何說是假的！」忽又猛然省悟道：「不錯！不錯！」旁顧左右，只有愁容慘澹的妃嬪幾個，沒人可代為書狀。乃援筆自書道：

先帝入洛京時，為偽主從珂自焚，傳國舊寶，不知所在，想必與之俱燼。先帝受命，旋制此寶，臣僚備知此事。臣至今日，何敢藏寶勿獻！謹此狀聞。

這奏狀著人遞去，才免遼主詰責。嗣聞遼主渡河來京，意欲與太后前往奉迎，先告知張彥澤。彥澤不欲令見遼主，特遣人奏白遼主道：「天無二日，寧有兩天子相見路旁？」遼主依議，不許重貴郊迎，趙延壽等語遼主道：「晉主既已乞降，當使銜璧牽羊，大臣輿櫬，恭迎郊外。」遼主搖首道：「我遣奇兵直取大梁，並非前往受降，何必用這般古禮！唯景延廣前言不遜，很是可恨，應即速捕來！」遂派兵往捕延廣，自引親軍渡河南行。途次傳令晉臣，一切如故，朝廷制度，仍用漢儀。晉臣請備齊法駕，迎接遼主。遼主又覆報導：「我方擐甲督兵，太常儀衛，尚未暇用，盡可不必施行！」

及行至封邱，景延廣自來謁見。遼主怒責道：「兩國失歡，皆汝一人所致，汝尚敢來見我麼？十萬橫磨劍，今日何在！」妙甚，趣甚！延廣極口抵賴。遼主召喬榮入證，那延廣尚不肯承認，經喬榮取出一紙，就是當日筆錄，字跡分明。見三十三回。此時證據顯然，百喙難辯。榮復證成延廣罪案十條，每服一事，即授一籌。籌至八數，遼主忿然道：「罪不勝誅，說他做甚！」延廣渾身發抖，伏地請死。由遼主喝令鎖著，押往北庭，延廣夜宿陳橋，俟守兵少懈，扼吭而死。得免刀頭痛苦，還是幸事。

時已歲暮，到了除夕這一日，晉廷文武百官，聞遼主翌日到京，黃夜出宿封禪寺。越日為正月元旦，百官在寺內排班，遙辭晉主，改服素衣紗帽，出迎遼主。但見遼兵整隊前來，前步後騎，統是雄糾糾的健兒，聲蹀蹀的壯馬。當中擁著一位遼皇帝，貂帽貂裘，裹著鐵甲，高坐逍遙馬上，英氣逼人。惹得晉臣眼花撩亂，慌忙匍伏道旁，叩頭請罪。遼主見路左有一高阜，縱轡上登，笑盈盈的俯視晉臣，徐令親軍傳諭，叫晉臣一律起身，仍易常服。晉臣三呼萬歲，響徹雲霄。越寫越醜。

晉左衛上將軍安叔千，起身出班，趨至高阜前，再行跪下，口作胡語。遼主哂道：「汝就是安沒字麼？汝從前鎮守邢州，已累表通誠，我嘗記著，至今未忘。」叔千聽著，好似小兒得餅，非常喜歡，便磕了幾個響頭，呼躍而退。毫無羞恥。他本喜習夷言，罕識漢文，時人呼為安沒字，所以遼主亦如此相呼。

晉臣已皆起立，引導遼主入封邱門。才到門前，晉主重貴，偕太后等一齊出城，來迎遼主。遼主拒絕令見，但使往寓封禪寺中，自率大軍徑入。城內百姓，驚呼駭走。遼主上登城樓，遣通事宣諭道：「我亦猶人，汝等百姓，無庸驚慌，此後當使汝等蘇息！我本無意南來，漢人引我至此哩！」百姓聞諭，稍稍安靜。遼主再下樓入明德門，門內就是宮禁，他卻下馬拜揖，然後入宮。令樞密副使劉敏權知開封尹事。到了日暮，遼主仍出屯赤岡。不欲汙亂宮闈，夷狄尚知禮義。

晉閤門使高勳，上訴遼主，謂張彥澤妄殺家人；百姓亦爭投牒疏，詳列彥澤罪狀。遼主命將彥澤系至，宣示百官，問彥澤應否處死？百官統言應斬。遼主道：「彥澤應加死刑，傅住兒亦不為無罪，索性叫他同死罷。」遂令並捕傅住兒，與彥澤綁至北市，派高勳監刑。號炮一響，雙首齊落。彥澤前時所殺士大夫的子孫，俱絰杖來觀，且哭且詈。高勳命將彥澤屍骸，斷腕剖心，祭奠枉死諸人。百姓且破腦取髓，臠肉分食，頃刻即盡。未知延煦母丁氏意中如何？

遼主又命將晉主宮眷，盡徙入封禪寺，派兵把守。會連日雨雪，外無供億，重貴等凍餒不堪。李太后使人語寺僧道：「我嘗飯僧至數萬金，今日獨不相念麼？」可為施僧者鑑。僧徒謂虜意難測，不敢進食，太后哭泣不止。重貴復密求守兵，丐得粗糲爛飯，勉強充飢。過了數日，遼主頒下詔敕，廢重貴為負義侯。晉自石敬瑭僭位，只得一傳，共計二主，湊成十一年而亡。小子有詩嘆道：

大敵當前敢倒戈，皇綱不正叛臣多；
追原禍始非無自，成也蕭何敗也何！

重貴被廢後，還要遷他到黃龍府。欲知底細，請看官續閱下回。

觀本回杜威、張彥澤事，令人髮指，但亦由石氏自取其咎耳。石敬瑭為明宗婿而滅唐，杜威為石氏婿而滅晉，報應顯然，何足深怪！張彥澤反顏事仇，為虜效力，屠掠京邑，劫辱帝妃，罪較杜威為尤甚，然當日殺人負罪，廷臣交章請誅，石氏何為姑息養奸，略從貶抑，便即遷擢，仍使之典握兵權，倒戈反噬耶！況石重貴姦淫叔母，寵信佞臣，太后屢誡不知悛，謀臣獻議不知納，國危身辱，倉皇出降，不亦宜乎！故有石敬瑭之為父，必有石重貴之為子，其父暴興，其子暴亡，因果誠不爽哉！

第三十七回　遷漠北出帝泣窮途　鎮河東藩王登大位

卻說遼主廢去晉主重貴，且令徙往黃龍府。黃龍府本渤海扶餘城，遼太祖東征渤海，還至城下，見有黃龍出現城上，因改號為黃龍府。重貴聞要徙至遼東，哪得不慌，那得不悲！就是李太后以下諸宮眷，統是相向號泣，用淚洗面。有何益處？遼主卻使人傳語李太后道：「聞重貴不從母言，因致覆亡。汝可自便，不必與重貴偕行。」李太后泣答道：「重貴事妾甚謹，不過違背先君，失和上國，所以一舉敗滅。今幸蒙大恩，全生保家，母不隨子，將安所歸？」語亦太迂。

遼主乃仍自赤崗入宮，所有內外各門，統派遼兵守衛。每門磔犬灑血，並用竿懸掛羊皮，作為厭勝。當下面諭晉臣道：「從今以後，不修甲兵，不買戰馬，輕賦省役，好與天下共享太平了。」遂撤消東京名目，降開封府為汴州，府尹為防禦使。遼主改服中國衣冠，百官起居，悉仍舊制。趙延壽薦引李崧，說他才可大用。還有遼學士張礪，從前也做過晉臣，與延壽同時降遼，亦謂崧可入相，遼主因授崧為太子太師，充樞密使。適威勝軍節度使馮道，自鄧州入朝，遼主亦素聞道名，即時召見。道拜謁如儀，遼主戲問道：「你是何等老子？」道答道：「無才無德，痴頑老子。」遼主不禁微笑，又問道：「汝看天下百姓，如何救得？」道應聲道：「此時即一佛出世，亦恐救不得百姓，唯皇帝尚可救得呢。」無非面諛。遼主甚喜，仍令道守官太傅，充樞密顧問。隨即遣使四出，頒詔各鎮，諸藩爭上表稱臣。獨彰義節度使史匡威，據住涇州，不受遼命。雄武節度使何重建，手刃遼使，舉秦、成、階三州降蜀。

杜威自降遼後，仍復名重威，率部眾屯駐陳橋。遼主在河北時，恐他兵眾生變，曾令繳出鎧仗數百萬，搬貯恆州，戰馬數萬，驅歸北庭。及遼主渡河入梁，意欲派遣胡騎，驅眾入河，盡行處死。部將謂他處晉兵，聞風知懼，必皆拒命，不若權時安撫，緩圖良策。遼主雖然罷議，心中總不能無疑，所以供給不時，累得陳橋戍卒，晝餓夜凍，怨罵重威。

重威不得已表達軍情，遼主召趙延壽入議，仍欲盡誅晉兵。延壽道：「皇帝親冒矢石，取得晉國，是歸諸己有呢？還是替他人代取呢？」遼主變色道：「我傾國南征，五年不解甲，才得中原，難道甘心讓人麼？」延壽又道：「晉國南有唐，西有蜀，皇帝可曾聞知否？」遼主道：「如何不聞！」延壽復道：「晉國東自沂密，西及秦鳳，延袤數千里，接連吳蜀，晉嘗用兵防守，連年不懈。臣想南方暑濕，非北人所能久居，他日車駕北歸，無兵守邊，吳蜀必乘虛入寇，恐中原仍非皇帝所有，豈不是歷年辛苦，終歸他人麼！」遼主愕然道：「我未曾料到此著，據汝所說，今將奈何？」延壽道：「最好將陳橋降卒，分守南邊，吳蜀便不能為患了。」遼主道：「我前在潞州，一時失策，盡把唐兵授晉，晉得此兵，反與我為仇，轉戰數年，才得告捷。今幸入我手，若非悉數殲除，後患仍不淺哩！」延壽道：「從前留住晉兵，不質妻孥，故有此患，今若將戍卒家屬，徙置恆、定、雲、朔間，每歲分番，使戍南邊，料他必顧念妻子，不敢生變。這卻是目前上策哩！」遼主方才稱善，即命陳橋降卒，分遣還營。

看官！你道延壽此言，是為遼呢？是為晉呢？還是為降卒呢？小子不必評斷，但看上文遼主與延壽言，許他為中國皇帝，他喜出望外，便可知他的心術，話中有話了。含蓄得妙。

且說晉主重貴，得遼主敕命，遷往黃龍府，重貴不敢不行，又不欲遽行，延挨了好幾日。那遼主已派騎士三百名，迫令北遷，沒奈何挈眷起行。除重貴外，如皇太后李氏，皇太妃安氏，皇后馮氏，皇弟重睿，皇子延煦、延寶，相偕隨往。還有宮嬪五十人，內官三十人，東西班五十人，醫官一人，控鶴官四人，御廚七人，茶酒三人，儀鑾司三人，親軍二十人，一同從行。遼主又派晉相趙瑩，樞密使馮玉，都指揮使李彥韜，伴送重貴。沿途所經，州郡長吏，不敢迎奉。就使有人供饋，也被遼騎攫去。可憐重貴以下諸人，得了早餐，沒有晚餐，得了晚餐，又沒有早餐，更且山川艱險，風雨淒清，觸目皆愁，噬臍何及！回憶在大內時，與馮后等調情作樂，謔浪笑傲，恍同隔世。富貴原是幻夢。

及入磁州境內，刺史李穀，迎謁路隅，相對泣下。穀且泣且語道：「臣實無狀，負陛下恩！」重貴流涕不止，彷彿似有物堵喉，一語都說不出來。穀傾囊獻上，由重貴接受後，方說了「與卿長別」四字！遼兵不肯容情，催穀速去，穀乃拜別重貴，自返磁州。重貴行至中渡橋，見杜重威寨址，慨然憤嘆道：「我家何負杜賊，乃竟被他破壞！天乎天乎！」說至此，不禁大慟。誰叫你信任此賊！左右勉強勸慰，方越河北趨。

到了幽州，闔城士庶，統來迎觀。父老或牽羊持酒，願為獻納，都為衛兵叱去，不令與重貴相見。重貴當然悲慘，州民亦無不唏噓。至重貴入城，駐留旬餘，州將承遼主命，犒賞酒肉。趙延壽母，亦具食饌來獻，重貴及從行諸人，才算得了一飽。

既而自幽州啟行，過薊州、平州，東向榆關，榛莽塞路，塵沙蔽天，途中毫無供給，大眾統餓得飢腸轆轆，困頓異常。夜間住宿，也沒有一定館驛，往往在山麓林間，瞌睡了事。幸喜木實野蔬，到處皆有，宮女從官，自往採食，尚得療飢。重貴亦借此分甘，苟延殘命。

又行七八日至錦州，州署中懸有遼太祖阿保機畫像，遼兵迫令重貴等下拜。重貴不勝屈辱，拜後泣呼道：「薛超誤我！不使我死。」求死甚易，恐仍口是心非。再走了五六日，過海北州。境內有東丹王墓，特遣延煦瞻拜。嗣是渡遼水抵渤海國鐵州，迤邐至黃龍府，大約又閱十餘天，說不盡的苦楚，話不完的勞乏。李太后、安太妃兩人，年齡已高，委頓的了不得。安太妃本有目疾，至是連日流淚，竟至失明。就是馮皇后以下諸妃嬪，均累得花容憔悴，玉骨銷磨，這真所謂物極必反，數極必傾，前半生享盡榮華，免不得有此結果呢！當頭棒喝。

遼主德光，已將重貴北遷，據有中原。遂號令四方，徵求貢獻。鎮日裡縱酒作樂，不顧兵民。趙延壽請給遼兵餉糈，德光笑道：「我國向無此例，如各兵乏食，令他打草穀罷了。」看官道打草穀三字，作何解釋？原來就是劫奪的別名，自遼主有此宣言，胡騎遂四出剽掠，凡東西兩京畿，及鄭、滑、曹、濮數百里間，財畜俱盡，村落一空。

遼主又嘗語判三司劉昫道：「遼兵應有犒賞，速宜籌辦！」劉昫道：「府庫空虛，無從頒給，看來只有括借富民了！」遼主允諾。遂先向都城士民，括借錢帛，繼復遣使數十人，分詣各州，到處括借。民不應命，即加苛罰。百姓痛苦異常，不得已傾產輸納。那知遼主並未取作犒賞，一古腦兒貯入內庫，於是內外怨憤，連遼兵亦都解體了。

楊光遠子承勳，由汝州防禦使，調任鄭州。見三十三回。遼主因他劫父致死，召令入都，承勳不敢不至。及進謁遼主，被遼主當面喝斥，且置諸極刑，令部兵臠割分食。別用承勳弟承信為平盧節度使，使承楊氏宗祀。匡國軍節度使劉繼勳，曾參預絕遼政策，至是入朝遼主，亦為遼主所責，命他鎖住，將解送黃龍府。宋州節度使趙在禮，聞遼將述軋、拽剌等入據洛陽，急自宋趨洛，進謁遼將。述軋、拽剌踞坐堂上，絕不答禮，反勒令獻出財帛。在禮很是憤悶，但託言入朝大梁，再行報命。僥倖脫身，轉趨鄭州，接得劉繼勳被拘消息，自恐不免，便在馬櫪間縊死。死已晚矣。遼主聞在禮死耗，方將繼勳釋出，繼勳已驚慌成疾，未幾畢命。為此種種情事，遂致各鎮耽憂，別思擁戴一尊，驅逐胡兵。可巧河東節度使劉知遠，乘勢崛起，雄長西陲，於是中原帝統，迫歸劉氏身上，又算做了一代的亂世君主。特筆提出，成一片段。

劉知遠鎮守河東，本來是蓄勢待時，審機觀變，所以晉主絕遼，他亦明知非策，始終未嘗入諫。及遼主入汴，亟派兵分守四境，防備不虞，且恐遼兵強盛，一時不便反抗，特遣客將王峻，齎奉三表，馳往大梁。一是賀遼主入汴，二是說河東境內，夷夏雜居，隨在須防，所以未便離鎮入朝，三是因遼將劉九一，駐守南川，有礙貢道，請將劉軍調開，俾便入貢。遼主德光，覽畢表文，很是喜歡，便令左右擬詔褒獎。詔書草定，由遼主過目，特提起筆來，將劉知遠三字上，加一兒字。又取出木枴一支，作為賜物，命王峻持詔及枴，還報知遠。向例遼主賞賜大臣，以木枴為最貴，大約如漢朝舊制，頒賜幾杖相似。遼臣中唯皇叔偉王，才得此物。王峻負枴西行，遼兵望見，相率避路，可見得這枝木枴，是非常鄭重的意思。

及峻到河東，覆報知遠，呈上遼主詔書，及所賜木枴，知遠略略一瞧，並沒有什麼稀罕，但問及大梁情形。峻答道：「遼主貪殘，上下離心，必不能久有中原，大王若舉兵倡義，銳圖興復，海內定然響應，胡兒雖欲久居，也不可得了！」知遠道：「我遞去三表，原是緩兵計策，並不是甘心臣虜。借知遠口中，說出齎表本意。但用兵當審察機宜，不可妄動，今遼兵新據京邑，未有他變，怎可輕與爭鋒？好在他專嗜財貨，欲壑已盈，必將北去。況且冰雪已消，南方卑濕，虜騎斷不便久留。我乘他北走，進取中原，方可保萬全了。」計策固是，奈百姓何！於是按兵不發，專俟大梁動靜，再定進止。

遼主未得知遠謝表，疑有貳心，又派使催貢方物。知遠乃遣副留守白文珂入獻奇繒名馬。遼主面語文珂道：「汝主帥劉知遠，既不事南朝，又不事北朝，究竟懷著甚麼意思？」文珂權詞解免。經遼主令他回報，即兼程西歸，報明知遠。孔目官郭威在側，便即進言道：「虜恨已深，不可不防！」知遠道：「且再探聽虛實，起兵未遲。」

忽由大梁傳到遼詔，上書大遼會同十年，大赦天下。知遠大驚道：「遼主頒行正朔，宣布赦文，難道真要做中國皇帝麼？」行軍司馬張彥威入勸道：「中原無主，唯大王威望日隆，理應乘此正位，號召四方，共逐胡虜。」知遠笑道：「這卻未便，我究竟是個晉臣，怎可背主稱尊！且主上北遷，我若可半道截回，迎入太原，再謀恢復，庶幾名正言順，容易成功了。」遂下令調兵，擬從丹陘口出發，往迎晉主。特派指使史弘肇，部署兵馬，預戒行期。

看官！你道劉知遠的舉動，果是真心為晉麼？他探聽得大梁消息，多推尊遼主為中國皇帝，不禁心中一急，因急生智，獨想出一個迎主的名目，試驗軍情。揭出肺腸。究竟大梁城內，是何實跡？小子不得不據實敘明。

遼主德光，入據大梁，已經匝月，乃召晉百官入議，開口問道：「我看中國風俗，與我國不同，我不便在此久留，當另擇一人為主，爾等意下如何？」語才說畢，即聽得一片喧聲，或是歌功，或是頌德，結末是說的中外人心，都願推戴皇帝。大家都是搖尾狗。遼主獰笑道：「爾等果是同情麼？」語未已，又聽了幾十百個是字。遼主道：「眾情一致，足見天意，我便在下月朔日，升殿頒敕便了。」大眾才退。

到了二月朔日，天色微明，晉百官已奔入正殿，排班候著。但見四面樂懸，依然重設，兩旁儀衛，特別一新。大眾已忘故主，只眼巴巴的望著遼主臨朝。好容易待至辰牌，才聞鐘聲震響，雜樂隨鳴，裡面擁出一位華夷大皇帝，戴通天冠，著絳紗袍，手執大珪，昂然登座。晉百官慌忙拜謁，舞拜三呼。極寫醜態。朝賀禮畢，遼主頒正朔，下赦詔，當即退朝。

晉百官陸續散歸，都道是富貴猶存，毫無悵觸。獨有一個為虎作倀的趙延壽，回居私第，很是怏怏。他本由遼主面許，允立為帝，見三十三回。此時忽然變幻，無從稱尊，一場大希望，化作水中泡，哪得不鬱悶異常，左思右想，才得一策，越日即進謁遼主，乞為皇太子。虧他想出。遼主勃然道：「你也太誤了！天子兒方可做皇太子，別人怎得羼入！」延壽連磕數頭，好似啞子吃黃連，說不出的苦衷。遼主徐說道：「我封你為燕王，莫非你還不足麼？我當特別遷擢便了。」延壽又不好多嘴，只得稱謝而出。遼主乃召入學士張勵，令為趙延壽遷官。時方號恆州為遼中京，張勵因奏擬延壽為中京留守，大丞相錄尚書事都督中外諸軍事，兼樞密使。遼主見了奏草，援筆塗去二語，單剩得中京留守兼樞密使八字，頒給延壽。延壽不敢有違，唯益怨遼主食言，越加憤憤。

誰知趙延壽未得稱帝，劉知遠恰自加帝號，居然與遼抗衡。河東指揮使史弘肇，奉知遠命，召諸軍至球場，當面傳言，令他即日迎主。軍士齊聲道：「天子已被擄去，何人作主？現在請我王先正位號，然後出師！」弘肇轉白知遠，知遠道：「虜勢尚強，我軍未振，宜乘此建功立業，再作計較。士卒無知，速應禁止亂言！」恐非由衷之論。遂命親吏馳詣球場，傳示禁令。軍士方爭呼萬歲，俟聞禁令傳下，方才少靜，次第歸營。

是夕即由行軍司馬張彥威等，上籤勸進，知遠尚不肯允。翌日復迭上二籤，知遠乃召郭威等入商。郭威尚未開言，旁有都押衙楊邠進言道：「天與不取，反受其咎，王若再謙讓不居，恐人心一移，反致生變了！」郭威亦接入道：「楊押衙所言甚是，願王勿疑！」知遠道：「我始終未忍忘晉，就使權宜正位，也不應驟改國號，另頒正朔。」郭威道：「這也何妨！」

知遠乃諏吉稱尊，擇定二月辛未日，即皇帝位。

屆期這一日，知遠在晉陽宮內，被服袞冕，登殿受朝。將吏等聯翩拜賀，三呼萬歲。即由知遠傳制，仍稱晉朝，唯略去開運年號，復稱天福十二年。蹊蹺得很。禮成還宮，又傳諭諸道，凡為遼括借錢帛，一概加禁。且指日出迎故主，令軍士部署整齊，護駕啟行。已經稱帝，還要迎甚麼故主，這明是掩耳盜鈴。小子記得唐朝袁天罡與李淳風同作推背圖，曾傳下讖語道：

宗親散盡尚生疑，豈識河東赤帝兒！
頑石一朝俱爛盡，後圖唯有老榴皮。

自劉知遠稱帝後，人始能解此讖文，首句是隱斥石重貴，次句是借漢高祖的故事，比例知遠，三句是本遼主石爛改盟語，見二十八回。見得遼主滅晉，石已爛盡，應該易姓，四句老榴皮，是榴劉同音，作為借映。此語未免牽強。照此看來，似乎萬事都有定數呢。閒文少表，且請看官續閱下回，再敘劉知遠出兵詳情。

前半回敘及晉主北遷，寫出無限痛苦，為後世亂政失國者，作一龜鑑。李太后以下，隨往沙漠，歷受艱辛，尚足令人嘆息。若如馮氏之嫁侄失節，得為皇后，始若以為可幸，及北徙以後，奔波勞悴，求死不得，乃知有奇福者必有奇禍，守節者未必果死，失節者亦未必幸生也。後半回敘劉知遠事，見得知遠之處心積慮，無非私圖。彼於《五代史》中，得國可謂較正，乃以堂堂正正之舉，反作鬼鬼祟祟之為，忽臣晉，忽臣遼，忽欲自帝，心術不純，終屬可鄙，以視豁達豪爽之劉季，相去為何如耶？上下數千年，得漢高祖二人，名同跡異，優劣固自有別也。

第三十八回　聞亂驚心遼主遄返乘喪奪位燕王受拘

卻說劉知遠已即位稱帝，才親督軍士，出發壽陽，託詞北趨，邀迎故主。是時石重貴等，早已過去，差不多要到黃龍府，那裡還能截回？知遠乃分兵戍守，自率親軍還入晉陽。假惺惺何為。當下擬斂取民財，犒賞將士，將士巴不得有重賞，當然沒有異言。獨有一位新皇內助，聞知此事，便乘知遠入宮時，直言進諫道：「國家創業，雖由天意，但亦須與民同治。陛下即位，不聞惠民，先欲剝民，這豈是新天子救民的本意，妾請陛下毋取民財！」知遠皺眉道：「公帑不足，如何是好？」語未畢，又聽得答語道：「後宮頗有積蓄，何妨悉數取出，賞勞各軍！就使不能厚賞，想各軍亦當原諒，不生怨言。」知遠不禁改容道：「卿言足豁我心，敬當從命！」遂檢出內庫金帛，盡行頒賞，軍士特別感激，愈加歡躍。看官道這位賢婦，系是何人？原來是劉夫人李氏。李氏本晉陽農女，頗有才色，知遠為校卒時，牧馬晉陽，偶然窺見李氏，便欲娶她為妻，先向李家求婚。偏李家不願聯姻，嚴詞拒絕，惹得知遠性起，邀同夥伴，夤夜闖入李家，把李氏劫取回來。實是強盜行為。李家素來微賤，無從申訴，只好由他劫去。李氏不得脫身，沒奈何從了知遠，成為夫婦，不意遇難成祥，轉禍為福，知遠迭升大官，進王爵，握兵權，李氏隨夫貴顯，亦得受封為魏國夫人。農家女得此厚福，可謂難得！此次知遠為帝，事出匆匆，未及立后，李氏已乘隙進言，情願將半生私積，一併充公。農家女有此大度，怪不得身受榮封，轉眼間就為國母了。

這且慢表。且說遼主德光，聞知遠稱帝河東，勃然大怒，立奪知遠官爵，派通事耿承美為昭義節度使，守住澤潞，高唐英為彰德節度使，守住相州，崔廷勳為河陽節度使，守住孟州。三面扼定，斷絕河東來路，且好相機進攻。那知各處人民，苦遼貪虐，又經遊兵輾轉招誘，相聚為盜，所在揭竿。

滏陽賊帥梁暉，集眾千人，送款晉陽，願效驅策，磁州刺史李穀，也遣人密報知遠，令暉往襲相州。暉偵知相州空虛，高唐英尚未到來，急率壯士數百名，乘夜潛行，直抵相州城下。城上毫無守備，便悄悄的架起雲梯，有好幾十個趫捷健兒，陸續登城。城內尚未聞知，直至健兒下城啟關，納入眾人，一哄兒殺將進去，守城將吏，才得驚醒。急切如何抵禦，只得拚命闖出，奪路飛跑，一半送命，一半逃生。梁暉入據相州，自稱留後，一面報捷晉陽。

還有陝府指揮使趙暉、侯章，及都頭王晏等，殺死遼監軍劉願，懸首府門。眾推趙暉為留後，侯章為副，奉表晉陽，輸誠投效。

劉知遠聞兩處響應，即欲進取大梁。郭威道：「晉代未平，不宜遠出，且先攻取二州，然後規劃大梁。」知遠乃遣史弘肇率兵五千，往攻代州。

代州刺史王暉，背晉降遼，總道是高枕無憂，忽聞晉陽兵到，慌忙調兵守城。無如兵難猝集，敵已先登，霎時間滿城皆敵，無處逃避，立被河東兵拘住，牽至史弘肇馬前，一刀畢命。

代州既下，晉州亦相繼歸順。原來知遠登極，曾遣部吏張晏洪、辛處明等，招諭晉州。適晉州留後劉在明，往朝遼主，由副使駱從朗，權知州事，從朗拘住張、辛二使，置諸獄中。可巧遼吏趙熙，奉命馳至，括借民財。從朗特別巴結，相助為虐，民不聊生。大將藥可儔，代抱不平，且聞河東勢盛，有意歸向，乃糾眾攻殺從朗，並戮趙熙，就在獄中釋出張、辛二使，推張為留後，辛為都監。張、辛便奏報晉陽，知遠自然欣慰。

接連是潞州留後王守恩，亦上表輸誠，又未幾得澶州表章，乞請速援。澶州已為遼屬，由遼將耶律郎五或作郎烏，亦作郎鄂。居守，郎五貪酷，為吏民所苦。水運什長王瓊，連接盜首張乙，得千餘人，襲據南城，圍攻郎五。郎五一面拒守，一面求救。王瓊亦恐遼兵來援，寡不敵眾，忙令弟超奉表晉陽，求發援師。知遠召超入見，賞賚甚厚，越日遣還，但言援兵即發。超馳回澶州，瓊已敗死，徒落得悵斷鴿原，自尋生路罷了！連敘數事，為遼去漢興之兆。

唯遼主迭聞變亂，未免心驚，乃遣天雄軍節度使杜重威，泰寧軍節度使安審琦，武寧軍節度使符彥卿等，各歸原鎮，用漢官治漢人，冀免反抗，仍用親吏監軍。適趙延壽新賦悼亡，意欲續婚。他的妻室，即燕國公主，本是唐明宗女。尚有妹子永安公主，出居洛陽，延壽聞阿姨有姿，遂請諸遼主，願以妹代姊。遼主當然允諾。即遣人至洛，迎永安公主入京。

這永安公主，是許王從益胞妹，素由王德妃撫養。石敬瑭篡唐即位，曾迎王德妃母子，留養宮中。且封從益為郇國公，繼承唐祀。見二十九回。至重貴嗣立，動加猜忌，王德妃自請出外，挈領從益兄妹，往居洛陽。此時接得遼敕，王德妃是一女流，怎敢違慢，即與郇國公從益，送永安公主入京，親主婚禮，順便請謁遼主。遼主德光，亦下座答禮，且語王德妃道：「明宗與我約為弟兄，爾是我嫂，怎好受拜！」胡人尚顧名分。德妃令從益入謁，遼主亦歡顏相待，令母子俱居客館。已而婚嫁禮畢，王德妃母子，向遼主辭行。遼主面授從益為彰信軍節度使。德妃以從益年少，未達政事，替他代辭。遼主乃令隨母還洛，仍封從益為許王。自己尚欲留主中原，命張礪、和凝同平章事，且親臨崇元殿，易服赭袍，令晉臣行入閤禮。唐朝故事，天子正殿叫做衙，便殿叫做閤，遼主飭行入閤禮，無非隨時咨問，求治弭亂的意思。

不料禮儀甫定，那宋、亳、密各州，俱有警報，並稱為盜所陷。遼主長嘆道：「中國人如此難制，正非我所意料！」嗣是惹動歸思，即擬北返，天氣漸暖，春光將老，遼主越不耐煩，便召晉臣入諭道：「天時向暑，我難久留，意欲暫歸北庭，省問太后。此處當留一親將，令為節度使，料亦不至生變。」晉臣齊聲道：「皇帝怎可北去！如因省親不便，何妨派使奉迎。」遼主道：「太后族大，好似古柏蟠根，不便移動。我意已定，無容多議了！」晉臣不敢再言，紛紛退出。已而有詔頒下，復稱汴梁為宣武軍，令國舅蕭翰為節度使，留守汴梁。翰系述律太后的兄子，有妹為遼主後，賜姓為蕭，於是遼國後族，世稱蕭氏。

遼主欲令晉臣一併從行，嗣恐搖動人心，乃只命文武諸司，及諸軍吏卒，隨往北庭，統計已達數千人，又選宦官宮女數百名，飭令隨侍，所有庫中金帛，悉數捆載整裝起行。蕭翰送遼主出城，仍然還守。遼主向北進發，見沿途一帶，村落皆空，卻也不免唏噓，立命有司發榜數百紙，揭示人民，招撫流亡。偏胡騎性喜剽掠，遇有人民聚處的地方，仍往劫奪，遼主也未嘗禁止。夷夏大防，萬不可潰，一潰防閒，必罹此禍。晝行夜宿，到了白馬津，率眾渡河，顧語宣徽使高勳道：「我在北庭，每日射獵，很覺適意。自入中原後，局居宮廷，毫無樂趣，今得生還，雖死無遺恨了！」死在目前。

行抵相州，正值遼將高唐英圍攻州城，與梁暉相持不下。遼主縱兵助攻，頓時陷入，梁暉巷戰亡身。城中所有男人，悉被屠戮，嬰兒赤子，由胡騎擲向空中，舉刃相接，多半刳腹流腸，或竟墜落地上，跌作肉餅。婦女殺老留少，驅使北去，留高唐英守相州。唐英檢閱城中遺民，只剩得七百人，髑髏約十數萬具。看官試想，慘不慘呢！

遼主聞磁州刺史李穀，密通晉陽，派兵拘至，親加質訊。穀詰問證據，反使遼主語塞，佯從車中引手，索取文書。經穀窺破詐謀，樂得再三窮詰，聲色不撓。遼主竟被瞞過，乃命釋歸。算是大幸。

嗣因所過城邑，滿目蕭條，遂遍語蕃、漢群臣道：「使中國如此受殃，統是燕王一人的罪過。」又顧相臣張礪道：「汝也算一個出力人員！」虎倀原是可恨，虎亦不謂無罪。礪俯首懷慚，無言可答，悶悶的隨向北行，毋庸細述。

獨寧國軍都虞侯武行德，為遼主所遣，與遼吏督運兵仗，用舟裝載，自汴入河，溯流北駛。行德麾下，有士卒千餘人，駛至河陰，密語士卒道：「我等為虜所制，離鄉遠去，人生總有一死，難道統去做外國鬼麼？今虜主已歸，虜勢漸衰，何不變計逐虜，據守河陽，待中原有主，然後臣服，豈不是一條好計呢！」士卒一體贊成，願歸驅使，行德遂舉舟中甲仗，分給士卒，一聲號令，全軍俱起，把遼吏砍成肉泥，乘勢襲擊河陽城。遼節度使崔廷勳，方派兵助耿廷美，進攻潞州，城內無備，突被行德殺入，逐去廷勳，據住河陽，令弟行友持奉蠟書，從間道馳詣晉陽，表明誠意。

那時潞州留守王守恩，已向晉陽告急，劉知遠命史弘肇為指揮使，率兵援潞。弘肇用部將馬誨為先鋒，星夜進兵，馳詣潞州城下，寂靜無聲，並不見有遼兵，馬誨大起疑心。及王守恩出城相迎，兩下晤談，方知遼兵聞有援師，已經退去。馬誨奮然道：「虜聞我軍到來，便即退兵，這是古人所謂弩末呢。我當前往追擊，殺敵報功！」正說著，史弘肇繼至，即由馬誨請令，麾兵追虜。途中遇著遼兵，大呼直前，挾刃齊進，好似風掃落葉一般，不到一時，已梟得虜首千餘級，餘眾遁去。

馬誨方奏凱回軍，遼將耿崇美退保懷州，崔廷勳亦狼狽奔至。就是洛陽遼將拽剌等，亦聞風膽落，趨至懷州，與崇美、廷勳等會晤，相對咨嗟，且會銜報聞遼主。

遼主得報，大為失意，繼且自嘆道：「我有三失，怪不得中國叛我呢！我令諸道括錢，是第一失；縱兵打草穀，是第二失；不早遣諸節度使還鎮，是第三失。如今追悔無及了！」前責人，後責己，尚非愚愎者比。看官聽著！遼主德光，也是一個好大喜功的雄主，此番大舉入汴，到處順手，已經如願以償，但他尚思久據中原，偏偏不能滿意，連得許多警耗，由憤生悔，由悔生憂，竟至懨懨成疾。到了欒城，遍體苦熱，用冰沃身，且沃且啖。及抵殺狐林，病勢愈劇，即日畢命。親吏恐屍身腐臭，特剖腹貯鹽，腹大能容積鹽數斗，乃載屍歸國，晉人號為帝羓。遼太后述律氏，撫屍不哭，且作恨辭道：「汝違我命，謀奪中原，坐令內外不安，須俟諸部寧一，才好葬汝哩。」

原來遼主一死，形勢立變，趙延壽恨主背約，首先發難。他本內任樞密，遙領中京，至是扈蹕前驅，似欲借中京為根據地。便引兵先入恆州，且語左右道：「我不願再入遼京了！」那知人有千算，天教一算，這賣國求榮，糜爛中原的趙延壽，怎能長享富貴，得使考終！借古諷世，是著書人本意。延壽入恆州時，即有一遼國親王，躡跡前來，亦帶兵隨入。延壽不敢拒絕，只好由他進城。這遼親王為誰？乃是耶律德光的侄兒，東丹王突欲的長子。突欲奔唐，唐賜姓名為李贊華，留居京師。贊華為李從珂所殺，事見前文。獨突欲子尚留北庭，未嘗隨父歸唐。看官欲問他名字，乃是叫做兀欲。舊作烏裕，亦作鄂約。德光因他舍父事己，目為忠誠，特封為永康王。

兀欲隨主入汴，復隨主歸國，嘗見延壽怏怏，料他蓄怨，特暗地加防。此次追蹤而至，明明是奪他根據。一入城門，即令門吏繳出管鑰，進至府署，復令庫吏繳出簿籍，全城要件，已歸掌握，遼將又多半歸附，願奉他為嗣君。兀欲登鼓角樓，與諸將商定密謀，擇日推戴。那趙延壽尚似在睡夢中，全然沒有知曉，反自稱受遼主遺詔，權知南朝軍國事，且向兀欲要求管鑰簿籍，兀欲當然不許。

有人通知延壽道：「遼將與永康王聚謀，必有他變，請預備為要。今中國兵尚有萬人，可藉以擊虜，否則事必無成！」延壽遲疑未決，後來想得一法，擬於五月朔日，受文武官謁賀。晉臣李崧入語道：「虜意不同，事情難測，願公暫從緩議。」

延壽乃止。

遼永康王兀欲，聞延壽將行謁賀禮，即與各遼將商定，屆期掩擊。嗣因延壽罷議，不得不另想別法。可巧兀欲妻自北庭馳至，探望兀欲，兀欲大喜道：「妙計成了，不怕燕王不入彀中。」遂折柬往邀延壽，及張礪、和凝、馮道、李崧等，共至寓所飲酒。延壽如約到來，就是張礪以下，皆應召而至。兀欲歡顏迎入，請延壽入坐首席，大眾依次列坐，兀欲下坐相陪。酒醴具陳，肴核維旅。彼此飲了好幾觥，談了許多客套話，兀欲方語延壽道：「內子已至，燕王欲相見麼？」延壽道：「妹果來此，怎得不見！」即起身離座，與兀欲欣然入內，去了多時，未見出來，李崧頗為擔憂。和凝、馮道私問張礪道：「燕王有妹適永康王麼？」張礪搖首道：「並非燕王親妹，我與燕王在遼有年，始知永康王夫人，與燕王聯為異姓兄妹，所以有此稱呼。」借張礪口中說明，無非倒戟而出之筆法。道言未絕，兀欲已由內出外，獨不見延壽偕出。李崧正要啟問，兀欲笑語道：「燕王謀反，我已將他鎖住了！」這語說出，嚇得數人面面相覷，不發一言。兀欲復道：「先帝在汴時，遺我一籌，許我知南朝軍國事，至歸途猝崩，並無遺詔。燕王怎得擅自主張，捏稱先帝遺命，唯罪止燕王一人，諸公勿慮。請再飲數觥！」和凝、馮道等唯唯聽命，勉強飲畢，告謝而出。

越日由兀欲下令，宣布先帝遺制，略云：「永康王為大聖皇帝嫡孫，人皇王長子，太后鍾愛，群情允歸，可就中京即皇帝位。」看官閱此，當知遺制為兀欲所捏造。但恐未知大聖皇帝，及人皇王為何人？小子應該補敘明白。大聖皇帝，就是遼太祖阿保機的尊謚，人皇王就是突欲。阿保機在世時，自稱天皇王，號長子突欲為人皇王，因此兀欲捏造遺制，特別聲明。兀欲始舉哀成服，傳訃四方，並遣人報知述律太后。太后怒道：「我兒平晉國，取中原，有大功業，伊子留侍我側，應該嗣立。人皇王叛我歸唐，兀欲為人皇王子，怎得僭立呢！」當下傳諭兀欲，令取消成議。兀欲哪裡肯從，竟在恆州即皇帝位，受蕃漢各官朝賀。尋即撤去喪服，鼓吹作樂，聲徹內外。

我，這尚可坐視麼？」遂命親將麻答守恆州，並晉臣文武吏卒，一概留住，自率部兵北行。選得宮女、宦官、樂工數百人，隨從馬後。最後復有軍士數十名，押著一乘囚車，內坐一個燕王趙延壽，揶揄極了。小子走筆至此，口占一詩，隨筆錄出，為趙延壽寫照。詩云：

失身事虜已堪羞，況復甘心作寇仇！
自古賢奸終有報，好從馬後看羈囚。

兀欲北去，劉知遠南來。欲知南北各事，且看下回分解。

遼主之不能久據中原，或謂由天限華夷，迫令北返，是實不然。當時廉恥道喪，官吏以送舊迎新為得計。中原人民，手無尺寸柄，疇能反抗強虜？假令遼主入汴，但以噢咻小惠，籠絡臣民，中國可坐而定也。誤在貪酷殘虐，激成眾怨，遂致梟桀四起，與遼為難。遼主悵然北歸，自陳三失，亶其然乎！趙延壽叛唐降遼，又引遼滅晉，嗣復欲背遼自主，居心叵測，不可復問。遼永康王兀欲，一舉而拘縶之，誠為快事。且其稱帝恆州，辦非全然無理，立嫡以長，古有明訓，誰令遼太后溺愛少子，舍長立幼，違大經而生巨變，正遼太后之自取也！於兀欲乎何尤！

第三十九回　故妃被逼與子同亡　御史敢言奉母出戍

卻說趙延壽為兀欲所拘，帶歸遼京，消息傳至河東，河東軍將，以河中節度使趙匡贊，為延壽子，正好乘勢招諭，勸他歸降。劉知遠依議辦理，派使至河中宣撫。既而傳說紛紛，言延壽已死，再由郭威獻策，著人往河中弔祭。其實延壽還是活著，過了二年，始受盡折磨，瘐死獄中。只難為永安公主。

知遠遂召集將佐，商議進取，諸將嘩聲道：「欲取河南，應先定河北。為今日計，不若出師井陘，攻取鎮、魏二州。鎮州即恆州。二鎮得下，河北已定，河南自拱手臣服了。」知遠沈吟道：「此議未免迂遠，我意從潞州進行。」言至此，有一人抗聲諫阻道：「兩議皆未可行。今虜主雖死，黨眾尚盛，各據堅城。我出河北，兵少路迂，旁無應援，倘群虜合勢共擊，截我前鋒，斷我後路，我不能進，又不能退，援絕糧盡，如何支持！這是萬不可行的。若從潞州進兵，山路險窄，粟少兵殘，未能供給大軍，亦非良策。臣意謂應從陝、晉進發，陝、晉二鎮，最近款附，引兵過境，必然歡迎，餉通路便，萬無一失，不出兩旬，洛、汴可俱定了。」三議相較，自以此議為善。知遠點首道：「卿言甚善，朕當照行。」

節度判官蘇逢吉，已升任中書侍郎，獨出班進言道：「史弘肇屯兵潞州，群虜相繼遁去，不如出師天井關，直達孟津，更為利便。」知遠也以為然。嗣經司天監奏稱太歲在午，不利南行，宜由晉、絳抵陝。知遠乃決，準於天福十二年五月十二日，自太原啟鑾。告諭諸道，一面部署內政，釐定乃行。遂冊魏國夫人李氏為皇后，皇弟劉崇為太原尹，從弟劉信為侍衛指揮使。皇子承訓、承祐、承勳，及皇侄承贇為將軍，楊邠為樞密使，郭威為副使，王章為三司使，蘇逢吉、蘇禹珪同平章事。凡首先歸附諸鎮將，如趙暉、王守恩、武行德等，皆實授節度使。

轉瞬間已是啟鑾期限，即命太原尹劉崇留守北都，趙州刺史李存瓌為副，幕僚李驤為少尹，牙將蔚進為馬步指揮使，佐崇駐守。知遠挈領全眷，及部下將士三萬人，由太原出發。越陰地關，道出晉、絳，意欲召還史弘肇，一同扈駕。蘇逢吉、楊邠諫阻道：「今陝、晉、河陽，均已向化，虜將崔廷勳、耿崇美，亦將遁去，若召還弘肇，恐河南人心動搖，虜勢復盛，轉足為患了。」知遠尚在躊躇，使人諭意弘肇，弘肇遣還使人，附呈奏議，與蘇、楊相符。乃令弘肇屯潞，規取澤州。

澤州刺史翟令奇，堅壁拒守，弘肇已派兵往攻，經旬未下，部將李萬超，願往招降，得弘肇允許，騎至城下，仰呼令奇道：「今虜兵北遁，天下無主，太原劉公，興義師，定中土，所向風靡，後服者誅；君奈何不早自計！」令奇遲疑未答，萬超又道：「君為漢人，奈何為虜守節？況城池一破，玉石不分，君甘為虜死，難道百姓亦願為虜死麼？」令奇被他提醒，方答稱願降，開門迎納官軍。弘肇聞報，亦馳入澤州。安民已畢，留萬超權知州事，自還潞州鎮守。

會遼將崔廷勳、耿崇美等，又進逼河陽，節度使武行德，與戰失利，飛向潞州求援。弘肇率眾南下，甫入孟州境內，廷勳等已擁眾北遁。經過衛州，大掠而去。行德出迎弘肇，兩下聯合，分略河南。弘肇為人，沈毅寡言，御眾嚴整，將校有過，立殺無赦，兵士所至，秋毫無犯，因此士皆用命，民亦歸心。劉知遠從容南下，兵不血刃，都由弘肇先驅開路，撫定人民，所以有此容易哩。反射後文。

遼將蕭翰，留守汴梁，聞知遠擁兵南來，崔、耿諸將，統已遁還，自知大勢已去，不如北歸。籌劃了好幾日，又恐中原無主，必且大亂，歸途亦不免受禍。乃從無策中想出一策，揑傳遼主詔命，令許王李從益，知南朝軍國事。當即派遣部將，馳抵洛陽，禮迎從益母子。王德妃聞報大驚道：「我兒年少，怎能當此大任！」說著，忙挈從益逃匿徽陵城中。徽陵即唐明宗陵，見前文。遼將躡跡找尋，竟被覓著，強迫從益母子，出赴大梁。蕭翰用兵擁護從益，即日御崇元殿。從益年才十七，膽氣尚小，幾乎嚇下座來，勉強支撐，受蕃、漢諸臣謁賀。翰率部將拜謁殿上，令晉百官拜謁殿下，奉印納冊，由從益接受。方才畢禮，王德妃明知不妙，自在殿後立著。至從益返入，心尚未定。偏晉臣聯袂入謁，德妃忙說道：「休拜！休拜！」晉臣只管屈膝，黑壓壓的跪下一地。此時屈膝，比拜虜還算有光。德妃又連語道：「快……快請起來！」等到大眾盡起，不禁泣下道：「我家母子，孤弱得很，乃為諸公推戴，明明非福，眼見得是禍祟了！奈何奈何！」大眾支吾一番，盡行告退。翰留部將劉祚帶兵千人，衛護從益，自率蕃眾北去。

王德妃晝夜不安，屢派人偵探河東軍，當下有人入報導：「劉知遠已入絳州，收降刺史李從朗，留偏將薛瓊為防禦使，自率大軍東來了。」未幾又有人走報，謂劉知遠已抵陝州，又未幾得知遠檄文，是從洛陽傳到，宣慰汴城官民。凡經遼主補署諸吏，概置勿問。晉臣接讀來檄，又私自聚謀，欲迎新主，免不得伺隙竊出，趨洛投效，也想做個佐命功臣。醜極。

王德妃焦急萬分，與群臣會議數次，欲召宋州節度使高行周，河陽節度使武行德，共商拒守事宜。使命迭發，並不見到，德妃乃召語群臣道：「我母子為蕭翰所逼，應該滅亡，諸公無罪，可早迎新主，自求多福，勿以我母子為念！」說至此，那兩眶鳳目中，已墮落無數珠淚。花見羞要變成花見憐了。大眾也被感觸，無不泣下。忽有一人啟口道：「河東兵迂道來此，勢必勞敝，今若調集諸營，與遼將併力拒守，以逸待勞，不致坐失，能有一月相持，北救必至，當可無慮。」德妃道：「我母子系亡國殘餘，怎敢與人爭奪天下，若新主憫我苦衷，知我為遼所劫，或尚肯宥我餘生。今別籌抵制，惹動敵怒，我母子死不足惜，恐全城且從此塗炭了！」是謂婦人之仁，但此外亦別無良策。大眾聞言，尚交相聚論，主張堅守。三司使劉審交道：「城中公私俱盡，遺民無幾，若更受圍一月，必無噍類。願諸公勿復堅持，一聽太妃處分！」眾始無言。德妃再與群臣議定，遣使奉表洛陽，迎接劉知遠。表文首署名銜，乃是臣梁王權知軍國事李從益數字，從益出居私第，專候劉知遠到來。

知遠至洛陽後，兩京文武百官，陸續迎謁。至從益表至，因命鄭州防禦使郭從義，領兵數千，先入大梁清宮。臨行時密諭從義道：「李從益母子，並非真心迎我，我聞他曾召高行周等，與我相爭，行周等不肯應召，始窮蹙無法，遣使表迎。汝入大梁，可先除此二人，切切勿誤！」郭從義奉命即行，到了大梁，便率兵圍住從益私第，傳知遠命，迫令從益母子自殺。王德妃臨死大呼道：「我家母子，究負何罪，何不留我兒在世，使每歲寒食節，持一盂麥飯，祭掃徽陵呢！」說畢，乃與從益伏劍自盡。

大梁城中，多為悲惋，唯從義遣人報命。劉知遠獨歡慰異常，未免太忍。乃啟行入大梁，汴城百官，爭往滎陽迎駕。遼將劉祚，無法歸國，亦只好隨同迎降。知遠縱轡入城，御殿受賀，下詔大赦。凡遼主所除節度使，下至將吏，各安職任，不複變更。乃稱汴梁為東京，國號大漢，唯尚用天福年號。顧語左右道：「我實未忍忘晉呢！」還要騙人。嗣是封賞功臣，犒勞兵士，當然有一番忙碌。小子述不勝述，姑從闕如。

當時各道鎮帥，先後納款。就是吳越、湘南、南平三鎮，亦遣人表賀。大漢皇帝劉知遠，得晉版圖，南面垂裳，又是一新朝氣象了。可惜不長。南唐主李璟，當遼主入汴時，曾派使賀遼，且請詣長安修復諸陵，即唐高祖太宗諸陵。遼主不許。會晉密州刺史皇甫暉，棣州刺史王建，皆避遼奔唐，淮北賊帥，亦多向江南請命。唐史館修撰韓熙載上疏道：「陛下恢復祖業，正在今日。若虜主北歸，中原有主，恐已落人後，必至規復無期。」唐主覽書感嘆，頗欲出師，怎奈福州軍事，尚未成功，反且敗報傳來，喪師不少，自慨國威已挫，哪裡還能規取中原。

福州李達，得吳越援軍，與唐兵相持，小子前已敘過。見三十五回。兩下里攻守踰年，未判成敗。吳越復令水軍統帥余安，領著戰艦千艘，續援福州，行抵白蝦浦，海岸泥淖，須先布竹簣，方可登岸。唐兵在城南瞧著，彎弓競射，簣不得施。余安正沒法擺布，靜待多時，既而箭聲已歇，便縱兵布簣，悉數登岸，進擊唐兵。唐將馮延魯，抵擋不住，棄師先走，冤冤枉枉的死了多人，並陣亡良將孟堅。原來唐兵停射，系是延魯主見，延魯欲縱敵登岸，盡加殲除，孟堅苦諫不從。至吳越兵登岸，大呼奮擊，銳不可當。延魯遁去，孟堅戰死。唐將留從效、王建封等，亦相繼披靡，城中兵又出來夾攻，大破唐兵，屍橫遍野。還虧唐帥王崇文，親督牙兵三百人，斷住後路，且戰且行，才得保全殘眾，走歸江南。這番唐兵敗衄，喪師二萬餘人，委棄軍資器械，至數十萬，府庫一空，兵威大損。

唐主以陳覺矯詔，馮延魯失策，咎止二人，擬正法以謝中外，餘皆赦免。御史江文蔚本系中原文士，與韓熙載同具盛名，熙載奔唐，文蔚亦坐安重榮叛黨，懼罪南奔。安重榮事見三十一回。唐主喜他能文，令充諫職，他見唐主詔敕只罪陳覺、馮延魯，不及馮延己、魏岑，心下大為不平，遂對仗糾彈，上書達數千言。說得淋漓痛快，小子不忍割愛，因限於篇幅，節錄如下。

臣聞賞罰者帝王所重。賞以進君子，不自私恩；罰以退小人，不自私怨。陛下踐阼以來，所信重者馮延己、延魯、魏岑、陳覺四人，皆擢自下僚，驟升高位，未嘗進一賢臣，成國家之美。陰狡弄權，引用群小，在外者握兵，居中者當國。師克在和，而四凶邀利，迭為前卻，使精銳者奔北，饋運者死亡，谷帛戈甲，委而資寇，取弱鄰邦，貽譏海內。今陳覺、馮延魯雖已伏辜，而馮延己、魏岑猶在，本根未殄，枝幹復生。延己善柔其色，才業無聞，憑恃舊恩，遂階任用。蔽惑天聰，斂怨歸上，以致綱紀大壞，刑賞失中。風雨由是不時，陰陽以之失序。傷風敗俗，蠹政害人，蝕日月之明，累乾坤之德。天生魏岑，朋合延己，蛇豕成性，專利無厭。逋逃歸國，鼠奸狐媚，讒疾君子，交結小人，善事延己，遂當樞要，面欺人主，孩視親王，侍燕喧譁，遠近驚駭，進俳優以取容，作淫巧以求寵，視國用如私財，奪君恩為己惠，上下相蒙，道路以目。征討之柄，在岑折簡，帑藏取與，系岑一言。福州之役，岑為東面應援使，而自焚營壁，縱兵入城，使窮寇堅心，大軍失勢。軍法逗留畏懦者斬，律云：主將守城，為賊所攻，不固守而棄去，及守備不設，為賊掩覆者皆斬。昨敕赦諸將，蓋以軍政威令，各非己出。岑與覺、延魯更相違戾，互肆威權，號令並行，理在無赦。況天兵敗衄，宇內震驚，將雪宗廟之羞，宜醢奸臣之肉。已誅二罪，未塞群情，盡去四凶，方祛眾怒。今民多饑饉，政未和平。東有伺隙之鄰，北有霸強之國。市裡訛言，遐邇危懼。陛下宜軫慮殷憂，誅鉏虺蜮。延己謀國不忠，在法難原，魏岑同罪異誅，觀聽疑惑，請並行典法以謝四方，則國家幸甚！

文蔚上疏時，明知詞太激烈，恐觸主怒，先在江中備著小舟，載送老母，立待左遷。果然唐主下敕，責他誹謗大臣，降為江州司士參軍。文蔚即奉母赴江州。直臣雖去，諫草具存，江南人士，輾轉傳寫，紙價為之一昂。究竟有名無利，宜乎諛媚日多。太傅宋齊邱，曾薦陳覺為福州宣諭使，見三十五回。至是竭力營救，竟得準請。赦免陳覺、馮延魯死罪，但流覺至蘄州，延魯至舒州。韓熙載亦忍耐不住，上書並劾齊邱，兼及馮延己、魏岑二人。唐主但撤延己相位，降為少傅，貶岑為太子洗馬，齊邱全不加譴，寵任如故。熙載又屢言齊邱黨與，必為禍亂，齊邱益與熙載為仇，劾他嗜酒猖狂，被黜為和州司士參軍。是時遼主歸死，遼將蕭翰，亦棄汴北遁，唐主又想經略北方，用李金全為北面招討使。那知劉知遠已捷足先得，馳入大梁，還要他費什麼心，動什麼兵哩！統是空思想。

吳越軍將，解福州圍，凱旋錢塘。吳越王弘佐，另派東南安撫使鮑修讓，助戍福州。未幾吳越王病歿，年僅二十，無子可承，弟弘倧依次嗣立，頒敕至福州，李達令弟通權知留後，自詣錢塘，朝賀新君。弘倧加達兼官侍中，賜名孺贇，尋且遣歸。達已返福州，與鮑修讓兩不相下，屢有齟齬，復欲舉兵降唐，殺鮑自解，偏被修讓察覺。先引兵往攻府第，一場蹂躪，不但殺死李達，並將他全家老小，一併誅夷。凶狡如達，應該至此。隨即傳首錢塘，報明情狀。吳越王弘倧，別簡丞相吳程，出知威武軍節度使事。

自是福州歸吳越，建州歸南唐，各守疆域，相安無事。那北方最強的大遼帝國，偏由兀欲繼統，仇視祖母，彼此爭哄。兀欲得著勝仗，竟把一位聰明伶俐的述律太后，拘至遼太祖阿保機墓旁，錮禁起來。小子有詩嘆道：

虜廷挺出女中豪，佐主興邦不憚勞，只為立儲差一著，被孫拘禁禍難逃。

欲知遼太后被幽詳情，且至下回再閱。

遼將北去，劉氏南來，偏夾出一個李從益來，權知南朝軍國事。從益母子，系亡國遺裔，誰樂推戴，而蕭翰乃迫而出之，舍安土而入危境，不死何待！但母子茕茕，受人迫脅，原為不得已之舉；且於劉知遠無名分之嫌，知遠又臣事唐明宗，胡為必殺之而後快？殘忍若此，宜其享年不永，而傳祚亦最短也。南唐為當時強國，苟任用得人，本可乘時出師，與劉知遠共爭中原，尚未知鹿死誰手。乃庸臣當國，呆豎弄兵，僅攻一殘破之福州，猶不能下，反且喪師敗北，致遭大挫，何其無英雄氣象耶！直言如江文蔚，反遭罷斥，而僉壬宵小，仍得竊位，南唐之不振也亦宜哉；讀江中丞彈文，可為南唐一哭。

第四十回　徙建州晉太后絕命　幸鄴都漢高祖親征

卻說遼永康王兀欲，在恆州擅立為帝，便即率兵北向，歸承大統。到了石橋，正遇遼太后遣來的兵士，為首的乃是降將李彥韜。彥韜隨遼主北去，進謁遼太后，太后見他相貌魁梧，語言伶俐，即令他隸屬麾下。以貌取人，失之彥韜。此時聞兀欲進來，便命彥韜為排陣使，出拒兀欲。兀欲前鋒，就是偉王。偉王大呼道：「來將莫非李彥韜麼？須知新主是太祖嫡孫，理應嗣位。汝由何人差遣，前來抗拒？若下馬迎降，不失富貴；否則刀下無情，何必來做殺頭鬼！」彥韜見來軍勢盛，本已帶著懼意，一聞偉王招降，樂得滾鞍下馬，迎拜道旁。偉王大喜，更曉諭彥韜部眾，教他一體投誠，免受屠戮。大眾亦拋戈釋甲，情願歸降。兩軍一合，倍道急進，不到一日，便達遼京。述律太后方派彥韜出戰，總道他肯盡死力，不意才閱一宵，即聞偉王兵到，驚得手足失措，悲淚滿頤。老婆娘亦有此日耶！

城中將吏，又素感兀欲厚恩，爭先出迎。原來兀欲平日，性情豪爽，散財下士。前由德光賜絹數千匹，便悉數分散，頃刻而盡。所以將士多受籠絡，相率愛戴。偉王入城，兀欲繼至，述律太后束手無策，只好聽他處置，當有數騎入宮，擁出太后，脅往木葉山。木葉山就是阿保機葬處，墓旁多築矮屋，派人守護。那述律太后被迫至此，沒奈何在矮屋棲身，晝聽猿啼，夜聞鬼哭，任她鐵石心腸，也是忍受不住，況且年力已衰，猝遭此變，自己也情願速死，憂能致疾，未幾告終。

是前殺酋長之報。

兀欲易名為阮，自號天授皇帝，改元天祿。國舅蕭翰馳至國城，大局已經就緒，孤掌當然難鳴，也只能得過且過，進見兀欲，行過了君臣禮，才報稱張礪謀反，已與中京留守麻合，將他伏誅。兀欲也不細問，但令翰復職了事。

看官道張礪被殺，是為何因？礪隨遼主德光入汴，嘗勸德光任用鎮帥，勿使遼人，翰因此懷恨。及自汴州還至恆州，即與麻合說明，麾騎圍張礪第，牽礪出問道：「汝教先帝勿用遼人為節度使，究懷何意？」礪抗聲道：「中國人民，非遼人所能治，先帝不用我言，所以功敗垂成。我今還當轉問國舅，先帝命汝守汴，汝何故不召自來呢？」理論固是，但問他何故引虜入寇，殘害中原？翰無言可詰，唯益加忿恚，飭左右將礪鎖住。礪又恨恨道：「欲殺就殺，何必鎖我！」翰置諸不理，但令左右牽他下獄。越宿由獄卒入視，礪已氣絕僕地，想已是氣死了。看官記著！張礪、趙延壽，同是漢奸，同是虜倀。礪拜相，延壽封王，為虜效力，結果是同死虜手。古人有言：「惠迪吉，從逆凶。」這兩人就是榜樣呢！苦口婆心。

兀欲已經定國，乃為先君德光安葬，仍至木葉山營陵，追謚德光為嗣聖皇帝，廟號太宗。臨葬時遣人至恆州召晉臣馮道、和凝等會葬，可巧恆州軍亂，指揮使白再榮等，逐出麻答，並據定州。馮道等乘隙南歸，仍至中原來事新主，免為異域鬼魂。這正是不幸中的大幸。唯恆州亂源，咎由麻答一人。麻答為遼主德光從弟，平生好殺，在恆州時，殘酷尤甚，往往虐待漢人，或剝面抉目，或髡髮斷腕，令他輾轉呼號，然後殺死。出入必以刑具自隨，甚至寢處前後，亦懸人肝脛手足，人民不勝荼毒，所以釀成變亂。已而白再榮等，表順漢廷，於是恆、定二鎮，仍為漢有。這且無庸細表。

唯遼負義侯石重貴，自徙居黃龍府後，曾奉述律太后命令，改遷至懷密州，州距黃龍府西北千餘里。重貴不敢逗留，帶領全眷，跋涉長途。故后馮氏，不堪艱苦，密囑內官搜求毒藥，將與重貴同飲，做一對地下鴛鴦。可奈毒藥難求，生命未絕，不得不再行趲路。行過遼陽二百里，適遼嗣皇兀欲入都，幽禁述律，特下赦文，召重貴等還居遼陽，略具供給。重貴等仍得生機，全眷少慰。越年四月，兀欲巡幸遼陽，重貴帶著母妻，白衣紗帽，往謁帳前，還算蒙兀欲特恩，令易常服入見。重貴伏地悲泣，自陳過失。兀欲令人扶起，賜他旁坐。當下擺起酒席，奏起樂歌，令重貴入座與飲，分嘗一臠。那帳下的伶人從官，多由大梁擄去，此時得見故主，無不傷懷。至飲畢散歸，各賚衣服藥餌，餉遺重貴。重貴且感且泣，自思被擄至此，才覺得苦盡甘來，倒也安心過去。想馮氏亦不願服藥了。

偏偏福無雙至，禍不單行。兀欲住居旬日，因天氣已近盛夏，擬上陘避暑，竟向重貴索取內官十五人，及東西班十五人，還要重貴子延煦，隨他同行，重貴不敢不依，心中很是傷感，最苦惱的是膝下嬌雛，也被蕃騎取去。父女慘別，怎得不悲！原來兀欲妻兄禪奴，一作綽諾錫里。見重貴身旁有一幼女，雙髻綽約，嬌小動人，便欲取為婢妾。面向重貴請求，重貴以年幼為辭。禪奴轉白兀欲，兀欲竟遣一騎卒，硬向重貴索去，賜給禪奴。到了仲秋，涼風徐拂，暑氣盡消，兀欲乃下陘至霸州。陘系北塞高涼地，夏上陘，秋下陘，乃向來遼主慣例。

重貴憶念延煦，探得兀欲下陘消息，即求李太后往謁兀欲，乘便顧視。李太后因馳至霸州，與兀欲相見，延煦在兀欲帳後，趨謁祖母，老少重逢，悲喜交集。兀欲顧李太后道：「我無心害汝子孫，汝可勿憂！」李太后拜謝道：「蒙皇帝特恩，宥妾子孫，沒世銜感。但在此坐食，徒勞上國供給，自問亦未免懷慚，可否在漢兒城廁，賜一隙地，俾妾子孫得耕種為生？如承俯允，感德更無窮了！」向虜主求一隙地，何如速死為是。兀欲溫顏道：「我當令汝滿意便了。」又顧延煦道：「汝可從汝祖母同返遼陽，靜待後命。」延煦遂與李太后一同拜辭，仍至遼陽候敕。

未幾即有遼敕頒到，令南徙建州，重貴復挈全眷啟行。自遼陽至建州又約千餘里，途中登山越嶺，備極艱辛。安太妃目早失明，禁不起歷屆困苦，鎮日裡臥著車中，飲食不進，奄奄將盡。當下與李太后等訣別，且囑重貴道：「我死後當焚骨成灰，南向飛揚，令我遺魂得返中國，庶不至為虜地鬼了！」悲慘語，不忍卒讀。說著，痰喘交作，須臾即逝。重貴遵她遺命，為焚屍計，偏道旁不生草木，只有一帶砂磧，極目無垠，那裡尋得出引火物！嗣經左右想出一法，折毀車輪，作為火種，乃向南焚屍。尚有餘骨未盡，載至建州。

建州節度使趙延暉，已接遼敕，諭令優待，乃出城迎入，自讓正寢，館待重貴母子。一住數日，李太后商諸延暉，求一耕牧地，延暉令屬吏四覓，去建州數十里外，得地五千餘頃，可耕可牧。當下給發庫銀，交與重貴，俾得往墾隙地，築室分耕。重貴隨從尚有數百人，盡往種作，蒔蔬植麥，按時收成，供養重貴母子。重貴卻逍遙自在，安享天年，隨身除馮后外，尚有寵姬數人，陪伴寂寥，隨時消遣。

一日正與妻妾閒談，忽來了胡騎數名，說是奉皇子命，指索趙氏、聶氏二美人。這二美人是重貴寵姬，怎肯無端割捨！偏胡騎不肯容情，硬扯二人上輿，向北馳去。看官！你想重貴此時，傷心不傷心麼？重貴伏案悲號，李太后亦不勝淒惋。馮氏拔去眼中釘，想是暗地喜歡。大家哽咽多時，想不出甚麼法兒，可以追回，只好撒手了事。唯李太后睹此慘劇，長恨無窮，蹉跎過了一年，已是後漢乾祐三年。李太后寢疾，無藥可醫，嘗仰天號泣，南向戟手，呼杜重威、李守貞等姓名，且斥且詈道：「我死無知，倒也罷了，如或有知，地下相逢，斷不饒汝等奸賊！」罵亦無益。嗣是病勢日重，延至八月，已是彌留。見重貴在側，嗚咽與語道：「從前安太妃病終，曾教汝焚骨揚灰，我死，汝也可照辦，我的燼骨，可送往范陽佛寺，我也不願作虜地鬼哩！」語與安太妃略同，恰另具一種口吻。是夕即歿，重貴與馮氏宮人，及宦官東西班，均被髮徒跣，舁柩至賜地中，焚骨揚灰，穿地而葬。

後來重貴夫婦，不知所終。至後周顯德年間，有中國人自遼逃歸，說他尚在建州，唯隨從吏役，多半亡故，此後遂無消息，大約總難免一死，生作異鄉人，死作異鄉鬼罷了。卅六鴛鴦同命鳥，一雙蝴蝶可憐蟲。史家因重貴北遷，號為出帝，或因他年少失國，號為少帝，究竟他何年死，何地死，無從查考。小子也不能臆造，權作闕文，願看官勿笑我疏忽哩。敘法周密。

且說劉知遠入主大梁，四方表賀，絡繹不絕。河南一帶，統已歸順，遼兵或降或遁，遼將高唐英駐守相州，為指揮使王繼弘、楚暉所殺，傳首詣闕。知遠大悅，免不得有一番封賞。湖南節度使馬希廣，派人告哀，並報稱兄終弟及，有乞請冊封的意思。知遠遂加希廣為檢校太尉，兼中書令，行天策上將軍事，鎮守湖南，加封楚王。

希廣即希範弟，希範曾受石晉冊封，歲貢不絕。生平豪侈，揮金如土，嘗造會春園及嘉宴堂，費至巨萬。繼築九龍殿，用沈香雕成八龍，外飾金寶，抱柱相向，自言己身亦是一龍，故稱九龍。遼兵滅晉，中原大亂，湖南牙將丁思瑾，勸希範出兵荊襄，進圖汴洛，成一時霸業。希範也驚為奇論，但終不能照行。思瑾意圖屍諫，扼吭竟死。無如希範縱樂忘返，哪裡肯發憤為雄！晝聚狎客，飲博歡呼，夜羅美女，荒淫狎褻，後宮多至數百人，尚嫌不足，甚至先王妾媵，多加無禮。又往往囑令尼僧，潛搜良家女子，聞有容色，強迫入宮。一商人婦甚美，為希範所聞，脅令該夫送入，該夫不願，立被殺斃，取婦而歸。偏該婦顏如桃李，節若冰霜，誓志不辱，投繯自盡。足與羅敷齊名，可惜不載姓氏。希範毫不知悔，肆淫如故，嘗語左右道：「我聞軒轅御五百婦女，乃得升天，我亦將為軒轅氏呢？」果然貪歡成癆，一病不起。

瀕危時召入學士拓跋常，常一作恆。以母弟希廣相屬，令他輔立。拓跋常有敢諫名，素為希範所嫉視，至是卻囑以後事，想是迴光返照，一隙生明。但希廣尚有兄希萼，為朗州節度使，舍長立少，仍然非計。希範歿，希廣入嗣，拓跋常慮有後患，勸希廣以位讓兄，獨都指揮使劉彥瑫，天策學士李弘皋，定欲遵先王遺命，乃即定議。繼受漢主冊封，似乎名位已定，可免後憂，那知骨肉成仇，鬩牆不遠。湖南北十州數千里，從此禍亂無已，將拱手讓人了。插入楚事，為湖南入唐伏案。

小子因楚亂在後，漢亂在先，且將楚事暫擱，再敘漢事。

天雄軍節度使杜重威，天平軍節度使李守貞等，前奉遼主命令，各得還鎮。劉知遠入汴，重威、守貞，皆奉表歸命。適宋州節度使高行周入朝，朝命行周往鄴都，鎮天雄軍，調重威鎮宋州。並徙河中節度使趙匡贊鎮晉昌軍，調守貞鎮河中，此外亦各有遷調，無非是防微杜漸，免得他深根固蒂，跋扈一方。各鎮多奉命轉徙，獨有一反覆無常的杜重威，竟抗不受命，遣子弘璲，北行乞援。時遼將麻答，尚在恆州，即撥趙延壽遺下幽州兵二千人，令指揮使張璉為將，南援重威。重威請璉助守，再求麻答濟師，麻答又派部將楊袞，率遼兵千五百人，及幽州兵千人，共赴鄴都。漢主劉知遠，得知消息忙命高行周為招討使，鎮寧軍節度使慕容彥超為副，率兵往討重威。並詔削重威官爵，飭二將速即出師。

行周與彥超，同至鄴州城下，彥超自恃驍勇，請諸行周，願督兵攻城。行周道：「鄴都重鎮，容易固守，況重威屯戍日久，兵甲堅利，怎能一鼓即下哩！」彥超道：「行軍全靠銳氣，今乘銳而來，尚不速攻，將待何時？」行周道：「兵貴持重，見可乃進，現尚不應急攻，且伺城內有變，進攻未遲！」彥超又道：「此時不攻，留屯城下，我氣日衰，彼氣益盛，況聞遼兵將至，來援重威，他日內外夾攻，敢問主帥如何對付？」行周道：「我為統帥，進退自有主張，休得爭執！」彥超冷笑道：「大丈夫當為國忘家，為公忘私，奈何顧及兒女親家，甘誤國事！」行周聞言，越覺動惱，正要發言詰責，彥超又冷笑數聲，疾趨而出。原來行周有女，為重威子婦，所以彥超疑他營私，且揚言軍前，謂行周愛女及賊，因此不攻。應有此嫌。行周有口難分，不得已表達漢廷。

漢主慮有他變，乃議親征。當下召入宰臣蘇逢吉、蘇禹珪等，商諮親征事宜，兩人模棱未決。漢主轉詢吏部尚書竇貞固，貞固與知遠同事石晉，素相和協，至是獨贊成親征。還有中書舍人李濤，未曾與議，卻密上一疏，促御駕即日征鄴，毋誤時機。漢主因二人同心，並擢為相，便下詔出巡澶、魏，往勞王師。越二日即擬啟行，命皇子承訓為開封尹，留守大梁，湊巧晉臣李崧、和凝等，自恆州來歸，報稱遼將麻答，已經被逐，可絕杜重威後援。漢主甚喜，面授崧為太子太傅，凝為太子少保，令佐承訓駐京。且頒詔恆州，宣撫指揮使白再榮，命為留後。見上文。復稱恆州為鎮州，仍原名為成德軍。

號炮一振，鑾駕出征，前後擁衛諸將吏，不下萬人。行徑匆匆，也不暇訪察民情，一直趨至鄴下行營。高行周首先迎謁，泣訴軍情。漢主知曲在彥超，因當彥超謁見時，面責數語，且令向行周謝過。行周意乃少解，隨即遣給事中陳觀，往諭重威，勸他速降。重威閉城謝客，不肯放入。陳觀覆命，觸動漢主怒意，便命攻城。彥超踴躍直前，領兵先進，行周不好違慢，也驅軍接應。漢主登高遙望，但見城上的矢石，好似雨點一般，飛向城下，城下各軍，冒險進攻，也是個個爭先，人人努力。怎奈矢石無情，不容各軍進步，自辰至午，仍然危城兀立，垣堞依然，那時只得鳴金收軍，檢點士卒，萬餘人受傷，千餘人喪命。漢主始嘆行周先見，就是好勇多疑的慕容彥超，至此亦索然意盡，啞口無言。

行周入帳獻議道：「臣來此已久，城中聞將食盡，但兵心未變，更有遼將張璉助守，所以明持不下。請陛下招諭張璉，璉若肯降，重威也無能為力了。」漢主依議，遣人招張璉降，待他不死。偏偏璉不肯從，一再往勸，始終無效。遷延至兩旬有餘，圍城中漸覺不支，內殿直韓訓獻上攻具。漢主搖首道：「守城全恃眾心，眾心一離，城自不保，要用甚麼攻具呢？」韓訓懷慚而退，忽由帳外報入，有一婦人求見，漢主問明底細，才命召入。正是：

猖獗全憑強虜助，竊危要仗婦人扶。

畢竟婦人為誰，待至下回表明。

遼太后為朔漠女豪，佐夫相子，奄有北方，而受制於其孫。李太后為石氏內助，因宴傳言，激成大舉。而被累於其子。南北睽違，事適相合，何兩智婦結果之不幸也！但遼太后幽死墓側，得隨夫於地下，李太后羈死建州，徒作鬼於虜中，兩兩相較，當以李太后之死為尤慘焉。杜重威身亡晉室，引虜覆邦，罪不容於死，不特李太后罵為奸賊，至死不忘，即中原人士，亦誰不思食其肉，寢其皮乎？劉氏入汴，不加顯罰，仍令守官，幾若多行不義之人，亦得倖免，乃移鎮命下，復思抗拒，梟獍心腸，不死不止，而天意亦故欲迫諸死地，以為奸惡者戒，漢主親征，猶然招降，雖得苟延殘喘，而終不免於誅夷。李太后有知，庶或可少泄餘恨也夫！

第四十一回　奉密諭王景崇入關　揑遺詔杜重威肆市

卻說漢主劉知遠，傳見來婦，看官道婦人為誰？原來是重威妻宋國公主。公主入謁漢主，行過了禮，由漢主賜令旁坐，問及重威情形，公主道：「重威因陛下肇興，重見天日，不勝慶幸，但恐陛下追究既往，負罪難逃，所以一聞移鎮，慮蹈不測，適遼將又來監守，遂致觸犯天威，勞動王師，今願開城謝罪，令臣妾前來乞恩，望陛下網開一面，曲貸餘生！」漢主道：「朕信重威，重威尚不信朕麼？況朕已一再招降，奈何拒命！」公主道：「重威非敢抗陛下，實由虜將張璉，挾制重威，不使迎降。」雖是誑言，但欲為夫解免，不得不爾，閱者尚當為公主曲原。漢主道：「虜將獨不怕死麼？」公主道：「正為怕死，所以阻撓。」漢主沈吟半晌，方微笑道：「朕一視同仁，既赦重威，何不可赦張璉，煩汝入城回報，如果真心出降，不問華夷，一體赦免！」公主起身拜謝，辭別回城。

重威得公主傳語，轉告張璉，璉答道：「公可全生，璉難倖免，願守此城，以死為期！」倒是個硬漢。重威道：「糧食早盡，兵皆枵腹，看來是不能不降了，漢主謂一體赦免，諒不欺人，請君勿慮！」璉又道：「恐怕未必。」重威道：「我再遣次子弘璉，前去請求，能得一朝廷赦書，大家好安心出降了。」璉方才允諾，弘璉即出往漢營。過了半日，持到漢主手諭，許璉歸國。重威乃復遣判官王敏，先送謝表。旋即素服出降，拜謁漢主。漢主賜還衣冠，仍授檢校太師，守官太傅，兼中書令。大軍隨漢主入城，城內已餓殍載道，滿目蕭條。遼將張璉，亦來拜見，漢主忽瞋目道：「全城兵民，為汝一人，害得這般悽慘，汝可知罪否？」璉不意有此一詰，一時轉無從措詞。漢主便令推出斬首，復捕斬弁目數十人，天子無戲言，奈何背約！唯什長以下，放還幽州。遼眾無從報怨，將出漢境，大掠而去。樞密使郭威入帳，與漢主附耳數語，漢主即令他會同王章，按錄重威部下諸親將，一併拿下，悉數處斬。又將重威私資，及僚屬家產，抄沒充公，分賜戰士。重威似刀剜肉，無從呼籲，只好與妻孥相對，暗地流涕罷了。還是小事，請看後來。

漢主住鄴數日，下令還都，留高行周為鄴都留守，充天雄軍節度使。行周固辭，漢主語蘇逢吉道：「想是為著慕容彥超了，我當命他徙鎮泰寧軍，卿可為我諭意。」逢吉轉諭行周，行周乃受命留鄴。漢主且晉封行周為臨清王，即命杜重威隨駕還都。既歸大梁，加封重威為楚國公。重威平時出入，路人輒旁擲瓦礫，且擲且詈，虧得他臉皮素厚，還是禁受得起，但威風已盡掃地了。所有宋州一缺，不願再任重威，但令史弘肇兼鎮，毋庸細表。看似閒文，實補前回未了之文。

且說漢主劉知遠原籍，本屬沙陀部落，知遠以自己姓劉，改國號漢，強引西漢高祖，東漢光武帝，作為遠祖。當尊漢高為太祖，光武帝為世祖，立廟祭享，歷世不祧。高祖湍尊為文祖，妣李氏為明貞皇后，曾祖昂為德祖，妣楊氏為恭惠皇后，祖僎為翼祖，妣李氏為昭穆皇后，父琠為顯祖，母安氏為章懿皇后，共立四廟，與漢高祖光武帝並列，合成六廟。命太常卿張昭，釐定六廟樂章舞名。知遠以鄴都告平，入廟告祖，所有訂定樂舞，概令舉行，真個是和聲鳴盛，肅祀明禋。

不料皇子開封尹承訓，自助祭後，感冒風寒，逐日加劇。漢主因承訓孝友忠厚，明達政事，特別留心看護，多方醫治。怎奈區區藥物，不能挽回造化，竟於天福十二年十二月中，悠然而逝，年止二十六。漢主在太平宮舉哀，哭得涕泗滂沱，幾致暈去。經左右極力勸慰，勉強收淚，親視棺殮，追封魏王，送歸太原安葬。此子若存，劉氏不至遽亡。嗣是常帶悲容，少樂多優，一代梟雄，又將謝世。

蹉跎過了殘年，便是元旦，漢主因身軀未適，不受朝賀，自在宮中調養。轉眼間已過四天，病體少痊，乃出宮視朝，改天福十三年為乾祐元年，頒詔大赦。越數日，易名為暠，晉封馮道為齊國公，兼官太師。兵部遞上奏牘，報稱鳳翔節度使侯益，與晉昌節度使趙匡贊，叛國降蜀，蟠踞關中，請速派將往討云云。漢主聞變，即命右衛大將軍王景崇，將軍齊藏珍，調集禁兵數千，往略關西。

原來蜀主孟昶，嗣知祥位，除去強臣李仁罕、張業，國內太平，十年無事。遼主滅晉，晉雄武節度使何重建，舉秦、成、階三州降蜀。見三十七回。蜀主昶遂欲吞併關中。遣山南西道節度使孫漢韶等，攻下鳳州。適晉昌軍節度使趙匡贊，聞杜重威得罪，恐自己亦未必保全，索性向蜀投降，別圖富貴。遂派人奉表蜀主，乞遣兵援應長安，即晉昌軍。兼略鳳翔。蜀主甚喜，即命中書令張虔釗，為北面行營招討安撫使，宣徽使韓保貞為都虞侯，率兵五萬，道出散關。又飭何重建為副使，領部眾出隴州，與張虔釗等會師，同趨鳳翔。一面令都虞侯李廷珪，統兵二萬出子午谷，為長安聲援。

鳳翔節度使侯益，接得偵報，知蜀主大舉入侵，驚慌的了不得。正擬拜表告急，忽來了雄武軍弁吳崇惲，遞入何重建手書，並附蜀樞密使王處回招降文，內容大意，無非是曉示利害，勸益歸蜀，益恐待援不及，不如依書乞降，免得驚惶。遂繳出地圖兵籍，使吳崇惲帶還，附表請平定關中，且貽書趙匡贊，約為犄角互相幫扶。偏趙匡贊狐疑未定，復聽了判官李恕，仍然上表漢廷，自請入朝。東倒西歪，比牆頭草且勿如。

這李恕本是趙延壽幕僚，延壽令佐匡贊，為晉昌軍節度判官，當匡贊降蜀時，恕已出言諫阻，匡贊不從，至是復極諫道：「燕王入胡，本非所願，今漢家新得天下，方務招懷，若謝罪歸朝，必能保全爵祿，入蜀恐非良策哩，蹄涔不容尺鯉，願公三思，毋貽後悔！」匡贊聽了，很覺有理，因遣恕入朝謝罪，情願面覲漢主，聽受處分。漢主問恕道：「匡贊何故附蜀？」恕答道：「匡贊以身受虜言，父在虜廷，恐陛下未肯俯諒，所以附蜀求生。臣一再諫諍，謂國家必應存撫，匡贊亦自知悔悟，故遣臣來祈哀！」漢主道：「匡贊父子，本吾故交，不幸陷虜。今延壽方墜檻阱，我何忍再害匡贊呢？汝可返報匡贊，不必多疑，盡可來朝！」恕拜謝而去。

嗣得佺益表章，也與匡贊一般見解，謝罪請朝。時王景崇尚未啟行，漢主召入臥內，密諭景崇道：「趙匡贊、侯益，雖俱來請朝，未知他有無詭計，汝率兵西去，當密觀動靜！他若真心入朝，不必過問，倘或遷延觀望，汝可便宜從事，勿墮狡謀！」景崇應聲遵旨，即日啟行，西赴長安。

趙匡贊恐蜀兵馳至，轉難脫身，不待李恕返報，便離長安，趨入大梁。途次與李恕接著，得知漢主諭言，益放心前行。復與景崇晤談，景崇亦讓他過去，自率兵徑謁長安。才入長安城中，軍報已陸續到來，統說蜀兵已入秦州，就要來攻長安。景崇因隨兵不多，恐未足敵蜀，忙發本道兵馬，及趙匡贊牙兵千餘人，同拒蜀人。又慮匡贊牙兵，或有叛亡等情，意欲黥字面中，使不得逞。當下與齊藏珍商議，藏珍尚不甚贊成，那牙兵將校趙思綰，已入請黥面，為部兵倡。景崇當然心喜。藏珍待思綰退出，私語景崇道：「思綰面帶殺氣，恐非良將，況黥面命令，尚未發出，他即先來面請，越是諂諛，越是狡詐，此人萬不可恃，速除為宜！」甚是，甚是。景崇搖首道：「無罪殺人，如何服眾！」遂不從藏珍計議，自督兵往堵蜀軍。

蜀將張廷珪，正自子午谷出師，探得匡贊入朝音信，便欲引歸。不意景崇突至，險些兒措手不及，倉猝對敵，已被景崇麾兵入陣，衝破中堅，沒奈何且戰且行，奔回至十里外，才免追襲。手下兵士，已傷亡至數千名，懊喪而去。侯益聞景崇得勝，廷珪敗還，自然順風使帆，決計拒蜀。蜀帥張虔釗行至寶雞，略悉侯益反覆情形，便與諸將會商。或主進，或主退，弄得虔釗無可解決，只好按兵暫住。忽聞漢將王景崇，召集鳳翔、隴、邠、涇、鄜、坊各兵，紛紛前來，嚇得魂不附體，急忙引兵夜遁。及景崇追到散關，蜀兵已奔入關中，只剩得後隊四百人，被景崇一鼓擄歸。

景崇兩次告捷，朝命景崇兼鳳翔巡檢使，因即引兵至鳳翔。侯益開門迎入，與景崇談入朝事，語帶支吾。景崇未免動疑，即派部軍分守諸門，再伺侯益行止。驀然間接到朝旨，御駕升遐，皇次子承祐即皇帝位，不由的心下一動，倒有些躊躇起來。小子且慢敘景崇意見，先將漢主臨崩大略，演述出來。順事敘入，而文法獨奇。

漢主劉知遠，自長子承訓歿後，感傷成疾，屢患不豫。虧得參苓補品，逐日服餌，才支撐了一兩月。乾祐元年正月終旬，病體加重，服藥無靈，乃召宰相蘇逢吉，樞密使楊邠、郭威，入受顧命。還有都指揮使史弘肇，雖命他兼鎮宋州，卻是在都遙制，所以亦得奉召。四大臣同入御寢，見漢主病已大漸，俱作愁容，漢主顧諭道：「人生總有一死，死亦何懼。但承訓已歿，承祐依次當立，朕慮他幼弱，後事一切，不得不囑託諸卿！」四人齊聲道：「敢不效力！」漢主又長嘆道：「眼前國事，尚無甚危險，但須善防杜重威！」說到威字，喉中如有物梗住，不能出聲。四人慌忙趨退，請后妃、皇子等送終。

未幾即發哀聲，當由蘇逢吉趨入道：「且慢！且慢舉哀！皇帝有要旨傳下，須立刻辦了，方可發喪。」后妃等未識何因，只因逢吉身任首相，且是顧命中第一個大臣，料他必有要圖。當即停住了哀，令他出辦。逢吉退出，見楊邠、郭威等，已擬好詔敕。即飭侍衛帶領禁軍，往拿杜重威及重威子弘璋、弘璉、弘璲。重威在私第中，安然坐著，毫不預防，至禁軍入門，倉皇接詔，甫經下跪，那冠帶已被禁軍褫去。且聽侍衛宣詔道：

杜重威猶貯禍心，未悛逆節，梟首不改，虺性難馴。昨朕小有不安，罷朝數日，而重威父子，潛肆凶言，怨謗大朝，煽惑小輩。今則顯有陳告，備驗奸期，既負深恩，須置極法。其杜重威父子，並令處斬。所有晉朝公主及外親族，一切如常，仍與供給。特諭。

重威聽罷，魂飛天外，急得帶哭帶辯。偏侍衛絕不留情，即令禁軍縛住重威，並將他三子拿下，一併牽出，連他妻室宋國公主，都不使訣別。匆匆驅至市曹，已有監刑官待著，指麾兩旁劊子手，趨至重威父子身旁，拔出光芒閃閃的刀兒，剁將過去，只聽得有三四聲，重威父子的頭顱，皆已墮落。父子同時入冥府，未始非天倫樂事。遺骸陳設通衢，都人士在旁聚觀，統激起一腔義憤，或詬罵，或蹴擊，連軍吏都禁遏不住。霎時間成為肉泥，幾無從辨認了。該有此報，但至此始見伏法，已不免為失刑。

重威既誅，方為故主發喪。並傳出遺制，封皇子承祐為周王，即日嗣位，朝見百官，然後舉哀成服。先是漢主劉知遠欲改年號，宰臣進擬乾和二字。御筆改為乾祐，適與嗣主名相同，當時目為預征，所以後來沿稱乾祐，不復改元。太常卿張昭，擬上先帝謚法，稱為睿文聖武昭肅孝皇帝，廟號高祖，嗣葬睿陵。統計劉知遠稱帝，未滿一年，不過時已易歲，歷史上算做二年，享年五十四歲。

承祐既立，尊母李氏為皇太后，頒詔大赦，號令四方。關中接得詔書，王景崇躊躇未定，便是為處置侯益的問題。侯益非常狡黠，為景崇所疑。或勸景崇殺益，景崇嘆道：「先帝原許我便宜行事，但諭出機密，恐嗣皇帝未曾聞知，我若殺益，轉近專擅。況赦文已下，更覺難行，我只好密奏朝廷，再作計較。」主見已定，便草密疏奏請，疏未繕發，那侯益已私離鳳翔，星夜入都去了。景崇不禁大悔，甚至自詬不休。

這侯益卻是機變，一入都門，便詣闕求見。嗣主承祐，問他何故引入蜀軍？益並不慌忙，反從容答道：「蜀兵屢寇西陲，臣意欲誘他入境，為聚殲計。」承祐不由的嗤了一聲，令益退出。似乎有些識見。

益見嗣主形態，倒也自危，幸喜家資富厚，好仗那黃白物，運動相臣。金銀是人人喜歡，宰相以下，得了他的好處，那有不替他說項。你吹噓，我稱揚，究竟承祐年未弱冠，也道是前日錯疑，即授益為開封尹，兼中書令。益又賄通史弘肇等，讒構景崇，說他如何專恣，如何驕橫。承祐不得不信，派供奉官王益至鳳翔，征趙匡贊牙兵詣闕。

趙思綰很是不安，復由景崇激他數語，越覺心慌，既隨王益啟行，到了半途，語同黨常彥卿道：「小太尉已落人手，我等若至京師，自投死路，奈何奈何！」小太尉指趙匡贊。彥卿道：「臨機應變，自有方法，願勿再言！」

越日行抵長安，長安已改號永興軍。節度副使安友規，巡檢使喬守溫，出迎王益，置酒客亭。思綰入請道：「部下軍士，已在城東安駐。唯將士家屬，多在城中，意欲暫時入城，挈眷出宿城東。」友規不知是計，且見思綰並無鎧仗，樂得做個人情，應允下去。思綰便引弁目馳入西門，適有州校坐守門側，腰劍下懸，為思綰所注目，突然趨進，順手奪劍，挺刃一揮，剁落州校頭顱。州校真是枉死。當下顧令黨羽，一齊動手，急切裡無從得械。便向附近覓得白梃，左横右掃，擊死門吏十餘人，遂把城門闔住，自入府署劈開武庫，取出甲仗，分給部眾，把守各門。友規等在外聞變，驚惶失措，不待飲畢，便已溜去。朝使王益，也逃之夭夭，不知去向。思綰據住城池，募集城中少年，得四千餘人，繕城隍，葺樓堞，才經十日，守具皆備。王景崇不知聲討，反諷鳳翔吏民上表，請令自己知軍府事。正是：

功業未成先跋扈，嫌疑才啟即猖狂。

欲知漢廷如何處置，容至下回說明。

漢主劉知遠，殺張璉而赦杜重威，賞罰不明，無逾於此。璉不過一虜將耳。既已請降，撫之可也，縱之亦可也。誘使降順，突令處斬，是為不信，是為不仁。重威引虜亡晉，罪已難逃；況復叛復靡常，負惡益甚，不殺果胡為者？彼侯益、趙匡贊之忽叛忽服，亦無非藐視漢威，同兒戲耳。迨知遠已殂，始由蘇逢吉等捏稱遺詔，捕誅重威。所頒詔文，實是無端架誣，不足為重威罪。罪可殺而殺非其道，猶之失刑也。前過寬，後過暴，何怪三叛之又復連兵乎。

第四十二回　智郭威抵掌談兵　勇劉詞從容破敵

卻說王景崇暗諷吏民，代求節鉞。漢主承祐，與群臣會議，都料是景崇詭計，不肯允行，別徙邠州節度使王守恩，為永興節度使，陝州節度使趙暉，為鳳翔節度使，調景崇為邠州留後，令即赴鎮。景崇遷延觀望，不肯遽行。那時又突出一個叛臣，竟勾通永興、鳳翔兩鎮，謀據中原。這人為誰？就是河中節度使李守貞。守貞為三叛之首，故特提一筆。

守貞與重威為故交，重威誅死，也未免兔死狐悲。默思漢室新造，嗣君才立，朝中執政，統是後進，沒一個可與比倫，不若乘時圖變，倒可轉禍為福，遂潛納亡命，暗養死士，治城塹，繕甲兵，晝夜不息。參軍趙修己，頗通術數。守貞召與密議，修己謂時命不可妄動，再三勸阻。守貞半信半疑。修己辭職歸田，忽有游僧總倫，入謁守貞，託言望氣前來，稱守貞為真主。守貞大喜，尊為國師，日思發難。一日召集將佐，置酒大會，暢飲了好幾杯，起座取弓。遙指一虎舐掌圖，顧語將佐道：「我將來若得大福，當射中虎舌。」說著，即張弓搭箭，向圖射去，颼的一聲，好似箭鏃生眼，不偏不倚，正在虎舌中插住。將佐同聲喝采，統離座拜賀。守貞益覺自豪，與將佐入席再飲，抵掌而談，自鳴得意。將佐樂得面諛，益令守貞手舞足蹈，樂不可支。飲至夜靜更闌，方才散席。

未幾有使人自長安來，遞上文書。經守貞啟視，乃是趙思綰的勸進表，不由的心花怒開，使人復獻上御衣，光輝燦爛，藻錦氤氳。守貞到了此時，是喜歡極了，略問來使數語，令左右厚禮款待，閱數日才命歸報，結作爪牙。自是反謀益決，妄言天人相應，僭號秦王。遣使冊思綰為節度使，令仍稱永興軍為晉昌軍。

同州節度使張彥威，因與河中相近，詗知守貞所為，時常戒備，且密表請師。漢廷派滑州指揮使羅金山，率領部曲，助戍同州。因此守貞起事，同州得以無恐。守貞遣驍將王繼勳，出兵據潼關。軍報馳入大梁，漢主乃命澶州節度使郭從義，充永興軍行營都部署，與客省使王峻，率兵討趙思綰，邠州節度使白文珂，為河中行營都部署，率兵討李守貞。繼復派出夔州指揮使尚洪遷，為永興行營都虞侯，閬州防禦使劉詞，為河中行營都虞侯。

各軍同時西行，獨尚洪遷恃勇前驅，趨至長安城下。趙思綰正養足銳氣，專待官軍對仗，遙望洪遷前來，立即麾眾殺出，與洪遷交鋒。洪遷尚未列陣，思綰已經殺到，主客異形，勞逸異勢，就使洪遷驍悍過人，至此亦旗靡轍亂，禁遏不住。勉強招架，終究是不能支撐，看看士卒多傷，便麾兵先退，自率親軍斷後，且戰且行。思綰力追不捨，惱動了洪遷血性，拚死力鬥，才把思綰擊退。但洪遷身上，已受了數十創，回至大營，嘔血不止，過了一宵，便即捐生。寫洪遷陣亡情狀，又另是一種寫法。

郭從義、王峻二人，因洪遷戰死，未免畏縮，斂兵不進。峻與從義，又兩不相容，越覺得你推我諉，延宕不前。漢廷再遣澤潞節度使常恩，領兵援應，可巧郭從義也分兵往迎，兩下會師，總算克復了一座潼關，由常恩屯兵守著。河中行營都部署白文珂，逗留同州，未嘗進兵。新授鳳翔節度使趙暉，到了咸陽，部署兵士，一時也不能急進。漢主承祐，頗以為憂，特派樞密使郭威為西面軍前招諭安撫使，所有河中、永興、鳳翔諸軍，悉歸郭威節制。

威奉命將行，先詣太師馮道處問策。馮道徐語道：「守貞宿將，自謂功高望重，必能約束士卒，令他歸附。公去後，若勿愛官物，盡賜兵吏，勢必眾情傾向，無不樂從，守貞自無能為了！」威謝教即行，承製傳檄，調集各道兵馬，前來會師。並促令白文珂趨河中，趙暉趨鳳翔。暉已探得王景崇降蜀，並通李守貞，連表奏聞，有詔命郭威兼討景崇。威乃與諸將會議軍情，熟權緩急，諸將擬先攻長安、鳳翔。時華州節度使扈彥珂，亦奉調從軍，獨在旁獻議道：「今三叛連兵，推守貞為主，守貞滅亡，兩鎮自然膽落，一戰可下了。古人有言，擒賊先擒王，不取首逆，先攻王、趙，已屬非計。況河中路近，長安、鳳翔皆路遠，攻遠捨近，倘王、趙拒我前鋒，守貞襲我後路，豈非是一危道麼！」誠然！誠然！威待他說畢，連聲稱善，乃決分三道攻河中，白文珂及劉詞自同州進，常恩自潼關進，自率部眾從陝州進。沿途所經，與士卒同甘苦，小功必賞，微過不責，士卒有疾，輒親自撫視，屬吏無論賢愚，有所陳請，均和顏悅色，虛心聽從。雖由馮道處得來祕訣，但亦能得法意外。因此人人喜躍，個個歡騰。

守貞初聞郭威統兵，毫不在意，且因禁軍嘗從麾下，曾受恩施，若一到城下，可坐待倒戈，不戰自服。那知三路漢兵，陸續趨集，統是揚旗伐鼓，耀武揚威。郭威所帶的隨軍，尤覺得氣盛無前，野心勃勃。當下已有三分懼色，憑城俯矚，見有認識軍將，便呼與敘舊。未曾發言，已聽得一片嘩聲，統叫自己為叛賊，幾乎無地自容，轉思木已成舟，悔恨無益，只得提起精神，督眾拒守。郭威豎柵城西，白文珂豎柵河西，常恩豎柵城南。威見恩立營不整，又見他無將領才，遣令歸鎮，自分兵駐紮南城。諸將競請急攻，威搖首道：「守貞系前朝宿將，健鬥好施，屢立戰功，況城臨大河，樓堞完固，萬難急拔。且彼據高臨下，勢若建瓴，我軍仰首攻城，非常危險，譬如驅士卒投湯火，九死一生。有何益處？從來勇有盛衰，攻有緩急。時有可否，事有後先。不若且設長圍，以守為戰，使他飛走路絕。我洗兵牧馬，坐食轉餉，溫飽有餘，城中乏食，公私皆竭。然後設梯衝，飛書檄，且攻且撫，我料城中將士，志在逃生，父子且不相保，況烏合之眾呢！」一番大議論，確有特見。諸將道：「長安、鳳翔，與守貞聯結，必來相救，倘或內外夾攻，如何是好？」威微笑道：「盡可放心，思綰、景崇，徒憑血氣，不識軍謀，況有郭從義等在長安，趙暉往鳳翔，已足牽制兩人，不必再慮了！」成算在胸。乃發諸州民夫二萬餘人，使白文珂督領，四面掘長壕，築連壘，列隊伍，環城圍住。越數日，見城上守兵，尚無變志，威又語諸將道：「守貞前畏高祖，不敢囂張。今見我輩崛起太原，事功未著，有輕我心，故敢造反。我正宜守靜示弱，慢慢兒的制伏呢。」遂命將吏偃旗息鼓，閉壘不出。但沿河遍設火鋪，延長至數十里，命部兵更番巡守。又遣水軍艤舟河濱，日夕防備，水陸扼住。遇有間諜，無不捕獲，於是守貞計無所出，只有驅兵突圍一法。偏郭威早已料著，但遇守兵出來，便命各軍截擊，不使一人一騎，突過長圍。所以守貞兵士，屢出屢敗，屢敗屢還。守貞又遣使齎著蠟書，分頭求救，南求唐，西求蜀，北求遼，均被漢營邏卒，掩捕而去。城中益窮蹙無計，漸漸的糧食將盡，不能久持，急得守貞日蹙愁眉，窘急萬狀。國師總倫，時常在側，守貞當然加詰。總倫道：「大王當為天子，人不能奪，唯現在分野有災，須待磨滅將盡。單剩得一人一騎，方是大王鵲起的時光哩。」真是呆話。守貞尚以為然，待遇如初。利令智昏，一至於此。

王景崇據住鳳翔，既與守貞勾通，受他封爵，便殺死侯益家屬七十餘人，只有一子仁矩，曾為天平行事司馬，在外得免。仁矩子延廣，尚在襁褓，乳母劉氏，易以己子，抱延廣潛逃，乞食至大梁。狡如侯益，不期得此乳母。侯益大慟，哀請朝廷誅叛復仇。漢主傳詔軍前，促攻鳳翔。

趙暉時已進攻，與景崇相持，忽聞蜀兵來援景崇，已至散關，當即派遣都監李彥從，潛師襲擊，殺退蜀兵，且乘勢奪取鳳翔西關。景崇退守大城，暉屢用羸兵誘戰，不見景崇出師。乃別設一計，暗令千餘人繞出南山，偽效蜀裝，張著蜀旗，從南山趨下。又命圍城軍士，佯作慌張，嘩稱蜀兵大至。景崇本已遣子德讓，詣蜀乞援，眼巴巴的望著好音，一聞蜀兵到來，還辨甚麼真假，即派兵數千往迎。出城未及裡許，驀聞號炮聲響，暉軍四面攢集，把數千鳳翔兵圍住，鳳翔兵士，方知中伏，可憐進退無路，統被暉軍殺盡。暉頗能軍。

景崇聞報，徒落得垂頭喪氣，懊悔不及，自是不敢輕出。

那蜀主孟昶，果遣山南西道節度使安思謙，率兵救鳳翔，另派雄武節度使韓保貞，引兵出汧陽，牽制漢軍。景崇子德讓，先行入報，景崇才令部將李彥舜等，出迓蜀兵。趙暉得蜀兵來信，亟分兵遏守寶雞。蜀將申貴，為思謙前驅，用誘敵計來誘漢兵。漢兵已入寶雞城內，見蜀兵稀少，出城追趕，遇伏敗還，不意城內已被蜀兵掩入，竟將寶雞奪去。幸趙暉先事預防，恐寶雞戍兵，不足敵蜀，更派精兵五千人援應，途中遇著敗軍，兩下會合，復將寶雞奪還。思謙引軍至渭水，經申貴還報，始知先勝後挫。再欲進攻，因探得寶雞有備，料一時不能攻下，遂語大眾道：「敵勢尚強，我軍糧少，未便與他久持，不若暫退，再作後圖。」實是怯懦。乃退屯鳳州，尋歸興元。

王景崇聞蜀兵退歸，再遣使向蜀告急，蜀臣多不願發兵。經景崇再三表請，始由蜀主下令，仍命安思謙出援。思謙請先運糧四十萬斛，方可出境，蜀主太息道：「思謙未曾出兵，先來索糧，意已可知，豈肯為朕進取？朕且撥糧頒給，看他願出兵否？」乃發興州、興元米數萬斛，交與思謙。思謙始自興元出鳳州，再由鳳州進散關，另派部將申貴、高彥儔等，擊破漢箭筈、安都諸寨。寶雞戍卒，出截玉女津，也為蜀兵所敗，仍然退歸。思謙進駐模壁，韓保貞也出新關，同至隴州會齊，將攻寶雞。趙暉再欲分軍接應，因怕勢分力弱，反為景崇所乘，乃飭寶雞兵吏，嚴守城池，不得妄動。一面移文至河中，向郭威乞師。

威正欲破滅李守貞，適值南唐起兵，來援河中，不得不分師邀擊，暫緩攻城。守貞幕下，有遊客二人，一是狂士舒元，一是道士楊訥。二人見守貞圍困，特扮作平民，出城南向，求救唐廷。舒元易姓為朱，楊訥易姓名為李平，好容易混出重圍，奔至金陵，籲請救急。唐主璟猶豫未決，諫議大夫查文徽，兵部侍郎魏岑，慫恿唐主出師。唐主因命北面行營招討使李金全出救河中，以清淮節度使劉彥貞為副，文徽為監軍使，岑為沿淮巡檢使，相偕俱出，同至沂州。

金全令部眾暫憩，遣探騎偵察漢營，再定行止。探騎去了多時，至午未回，營中已備好午餐，一齊會食。那探騎入帳通報導：「距此地十數里外，有一長澗，澗北有漢兵駐守，不過數百人，且甚羸弱，請急擊勿失！」金全不待說畢，厲聲叱退，仍然安坐食飯。諸將莫名其妙，待至大眾食畢，都至金全面前，請即出戰。金全又厲聲道：「敢言出戰者斬！」兩層寫來，事奇筆亦奇。諸將默然退出，免不得交頭接耳，私謗金全。待至夕陽西下，暮色蒼黃，金全又下令道：「營內隊伍，須要整齊，各軍器械，不得拋離，大家守住營門，毋得妄動，違令立斬！」又作一層疑案。諸將越加疑心，但軍令如山，不敢不遵，只好依言備辦。

驀聽得鼓聲大震，四面八方，有兵掩至，統到營門前吶喊，幾不知有多少人馬。金全營內，但守住營壘，無人出戰，那來兵喧嚷多時，恰也不聞進攻，四散而去。到了起更，已寂靜無聲，方奉金全命令，造飯會食。

金全問諸將道：「汝等試想，午後可出戰麼？」諸將始齊聲道：「大帥料敵如神，倖免危禍，但究竟從何料著？」金全微笑道：「兵法有言，知己知彼，百戰不殆。漢帥系是郭威，號稱能軍，難道我軍遠來，彼尚未能偵悉麼？澗北設著羸兵，明明是誘我過澗，墮他伏中。我軍至暮不出，伏兵無用，當然前來鼓噪，亂我軍心，待見我壁壘森嚴，無隙可乘，不得已知難而退，明眼人何難預料呢！」諸將方才拜服。

金全一駐數日，復探得漢壘嚴密，料知河中必危，便語諸將道：「郭威為帥，守貞斷難倖免，我等進援，有損無益，不如退師為是。」查文徽、魏岑等，前時乘興而來，至此也興盡欲返，即拔營退駐海州。

且遣使入奏唐主，詳陳一切情形，唐主復貽漢書，婉謝前失，請仍通商旅，並乞赦李守貞。

漢廷置諸不答，但聞趙暉情急，飭郭威設法往援。威計卻唐兵，親督兵往援趙暉，行抵華州，接暉來文，謂蜀兵食盡退去，因即折回。途次過了殘臘，便是乾祐二年。白文珂聞郭威將至，引兵往迎，河中行營，只留都指揮使劉詞，主持一切。

先是郭威西行，曾戒白文珂、劉詞道：「賊不能突圍，遲早難逃我手，若彼突出，我等且功敗垂成，成敗關鍵，全在此舉，我看賊中驍銳，盡在城西，我去必來突圍。汝等須要嚴防，切切毋忽！」白文珂、劉詞兩人，依著威言，日夕注意，守兵也不敢出來。到了文珂迎威，城中已經探悉，潛遣人夜縋出城，沽酒村墅，任人賒欠。邏騎多半嗜酒，見了這杯中物，不禁垂涎，況又是不需現錢，樂得暢飲數杯。你也飲，我也飲，飲得酩酊大醉，統向營中睡熟，不復巡邏。杯中物誤人甚大，故酒色財氣中列為第一。劉詞恰也小心，唯這一著未嘗預防，險些兒墮他狡計。

一夕已經三鼓，詞覺有倦意，和衣假寐，正要朦朧睡去，忽聞柵外有鼓噪聲，欻然驚起，趨出寢所，向外一望，已是火勢炎炎，光明如晝，部兵東張西望，不知所為。詞故意鎮定，絕不變色，且下令道：「區區小盜，怕他甚麼！」遂率眾堵御，冒煙而出。客省使閻晉卿道：「賊甲皆黃，為火所照，容易辨認，唯眾無鬥志，頗覺可憂！」裨將李韜朗聲道：「無事食君祿，有急可不死鬥麼？我願當先，諸將士快隨我來！」說至此，即援動先進，大眾也趁勢隨上。俗語說得好，一夫拚命，萬夫莫當，況經李韜一言，激動眾憤，就使火勢燎原，一些兒沒有怕懼，只管向前奮擊。河中兵相率辟易，為首驍將王繼勳，勇敢善鬥，至此也殺得大敗，身受重傷，逃入城中，手下剩得百餘騎，踉蹌隨回，餘眾皆死。

劉詞方收軍入柵，撲滅餘火，夤夜修補，次日仍壁壘一新。待郭威到來，詞出迎馬首，向威請罪。威欣然道：「我正愁此一著，非兄健鬥，幾為虜笑，今幸破賊，賊技已窮，可無他慮了。」至入柵後，厚賞劉詞及李韜，將士等亦各給財帛。唯嚴申酒禁，非俟破城犒宴，不準私飲。愛將李審，首犯軍令，飲酒少許，威察得情跡，召審入詰道：「汝為我帳下親將，敢違我令，若非加刑，何以示眾！」遂喝令左右，推審出轅，斬首示眾。小子有詩讚道：

用威用愛兩無私，便是諸軍用命時，
莫怪將來成帝業，堯山兵法本來奇。郭威堯山人，見下。
李審就誅，全營股慄。嗣是令出必行，成功就在目前了。

欲知河中克復情形，請看官續閱下回。

三叛連兵，首發難者為趙思綰，繼以李守貞、王景崇，似乎思綰之罪為最大，而守貞次之，景崇又次之。實則不然，守貞背晉降虜，罪與杜重威相同，倘有明王，早已不赦。乃幸得免死，仍予旌節，復敢效重威故智，再生叛亂，罪惡至此，死有餘辜。景崇受命討叛，反自為叛，《春秋》之戮，寧能後諸！趙思綰一狂暴徒耳，若非守貞、景崇之為逆，一將平之足矣。故本回敘事，於河中為最詳，次鳳翔，次長安，而於郭威之首攻河中，趙暉之分攻鳳翔，亦具有褒詞，一褒一貶，筆下固自有陽秋也。

第四十三回　覆叛巢智全符氏女投火窟悔拒漢家軍

卻說河中叛帥李守貞，被圍踰年，城中糧食已盡，十死五六，眼見是把守不住。左思右想，除突圍外無他策。乃出敢死士五千餘人，分作五路，突攻長圍的西北隅。郭威遣都監吳虔裕，引兵橫擊，把河中兵掃將過去，五路俱紛紛敗走，多半傷亡。越數日又有守兵出來突圍，陷入伏中，統將魏延朗、鄭賓，俱為漢兵所擒。威不加殺戮，好言撫慰，魏、鄭二人，大喜投誠，因即令他作書，射入城中，招諭副使周光遜，及驍將王繼勳、聶知遇。光遜等知不可為，亦率千餘人出降。嗣是城中將士，陸續出來，統向漢營歸命。郭威乃下令各軍，分道進攻，各軍聞命，當然踴躍爭先，巴不得一鼓就下。怎奈城高塹闊，一時尚攻它不進，因此一攻一守，又遷延了一兩月。想是守貞命數中，尚有一兩月可延。

可巧郭從義、王峻，報稱趙思綰已有降意，唯此人不除，終為後患，應該如何處置，聽命發落。郭威令他便宜行事。於是首先發難的趙思綰，也首先伏誅。思綰為郭從義、王峻所圍，苦守經年，曾遣子懷洐，詣蜀乞援。蜀兵尚未能到河中，怎能入援長安？援絕猶可，最苦糧空。思綰本喜食人肝，嘗親自持刀，剖肝作膾，膾已食盡，人尚未死。又好取人膽作下酒物，且飲且語道：「吞人膽至一千，便膽氣無敵了。」至城中食盡，即掠婦女幼稚，充作軍糧。糜肉飼兵，自己吞食肝膽，權代飯餐。有時且用人犒軍，計數分給，如屠羊豕一般。可憐城中冤氣沖天，鎮日裡籠著黑霧，不論晴雨，統是這般。郭從義乃使人誘降。

先是思綰少時，求為左驍衛上將軍李肅僕從，肅適致仕，謝絕不納。肅妻張氏，系梁、晉兩朝元老張全義女，具有遠識，特問肅何故不納思綰？肅慨然道：「是人目亂語誕，他日必為叛賊！」張氏道：「妾意亦然，但君今拒絕，他必挾恨無窮，一旦逞志，必遭報復，我家恐無遺類。不若厚贈金帛，遣令圖生！」肅如言召入思綰，饋贈多金，思綰拜謝而去。

後來入據長安，正值李肅閒居城中，思綰即往謁見，拜伏如故。肅驚起避席，禁不住思綰勇力，將肅捺入座中，定要肅完全受拜，且尊呼肅為恩公。肅勉強敷衍，心中委實難過，及思綰退出，急入語張夫人道：「我說此人必叛，今果闖亂，復來見我，我且受汙，奈何！」張氏道：「何不勸他歸國！」肅又道：「他已勢成騎虎，怎肯遽下！我若勸他，反惹他疑心，自招屠戮了。」張氏道：「長安雖固，料他必不能久據。他若舍此而去，不必說了，否則官軍來攻，總有危急這一日，那時容易進言，自無他患。」肅也以為然，暫且紓憂。

思綰屢遣人送奉珍饈，加以裘帛，肅不好峻拒，又不便接受，百端為難。自思將來多凶少吉，不如圖個自盡，免致株連，因覓得毒藥，即欲服下。虧得張氏預先覺察，將藥奪去，始得免死。及長安圍急，日食人肉，張氏復語肅道：「今日正可入府勸降。幸勿再延！」相時知機，好一個賢智婦人。肅乃往見思綰，思綰倒履相迎，推肅上坐，便開口問道：「恩公前來，想是憐念思綰，設法解圍，願乞明教！」肅答道：「公本與國家無嫌，不過因懼罪起見，據城固守，今國家三道用兵，均未成功，公若乘此變計，幡然歸順，料朝廷必然喜悅，保公富貴，為二鎮勸。公試自思，坐而待斃，亦何若出而全身呢！」思綰道：「倘朝廷不容我歸順，豈不是欲巧反拙！」肅又道：「這可無慮，包管在我手中。我雖致仕，朝廷未嘗不知，若由公表明誠意，再附我一疏，為公洗釋前愆，當無有不允了！」思綰尚未能決，判官程讓能，正受郭從義密書，有意出降，乘著李肅進言時，也即入勸，熟陳禍福。思綰乃即令讓能起草，撰成二表，一表是由肅出名，一表是思綰出名，遣使詣闕。待過旬餘，得去使返報，知朝廷已允赦宥，且調任他鎮，思綰大喜。

未幾即有詔敕頒到行營，授思綰檢校太保，調任華州留後。當由郭從義傳入城中，令思綰出城受詔，思綰釋甲出城，拜受朝命，遂與郭從義面約行期，指日往華州任事。從義允諾，許令還城整裝，唯派兵隨入，守住南門。思綰遲留未發，託言行裝未整，改易行期，至再至三。從義乃與王峻商議道：「狼子野心，終不可用，不如早除，杜絕後患！」王峻不甚贊成，但言須稟命郭威。便是兩不相容之故。

從義因遣人至河中行營，請除思綰。既得威諾，即與王峻按轡入城，陳列步騎，直至府署。遣人召思綰出署道：「太保登途，不遑出餞，請就此對飲一杯，便申別意。」思綰不得不從，一出署門，便被從義一聲暗號，麾動軍士，將他拿下。併入署搜捕家屬，及都指揮常彥卿，一併牽至市曹，梟首示眾。且籍沒思綰家貲，得二十餘萬貫，一半入庫，一半賑飢。城中丁口，舊有十餘萬，至是僅遺萬人。從義延入李肅，請他主持賑務，肅自然出辦。兩日即盡，入府銷差，歸家與張夫人說明，一對老夫妻，才得高枕無憂，白頭偕老了。應該向閫中道謝。

思綰伏法，郭威免得兼顧，日夕督兵攻城，衝入外郭。李守貞收拾餘眾，退保內城，諸將請乘勝急攻，威說道：「鳥窮猶啄，況一軍呢！今日大功將成，譬如涸水取魚，不必性急了。」守貞知己必死，在衙署中多積薪芻，為自焚計。遷延數日，守將已開城迎降，有人報知守貞，守貞忙縱火焚薪，舉家投入火中。說時遲，那時快，官軍已馳入府衙，用水沃火，應手撲滅，守貞與妻及子崇勳，已經焚死，尚有數子二女，但觸煙倒地，未曾斃命。官軍已檢出屍骸，梟守貞首，並取將死未死的子女，獻至郭威馬前。

威查驗守貞家屬，尚缺逆子崇訓一人，再命軍士入府搜拿。府署外廳已毀，獨內室巋然僅存。軍士馳入室中，但見積屍纍纍，也不知誰為崇訓，唯堂上坐一華妝命婦，豐采自若，絕不慌張。大眾疑是木偶，趨近諦視，但聽該婦呵聲道：「休來！休來！郭公與我父舊交，汝等怎得犯我！」好大膽識。軍士更不知為何人，但因她詞莊色厲，未敢上前鎖拿，只好退出府門，報知郭威。威亦驚詫起來，便下馬入府，親自驗明。那婦見郭威進來，方下堂相迎，亭亭下拜。威略有三分認識，又一時記憶不清，當即問明姓氏。及該婦從容說出，方且驚且喜道：「汝是我世侄女，如何叫汝受累呢！我當送汝回母家。」該婦反淒然道：「叛臣家屬，難緩一死，蒙公盛德，貸及微軀，感恩何似！但侄女誤適孽門，與叛子崇訓結褵有年，崇訓已經自殺，可否令侄女棺殮，作為永訣！得承曲允，來生當誓為犬馬，再報隆恩！」威見該婦情狀可憐，不禁心折，便令指出崇訓屍首，由隨軍代為殮埋。該婦送喪盡哀，然後向威拜謝，辭歸母家。威撥兵護送，不消細敘。唯該婦究為何人？她自說與崇訓結褵，明明是崇訓妻室。唯她的母家，卻在兗州，兗州即泰寧軍節度使魏國公符彥卿，就是該婦的父親。畫龍點睛。

先是守貞有異志，嘗覓術士卜問休咎。有一術士能聽聲推數，判斷吉凶。守貞召出全眷，各令出聲。術士聽一個，評一個，統不與尋常套話。挨到崇訓妻符氏發言，不禁瞿然道：「後當大貴，必母儀天下！」術士既知吉凶，如何專推符氏，不言守貞全家之多凶。守貞果信術士言，何不轉詰崇訓之可否為帝。史家所載，往往類此，本編亦依史演述云爾。守貞聞言，益覺自誇道：「我媳且為天下母，我取天下，當然成功，何必再加疑慮呢！」於是決計造反。

及城破後，守貞葬身火窟。崇訓獨不隨往，先殺家人，繼欲手刃符氏，符氏走匿隱處，用帷自蔽，令崇訓無從尋覓。崇訓惶遽自殺，符氏乃得脫身，東歸兗州。符彥卿貽書謝威，且因威有再生恩，願令女拜威為父，威也不推辭，復稱如約。唯女母對此嫠雛，說她夫家滅亡，孑身僅存，無非是神明佑護，不如削髮為尼，做一個禪門弟子，聊盡天年。符氏獨搖首道：「死生乃是天命，無故毀形祝髮，真是何苦呢？」還要去做皇后，怎肯為尼。後來再嫁周世宗，果如術士所言，這且待後再表。

且說郭威攻克河中，檢閱守貞文書，所有往來信札，或與朝臣勾結，或與藩鎮交通，彼此統指斥朝廷，語多悖逆。威欲援為證據，一併奏聞，祕書郎王溥進諫道：「魑魅乘夜爭出，見日自消，願一概付火，俾安反側！」保全甚多。威聞言稱善，乃將河中所留文牘，盡行焚去。當即馳書奏捷。召趙修己為幕賓，掌管天文。四面搜緝偽丞相靖崎、孫願，偽樞密使劉芮，偽國師總倫等犯，與守貞子女，分入囚車，派將士押送闕下。

漢主承祐，御明德樓，受俘馘，宣露布，百官稱賀。禮畢，即命將罪犯徇行都城，懸守貞首於南市，誅各犯於西市。二叛既平，但有鳳翔一城，朝夕可下。朝旨令郭威還朝，留扈彥珂鎮守河中，所有華州一缺，即命劉詞補任。授郭從義為永安節度使，兼加同平章事職銜。此外立功將士，封賞有差。

郭威奉詔還都。入闕朝見，漢主承祐，令威升階，面加慰勞，親酌御酒賜威，威跪飲盡卮，叩首謝恩。漢主又命左右取出賞物，如金帛衣服玉帶鞍馬等類，一一備具。威復拜辭道：「臣受命期年，只克一城，何功足錄！且臣統兵在外，凡鎮安京師，撥運軍食，統由諸大臣居中調度，使臣得滅叛誅凶，臣怎敢獨膺此賜？請分賞朝廷諸大臣！」漢主承祐道：「朕亦知諸大臣功勛，當有後命。此物但足賞卿，卿毋固辭！」威乃拜辭而出。翌晨威復入朝，漢主擬使威兼領方鎮，威又拜辭道：「楊邠位在臣上，未受茅土，臣何敢當此！且臣嘗蒙陛下厚恩，忝居樞密，帷幄參謀，不能與將帥同例。史弘肇為開國功臣，夙總武事，所以兼領藩封，臣萬不敢受！」漢主乃上威檢校太師，兼職侍中，且加賜史弘肇、蘇逢吉、蘇禹珪、竇貞固、楊邠等兼職，與威略同。唯中書侍郎李濤，已早罷相，不得與賜。漢主尚欲特別賞威，威一再叩謝道：「運籌建畫，出自廟堂；發兵饋糧，出自藩鎮；暴露戰鬥，出自將士；今功獨歸臣，再三加賞，反足使臣折福。願匄餘生為陛下效力，嗣有他功，再當領賞便了！」差不多似三揖三讓。漢主方才罷議。

嗣因受賜諸臣，謂恩賞只及親近，不錄外藩，未免重內輕外。於是再議加恩，加天雄節度使高行周為太師，山南東道節度使安審琦為太傅，泰寧即上文兗州。節度使符彥卿為太保，河東節度使劉崇兼中書令，忠武節度使劉信，天平節度使慕容彥超，平盧節度使劉銖，並兼侍中，朔方節度使馮暉，夏州節度使李彝殷，並兼中書令，義武節度使孫方簡，武寧節度使劉贇，並加同平章事。他如鎮州節度使武行德，鳳翔節度使趙暉等，也各加封爵，不勝殫述。

趙暉圍攻鳳翔，已歷年餘，聞河中長安，依次平定，獨鳳翔不下，功落人後，免不得焦急異常。遂督部眾努力進攻，期在必克。王景崇困守危城，也害得智窮力竭，食盡勢孤。幕客周璨，入語景崇道：「公前與河中、長安，互為表裡，所以堅守至今。今二鎮皆平，公將何恃？蜀兒萬不可靠，不如降順漢室，尚足全生。」景崇道：「我一時失策，累及君等，雖悔難追！君勸我出降，計亦甚是，但城破必死，出降亦未必不死，君獨不聞趙思綰麼？」璨知不可勸，退出署外。

越數日外攻益急。景崇登陴四望，見趙暉跨馬往來，親冒矢石，所有將士，無不效命，城北一隅，攻撲更是利害，不由的俯首長吁，猛然間得了一計，立即下城，召語親將公孫輦、張思練道：「我看趙暉精兵，多在城北，來日五鼓，汝二人可毀城東門，詐意示降，勿令寇入。我當與周璨帶領牙兵，突出北門，攻擊暉軍。幸而得勝，或守或去，再作良圖。萬一失敗，也不過一死，較諸束手待斃，似更勝一籌了。」兩將唯唯聽命，景崇又與周璨約定，詰旦始發，是時準備停當，專待天明。

既而城樓譙鼓，已打五更，公孫輦、張思練兩人，行至東門，即令隨兵縱起火來，周璨也到了府署，恭候景崇出門。不意府署中忽然火起，燒得煙焰沖天，不可向邇。璨急召牙兵救火，待至撲滅，署內已毀去一半，四面壁立，獨有景崇居室，一些兒沒有遺留，眼見是景崇全家，隨從那祝融回祿，同往南方去了。輦與思練，正派弁目來約景崇，突然見府舍成墟，大驚失色。急忙返報，急得兩將沒法，只好弄假成真，毀門出降。周璨早有降意，當然隨降趙暉。暉引兵入城，檢出景崇燼骨，折作數段。當即曉諭大眾，禁止侵掠。立遣部吏報捷大梁。漢廷更有一番賞賜，無容細表，於是三叛俱亡。

當時另有一位大員，也坐罪屠戮。看官欲問他姓名，就是太子太傅李崧。李崧受禍的原因，與三叛不同。從前劉氏入汴，崧北去未歸，所有都中宅舍，由劉知遠賜給蘇逢吉，逢吉既得崧第，凡宅中宿藏，及洛陽別業，悉數佔有。至崧得還都，雖受命為太子太傅，仍不得給還家產。自知形跡孤危，不敢生怨，又因宅券尚存，出獻逢吉。馬屁拍錯了。逢吉不好面斥，強顏接受。入語家人道：「此宅出自特賜，何用李崧獻券！難道還想賣情麼？」從此與崧有嫌。崧弟嶼，嗜酒無識，嘗與逢吉子弟往來，酒後忘情，每怨逢吉奪他居第。逢吉聞言，啣恨益深。

翰林學士陶穀，先為崧所引用，至此卻阿附逢吉，時有謗言。可巧三叛連兵，都城震動，史弘肇巡邏都中，遇有罪人，不問情跡輕重，一古腦兒置入叛案，悉數加誅。李嶼僕夫葛延遇，逋負失償，被嶼杖責，積成怨隙，遂與逢吉僕李澄，同謀告變，誣嶼謀叛。結怨小人，禍至滅家。但陶穀文士，以怨報德，遑論一僕！逢吉得延遇訴狀，正好乘隙報怨，遂將原狀遞交史弘肇。且遣吏召崧至第，從容語及葛延遇事，佯為嘆息。崧還道是好人，願以幼女為托。逢吉又假意允許，不使歸家，即命家人送崧入獄。

崧才識逢吉刁狡，且悔且忿道：「從古以來，沒有一國不亡，一人不死，我死了便休，何用這般傾陷呢！」及為吏所鞫，嶼先入對簿，齗齗辯論。崧上堂聞聲，顧語嶼道：「任汝舌吐蓮花，也是無益，當道權豪，硬要滅我家族，毋庸嘵嘵了！」嶼乃自誣伏罪，但說與兄弟僮僕二十人，同謀作亂，又遣人結李守貞，並召遼兵。逢吉得了供詞，復改二十字為五十字，有詔誅崧及嶼，兼戮親屬，無論少長，悉斬東市，葛延遇、李澄，反得受賞，都人士統為崧呼冤。小子有詩嘆道：

遭讒誣伏願拚生，死等鴻毛已太輕；
同是身亡兼族滅，何如殉晉尚留名！

欲知後事如何，且至下回續敘。

永興圍城中，有一李肅妻張氏，河中叛眷內，有一李崇訓妻符氏，本回特別敘明，於軍馬倥傯之際，獨顯出兩個女豪，尤足使全回生色。唯張氏以智全夫，且令叛賊出降，長安得以戡定，為家為國，共得保安，七尺鬚眉，對之具有愧色矣。符氏膽識過人，智不在張氏下。但夫死不嫁，禮有明文，女母令削髮為尼，實欲為女保全貞節。符氏乃不從母言，志在再醮。雖其後果為國母，而繩以禮律，毋乃猶有遺憾歟！若夫三叛之亡，咎皆自取，而李崧族滅，不無冤誣。然試問誰與亡晉，誰與降遼，而得長享富貴耶？故蘇逢吉固不得殺崧。而崧之罪實無可逭；都下稱冤，其猶為一時之偏見也夫！

第四十四回　弟兄構釁湖上操戈將相積嫌席間用武

卻說漢主承祐，因三叛已平，內外無事，自然欣慰異常，除賞賜諸臣外，復加封吳越、荊南、湖南三鎮帥。吳越王弘倧，秉性剛嚴，統軍使胡進思，驕橫不法，為弘倧所嫉視，密與指揮使何承訓商議，謀逐進思。承訓佯為定計，出與進思說明。進思即帶領親兵，夤夜叩宮，戎服入見。弘倧驚問何事？進思以下，語多狂悖，急得弘倧駭奔，跑入義和院，閉門避禍。進思反鎖院門，矯傳王命，詭言猝得瘋痰，不能視事，可傳位王弟弘俶等語。弘倧本出鎮臺州，當弘倧嗣立時，召入錢塘，賜居南邸，參相府事。進思既頒發偽敕，即召集文武大吏，至南邸迎謁弘俶。弘俶愕然道：「能全我兄，方敢承命。否則寧避賢路，幸勿強迫！」進思拜手道：「願遵王言！」諸官吏亦俯伏稱賀。弘俶乃入元帥府南廳，受冊視事，徙故王弘倧至錦衣軍，遣都頭薛溫率兵保護。且戒溫道：「此後有非常處分，均非我意，汝當死拒，不得相從！」溫受命而去。

進思屢勸弘俶害兄，弘俶始終不從，且嚴防進思。何承訓希承意旨，復請弘俶速誅進思。弘俶恨他反覆無常，猝命左右拿下承訓，推出斬首。殺得爽快。進思聞承訓賣己，卻也說是該殺，唯日慮弘迴報復，又捏稱弘俶命令，飭薛溫毒死弘倧。溫抗聲道：「溫受命時，未聞此言，不敢妄發！」進思復夜遣私黨二人，逾垣突入，持刀前進。虧得弘迴日夜戒懼，聞聲大呼，溫急率眾趨救，捉住二賊，剁斃庭中。詰旦面報弘俶，弘俶大驚道：「保全我兄，全出汝力。」乃賞溫金帛，仍令加意。進思無從下手，憂懼日積，猝然間疽發背上，呼號而死。命該如此。

弘俶仍奉漢正朔，奏達弘倧傳位情形。漢主承祐，授弘俶為東南面兵馬都元帥，兼鎮海、鎮東等軍節度使，封吳越國王。未幾以平亂覃恩，加授尚書令，弘倧得弘俶優待，移居東府，優遊二十年，安然告終，吳越號為讓王。友愛家風，足矯亂世。這是後話。同時荊南節度使高從誨病歿，子保融嗣。先是漢高祖起兵太原，高從誨嘗遣使勸進，一面且入貢大梁，取媚遼主。至漢已定國，從誨上表稱賀，並求給郢州，未得俞允。從誨遂潛師寇郢，被刺史尹實擊退。又發水軍襲襄州，也為節度使安審琦所破，敗歸荊南。從誨兩次失敗，恐漢兵南討，急向唐、蜀稱臣，求他援助。時人見他東奔西走，南投北降，見利即趨，見害即避，呼他為高無賴。乾祐元年，從誨因與漢失和，北方商旅不通，境內貧乏，復上表漢廷，自陳悔過，願修職貢。漢廷方慮三叛構兵，無暇詰責，乃派使臣宣撫荊南。既而從誨寢疾，命三子保融判內外兵馬事。從誨旋歿，保融嗣知留後，告哀漢廷，漢授保融荊南節度使，同平章事。越年漢平三叛，推恩加封，命保融兼官侍中，與吳越同時頒詔。

尚有湖南節度使楚王馬希廣，亦得進授太尉，算是大漢隆恩。希廣當然拜命，獨希廣兄希萼，據有朗州，也遣使至漢，表求節鉞。小子於前四十回中，曾已敘明希萼為兄，希廣為弟，弟承王位，兄獨向隅，勢不免同室操戈，想看官當已閱過。果然為時未幾，即致暴裂。希廣有庶弟希崇，曾為天策左司馬，素性狡險，陰遺希萼書，內言指揮使劉彥瑫等，妄稱遺命，廢長立少。願兄勿為所欺云云。希萼得書覽畢，激動怒意，遂借奔喪為名，入探虛實。行至䃚石，早被劉彥瑫聞知，請命希廣遣都指揮使周廷誨，帶著水軍，往迎希萼。兩下會著，由廷誨逼他釋甲，然後導入。希萼見廷誨軍容，不敢不屈意相從，卸甲改裝，隨廷誨入國城，成服喪次，留居碧湘宮。及喪葬禮畢，希萼求還。廷誨入白希廣道：「王若能讓位與兄，不必說了；否則為國割愛，毋使生還！」勸人殺兄，亦屬非是。希廣道：「我何忍殺兄，寧可分土與治。」

乃厚贈希萼，遣歸朗州。

希萼大為失望，還鎮後即上訴漢廷，謂希廣越次擅立，事出不經，臣位次居長，願與希廣各修職貢，置邸稱藩。漢廷以希廣已受冊封，未便再封希萼，乃不允所請，但諭以兄弟一體，毋得失和，所有貢獻，當附希廣以聞。又別賜希廣詔書，亦無非勸他友愛，弭釁息爭。希廣原是受命，希萼偏不肯從，募鄉兵，造戰艦，將與希廣從事，爭個你死我活。適南漢主晟，本名弘熙，見三十二回。殺死諸弟，驕奢淫佚，特遣工部郎中鍾允章，赴楚求婚，那知希廣不許，謝絕允章。允章還報，晟憤憤道：「馬氏尚能經略南土否？」允章道：「馬氏方啟內爭，怎能害我？」晟又道：「果如卿言，我正好乘隙進取了。」允章極口贊成。晟遂遣指揮使吳珣，內侍吳懷恩，率兵攻賀州。楚主希廣，忙派指揮使徐知新、任廷暉，統兵往救。到了賀州城下，見城上已遍豎敵旗，惹起眾憤，立刻攻城，鼓聲一起，各隊競進，忽聽得幾聲怪響，地忽裂開，前驅兵士，統墜入地下去了。令人驚訝。徐知新等忙令收軍，十成中已失去四五成，且恐敵兵出擊，星夜奔回，乞請濟師。希廣責他不肯盡力，立將徐、任二將處斬。看官聽著！這徐、任二將的敗衄，並非畏怯，實出鹵莽。南漢統將吳珣，陷入賀州，就在城外鑿一大阱，上覆竹箔，附以土泥。復從塹中穿穴達阱，設著機軸。專待禁軍來攻。若徐、任等能小心查察，當可免禍，誤在麾兵輕進，徒然把前驅士卒，送死阱中。罪固難貸，情尚可原。希廣當日，何妨令他帶罪立功，乃驟加顯戮，傷將士心，如何能禦敵固防呢！評斷精確。南漢兵轉攻昭、桂、連、宜、嚴、梧、蒙諸州，多半被陷，大掠而去。希萼乘勢發兵，督領戰艦七百艘，將攻長沙，妻苑氏進阻道：「兄弟相攻，無論勝負，俱為人笑，不如勿行！」希萼不聽，引兵趨潭州。即長沙。希廣聞變，召入劉彥瑫等，慨然與語道：「朗州是我兄鎮治，不可與爭，我情願舉國讓兄。」言之有理，惜為群小所誤。劉彥瑫固言不可，天策學士李弘皋、鄧懿文，亦同聲諫阻，乃命岳州刺史王贇為戰棹指揮使，出拒希萼。即命劉彥瑫監軍。彥瑫與贇，駛舟至僕射洲，巧值朗州戰船，逆風前來。贇據住上風，麾眾截擊，大破朗州兵，獲住戰艦三百艘，復順風追趕，將及希萼坐船，忽後面有差船到來，傳希廣命，說是勿傷我兄！既不能讓國，還要戒以勿傷，真是婦人之仁。贇乃引還，希萼得從赤沙湖遁歸。苑氏聞希萼敗還，泣語家人道：「禍將到了！我不忍見屠戮呢。」遂投井自盡。未免輕生。

靜江軍節度使馬希瞻，系希廣弟，聞兩兄交爭，屢次作書勸戒，各不見從，也病疽而歿。希萼因敗益憤，招誘辰漵州及梅山蠻，共擊湖南，蠻眾貪利忘義，爭來赴敵，與希萼同攻益陽。希廣遣指揮使陳璠往援，交戰淹溪，璠竟敗死。希萼又遣群蠻破迪田，殺死鎮將張延嗣，希廣再命指揮使黃處超赴剿，也致敗亡。希萼連得勝仗，再向漢廷上表，請別置進奏務於京師。漢主承祐，仍優詔不許，唯勸他兄弟修和。希萼遂改道求援，臣事南唐。唐令楚州刺史何敬洙，將兵往助希萼，共攻希廣。

希廣到了此時，哪得不焦灼萬分，慌忙遣使至漢，表稱荊南、嶺南、江南連兵，謀分湖南，乞速發兵屯澧州，扼住江南、荊南要路。漢廷並未頒發覆諭，急得希廣寢食不安。劉彥瑫入見希廣道：「朗州兵不滿萬，馬不盈千，何足深懼！願假臣兵萬餘人，戰艦百五十艘，徑入朗州，縛取希萼，為大王解憂。」言之不怍。希廣大悅，即授彥瑫為戰棹指揮使，兼朗州行營都統，親出都門餞行。

彥瑫辭別希廣，航行入朗州境，父老各齎牛酒犒軍。彥瑫總道是民心趨附，定可進取，戰艦既過，即用竹木自斷後路，表示決心。也想學項羽之破釜沈舟耶！行次湄州，望見朗州戰艦百餘艘，裝載州兵、蠻兵各數千，即乘風縱擊，且拋擲火具，焚燬敵船。敵兵驚駭，正思返奔，忽風勢倒吹，火及彥瑫戰船，反致自焚，彥瑫不遑撲救，只好退走，無如後路已斷，追兵又至，士卒窮蹙無路，戰死溺死，不下數千人。彥瑫單舸走免，敗報傳入長沙，希廣憂泣終日，不知所為。或勸希廣發帑犒師，鼓勵將士，再行拒敵。希廣素來吝嗇，沒奈何頒發內帑，取悅士心。或又謂希崇流言惑眾，反狀已明，請速誅以絕內應。希廣又是不忍，潸然流涕道：「我殺我弟，如何見先王於地下。」迂腐之極。將士見希廣迂懦，不免懈體。馬軍指揮使張暉，從間道擊朗州，聞彥瑫敗還，也退屯益陽。嗣因朗州將朱進忠來攻，詭詞誑眾道：「我率麾下繞出賊後，汝等可留城中待我，首尾夾擊，不患不勝。」說著，引部眾出城，竟從竹頭市逃歸長沙。進忠聞城中無主，驅兵急攻，遂陷益陽。守兵九千餘人，盡被殺死。

希廣見張暉遁歸，急上加急，不得已遣僚屬孟駢，赴朗州求和。希蕚令駢還報導：「大義已絕，不至地下，不便相見了！」希廣益懼，忽又接朗州探報，希蕚自稱順天王，大舉入寇。那時無法可施，只好飛使入漢，三跪九叩首的，乞請援師。漢主承祐，倒也被他感動，擬調將遣兵，往援湖南。偏值外侮猝乘，內變紛起，連自己的宗社，也要拱手讓人，那裡還能顧到南方！說來又是話長，小子按年敘事，不得不依著次第，先述漢亂。界限劃清，次第分明。

漢主承祐嗣位，倏經三年，起初是任用勛舊，命楊邠掌機要，郭威主征伐，史弘肇典宿衛，王章總財賦，四大臣同寅協恭，國內粗安。唯國家大事，盡在四大臣掌握，宰相蘇逢吉、蘇尚珪等，反若贅瘤。二蘇多遷補官吏，楊邠謂虛糜國用，屢加裁抑，遂致將相生嫌，互懷猜忌。適關西亂起，紛擾不休，中書侍郎兼同平章事李濤，請調楊、郭二樞密，出任重鎮，控御外侮，內政可委二蘇辦理。這明明是思患預防，調停將相的意思。不意楊、郭二人，誤會濤意，疑他聯絡二蘇，從旁傾軋，竟入宮泣訴太后，自請留奉山陵。李太后又疑承祐喜新厭舊，面責承祐，經承祐述及濤言，益增母怒，立命罷濤政柄，勒歸私第。種種誤會，構成隱患。承祐欲使母生歡，更重用楊、郭、史、王四大臣，除弘肇兼官侍中外，三大臣皆加同平章事兼銜。二蘇益致失權，愈抱不平。既而郭威出討河中，朝政歸三大臣主持。邠司黜陟，重武輕文，文吏升遷，多方抑制。弘肇司巡察，怙權專殺，都人犯禁，橫加誅夷。章司出納，加稅增賦，聚斂苛急，不顧民生。由是吏民交怨，恨不得將三大臣同時捽去。

及三叛告平，郭威還朝，今日賜宴，明月頒賞，彷彿是四海清夷，從此無患。承祐年已寖長，性且漸驕，除視朝聽政外，輒與近侍戲狎宮中。飛龍使後匡贊，茶酒使郭允明，最善諂媚，大得主寵，往往編廋詞，雜以媟語，不顧主僕名分，亂嘈嘈的聚做一堆，互相笑謔。李太后頗有所聞，常召承祐入宮，嚴詞督責。承祐初尚遵禮，不敢發言，後來聽得厭煩，竟反唇相譏道：「國事由朝廷作主，太后婦人，管甚麼朝事！」說至此，便搶步趨出，徒惹起太后一場煩惱，他卻仍往尋樂去了。太常卿張昭，得知此事，上疏切諫，大旨在遠小人，親君子。承祐怎肯聽受，置諸不理。

到了乾祐三年初夏，邊報稱遼兵入寇，橫行河北，免不得召集大臣，共商戰守。會議結果，是遣樞密使郭威出鎮鄴都，督率各道備遼。史弘肇復提出一議，謂威雖出鎮，仍可兼領樞密。蘇逢吉據例辯駁，弘肇憤然道：「事貴從權，豈必定授故例，況兼領樞密，方可便宜行事，使諸軍畏服。汝等文臣，怎曉得疆埸機變哩！」逢吉畏他凶威，不敢與較，但退朝語人道：「用內制外，方得為順。今反用外制內，禍變不遠了！」逢吉能料大局，如何不能料自身？越日有詔頒出，授郭威為鄴都留守天雄軍節度使，仍兼樞密使，凡河北兵甲錢谷，見威文書，不得違誤。為此一詔，漢社遂墟。

是夕宰相竇貞固，為威餞行，且邀集朝貴，列座相陪，大家各敬威一樽，才行歸座。弘肇見逢吉在側，引酒滿觥，故意向威厲聲道：「昨日廷議，各爭異同，弟應為君盡此一杯。」說畢一飲而盡。逢吉亦忍耐不住，舉觴自言道：「彼此都為國事，何足介意！」楊邠亦舉觴道：「我意也是如此！」是幾時孟光接了梁鴻案。遂與逢吉同飲告乾。郭威恰過意不下，用言解勸。弘肇又厲聲道：「安朝廷，定禍亂，須恃長槍大劍，毛錐子有何用處？」王章聞言，代為不平，也插嘴道：「沒有毛錐子，餉軍財賦，從何而出？史公亦未免欺人了！」真是舌戰，不是餞客。弘肇方才無言。

少頃席散，各怏怏歸第。威於次日入朝辭行，伏闕奏請道：「太后隨先帝多年，具有經驗，陛下春秋方富，有事須稟訓乃行，更宜親近忠直，屏逐奸邪，善善惡惡，最宜明審！蘇逢吉、楊邠、史弘肇，皆先帝舊臣，盡忠殉國，願陛下推心委任，遇事諮詢，當無失敗！至若疆埸戎事，臣願竭愚誠，不負驅策，請陛下勿憂！」承祐斂容稱謝。待威既北去，仍然置諸腦後，不復記憶。那三五朝貴，卻暗爭日烈，好似有不共戴天的大讎。

一日由王章置酒，宴集朝貴。酒至半酣，章倡為酒令，拍手為節，節誤須罰酒一樽。大家都願遵行，獨史弘肇喧嚷道：「我不慣行此手勢令，幸毋苦我！」客省使閻晉卿，適坐弘肇肩下，便語弘肇道：「史公何妨從眾，如不慣此令，可先行練習，事不難為，一學便能了。」說著，即拍手相示，弘肇瞧了數拍，到也有些理會，因即應聲遵令。令既舉行，你也拍，我也拍。輪到弘肇，偏偏生手易錯，不禁忙亂，幸由晉卿從旁指導，才免罰酒。蘇逢吉冷笑道：「身旁有姓閻人，自無慮罰酒了！」道言未絕，忽聞席上豁喇一聲，兒震得杯盤亂響。隨後即聞弘肇詬罵聲，大眾才知席上震動，由弘肇拍案所致。好大的手勢令。逢吉見弘肇變臉，慌忙閉住了口。弘肇尚不肯干休，投袂遽起，握拳相向。逢吉忙起座出走，跨馬奔歸。弘肇向王章索劍，定要追擊逢吉，楊邠從旁泣勸道：「蘇公是宰相，公若加害，將置天子何地！願公三思後行！」弘肇怒氣未平，上馬徑去。邠恐他再追逢吉，也即上馬追馳，與弘肇聯鑣並進，直送至弘肇第中，方才辭歸。

看官試想，逢吉雖出言相嘲，也無非口頭套話，並不是甚麼揶揄，為何弘肇動怒，竟致如此？原來弘肇籍隸鄭州，系出農家，少時好勇鬥很，專喜闖禍，唯鄉里有不平事，輒能扶弱鋤強。酒妓閻氏，為勢家所窘，經弘肇用力解決，閻氏始得脫禍。娼妓多情，以身報德，且潛出私蓄，贈與弘肇，令他投軍。閻氏頗似梁紅玉，可惜弘肇不及韓蘄王。弘肇投入戎伍，得為小校，遂感閻氏恩，娶為妻室。到了夫榮妻貴，相得益歡。逢吉所言，是指閻晉卿，弘肇還道是譏及愛妻，所以怒不可遏，況已挾有宿嫌，更帶著三分酒意，越覺怒氣上沖。還虧逢吉逃走得快，僥倖全生。逢吉遭此不測，始欲外調免禍，繼且自忖道：「我若出都門，只煩仇人一處分，便成虀粉了。」乃打消初意。王章亦鬱鬱不樂，欲求外官。還是楊邠慰留，也致遷延過去。統是出去為妙。漢主承祐，探悉情形，特命宣徽使王峻，設席和解，仍然無效。小子有詩嘆道：

> 豈真杯酒伏戈矛，攘臂都因宿忿留；
> 天子徒為和事老，不臨死地不知休！

將相不和，內變已伏，尚有各種讒構情形，待小子下回再敘。

希廣、希萼，鬩牆構釁，與吳越適成反比例。故吳越雖有內亂，而得免破裂，湖南一啟紛爭，而即促危亡，甚矣兄弟之不宜相殘也！希萼凶悍，希廣迂懦，劉彥瑫等喜懦懼凶，故舍長立少，庸詎知迂懦者之終難成事耶！但推原禍始，實由希範，有事或可達權，無事必宜守經，否則，未有不亂且亡者也。夫兄弟不和，家必破。將相不和，國必亡。楚以兄弟不和而破家，漢以將相不和而亡國。同時肇亂，又若不相謀而適相合。著書人讀書得間，合成一回，使其兩相對照，標目生新，是亦一文字中之特色也。

第四十五回　伏甲士駢誅權宦　潰御營竄死孱君

卻說楊邠、史弘肇等，攬權執政，勢焰薰天，就是皇帝老子，亦奈何他不得。漢主近侍，及太后親戚，夤緣得位，多被邠等撤除。太后有故人子，求補軍職，弘肇不但不允，反把他斬首示眾。還有太后弟李業，充武德使，夙掌內帑，適宣徽使出缺，業密白太后，乞請升補。太后轉告承祐，承祐復轉語執政，邠與弘肇，俱抗聲說道：「內使遷補，須有次第，不得超擢外戚，紊亂舊綱！」理非不正，語亦太激。承祐入稟太后，只好作為罷論。客省使閻晉卿，依次當升宣徽使，久不得補。這是何理？樞密承旨聶文進，飛龍使後匡贊，茶酒使郭允明，皆漢主幸臣，亦始終不得遷官。平盧節度使劉銖，罷職還都，守候數月，並未調任。因此各生怨恨，漸啟殺機。

承祐三年服闋，除喪聽樂，賜伶人錦袍玉帶。伶人知弘肇驕橫，不得不前去道謝，果然觸怒弘肇，當面叱辱道：「士卒守邊苦戰，尚未得此重賞，汝等何功，乃得此賜。」立命脫下，還貯官庫。伶人固不應重賞，但亦須上疏諫阻，不得如此專橫。承祐嘗娶張彥成女為妃，不甚和協。嗣得一耿氏女，秀麗絕倫，大加寵信，便欲立她為后。商諸楊邠，邠謂立后太速，且從緩議。何不辨明嫡庶。偏偏紅顏薄命，遽爾夭逝。速死實是幸事。累得承祐哀毀，如喪考妣，且欲用后禮殮葬。又被邠從旁阻撓，不得如願。承祐已恨為所制，積不能平。有時與楊邠、史弘肇商議政事，承祐面諭道：「事須審慎，勿使人有違言！」邠與弘肇齊聲道：「陛下但禁聲，有臣等在，還怕何人！」驕恣極了。承祐雖不敢斥責，心中卻懊恨得很。退朝後與左右談及恨事，左右趁勢進言道：「邠等專恣，後必為亂，陛下如欲安枕，亟宜設法除奸！」承祐尚不能決，是夕聞作坊鍛聲，疑有急兵，起床危坐，達旦不寐。嗣是慮禍益深，遂欲除去權臣，為自安計。

宰相蘇逢吉與弘肇有隙，屢用微言挑撥李業，使誅弘肇。業即與文進、匡贊、允明，定好密計，入白承祐，承祐令轉稟太后。太后道：「這事何可輕發，應與宰相等熟權利害，方可定議。」業答道：「先帝在日，嘗謂朝廷大事，不可謀及書生，文人怯懦，容易誤人。」太后終不以為然，召入承祐，囑他慎重。承祐憤憤道：「國家重事，非閨閣所知，兒自有主張。」言已，拂衣徑出。業等亦退告閻晉卿，晉卿恐謀事不成，反致及禍，急詣弘肇第求見，欲述所聞。也是弘肇惡貫已盈，適有他故，不遑見客，竟命門吏謝絕晉卿。晉卿不得已馳歸。

越日天明，楊邠、史弘肇、王章入朝，甫至廣政殿東廡，忽有甲士數十人馳出，拔出腰刀，先向弘肇砍去，弘肇猝不及防，竟被砍倒，楊邠、王章駭極欲奔，怎禁得甲士攢集，七手八腳，立將兩人砍翻，結果又是三刀，三道冤魂，同往冥府。殿外官吏，不知何因，都驚惶的了不得，忽由聶文進趨出，宣召宰相朝臣，排班崇元殿，聽讀詔書。宰臣等硬著頭皮，入殿候旨。文進復趨入宣詔道：「楊邠、史弘肇、王章，同謀叛逆，欲危宗社，故並處斬，當與卿等同慶。」大眾聽詔畢，退出朝房，未敢散去。嗣由漢主承祐，親御萬歲殿，召入諸軍將校，面加慰諭道：「楊邠、史弘肇、王章，欺朕年幼，專權擅命，使汝等常懷憂恐。朕今除此大憝，始得為汝等主，汝等總可免橫禍了！」大眾皆拜謝而退。又召前任節度使、刺史等升殿，曉諭如前，大眾亦無異言，陸續趨退。無如宮城諸門，尚有禁軍守住，不放一人，待至日旰，始放大眾出宮。大眾步行歸第，才知楊邠、史弘肇、王章三家，盡被屠戮，家產亦籍沒無遺了。可為爭權奪利者鑑。

到了次日，又聞得緹騎四出，收捕楊、史、王三人戚黨，並平時僕從，隨到隨殺。大眾都恐連坐，待至日暮無事，才得安心。侍衛步軍都指揮使王殷，向與弘肇友善，此時正出屯澶州，承祐聞信李業等言，遣供奉官孟業，齎著密敕，令業弟澶州節度使李洪義，乘便殺殷。又因鄴都留守郭威，素與楊、史等聯絡一氣，也遣使齎詔，密授鄴都行營馬軍指揮使郭崇威，步軍指揮使曹威，令殺郭威及監軍王峻。令兩威殺一威，恐還是一威利害。

是時高行周調鎮天平，符彥卿調鎮平盧，慕容彥超調泰寧，俱由承祐頒敕，令與永興節度使郭從義，同州節度使薛懷讓，鄭州防禦使吳虔裕，陳州刺史李谷，一同入朝。命宰相蘇逢吉權知樞密院事，前平盧節度使劉銖，權知開封府事；侍衛馬步都指揮使李洪建，權判侍衛司事；客省使閻晉卿，權充侍衛馬軍都指揮使。逢吉雖與弘肇有嫌，但李業等私下定謀，實是未曾預議。驀聞此變，也覺驚心，私語同僚道：「事太匆匆，倘主上有言問我，也不至這般倉皇了！」劉銖索性殘忍，既任開封尹職務，便與李業合謀，為斬草除根的計畫，凡郭威、王峻的家族，一律捕戮，老少無遺。李洪建本為業兄，業使他捕誅王殷家屬，他卻不肯逞兇，但派兵吏監守殷家，仍令照常寢食，殷家竟得平安。獨殷在澶州，尚未知悉，忽有李洪義入帳，遞交密詔，令殷自閱。殷覽畢大驚，問從何處得來？洪義道：「朝廷正遣孟業到此，囑洪義依著密旨，加害使君，洪義與使君交好有年，怎忍下此毒手？」殷慌忙下拜道：「如殷餘生，盡出公賜！」又問孟業尚在否？洪義道：「適與他同來，想在門外。」說至此，即出引孟業，同入見殷。殷問及朝事，略得數語，已是憤憤，便將業囚住，立派副使陳光穗，轉報鄴都。

郭威至鄴都後，去煩除弊，嚴飭邊將謹守疆埸，不得妄動，如遇遼人寇掠，盡可堅壁清野，以逸待勞。邊將相率遵令，遼人也不敢入侵，河北粗安。

一日正與宣徽使監軍王峻，出城巡閱，坐論邊事，忽來澶州副使陳光穗，便即延入。光穗呈上密書，由威披閱，才知京都有變，將來書藏入袖中，即引光穗回入府署。王峻尚未知底細，也即隨歸。威遽召入郭崇威、曹威及大小三軍將校，齊集一堂，當面宣言道：「我與諸公拔除荊棘，從先帝取天下，先帝升遐，親受顧命，與楊、史諸公彈壓經營，忘寢與餐，才令國家無事。今楊、史諸公，無故遭戮，又有密詔到來，取我及監軍首級。我想故人皆死，亦不願獨生，汝等可奉行詔書，斷我首以報天子，庶不至相累呢！」

郭崇威等聽著，不禁失色，俱涕泣答言道：「天子幼衝，此事必非聖意，定是左右小人，誣罔竊發；假使此輩得志，國家尚能治安麼？末將等願從公入朝，面自洗雪，蕩滌鼠輩，廓清朝廷，萬不可為單使所殺，徒受惡名！」威尚有難色，假意為之。樞密使魏仁浦進言道：「公系國家大臣，功名素著，今握強兵，據重鎮，致為群小所構，此豈辭說所能自解？時事至此，怎得坐而待斃！」翰林天文趙修己亦從旁接入道：「公徒死無益，不若順從眾請，驅兵南向，天意授公，違天是不祥呢！」威意乃決，留養子榮鎮守鄴都。

榮本姓柴，父名守禮，系威妻兄子，天姿沈敏，為威所愛，乃令為義兒。漢命榮為貴州刺史，榮願隨義父麾下，未嘗赴任，故留居鄴城，任牙內都指揮使，遙領貴州。為後文入嗣周祚，故特從詳。威以留守有人，遂命郭崇威為前驅，自與王峻帶領部眾，向南進發。道出澶州，李洪義、王殷，出郊相見，殷對威慟哭，願舉兵屬威，乃率部眾從威渡河。途次獲得一諜，審訊姓名，叫做鸗脫，是漢宮中的小豎，受漢主命，來探鄴軍進止。威喜道：「我正勞汝還奏闕廷，當下命隨吏屬草，繕起一疏，置鸗脫衣領中，令他返奏。疏中略云：

臣威言：臣發跡寒賤，遭際聖明，既富且貴，實過平生之望，唯思報國，敢有他圖！今奉詔命，忽令郭崇威等殺臣，即時俟死，而諸軍不肯行刑，逼臣赴闕，令臣請罪廷前，且言致有此事，必是陛下左右譖臣耳！今鸞脫至此，天假其便，得伸臣心，三五日當及闕朝。陛下若以臣有欺天之罪，臣豈敢惜死。若實有譖臣者，乞陛下縛送軍前，以快三軍之意，則臣雖死無恨矣！謹托鸞脫附奏以聞。

郭威既遣還鸞脫，驅眾再進。到了滑州，節度使宋延渥，本尚高祖女永寧公主，自思力不能敵，開城迎威。威入城取出庫物，犒賞將士，且申告道：「主上為讒邪所惑，誅戮功臣，我此來實不得已。但以臣拒君，究屬非是，我日夜籌思，益增慚汗。汝等家在京師，不若奉行前詔，我死亦無恨了！」還要籠絡軍士。諸將應聲道：「國家負公，公不負國家，請公速行毋遲！安邦雪怨，正在此時！」威乃無言，王峻卻私諭軍士道：「我得郭公處分，俟克京城，聽汝等旬日剽掠！」觀王峻言，則郭威之志在滅漢，不問可知。況剽掠何事，乃堪令經旬日耶！眾聞命益奮，慫恿郭威，飛速進兵。威乃與宋延渥同出滑城，直趨大梁。

是時漢廷君臣，已聞郭威南來，擬發兵出拒。可巧慕容彥超，與吳虔裕應召入朝。漢主承祐，即與商發兵事宜，慕容彥超力請出師。前開封尹侯益，亦列朝班，獨出奏道：「鄴軍前來，勢不可遏，宜閉城堅守，挫他銳氣！臣意謂鄴都家屬，多在京師，最好是令他母妻，登城招致，可不戰自下哩！」郭威正防到此著，故前此一再諭軍。彥超應聲道：「這是懦夫的愚計哩！叛臣入犯，理應發兵聲討，侯益衰老，不足與言大計！」看你有何妙策。漢主承祐道：「慎重亦是好處，朕當令卿等同行便了！」乃令益與彥超，及閻晉卿、吳虔裕，並前鄜州節度使張彥超，率禁軍趨澶州。

詔敕甫下，正值鸞脫回朝，報稱郭威軍已至河上，且取出原疏，呈上御覽。承祐且閱且懼，且懼且悔，忙召宰臣等入商。竇貞固首先開口道：「日前急變，臣等實未與聞。既得幸除三逆，奈何尚連及外藩？」承祐亦嘆息道：「前事原太草草，今已至此，說亦無益了。」李業在旁，抗聲說道：「前事休提！目今叛兵前來，總宜截擊，請傾庫賜軍，重賞下必有勇夫，何足深慮！」蘇禹珪駁業道：「庫帑一傾，國用將何從支給？臣意以為未可！」這語說出，急得李業頭筋爆綻，向禹珪下拜道：「相公且顧全天子，勿惜庫資！」乃開庫取錢，分賜禁軍，每人二十緡，下軍十緡。所有鄴軍家屬，仍加撫卹，使通家信誘降。

未幾接得緊急軍報，乃是威軍已到封邱，封邱距都城不過百里。宮廷內外，得此消息，相率震駭。李太后在宮中聞悉，不禁泣下道：「前不用李濤言，應該受禍，悔也遲了！」我說尚不止此誤。承祐也很覺不安。獨慕容彥超自恃驍勇，入朝奏請道：「前因叛臣郭威，已至河上，所以陛下收回前命，留臣宿衛。臣看北軍如同蟣蠓，當為陛下生擒渠魁，願陛下勿憂！」又來說大話了。承祐慰勞一番，令出朝候旨。彥超退出，碰見聶文進，問北來兵數，及將校姓名，由文進約略說明，彥超方失色道：「似此劇賊，到也未易輕視哩！」徒恃血氣，不戰即餒！

俄頃有朝旨頒出，令慕容彥超為前鋒，左神武統軍袁，前鄧州節度使劉重進，與侯益為後應，出拒郭威。彥超即領軍出都，至七里店駐營，掘塹自守，令坊市出酒色餉軍。袁、劉重進、侯益，也出都駐縈赤崗，兩軍待了半日，未見鄴軍到來。俄而天色已暮，各退守都城。翌日復出，至劉子坡，與鄴軍相遇，彼此下營，按兵不戰。

承祐欲自出勞軍，稟白李太后。太后道：「郭威是我家故舊，非死亡切身，何至如此！但教守住都城，飛詔慰諭。威必有說自解，可從即從，不可從再與理論。那時君臣名分，尚可保全，慎勿輕出臨兵！」尚不失為下策。承祐不從，出召聶文進等扈駕，竟出都門。李太后又遣內侍戒文進道：「賊軍向邇，大須留意！」文進答道：「有臣隨駕，必不失策，就使有一百個郭威，也可悉數擒歸！太后何必多心！」比彥超還要瞎鬧。內侍自去，文進即導車駕至七里店，慰勞彥超，留營多時，又值薄暮，南北軍仍然不動，乃啟蹕還宮。彥超送承祐出營，復揚聲道：「陛下宮中無事，請明日再莅臣營，看臣破賊！臣實不必與戰，但一加呵叱，賊眾自然散歸了。」還要說大話。承祐很是欣慰，還宮酣睡。

越日早起，用過早膳，又欲出城觀戰。李太后忙來勸阻，禁不住少年豪興，定要自去督軍，究竟慈母無威，只好眼睜睜的由他自去。承祐率侍從出城，忽御馬無故失足，險些兒將乘輿掀翻。已示不祥。虧得扈從人多，忙將馬韁代為勒住，方得前進。既至劉子坡，立馬高阜，看他交戰。南北軍各出營列陣，郭威下令道：「我此來欲入清君側，非敢與天子為仇。

如南軍未曾來攻，汝等休得輕動！」

道言甫畢，突聞南軍陣內，鼓聲一震，那慕容彥超，引著輕騎，躍馬前來。鄴軍指揮使郭崇威，與前博州刺史李筠，也領騎兵出戰。兩下相交，喊聲震地，約有數十回合，未見勝負。郭威又遣前曹州防禦使何福進，前復州防禦使王彥超，領勁騎出陣，橫衝南軍。彥超未及防備，驟被突入，眼見得人仰馬翻，不可禁遏，自尚仗著勇力，上前攔阻。怎禁得鐵騎縱橫，勁氣直達，撲喇一聲，竟將彥超坐馬撞倒，鄴軍一齊上前，來捉彥超。幸彥超躍起得快，改乘他馬，再欲督戰，左右旁顧，見敵騎已圍裹攏來，自恐陷入垓心，不如速走，乃怒馬衝出，引兵退去，麾下死了百餘人。漢軍裡面，全仗這位慕容彥超，彥超敗退，眾皆奪氣，陸續走降北軍。侯益、吳虔裕、張彥超、袁、劉重進等，俱向威通款，威軍大振。一班不要臉的狗官，令人憤嘆！彥超知不可為，自率數十騎奔兗州。威知漢主孤危，顧語宋延渥道：「天子方危，公系國戚，可率牙兵往衛乘輿。且又面奏主上，請乘間速至我營，免生意外！」延渥奉令，引兵趨漢營，但見亂兵雲擾，無從進步，只得半途折還。

是夕漢主承祐，與宰相從官數十人，留宿七里寨。吳虔裕、張彥超等，相繼遁去，侯益且潛奔威營，自請投降，餘眾已失統帥，當然四潰。到了天明，由漢主承祐起視，只剩得一座空營，慌忙登高北望，見鄴營高懸旗幟，煒煒生光。將士出入營門，甚是雄壯，不由的魂飛天外，當即策馬下崗，加鞭馳回。行至玄化門，門已緊閉，城上立著開封尹劉銖，厲聲問道：「陛下回來，如何沒有兵馬！」承祐無詞可對，回顧從吏，擬令他代答劉銖，驀聞弓弦聲響，急忙閃避，那從吏已應聲倒地，嚇得承祐膽裂，回轡亂跑，向西北馳去。蘇逢吉、聶文進、郭允明等，尚跟著同跑，一口氣趨至趙村。後面塵頭大起，人聲馬聲，雜沓而來，承祐料有追兵，慌忙下馬，將入民家暫避，不意背後刺入一刀，痛苦至不可名狀，一聲狂號，倒地而亡，享年只二十歲。小子有詩嘆道：

主少由來慮國危，況兼群小日相隨；
將軍降敵君王走，刺刃胸中果孰悲！

欲知何人弒主，待至下回敘明。

楊邠、史弘肇專權自恣，目無君上，王章橫徵暴斂，民怨日滋，聲其罪而誅之，誰曰不宜！乃與群小密謀，伏甲圖逞，已失人君之道。幸而得手，則權惡已誅，餘宜赦宥以示寬大，乃必屠其家，夷其族，何其酷也！不寧唯是，且於積功最著之郭威，又欲並誅之而後快，天下有淫刑以逞者，而可保有國家耶！鄴軍一出，全局瓦解，僅一慕容彥超，亦烏足恃！劉子坡一戰，彥超雖敗，止傷亡百餘人，而餘將即通款鄴營，不戰自降，蓋鑑於立功之被戮，毋寧賣主以求榮，有激而來，非必其皆無恥也。唯郭威引兵向闕，託言入清君側，一再申令，似與窺竊神器者不同。抑知大奸似忠，大詐似信，觀其申諭將士之言，無非激成眾憤，入闕圖君。王峻且謂克君以後，任軍士剽掠旬日，是可忍，孰不可忍乎！《綱目》以承祐被弒，歸罪郭威，諒哉！

第四十六回　清君側入都大掠　遭兵變擁駕爭歸

卻說漢主承祐，走入趙村，背後忽有刀刺入，立時倒斃。看官道是何人所刺？原來就是茶酒使郭允明。他見後面追兵大至，還道是鄴都將士，因欲弒主報功，惡狠狠的下此毒手。不料追兵近前，仔細一望，並非鄴軍，乃仍是漢主承祐的親兵，前來扈衛。允明才知弄錯，心下一急，便把弒主的刀兒，向脖頸上一橫，也即倒斃。好與承祐同至森羅殿對簿受罪去了。蘇逢吉還要逃走，偏前面有一人擋路，渾身血汙，狀甚可怖。模糊辨認，正是故太子太傅李崧，事見四十三回。這一嚇非同小可，頓時心膽俱碎，跌落馬下，立即歸陰。獨有聶文進逃了一程，被追兵趕上，亂刀競斫，分作數段。李業、後匡贊，尚在城中，聞北郊兵敗，便從宮中攫取金寶，藏入懷中，混出城外，業奔陝州，匡贊奔兗州。閻晉卿在家自盡，都中大亂。郭威得漢主被弒消息，放聲慟哭。這副急淚，如何得來？將佐都入帳勸慰，威且哭且語道：「我早晨出營巡視，尚望見天子車駕，停著高坡，正思下馬免冑，往迎天子，偏車駕已經南去，我總料是回都休息，不意為奸豎所弒，怎得不悲？細想起來，實是老夫的罪孽哩。」你既自知罪孽，何不自縛入都，聽候太后發落。將佐道：「主上失德，應有此變，與公無涉，請速入都平亂，保國安民！」威乃收淚，率軍入都，甫在玄化門，尚見劉銖拒守，箭如雨下，乃轉向迎春門，門已大開，難民載道。威無心顧卹，縱轡馳入，先至私第中探望，門庭無恙，人物一空，回首前時，忍不住幾點痛淚。這是真哭。便遣何福進守明德門，縱兵四掠，可憐滿城屋宇，悉被蹂躪。毀宅縱火，殺人取財，鬧得一塌糊塗，不可收拾。前滑州節度使白再榮，閒居私第，被亂兵闖將進去，把他縛住，盡情劫掠。既將財物取盡，復向再榮說道：「我等嘗趨走麾下，今無禮至此，無面見公。公不如慨給頭顱罷！」說至此，即拔刀刎再榮首，揚長自去。

吏部侍郎張允，積資巨萬，性最慳吝，雖親如妻孥，亦不使妄支一錢。甚至箱籠鎖鑰，統懸掛衣間，好似婦人家環珮一般，行動震響，戛戛可聽。妙語解頤。至是畏匿佛殿中，尚恐有人覓著，特在重檐下面的夾板間，扒將進去，蹺伏似鼠。怎奈亂兵不可放過，先至他家中拷逼妻孥，迫令說明去向，然後入殿搜尋，到處尋覓，未見蹤跡，便上登重檐，從夾板中窺視，果然有人伏著，當即用手牽扯，張允尚不肯出來，拚死相拒，一邊躲，一邊扯，兩下裡用力過猛，那夾板卻不甚堅固，竟爾脫筍，連人帶板，墜將下來，亂兵似虎似狼，揪住張允，把他衣服剝下，連鎖鑰一併取去。允已跌得頭青眼腫，不省人事，漸漸的甦醒還陽，開眼一望，只剩得一個光身，又痛又冷，又可惜許多鑰匙，急欲出殿還家，已是手不能動，足不能行，正在悲慘的時候，幸得家人來尋，才將他扛舁回去。一入家門，問明妻子，聽得歷年家蓄，盡被搶完，哇的一聲，狂血直噴，不到半日，嗚呼哀哉。守財奴請視此。

亂兵越搶越凶，夜以繼日，滿城煙火沖天，號哭震地。右千牛衛大將軍趙鳳，看不過去，挺身直出道：「郭侍中舉兵入都，為鋤惡安良起見，鼠輩敢爾，與亂賊何異！難道侍中本意，教他這般麼？」遂持弓挾矢，帶著從卒數十名，出至巷口，踞坐胡床。遇有亂兵劫掠，即與從卒迭射，射死了好幾人，巷中民居，才得安全。次日辰牌，郭崇威語王殷道：「兵擾已甚，若不止剽掠，再經一日，要變作空城了！」乃請命郭威，嚴行部署，令將弁分道巡城，不得再加剽掠，違令立斬。兵士尚恃有原約，未肯罷手，及見有數人懸首市曹，乃斂跡歸營，時已斜日下山了。

郭威偕王峻入宮，向李太后問安，太后已泣涕漣漣。只因事成既往，無法挽回，不得已出言慰撫。威復面請太后，此後軍國重事，須俟太后教令，然後施行。太后也不多言，唯命威為故主發喪，另擇嗣君。

威唯唯而出，令禮官馳詣趙村，檢驗故主屍骸，妥為棺殮，移入西宮。威部下爭議喪禮，或說宜如魏高貴鄉公即魏曹髦。故事，以公禮葬。威太息道：「禍起倉猝，我不能保護乘輿，負罪已大，奈何尚敢貶君呢！」乃擇日舉哀，命前宗正卿劉皞主喪，且稟承太后命令，宣召百官入朝，會議後事。

太師馮道，最號老成，實最無恥。率百官入見郭威。威尚下階拜道，道居然受拜，仍如前日，且徐徐說道：「侍中此行，好算是不容易呢？」威聞道言，不覺色變，半晌才復原狀。語中有刺。旁顧百官，多半在列，唯不見竇貞固、蘇禹珪二相。及問明馮道，方知二人從七里寨逃歸，匿居私第。當下遣吏往召。二人不敢再拒，只好入朝。威仍歡顏與敘，請他照常辦事，才得把二人憂慮，一概銷除。

於是共同會議，指定罪魁為李業、閻晉卿、聶文進、後匡贊、郭允明等人。閻、聶、郭三人已死，李業、後匡贊在逃，還有權知開封府事劉銖，權判侍衛府事李洪建，亦屬從犯，尚留都下，立即派兵往捕，將他拿到，囚住獄中。馮道乘間進言道：「國家不可無君，明日當稟白太后，請旨定奪！」百官當然贊同，郭威也不能不允。文字中俱寓微意。大致議定，已是日晡，始退朝散歸。翌晨由郭威會同馮道，詣明德門，候太后起居，且奏述軍國大議，並請早立嗣君。太后召馮道入內商量了好多時，才由道齎著教令，出宮宣告。其詞云：

懿維高祖皇帝，翦亂除凶，變家為國，救生民於塗炭，創王業於艱難，甫定寰區，遽遺弓劍！樞密使郭威、楊邠，侍衛使史弘肇，三司使王章，親承顧命，輔立少君，協力同心，安邦定國。旋屬四方多事，三叛連衡，吳蜀內侵，契丹啟釁，蒸黎恟懼，宗社阽危。郭威授任專征，提戈進討，躬當矢石，盡掃煙塵，外寇蕩平，中原寧謐。復以強敵未殄，邊塞多艱，允賴寶臣，往臨大鄴，疆埸有藩籬之固，朝廷寬宵旰之憂。不謂凶豎連謀，群小得志，密藏鋒刃，竊發殿廷，已殺害其忠良，方奏聞於少主，無辜受戮，有口稱冤。而又潛差使臣，矯齎宣命，謀害樞密使郭威，宣徽使王峻，侍衛步軍都指揮使王殷等。人知無罪，天不助奸。

今者郭威，王峻，澶州節度使李洪義，前曹州防禦使何福進，前復州防禦使王彥超，前博州刺史李筠，北面行營馬步都指揮使郭崇威，步軍都指揮使曹威，護聖都指揮使白重贊、索萬進、田景咸、樊愛能、李萬全、史彥超，奉國都指揮使張鐸、王暉、胡立、弩手指揮使何贇等，徑領兵師，來安社稷。逆黨皇城使李業，內客省使閻晉卿，樞密都承旨聶文進，飛龍使後匡贊，茶酒使郭允明，脅君於大內，出戰於近郊，及至力窮，遂行弒逆，冤憤之極，今古未聞。今則凶黨既除，群情共悅。神器不可以無主，萬幾不可以久曠，宜擇賢君，以安天下。河東節度使崇，許州節度使信，皆高祖之弟，徐州節度使贇，開封尹承勳，皆高祖之男，俱列磐維，皆居屏翰，宜令文武百辟，議擇所宜，嗣承大統，毋再遷延！特此諭知。

教令讀畢，郭威等與百官退入朝堂，擇選嗣君。郭威宣言道：「高祖子三人，只剩一前開封尹承勳，今欲擇嗣，舍彼為誰？」大眾齊聲道：「這是不易的至理，還有何疑！」郭威道：「眾志僉同，我等就入稟太后便了。」隨即率眾出朝，再入明德門，進至萬歲宮，面謁李太后，請立承勳為嗣君。」太后道：「承勳依次當立，名正言順，但他自開封卸任，久罹羸疾，致不能起，奈何！」威答道：「可否令大眾一見病狀？」太后道：「有何不可！」便令左右入內，舁出承勳坐床，舉示大眾，大眾才無異言。

郭威顧王峻道：「這且如何是好！」王峻道：「看來只好迎立徐州節度使了。」威沈吟半晌，方徐聲答道：「且至朝堂再議罷。」言下有不悅意。遂相偕出宮，再至朝堂，詢問大眾，大眾卻願立劉贇。威亦未便梗議，但淡淡的說道：「時候不早，我等不應再入宮中，向太后絮煩，看來只好表聞罷。」大眾又應聲道：「甚善！甚善！即請侍中屬吏草表便了。」威應聲而出，眾亦散去。及威歸私第，便令書記草表，草就後，由威審閱，尚未愜意，再令改竄，仍然未愜，沒奈何將就了事。無非是不願立贇。

越日入朝，百官統已在列，即由威取出表文，推馮道為首，自己與百官陸續署名，名已署畢，乃命內侍呈入。俄而得太后旨，召入馮道、郭威，允議立贇。命馮道代撰教令，擇日往迎。馮道是個著名圓滑的人物，實是老奸巨滑。料得此次迎贇，非威本意。不如用言推諉，較為妥當；遂稟太后道：「迎立新主，須先酌定禮儀，就是教令亦須斟酌，俟臣與郭威出外商定，再行奏聞。」太后點首稱是。道與威便即辭出，且行且語道：「郭侍中幕下多才，所有教令禮儀，請侍中酌定為是。」威笑道：「太師何必過謙。」道皺眉道：「我已老了，前日教令，太后命我起草，我搜尋枯腸，勉成此令，今番卻饒了我罷。」郭威道：「我是武夫，不通文墨，幕下亦無甚佳士，唯憶我出征河中，每見朝廷詔書，處分軍事，均合機宜。當時問明朝使，說是翰林學士范質手筆，現未知他留住都中否？」道答言范質未曾歸里，想總尚在都中，威喜道：「待我前去訪求便是。」

遂分途自行。

時已隆冬，風雪漫天，威冒雪前進，到處訪問，方得范質住址。造門入見，相知恨晚。威即脫所服紫袍，披上質身，質當然拜謝。便由威邀他入朝，替太后代作教令。質謂前代故事，太上皇傳言，例得稱誥，皇太后稱令，今是否仍遵古制？威答說道：「目下國家無主，凡事須憑太后裁斷，不妨徑稱為誥。」質即應命，提筆作誥文，一揮立就。誥曰：

天未悔禍，喪亂弘多。嗣主幼衝，群凶蔽惑，構奸謀於造次，縱毒蠆於斯須。將相大臣，連頸受戮，股肱良佐，無罪見屠，行路咨嗟，群情扼腕。我高祖之弘烈，將墜於地。賴大臣郭威等，激揚忠義，拯救顛危，除惡蔓以無遺，俾綴旒之不絕。宗祧事重，纘繼才難，既聞將相之謀，復考蓍龜之兆，天人協贊，社稷是依。徐州節度使贇，稟上聖之資，抱中和之德，先皇視之如子，鍾愛特深，固可以子育兆民，君臨萬國，宜令所司擇日備法駕奉迎，即皇帝位。於戲！神器至重，天步方艱，致理保邦，不可以不敬，貽謀聽政，不可以不勤，允執厥中，祇膺景命！

看官覽這誥文，應知劉贇是知遠養子，並非親生。究竟他生父為誰？就是河東節度使劉崇，崇為知遠弟，贇即知遠侄兒，知遠愛贇，引為己子。此次奉迎禮節，為漢家所未有，范質援古證今，倉皇討論，即日撰定，威取示廷臣，大家同聲讚美，莫易一詞。當由威上奏太后，請遣太師馮道，及樞密直學士王度，祕書監趙上交，同赴徐州，迎贇入朝。太后便即批准，頒下誥令。

馮道得誥，又不免吃驚，沉思良久，竟往見郭威道：「我已年老，奈何還使往徐州。」威微笑道：「太師勛望，比眾不同，此次出迎嗣君，若非太師作為領袖，何人勝任？」道應聲道：「侍中此舉，果出自真心麼？」威悵然道：「太師休疑，天日在上，威無異心。」好似《西遊記》中豬八戒，專會罰咒。道乃與王度、趙上交，出都南下。途次顧語二人道：「我生平不作謬語人，今卻作謬語了。」

威既送道出都，復率群臣上稟太后，略言嗣皇到闕，尚須時日，請太后臨朝聽政。太后俞允，立頒誥命，想仍是翰林學士范質手筆。詞云：

昨以奸邪構釁，亂我邦家，勛德效忠，翦除凶慝。俯從人欲，已立嗣君，宗社危而復安，紀綱壞而復振。皇帝法駕未至，庶事方殷。百辟上言，請予莅政，宜允輿議，權總萬幾，止於浹旬，即復明辟。此誥！

李太后既允聽政，當然陟賞功臣，升王峻為樞密使兼右神武統軍，袁為宣徽南院使，王殷為侍衛馬步軍都指揮使，郭崇威為侍衛馬軍都指揮使，曹威為步軍都指揮使。唯三司事宜，權命陳州刺史李穀充任。

忽接到兗州奏牘，乃是節度使慕容彥超，拿住前飛龍使後匡贊，押送東都，因有此奏。郭威待匡贊解到，便令押送法司，與劉銖、李洪建兩犯，一併審訊，定讞後刑。嗣經法司呈入讞案，謂後匡贊、劉銖、李洪建，已一併伏罪。匡贊與蘇逢吉、李業、閻晉卿、聶文進、郭允明等同謀，令散員都虞侯奔德等下手，殺害楊邠、史弘肇、王章。劉銖、李洪建黨附李業等，屠害將相家屬，供據確鑿，罪應誅夷。唯李業尚在逃未獲，宜移文陜州，勒令節度使李洪信，速拿業赴闕，併案正法云云。威乃飛使赴陜，勒交李業。業前時奔赴陜州，正因節度使李洪信，為業從兄，欲往投靠，洪信知業闖禍，不敢容納，揮令他適。業西奔晉陽，道出絳州，為盜所伺，利他多金，殺業奪貨而去。洪信聞郭威入都，恐防連坐，遣人捕業，查知為盜所殺，便即奏聞。使人在途，與朝使相遇，一併入都，報知郭威。威遂將全案處置，奏聞太后，太后當然準議。

先是劉銖被獲時，銖顧語妻室道：「我死，汝不免為人婢。」妻泣答道：「如君所為，正合如是。妾為君罹罪，恐為婢不足，還要一同梟首哩。」銖默然無言，隨吏下獄，唯妻言適為郭威所聞，頗加憐念，因使人入獄責銖道：「我常與君同事漢室，豈無故人情誼！家屬屠滅，雖有君命，汝何不留一線情，忍使我全家受戮！敢問君家有無妻子，今日亦知顧念否？」銖無可解免，竟強辯道：「銖當時只知為漢，無暇他顧，今日但憑郭公處分，尚有何言！」使人還報郭威。威乃戮銖及子，但釋銖妻。王殷家屬，前由李洪建保全。殷屢向威請求，乞免洪建一死，威獨不許，唯赦免家屬。劉銖、李洪建、後匡贊，同日處斬，並梟蘇逢吉、閻晉卿、郭允明、聶文進首級，懸諸市曹。允明弒主，罪惡尤甚，此時異罪同刑，已可見郭威之心。驀接鎮、邢二州急報，謂遼主兀欲，發兵深入，屠封邱，陷饒陽，乞即調師出援。郭威遂入稟太后。太后即令威統師北征，國事權委竇貞固、蘇禹珪、王峻，軍事委王殷，授翰林學士范質為樞密副使，參贊機要。威即於十二月朔日，領大軍出發都城。行至滑州，接著徐州來使，乃是奉劉贇命，令慰勞諸將。贇亦未免太急。諸將見郭威辭色，微露不平，遂面面相覷，不肯拜命，且私相告語道：「我等屠陷京師，自知不法，若劉氏復立，我等尚有遺種麼？」威聞言，似作驚愕狀，便遣還徐使，立麾軍士趨澶州。

途次正值天晴，冬日熒熒，很覺可愛。諸將乘勢獻諛，謂郭威馬前，有紫氣擁護而行。威佯若不聞，驅兵渡河，進至澶州留宿，詰旦起來，早餐已畢，再下令啟行。忽聽得軍士大噪，聲如雷動，他卻不慌不忙，返身入內，將門閉住。軍士逾垣直入，向威面請道：「天子須由侍中自為，大眾已與劉氏為讎，不願再立劉氏子弟了！」威未及答言，軍士已將威繞住，前扶後擁，或即扯裂黃旗，披威身上，競呼萬歲。威無從禁止，累得聲勢沮喪，形色倉皇。入門時並未慌忙，對眾時卻似遑遽，好一種欺人手段！待至眾聲少靜，方宣言道：「汝等休得喧譁，欲我還朝，亦須奉漢宗廟，謹事太后，且不準騷擾人民！從我乃歸，不從我寧死！」眾應聲道：「願從鈞諭！」威乃率眾南還，沿途禁止喧擾。

到了河濱，河冰初解，須築浮橋，然後可渡。威命軍士駐紮一宵，俟明日築橋渡河，到了夜半，朔風大起，天氣驟寒，待旦視河，冰復堅冱，各軍即擁威南渡，號為凌橋。渡畢風止，冰亦漸解。小子有詩嘆道：

入都報怨攬權威，北討南侵任手揮；

豈是天心真有屬，凌橋特渡「雀兒」歸！雀兒系郭威綽號。詳見下回。

威已越河南還，當有人馳報都中。朝內諸大臣，究竟如何對付，待至下回再詳。

觀本回寫郭威事，處處似忠，卻處處是詐。彼既以清君側為名，奈何入都縱掠，置諸不理，反俟郭崇威、王殷之請，然後諭禁乎？馮道謂此行不易，乃不敢自立，初議立高祖三子承勳，繼議立高祖從子贇，廷臣皆未知其偽，獨馮道從旁窺破，知其言不由衷，道固料事明而慮患深者，惜其模棱苟合，甘為長樂老以終也！澶州之變，非郭威之暗中運動，誰其信之？經作者一一敘述，雖未揭鍥隱衷，而已具匣劍帷燈之妙，欲知箇中意，盡在不言中。

妙筆亦妙文也。

第四十七回　廢劉宗嗣主被幽易漢祚新皇傳詔

卻說樞密使王峻，馬步軍都指揮使王殷，本是郭威心腹，一聞澶州兵變，料知威必南還，自為天子。當即派馬軍指揮使郭崇威，率騎兵七百人，馳赴宋州，陽言往衛劉贇，陰實使圖劉贇。至崇威出發，便與竇貞固等商議，往迎郭威。竇、蘇兩相，本來是庸懦得很，況又手無兵權，怎能與郭威對壘，沒奈何承認下去。可巧郭威有人差到，奉箋李太后，謂由諸軍所迫，班師南歸，軍士一致戴臣，臣始終不忘漢恩，願事漢宗廟，母事太后等語。掩耳盜鈴。峻等即將箋呈入，一介女流，屢經巨變，只有在宮暗泣，一些兒沒有他策。竇貞固、蘇禹珪已與王峻、王殷等，出至七里店，迎接郭威。一俟威到，即在道旁傴僂鳴恭，趨蹌表敬。可恨可嘆。威尚下馬相見，共敘寒暄，略談數語，便由竇貞固等，捧呈一篇勸進文，所有朝內百僚，一併署名。威喜形眉宇，形式上很是謙遜，口口聲聲，說是未奉太后誥敕，不敢擅專。貞固等請即入都，威總以未奉誥敕為詞，留駐皋門村。

是夕貞固等還朝，報明太后，不知如何脅迫，取了一道誥文，即於次日黎明，齎詣威營，當面宣讀誥文。其詞云：

樞密使侍中郭威，以英武之才，兼內外之任，翦除禍亂，弘濟艱難，功業格天，人望冠世。今則軍民愛戴，朝野推崇，宜總萬機，以允群議。可即監國，中外庶事，並取監國處分，特此通告。

威拜受誥敕，便稱孤道寡起來，也有一道教令，傳示吏民。略云：

寡人出自軍戎，並無德望，因緣際會，叨竊寵靈。數語恰是的確。高祖皇帝甫在經綸，待之心腹，洎登大位，尋付重權。當顧命之時，受忍死之寄，與諸勛舊，輔立嗣君。旋屬三叛連衡，四郊多壘，謬膺朝旨，委以專征，兼守重藩，俾當勁敵，敢不橫身戮力，竭節盡心，冀肅靜於疆場，用保安於宗社！不謂奸邪構亂，將相連誅，偶脫鋒鋩，克平患難。志安劉氏，順報漢恩，推擇長君以紹丕構，遂奏太后，請立徐州相公，奉迎已在於道途，行李未及於都輦。尋以北面事急，寇騎深侵，遂領師徒，徑往掩襲。行次近鎮，已渡洪河，十二月二十日，將登澶州，軍情忽變，旌旗倒指，喊叫連天，引袂牽襟，迫請為主。環繞而逃避無所，紛紜而逼脅愈堅。頃刻之間，安危不保。事不獲已，須至徇從，於是馬步諸軍，擁至京闕。今奉太后誥旨，以時運艱危，機務難曠，傳令監國，遜避無由，黽勉遵承。夙夜憂愧，所望內外文武百官，共鑑微忱，匡予不逮，則寡人有深幸焉！布教四方，咸使聞知！

歲聿雲暮，轉眼新年。郭威仍留駐皋門村，擬俟新歲入都，即位改元，做一個新朝天子。那徐州節度使劉贇，尚未曾得悉，使右都押牙鞏廷美，教練使楊溫，居守徐州。自與馮道等西來，在途儀仗，很是烜赫，差不多似天子出巡，左右皆呼萬歲。贇得意揚揚，昂然前進，到了宋州，入宿府署。翌晨起床，聞門外有人馬聲，不知是何變故，急忙闔門登樓，憑窗俯矚，見有許多騎士，聲勢洶洶，環集門外。為首的統兵將官，揚鞭仰望，也覺英氣逼人，便驚問道：「來將為誰？如何在此喧譁！」言未畢，已聽得來將應聲道：「末將是殿前馬軍指揮使郭崇威，目下澶州軍變，朝廷特遣崇威至此，保衛行旌，非有他意！」贇答道：「既如此說，可令騎士暫退，卿且入見！」崇威不答，俯首遲疑。贇乃遣馮道出門，與崇威敘談片刻，崇威才下馬入門，隨道登樓，向贇謁見。贇執崇威手，撫慰數語，繼以泣下。來時何等軒昂，至此如何膽落。崇威道：「澶州雖有變動，郭公仍效忠漢室，盡可勿憂！」崇威並未稱臣，內變可知。贇稍稍放心，彼此又問答數語，崇威即下樓趨出。

徐州判官董裔入見道：「崇威此來，看他語言舉止，定有異謀。道路謠傳，統說郭威已經稱帝，陛下尚深入不止，未免少吉多凶！陛下有指揮使張令超護駕，何不召入與商，諭以禍福，令乘夜劫迫崇威，奪他部眾，明日掠取睢陽金帛，北走晉陽，召集大兵，再行東下。想郭威此時，新定京邑，必無暇遣兵追襲，這乃是今日的上策呢！」贇猶豫未決。還應入做皇帝麼？董裔嘆息而出。贇夜不安枕，輾轉籌思，才覺裔言有理。至天明宣召令超，那知令超已為崇威所誘，不肯進見，眼見得大事已去了。

未幾由馮道入見，奉上一書，乃是郭威寄贇，內言兵變大略，召道先歸安撫，留王度、趙上交奉蹕入朝。贇亦明知是郭威欺人，一時卻不便說破。道竟開口辭行，贇始愀然道：「寡人此來，所恃唯公，公為三十年舊相，老成望重，所以不疑。今崇威奪我衛兵，危在旦夕，問公何以教寡人？」還要自稱寡人。道語帶支吾，但云待回京後，撫定兵變，再行報命。贇部將賈貞在側，瞋目視道，且舉佩劍示贇，贇搖手道：「休得草率！這事與馮公無涉，勿疑馮公。」實可殺卻，何必放歸。道乘勢辭出，星夜馳回。未幾即有太后誥命，傳到宋州，由郭崇威齎詔示贇，令贇拜受。誥云：

比者樞密使郭威，志安社稷，議立長君，以徐州節度使贇，為高祖近親，立為漢嗣，爰自藩鎮征赴京師。雖誥命尋行，而軍情不附，天道在北，人心靡東，適取改卜之初，俾膺分土之命。贇可降授開府儀同三司，檢校太師上柱國，封湘陰公，食邑三千戶，食實封五百戶。欽哉唯命！

贇受誥後，面色如土。郭崇威更絕不容情，立迫贇出就外館，不準逗留府署。董裔、賈貞，代抱不平，硬與崇威理論。崇威竟麾動部眾，拿下二人，立刻梟首。可憐這位湘陰公劉贇，鼻涕眼淚，流作一堆。沒奈何遷居別館，由崇威派兵監守，寸步難移。王度、趙上交，仍奉郭威命令，召還都中。

王峻等助威為虐，又遣申州刺史馬鐸，率兵詣許州，監製節度使劉信。信為劉知遠從弟。曾任侍衛馬軍都指揮使，知遠將殂，楊邠等出信鎮許，不準入辭，信號泣而去。承祐嗣位，信任官如舊。及邠等被誅，信大集將佐，開宴慶賀，且與語道：「我還道老天無眼，令我三年不能適意，主上孤立，幾落賊手，今幸天日重開，賊臣授首，樂得與諸公暢飲數杯了！」既而鄴軍入都，承祐被弒，信又惶急無計，食不下嚥。尋聞迎立劉贇，即命子往徐州奉迎。誰知一波未平，一波又起，馬鐸竟領兵到來，突然入城。信情急無聊，索性自盡了事。鐸遣人覆命。

王峻、王殷等，已為郭威除去二患，便於正月五日，迎威入都，一面脅令李太后下誥，把漢室所有國寶，悉數齎送郭威，威敬謹受誥。誥云：

邃古以來，受命相繼，系不一姓，傳諸百王。莫不人心順之則興，天命去之則廢。昭然事跡，著之典書。予否運所丁，遭家不造，奸邪構亂，朋黨橫行，大臣冤枉以被誅，少主倉猝而及禍，人自作孽，天道寧論！監國威，深念漢恩，切安劉氏，既平亂略，復正頹綱。思固護於基扃，擇繼嗣於宗室。而獄訟盡歸於西伯，謳歌不在於丹朱，六師竭推戴之誠，萬國仰欽明之德。鼎革斯啟，圖籙有歸。予作佳賓，固以為幸。今奉符寶授監國，可即皇帝位。於戲！

天祿在躬，神器自至，允集天命，永綏兆民，敬之哉！

威受誥後，並接收國寶，便自皋門入大內，被服袞冕，御崇元殿，受文武百官朝賀。蘇禹珪、竇貞固以下，聯翩入朝，舞蹈山呼。就是歷朝元老馮太師，自宋州馳歸，也入殿稱臣，躬與朝謁。不記當日受拜時耶！禮畢退班，即由新天子下詔道：

自古受命之君，興邦建統，莫不上符天意，下順人心。是以夏德既衰，爰啟有商之祚，炎風不競，肇開皇魏之基。

朕早事前朝，久居重位。受遺輔政，敢忘伊、霍之忠，仗鉞臨戎，復委韓、彭之任。匪躬盡瘁，焦思勞心，討叛渙於河、潼，張聲援於岐、雍，竟平大憝，粗立微勞。才旋師於關西，尋統兵於河朔，訓齊師旅，固護邊陲。只將身許國家，不以賊遺君父。外憂少息，內患俄生。群小聯謀，大臣遇害，棟樑既壞，社稷將傾。朕方在藩維，已遭讒構。

逃一生於萬死，徑赴闕廷；梟四罪於九衢，幸安區宇。將延漢祚，擇立劉宗，征命已行，軍情忽變。朕以眾庶所迫，逃避無由，扶擁至京，尊戴為主。誰為為之！孰令聽之！重以中外勸進，方岳推崇，黽勉雖順於眾心，臨御實慚於涼德。改元建號，祇率舊章，革故鼎新，宜覃沛澤。朕本姬氏之遠裔，虢叔之後昆，積慶累功，格天光表，盛德既延於百世，大命復集於眇躬。今連國宜以大周為號，可改漢乾祐四年為周廣順元年。自正月五日昧爽以前，一應天下罪人，為常赦所不原者，咸赦除之。故樞密使楊邠，侍衛都指揮使史弘肇，三司使王章等，以勞定國，盡節致君，千載逢時，一旦同命，悲感行路，憤結重泉，雖尋雪於沈冤，宜更伸於渥澤，並可加等追贈，備禮歸葬，葬事官給，仍訪子孫敘用。其餘同遭枉害者，亦與追贈。馬步諸軍將士等，戮力協誠，輸忠效義，先則平持內難，後乃推戴朕躬，言念勛勞，所宜旌賞。其原屬將士等，各與等第，超加恩命，仍賜功臣名號。內外前任、現任文武官致仕官，各與加恩、如父母在未有恩澤者即與恩澤，已有恩澤者，更與恩澤；如亡沒未曾追封贈者，更與封贈。一應天下州縣所欠乾祐二年以前夏秋殘稅，並與除放。澶州已來官路，兩邊共二十里內，得除放乾祐三年殘稅欠稅。河北沿邊州縣，曾經契丹蹂踐處，豁免通欠，如澶州同。凡天下倉場庫務，宜令節度使專切鈐轄，掌納官吏，一依省條指揮，不得別納斗餘、秤耗。舊所進羨餘物色，今後一切停罷。乘輿服御，宮闈器用，大官常膳，概從儉約。諸道所有進奉，只助軍國之費，諸無用之物，不急之務，並宜停罷。帝王之道，德化為先，崇飾虛名，朕所不取。未必。今後諸道所有祥瑞，不得輒有奏獻。古者用刑，本期止辟，今茲作法，義切禁非，寬以濟猛，庶臻中道。今後應犯竊盜賊贓及和奸者，並依晉天福元年以前條制施行。罪人非判逆，毋得誅及親族，籍沒家資。天下諸侯，皆有戚友，自可慎擇委任，必當克效參裨。朝廷選差，理或未當，宜矯前失，庶葉通規。其先時由京差遣軍將，充諸州郡都押牙，孔目官，內知客等，並可停廢，仍勒卻還舊處職役。近代帝王陵寢，令禁樵採，唐莊宗、明宗、晉高祖諸陵，各置守陵十戶，漢高祖陵前，以近陵人戶充署職員及守宮人，時日薦饗，並舊有守陵人戶等，一切如故。仍以晉、漢之胄為二王后，委中書門下處分。值景運之方新，與天下為更始，興利除弊，一道同風，朕實有厚望焉！此詔。

翌日再行視朝，派前曹州防禦使何福進，權許州節度使；前復州防禦使王彥超，權徐州節度使；前澶州節度使李洪義，權宋州節度使。這三缺最是要緊。又越日上漢太后尊號，稱為昭聖皇太后，徙居西宮。命有司擇日為故主發喪，喪期已定，周主郭威，親至西宮成服。祭奠舉哀，輟朝七日。禁坊市音樂。追諡故主為漢隱帝，且遵古制殯靈七月，始遣前宗正卿劉皞，護靈輀，備儀仗，送葬許州。五代享年，漢祚最短，先後兩主，僅得四年。漢前開封尹承勳，即於是年去世，追封陳王。漢太后又延壽三年，即顯德元年。病歿宮中，祔葬漢高祖陵，這也不在話下。了結漢事。唯小子前敘郭威，只及官爵功勛，未曾敘及履歷籍貫。此次郭威為帝，追尊四代。應將他少年家世，補敘明白。

威本邢州堯山人，父名簡，曾為晉順州刺史，被兵死難。威時僅數齡，隨母王氏走潞州，母又道歿，賴姨母韓氏提攜撫育，始得成人。潞州留後李繼韜，即李嗣源子。招募壯士。威年方十八，依故人常氏家，聞命應募，編入行伍。素性好剛使氣，不肯為人下。繼韜愛他勇敢，就使逾法犯禁，亦特別貸免。嘗遊行市中，見有屠夫豪橫武斷，為眾所憚，不由的憤怒起來。便呼屠割肉，稍不如意，更加呵叱。屠夫坦腹相示道，汝敢刺我否?道言未絕，已被威剸刃入胸。市人大驚，擁威付吏，繼韜不忍殺他，縱令亡去。嗣得友人李瓊，授以《閫外春秋》，方折節讀書，得諳兵法。娶同里女柴氏為妻，柴氏家頗殷實，聽得嫁奩，易錢給威，令再出從軍，乃走依漢高祖麾下，積功發跡，代漢為帝。追尊高祖璟為信祖，妣張氏為睿恭皇后;曾祖湛為僖祖，妣申氏為明孝皇后;祖蘊為義祖，妣韓氏為翼敬皇后;父簡為慶祖，母王氏為章德皇后。夫人柴氏早卒，進冊為后，謚曰聖穆。繼室楊氏，也早病逝。再繼室為張氏，自威出鎮鄴都，留張氏居京師，為劉銖所殺。子青哥、意哥，侄守筠、奉超、定哥，孫宜哥、喜哥、三哥，同時被屠。周主顧念前情，追封繼室楊氏為淑妃，再繼室張氏為貴妃;子青哥賜名為侗，追贈太保;意哥賜名為信，追贈司空;守筠改名為願，追贈左領軍將軍;奉超贈左監門將軍;定哥賜名為遜，贈左千衛將軍;宜哥贈左驍衛大將軍，賜名為誼;喜哥贈武衛大將軍，賜名為誠;三哥贈左領衛大將軍，賜名為諴。家屬以外，進封故舊，高行周進位尚書令，仍封齊王;安審琦封南陽王，符彥卿封淮陽王，遣歸原鎮。王殷加同平章事職銜，充鄴都留守，典軍如故。前太師馮道為中書令弘文館大學士，以司徒兼門下侍郎同平章事。前宰相竇貞固為侍中，兼修國史，蘇禹珪守司空平章事。此外各進爵有差。追封楊邠為恆農郡王，史弘肇為鄭王，王章為琅琊郡王，召還郭崇威，令為洋州節度使，兼檢校太保，曹威為荊州節度使，兼檢校太傅，各領軍如故。郭崇威避周主諱，省去威字;曹威易名為英。皇養子榮，聞鎮鄴有人，表請入覲，有旨不必來朝，調授澶州節度使，兼檢校太保，封太原郡侯。

河東節度使劉崇，為贇生父，初聞故主遇害，擬發兵南向，繼得贇入嗣消息，欣然說道:「我兒為帝，尚有何求?」遂按兵不進，但使人至郭威處，探明虛實。威少時微賤，嘗在頸上黥一飛雀，時人號為郭雀兒。當時語河東來使道:「郭雀兒要做天子，也不待今日了!」繼又自指頸上，示來使道:「世上豈有雕青天子？請轉告劉公，不必多疑。」來使便即辭行，返報劉崇，崇益喜慰。獨太原少尹李驤進言道：「公休信郭威，看他志不在小，必將自取。請公速引兵逾太行，據孟津，俟徐州殿下即位，然後還鎮，方不為他所賣。」崇拍案大怒道：「腐儒欲離間我父子麼？左右快推出斬首！」良言不用，枉送兒命。還要殺死李驤，真是愚悖。驤大呼道：「我負經濟才，為愚夫謀事，死也應該！但家有老妻，願與同死！」崇聞言益怒，竟令屬吏捕取驤妻，一同處斬。

及贇既見廢，被錮宋州，乃遣徐州押牙鞏廷美，奉表周廷，求贇調藩。為這一表，要將贇送到枉死城中去了。小子有詩嘆道：

不聽忠言錯已成，歸藩一表促兒生；
雕青天子欺人慣，肯使湘陰入汴京！

欲知周主如何答覆，請看下回便知。

劉贇以旁支入承正統，本非創聞，但內有郭威之專政，即令贇得入都，果嗣大位，能保威之不為曹丕、劉裕乎？為贇計，能辭則辭，不能辭，亦當向河東請兵，作為聲援，自率大軍詣闕，則郭氏或尚不敢動。至行抵宋州，受逼郭崇威，即從董裔言，遁歸晉陽，已非上策。乃猶遷延不決，不死奚待乎？郭威入都稱帝，易漢為周，新制下頒，猶存禮義，較之梁、唐、晉、漢，似進一籌，然亦由文字之優長，始覺規模之粗備。五季以亂易亂，文學寖衰，不值一盼，有范質以振興之，始稍見右文之治。文事盛而武力絀，正天之所以開趙宗也。否則軍閥驕橫，兵爭益甚，大亂果何日靖乎？

第四十八回　陷長沙馬希蕚稱王攻晉州劉承鈞折將

卻說周主郭威，接到鞏廷美來表，躊躇一回，特想出數語，作為答覆河東文書。大略說是：

湘陰公近在宋州，正擬令搬取赴京，但勿憂疑，必令得所。唯公在彼，固請安心，若能同力扶持，別無顧慮，即當便封王爵，永鎮北門，鐵契丹書，必無愛惜！特此覆諭。

鞏廷美接得覆文，轉達劉崇，且言周主多詐，不可不防。請即發兵援徐，願與教練使楊溫，固守徐州，靜待後命。劉崇得報，也欲稱帝晉陽，與周抗衡，一時無暇遣援。那知鞏廷美、楊溫二人，已奉劉贇妃董氏為主，仍張漢幟，不服周命。周主遣新授節度使王彥超，率兵馳詣徐州，且遺湘陰公劉贇書，令他轉示廷美等人，囑使靜候新節度入城，各除刺史。劉尚依言致書，囑鞏、楊迎王彥超，鞏、楊不肯從命，一意拒守。王彥超到了城下，射書諭降，仍然不從，乃督兵圍攻。鞏、楊二將，日夜戒備，專待河東援兵。

河東節度使劉崇，決計抗周，就在晉陽宮殿中，南面稱帝。國仍號漢，沿用乾祐年號，據有並、汾、忻、代、嵐、憲、隆、蔚、沁、遼、麟、石十二州，命節度判官鄭珙，觀察判官趙華，同平章事，次子承鈞為侍衛親軍都指揮使兼太原尹，副使李存瓌為代州防禦使，裨將張元徽為馬步軍都指揮使，陳光裕為宣徽使。存瓌、元徽等，請建立宗廟，崇慨然道：「朕因高祖皇帝的基業，一旦墜地，不得已南面稱尊，權承漢祚。究竟我是何等天子，爾等是何等將相呢？宗廟且不必立，但如家人祭禮，延我宗祀。得能規復中原，再修廟貌，妥我先靈，也未為遲哩。」將吏方才罷議。唯河東地窄民貧，歲入無多，百官俸給，不得不特別減省，宰相俸錢，月止百緡，節度使月止三十緡，此外唯薄有資給罷了。歷史上稱崇為東漢，或號為北漢，免與南漢相混。小子因南北分稱，容易記憶，故此後敘及河東，概以北漢為名。敘事明析。

北漢主稱帝這一日，就是湘陰公贇畢命的時期。當時宋州節度使李洪義，訃報周廷，只說是劉贇暴亡。後來《涑水通鑑》、司馬光著。《紫陽綱目》朱熹著。大書特書云：「周主威弒湘陰公贇於宋州。漢劉崇稱帝於晉陽。」可見得劉贇暴亡，實是李洪義密奉主命，暗中下手。且直書為弒，令郭威更無從躲閃，所以千秋萬世，統稱他是直筆呢。引古為證，取義謹嚴。

閒文少表，且說周主郭威即位，頒詔四方，荊南節度使高保融，首先表賀。且報稱去年十一月間，朗州節度使馬希萼破潭州，十二月縊殺楚王馬希廣，自稱天策上將軍武安、武平、靜江、寧遠等軍節度使嗣楚王。周主郭威，因國家初定，無暇南顧，但優旨嘉獎高保融，加封渤海郡王。但高保融奏報楚事，僅據綱領，欲知詳細，還須另行敘明。

自楚王馬希廣，出師屢敗，益陽失守，長沙吃緊，希萼大舉入寇，希廣向漢告急，漢適內亂，不遑出援。應四十四回。希萼知希廣勢孤，急引兵進攻岳州，刺史王贇登城堅拒，無懈可擊。希萼在城下呼贇道：「公非馬氏舊臣，不事我，反欲事異國麼？既為人臣，獨懷貳心，豈非貽辱先人！」贇從容答道：「亡父為先王將，亦破淮南兵，今大王兄弟構兵，適貽淮南厚利，且先王破淮南，後嗣臣淮南，貽辱何如！大王誠能釋憾罷兵，不傷同氣，贇願盡死事大王兄弟，怎敢別生貳心！」希萼聞言，頗也知慚，引兵轉趨長沙。部將朱進忠，已自益陽攻陷玉潭，再與希萼會師，屯兵湘西。

希廣令劉彥瑫召集水師，與水軍指揮使許可瓊，率戰艦五百艘，守城北津，迤及南津，獨派庶弟希崇為監軍。前已有人請誅，置諸不理，此時更派作監軍，痴極笨極！又遣馬軍指揮使李彥溫，領騎兵屯駝口，扼住湘陰路，步軍指揮使韓禮，率步兵屯楊柳橋，扼住柵路，與希蕚相持數日，勝負未決。強弩指揮使彭師暠，登城西望，入白希廣道：「朗人驟勝致驕，行列未整，更有蠻兵夾入，益見喧囂。若假臣步卒三千，從巴陵渡江，繞出湘西，攻敵後面，再令許可瓊帶領戰艦，攻敵前面，背腹夾攻，不怕敵人不走。一場敗北，將來自不敢輕入了。」此計甚妙。希廣卻也稱善，便召可瓊入議。那知可瓊已陰與希蕚密約，分治湖南，至是聞師暠計議，反瞠目伸舌道：「這是危道，絕不可從，況師暠出身蠻都，能保他不生異心麼？」自己通敵，還說別人難恃，此等人安可不殺！希廣乃止。且命諸將盡受可瓊節制，日給可瓊五百金。可瓊時常閉壘，不使士卒知朗軍進退，或且詐稱巡江，與希蕚密會水西，願為內應。希廣反嘆為良將，言聽計從。彭師暠聞可瓊通敵，入諫希廣道：「可瓊將叛，國人盡知，請速加誅，毋貽後患！」希廣叱道：「可瓊世為楚將，豈有此事！」師暠退出，喟然長嘆道：「我王仁柔寡斷，敗亡可立俟呢！」

已而長沙大雪，平地積四尺許。兩軍苦不得戰，希廣迷信僧巫，摶土作鬼神形，舉手指江，謂可卻退朗人。又命眾僧日夜誦經，向佛禱告，希廣也披緇膜拜，高念寶勝如來，聲徹戶外。是謂祈死。朗州步軍指揮使何敬真，乘雪少霽，即率蠻兵三千，迫韓禮營，陰遣小校雷暉，冒充長沙兵士，混入禮寨，用劍擊禮。禮駭走狂呼，一軍驚擾，敬真乘亂掩入，立將禮營搗破。禮軍大潰，禮受創奔回，越日斃命。於是朗兵水陸齊進，急攻長沙。長沙某軍指揮使吳宏，與小門使楊滌相語道：「強敵憑陵，城且不保，我等不效死報國，尚待何時？」遂各引兵出戰，宏出清泰門，滌出長樂門。統怒馬爭先，以一當十，奮鬥至三四時，朗兵少卻。劉彥瑫與許可瓊，袖手旁觀，並不出援。宏士卒飢疲，先退入城，滌亦還軍就食。

朗兵復競進撲城，彭師暠挺槊突出，與朗兵交戰城北，未分勝負。朗將朱進忠帶引蠻眾，至城東縱起火來，城上守兵，為煙霧所迷，不免驚惶，忙招許可瓊軍，令他救城。可瓊竟舉軍降希蕚。守兵見可瓊降敵，當然驚亂，朗兵遂一擁登城，長沙遂陷。希廣亟帶領妻孥，走匿慈堂。朗兵及蠻兵，殺官民，焚廬舍，徹夜不休。自馬殷立國後，所積珍寶，盡被奪散。宮殿屋宇，統成灰燼，鬧得人聲鼎沸，煙焰迷離。

李彥溫尚屯兵駝口，望見城中火起，急引兵還援。至清泰門，朗人已據城拒戰，矢石交下，正擬冒險進攻，忽有千餘人繞城而來，統是神色倉皇，備極狼狽。為首的且淒聲呼道：「李將軍快尋生路罷！」彥溫瞧著，正是劉彥瑫，便問主子如何？彥瑫道：「不知下落；我已覓得先王及今王諸子，從旁門逃出，幸與君相遇，正好結伴同奔，朗兵利害得很，若不急走，恐一經追殺，必無噍類了！」彥溫被他一嚇，也覺驚慌，遂與彥瑫等同奔袁州，轉降南唐。

希蕚入城後，即與希崇相見，希崇率將吏進謁，上書勸進。吳宏戰血滿袖，顧視希蕚道：「我不幸為許可瓊所誤，今日雖死，地下也好對先王了！」彭師暠投槊地下，大呼道：「師暠不降，情願請死！」希蕚嘆道：「這可謂鐵石人了！」縱令自便，不欲加誅。也是保全忠臣，卻是難得。希崇遂導希蕚入府視事，閉城搜捕希廣夫婦，及掌書記李弘皋、弘節，都軍判官唐昭胤，學士鄧懿文，小門吏楊滌等，先後拘至，盡作俘囚。希蕚首問希廣道：「你我承父兄餘業，難道不分長幼麼？」希廣流涕道：「將吏見推，朝廷見命，所以權受，並非出自本心。」希蕚也不禁惻然，便顧左右道：「這是鈍夫，怎能作惡？徒受群小欺矇，因致如此。」遂命牽往獄中。鞫訊弘皋、弘節等，多半說是先王遺命，不肯伏罪，惹得希蕚怒起，命將弘皋、弘節、唐昭胤、楊滌四人，綁出府門，凌遲處死，分餉蠻軍。鄧懿文少說數語，總算從寬一線，梟首市曹。似此殘忍，何能久享！遂自稱天策上將軍武安、武平、靜江、寧遠等軍節度使，嗣爵楚王。授希崇節度副使，判軍府事，其餘要職，悉用朗人充任。

越日，語將吏道：「希廣懦夫，受制左右，我欲使他不死。汝等以為然否？」諸將皆不敢對，獨朱進忠嘗為希廣所笞，乘此報怨，奮然進言道：「大王血戰三年，始得長沙，一國不容二主，今日不除，他日悔無及了！」乃命牽出勒死。希廣臨刑，尚喃喃誦佛書，至死才覺絕口。希廣妻捶斃杖下，彭師暠不忘故主，棺殮希廣，瘞諸瀏陽門外，後人號為廢王冢。希萼命子光贊為武平留後，遣何敬真為朗州都指揮使，統兵戍守，且因故學士拓拔恆，曾勸希廣讓國，召令復職。恆稱疾不起，希萼亦無可如何。

未幾令掌書記劉光輔入貢南唐，唐主璟命右僕射孫晟，客省使姚鳳為冊禮使，冊封希萼為楚王。希萼又令光輔報謝，唐主厚待光輔，並問湖南情形。光輔密奏道：「湖南民疲主驕，陛下若發兵往取，易如反掌呢。」又是一個賣國臣。唐主乃命都虞侯邊鎬為信州刺史，屯兵袁州，漸漸的謀吞湖南了。

南方正擾攘不休，北方亦兵戈迭起。北漢主劉崇，聞贇死人手，向南大慟道：「我悔不用忠臣言，致傷兒命！」遂命為李驤立祠，歲時致祭。一面整兵繕甲，銳意復讎。可巧遼將潘聿拈，奉遼主命，貽書崇子承鈞，通問國情。劉崇即使承鈞覆書，略說本朝淪亡，因襲帝位，欲循晉室故事，求援北朝。聿拈轉報遼主。遼主兀欲，得了覆書，當然欣允，發兵屯陰地、黃澤、團柏，遙作聲援。劉崇即命皇子承鈞為招討使，白從暉為副，李存瓌為都監，統兵萬人，分作五道，出攻晉州。

晉州節度使王晏，閉門不出，城上旗幟兵仗，亦散亂不整，承鈞還道他是不能拒守，飭兵士蟻附登城。不料一聲鼓響，那堞內伏兵，霎時齊起，挾著硬弓毒矢，接連射下，還有長槍大戟，巨斧利矛，鉤的鉤，斫的斫，把北漢兵殺傷無數，承鈞忙鳴金收軍，退出濠外。王晏竟驅兵殺出，前來追擊，承鈞哪裡還敢戀戰，麾兵急奔，跑了十多里，方不見有追兵，擇地下寨，招集散卒，死傷已千餘人，並失去副兵馬使安元寶，不知是否陣亡，後經探騎報聞，才知元寶被擒，投降晉州了。

承鈞且慚且憤，移攻隰州，行至長壽村，突遇隰州步軍指揮使孫繼業，從刺斜裡殺將出來，頓使承鈞又吃一大驚，前鋒牙將程筠，不管好歹，竟挺槍躍馬，出戰繼業，兩馬相交，雙槍並舉。約有一二十合，被繼業大喝一聲，把程筠刺落馬下。隰州兵捉住程筠，立刻斬首，梟示軍前。承鈞大怒，麾兵前鬥，要與繼業拚命。偏繼業刁猾得很，率軍急退，竟回入城中去了。承鈞追至城下，城上早已準備，由隰州刺史許遷，親自督守，再加孫繼業登陴相助，裡守外攻，約過了數晝夜，北漢兵毫無便宜，反傷亡了許多人馬，只好一齊退去。

北漢兵兩次敗退，這叫做出手就獻醜。

北漢主劉崇，接得敗報，正在焦灼，怎奈不如意事，接踵而來。徐州一城，被周將王彥超陷入，殺死鞏廷美、楊溫，只湘陰公夫人董氏，還算由周主特恩，安撫保護，未曾殉難。徐州事雖用帶筆，恰是毫不滲漏。崇憂憤交並，立遣通事舍人李，赴遼乞援。遼主兀欲，本來是用兩頭燒通的計策。當周主郭威稱帝時，已從饒陽回師，應四十六回。派蕃將朱憲奉書周廷，稱賀即位，周廷亦遣尚書右丞田敏報聘。此次聯絡北漢，明明使他鷸蚌相爭，自己好做個漁翁。至李到遼乞師，兀欲尚不肯發兵，先遣使臣拽刺梅里，與同詣北漢，捏稱周使田敏，已約輸歲貢十萬緡。劉崇不禁情急，忙使宰相鄭珙，齎著金帛，與拽刺梅里同往，納賂遼主。國書中且自稱侄皇帝，致書於叔天授皇帝，見四十回。請行冊禮。遼主兀欲，喜如所願，厚待鄭珙，日夕賜宴。珙在途已感受風寒，禁不起肉酪厚味，一夕宴畢歸館，竟致暴亡。兀欲發還珙喪，並遣燕王述軋，一作舒斡。政事令高勳，同至北漢，冊封劉崇為大漢神武皇帝，妃為皇后。劉崇情急求人，也顧不得甚麼屈膝，只好對著遼使，拜受冊封，改名為旻，令學士衛融等，詣遼報謝，乞即濟師。

遼主召集諸部酋長，擬即日大舉，援漢侵周，諸部酋長多不願南行。兀欲強令從軍，自督部眾至新州。駐宿火神淀，夜間忽遭兵變，由燕王述軋，及偉王子嘔里僧為首，持刀入帳，竟將兀欲劈死。也有此日。

遼太宗德光子齊王述律，一作舒嚕。在軍聞變，走入南山。述軋即自立為帝，偏各部酋長不樂推戴，情願往迎述律，攻殺述軋及嘔里僧。述律乃自火神淀入幽州，即遼主位，號天順皇帝，改元應歷，當下為故主兀欲發喪，並遣使至北漢告哀。

劉崇派樞密直學士王得中等，賀述律即位，且吊兀欲喪，仍稱述律為叔，請兵攻周。述律素好遊畋，不親政事，每夜酣飲，達旦乃寐，日中方起，國人號為睡王。北漢乞援再四，方遣彰國軍節度使蕭禹厥，統兵五萬，與北漢會師，自陰地關進攻晉州。

時晉州節度使王晏，與徐州節度使王彥超對調，晏已離鎮，彥超未至。巡檢使王萬敢權知晉州軍事，與龍捷都指揮使史彥超，虎捷都指揮使何徽，募兵拒守。遼兵五萬人，北漢兵二萬人，共至晉州城北，三面營壘，日夜攻撲。王萬敢等多方抵禦，且飛使至大梁求援。周主郭威，命王峻為行營都部署，發諸道兵援晉州，威自至西莊餞行，親賜御酒三卮，峻飲畢拜別，上馬徑去，馳至陝州，留軍不進。周主聞報，免不得遣使促行，並欲督師親征，正是：

將軍故意留西鄙，天子勞心欲北征。

究竟王峻何故逗留，待至下回表明。

希廣不能讓兄，又不能拒兄，潭州之陷，戚本自詒，況忠如彭師暠而不用，奸如許可瓊而獨任，迷信僧巫，至死且諷誦佛經，愚昧至此，安能不亡？若希蕚之加刃同胞，臠食舊臣，殘忍太甚，幾何而不俱滅也！劉崇不從李驤之言，以致劉贇死於非命，雖悔奚追，厥後甘心事狄，出師屢敗，欲泄忿而不得，欲報怨而未能，乃知失之毫釐，謬以千里，天下之不聽忠言，自致危禍者，皆類是耳。特揭出之以為後世鑑云。

第四十九回　降南唐馬氏亡國　征東魯周主督師

卻說王峻留駐陝州，並非故意逗撓，他卻另有祕謀，不便先行奏聞。周主郭威，聞報驚疑，擬自統禁軍出征，取道澤州，與王峻會救晉州。一面遣使臣翟守素，往諭王峻，峻與守素相見，屏去左右，附耳密語道：「晉州城堅，可以久守。劉崇會合遼兵，氣勢方銳，不可力爭，峻在此駐兵，並非畏怯，實欲待他氣餒，然後進擊，我盛彼衰，容易取勝。今上即位方新，藩鎮未必心服，切不可輕出京師！近聞慕容彥超據住兗州，陰生異志，若車駕朝出汜水，彥超必暮襲京城，一或被陷，大事去了！幸轉達陛下，勿生他疑！」守素唯唯遵教，即日馳還京城，報知周主郭威，威聞言大悟，手自提耳道：「幾敗我事！」遂將親征計議，下敕取消。郭雀兒亦有失策時耶？

是時已為廣順元年十二月，天氣嚴寒，雨雪霏霏。峻乃下令各軍，速即進發，到了絳州，也無暇休息，便語都排陣使藥元福道：「晉州南有蒙阬，地最險惡，若為敵兵所據，阻我前進，卻很費事。汝引部卒三千，趕緊前行，得能越過蒙阬，便可無憂了！」元福應命前驅，冒雪急進，到了蒙阬相近，見地勢果然險惡，幸無敵兵把守，便縱馬飛越，出了蒙阬，方才紮住。令部校回報王峻，峻私喜道：「我事得成了！」因即麾軍繼進，過了蒙阬徑路，與藥元福相會，向晉州進兵。

北漢主劉崇，及遼將蕭禹厥，正慮攻城不下，糧食將盡，更兼大雪漫天，野無所掠，未免智窮力盡，日思退歸。忽接哨騎探報，知王峻已逾蒙阬，不由的心驚膽顫，立命燒去營壘，貪夜返奔。至王峻到了晉州，敵兵早遁。城內王萬敢、史彥超、何徽等，出迎王峻，導入城中。彥超便稟王峻道：「寇兵雖去，相距未遠，若使輕騎追擊，必得大勝。」峻答說道：「我軍遠來勞乏，且休養一宵，明日再議。」彥超乃退。翌晨值峻升廳，彥超又來稟白，藥元福等亦從旁慫恿，峻乃令藥元福統兵，與指揮使仇弘超，左廂排陣使陳思讓、康延詔，策馬出追，馳至霍邑，追及敵眾，便奮擊過去。敵軍後隊，統是北漢兵，一聞追兵到來，都越山四跑，急不擇路，或墜崖，或墮谷，死了無數。元福催後軍急進，偏偏延詔懦怯，沿途逗留，且語元福道：「地勢險窄，恐有伏兵，且回兵徐圖進取。」元福忿然道：「劉崇挾胡騎南來，志吞晉絳，今氣衰力憊，狼狽遁還，不乘此時掃滅，必為後患。」言未已，那王峻遣人到來，說是窮寇勿追，飭令回軍，元福長嘆數聲，收軍而還。王峻亦非真良將。

遼兵還至晉陽，人馬什喪三四，蕭禹厥自恥無功，諉罪一部酋，釘死市中。劉崇亦喪兵無數，復因遼兵歸去，不得不畀他厚賮，害得府庫空虛，人財兩失，只好付諸一嘆，緩圖報怨罷了。智力原不及郭威。

且說楚王馬希蕚，得據長沙，刑戮無度，已失人心。更且縱酒荒淫，盡把軍府政事，委任希崇。小門使謝彥顒，系家僮出身，面目清揚，姣如處女，希蕚很是寵愛，嘗令與妃嬪雜坐，視同男妾。不怕作元緒公麼？彥顒恃寵生驕，凌蔑大臣，就是手握大權的王弟希崇，他亦未加尊敬，或且拊肩搭背，戲狎靡常，希崇引為恨事。向例王府開宴，小門使只能伺候門外，希蕚獨使彥顒與座，甚至列諸將上，諸將亦憤憤不平。希蕚因府舍被焚，命朗州指揮使王逵，副使周行逢，率部曲千餘人修葺府署，執役甚勞，毫無犒賜。士卒統有怨言，逵與行逢密語道：「眾怒已深，不早為計，禍將及我兩人了！」遂率眾逃歸朗州。

希蕚沉醉未醒，左右不敢白，越宿始報知希蕚。希蕚大怒，立遣指揮使唐師翥，領兵往追，直抵朗州城下，被王逵等伏兵邀擊，士卒盡死，師翥孑身逃歸。逵入朗州城，逐去留後馬光贊，別奉希蕚兄子光惠知朗州事，尋且立為節度使。光惠愚懦嗜酒，不能服眾，逵與行逢，商諸朗州戍將何敬真，廢去光惠，推立辰州刺史劉言，權知留後，逵自為副使。因恐希蕚往討，特向南唐求請旌節，唐主不許。乃奉表周廷，自稱藩臣，周主也不給覆諭，置諸不聞。

希蕚本與許可瓊密約，分治湖南，及攻入潭州，背約食言，且恐可瓊怨望，暗通朗州，遽出為蒙州刺史。一面派馬步指揮使徐威，左右軍馬步使陳敬遷，水軍指揮使魯公綰，牙內侍衛指揮使陸孟俊，率兵出城西北隅，立營置柵，預備朗兵。

徐威等勞役經旬，並未撫問，免不得怨聲又起。希崇已知眾怒，未嘗進諫。一日希蕚置酒端陽門，宴集將吏，徐威等不得預宴，希崇亦稱疾不至，威等遂共謀作亂。先使人驅踶齧馬數十匹，闖入府署。自率徒眾持械相隨，待馬奔入府中，即託言縶馬，掩入座上，縱橫擊人，顛踣滿地，希蕚駭奔，踰垣欲走，被威等追及，縛置囚車，並執小門使謝彥顒，自頂至踵，銼成齏粉。南風不競，致罹此禍。遂推希崇為武安留後，大掠兩日，方才安民。

希崇欲借刀殺人，特令彭師暠押住希蕚，解往衡山縣錮禁，隨時管束。希蕚已去，隨接到朗州檄文，數希崇篡逆罪狀，希崇方覺心驚。忽又聞朗州留後劉言，派馬步軍至益陽，將逼潭州，頓時倉皇失措，急發兵二千往御，且遣人赴朗州求和，願為鄰藩。平時很是刁滑，此時奈何若此。劉言見了潭使，頗費躊躇，掌書記李觀象進議道：「希蕚舊將，尚在長沙，必不欲與公為鄰，公不若先檄希崇，令他取各首來獻，然後可和。希崇若從此議，取湖南如反掌了。」言依議而行，即令潭使返報，果然希崇畏言，殺死希蕚舊臣楊仲敏、魏光輔、魏師進、黃勍等十餘人，函首送朗州，派前辰陽令李翊為使，翊至朗州納入首級，統已血肉模糊，不可辨認。言與王逵，遂說他以偽冒真，呵叱李翊。翊且憤且懼，撞死階下。言也為心動，暫許希崇和議，調回益陽等軍。希崇聞朗軍調回，安然無忌，樂得縱情酒色，終日尋歡。不意彭師昦押送希萼，到了衡山，竟與衡山指揮使廖偃，共立希萼為衡山王，改縣為府，斷江立柵，編竹成戰艦，居然與希崇為敵。這都是希崇弄巧成拙，反害自身！原來師昦受希崇差遣，明知是借刀殺人，及與廖偃相見，慨然與語道：「要我弒君，我卻不願，寧可以德報怨，不甘枉受惡名！」廖偃也以為然，即與師昦擁立希萼，召募徒眾，旬日間得萬餘人，且遣判官劉虛己，向唐乞援。師昦以德報怨，已屬矯枉過正，更且引敵亡楚，尤覺失策。

希崇得悉此變，也遣使奉表唐廷，請兵拒朗。唐主璟立命袁州戍將邊鎬，西趨長沙。楚將徐威等又欲殺希崇。被希崇先期察覺，左思右想，無可為計，只好趕緊迎鎬，尚可自全。忽聞鎬軍已至醴陵，適如所望，急發庫款犒軍。去使回報希崇，傳述鎬言，謂此來擬平楚亂，並非代滅朗兵，如欲自保，速即迎降。希崇聽了，半晌無言，嗣且淚下。沒奈何迫令前學士拓跋恆，奉籤鎬軍，情願降唐。恆悵然道：「我久不死，徒為小兒等齎送降表，豈不可嘆！」乃詣鎬軍請降。究竟貪生。

鎬率兵抵潭州，希崇率弟侄出城，望塵迎拜。鎬下馬宣慰，與希崇等同入城中，寓居瀏陽門樓，湖南將吏，相率趨賀，鎬即發湖南倉庫，取出金帛粟米，金帛給將吏，粟米賑饑民，闔城大悅。慷他人之慨，何樂不為。唐武昌節度使劉仁贍，乘勢取岳州，安撫吏民，輿情翕然。

捷報馳入金陵，唐百官額手稱慶，獨起居郎高遠道：「乘亂取楚，原是容易，但觀統兵各將，均非良才，恐易取卻難守哩。」為後文伏線。唐主璟獨喜出望外，授邊鎬為武安節度使，征馬氏全族入朝。希崇不欲東行，聚族相泣，並願重賂邊鎬，令他代為奏請，仍準留居長沙。鎬微笑道：「我朝與公家世為仇敵，屈指將六十年，但未嘗大舉入境，欲滅公家。今公兄弟鬩牆，窮蹙乞降，這是天意欲歸我朝。公若再圖反覆，恐人肯恕公，天也未肯恕公了！」可作世人棒喝。希崇無詞可答，只得挈領宗族，及將佐千餘人，號哭登舟，共赴金陵。誰叫你陷害骨肉？

馬希萼據住衡山，還想經略嶺南，特命龍峒戍將彭彥暉，移屯桂州。桂州節度副使馬希隱，系是馬殷少子，不願彥暉前來，急檄蒙州刺史許可瓊，同拒彥暉。可瓊引兵趨桂州，與希隱合兵，殺退彥暉。彥暉奔回衡山，希萼大驚。適唐將李承戩，奉邊鎬命，引兵數千至衡山，促希萼入朝金陵，逼得希萼憂上加憂。就是廖偃、彭師暠，也想不出救急方法，索性投順南唐，乃是無策中的一策，乃與希萼沿江東下，往朝南唐。

先是湖南有童謠云：「鞭打馬，馬急走！」至是果驗。馬希隱聞二兄降唐，還想據守嶺南，負嵎自固，偏南漢主劉晟，遣內侍吳懷恩入境，先乘虛襲入蒙州，繼乘勝進逼桂州。希隱與許可瓊，保守不住，乘夜斬關，帶領遺眾，向全州遁去。吳懷恩得了蒙、桂，復略定連、梧、嚴、富、昭、流、象、龔等州，於是南嶺以北屬南唐，南嶺以南屬南漢。只有朗州一隅，尚為劉言所據，但亦不復屬馬氏。自馬殷據有湖南，至希崇降唐，共得六主，合成五十六年。

希萼兄弟，先後至金陵。唐主璟嘉他恭順，命希萼為江南西道觀察使，駐守洪州，仍封楚王。希崇為永泰軍節度使，駐守揚州。其餘湖南將吏，以次拜官，且因廖偃、彭師暠二人，忠事故主，特授偃為左殿直軍使兼萊州刺史、師暠為殿直都虞侯。湖南刺史，俱望風朝唐。最可惜的是前岳州刺史王贇，至此已改調永州，獨傷心故國，不忍降唐。經唐廷一再徵召，勉強入覲。唐主璟責他後至，賜鴆而死。人生到此，天道難論，這叫做有幸有不幸呢！褒貶咸宜。

南唐既並有湖南，復議北略。參軍韓熙載，入任戶部侍郎，獨上書諫阻道：「郭氏奸雄，不亞曹、馬，得國雖淺，守境已固。我若妄動兵戈，恐不獨無成，反且有害呢！」唐主璟乃罷兵不發。偏是兗州節度使慕容彥超，叛周起兵，向唐求援，遂令唐主璟觸動雄心，出兵五千人，令指揮使燕敬權為將，往援彥超。從南唐出援，接入彥超叛周事，綰合無痕。彥超自汴京逃歸，心常疑懼，晝夜不安，特遣人貢獻方物，自表歉忱，探試周主意向。周主加授彥超為中書令，並遣翰林學士魚崇諒，至兗州傳旨撫慰。略云：

向以前朝失德，少主用讒。倉猝之間，召卿赴闕，卿即奔馳應命，信宿至京，救國難而不顧身，聞君召而不俟駕。以至天亡漢祚，兵散梁郊，降將敗軍，相繼而至，卿即便回馬首，徑返龜陰。為主為時，有終有始，所謂危亂見忠臣之節，疾風知勁草之心。若使為臣者皆復如是，則有國者誰不欲大用斯人！朕潛龍河朔之際，平難浚郊之時，緣不奉示諭之言，亦不得差人至行闕。且事主之道，何必如斯？若或二三於漢朝，又安肯效忠於周室，以此為懼，不亦過乎？卿但悉力推心，安民體國，事朕之節，如事故君，不唯黎庶獲安，抑亦社稷是賴！但堅表率，未易替移，由衷之誠，言盡於此，卿其勿疑！

彥超得了此諭，心終未釋；且聞劉贇暴死，益不自安。募壯士，蓄芻糧，購戰馬，潛使人通書北漢，為關吏所獲，奏報周廷。周主郭威，命中書舍人鄭好謙，申諭彥超，與訂誓約。彥超始終未信，特令都押牙鄭麟詣闕，偽輸情款，實覘機事。又揑造天平節度使高行周書，說是約他造反，因此出首。周主郭威，披書審閱，語多指斥朝廷，不禁微笑道：「鬼蜮伎倆，怎能欺人！」遂將書頒示行周，行周果然奏辯，兼且謝恩。周主即遣閤門使張凝，領兵赴鄆州，為行周助守。彥超計不得逞，復表請入朝，竟由周主允準。未幾又得彥超覆奏，偽稱境內多盜，不便離鎮。周主付諸一笑，但待他發難，興師問罪便了。並非姑息養奸，實是請君入甕。

好容易過了一載，已是廣順二年。彥超召鄉兵入城，引泗水注入城濠，預備戰守。且令部吏偽扮商人，混入南唐，求請援師。一面募集群盜，剽掠鄰境。尋得朝廷詔敕，命沂、密二州，不復屬泰寧軍。彥超怎肯失去二州，決計抗命。判官崔周度諫阻道：「東魯素習《詩》、《書》，自伯禽周公子。以來，不能霸諸侯，但用禮儀守國，自可長世。況公對朝廷，並無私憾，何必自疑？主上又再三諭慰，公能撤備歸誠，定可長享富貴，安如泰山。公豈不聞杜重威、李守貞故事，奈何自取滅亡呢？」彥超不從，竟爾叛周。周主命侍衛步軍都指揮使曹英，為兗州行營都部署，齊州防禦使史彥韜為副，皇城使向訓為都監，陳州防禦使藥元福為都虞侯，東討彥超。

彥超聞周廷出師，忙遣人南行，約唐夾攻。唐將燕敬權已到下邳，恐眾寡不敵，退屯沭陽。不料徐州巡檢使張令彬，潛師襲擊，搗破唐營，竟將燕敬權活捉了去，獻入周廷。周主郭威，欲借此籠絡南唐，命將敬權釋縛，賜他衣服金帛，放歸本土。敬權感泣謝罪，周主面諭道：「獎順除逆，各國從同，難道江南獨異致麼？我國賊臣，據城肆逆，殃及萬民，爾國乃出助凶逆，誠為不解。爾可歸語爾主，勿再失算！」敬權應命辭行，返報唐主。唐主也覺感激，不敢再援彥超。

彥超失一大援，不得已登城守禦。曹英等到了城下，猛攻不克，乃築壘圍城。可巧王峻自晉州還師，也由周主撥至兗州。彥超見周軍迭至，很是心慌，屢率壯士出城突圍，統為藥元福所敗，只好閉城固守。周軍四面圍住，困得兗州水洩不通。自春至夏，守兵疲敝不堪，彥超因庫資告罄，令大括民財，犒賜守兵。前陝州司馬閻弘魯，傾資出獻，彥超尚說有私藏，命崔周度至弘魯家，實行搜括。到處搜遍，毫無所得，乃返報彥超。彥超斥周度包庇弘魯，俱令下獄。適弘魯家有乳母，從泥土中拾得金纏臂，獻與彥超，欲贖弘魯。彥超益恨弘魯藏金，遣軍校搒掠弘魯夫婦，硬要他獻出私藏，可憐弘魯夫婦，無從取獻，宛轉哀號，同斃杖下。死在眼前，還要這般毒虐。周度連坐處斬。看官聽著！這周度坐罪，尚不是全為弘魯，大半由前日忠諫，觸怒彥超，所以遭此奇禍呢。

周主郭威，因兗州久攻未下，下詔親征。命李穀、范質同平章事，留李穀權守東京，兼判開封府事，進鄭仁誨為樞密使，權充大內都點檢，郭崇充在京都巡檢。佈置已定，乃自京城出發，直抵兗州。先令人招諭彥超，守卒出言不遜，始督諸軍進攻。諸軍因御駕親臨，當然冒險進取，伐鼓淵淵，振旅闐闐，有分教一座堅城，從此崩陷，凶狡貪橫的慕容彥超，要全家誅戮了。小子有詩嘆道：

休笑人家盡懦夫，蠻橫到底伏天誅！
試看身首分離日，誰惜昂藏七尺軀！

欲知攻克兗州情形，下回再行續敘。

古人有言，家必自毀而後人毀之，國必自伐而後人伐之。觀馬氏兄弟之鬩牆構釁，遂致全國讓人，舉族入唐，邊鎬兵不血刃，即得三楚，非馬氏之自致覆亡，曷由致此！閱邊鎬言，凡天下之兄弟不和者，亦曷不亟自猛省也！慕容彥超，有勇無謀，亡漢不足，反欲叛周。周主郭威，再三慰諭，始終不從，甚且殺崔周度，斃閻弘魯，如此凶戾，不死何為？乃知馬希崇之覆國，與慕容彥超之亡家，無在非自取也。

第五十回　逐邊鎬攻入潭州府拘劉言計奪武平軍

卻說慕容彥超，困守兗州，已是勢窮力竭，並且素性貪吝，所括民財，半犒兵士，半充囊橐，因此士無鬥志，相繼出降。周主郭威，又親至城下，督軍猛攻，眼見得保守不住，彥超無法可施，竟至鎮星祠中，禳災祈福。這鎮星祠乃是何神？原來彥超將反，有術士占驗天文，謂鎮星行至角亢，角亢為兗州分野，當邀神祐。彥超信為真言，特設一祠，令民家遍立黃幡，每日一祭。此時窮蹙無計，不得不仰求星君。驀聞城被摧陷，急忙出祠督戰，那周軍似潮沖入，怎能招架得住？巷戰良久，手下兵皆潰散。再奔至鎮星祠旁，放起一把無名火，將祠毀去，然後馳入府署，挈妻投井，頃刻溺斃。子繼勳率殘眾五百人，出奔被擒，立即磔死。彥超梟屍，所有家族，悉數誅夷。應該如此。兗州平定，周主留端明殿學士顏衎，權知兗州軍府事，降泰寧軍為防禦州，並欲盡誅彥超將佐。翰林學士竇儀，心下不忍，特商諸宰臣馮道、范質，請他釋免。

兩宰臣面奏周主，說是脅從罔治，周主乃赦罪不問。

啟蹕赴曲阜縣，謁孔子祠，行釋奠禮。登殿將拜，左右勸阻道：「孔子乃是陪臣，不當受天子拜！」周主道：「孔子為百世帝王師，難道可不敬禮麼？」遂虔誠拜訖，命將祭器留藏祠中。又至孔林拜孔子墓，訪得孔子四十三世孫孔仁玉，命為曲阜令；顏淵後裔顏涉，命為主簿。即令視事。仍飭兗州修葺孔祠，永禁墓旁樵採，然後還都，飲至犒賞，當然有一番手續。

過了數日，德妃董氏，病歿宮中。天子悼亡，免不得輟樂舉哀，飾終盡禮。董氏鎮州人，本嫁同里劉進超。進超仕晉，充內廷職使。遼兵犯闕，進超殉難，董氏嫠居洛陽。漢高祖自太原入京師，郭威從軍過洛，聞董氏德藝兼長，納為妾媵。後來出鎮鄴中，只命董氏隨行，所以家屬被屠，董氏幸得脫禍。及威已稱帝，中宮虛位，但冊董氏為德妃，攝掌宮事。至此竟遭病歿，享年三十九歲。總覺命薄。敘出董氏，補前文所未逮。

郭威既悲妃歿，復觸舊痛，好幾日不願視朝。接連是天平節度使高行周，病終任所，又輟朝數日，猶幸內外無事，朝政清閒。唯冀州邊境，為遼兵所掠，由都監杜延熙，一鼓驅退，倒也損失有限，不足塵憂。既而武平軍留後劉言，遣牙將張崇嗣入奏，報稱收復湖南，願如馬氏故事，乞請冊封。周主留館來使，又有一番廷議，處置湖南事宜。

自唐將邊鎬入據長沙，潭民市不易肆，稱鎬為邊菩薩，一體悅服。後來鎬佞佛設齋，築寺置觀，所入賦稅，除貢獻金陵外，盡充佛事，浮費無節，凡地方一切政治，置諸不理，於是潭人失望。菩薩本來高擱，望他奚為？南漢內侍省丞潘崇徹，及將軍謝貫，乘機攻郴州。鎬出兵與爭，大敗奔還。郴州被陷。鎬坐失軍威。

唐指揮使孫朗、曹進，從鎬平楚，部下所得廩給，反不及湖南降卒，軍士已有怨言。唐復遣郎中楊繼勳等，徵取湖南租稅，務從苛刻，行營糧料使王紹顏，希承繼勳意旨，克減軍糧，益激眾怒。孫朗、曹進，投袂奮起，率部眾入攻紹顏，紹顏走匿囷下，屏息無聲。大眾四覓無著，轉趨府署，向鎬要求，請斬紹顏以謝將士。鎬含糊應允，待孫朗等退歸營中，並不將紹顏取出，梟首示眾。所以孫、曹兩人，並謀殺鎬，夜率部眾焚府門，適值天雨，屢燃屢滅。鎬本有戒心，至是聞府門被火，出兵格鬥，且令傳吹鼓角，作將旦狀。孫朗等墮入鎬謀，恐天曉軍集，轉難脫身，不如斬關出去，往投朗州，一聲吆喝，麾退黨徒，紛紛投關出城，夤夜向朗州奔去。

走了兩三日，方抵朗州城外，求見劉言。言召他入署，問明原委，很是喜歡。王逵在旁問朗道：「我欲再取湖南，恐唐兵來援，多一阻礙，奈何？」朗答道：「朗臣唐數年，備知底細，現在朝無賢臣，軍無良將，忠佞無別，賞罰不當，得能保守淮南，已是幸事，還有何暇兼顧湖南？朗願為公前驅，取湖南如拾芥呢！」朗為唐臣，嗾人往取湖南，亦非好人。逵心亦喜，厚待孫朗及曹進，整兵治艦，預謀大舉。

唐主璟方用馮延己、孫晟同平章事。兩相意見未合，晟嘗語左右道：「金盃玉碗，乃竟盛狗矢麼？」延己聞言，恨晟益深。唐主嘗遣將軍李建期出屯益陽，使圖朗州，又命知全州事張巒，兼桂州招討使，使圖桂州。兩軍出駐多日，未聞報功，唐主召語馮延己、孫晟道：「楚人歸我，意在息肩。我未能撫息瘡痍，反欲勞民費財，恐失楚意。現欲將桂林、益陽兩處戍軍，悉數調回，特授劉言旌節，俾得息兵，卿等以為何如？」孫晟道：「陛下誠念及此，不但安楚，並足安唐。」延己勃然道：「臣意以為非是，前出偏將下湖南，遠近震驚，一旦三分失二，適令他人藐視。請委任邊將窺察形勢，可進即進，可退乃退。」唐主因遣統軍使侯訓，率兵五千，往與張巒合兵，共攻桂州。訓與巒聯軍南下，將到桂州城下，被南漢兵內外夾擊，殺得大敗虧輸。訓竟戰死，巒收殘卒數百人，奔回全州。敗報到了唐廷，唐主決擬召回李建期，授劉言為節度使。偏馮延己又出來反對，謂宜召言入朝，察他舉止，果肯效順，再授旌節未遲。唐主乃遣使至朗州，召言入朝。言與王逵密商行止，逵答道：「武陵負江面湖，帶甲百萬，怎甘拱手讓人！況邊鎬撫字無方，士民不附，可一戰成擒，怕他甚麼？」言尚在沈吟，逵又道：「行軍貴速，一或遲延，反令鎬得為備，不易進攻了。」乃遣歸唐使，佯約入朝。一面召集何敬真、張仿、蒲公益、朱全琇、宇文瓊、彭萬和、潘叔嗣、張文表等牙將，皆授指揮使，令周行逢為行軍司馬。部署隊伍，即日發兵。行逢善謀，文表善戰，叔嗣善衝鋒，三人情好頗深，和衷共進。王逵為統軍元帥，分道趨長沙，令孫朗、曹進為先鋒，直抵沅江，擒住唐都監劉承遇，收降唐軍校李師德，乘勝進逼益陽，用著大刀闊斧，砍入唐守將李建期寨內。建期慌忙抵敵，被孫朗、曹進二將，繞住廝殺。張文表、潘叔嗣，持槊助戰，任你建期如何力大，也被他七手八腳，活捉了去。所有戍兵二千人，盡行授首，一個不留。嗣是朗兵水陸並進，勢如破竹，破橋口，入湘陰，直薄潭州。這位大慈大悲的邊菩薩，變做無人無勢的邊和尚，自知不能敵朗兵，慌忙遣使乞援。怎奈遠水難救近火，唐兵不能速到，朗兵已是登城。邊鎬棄城夜走，吏民俱潰，人多馬雜，把醴陵橋門踏斷，溺死壓死，共約一萬餘人。得之甚易，失亦甚易。

王逵入城視事，自稱武平軍節度副使，權知軍府事，遣何敬真等追鎬。鎬已狂竄回去，追趕不及，但殺死潰卒五百名。逵又令蒲公益攻岳州，唐岳州刺史宋德權，及監軍任鎬，不戰即潰。湖南各州縣唐吏，聞風震慄，相繼遁去。從前馬氏嶺北故土，一古腦兒歸入劉言，只郴、連二州，為南漢有。王逵復欲攻取郴州，自督諸軍及峒蠻，共約五萬人，將郴州圍住。南漢將潘崇徹，夤夜趨救，出其不意，掩擊朗兵，朗兵大敗。

王逵走還，乃發使至朗州，請劉言入主長沙。言不願舍朗，因上表周廷，報捷稱臣。且稱潭州殘破，乞移使府治朗州。周主與群臣會議，大眾都主張招撫，乃於廣順二年正月，表劉言為武平節度使，兼朗州大都督，升朗州為湖南首府，位出潭州上。王逵為武安節度使，周行逢為武安行軍司馬，何敬真為靜江節度使，朱全琇為靜江節度副使，張仿為武平節度副使。這詔旨頒到朗州，劉言以下，統皆拜受。

唯唐主璟因敗懲罪，削邊鎬官爵，流戍饒州，斬宋德權、任鎬，罷馮延己、孫晟為左右僕射，自悔前失，乃議休兵息民。左右勸璟道：「陛下能數十年不用兵，國可小康。」璟憤然道：「璟將終身不用兵！何止數十年哩！」豈千年不死耶？不到數月，復召馮延己為相，廷臣統呼為怪事。這且待後再表。

且說王逵入潭州後，與何敬真、朱全琇等，各置牙兵，分廳視事，吏民幾不知所從。有時宴集諸將，也不辨尊卑，不分主客，彼此喧呶，毫無規律。逵引以為憂。唯周行逢、張文表二人，事逵盡禮。每有政議，逵倚二人為左右手。敬真全琇，未免疑逵，且已受周廷命令，往鎮靜江軍，當即辭去。逵得拔去眼中釘，恰也心慰。唯自恃有功，不肯為劉言下，平居與言通書，詞多倨傲。言不肯容忍，積成嫌隙，隱欲圖逵。

逵頗有所聞，時常戒懼。行逢亦語逵道：「劉言與我輩不協，敬真、全琇，又與公有隙，若不先下手，將來兩路發難，公將如何處置！」逵答道：「君言甚是，逵早已加憂，苦無良策！」行逢與逵附耳數語，逵大喜道：「與公除凶黨，同治潭、朗，尚復何憂？」遂遣行逢至朗州，進謁劉言。言問他來意，行逢道：「南漢已興兵入寇，全、道、永三州，統已吃緊，行逢特來報聞！」言說道：「王節度何不出御？」行逢道：「南漢勢大，非潭州兵力，所能抵禦，須合武平、靜江兩路軍馬，方足卻寇。」言躊躇半晌，方答語道：「我處兵馬不多，且是軍閫要地，不便遠離，看來只好檄調靜江軍，與潭軍會同禦敵罷！」正要你出此策。行逢道：「如此甚妙，請大都督照行！」言遂檄令何敬真為南面行營招討使，朱全琇為先鋒使，促赴潭州會師，共禦南漢。

行逢辭言先歸，復進逵密計，逵待敬真、全琇到來，出郊迎勞，相見甚歡。兩人問及敵情，逵答道：「我已撥兵往堵，想寇勢不即蔓延，公等遠來，且入城休息，緩日往剿便了！」遂邀敬真、全琇入城，擺酒接風，並召入美妓侑酒，惹得兩人眼花撩亂，情志昏迷。飲罷散席，仍囑各妓留侍客館，夜以繼日。俗語說得好，酒不醉人人自醉，色不迷人人自迷。敬真、全琇，一住數日，幾與各妓結不解緣，朝朝暮暮，憐我憐卿，還記得甚麼軍事。逵又日供佳釀，兼給嘉肴，使他酒食流連，沈湎不醒。一面又著人至朗州，再請濟師。

劉言又撥指揮使李仲遷，率部兵三千，到了潭州。逵使與敬真相見，敬真令他先發，趨往嶺北，待著後軍。仲遷率兵逾嶺，在嶺北紮營數日，並不見敬真到來，亦未聞有甚麼南漢兵。正在驚疑得很，那都頭符會，因士卒思歸，竟劫仲遷還朗州。都在行逢計中。

敬真尚留居館中，鎮日昏醉，忽來了朗州使人，傳劉言命，責敬真玩寇荒宴，把他縛住，送入潭州獄中。敬真醉眼矇朧，怎知真偽？其實朗州使人，是由潭卒假扮，就是南漢入寇，也由行逢揑造出來。朱全琇聞變急遁，由逵派兵追捕，也即拿還。當下從獄中牽出敬真，與全琇同斬市曹。並遣人報知劉言，誣稱敬真全琇，私通南漢，託故逗留，不得不軍法從事。李仲遷等私自逃歸，亦請加罪。言召詰仲遷，仲遷歸罪符會，言竟將符會梟首，覆報王逵。

行逢復語王逵道：「武平節度副使李仿，系敬真親戚，仿若不除，將為敬真復讎。公宜加意預防！」逵即轉達劉言，請遣副使李仿，會同禦寇。言本是個笨伯，一次中計，尚不覺悟；復遣仿至潭州。逵又殷勤迎入，設宴待仿，帳後暗置伏兵。待至酒意半闌，擲杯為號，立見伏兵殺出，將仿剁成肉泥。於是留行逢守潭州，由逵自率輕騎，往襲朗州。

朗州毫不防備，被逵掩入，直趨府署。指揮使鄭珓，出來攔阻，未曾開口，項下已著了一刀，倒地而死。劉言聞變，尚不知為何因，冒冒失失的走將出來，兜頭碰著王逵，逵麾動徒眾，將言擁至別館，拘禁起來。朗州兵士，倉皇欲遁，逵下令城中，謂言通款南唐，故特問罪。此外概不株連。兵士未沐言恩，哪個肯來助言，況朗州本由逵奪取，言不過坐享成功，各軍又多逵故部，樂得依從逵命，得過且過。

逵安然據朗，奉表至周，也說劉言欲舉周降唐。唯又添出許多誑語，謂言欲攻潭州，部眾不從，將他幽禁，臣至朗州撫安軍府，幸得平定，仍移軍府至潭州，特此奏聞。周主郭威，雖然明睿，究竟相隔太遠，無從辨別虛實。且湖南是羈縻地，更不必詳細詰究，但教稱臣納貢，不妨俯從，因即派通事舍人翟光裔，宣撫王逵，悉如所請，且授逵為武平軍節度使，兼中書令。逵厚賮光裔，送他還周，自取朗州圖籍，還居潭州。別遣潘叔嗣往殺劉言。言鎮朗州凡三年，朗人嘗號言為劉咬牙。先是有童謠云：「馬去不用鞭，咬牙過今年。」鞭邊音通，邊鎬徙馬氏，劉言逐邊鎬，王逵又殺劉言，是童謠亦已應驗了。暫作一束。

且說鎮寧節度使郭榮，莅鎮以後，由周主選擇朝臣，令為僚佐。用王敏、崔頌為判官，王樸為掌書記，皆一時名士，輔導有方。榮妻劉氏，曾封彭城縣君，前時留居大梁，為劉銖所屠。至周主即位，追封劉氏為彭城郡夫人，復因榮斷弦待續，另為擇配。榮聞符彥卿女，智足保身，嫠居母家，未曾他適，特請諸義父，願納為繼室。周主本認符氏為義女，樂得為養子玉成，遂致書彥卿，求為義媳。彥卿自然遵命，當將嫠女送至澶州，與榮結為夫婦。怨女曠夫，各得其所，自不消說。回應四十三回。

榮在鎮二年，屢請入朝，王峻時已入相，忌榮英明，輒從旁沮止。會黃河決口，峻奉命巡視，榮覷隙陳情，再乞入覲。果得周主批准。即日啟行，馳詣闕下，父子相見，止孝止慈，即授榮為開封尹，兼功德使，加封晉王。王峻得知消息，遽自河上返大梁，固請辭職，周主不許。峻再乞外調，復經周主慰留，且命兼領平盧節度使。峻尚連章求解相職，並辭樞密，好幾日不出視事。周主令近臣徵召，仍然託疾不朝。周主嗣後因樞密直學士陳同，與峻相善，特遣他傳示諭旨，謂峻再不出，當親臨視疾。峻乃不得已入謁。周主雖溫顏勸勉，心下已存芥蒂。峻尚不知返省，屢有請求，遂令患難君臣，凶終隙末，免不得變起臉來。小子有詩譏王峻道：

難得功臣保始終，鳥飛已盡好藏弓；
如何恃寵成驕態，坐使勛名一旦空！

欲知王峻如何得罪，容俟下回續詳。

有邊鎬之俘馬氏，即有劉言之逐邊鎬，有劉言之逐邊鎬，即有王逵之殺劉言。所謂螳螂捕蟬，黃雀已隨其後，特當局未之覺耳。且劉言為逵所推，而逵殺之，何敬真、朱全琇等，佐逵成功，而逵並殺之；爭權攘利，不殺不止，彼後世之擁兵求逞，釀成戰禍者，何一不可作如是觀也！本回敘王逵之攻潭州，寫得非常踴躍，及其圖朗州也，又寫得非常鬼祕，此由筆性之妙，足奪人目，不得以尋常小說目之。

第五十一回　滋德殿病終留遺囑　高平縣敵愾奏奇勛

卻說周樞密使同平章事王峻，恃寵生驕，屢有要挾，周主雖然優容，免不得心存芥蒂。峻又在樞密院中，增築廳舍，務極華麗，特邀周主臨幸。周主頗尚儉約，因不便詰責，只好敷衍數語，便即回宮。會周主就內苑中，築一小殿，峻獨入奏道：「宮室已多，何用增築？」周主道：「樞密院屋宇，也覺不少，卿何為添築廳舍呢？」峻慚不能對，方才趨退。

一日適當寒食，周主未曾視朝，百官亦請例假。辰牌甫過，周主因起床較遲，尚未早膳，偏峻趨入內殿，稱有密事面陳。周主還道他有特別大事，立即召見。峻行禮已畢，便面請道：「臣看李穀、范質兩相，實未稱職，不若改用他人。」周主道：「何人可代兩相？」峻答道：「端明殿學士尚書顏衎，祕書監陳觀，材可大用，陛下何不重任！」周主怏怏道：「進退宰相，不宜倉猝，俟朕徐察可否，再行定議。」峻絮聒不休，硬要周主承認。周主時已枵腹，恨不將他叱退，勉強忍住了氣，含糊說道：「俟寒食假後，當為卿改任二人便了。」虧他能耐。峻乃辭出。

周主入內用膳，越想越恨。好容易過了一宵，詰旦即召見百官。峻昂然直入，被周主叱令左右，將峻拿下，拘住別室。且顧語馮道諸人道：「王峻是朕患難弟兄，朕每事曲容。偏他凌朕太甚，至欲盡逐大臣，翦朕羽翼。朕只一子，輒為所忌，百計阻撓，似此目無君上，何人能忍？朕亦顧不得許多了！」馮道等略為勸解，請貸死貶官，乃釋峻出室，降為商州司馬，勒令即日就道。峻形神沮喪，狼狽出都，行至商州，憂恚成疾，未幾遂死。顏衎、陳觀，坐王峻黨，同時貶官。

鄴都留守王殷，與王峻同佐周主，俱立大功。峻既得罪，殷亦不安。何不求去。先是殷出鎮鄴都，仍領親軍，兼同平章事職銜，自河以北，皆受殷節制。殷專務聚斂，為民所怨。周主嘗遣使誡殷道：「朕起自鄴都，帑廩儲蓄，足支數年，但教汝按額課民，上供朝廷，已足國用，慎勿額外誅求，取怨人民！」殷不以為然，苛斂如故。且所屬河北戍兵，任意更調，毫不奏聞，周主很是介意。廣順三年九月，為周主誕日，號永壽節，殷表請入朝慶壽，周主疑殷有異志，不準入朝。到了冬季，預備郊祀禮儀，不意殷竟擅自入都，麾下帶著許多騎士，出入擁衛，烜赫異常。適值周主有疾，得此消息，很是驚疑。又因殷屢求面覲，並請撥給衛兵，藉防不測。周主越有戒心，遂力疾御滋德殿，召殷入見。殷甫上殿階，即命侍衛出殿，將殷拿下，責他擅離職守，罪在不赦。一篇詔敕，把殷生平官爵，盡行削奪，長流登州。至殷既東去，復著將吏賫詔，追至半途，說他有意謀叛，擬俟郊祀日作亂，可就地正法等語。殷無從辯誣，只好伸頸就戮，一道冤魂，投入冥府，與前時病死的王峻，再做陰間朋友去了。功臣之不得其死，半由主忌，半由自取。

周主既殺死二王，方免後憂，當命皇子晉王榮判內外兵馬事。改鄴都為天雄軍，調天平節度使符彥卿往鎮，加封衛王。徙鎮州節度使何福進鎮天平軍，加同平章事。鎮州一缺，命侍衛步軍都指揮使曹英出任，澶州一缺，命侍衛馬軍都指揮使郭崇出任。此外亦各有遷調，不可殫述。唯周主病體，始終未痊。殘冬已屆，周主勉強支持，親饗太廟，自齋宮乘輦至廟廷，才行下輦。由近臣扶掖升階，甫及一室，已是痰喘交作，不能行禮。只得命晉王榮恭代，自己仍退居齋宮。夜間痰喘愈甚，險些兒謝世歸天，幸經良醫調治，始得重生。越日就是廣順四年元旦，周主又復強起，親至南郊，大祀圜丘。自覺身體疲乏，未能叩拜，只好仰瞻申敬，草草成禮，禮畢還宮，御明德樓，受百官朝賀，宣制大赦，改廣順四年為顯德元年。

內外文武百官，加恩優賚，命婦並與進封，毋庸細敘。周主經此一番勞動，疾愈加劇，停止諸司進奏，遇有大事，由晉王榮入稟進止，然後宣行。

晉王榮總握內外兵柄，每日在府中辦事，人心少安。忽由澶州牙校曹翰，入都見榮，拜謁已畢，即與榮密言道：「大王為國儲嗣，當思孝養。今主上寢疾，大王不入侍醫藥，鎮日在外辦事，如何慰天下仰望呢！」言外寓意。榮不禁大悟，便留翰居府，代決政務，自己入侍禁中，朝夕侍奉。

周主諭榮道：「朕若不起，汝速治山陵，毋令靈柩久留殿內。陵所務從儉素，不得勞役百姓，不得多用工匠，勿置下宮，不要守陵宮人，並不必用石人石獸，但用紙衣為殮，瓦棺為槨，入窆後，可募近陵人民三十戶，蠲免徵徭，令他守視。陵前只立一石，鐫刻數語，可云周天子平生好儉，遺令用紙衣瓦棺。嗣主不敢有違，如此說法，便足了事。汝若違我遺言，我死有知，必不福汝！」防患未然，可云明哲。榮含糊應命，周主見他懷疑，又申誡道：「從前我西征時，見唐朝十八帝陵，統遭發掘，這都由多藏金玉，致啟盜心。汝平時讀史，應知漢文帝素好儉素，葬在霸陵原，至今完好如舊。每年寒食，可差人祭掃，如沒人差去，遙祭亦可。並飭在河府、魏府間，各葬一副劍甲，澶州葬通天冠絳紗袍，東京葬平天冠袞龍袍，千萬千萬，勿忘遺言！」榮乃唯唯受教。

周主又命榮傳敕，著宰臣馮道，加封太師，范質加尚書左僕射，兼修國史，李穀加右僕射，兼集賢殿大學士，升端明殿學士尚書王溥同平章事，宣徽北院使鄭仁誨為樞密使，樞密承旨魏仁浦為樞密副使，司徒竇貞固進封汧國公，司空蘇禹珪進封莒國公，授龍捷左廂指揮使樊愛能為侍衛馬軍都指揮使，虎捷左廂指揮使何徽為侍衛步軍都指揮使，且加殿前都指揮使李重進為武信軍節度使，檢校太保，仍典禁軍。

重進母系周主胞姊，曾封福慶長公主，周主以重進誼屬舅甥，所以用為親將。及周主大漸，特召重進入內，囑受顧命。且令向榮下拜，示定君臣名分，重進一一遵旨，周主又嘆息道：「朕觀當世文才，無過范質、王溥，今兩人並相，我死無遺恨了！」哪知他後來降宋？是夕周主病逝滋德殿，壽五十一歲。

晉王榮祕不發喪，越三日已經大殮，遷靈柩至萬歲殿，乃召集文武百官，頒宣遺制，令晉王榮即皇帝位，百官奉敕，遂奉榮即位柩前。是歲自正月朔日起，天色屢昏，日月多暈，及嗣主即位，忽然晴朗，天日為開，中外相率稱奇。嗣主榮居喪數日，由宰臣馮道等，表請聽政，三疏乃允，見群臣於萬歲殿東廡下，始親蒞事。命太常卿田敏為先帝擬謚，敏上尊謚為聖神恭肅文武孝皇帝，廟號太祖。

忽由潞州節度使李筠，報稱北漢主劉崇，與遼將楊袞，率兵數萬，自團柏谷入寇潞州。周主榮甫經踐阼，即聞此事，恰也有些心驚。幸虧他天姿英武，不以為憂，即召群臣會議，志在親征。馮道等以為未可，且言劉崇自晉州奔還，勢弱氣奪，未必即能再振。現恐由潞州謠傳，李筠未戰先怯，遽行奏聞，貽憂宵旰。陛下初承大統，人心未定，先帝山陵，方才啟工，不應輕率出征。如果劉崇入寇，但教命將出御，便足制敵云云。周主榮搖首道：「劉崇幸我大喪，聞我新立，自謂良好機會，可以入伺中原。目下潞州告急，必非虛語，我若親自出征，庶幾先聲奪人，免致輕覷！」馮道等一再固諍，周主榮又道：「從前唐太宗創業，屢次親征，朕豈怕河東劉崇麼？」道獨答道：「陛下未可便學太宗。」周主榮奮然道：「劉崇眾至數萬，統是烏合，如遇王師，可比泰山壓卵，必勝無疑。」道又道：「陛下試平心自問，果能作得泰山否？」馮道歷事四朝，未聞獻議，此次硬加諫阻，無非怯敵所致。周主榮拂袖起座，返身入內。

越宿頒出詔敕，分發各道，令他招募勇士，送入闕下。各道節度使得旨，陸續送致壯丁，由周主編入禁衛軍，逐日操練，準備扈駕。俄又接得潞州急報。但見紙上寫著：

昭義軍節度使臣李筠，萬急上言，河東叛寇劉崇，幸禍伐喪，結連契丹入寇。臣出守太平驛，遣步將穆令均前往迎擊，被賊將張元徽用埋伏計，誘殺令均，士卒喪亡逾千。寇焰愈張，兵逼驛舍，臣不得已回城固守，效死勿去，謹待援師。臣措置乖方，自取喪師之罪，乞付有司議譴！謹昧死上聞，翹切待命！李筠敗績，從奏報中敘明，亦一變體。

周主榮得了此報，也不欲與馮道等續商。但召王溥、王樸兩人，入議親征事宜。溥與樸贊成親征，奏請先調各道兵馬，會集潞州，然後車駕啟行。周主乃詔天雄軍節度使符彥卿，自磁州進兵赴潞州，擊敵後路，以澶州節度使郭崇為副；河中節度使王彥超，自晉州進兵赴潞州，擊敵東面，以陝府節度使韓通為副；又命馬軍都指揮使樊愛能，步軍都指揮使何徽，滑州節度使白重贊，鄭州防禦使史彥超，前耀州團練使符彥能等，引兵先赴澤州，以宣徽使向訓為監軍。一面令馮道恭奉梓宮，往赴山陵，留樞密使鄭仁誨居守京師，車駕自三月上旬啟行。

到了懷州，聞劉崇已引兵南向，擬兼程速進。控鶴都指揮趙晁，密語通事舍人鄭好謙道：「賊勢甚盛，未可輕敵，主上擬倍道進兵，恐非良策。」好謙入阻周主，周主榮發怒道：「汝怎得阻撓軍情，想是有人主使，從速供出，免得受刑！」好謙慌忙吐實，說是趙晁所言。周主榮系晁入獄，即日下令啟行，麾眾急進。

不數日已到澤州，駐營東北隅。北漢主劉崇，引著遼兵，行過潞州，不欲進攻，竟向澤州進發。至高平南岸，聽得周軍已到，才據險立營，只派前鋒挑戰，被周軍邀擊一陣，便即敗退。周主榮恐他遁去，再命諸軍夤夜前進，且促河陽節度使劉詞，趕緊派兵援應。諸將因劉詞未至，不免寒心，但因周主軍令甚嚴，又未敢中途逗撓，不得已驅軍前行。翌晨至巴公原，望見敵兵，北漢將張元徽，在東列陣，遼將楊袞，在西列陣，行伍很是整齊。周主命滑州節度使白重贊，與馬步都虞侯李重進，率左軍居西，樊愛能、何徽，率右軍居東，向訓、史彥超率精騎居中央，殿前都指揮使張永德，率禁兵護住御駕。

兩陣對圓，周軍與敵兵相較，不過三分有二。劉崇見周軍較少，悔召遼兵，顧語諸將道：「我觀敵壘，與我本部兵相差不多，早知如此，何必借援外人！今日不但破周，且可使外人心服，到也是一舉兩得了。」慢著。諸將上前道賀，獨遼將楊袞，策馬上前，望了多時，退見劉崇道：「周軍嚴肅，不可輕敵！」老將有識。劉崇奮髯道：「時不可失，願公勿言！看我與周軍決戰，今日必報兒仇。」徒誇無益。袞默然退去。忽東北風大起，吹得兩軍毛髮森豎，個個驚慄，少頃轉做南風，勢亦少殺。北漢副樞密使王延嗣，及司天監李義，進語劉崇道：「風勢已小，正可出戰。」劉崇便下令進兵。樞密直學士王得中叩馬諫阻道：「風勢逆吹，與我不利，李義素司天文，乃未知風勢順逆，昏昧若此，罪當斬首！」確是可殺。劉崇怒叱道：「我意已決，老書生休得妄言！如再多嘴，我先斬汝！」得中嚇退一旁，劉崇即麾動東軍，令張元徽先進。

元徽率千騎擊周右軍，正與樊愛能、何徽相遇，兩下交鋒，不過數合，樊愛能、何徽，忽然引退，右軍遂潰，步兵千餘人，解甲投戈，走降北漢，喧呼萬歲。劉崇望見南軍陣動，親督諸軍繼進。矢如飛蝗，石如雨點，周軍不免驚亂。

周主榮自引親兵，躬冒矢石，向前督戰。那時惱動了一位周將，大聲呼道：「主危如此，我等怎得不致死！」又語張永德道：「賊氣已驕，力戰即可破敵，公麾下多弓弩手，請趁勢西出為左翼，末將願自為右翼，冒險夾擊，不患不勝。國家安危，正在此一舉了！」永德稱善，遂與那將分統二千人，左右出戰。那將身先士卒，馳犯敵鋒，士卒亦接連跟著，搗入敵陣，無不以一當百。北漢兵不能抵禦，紛紛倒退。看官道那將為誰？原來就是將來的宋太祖趙匡胤。提筆醒目。匡胤涿郡人，父名弘殷，曾任岳州防禦使。匡胤系出將門，入充宿衛，此時隨駕出征，見周主身入危境，不由的激動熱忱，勇往直前，把北漢兵殺得大敗。匡胤履歷，詳見《宋史演義》，故此編不過略敘。

內殿直馬仁瑀，也呼語徒眾道：「使乘輿受敵，何用我輩！」遂躍馬直出，引弓迭射，連斃數十人，士氣益振。殿前右番行首馬全義，至周主前面請道：「賊已披靡，將為我擒，願陛下按兵不動，徐觀臣等破賊！」說著，即引數百騎進陷敵陣，可巧碰著張元徽，出來攔阻，全義即撥馬舞刀，與元徽大戰數十合，馬仁瑀暗助全義，覷正元徽馬首，一箭射去，說一聲著，正中馬眼。馬負痛亂躍，立將元徽掀落地上，全義趁勢一刀，把元徽揮作兩段。元徽為北漢驍將，驟被殺死，北漢兵大為奪氣。天空中的南風，越吹越猛，周軍順風衝殺，其勢益盛。劉崇料不可支，慌忙自舉赤幟，鳴金收軍。偏軍士已經潰散，一時無從收拾。遼將楊袞，望見周軍得勝，不敢進援，且恨劉崇妄自尊大，不知進退，樂得袖手旁觀，引還全軍。北漢大敗，周軍大勝。

唯樊愛能、何徽，領著殘眾，擅自南歸，沿途遇著糧車，反控弦露刃，硬行剽掠。運夫倉猝駭走，傷亡甚多。周主榮遣軍校追回，竟不奉詔，甚且殺死來使，縱轡奔馳。湊巧遇著河陽節度使劉詞，率兵來援，愛能忙搖手道：「遼兵大至，我軍退回，公何必前去尋死！」劉詞道：「天子安否？」徽答道：「我輩虧得速奔，還保生命，主上尚不肯退歸，大約已走入澤州了。」詞勃然道：「主辱臣死，奈何不救？」足愧樊、何。遂引兵北趨，馳至戰場。

正值敵眾敗退，尚有殘兵萬餘人，阻澗屯列。天日將暮，南風尚勁，詞帶著一支生力軍，越澗爭鋒，吶一聲喊，殺入敵陣。北漢兵已經怯餒，還有何心對仗？死的死，逃的逃。詞麾眾追去，還有澗南休息的周軍，遙見詞軍得勝，也鼓動餘勇，躍澗齊進，與詞軍併力追擊。可憐北漢兵沒處逃生，或死或降，劉詞等直追至高平，方才回軍。但見殭屍滿野，血流成渠，所棄輜重器械，不可勝計。周軍陸續搬入御營，時已昏黃。周主榮尚在野次，隨便營宿，各軍統夜巡邏，捕得樊、何麾下降敵諸兵，悉數處死。越日復進軍高平。劉崇聞周主將至，急忙被褐戴笠，乘著胡馬，由雕窠嶺遁歸。入夜迷路，強迫村民為導，村民誤引至晉州。行百餘里，才知錯誤，殺死村民，返轡北走。所至得食，方擬舉箸，傳聞周兵追來，忙將碗筷拋去，上馬急奔。特別誇能，特別膽小。崇已老憊，晝夜馳驟，幾不能支。幸乘馬為遼主所贈，特別精良。由崇伏住鞍上，始得奔回晉陽。

周主榮因劉崇已遁，料知追趕不及，且令各軍休息高平。選得北漢降卒數千人，號為效順指揮軍，命前武勝行軍司馬唐景思為將，發往淮上，防禦南唐。還有二千餘降卒，每人賜絹二匹，並給還衣裝，放歸本部。各降卒羅拜而去。也是欲擒故縱之法。周主榮轉入潞州，由節度使李筠迎入，正欲賞賚功臣，忽報樊愛能、何徽二人，前來請罪。周主微笑道：「他尚敢來見朕麼？」遂呼左右趨出，將他二人拘住，不必進見，聽候發落。正是：

到底英君能破敵，管教叛賊送殘生。

未知二人性命如何？容俟下回再敘。

周主郭威臨終之言，為死後計，未始不善；但徒尚薄葬，猶非知本之論。為人君者，誠能澤被生民，功昭當世，則後人誰不欽而敬之？試問五帝三王之墓，果有何人竊發耶？郭威自覺心虛，因有此囑。且命在魏府、河府間，各葬劍甲，澶州洛陽，葬冠服，既云示儉，何必多設虛塚？毋乃與曹操之七十二疑墓，隱隱相合耶？晉王嗣位，即有北漢之入寇，挾遼兵勢，直抵澤潞，內有馮道，外有樊愛能、何徽，向使君主怯敵，大局立潰。郭威但誅及二功臣，不知賣國求榮者，固大有人在，微嗣君之英武聰明，宗社尚能自保乎！然以柴代郭，血統已亡，辛苦一世，徒為他人作馬牛，亦可慨已！

第五十二回　喪猛將英主班師　築堅城良臣破虜

卻說周主榮夜宿行宮，暗思樊愛能、何徽，是先帝舊臣，徽嘗守禦晉州，積有功勞，不如貸他一死。轉念二人不誅，如何振肅軍紀，輾轉躊躇，不能自決。適值張永德入內值宿，便加詢問，永德道：「愛能等本無大功，忝為統將，望敵先逃，一死尚未足塞責，況陛下方欲削平四海，不申軍法，就使得百萬雄師，有何用處？」周主榮正倚枕假寐，聽永德言，驀然起床，擲枕地上，大呼稱善。當下出帳升座，召入樊愛能、何徽，兩人械系至前，匍伏叩頭。周主叱責道：「汝兩人係累朝宿將，素經戰陣，此次非不能戰，實視朕為奇貨，意欲賣與劉崇。今復敢來見朕，難道尚想求生麼？」兩人無法解免，除叩首請死外，乞赦妻孥。周主道：「朕豈欲加誅爾曹，實因國法難逃，不能曲貸。家屬無辜，朕自當赦宥，何必乞求！」兩人拜謝畢。即由帳前軍士，將兩人如法綁出，斬首示眾，並誅兩人部將數十名，懸首至旦，便令棺殮，特給櫬車歸葬。恩威並用，令人心服。自是驕將惰卒，始知戒懼，不敢仍前疲玩了。

次日按功行賞，命李重進兼忠武軍節度使，向訓兼義成軍節度使，張永德兼武信軍節度使，史彥超為鎮國軍節度使，餘亦升轉有差。永德保薦趙匡胤，說他智勇雙全，特授殿前都虞侯，領嚴州刺史。一面遣人至懷州，釋趙晁囚，許令建功贖罪。晁忙至潞州謝恩，隨駕如故。

周主榮更命天雄軍節度使衛王符彥卿，為河東行營都部署，知太原行府事，澶州節度使郭崇為副，向訓為都監，李重進為馬步都虞侯，史彥超為先鋒都指揮使，領步騎二萬，進討河東。又敕河東節度使王彥超，陝府節度使韓通，引兵入陰地關，與彥卿合軍西進。用劉詞為隨駕都部署，以鄜州節度使白重贊為副。官職或敘或不敘，俱有斟酌，並非缺漏。彥卿、彥超兩軍，指日登程，劉詞等尚在潞州，俟車駕出發，然後從行。

北漢汾州防禦使董希顏，守城不下。彥超自陰地關進兵，第一重門戶，就是汾州城，圍攻數日，竟不能拔。彥卿前軍亦到，與彥超合攻，四面猛撲，銳不可當。邇時守兵恟懼，彥超忽下令停攻，各部將都來諫阻，彥超道：「城已垂危，旦暮可下，我士卒精銳，必欲驅使先登，非不可克，但死傷必多，何若少待一二日，令他降順為是！」乃收兵入營，只遣部吏入城投書，諭令速降。果然希顏從命，開城相迎。彥超入城安民，休息一宵，彥卿繼至，便會師進逼晉陽。

北漢主劉崇，收散卒，繕甲兵，完城塹，防禦周軍。遼將楊袞，還屯代州，劉崇遣部吏王得中送行，順便至遼廷乞援。遼主述律許發援兵，先遣得中回報，途次未免耽擱。那劉崇待援未至，只好固守晉陽，無暇顧及屬地。遼州刺史張漢超，沁州刺史李廷誨，先後降周。石州刺史安彥進，為王彥超所擒，解送潞州，城亦陷沒。周主榮聞前軍得手，也命駕啟行，親征河東。甫出潞州，又接符彥卿軍報，北漢憲州刺史韓光願，嵐州刺史郭言，亦舉城歸順。周主特別喜慰，既入北漢境內，河東父老，簞食壺漿，爭迎王師，且泣訴劉氏苛徵，民不聊生，願上供軍需，助攻晉陽。

周主本無意吞併河東，不過欲耀武揚威，使劉崇不敢輕視，及見河東人民，夾道相迎，始欲一勞永逸，為兼併計。當下與諸將商議，誓滅晉陽。諸將多慮芻糧未足，請且班師，再圖後舉。周主已經出發，怎肯退回！英武之主，大都類是。遂麾軍亟進，直抵晉陽城下。符彥卿、王彥超等，已在晉陽城外安營。聞御駕親臨，當然出營迎謁。周主入彥卿營，與彥卿談及軍事，彥卿密奏道：「晉陽城固，未易猝拔，我軍遠來，師勞餉匱，恐一時未能取勝，況遼兵有來援消息，還望陛下三思，慎重進止！」周主默然不答。嗣聞代州防禦使鄭處謙，逐去遼將楊袞，遣人納款投誠，周主語彥卿道：「代州來歸，忻州必孤，卿可移軍往攻，此處由朕督領，定要掃滅河東，方無後慮。」彥卿不便再說，勉強應命。周主遂命郭從義為天平軍節度使，令與向訓、白重贊、史彥超等，隨彥卿北進，自率各軍環城。旌旗蔽天，戈鋋耀日，延袤至四十里。且取安彥進至城下，梟首揭竿，威懾守兵，一面令宰臣李穀，調度芻糧，飭發澤、潞、晉、隰、慈、終各州，及山東近便諸人夫，運糧饋軍。怎奈行營人馬，差不多有數十萬，所至糧草，隨到隨盡，軍士不免剽掠，遂致人民失望，漸漸的竄入山谷，避死求生。周主頗有所聞，敕諸將招撫戶口，禁止侵擾。但令徵納當年租稅，及募民輸納芻粟，凡輸粟至五百斛，納草至五百圍，即賜出身，千斛千圍，即授州縣官。亦傷政體。

看官！你想河東百姓，已經離散，還有何人再來供應？徒然頒出了一紙文書，有名無實，城下數十萬兵馬，仍舊是仰給餉運，別無他望。那符彥卿的奏報，絡繹不絕。第一次要緊報聞，是遼主囚住楊袞，另派精騎至忻州。周主即授鄭處謙為節度使，令他接濟彥卿。第二次要緊報聞，是忻州監軍李勍，殺死刺史趙皋，及遼通事楊耨姑，舉城請降。周主又授李勍為忻州刺史，令彥卿速趨忻州。第三次要緊報聞，是代州軍將桑珪、解文遇，殺死鄭處謙，託言處謙通遼。彥卿防有他變，請速濟師。周主再遣李筠、張永德將兵三千，往援彥卿。最後一次，是報稱進兵忻口，先鋒都指揮使史彥超，追敵陣亡。周主雖然英武，到此也不禁心驚。聯翩敘下借賓定主。原來符彥卿等行至忻州，正值鄭處謙被殺，桑、解兩人，因彥卿到來，卻也迎謁，但彥卿總加意戒備。至李筠、張永德赴援，兵力較厚，稍覺安心。無如遼兵時來城下，游弋不休，彥卿乃決計出擊，與諸將開城列陣，靜待敵兵廝殺。俄見敵騎馳至，三三五五，好似散沙一般，前鋒史彥超自恃驍勇，哪裡看得上眼，當即怒馬突出，殺奔前去，從騎只二十餘人，敵騎略略招架，就四散奔走，彥超驅馬急趕，東挑西撥，越覺得興高采烈，不肯回頭。

彥卿恐彥超有失，亟命李筠引兵接應。李筠走得慢，彥超走得快，兩下里無從望見。及李筠行了一程，見前面統是山谷，林箐叢雜，崖壑陰沈，四面探望，並不見有彥超，也不見有遼兵。自知凶多吉少，只好仔細窺探，再行前進。猛聽得幾聲胡哨，深谷中湧出許多遼兵，當先一員大將，生得眼似銅鈴，面似鍋底，手執一柄大桿刀，高聲喝道：「殺不盡的蠻子，快來受死！」李筠心下一慌，也管不及彥超生死，只好火速收軍，回馬急奔。說時遲，那時快，番兵番將，已經殺到，衝得周軍七零八落。筠至此不遑後顧，連部兵統行棄去，一口氣跑回大營。番將哪裡肯舍，驟馬追來，幸虧彥卿出兵抵住，放過李筠，與番將大戰一場，殺傷相當。

日將西下，番將方收兵回去，彥卿亦斂兵回城，這一次開仗，喪失了一員大將史彥超，及彥超帶去二十餘騎，一個也沒有逃回。就是李筠麾下，亦十死七八。彥卿長嘆道：「我原說不如回軍，偏偏主上不允，害得喪兵折將，如何是好！」說至此，遂命偵騎夤夜出探，訪問彥超下落。至翌晨得了偵報，彥超被遼兵誘入山中，衝突不出，殺斃遼兵甚多，力竭身亡。彥卿也墮了數點眼淚，便令隨員繕好奏疏，報明敗狀，自請處分。且乞周主班師回朝。

周主榮接閱奏章，忍不住悲咽道：「可惜可惜！喪我猛將，罪在朕躬！」乃追贈彥超為太師，命彥卿覓得遺骸，即返御營。周主本欲吞併北漢，日日徵兵催餉，凡東自懷孟，西及蒲陝，所有丁壯夫馬，無不調遣。役徒已勞敝不堪，更兼大雨時行，疫癘交作，更不便久頓城下，周主始興盡欲歸，一聞彥超戰死，歸計益決。

先是北漢使臣王得中，被周軍隔斷，不能回入晉陽，暫留代州，桑珪將他拘住，送入周營，周主許令釋縛，並賜酒食及帶馬，和顏問道：「汝往遼求援，遼兵果何時到來？」得中道：「臣受漢主命令，送楊袞北返，他非所知。」周主冷笑道：「汝休得欺朕。」得中答以不欺。周主乃令退居後帳，囑將校再加盤詰。將校往語得中道：「我主優容，待公不薄，若非據實陳明，一旦遼兵猝至，公尚得全生麼？」得中嘆息道：

「我食劉氏祿，應為劉氏盡忠！況有老母在圍城中，若以實告，不特害我老母，恐且誤我君上，國亡家亦亡，我何忍獨生？寧可殺身取義，保我國家，我雖死亦瞑目了！」此人卻有烈志。至周主決計南歸，遂責得中欺罔，將他縊死。

會符彥卿等自忻州馳還，入見周主，面奏彥超遺骸，無從尋敗。不得已招魂入棺，殮以舊時衣冠，飭令隨兵舁歸。周主也只好付諸一嘆。出營親奠，奠畢入營，便命軍士收拾行裝，即日班師。同州節度使藥元福入奏道：「進軍容易退軍難，陛下須慎重將事！」周主道：「朕一概委卿。」元福乃部署卒伍，步步為營，俟各軍先行，自為後殿。營內尚有糧草數十萬，不及搬取，一併毀去。此外隨軍資械，亦多拋棄，大眾匆匆就道，巴不得立刻入京，隊伍散亂，無復行列。北漢主劉崇，出兵追躡，虧得藥元福斷後一軍，嚴行戒備，列成方陣，俟北漢兵將近，屹立不動，鎮定如山。北漢兵衝突數次，幾似銅牆鐵壁，無隙可鑽，漸漸的神頹氣沮。那元福陣內，卻發出一聲梆響，把方陣變為長蛇陣，來擊北漢兵，北漢兵頓時駭退，反被元福驅殺數里，斬首千餘級，方徐徐再退，向南扈駕去了。元福能軍。

周主還至潞州，休息數日，乃復啟行至新鄭縣。縣中為嵩陵所在處，嵩陵即周太祖陵，太師馮道，監工早竣，梓宮告窆，道亦病死。周主榮拜謁嵩陵，望陵號慟，俯伏哀泣，至祭奠禮畢，乃收淚而退。一意黷武，至送葬俱未親到。柴榮亦未免負恩。飭賜守陵將吏，及近陵戶帛有差。追封馮道為瀛王，賜謚文懿。道卒年已七十三，歷相四代，且受遼封為太傅，逢迎為悅，阿諛取容。嘗自作《長樂老》敘，自述歷朝榮遇。後來宋歐陽修著《五代史》，譏他寡廉鮮恥，有愧虢州司戶王凝妻。

凝病歿任所，有子尚幼，妻李氏攜子負屍，返過開封府，投宿旅舍。館主不肯留宿，牽李氏臂，迫使出門。李氏仰天大慟道：「我為婦人，不能守節，乃任他牽臂麼？」見門旁有斧，便順手取來，把臂砍去，暈僕門外，好容易才得甦醒。道旁行人，相顧嗟嘆，都責主人不情。主人乃留她入舍，給帛纏臂，乃得無恙。開封尹聞知此事，厚恤李氏，笞責館主，且為李氏請旌朝廷。看官聽說，忠臣不事二主，烈女不事二夫。如王凝妻才算烈女，馮道最是無恥，最是不忠，若與王凝妻相較，真正可羞，願後世勿效此長樂老呢！彷彿晨鐘。

周主榮還至大梁，立衛國夫人符氏為皇后，備禮冊命。果被想到。進符彥卿為太傅，改封魏王。國丈應該加封。郭從義加兼中書令，劉詞移鎮長安，王彥超移鎮許州，與潞州節度使李筠，並加兼侍中。李重進移鎮宋州，加同平章事銜，兼侍衛親軍都指揮使；張永德加檢校太傅，兼滑州節度使；藥元福移鎮陝州，白重贊移鎮河陽，並加檢校太尉；韓通移鎮曹州，加檢校太傅。這都算從征有功，所以遷官加爵。其實止高平一戰，殺退勍敵，不謂無功。若進攻晉陽，有損無益，就是前時所得北漢州縣，一經周主還師，所置刺史，望風遁回，地仍歸入北漢。唯代州桑珪，嬰城自守，終被北漢兵攻破，珪亦遁去。周主耗去了無數軍餉，結果是不得一城，可見用兵是不應輕率哩！隨筆示儆。

嗣是周主逐日視朝，政無大小，悉由親斷，百官但拱手受成，不加可否。河南府推官高錫，上書切諫，大致勸周主擇賢任能，毋親細事，周主不從。一日語侍臣道：「兵貴精不貴多。今有農夫百人，不足養甲士一名，奈何尚徒豢惰卒，坐涸民膏？且健懦不分，如何勸眾？朕觀歷代宿衛，羸弱居多，又驕蹇不肯用命，一經大敵，非走即降，回溯數十年來，國姓屢易，都坐此弊。朕唯有簡閱諸軍，留強汰弱，方能振作軍心，免蹈前轍哩！」侍臣一體贊成，遂命殿前都虞侯趙匡胤，大閱軍士，挑選精銳，充作衛兵。又飭募各鎮勇士，悉令詣闕，仍歸匡胤簡選，遇有材藝出眾，即令補入殿前諸班。周主欲懲前弊，令匡胤簡閱諸軍，原是當時要策，但匡胤之得受周禪，即伏於此。人定不能勝天，令人徒喚奈何！此外馬步各軍，各命統將選擇。凡從前驕兵惰卒，一概汰去。宮廷內外，盡列熊羆，軍務方有起色了。

是年冬季，北漢主劉崇，憂憤成疾，竟至逝世。次子承鈞向遼告哀，遼冊承鈞為漢帝，呼他為兒。承鈞亦奉表稱男，易名為鈞。又在晉陽創立七廟，尊劉崇為世祖，改元天會，復向遼乞師復讎。遼遣高勳為將，率兵助劉鈞。劉鈞即令部將李存瓌，與勳同攻潞州，不克乃還。勳亦歸國。劉鈞知不能勝周，乃罷兵息民，禮賢下士，境內粗安。只遼騎卻屢窺周邊，不免騷擾。周主因大兵甫歸，瘡痍未復，但戒各邊將固守邊疆，不得出戰。

未幾已是顯德二年，周主仍遵舊時年號，不復改元。忽聞夏州節度使李彝興，不奉朝命，拒絕周使。周主與群臣商議，群臣多說道：「夏州地處偏隅，朝廷素來優待，此次不通周使，無非因府州防禦使杜德扆，厚沐國恩，得加旌節，彝興恥與比肩，所以有此變態。臣等以為府州褊小，無足重輕，不若撫諭彝興，善全大體。」周主怫然道：「朕至晉陽，德扆即率眾來朝，且為我力拒劉氏。朕授他節鉞，不過報功，奈何一旦棄置！夏州止產羊馬，貿易百貨，悉仰我國，我若與他斷絕往來，他便窮蹙，有何能為呢？」借周君臣口中補敘夏州府州事，筆墨較省。乃遣供奉官馳詣夏州，齎詔詰責，果然李彝興惶恐謝罪，不敢抗違。

周主喜如所期，更下詔求言，詳詢內情，並及邊事。邊將張藏英上書獻策，謂深、冀二州交界，有葫蘆河橫亙數百里，應改掘使深，足限胡馬南來，以人力濟天險，最為利便等語。周主因遣許州節度使王彥超，曹州節度使韓通，起發兵夫，往掘河道。一面令張藏英繪圖立說，再行詳聞。藏英奉詔，繪就地形要害，請旨入朝，面陳圖說，請俟葫蘆河鑿深後，即就河岸大堰口，築城置壘，募兵設戍，無事執耒，有事操戈，且願自為統率，隨宜進止等語。周主喜道：「卿熟諳地勢，悉心規劃，定能為朕控御邊疆。朕準卿所請，可即前去調度，毋負朕望！」

藏英立即拜辭，回鎮月餘，募得邊民千餘人，個個是身強力壯，趫健不群。那遼主述律，聞周軍築城堰口，派兵來爭。王彥超、韓通分頭堵御，卻也敵得住遼兵。無如遼兵忽來忽去，行止無常。周軍進擊，他即退去，周軍退回，他又進來，害得王、韓兩將，日夕防備，不遑寢食。一班鑿河築城的民夫，也是驚惶得很，旋作旋輟。可巧張藏英募齊兵丁，前來大堰口，與王彥超、韓通會議，決計自作前驅，王、韓為後應，殺他一個痛快，使不再來。當下引眾馳擊，橫厲無前，遼兵已是披靡。藏英又挺著長矛，左旋右舞，挑著處人人落馬，刺著處個個洞胸。任你遼兵如何刁狡，也逃不脫性命。再經王彥超、韓通，從後追上，殺斃遼兵無數，剩得幾個腳長的，抱頭鼠竄，不知去向。

藏英追趕至二十里外，遠望不見遼兵，方才退歸。於是葫蘆河疏鑿得成，大堰口城壘漸竣。王彥超、韓通同時返鎮，單留張藏英保守城寨，已足抵制遼人。周廷改稱大堰口為大宴口，號屯軍為靜安軍，即令藏英為靜安軍節度使。小子有詩讚道：

鑿河築壘費經營，扼要才堪卻虜兵。
胡騎不來河北靜，武夫原可作干城。

長城有靠，朔漠無驚，英武過人的周主榮，又想西征南討了。欲知後事，請看後文。

知進不知退，是英主好處，亦即英主壞處。高平之戰，非周主榮之決計進兵，則北漢熾張，長驅南下，河北必非周有矣。至北漢主已敗入晉陽，繕甲兵，完城塹，堅壁以待，志在決死，加以遼兵為助，左右犄角，此固非可輕敵者，況以逸待勞，以主待客，難易判然，安能必勝？周主知進而不知退，此其所以損兵折將，棄械耗財，而卒致廢然自返也。若張藏英之浚河築城，正以守為戰之計，可進可退，綽有餘裕，胡馬不敢南來，兩河可以無患，謂非良將得乎！史彥超恃勇而死，張藏英好謀而成。為將者於此覘休咎，為主者亦可於此判優劣焉。

第五十三回　寵徐娘賦詩驚變　俘蜀帥得地報功

卻說周主榮既敗漢卻遼，遂思西征南討，統一中國。當下召入范質、王溥、李穀諸宰臣，及樞密使鄭仁誨等，開口宣諭道：「朕觀歷代君臣，欲求治平，實非容易。近自唐、晉失德，天下愈亂，悍臣叛將，篡竊相仍。至我太祖撫有中原，兩河粗定，唯吳、蜀、幽、並，尚未平服，聲教未能遠被。朕日夜籌思，苦乏良策。想朝臣應多明哲，宜令各試論策，暢陳經濟，如可採擇，朕必施行，卿等以為何如？」范質、王溥等，齊聲稱善，乃詔翰林學士承旨徐台符以下二十餘人，入殿親試。每人各撰二文，一是「為君難，為臣不易論」；一是「平邊策」。徐台符等得了題目，各去撰著。有的是攢眉蹙額，煞費苦心；有的是下筆成文，很是敏捷。自辰至未，陸續告成，先後繳卷。周主逐篇細覽，多半是徒託空言，把孔聖人的「修文德，來遠人」二語，敷衍成篇，不得實用。唯給事中竇儀，中書舍人楊昭儉，謂宜用兵江、淮，頗合周主微意。還有一篇崇論閎議的大文，乃是比部郎中王樸所作。略云：

臣聞唐失道而失吳、蜀，晉失道而失幽、並，觀所以失之之由，知所以平之之術。當失之時，君暗政亂，兵驕民困，近者奸於內，遠者叛於外，小不制而至於大，大不制而至於僭。天下離心，人不用命。吳、蜀乘其亂而竊其號，幽、並乘其間而據其地。平之之術，在乎反唐、晉之失而已。必先進賢退不肖以清其時，用能去不能以審其材，恩信號令以結其心，賞功罰罪以盡其力，恭儉節用以豐其財，時使薄斂以阜其民。俟其倉廩實，器用備，人可用而舉之。彼方之民，知我政化大行，上下同心，力強財足，人安將和，有必取之勢，則知彼情狀者，願為之間諜，知彼山川者，願為之先導。彼民與此民之心同，是即與天意同。

與天意同，則無不成之功矣。凡攻取之道，從易者始。當今唯吳易圖，東至海，南至江，可撓之地二千里。從少備處先撓之，備東則撓西，備西則撓東，彼必奔走以救其弊。奔走之間，可以知彼之虛實，眾之強弱，攻虛擊弱，則所向無前矣。攻虛擊弱之法，不必大舉，但以輕兵撓之。南人懦怯，知我師入其地，必大發以來應；數大發則民困而國竭，一不大發，則我可乘虛而取利。彼竭我利，則江北諸州，乃國家之所有也。既得江北，則用彼之民，揚我之兵，江之南亦不難平之也。如此則用力少而收功多。得吳則桂、廣皆為內臣，岷、蜀可飛書而召之。若其不至，則四面並進，席捲而蜀平矣。吳、蜀平，幽州亦望風而至。唯並州為必死之寇，不可以恩信誘，必須以強兵攻之。然彼自高平之敗，力已竭，氣已喪，不足以為邊患，可為後圖。

方今兵力精練，器用具備，群下知法，諸將用命，一稔之後，可以平邊。臣書生也，不足以講大事，至於不達大體，不合機變，唯陛下寬之！

周主覽到這篇文字，大加稱賞，便引與計議。樸談論風生，無不稱旨，因授為左諫議大夫。未幾且命知開封府事。就是竇儀、楊昭儉，也得升官；儀為禮部侍郎，昭儉為御史中丞。特用聲西擊東的計策，先命偏師攻蜀，繼出正軍擊唐。先是秦、成、階三州入蜀，蜀人又取鳳州。見前文。蜀主孟昶，好遊漁色，浪費無度，國用不足，專向民間取償。秦、鳳人民，迭遭苛稅，仍欲歸隸中原，乃相次詣闕，乞舉兵收復舊地。周主正要發兵，又得了這個機會，更加喜悅，立命鳳翔節度使王景，及宣徽南院使向訓，為征蜀正副招討使，西攻秦、鳳。蜀主聞報，忙遣客省使趙季札，趨赴秦、鳳二州，按視邊備。季札本沒有甚麼才幹，偏他目中無人，妄自尊大。一到秦州，節度使韓繼勳迎入城中，與談軍事，多經季札吹毛索瘢，免不得唐突數語，季札怏怏而去。轉至鳳州，刺史王萬迪，見他趾高氣揚，也是不服，勉強應酬了事。自大者必遭眾忌。季札匆匆還入成都，面白蜀主，謂韓、王皆非將才，不足禦敵。蜀主亦嘆道：「繼勳原不足當週師，卿意屬在何人？」季札朗言道：「臣雖不才，願當此任，管教周軍片甲不回！」令人好笑。蜀主乃命季札為雄武節度使，撥宿衛兵千人，歸他統帶，再往秦、鳳扼守。又派知樞密王昭遠，按行北邊城塞，部署兵馬，防備周師。自己仍評花問柳，賭酒吟詩，日聚後宮佳麗，教坊歌伎，以及詞臣狎客，一堂笑樂，好似太平無事一般。

　　廣政初年，廣政即蜀主昶年號，見前。內廷專寵，要算妃子張太華，眉目如畫，色藝兼優，蜀主昶愛若拱璧，出入必偕，嘗同輦遊青城山，宿九天文人觀中，月餘不返。忽一日雷雨大作，白晝晦暝，張太華身輕膽怯，避匿小樓，不意霹靂無情，偏向這美人頭上，震擊過去，一聲響亮，玉骨冰銷。想系房帷不謹，觸動神怒，故遭此譴。昶悲悼的了不得，因張妃在日，曾留戀此觀，有死後瘞此的讖語，乃用紅錦龍褥，裹瘞觀前白楊樹下。

　　昶即日回鑾，悼亡不已。一班媚子諧臣，欲解主憂，因多方採選麗姝。天下無難事，總教有心人，果然得一絕色嬌娃，獻入宮中。昶仔細端詳，花容玉貌，彷佛太華，而且秀外慧中，擅長文墨，試以詩詞歌賦，無一不精，直把這好色昏君，喜歡得不可名狀。綢繆數夕，即拜貴妃，別號花蕊夫人，尋又賜號慧妃。妃愛賞牡丹芙蓉，所以蜀中有牡丹苑，有芙蓉錦城。牡丹苑中，羅列各種，無色不備。芙蓉錦城，是在城上種植芙蓉，秋間盛開，蔚若錦霞，因此號為錦城。

　　蜀地素稱饒富，又經十年無事，五穀豐登，斗米三錢，都下士女，不辨菽麥，多半是采蘭贈芍，買笑尋歡。上行下效，捷如影響。蜀主昶見近置遠，居安忘危，除花蕊夫人外，又廣選良家女子，充入後宮，各賜位號，有昭儀、昭容、昭華、保芳、保香、保衣、安宸、安蹕、安情、修容、修媛、修娟等名目，秩比公卿大夫，甚至舞娼李豔娘，亦召入宮中，廁列女官，特賜娼家錢十萬緡，代作聘金。

是年周蜀開釁，適當夏日，昶既派出趙季札、王昭遠兩人，還道是禦敵有餘，依舊流連聲色。漸漸的天氣炎熱，便挈花蕊夫人等，避暑摩訶池上，夜涼開宴，環侍群芳，昶左顧右盼，無限歡娛。及諦視嬪嬙，究要推那花蕊夫人，作為首選，酒酣興至，就命左右取過紙筆，即席書詞，讚美花蕊夫人，第一句寫下道：「冰肌玉骨清無汗」，第二句接寫道：「水殿風來暗香滿。」從戰鼓咚咚中，忽插一段香豔文字，越覺奪目。再擬寫第三句，突有緊急邊報到來，乃是周招討使王景，自大散關至秦州，連拔黃牛八寨。昶不禁擲筆道：「可恨強寇，敗我詩興！」乃並撤酒餚，即召詞臣擬旨，派都指揮使李廷珪為北路行營都統，高彥儔為招討使，呂彥琦為副招討使，客省使趙崇韜為都監，出拒周師。一面促趙季札速赴秦州，援應韓繼勳。

季札奉命出軍，連愛妾都帶在身旁，按驛徐進，興致勃然。到了德陽，聞周軍連拔諸寨，氣勢甚盛，不由的畏縮起來。嗣經朝旨催促，越覺進退兩難。床頭婦人，權逾君上，勸令還都避寇，不容季札不依。季札遂疏請解任，託詞還朝白事，先遣親軍保護愛妾，與輜重一同西歸，然後引兵隨返。既至成都，留軍士在外駐紮，單騎入城。都中人民，還疑他是孑身逃回，相率震恐。及季札入見蜀主，由蜀主問他軍機，統是支吾對答，並沒有切實辦法。蜀主大怒道：「我道汝有甚麼才能，委付重任，不料愚怯如此！」遂命將季札拘住御史臺，付御史審勘。御史劾他挈妾同行，擅自回朝，應加死罪。蜀主批准，令把季札推出崇禮門外，斬首示眾。謀及婦人，宜其死也。蜀行營都統李廷珪率兵至威武城，正值周排陣使胡立，帶領百餘騎，前來巡邏。廷珪即麾軍殺上，把胡立困在垓心，胡立兵少勢孤，衝突不出，被蜀將射落馬下，活擒而去。立部下多為所獲，只剩數十騎逃歸周營。李廷珪得了小勝，報稱大捷，並命軍衣上繡作斧形，號為破柴都。周主本姓為柴，故有此號。虛名何益？

蜀主昶接著捷報，很是喜慰，且遣使至南唐、北漢，約共出兵攻周。偏是得意事少，失意事多，捷報才到，敗報又來。廷珪前軍，為周將所敗，擄去將士三百人。蜀主乃復遣知樞密使伊審征撫勉行營，再行督戰。

審征馳詣軍前，與廷珪商定軍謀，遣先鋒李進據馬嶺寨，截住周軍來路。再派游擊隊旁出斜谷，進屯白澗，作為偏師。又令染院使王巒，引兵出鳳州北境，至堂倉鎮及黃花谷，絕周糧道，三路出師，審征、廷珪等擇地紮營，專待消息，準備接應。

王巒率兵三千人，徑趨堂倉，先令偵騎至黃花谷中，探明敵蹤，還報谷外有周軍往來，統是輸運輜重，接濟周營，並沒有大將彈壓。巒大喜道：「我去把他輜重軍，一齊奪來，管教他糧食中斷，全軍潰走了。」我亦說是妙計，無如不從汝願。遂驅軍前進，馳入黃花谷。谷長路窄，兵士不能並行，只好魚貫而入，慢慢兒的蛇行過去。那知周軍伏在谷口，見蜀兵出谷前來，立即突出。打倒一個捉一個，打倒兩個捉一雙，王巒押著後隊，尚未得知，只管催軍速趲，待至前隊已擒去千人，方悉谷外警報，慌忙傳令退還，怎奈後面的谷口，也有周軍出現，巒拚命殺出，手下只剩百餘騎，緊緊隨著，此外都陷入谷中，被周軍前後搜捕，一古腦兒捉去。巒帶百餘騎還奔堂倉，急急如漏網魚，纍纍如喪家犬，恨不得三腳兩步，即抵大營。甫至堂倉鎮附近，見前面擺著一彪人馬，很是雄壯，為首的戴著兜鍪，穿著鐵甲，立馬橫槍，朗聲呼道：「我周將張建雄也！來將快下馬受縛，免我動手。」巒至此叫苦不迭，自思進退無路，只好硬著頭皮，縱馬來戰。兩下交鋒，一個是膽壯氣雄，一個是心驚力怯，才及四五合，殺得王巒滿身臭汗，招抵不上。建雄大喝一聲，把巒扯住衣襟，摔落馬下，周軍順手揿住，將巒縛好，牽往馬前。蜀兵只有百餘騎，怎能奪回主將，兼且無路脫奔，沒奈何哀求乞降。建雄令軍士反綁蜀兵，仍然由原路回軍。那時黃花谷內，已將蜀兵捉得精光，仔細檢點，剛剛捉了三千人，一個也不少，一個也不多。更奇的是一個不死，各由建雄帶去，回營報功。原來王景、向訓等，早已防蜀兵劫糧，伏兵黃花谷口，巧巧王巒中計，遂致全軍覆沒。

李進在馬嶺寨中，得知此信，嚇得戰戰兢兢，還道周軍具有神力，能使片甲不留。要逃性命，走為上策，便棄了馬嶺寨，奔回大營。白澗屯兵，也聞聲奔潰。伊、李兩蜀將的規劃，一併失敗，自知立腳不住，不如見機早退，因棄營返奔，直至青泥嶺下，依險紮住。雄武節度使韓繼勳，亦樂得逃生，畫個依樣葫蘆，走還成都。一班逃將軍。秦州觀察判官趙玭，召官屬與語道：「敵兵甚銳，戰無不勝，我國所遣兵將，向稱驍勇，一經戰陣，非死即逃，我等怎可束手待斃，去危就安，正在今日，未知諸君意下如何？」大眾都是貪生怕死，聽了玭言，應聲如響，即開城迎納周軍。

王景等已入秦州，便分兵攻成、階二州，自督軍往圍鳳州。成、階二州的刺史，聞秦州失守，當即迎降，獨鳳州固守不下。自韓繼勳逃回成都，蜀主昶把他褫職，改用王環為威武節度使，趙崇溥為都監，往援秦州。兩將行至中途，接得秦州降周消息，忙引兵轉趨鳳州。甫入鳳州城，那王景已率師來攻，急登陴守禦。景四面攻撲，都被趙崇溥督兵拒卻，乃築壘成圍，斷絕城中樵汲，令他自斃。適曹州節度使韓通，奉周主命，來助王景。景令他往城固鎮，堵住蜀中援師。城中餉竭援窮，漸漸支撐不住，每夜有兵將縋城出降。王景乘危督攻，一鼓登城，城上守兵俱靡，王環、趙崇溥，尚率眾巷戰。怎奈士無鬥志，陸續逃散，只剩王、趙兩將，無路可奔，統被周將擒住，崇溥憤不欲生，絕粒而死，環被拘獄中。

於是秦、鳳、成、階四州，俱為周有。

王景露布奏捷，靜候朝命。周主傳諭優獎，且命赦四州所獲將士，願歸諸人，給資遣還。願留諸人，各予俸賜，編為懷恩軍，即令降將蕭知遠帶領，暫住鳳州。嗣因興兵南討，欲罷西征，遂遣蕭知遠率兵西歸。

蜀中兵敗地削，上下震驚，伊審征、李廷珪等，奉表請罪。蜀主概置不問，但命在劍門、白帝城各處，多聚芻糧，為備御計。一面鼓鑄鐵錢，禁民間私用鐵器。國人很覺不便，都歸咎李廷珪等將士。昶母李氏，亦屢言典兵非人，除高彥儔忠誠足恃外，應悉數改置，昶不能從，後來唯彥儔死節，方知李氏有識，可惜孟昶不用。但罷廷珪兵柄，令為檢校太尉。及蕭知遠等還蜀，蜀主昶亦放還周將胡立等八十餘人，並囑立帶轉國書，向周請和。

立還至大梁，呈上蜀主昶書。周主展開一閱，但見起首二語，乃是大蜀皇帝，謹致書於大周皇帝閣下，不禁忿然道：「他尚敢與朕為敵麼？」嗣復看將下去，乃是一篇駢體文。略云：

竊念自承先訓，恭守舊邦，匪敢荒寧，於茲二紀。頃者晉朝覆滅，何建來歸，不因背水之戰爭，遂有仇池之土地。洎審晉君北去，中國且空，暫興敝邑之師，更復成都之境。厥後貴朝先皇帝應天順人，繼統即位，奉玉帛而未克，承弓劍之空遺，但傷嘉運之難諧，適嘆新歡之且隔。以至去載，忽勞睿德，遠舉全師，土疆尋隸於大朝，將卒亦拘於貴國。幸蒙皇帝惠其首領，頒以衣裘，偏裨盡補其職員，士伍遍加以糧賜，則在彼無殊於在此，敝都寧比於雄都！方懷全活之恩，非有放還之望。今則指導使蕭知遠等，押領將士子弟，共計八百九十三人，還入成都，具審皇帝迴開仁愍，深念支離，厚給衣裝，兼加巾屨，給沿程之驛料，散逐分之緡錢。此則皇帝念疆埸幾經變革，舉干戈不在盛朝，特軫優容，曲全情好。求懷厚誼，常貯微衷。載念前在鳳州，支敵虎旅，曾拘貴國排陣使胡立以下八十餘人，囑令軍幕收管，令各支廪食，各給衣裝，只因未測宸襟，不敢放還鄉國。今既先蒙開釋，已認衝融，歸朝雖愧於後時，報德未稽於此日。

其胡立以下，令各給鞍馬、衣裝、錢帛等，專差御衣庫使李彥昭部領，送至貴境，望垂宣旨收管。矧以昶昔在齠齡，即離並都，亦承皇帝風起晉陽，龍興汾水，合敘鄉關之分，以申玉帛之歡。倘蒙惠以嘉音，即佇專馳信使，謹因胡立行次，聊陳感謝。詞不盡意，伏唯仁明洞鑑，瞻念不宣。

周主覽畢，顏色少霽，便語胡立道：「他向朕乞和，情尚可原，但不應與朕鈞禮，朕不便答覆。汝在蜀多日，能悉蜀中情形否？」立叩陳蜀主荒淫情事，且自請失敗罪名。周主道：「現在有事南方，且令蜀苟延一二年，俟征服南唐，再圖西蜀未遲。朕赦汝罪，汝且退出去罷！」立謝恩而退。

蜀主昶俟周覆書，始終不至，竟向東戟指道：「朕郊祀天地，即位稱帝時，爾方鼠竊作賊，今何得藐我至此！」遂仍與周絕好，復為敵國。小子有詩詠道：

喪師失地尚非羞，滿口驕矜最足憂；
幸有南唐分敵勢，尚留殘喘度春秋。

蜀事暫從緩敘，小子要述及周唐戰爭了。看官不嫌詞費，還請再閱下回。

聲色二字，最足誤人，而國君尤甚，自古迄今，未聞有耽情聲色，而能保邦致治者。蜀主孟昶，據有兩川，因佚思淫，因淫致侈，幸經中原多故，方得十餘年無事。然周師一出，即失四州，所遣諸將，非死即逃，蓋淫靡成風，將驕卒惰，欲其殺敵致果也得乎？逮夫修書乞和，不得答覆，復有龐然自大之言。師徒撓敗不之憂，土宇侵削不之懼，幾何而不亡國敗家也。厥後徐妃入宋，詠述亡國之由來，有「十四萬人齊解甲，可無一個是男兒！」二語，後世競傳誦之，然美人誤國，厥罪維鈞，半老徐娘，亦寧能辭咎乎？而蜀主昶固不足責焉。

第五十四回　李重進涉水掃千軍　趙匡胤斬關擒二將

卻說蜀主昶致書乞和，周主雖不答覆，卻為著南討興師，暫罷西征，令各將振旅言旋，別命宰臣李穀為淮南道前軍行營都部署，兼知廬、壽等州行府事，許州節度使王彥超為副，都指揮使韓令坤等一十二將，一齊從征，向南進發，並先諭淮南州縣道：

朕自纘承基構，統御寰瀛，方當恭己臨朝，誕修文德，豈欲興兵動眾，專耀武功！顧茲昏亂之邦，須舉吊伐之義。

蠢爾淮甸，敢拒大邦！因唐室之淩遲，接黃寇之紛擾，飛揚跋扈，垂六十年，盜據一方，僭稱偽號。幸數朝之多事，與北境以交通，厚啟兵端，誘為邊患。晉、漢之代，寰境未寧，而乃招納叛亡，朋助凶慝，李金全之據安陸，李守貞之叛河中，大起師徒，來為援應，攻侵高密，殺掠吏民，迫奪閩、越之封疆，塗炭湘、潭之士庶。以至我朝啟運，東魯不庭，發兵而應接叛臣，觀釁而憑陵徐部。沭陽之役，曲直可知，尚示包荒，猶稽問罪。邇後維揚一境，連歲阻飢，我國家念彼災荒，大許糴易。前後擒獲將士，皆遣放還。自來禁戢邊兵，不令侵撓。我無所負，彼實多奸，勾誘契丹，至今未已，結連並寇，與我為仇，罪惡難名，神人共憤。今則推輪命將，鳴鼓出師，征浙右之樓船，下朗陵之戈甲，東西合勢，水陸齊攻。吳孫皓之計窮，自當歸命，陳叔寶之數盡，何處偷生！一應淮南將士軍人百姓等，久隔朝廷，莫聞聲教，雖從偽俗，應樂華風，必須善擇安危，早圖去就。如能投戈獻款，舉郡來降，具牛酒以犒師，納圭符而請命，車服玉帛，豈吝旌酬，土地山河，誠無愛惜。刑賞之令，信若丹青。若或執迷，寧免後悔！王師所至，軍政甚明，不犯秋毫，有如時雨。百姓父老，各務安居，剽擄焚燒，必令禁止。須知助逆何如效順，伐罪乃能弔民。朕言盡此，俾眾周知！

這道諭旨，傳入南唐，江淮一帶，當然震動。唐主璟只信用二馮，馮延己嘗坐罪罷相。見前文潭州失守事。不到數月，便命復職，馮延魯又入任工部侍郎，兼東都副留守。東都即廣陵見前。就是陳覺、魏岑等，亦相繼起用，奸佞盈廷，國政日紊。每年冬季，淮水淺涸，唐主本發兵戍守，號為把淺兵。壽州監軍吳廷紹，以為疆埸無事，奏請撤戍，竟邀唐主俞允。清淮節度使劉仁贍，固爭不得，自決藩籬。忽聞周師將至，正值天寒水涸的時候，淮上人民，很是恐慌。獨劉仁贍神色自若，部分守禦，不異平時，眾情少安。唐主命神武統軍劉彥貞，為北面行營都部署，率兵二萬趨壽州，奉化節度使同平章事皇甫暉，為北面行營應援使，常州團練使姚鳳為應援都監，率兵三萬屯定遠縣，召鎮南節度使宋齊邱，還至金陵，又授戶部尚書殷崇義知樞密院事，與齊邱共預兵謀，居中調度。

周都部署李穀等，引兵至正陽鎮，見淮上防守無人，便趕造浮梁，數夕即成，越淮而東，直指壽州城下。雖有唐兵二千餘人，半途攔阻，哪裡是周軍對手，略略交鋒，便即潰去。周都指揮使白延遇，乘勝長驅，進至山口鎮，又遇唐兵千餘名，也不值周軍一掃。唯進攻壽州，卻是城堅難拔，用了許多兵力，毫不見功。李穀屢馳書周廷，報明情實，周主即擬親征，適樞密使鄭仁誨病逝，朝右失一謀臣，周主很是嘆惜，親往弔喪。近臣奏稱年月方向，不利駕臨，周主搖首道：「君臣義重，尚顧得年月方向麼？」可稱豁達。遂親至鄭宅，哭奠而歸。特敘仁誨之死，惜其賢也。

嗣由吳越王錢弘俶，遣來貢使，入獻方物，周主召見使臣，囑令齎詔回國，諭吳越王發兵擊唐。吳越王應詔發兵，特簡同平章事吳程，出襲常州。唐右武衛將軍柴克宏，引軍邀擊，大破吳越軍，斬首萬餘級，吳程遁還，克宏復移援壽州，途中忽然遇疾，竟爾暴亡。也是壽州晦氣。

壽州尚是固守，李俶久攻不克，便在行營中過年，越年已是周顯德三年了。周主聞壽州不下，決計親征，命宣徽南院使向訓，權任留守，端明殿學士王樸為副，彰信節度使韓通，權任點檢侍衛司，及在京內外都巡檢。派侍衛都指揮使李重進為先鋒，前往正陽，河陽節度使白重贊，出屯潁上，遙應重進。兩人先發，自督禁軍啟行。

那時唐將劉彥貞，已引兵援壽州，並具戰船數百艘，令駛往正陽，毀周浮梁。李俶探知敵謀，召將佐集議道：「我軍不能水戰，若正陽浮梁，為賊所毀，勢且腹背受敵，退無所歸，不如還保正陽，佇候車駕到來，聽旨定奪。」乃一面報明周主，一面焚去芻糧，拔營齊退。

周主行至固鎮，接到李俶奏報，不以為然。急遣中使馳往俶營，諭止退兵。俶已到正陽，才得諭旨，乃更復奏道：「賊將劉彥貞來救壽州，臣卻不懼，只慮賊艦順流掩擊，斷我浮梁，截我後路，所以不得已退守正陽。今賊艦日進，淮水日漲，若車駕親臨，萬一糧道斷絕，危且不測，願陛下駐蹕陳潁，俟臣審度可否，再行進取未遲！」周主覽奏，愀然不樂，飛促李重進馳詣淮上，與俶會師。且傳諭道：「唐兵且至，須急擊勿失！」

重進奉命抵正陽，那唐將劉彥貞，到了壽州，見周軍退去，便欲追擊。劉仁贍諫阻道：「公軍未至，敵已先退，想是畏公聲威，故即遁去，但能固我邊圉，何用速戰！倘或追擊失利，大事反去了。」彥貞道：「火來水擋，兵來將御，敵已怯退，正好乘此進擊，奈何不行！」池州刺史張全約，又力為諫止，怎奈彥貞堅執不從，驅軍急進。死期已至，如何挽回！仁贍長嘆道：「果遇周軍，必敗無疑！看來壽州是難保了。我當為國效死，城存與存，城亡與亡。」說畢泣下，部眾統是感奮，乃入城登陴，修堞益兵，決計死守。

這位不識進退的劉彥貞，他本是無才無能，不嫻軍旅，平時靠著刻薄百姓的手段，日朘月削，積財巨萬，一半兒充入宦囊，一半兒取賂權要。所以馮延己、陳覺、魏岑等，爭相標榜，或稱他治民如龔、黃，龔遂、黃霸，漢時循吏。或譽他用兵如韓、彭，韓信、彭越，漢時良將。唐主信以為真，一聞周師入境，便把兵權交付與他，他亦直受不辭，貿然專閫，裨將咸師朗等，亦皆輕率寡謀，毫不足用。當下違諫進兵，直抵正陽，旌旗輜重，亙數百里。

周先鋒將李重進，望見唐兵到來，便渡淮東進，也不及與彥貞答話，便身先士卒，沖入唐軍。唐將咸師朗，自恃驍勇，策馬舞刀，抵住重進，兵器並舉，戰到四五十合，不分勝負，重進佯輸，跑馬繞陣而走。師朗不知是計，驟馬急追，約有二百餘步，由重進按住了刀，挽弓搭箭，回放一矢。師朗剛剛追上，相距只有數武，急切無從閃避，左肩上著了一箭，忍痛不住，撞落馬下。唐兵忙來搶救，被重進回馬殺退，捉住師朗，遣部卒解入縠營。

縠聞重進得勝，也撥韓令坤等將士，越淮接應。重進正殺入唐陣，憑著一把大刀，左劈右斫，揮死多人。劉彥貞隨兵雖眾，統是酒囊飯袋，不耐爭戰，驀遇重進一支人馬，已似虎入羊群，望風奔避。再加韓令坤等相繼殺來，哪裡還敢抵敵，霎時間狂奔亂竄，四散逃生。單剩劉彥貞親軍數百人，如何支持，當然擁著彥貞，落荒西走。重進怎肯饒他，緊緊追躡。前面有一小陂，地勢不高，卻很峻削。唐軍越陂而逃，彥貞也躍馬上陂，不防馬失後蹄，倒退下來，竟將彥貞送落馬後，滾墜陂下。湊巧重進追到，順手一刀，把彥貞劈做兩段！錢難買命，何如不貪？此外四竄的唐兵，被周軍分頭趕殺，斬首萬餘級，伏屍三十里，軍資器械，遍地拋棄。由周軍慢慢搬去，共得二十餘萬件。

唐刺史張全約，方運糧進餉前軍，途次見敗卒逃歸，報稱彥貞戰死，急將糧車折回壽州。所有彥貞殘眾，也共逃入壽州城內。劉仁贍表舉全約為馬步左廂都指揮使，同守州城。皇甫暉、姚鳳，聞彥貞覆師，不敢屯留定遠縣，即退保清流關。滁州刺史王紹顏，已委城遁去。

周主得知正陽勝仗，也自陳州至正陽，命李重進代為招討使。但令穀判壽州行府事，自督大軍進攻壽州，在淝水南下營，徙正陽浮梁至下蔡鎮，且召宋、亳、陳、潁、徐、宿、許、蔡等處數十萬，圍攻壽州，晝夜不息。劉仁贍已備足守具，鎮日裡發矢擲石，鳴炮揚灰，使周軍不能薄城。周軍雖多，無從進步，只好頓留城下；周主亦無可如何。

忽報唐都監何延錫，率戰艦百餘艘，駐營塗山，為壽州聲援，乃召殿前都虞侯趙匡胤入帳道：「何延錫來援壽州，但在塗山下立營，不敢到此，想亦沒有甚麼能力。唯壽州城內的守兵，得此聲援，卻不易搖動，汝可引兵前去，破滅此營。」匡胤領命，即率兵五千，趨往塗山，遙見唐兵維舟山下，一排兒卻很整齊，岸上只有一營，想是何延錫駐著，便顧語部將道：「我軍是陸兵，敵軍是水師。主客殊形，如何破敵！我唯有用計除他便了。」遂選老弱兵百餘騎，授他密語，往誘敵營，自引精騎埋伏渦口。何延錫正在營中坐著，自思壽州孤危，不好不救，又不能遽救，心下好同轆轤一般。突有軍吏入報導：「周軍來了！」延錫忙即上馬，招集水軍，出營角鬥。營外只有百餘騎周兵，更兼老少不齊，或長或短，延錫不禁大笑道：「我道周軍如何利害，怎知是這等人物！也想來踹我營麼？」便麾兵殺上。那周兵並未對仗，立即返奔。延錫追了一程，也欲回軍，但聽得敵騎笑罵道：「料你這等沒用的賊奴，不敢追來，我有大軍在渦口，你等如再追我，管教你人人隕首，個個喪生！」不欺之欺，尤善於欺。延錫被他一激，不肯罷休，索性再趕，且囑令戰艦五十艘，駛至渦口，就使遇著不測，也可下船急走。於是周兵前奔，唐兵後追，不多時已至渦口，只見前面統是蘆葦，長可稱身，並沒有周軍駐紮。延錫膽愈放大，又聽得敵騎揶揄，仍然如故，便當先力追，那敵騎卻從蘆葦中，竄了進去。延錫不知好歹，也縱馬入蘆葦間，追殺敵騎，不意兩旁伏著絆馬索，竟將馬足絆住，馬忽墜倒，延錫也跌做一個倒栽蔥。慌忙扒起，突來了一位面紅大將軍，兜頭一棍，擊破延錫腦袋，死於非命。

看官不必細猜，便可知是趙匡胤，匡胤既擊死何延錫，指揮伏兵，驅殺唐軍，唐軍都做了刀頭鬼。有幾個跑得快的，遠遠逃去，哪裡還好下船！所有戰船五十艘，急急駛來，正好被匡胤奪住，乘船至御營報功，周主自然嘉獎。又接得廬、壽、光、黃巡檢使司超，奏稱在盛唐地方，擊敗唐兵，奪得戰艦四十餘艘。周主大喜，且諭匡胤道：「我軍處處得勝，先聲已振，只是壽州不下，阻我前進。我欲進擊清流關，卿以為可行否？」匡胤道：「臣願得二萬人，往取此關。」周主道：「清流關頗稱雄壯，除非掩襲一法，未易成功，卿既欲往，就煩前去。」匡胤道：「臣即引兵前往便了。」周主便派兵二萬名，令匡胤帶領了去。復遣人往諭朗州節度使王逵，命他出攻鄂州，特授南面行營都統使。王逵應詔出師，後文自有交代。

且說趙匡胤往襲清流關，星夜前進，路上偃旂息鼓，寂無聲響，但令各隊啣枚疾走。及距關十里，分部兵為兩隊，前隊兵直往關下，自引兵從間道而去。皇甫暉、姚鳳兩人，探得周兵到來，開關迎敵，正在山下列陣。不防山後殺出一隊雄師，喊呐前來，徑去搶關。暉、鳳連忙回軍，奔入關門，那周軍已經馳到，守兵闔門不及，被周軍一擁殺進，嚇得暉、鳳手足失措，沒奈何逃往滁州，周軍隊裡的大將，就是趙匡胤，既占住清流關，便進薄滁城。

暉、鳳才入城中，後面已有鼓聲傳到，回頭遙望，遠遠的旗幟飄揚，如飛而至。就中有一最大的帥旗，上面隱約露一趙字。皇甫暉叫苦不迭，忙令把城外吊橋，立即拆去，阻住來軍。自與姚鳳闔門拒守，登城俯眺，見周軍已逼城壕，一齊下馬鳧水，越過濠西。那趙匡胤更來得突兀，勒馬一躍，竟跳過七八丈闊的大渠，暉不禁伸舌！未幾即見匡胤指麾兵士，督令攻城，當下開口傳呼道：「趙統帥不必逞雄，彼此各為其主，請容我列陣出戰，決一勝負，幸勿逼人太甚！」匡胤笑道：「你儘管出來交鋒，我便讓你一箭地，容你列陣，賭個你死我活，叫你死而無怨！」說至此，便用鞭一揮，令部眾退後數步，自己亦勒馬倒退，佇候守兵出戰。好整以暇。

待了多時，聽得城門一響，兩扉騞辟，守兵滾滾出來，後面便是暉、鳳二人，並轡督軍。兩陣對圓，匡胤持著一桿通天棍，上前突陣，且大呼道：「我止擒皇甫暉，他人非我敵手，休來送死！」唐兵見他來勢甚猛，便即讓開兩旁，由他馳入，他即衝至皇甫暉馬前，暉忙拔刀迎戰。刀棍相交，才及數合，被匡胤用棍架開暉刀，右手拔劍，向暉腦袋上斫去，暉將首一偏，不由的眼花撩亂，再經匡胤用棍一敲，就從馬上墜下，姚鳳急來相救，那馬首已著了一棍，馬蹄前蹶，也將姚鳳掀翻。周軍乘勢齊上，把暉、鳳都活捉了去。唐兵失了主帥，自然潰散，滁州城唾手取來，匡胤入城安民，遣人報捷。

周主命馬軍副指揮使趙弘殷，東取揚州，道過滁城，已值昏夜。弘殷為匡胤父，擬入城休息，即至城下叩門。匡胤問明來意，便道：「父子雖系至親，但城門乃是王事，深夜不便開城，請父親權宿城外，俟詰旦出迎便了！」公而忘私。弘殷只好依言，在城外留宿一宵。越日天明，方由匡胤出謁，導父入城。嗣又連接欽使，一個是翰林學士竇儀，來籍滁州帑藏，一個是左金吾衛將軍馬承祚，來知滁州府事。還有一個薊州人趙普，來做滁州軍事判官。匡胤一一接見，很是歡洽，一面將皇甫暉、姚鳳等，解獻行在。暉已受傷，入見周主，不能起立，但委臥地上道：「臣非不忠於所事，但士卒勇怯不同，所以被擒。臣前此亦屢與遼人交戰，未嘗見兵精如此，今貴朝兵甲堅強，又有統帥趙匡胤，智勇過人，無怪臣喪師委命，臣死也值得了！」雖是勉強解嘲，還算有些志節。周主頗加憐憫，命左右替他釋縛，留在帳後養痾，暉竟病死。周主詗知揚州無備，令趙弘殷速即進兵，再派韓令坤、白延遇兩將，援應弘殷。弘殷時已抱病，力疾從公，既與韓、白二人會晤，便即引兵去訖。

唐主璟屢接敗報，很是惶急，特遣泗州牙將王知朗，奉書周主，情願求和。書中自稱唐皇帝奉書大周皇帝，請息兵修好，兄事周主，願歲輸貨財，補助軍需。周主得書不答，斥歸知朗。唐主沒法，再遣翰林學士鍾謨，工部侍郎李德明，齎獻御藥，及金器千兩，銀器五千兩，繒帛二千匹，犒軍牛五百頭，酒二千斛，直至壽州城下，奉表稱臣。周主命大陳軍備，自帳內直達帳外，兩旁統站著赳赳武夫，握刃操兵，非常嚴肅，然後令唐臣入見。鍾謨、李德明，一入御營，瞧著如許軍容，已覺驚惶得很。沒奈何趨近御座，見上面坐著一位威靈顯赫的周天子，不由的魂悸魄喪，拜倒案前。正是：

上國耀兵張御幄，外臣投地怵天威。

欲知周主如何對付唐使？請看下回便知。

觀南唐之不能敵周，說者多歸咎於唐主之第知修文，不知經武。實則不然；唐主之誤，誤在任用非人耳。五鬼當朝，始終不悟，又加一自命元老之宋齊邱，為五鬼之首領，斥忠良，進奸佞。貪庸如劉彥貞，第以權奸之稱譽，任為統帥，一戰即死，坐失藩籬。皇甫暉、姚鳳等，皆庸碌子。清流關未戰即潰，滁州城遇敵成擒，以闒茸無能之將士，欲其保守淮南，固必無是事也。子輿氏有言：不用賢則亡，削何可得？彼淮南之喪師削地，猶得苟延至十數年，意者其猶為淮南之幸歟！

第五十五回　唐孫晟奉使效忠李景達喪師奔命

卻說唐使鍾謨、李德明，入謁周主，拜倒座前，戰兢兢的自述姓名，說明來意，並呈上唐主表文，由周主親自展閱。

表中略云：

臣唐主李璟上言：竊聞捨短從長，乃推通理；以小事大，著在格言。伏唯皇帝陛下，體上帝之姿，膺下武之運，協一千而命世，繼八百以卜年。大駕天臨，六師雷動，猥以遐陬之俗，親為跋扈之行。循省伏深，兢畏無所，豈因薄質，有累蒸人！今則仰望高明，俯存億兆，虔將上國，永附天朝，冀詔虎賁而歸國，用巡雉堞以回兵。萬乘千官，免馳驅於原隰，地征土貢，常奔走於歲時，質在神明，誓諸天地。別呈貢物，另具清單，伏冀賞納，佇望宏慈。謹表！周主覽畢，擲置案上，顧語唐使道：「汝主自謂唐室苗裔，應知禮義。我太祖奄有中原，及朕嗣位，已經六年有餘，汝國只隔一水，從未遣一介修好。但聞泛海通遼，往來報問，舍華事夷，禮義何在？且汝兩人來此，是否欲說我罷兵。我非愚主，豈汝三寸舌所得說動。今可歸語汝主，亟來見朕，再拜謝過，朕或鑑汝主誠意，許令罷兵。否則朕即進抵金陵，借汝國庫資，作我軍犒賞。汝君臣休得後悔呢！」謨與德明，素有口才，至此俱震懾聲威，一語不敢出口，唯有叩頭聽命，立即辭行。文武都是怕死。周主留住鍾謨，遣還德明。嗣又得廣陵捷報，韓令坤、白延遇等，掩入揚州，逐去唐營屯使賈崇，執住揚州副留守馮延魯。唯趙弘殷在途遇病，已返滁州云云。周主乃覆命令坤轉取泰州。看官聽著！廣陵就是揚州，從前揚州市中，有一瘋人遊行，詬罵市民道：「俟顯德三年，當盡殺汝等。」繼又改語道：「若不得韓、白二人，汝等必無遺類。」市民以為瘋狂，毫不理睬。那知周顯德三年春季，果然有周軍掩至，周將白延遇先入城中，唐東都營屯使賈崇，不敢抵抗，即焚去官府民舍，棄城南走。繼而韓令坤踵至，飭捕守吏。馮延魯本為副留守，一時逃避不及，慌忙削髮披緇，匿居僧寺。偏偏有人認識，報知周軍，似僧非僧的馮侍郎，竟被周軍尋著，把他牽出，當作豬奴一般，捆縛了去。韓、白兩將，既得延魯，便禁止殺掠，使民安堵，果如瘋人所言。令坤奉周主命，轉取泰州。泰州為楊氏遺族所居，楊溥讓位李昪，病死丹陽，子孫徙居泰州，錮住永寧宮中，斷絕交通，甚至男女自為匹偶，蠢若犬豕。唐主璟因江北鏖兵，恐楊氏子孫，乘勢為變。特遣園苑使尹延範，遷置京口，統計楊氏遺男，尚有六十餘人，婦女亦不下數十，延範承唐主密囑，竟將楊氏男子六十餘人，驅至江濱，一併殺死，僅率婦女渡江，楊氏遂絕。唐主璟反歸咎延範，下令腰斬。延範有口難言，也冤冤枉枉的受了死刑。不得謂之冤枉，恐難償六十餘人性命！後來唐主泣語左右道：「延範亦成濟流亞。魏成濟助司馬昭刺死曹髦，旋為司馬昭所殺。我非不知他效忠，因恐國人不服，沒奈何處他死刑呢！」遂命撫卹延範家屬，毋令失所。國將危亡，尚如此殘忍，莫謂李璟優柔。嗣聞泰州被韓令坤取去，刺史方訥遁歸。接連是鄂州長山寨守將陳澤，為朗州節度使王逵所擒，解獻周營。天長制置使耿謙，舉城降周。常州、宣州，又有吳越兵入侵，靜海軍制置使姚彥洪，投奔吳越。急得李璟心慌意亂，日夕召入宋齊邱、馮延己等，會議軍情。齊邱、延己等也是無法，只勸唐主向遼乞援。唐主不得已遣使北往，行至淮北，被周將截住，搜出蠟書，拘送壽州御營。

唐廷待援不至，再由馮延己奏請，特派司空孫晟，及禮部尚書王崇質，齎表如周，願比兩浙、湖南，奉周正朔。晟語延己道：「此行本當屬公，唯晟受國厚恩，始終當不負先帝，願代公一行，可和即和，不可和即死。公等為國大臣，當思主辱臣死的大義，毋再誤國。」一士諤諤，但與馮延己相談，未免對牛彈琴。延己慚不能答。唯更令工部侍郎李德明，與晟等偕行。晟退語王崇質道：「君家百口，宜自為謀，我志已定；終不負永陵一抔土，他非所計了！」永陵即李昪陵。遂草草整了行裝，與崇質、德明二人，並及從吏百名，出都西去。

途次又迭聞敗耗，光州兵馬都監張延翰降周，刺史張紹棄城遁走，舒州亦被周軍陷沒，刺史周宏祚投水自盡，蘄州將李福，為周所誘，殺死知州王承儁，亦舉州降周。唐失各州，敘筆隨處不同，可謂化板為活。晟不禁長嘆道：「國事可知，我此行恐不復返了！」彷彿易水荊卿。便兼程前進，直抵壽州城下，進謁周主。當將表文呈入，大略說是：

朝陽委照，爝火收光，春雷發聲，蟄戶知令。伏念天祐之後，率土分摧，或跨據江山，或革遷朝代，皆為司牧，各拯黎元。臣由是克嗣先基，獲安江表，誠以瞻烏未定，附鳳何從？今則青雲之候，明懸白水之符，斯應仰祈聲教，俯被遐方，豈可遠動和鑾，上勞薄伐！倘或俯憫下國，許作功臣，則柔遠之風，其誰不服！無戰之勝，自古獨高。別進金千兩，銀十萬兩，羅綺二千匹，宣給軍士，伏祈賜納！

周主且閱且語道：「一紙虛文，又來搪塞，朕豈被汝所欺麼？」晟從容答道：「稱臣納幣，並非虛文。況陛下南征不庭，已由敝國謝罪歸命。叛即討，服即舍，古來聖帝明王，大都如是。望陛下俯納臣言！」周主又道：「朕率軍南來，豈為這區區金帛？如果欲朕罷兵，速將江北各州縣，悉數獻朕。休得遲疑！」晟亦正色道：「江北土地，傳自先朝，並非得自大周，且江南亦奉表稱臣，已不啻大周藩服，陛下何勿網開一面，稍假隆恩呢！」周主怒道：「不必多言，汝國若不割江北，朕絕不退師！」隨又顧語李德明道：「汝前來見朕，朕叫汝歸語汝主，自來謝罪，今果何如？」德明慌忙叩首，且憶及延己密囑，願獻濠、壽、泗、楚、光、海六州，更歲輸金帛百萬，乞請罷兵，當下便盡情吐出。周主道：「光州已為朕所得，何勞汝獻！此外各州，朕亦不難即取，唯壽州久抗王師，汝國節度使劉仁贍，頗有能耐，朕卻很加憐惜，汝等可替朕招來！」德明尚未及答，晟已目視德明，似含著一腔怒意。周主已經瞧透，索性逼晟前去，招降仁贍。晟卻慨然請行。

周主遣中使監晟，同至城下，招呼仁贍答話。仁贍在城上拜手，問晟來意。晟仰語道：「我來周營議和，尚無頭緒。君受國恩，切不可開門納寇，主上已發兵來援，不日就到了！」也是一個晉解揚。語畢自回，中使入報周主，周主召晟叱責道：「朕令汝招降仁贍，如何反教他堅守？」晟朗聲道：「臣為唐宰相，好教節度使外叛麼？若使大周有此叛臣，未知陛下肯容忍否？」周主見他理直氣壯，倒也不能駁斥，便道：「汝算是淮南忠臣，奈天意欲亡淮南，汝雖盡忠，亦無益了。」隨命晟留居帳後，優禮相待，唯與李德明、王崇質商議和款，定要南唐獻江北地，方準修好。

德明、崇質，不敢力爭，但說須歸報唐主，當遵諭旨。周主乃遣二人東還，並付給詔書。略云：

朕擅一百州之富庶，握三十萬之甲兵，農戰交修，士卒樂用，苟不能恢復內地，申畫邊疆，便議班旋，直同戲劇。至於削去尊稱，願輸臣節，孫權事魏，蕭詧奉周，古也固然，今則不取。但存帝號，何爽歲寒，倘堅事大之心，必不迫人於險，事資真愨，辭匪枝游。俟諸郡之悉來，即大軍之立罷，言盡於此，更不煩云。苟曰未然，請從茲絕。

特諭！

李德明、王崇質兩人，得了詔書，便還詣金陵，把周主詔書呈與唐主過目。唐主沉吟未決，宋齊邱從旁進言道：「江北是江南藩籬，江北一失，江南亦不能保守了。德明等往周議和，並不是去獻地，如何反替周主傳詔，叫我國割獻江北呢？」德明忍耐不住，竟抗聲答道：「周主英武過人，周軍氣焰甚盛，若不割江北，恐江南也遭蹂躪呢。」齊邱厲聲道：「汝兩人也想學張松麼？張松獻西川地圖，古今唾罵，汝等奈何不聞！」王崇質被他一嚇，慌忙推諉，專歸咎德明一人。於是樞密使陳覺，及副使李征古，同時入奏道：「德明奉命出使，不能伸國威，修鄰好，反且輸情強敵，自示國弱，情願割棄屏藩，坐捐要害，這與賣國賊何異！請陛下速正明刑，再圖退敵！」德明聞言，越加暴躁，竟攘袂詬詈陳覺等人。惹得唐主大怒，立命綁出德明，責他賣國求榮的罪狀，梟首市曹。德明若早知要死，不如死在周營，好與孫晟齊名。乃更簡選精銳，得六萬人，命太弟齊王景達為諸道兵馬元帥，統兵拒周。授陳覺為監軍使，起前武安節度使邊鎬為應援都軍使，次第出發。

中書舍人韓熙載上書，略謂皇弟最親，元帥最重，不必另用監軍。唐主不聽，又遣鴻臚卿潘承祐速赴泉州，招募勇士。承祐薦舉前永安節度使許文績，靜江指揮使陳德誠，及建州人鄭彥華、林仁肇，俱說是可為將帥。唐主因命文績為西面行營應援使，彥華、仁肇，各授副將，再與周軍決戰。還有右衛將軍陸孟俊，也自常州率兵萬人，往攻泰州。

周將韓令坤，已回屯維揚，只留千人守泰州城，兵單力寡，哪裡敵得過孟俊，當然遁走，泰州復被孟俊占去。俊又乘勝攻揚州，兵至蜀岡，令坤聞孟俊兵眾，卻也心驚，又且新納愛妾楊氏，正在朝歡暮樂的時候，更不免英雄氣短，兒女情長。當下令部兵護出楊氏，先行避敵，自己也棄城出走。忽有詔旨頒到，已遣滑州節度使張永德來援，那時只好勒馬回城，入城以後，復聞趙匡胤調守六合，下令軍中，不準放過揚州兵，如有揚州兵過境，一概刖足。自思歸路已斷，不如決一死戰，與孟俊見個高下。計畫已定，索性將愛妾楊氏，亦追了回來，整兵備械，專待孟俊攻城，好與他鏖鬥一場。

孟俊不管死活，領著兵到了揚州，方就城東下寨。令坤先發制人，驟馬殺出，領著敢死士千人，大刀闊斧，攪入孟俊寨內。孟俊不及預防，頓時駭退，主將一逃，全軍四潰。獨令坤不肯捨去，只管認著孟俊，緊緊追上，大約相距百餘步，即拈弓搭箭，把孟俊射落馬下，麾兵擒住，收軍還城。

正擬將孟俊解送行在，偏是冤冤相湊，由愛妾楊氏出廳哭訴，要將孟俊剖心復仇。原來楊氏是潭州人，孟俊前時，曾隨邊鎬往攻潭州，殺死楊氏家眷二百餘口，唯楊氏有色，為楚王馬希崇所得，充作妾媵。希崇降唐，出鎮舒州，留家屬居揚州。及韓令坤得揚州城，保全希崇家屬，唯見楊氏華色未衰，勒令為妾。楊氏系一介女流，如何抵拒，只好隨遇而安。到底是楊花水性。此時見了仇人孟俊，便請令坤借公報私，令坤當然依從，便將孟俊洗刷乾淨，活祭楊氏父母，挖心取肝，臠割了事。

那邊唐元帥李景達，聞孟俊敗死，急自瓜步渡江。行至六合縣附近，探知趙匡胤據守六合，料不是好惹的人物，便在六合東南二十餘里，安營設柵，逗留不進。趙匡胤早已偵悉，也按兵勿動。諸將請進擊景達，匡胤道：「景達率眾前來，半道下寨，設柵自固，是明明怕我呢。今我兵只有二千，若前去擊他，他見我兵寥寥，反足壯膽，不若待他來攻，我得以逸待勞，不患不勝。」

果然過了數日，城外鼓聲大震，有唐兵萬餘人殺來，匡胤已養足銳氣，立即殺出，自己仗劍督軍，與唐兵奮鬥多時，不分勝負。兩軍都有飢色，各鳴金收軍。翌晨匡胤升帳，令軍士各呈皮笠，笠上留有劍痕，約數十人，便指示軍士道：「汝等出戰，如何不肯盡力！我督戰時，曾斫汝皮笠，留為記號，如此不忠，要汝等何用？」遂命將數十人綁出軍轅，一一斬訖。軍法不得不嚴。部兵自是畏服，不敢少懈。

匡胤即令牙將張瓊潛引千人出城，繞出唐軍背後，截住去路，自率千人徑搗唐營。唐營中方在早餐，驀聞周軍馳至，急忙開營迎敵。景達亦出來觀戰。不防周軍勇猛得很，個個似生龍活虎，不可捉摸，突然間衝入中軍，竟將景達馬前的帥旗，用矛鉤翻。景達吃一大驚，忙勒馬返奔。帥旗是全軍耳目，帥旗一倒，全軍大亂，況且景達奔去，軍中已沒人主持，你也逃，我也走，反被周軍前截後追，殺斃了無數人馬。景達奔至江口，巧值周將張瓊，列陣待著，要想活擒景達，還虧景達部將岑樓景，抵住張瓊，大戰數十回合，景達得帶著殘軍，拚命衝出，覓舟徑渡。岑樓景尚與張瓊力戰，後面又值匡胤追到，也只可舍了張瓊，奪路逃生。張瓊與匡胤合兵，追至江口，殺獲約五千人，餘眾多泅水遁去，又溺斃了數千。

周軍始奏凱還城。

這次大戰，景達挑選精卒二萬人，自為前驅，留陳覺、邊鎬為後應。覺與鎬正要渡江，偏景達已經敗歸，精卒傷亡了一大半。唯趙匡胤兵只二千，能把唐兵二萬人驅殺過江，自然威名大震，駭倒淮南！為後來得國的預兆。

周主聞六合大捷，尚擬從揚州進兵，宰相范質等，叩馬力諫，大致謂兵疲食少，乞請回鑾。周主尚未肯從，經質再三泣諫，才有歸意。可巧唐主又遣使上表，力請罷兵。大略說是：

聖人有作，曾無先見之明，王祭弗供，果致後時之責。六龍電邁，萬騎雲屯，舉國震驚，群臣惴慄。遂馳下使，徑詣行宮，乞停薄伐之師，請預外臣之籍。天聽懸邈，聖問未回，由是繼飛密表，再遣行人，致江河羨海之心，指葵藿向陽之意。伏賜亮鑑，不盡所云！

周主得表，乃整備回鑾。留李重進圍壽州，更派向訓權淮南節度使，兼充沿江招討使，韓令坤為副招討使，自往濠州巡閱各軍，再至渦口親視浮梁。適值唐舒州節度使馬希崇，率兄弟十七人奔周，獨不記楊氏麼？周主命為右羽林統軍，隨駕北歸。並將唐使臣孫晟、鍾謨，及所獲馮延魯等，也一併帶回，且召趙匡胤父子還都。

匡胤留兵捍守六合，自領親兵入滁州，省父弘殷。弘殷病已少痊，乃奉父啟行。判官趙普，相偕隨歸。道過壽州，正值南寨指揮使李繼勳，被劉仁贍出兵襲破，所儲攻具，多遭焚掠，將士傷斃數百人。繼勳走入東寨，李重進在東寨中，僅能自保。軍士經此一挫，相率灰心，意欲請旨班師，幸趙匡胤馳入行營，助他一臂，代為搜乘補闕，修壘濟師，部署了十餘日，周軍復振。乃辭別重進，馳還大梁。

周主加封趙弘殷為檢校司徒，兼天水縣男，匡胤為定國軍節度使，兼殿前都指揮使。匡胤復薦普可大用，乃即令為定國軍節度推官。

忽由吳越王表奏常州軍情，說為唐燕王弘冀所敗，喪師萬計，周主不勝驚嘆。嗣又接到荊南奏表，代報朗州節度使王逵，為下所殺，軍士推立潭州節度周行逢為帥。周主又嘆息道：「吳越喪師，湖南又失去一支人馬，恐唐兵乘隙猖狂，仍須勞朕再出呢。」小子有詩詠周主榮道：

南征北討不辭勞，戰血何妨灑御袍！
五代史中爭一席，郭家養子本英豪。

究竟王逵何故被戕？下回再行補敘。

南唐非無忠臣，如司空孫晟，剛直不阿，頗勝大任，而乃為馮延己所排擠，令充國使。是明明欲借刀殺人，聊泄私忿而已。晟仗節至周，理直氣壯，而往諭劉仁贍數語，可質天地，寧死不辱君命，足為淮南生色。淮南有此忠臣而不能用，無怪其日削日危以底於亡也。李景達以唐主介弟，不堪一戰，尤為可鄙。親貴無一足恃，僅恃此妃黃儷白之文詞，欲乞周主罷兵，何其瞢歟！古謂有文事必有武備，武備不足，文言奚益！本編迭錄唐表，正以見虛文之無補云。

第五十六回　督租課嚴夫人歸里　盡臣節唐司空就刑

卻說王逵據有湖南，始由潭州奪朗州，令周行逢知潭州事，自返長沙。繼復由潭州徙朗州，調行逢知潭州事。用潘叔嗣為岳州團練使。周既授逵節鉞，因諭令攻唐，逵乃發兵出境。道出岳州，潘叔嗣特具供張，待逵甚謹。逵左右皆是貪夫，屢向叔嗣索賂，叔嗣不肯多與，致遭讒構。逵不免誤信，遂將叔嗣詰責一番。兩下里爭論起來，惹得王逵性起，當面喝斥道：「待我奪得鄂州，再來問汝。」說畢自去。自取其死。

既入鄂州境內，忽有蜜蜂數萬，攢麾蓋上，驅不勝驅，或且飛集逵身，逵不禁大驚。左右統是諛媚，向逵稱賀，謂即封王預兆，逵始轉驚為喜。果然進攻長山寨，一戰得勝，突入寨中，擒住唐將陳澤。正擬乘勢再進，忽接朗州警報，乃是潘叔嗣挾恨懷仇，潛引兵掩襲朗州。逵駭愕道：「朗州是我根本地，怎可令叔嗣奪去！」遂倉猝還援，自乘輕舟急返。行至朗州附近，先遣哨卒往探，返報全城無恙，城外亦沒有亂兵。逵似信非信，命舟子急駛數里，已達朗州。遙見城上甲兵整列，城下卻也平靜，那時也不遑細問，立即登岸。

時當仲春，百卉齊生，岸上草木迷離，瞧不出甚麼埋伏。誰知走了數步，樹叢中一聲暗號，跑出許多步卒，來捉王逵。逵隨兵不過數十人，如何抵敵，當即竄去。逵亦搶步欲逃。偏被步卒追上，似老鷹拖小雞一般，把他攫去。牽至樹下，有一大將跨馬立著，不是別人，正是岳州團練使潘叔嗣。仇人相見，還有何幸，立被叔嗣叱罵數語，拔刀砍死。原來叔嗣欲報逵怨，竟攻朗州，料知逵必還援，特探明行蹤，伏兵江岸，得將逵獲住處死。

當下引軍欲還，部將俱請入朗州。叔嗣道：「我不殺逵，恐他戰勝回來，我等將無噍類，所以不得已設此一策。今仇人已誅，朗州非我所利，我不如仍還岳州罷！」部將道：「朗州無主，將歸何人鎮守？」叔嗣道：「最好是往迎周公，他近來深得民心，若迎鎮朗州，人情自然悅服了。」說著，即留部將李簡，入諭朗州吏民，自率眾回岳州。

李簡入朗州城，令吏民往迎周行逢。大眾相率踴躍，即與簡馳往潭州，請行逢為朗州主帥。行逢乃趨往朗州，自稱武平留後。或為叔嗣作說客，請把潭州一缺，令叔嗣升任。行逢搖首道：「叔嗣擅殺主帥，罪不容誅，我若反畀潭州，是我使他殺主帥了。這事豈可使得！」因召叔嗣為行軍司馬，叔嗣託疾不至。可見前時退還岳州，實是畏懼周行逢。行逢道：「我召他為行軍司馬，他不肯來，是又欲殺我了。」乃再召叔嗣，佯言將授付潭州，令他至府受命。叔嗣欣然應召，即至朗州。行逢傳令入見，自坐堂上，使叔嗣立庭下，厲聲斥責道：「汝前為小校，未得大功，王逵用汝為團練使，待汝不為不厚，今反殺死主帥，汝可知罪否？我未忍斬汝，乃尚敢拒我命麼？」說至此，即喝令左右，拿下叔嗣，推出斬首。部眾各無異言，行逢即奉表周廷，陳述詳狀。周主授行逢為武平軍節度使，制置武安、靜江等軍事。

行逢本朗州農家子，出身田間，頗知民間疾苦，平時勵精圖治，守法無私。女夫唐德，求補吏職，行逢道：「汝實無才，怎堪作吏！我今日畀汝一官，他日奉職無狀，反不能為法貸汝，汝不如回里為農，還可保全身家呢。」看似行逢無情，實是顧全之計。乃給與農具，遣令還鄉。府署僚屬，悉用廉士，約束簡要，吏民稱便。

先是湖南大飢，民食野草，行逢尚在潭州，開倉賑貸，活民甚眾，因此民皆愛戴，獨自奉不豐，終身儉約。有人說他儉不中禮，行逢嘆道：「我見馬氏父子，窮奢極欲，不恤百姓，今子孫且向人乞食，我難道好傚尤嗎？」能懲前轍，不失為智。行逢少年喜事，嘗犯法戍靜江軍，面上黥有字跡。及得掌旌節，左右統勸他用藥滅字。行逢慨然道：「我聞漢有黥布，不失為英雄。況我因犯法知戒，始有今日，何必滅去？」左右聞言，方才佩服。唯秉性勇敢，不輕恕人，遇有驕惰將士，立懲無貸。一日聞有將吏十餘人，密謀作亂，便即暗伏壯士，佯召將吏入宴。酒至半酣，呼壯士出廳，竟將十數人一併拖出，聲罪處斬。部下因相戒勿犯，民有過失，無論大小，多加死刑。

妻嚴氏得封勛國夫人，見行逢用刑太峻，未免自危，嘗從旁規諫道：「人情有善有惡，怎好不分皂白，一概濫殺呢！」

行逢怒道：「這是外事，婦人不得預聞！」

嚴氏知不可諫，過了數日，乃偽語行逢道：「家田佃戶，多半狡黠，他聞公貴，不親瑣務，往往惰農自安，倚勢侵民，妾願自往省視。」行逢允諾，嚴氏即歸還故里，修葺故居，一住不返。居常布衣菜飯，絕無驕貴氣象。行逢屢遣僕媼往迓，嚴氏卻辭以志在清閒，不願城居。唯每歲春秋兩屆，自著青裙，押佃戶送租入城。行逢諭止不從，且傳語道：「稅系官物，若主帥自免家稅，如何率下？」行逢也不能辯駁。

一日閒著，帶領侍妾等人，馳回故里，見嚴氏在田畝間，督視農人，催耕促種，不禁下馬慰勞道：「我已貴顯，不比前時，夫人何為自苦？」嚴氏答道：「君不憶為戶長時麼？民租失時，常苦鞭抶，今雖已貴，如何把隴畝間事，竟不記憶呢！」行逢笑道：「夫人可謂富貴不移了！」遂指令侍妾，強擁嚴氏上輿，抬入朗州。嚴氏住了一二日，仍向行逢辭行。行逢不欲令歸，再三詰問，嚴氏道：「妾實告君，君用法太嚴，將來必失人心。妾非不願留，恐一旦禍起，倉猝難逃，所以預先歸里，情願辭榮就賤，局居田野，免致礙人耳目，或得容易逃生哩。」一再諷諫，用意良苦。行逢默然。俟嚴氏歸去後，刑威為之少減。

嚴氏秦人，父名廣遠，曾仕馬氏為評事，因將女嫁與行逢。行逢得此內助，終得自免，嚴氏亦獲考終。史家采入列女傳，備述嚴氏言行，這真不愧為巾幗丈夫呢！極力褒揚，風示女界。

且說周主還入大梁，聞壽州久攻不下，更兼吳越、湖南，無力相助，又要啟蹕親征。宰相范質等仍加諫阻，因此尚在躊躇。

唐駕部員外郎朱元，頗有武略，上書白事，歷言用兵得失事宜，唐主因命他規復江北，統兵渡江。更派別將李平，作為援應。朱元往攻舒州，周刺史郭令圖，棄城奔還。唐主即授元為舒州團練使，李平亦收復蘄州，也得任蘄州刺史。從前唐人苛榷茶鹽，重征粟帛，名目叫做薄征，又在淮南營田，勞役人民，所以民多怨讟。周師入境，沿途百姓，很表歡迎，往往牽羊擔酒，迎犒周軍。周軍不加撫卹，反行俘掠。於是民皆失望，周主前攻北漢，亦蹈此弊，可見用兵之難。自立堡寨，依險為固，襞紙作甲，操耒為兵，時人號為白甲軍。這白甲軍同心禦侮，守望相助，卻是有些利害。每與周軍相值，奮力角鬥，不避艱險，周軍屢為所敗，相戒不敢近前。朱元因勢利導，驅策民兵，得連復光、和諸州，兵鋒直至揚、滁。周淮南節度使向訓，擬併力攻撲壽州，反將揚、滁二州將士，調至壽州城下，揚、滁空虛，遂被唐兵奪去。

劉仁贍守壽州城，見周兵日增，屢乞唐廷濟師，唐主只令齊王景達赴援。景達懲著前敗，但駐軍濠州境內，未敢前進。還有監軍使陳覺，膽子比景達要小，權柄卻比景達要大。凡軍書往來，統由覺一人主持，景達但署名紙尾，便算了事。所以擁兵五萬，並無鬥志。部眾亦樂得逍遙，過一日，算一日。唯唐將林仁肇等，有心赴急，特率水陸各軍，進援壽州。偏周將張永德屯兵下蔡，截住唐援。仁肇想得一法，用戰船載著乾柴，因風縱火，來燒下蔡浮梁。永德出兵抵禦，為火所熠，險些兒不能支撐。幸喜風回火轉，煙焰反撲入唐艦，仁肇只好遁還。永德乃制鐵絙千餘尺，橫絕淮流，外系巨木，遏絕敵船，大約距浮梁十餘步外，東西纜住，免得唐軍再來攻撲。唯仁肇等心終未死，一次失敗，二次復來。永德特懸重賞，募得水中善泅的壯士，潛游至敵船下面，系以鐵鎖，然後派兵四蹙，繞擊敵船。敵船不能行動，被永德奪了十餘艘，艦內唐兵，無處逃生，只好撲通撲通的跳下水去，投奔河伯處當差。仁肇單舸走免。

永德大捷，自解所佩金帶，賜給泗水的總頭目。唯見李重進持久無功，暗加疑忌。當上表奏捷時，附入密書，略謂重進屯兵城下，恐有貳心。周主以重進至戚，當不至此，特示意重進，令他自白。重進單騎詣永德營，永德不能不見，且設席相待。重進從容宴飲，笑語永德道：「我與公同受重任，各擁重兵，彼此當為主效力，不敢生貳，我非不知曠日持久，有過無功，無如仁贍善守，壽春又堅，一時實攻他不入，公應為我曲諒，為什麼反加疑忌呢！天日在上，重進誓不負君，亦不負友！」後來為周死節，已在言中。永德見他詞意誠懇，不由的心平氣和，當面謝過，彼此盡歡而散。軍帥乘和，必有大功。一日重進在帳內閱視文書，忽由巡卒捉到間諜一名，送至帳下。那人不慌不忙，說有密事相報，請屏左右。重進道：「我帳前俱系親信，儘管說來！」那人方從懷中取出蠟丸，呈與重進。重進剖開一瞧，內有唐主手書。書云：

語曰：知彼知己，百戰百勝，知己知彼，百戰不殆。今聞足下受周主之命，圍攻壽州，頓兵經年，此危道也。吾守將劉仁贍，有匹夫不可奪之志，城中府庫，足應二年之用，攖城自固，捍守有餘。吾弟景達等近在濠州，秣馬厲兵，養精蓄銳，將與足下相見。足下自思，能戰勝否？況周主已起猜疑，別派張永德監守下蔡，以分足下之勢，永德密承上旨，聞已騰謗於朝，言足下逗留不進，陰生貳心。

以雄猜之主，得媒孽之言，似漆投膠，如酒下麴，恐壽州未毀一堞，而足下之身家，已先自毀矣。若使一朝削去兵柄，死生難卜，亦何若擁兵斂甲，退圖自保之為愈乎？不然，擇地而處，惠然南來，孤當虛左以待，與共富貴。鐵券丹書，可以昭信。唯足下察之。

重進覽畢，大怒道：「狂豎無知，敢來下反間書麼？」一口喝破。即令左右拿住來人，特差急足馳奏蠟書。

周主亦閱書生憤，傳入唐使孫晟，厲色問道：「汝屢向朕言，謂汝主決計求成，並無他意，為何行反間計，招誘我朝軍將？我君臣同心一德，豈聽汝主誑言？但汝主刁猾得很，汝亦明明欺朕，該當何罪？」說著，即將原書擲下，令晟自閱。晟取閱畢，神色自若，且正襟答道：「上國以我主為欺，亦思上國果真心相待否？我主一再求和，如果慨然俯允，理應班師示誠，乃圍我壽州，經年不撤，這是何理？臣奉使北來，原奉我主諭意，訂約修好，迄今已住數月，未奉德音，怪不得我主變計，易和為戰了！」言之有理。周主越怒道：「朕前日還都，原為休兵起見，偏汝唐兵不戢，奪我揚、滁各州，這豈是真心求和麼？」晟又道：「揚、滁各州，原是敝國土地，不得為奪。」周主拍案道：「汝真不怕死嗎？敢來與朕鬥嘴！」晟奮然道：「外臣來此，生死早置度外，要殺就殺，雖死無怨！」

周主起身入內，令都承旨曹翰，送晟詣右軍巡院，且密囑數語，並付敕書。翰應命而出，呼晟下殿，偕至右軍巡院中，飭院吏備了酒餚，與晟對飲。談了許多時候，無非盤問唐廷底細，偏晟諱莫如深，一句兒不肯出口。翰不禁焦躁，起座與語道：「有敕賜相公死！」晟怡然道：「我得死所了！」便索取靴笏，整肅衣冠，向南再拜道：「臣孫晟以死報國了！」言已就刑，從吏百餘人，一併遭戮。唯赦免鍾謨，貶為耀州司馬。

既而周主自悔道：「有臣如晟，不愧為忠！朕前時待遇加厚，每屆朝會，必令與俱，且常賜飲醇醴，那知他始終戀舊，不願受恩，如此忠節，朕未免誤殺了。」恐仍是籠絡人心。乃復召謨為衛尉少卿。謨首鼠兩端，怎能及得孫晟？晟死信傳至南唐，唐主流涕甚哀，贈官太傅，追封魯國公，予謚文忠。擢晟子為祠部郎中，厚恤家屬，這且不必細表。已經表揚得夠了。

且說周主既殺死孫晟，更決意征服南唐。自思水軍不足，特命就城西汴水中，造戰艦數百艘，即令唐降將日夕督練，預備出發。但連年征討，需用浩繁，國庫未免支絀，遂致籌餉為艱。聞得華山隱士陳摶，具有道骨，能知飛昇黃白各術，乃遣吏馳召，征摶詣闕。摶因主命難違，沒奈何隨吏入都。由周主宣令入見，溫顏諮詢道：「先生通飛昇黃白諸術，可否指教一二。」摶答道：「陛下貴為天子，當究心治道，何用這種異術呢？」是高人吐屬。周主道：「先生期朕致治，用意可嘉，朕願與先生共治天下，還請先生留侍朕躬！」摶又道：「臣山野鄙人，未識治道，且上有堯、舜，下有巢、由，盛世未嘗無畸士。今臣得寄跡華山，長享承平，未始非出自聖恩呢！」周主尚欲挽留，命為左拾遺，摶再三固辭，乃許令還山。臨行時，口占一詩道：

十年蹤跡走紅塵，回首青山入夢頻。紫閣崢嶸怎及睡？朱門雖貴不如貧。愁聞劍戟扶危主，悶聽笙歌聒醉人。攜取舊書歸舊隱，野花啼鳥一般春。

摶既還山，周主又令州縣長吏，隨時存問，且特賜詔書道：

朕以卿高謝人寰，棲心物外，養太浩自然之氣，應少微處士之星。既不屈於王侯，遂甘隱於岩壑，樂我中和之化，慶乎下武之期。而能遠涉山塗，暫來城闕，浹旬延遇，宏益居多，白雲暫駐於帝鄉，好爵難縻於達士。昔唐堯之至聖，有巢、許為外臣，朕雖寡德，庶遵前鑑。恐山中所闕，已令華州刺史，每事供須。乍返故山，履茲春序，緬懷高尚，當適所宜。故茲撫問，想宜知悉。

摶奉詔後，又嘗作詩一章道：

華澤吾皇詔，圖南摶姓陳。三峰十年客，四海一閒人。
世態從來薄，詩情自得真。超然居物外，何必使為臣？

這兩首詩，俱傳誦一時，時人稱他為答詔詩。小子也有一詩贊陳摶道：

不貪榮利不求名，甘隱林泉老一生，世俗浮塵都洗淨，西山留得好風清。

陳摶事至後再表，下回又要敘南北戰爭了。看官幸勿性急，試看下回表明。

裡諺曰：家有賢妻，不遭橫禍。如周行逢妻嚴氏，可謂賢矣。行逢持己以儉，待民以恩，未始非湖南杰士，獨用法太峻，不留餘地，肘腋之間，危機存焉。嚴氏能居安思危，歸里課耕，以命婦而操賤役，處豪家而憶微時，既足規夫，復足風世，一舉而兩善備。故本回特揭載不遺，所以示婦道也。唐司空孫晟，奉使求成，始終不屈，置死生於度外，卒未肯輸情敵國，委曲求全。觀其臨死怡然，南向再拜，從容就義，有足多者，本回亦特從詳敘，所以示臣道也。至如陳摶之入闕辭官，還山高隱，亦足矯末俗而愧鄙夫。連類並書，有以夫！有以夫！

第五十七回　破山寨君臣耀武　失州城夫婦盡忠

卻說周兵圍攻壽州，經年不下，轉眼間已是顯德四年，城中漸漸食盡，有些支持不住。劉仁贍連日求救，齊王景達，尚在濠州，聞報壽州危急萬分，乃遣應援使許文縝，都軍使邊鎬，及團練使朱元等，統兵數萬，溯淮而上，來援壽州。各軍共據紫金山，列十餘寨，與城中烽火相通，又南築甬道，綿亙數十里，直達州城。當下通道輸糧，得濟城中兵食。

李重進亟召集諸將，當面囑咐道：「劉仁贍死守孤城，已一年有餘，我軍累攻不克，無非因他城堅糧足，守將得人。近聞城內糧食將罄，正好乘勢急攻，偏來了許文縝、邊鎬等軍，築道運糧，若非用計破敵，此城是無日可下了。今夜擬潛往劫寨，分作兩路，一出山前，一從山後，前後夾攻，不患不勝。諸君可為國努力！」眾將齊聲應令，時當孟春，天氣尚寒，重進令牙將劉俊為前軍，自為後軍，乘著夜半肅霜的時候，嚴裝潛進，直達紫金山。

唐將朱元，也慮重進夜襲，商諸許文縝、邊鎬，請加意戒備。邊、許自恃兵眾，毫不在意。元嘆息回營，唯令部下嚴行巡察，防備不虞。回應朱元武略。三更已過，元尚未敢安睡，但和衣就寢。目方交睫，忽有巡卒入報導：「周兵來了！」元一躍起床，命軍士堅守營寨，不得妄動，一面差人報知邊、許二營。許文縝、邊鎬，已經睡熟，接得朱元軍報，方從睡夢中驚醒，號召兵士出寨迎敵。周將劉俊，已經殺到，一邊是勁氣直達，遊刃有餘，一邊是睡眼朦朧，臨陣先怯，更兼天昏夜黑，模糊難辨。前隊的唐兵，已被周軍亂斫亂剁，殺死多名。邊、許兩人，手忙腳亂，只好傾寨出敵。不防寨後火炬齊鳴，又有一軍殺入，當先大將，正是李重進，嚇得邊、許心膽俱裂，急忙棄去正營，逃入旁寨。朱元保住營帳，無人入犯，唯覺得一片喊聲，震動耳鼓，料知邊、許失手，乃令壕寨使朱仁裕守營，自率部將時厚卿等，出營往援。巧值李重進躍馬麾兵，蹂躪諸寨，元大吼一聲，率眾抵敵，與周軍鏖戰多時，殺了一個平手。邊鎬、許文稹見朱元來援，始稍稍出頭，前來指揮。重進恐防有失，與劉俊等徐徐退回，朱元也不追趕。唯與邊、許檢查營盤，剛剛破了二寨，正是邊、許二人的正營。士卒傷數千人，糧車失去數十車。邊、許懊悔不及，只朱元寨中，不折一矢，不喪一兵。元向邊、許冷笑數聲，回營安睡去了。

劉仁贍聞邊、許敗績，倍加憤悒，即致書齊王景達，請令邊鎬守城，自督各軍決戰。偏景達覆書不從。仁贍懊悶成疾，漸漸的不能起床。少子崇諫，恐父病垂危，城必不守，不如潛出降周，還可保全家族，乃乘夜出城，擬泛舟渡往淮北，偏被小校攔住，執送城中。仁贍問明去意，崇諫直供不諱。仁贍大怒道：「生為唐臣，死為唐鬼，汝怎得違棄君父，私出降敵呢！左右快與我斬訖報來！」左右不好違令，只好將崇諫綁出，監軍使周廷構，止住開刀，獨馳入救解。仁贍令掩住中門，不令廷構入內，且使人傳語道：「逆子犯法，理應腰斬，如有為逆子說情，罪當連坐。」廷構聞言，且哭且呼，號叫了好一歇，並沒有人開門。慌忙另遣小吏，向仁贍夫人處求救。仁贍夫人薛氏，蹙然與語道：「崇諫是我幼子，何忍置諸死地，但彼既犯令，罪實難容，軍法不可私，臣節不可隳，若宥一崇諫，是我劉氏一門忠孝，至此盡喪，尚有何面目見將士呢！」夫婦同心，古今罕有。說著，更派使促令速斬，然後舉喪。眾皆感泣，周廷構獨說他夫婦殘忍，代為不平。為後文降周伏筆。

李重進聞得消息，也為感嘆。部將多有歸志，謂仁贍軍令如山，不私己子，更有紫金山援兵，雖敗未退，看來壽州是不易攻入，不如奏請班師，姑俟再舉。重進不得已出奏，候旨定奪。

周主得重進奏章，猶豫未決。適李穀得病甚劇，給假還都，周主特遣范質、王溥，同詣穀宅，問及軍事進止。穀答道：「壽州危困，亡在旦夕，蓋御駕親征，將士必奮，先破援兵，後撲孤城。城中自知必亡，當然迎降，唾手便成功了。」

范質、王溥還白周主，周主再下詔親征。仍命王樸留守京城，授右驍衛大將軍王環，為水軍統領，帶領戰艦數十艘，自閔河沿潁入淮，作為水軍前隊，自己亦坐著大舟，督率戰艦百餘艘，魚貫而進，端的是舳艫橫江，旌旗蔽空。

先是周與唐戰，陸軍精銳，非唐可敵，唯水軍寥寥，遠不及唐，唐人每以此自負。至是見周軍戰櫂，順流而下，無不驚心。朱元留心軍事，探得周軍入淮，便登紫金山高岡，向西遙望，果見戰船如織，飛駛而來，或縱或橫，指揮如意，也不禁失聲道：「罷了！罷了！周軍鼓棹，如此銳敏，我水軍反不相及，真是出人不料了！」說著，那周軍已薄紫金山。周主躬擐甲冑，帶著許多將士，陸續登岸，就中有一威風凜凜的大將，隨著周主。龍顏虎步，與周主不相上下，不由的暗暗喝采。有將校曾經戰陣，認得是趙匡胤，隨即報明。元即下岡至邊、許寨中，與二人語道：「周軍來勢甚銳，未可輕戰，我軍只好守住山麓，相戒勿動，待他銳氣少衰，方可出與交鋒。」許文縝道：「彼軍遠來，正宜與他速戰，奈何怯戰不前！」言未已，即有軍吏入報導：「周將趙匡胤前來踹營了！」許文縝便即上馬，領兵殺出，邊鎬亦隨了同去。獨朱元留住不行，且語部曲道：「此行必敗。」果然不到多時，邊、許兩軍，狼狽奔回，各說趙匡胤厲害。朱元接著，便微哂道：「我原說周軍勢盛，不便力爭，只可堅壁以待，兩公不聽忠告，乃有此敗。」邊、許尚不肯認錯，還埋怨朱元不救。朱元道：「我若來接應兩公，恐各寨統要失去了。」說罷，憤憤回營。

許文縝因此恨元，密報陳覺，請覺表求易帥。覺已因朱元恃功不遜，上書彈劾，此時又補上彈章，誣元如何驕蹇，如何觀望。唐主璟信覺疑元，另派武昌節度使楊守忠代元。守忠至濠州，覺遂傳齊王景達命令，召元詣濠州議事。元料有他變，喟然嘆道：「將帥不才，妒功忌能，恐淮南要被他斷送了。我遲早總是一死，不如就此畢命罷！」說著，拔劍出鞘，意欲自刎。忽有一人突入，把劍奪住，抗聲說道：「大丈夫何往不富貴，怎可為妻子死！」元按劍審視，乃是門下客宋垍，便道：「汝叫我降敵麼？」垍答道：「徒死無益，何若擇主而事。」元嘆息道：「如此君臣，原不足與共事，但反顏事敵，亦覺自慚。罷罷！我也顧不得名節了。」朱元為南唐健將，唐不能用，原是大誤。唯元甘降敵，終虧臣節。乃把劍擲去，密遣人輸款周軍。

周主當然收納，乘勢督攻紫金山。許文縝、邊鎬兩人，尚恃著兵眾，下山抵敵，被趙匡胤用誘敵計，引至壽州城南，三路殺出，把唐兵衝作數段。嚇得邊、許連聲叫苦，飛馬奔還。後面的周軍，緊緊追來，他兩人只望朱元出救，不防朱元寨內，已豎起降旗，自知立足不住，沒奈何棄山逃走。朱元開營迎敵，只裨將時厚卿不肯從命，為元所殺。

周軍既破紫金山大寨，又由周主督眾追趕，沿淮東趨。周主自北岸進行，令趙匡胤等自南岸追擊。水軍統領王環，領著戰船，自中流而下，沿途殺獲萬餘人。那邊鎬、許文縝，正向淮東竄去，適遇楊守忠帶兵來援，且言濠州全軍，都已從水路前來。邊、許又放大了膽，與守忠合作一處，來敵周軍，冤冤見湊，又與趙匡胤相遇。

楊守忠不知好歹，便來突陣，周軍陣內，由驍將張瓊突出，抵住守忠。兩人戰了十多合，守忠戰張瓊不下，漸漸的刀法散亂，許文縝撥馬來助，周將中又殺出張懷忠，四馬八蹄，攢住廝殺。忽聽得撲搨一聲，楊守忠被撥落馬，由周軍活捉過去。文縝見守忠受擒，不免慌忙，一個失手，也被張懷忠擒住。唐軍中三個將官，擒去一雙，當然大亂。邊鎬撥馬就走，由趙匡胤驅軍追上，用箭射倒邊鎬坐馬，鎬墮落地上，也由周軍向前，捆縛過來，餘眾逃無可逃，多半跪地乞降。

這時候的齊王景達，及監軍使陳覺，正坐著艨艟大艦，揚帆使順，來戰周軍。周水軍統領王環，適與相值，便在中流大戰起來，兩下里正在酣鬥，但聞岸上鼓聲大震，兩旁統是周軍站住，發出連珠箭，迭射唐兵。唐艦中多中箭倒斃，景達手足失措，顧陳覺道：「莫非紫金山已經陷沒麼！」陳覺道：「紫金山如已陷沒，奈何楊守忠一軍，亦杳無蹤跡哩！」兩人彷彿做夢。景達道：「岸上統是周軍，看來凶多吉少，我軍將如何抵擋呢？」陳覺道：「不如趕緊回軍，再或不退，要全軍覆沒了。」景達忙傳令退回。戰艦一動，頓時散亂。王環乘勢殺上，把唐艦奪了無數，所得糧械，更不勝計。唐兵或溺死，或請降，差不多有二三萬名。景達、陳覺，統逃還濠州去了。

周主追至鎮淮軍，方才停住，天色已暮，就在鎮淮軍留宿。越日又發近縣丁夫數千人，至鎮淮軍築城，夾淮為壘，左右相應。且將下蔡浮梁，移徙至此，扼住濠州來路，省得他再援壽州。會淮水盛漲，唐濠州都監郭廷謂，率水軍溯淮來毀浮梁，偏被周右龍武統軍趙匡贊探悉，伏兵邀擊，把他殺敗。廷謂慌忙逃回，陳覺聞廷謂又敗，連濠州都不敢留住，竟慫恿景達，同返金陵。只靜江指揮使陳德誠一軍，未曾對敵，還是完全無恙，他見景達等都已奔歸，也恐孤軍難保，渡江退還。

唐主聞諸軍敗退，擬自督諸將拒周。中書舍人喬匡舜，上書極諫，唐主說他阻撓眾志，流戍撫州。嗣又將守禦方略，問及神衛統軍朱匡業、劉存忠。匡業不好直言，但誦羅隱詩道：「時來天地皆同力，運去英雄不自由。」存忠亦從旁進言，謂臣意與匡業相同。唐主怒道：「汝等坐視國危，不知為朕畫策，反欲吟詩調侃，朕豈由汝等嘲弄麼？」兩人叩首謝罪，唐主怒終未釋，竟貶匡業為撫州副使，流存忠至饒州。一面部署兵馬，即欲親行。偏經陳覺奔還，運動宋齊邱等，代為解免。且言周軍精銳異常，說得唐主一腔銳氣，化作虛無，竟把督軍自出的問題，擱過一邊，不再提起。於是濠、壽一帶，孤危益甚。

周主命向訓為淮南道行營都監，統兵戍鎮淮軍，自率親軍回下蔡，貽書壽州，令劉仁贍自擇禍福。過了三日，未見複音，乃親至壽州城下，再行督攻。劉仁贍聞援兵大敗，扼吭嘆息，遂致病上加病，臥不能起，至周主貽書，他亦未曾寓目，但昏昏沈沈的睡在床中，滿口囈語，不省人事。周廷構見周主復來，攻城益急，料知城不可保，乃與營田副使孫羽，及左騎都指揮使張全約，商議出降。當下草就降表，擅書仁贍姓名，派人齎入周營，面謁周主。周主覽表甚喜，即遣閤門使張保續入城，傳諭宣慰。劉仁贍全未預聞，統由周廷構、孫羽等款待來使，且迫令仁贍子崇讓，偕張保續同往周營，泥首謝罪。周主乃就壽州城北，大陳兵甲，行受降禮。廷構令仁贍左右，舁仁贍出城，仁贍氣息僅屬，口不能言，只好由他播弄。好漢只怕病來魔。周主溫言勸慰，但見仁贍瞟了幾眼，也未知他曾否聽見，乃復令舁回城中，服藥養痾。一面赦州民死罪，凡曾受南唐文書，聚跡山林，抗拒王師的壯丁，悉令復業，不問前過，平日挾仇互毆，致有殺傷，亦不得再訟。舊時政令，如與民不便，概令地方官奏聞。加授劉仁贍為天平節度使，兼中書令，且下制道：

劉仁贍盡忠所事，抗節無虧，前代名臣，幾人可比？朕之南伐，得爾為多，其受職勿辭！

看官試想！這為國效死的劉仁贍，連愛子尚且不顧，豈肯驟然變志，背唐降周？只因抱病甚劇，奄奄一息，任他舁出舁入，始終不肯渝節，過了一宿，便即歸天。說也奇怪，仁贍身死，天亦憐忠，晨光似晦，雨沙如霧，州民相率巷哭，偏裨以下，感德自剄，共計數十人，就是仁贍妻薛夫人，撫棺大慟，暈過幾次，好容易才得救活，她卻水米不沾，泣盡繼血，悲餓了四五天，一道貞魂，也到黃泉碧落，往尋槁砧去了。夫忠婦節，並耀江南。

周主遣人弔祭，追封彭城郡王，授仁贍長子崇讚為懷州刺史，賜莊宅各一區。壽州故治壽春，周主因他城堅難下，徙往下蔡，改稱清淮軍為忠正軍，慨然太息道：「我所以旌仁贍的忠節呢！」唐主聞仁贍死節，亦慟哭盡哀，追贈太師中書令，予謚忠肅，且焚敕告靈，中有三語云：

魂兮有知，鑑周惠耶？歆吾命耶？

是夜唐主夢見仁贍，拜謁墀下，彷彿似生前受命情狀。及唐主醒來，越加驚嘆，進封仁贍為衛王，妻薛氏為衛國夫人，立祠致祭。後來宋朝亦列入祀典，賜祠額曰忠顯，累世廟食不絕。人心未泯，公道猶存，忠臣義婦，俎豆千秋，一死也算值得了。小子有詩讚道：

孤臣拚死與城亡，忠節堪爭日月光。
試看淮南隆食報，千秋廟貌尚留芳。

周主覆命朱元為蔡州防禦使，周廷構為衛尉卿，孫羽為太僕卿，開倉發粟，分給壽州飢民。另派右羽林統軍楊信，為忠正軍節度使，管轄壽州，自率親軍還都，留李重進等進攻濠州。欲知濠州能否攻入？且待下回分解。

南唐健將，首為劉仁贍，次為朱元。朱元智慧拒敵，而為陳覺、許文縝等所忌，迫令降周，元雖不免負主，然非激之使叛，亦何至鋌而走險耶？許文縝、邊鎬，庸奴耳！景達騃豎，陳覺鄙夫，詎足與周主相敵，獨劉仁贍誓守孤城，忠而且勇。妻薛氏亦知守大節，甘斬親兒，國而忘家，公而忘私，誠為古今所罕有，南唐有此忠臣，並有此義婦，乃忍使五鬼為蔽，雙忠畢命，豈不足令人太息乎！闡揚名節，責在後人，大書特書，正以維綱常而砭末俗爾。

第五十八回　楚北鏖兵闔城殉節　淮南納土奉表投誠

卻說唐將郭廷謂守住濠州，因聞周主北還，潛率水軍至渦口，折斷浮梁，又襲破定遠軍營，周武寧節度使武行德，猝不及防，竟將全營棄去，孑身逃免。廷謂報捷金陵，唐主擢廷謂為滁州團練使，兼充淮上水陸應援使。獨周主接得敗警，按律定罪，降武行德為左衛將軍，又追究李繼勳失寨罪名，見五十五回。降為右衛將軍。

周主本生父柴守禮，以太子少保光祿卿致仕，常與前許州行軍司馬韓倫，游宴洛陽。韓倫系令坤父，也是一個大封翁，守禮更不必說。兩人恃勢恣橫，洛人無敢忤意，競以阿父相呼。

一日，與市民小有口角，守禮竟麾動家丁，格死數人。韓倫也在旁助惡，毆詈不休。市民不甘枉死，激動公憤，即向地方官起訴。地方官覽這訴狀，嚇得瞠目伸舌，不敢批答，只好挽人調處，曲為和解。那柴、韓二老，怎肯認過？市民亦不願罷休，索性叩闇訟冤。當時周廷對待守禮，雖未明言為天子父，但元舅懿親，聲勢亦大，當時接得冤訴，無人敢評論曲直，只有上達宸聰。周主顧念本生，把守禮略過一邊，唯查究韓倫劣跡，嗣聞韓倫干預郡政，武斷鄉曲，公私交怨，罪惡多端，乃命刑官定讞，法當棄市。韓令坤伏闕哀求，情願削職贖罪，乃只奪韓倫本身官爵，流配沙門島。令坤任官如故，守禮不復論罪。守禮為周主生父，似難坐罪，唯枉法全恩，亦屬非是，此亦一瞽瞍殺人之案。誤在周主未知迎養，致有此弊。

內供奉官孫延希，督修永福殿，役夫或就瓦中啖飯，用柿為匕，不意為周主所見，責延希虐待役夫，叱出處死，並黜退御廚使董延勛，副使張皓等。左庫藏使符令光，歷職內廷，素來清慎。至是周主又欲南征，敕令光督制軍士袍襦，限期辦集。令光不能如限，又有敕處斬。宰相等入廷救解，周主拂衣入內，不願從諫，令光竟戮死都市。為這二案，都人代為呼冤。周主亦嘗追悔，但素性暴躁，一或忤旨，便欲加刑。虧得皇后符氏，從中解勸，還算保全不少。

顯德四年十一月，又欲出征濠、泗，符后以天氣嚴寒，力為諫阻。周主執意不從，累得符后抑鬱成疾，飲食少進。周主不遑內顧，命王樸為樞密使，仍令留守東京，自率趙匡胤等出都，倍道至鎮淮軍。五鼓渡淮，直抵濠州城西，濠州東北十八里，有一巨灘，唐人在灘上立柵，環水自固。周主使內殿直康保裔，乘著槖駝，率軍先濟，趙匡胤為後應。保裔尚未畢渡，匡胤已躍馬入水，截流而進。騎兵追隨恐後，霎時間盡登灘上，攻入敵柵。柵內守兵，措手不及，紛紛潰散，遂得拔柵通道，徑至濠州城下。

李重進早攻濠州南關，連日不下，忽聞御駕復來督師，大眾奮勇百倍，或緣梯，或攀堞，不到半日，已攻入南關城。城東復有水寨，與城中作為犄角，王審琦奉周主命，領兵搗入，也將水寨據住。城北尚屯敵船數百艘，船外植木，防遏周軍，周主命水師拔木進攻，縱火焚敵，敵船不能撲滅，被毀去七十餘艘，餘船遁去。

濠州諸防，種種失敗，只剩得斗大孤城，如何保守？郭廷謂想出一法，遣人至周營上表，但說臣家屬留居江南，今若遽降，必至夷族，願先著人至金陵稟命，然後出降。周主微笑道：「他無非是緩兵計，想往金陵乞援。朕亦不妨允他，等他援兵到來，一鼓殲滅，管教他死心塌地，舉城出降了！」料事如神。遂留兵濠州城下，自移軍往攻泗州。行至渙水東，遇著敵船，大約又有數百艘。當下水陸夾擊，斬首五千餘級，降卒二千餘人，因即鼓行而東，所至皆下。趙匡胤為前鋒，直薄泗州，焚南關，破水寨，拔月城。泗州守將范再遇，驚慌的了不得，即開城乞降。匡胤入城，禁止擄掠，秋毫無犯，州民大悅，爭獻芻粟犒軍。周主自至城下，再遇迎謁馬前，受命為宿州團練使，拜謝而去。匡胤出奏周主，報稱全城安堵，周主乃不復入城，分三道進兵。匡胤率步騎自淮南進，自督親軍從淮北進，諸將率水軍由中流進。

淮濱因戰爭日久，人不敢行，兩岸葭葦如織，且多泥淖溝塹。周軍乘勝長驅，踴躍爭趨，幾忘勞苦。沿途與唐兵相值，且戰且進，金鼓聲達數十里。行至楚州西北，地名清口，有唐營駐紮，保障楚州，由唐應援使陳承昭扼守。趙匡胤溯淮而上，夤夜襲擊，搗入唐營，陳承昭不及預備，慌忙逃生。匡胤入帳，不見承昭，料他從帳後遁去，急急追趕，馬到擒來，所有清口唐船，除焚蕩外，尚得三百餘艘，將士除殺溺外，收降七千人，淮上唐艦，掃得精光，周水軍出沒縱橫，毫無阻礙。

濠州守將郭廷謂，曾遣使至金陵乞援，及使人返報，謂當促陳承昭援泗，所以閉城待著。不料承昭被擒，全軍覆沒，廷謂無法可施，只得依著周主命令，送呈降表。當令錄事參軍李延鄒起草。延鄒勃然道：「城存與存，城亡與亡，這是人臣大義，奈何靦顏降敵！」廷謂道：「我非不能效死，但滿城生靈，無辜遭戮，我實未忍。況泗州已降，清口覆軍，區區一城，如何保全，不如通變達權，屈節保民，願君勿拘拘小節！」此語亦聊自解嘲。延鄒擲筆道：「大丈夫終不負國，為叛臣作降表！」擲地作金石聲。廷謂大怒，拔劍相逼道：「汝敢不從我命麼？」延鄒道：「頭可斷，降表不可草！」言未畢，已被廷謂把劍一揮，頭落地上。濠州尚有戍兵萬人，糧數萬斛，廷謂舉城降周，全城兵糧，俱為周有。

周主因泗州已降，不必後顧，當然大喜，敕授廷謂為亳州防禦使，另派將吏駐守，自往楚州攻城。廷謂馳謁行幄，周主語廷謂道：「朕南征以來，江南諸將，敗亡相繼，獨卿能斷渦口浮梁，破定遠寨，也可算是報國了。濠州小城，怎能持久，就使李璟自守，亦豈足恃！卿可謂知幾。現命卿往略天長，卿可願否？」廷謂便稱願往，周主即令自率所部，往攻天長。再遣鐵騎右廂都指揮使武守琦，率數百騎趨揚州。

甫至高郵，揚州守將，已毀去官府民廬，驅人民渡江南行，及守琦入揚州城，已是空空洞洞，成了一片瓦礫場，此外只剩十餘人。不是老病，就是殘疾，死多活少，未便遠行，因此還是留著。守琦付諸一嘆，據實奏聞。

周主仍命韓令坤往撫揚州，招緝流亡，權知軍府事宜，又派兵將拔泰州，陷海州。唯楚州防禦使張彥卿，與都監鄭昭業，硬鐵心腸，彷彿壽州的劉仁贍。周主親御旗鼓，連日攻撲，城外廬舍，掃盡無遺，更發州民鑿通老鸛河，引戰艦入江，水陸夾擊楚州城。炮聲震地，鼓角喧天，彥卿絕不為動，唯與鄭昭業同心堵御，視死如歸。彥卿子光祚，隨父登城，望見周軍勢盛，城中危在旦暮，乃泣諫彥卿道：「敵強我弱，萬難支持，城外又無一人來援，看來徒死無益，不如出降。」彥卿不答一詞，旁顧諸將道：「那裡有敵軍來攻，汝等可望見否。」諸將側身他顧，光祚亦掉頭瞧著，不防彥卿拔出腰劍，竟向光祚頂後劈去，砉然一聲，首隨刀落。諸將聞有劍聲，慌忙轉視，但見一顆血淋淋的頭顱，已在城上擺著，禁不住大家咋舌！彥卿卻泣語諸將道：「這是彥卿愛子，勸彥卿降敵，彥卿受李氏厚恩，義不苟免。這城就是我死所哩！諸君畏死欲降，盡可從便，但不得勸我，若勸我出降，請視我子首級！」仁贍殺子，彥卿亦殺子，可謂無獨有偶。諸將皆感泣思奮，莫敢言降。

苦守至四十日，猛聽城外一聲怪響，好似天崩地塌一般。城上守卒，騰入天空，城牆坍陷至數十丈，那時堵不勝堵，周軍從城缺殺入，一擁進來。原來周主督攻月餘，焦躁異常，乃命軍士鑿城為窟，內納火藥，引以為線，線燃藥發，把城轟坍，城遂被陷。彥卿尚結陣城內，誓死巷鬥，戰到日暮，殺得槍折刀缺，尚未肯休。既而退至州廨，矢刃俱盡，彥卿舉繩床搏鬥，猶格斃周軍數十人，自身亦受了重傷，便大呼道：「臣力竭了！」遂自刎而死。

鄭昭業為周將所殺，餘眾千數百人，個個戰死，無一生降。周軍亦傷亡不少。周主大怒，下令屠城，自州署以及民舍，俱付一炬，吏民死了萬餘人。周主身死國亡，未始非由此所致。趙匡胤搜誅彥卿家屬，男女多死，唯留一彥卿少子光祐，謂是忠臣遺裔，不當盡殲。俟屠城已畢，方入奏周主，請留彥卿一脈，為臣教忠。周主怒氣已平，乃準如所請。復令修築城垣，募民實城。仍須百姓，何必盡屠。

嗣接郭廷謂奏報，唐天長軍使易贇，已舉城歸順，周主仍令贇為刺史。自發楚州，轉趨揚州。韓令坤迎入城內，城乏居民，滿目蕭條。周主見城內空虛，特命在故城東南隅，另築小城，俾便駐守。未幾又接黃州刺史司超捷報，謂與控鶴指揮使王審琦，敗舒州軍，擒唐刺史施仁望，於是淮右粗平。

周主出巡泰州，復至迎鑾鎮，進攻江南，臨江遙望。見有敵艦數十艘，停泊江心，即命趙匡胤帶著戰船，前往攻擊。敵艦不敢迎戰，望風退去。匡胤直抵南岸，毀唐營柵，乃收軍駛回。越日，周主又遣都虞侯慕容延釗，右神武統軍宋延渥，水陸並進，沿江直下。延釗至東州，大破唐兵，江南大震。

先是江南小兒，遍唱檀來。人不知為何因，頗以為怪。至周師入境，先鋒騎兵，皆唱蕃歌，首句即為「檀來也」三字，才識童謠有驗，益加恟懼。

是時已為周顯德五年三月，即唐主璟中興元年。唐主嗣位，年號保大，是年已為保大十六年，改稱中興元年。唐主聞周軍臨江，恐即南渡，又恥降號稱藩，意欲傳位皇弟景遂，令他出面求和。景遂本為皇太弟，至是上表辭位，略言不能扶危，自願出就外藩。齊王景達，因出師敗還，辭元帥職。唐主乃改封景遂為晉王，兼江南西道兵馬元帥，景達為浙西道元帥，兼潤州大都督。立皇子燕王弘冀為太子，參治朝政，派樞密使陳覺，奉表至迎鑾鎮，謁見周主，貢獻方物，且請傳位太子，聽命中朝。

周主諭覺道：「汝主果誠心歸順，何必傳位？且江北郡縣，尚有廬、舒、蘄、黃四州，及鄂州漢陽、川二縣，未曾歸我，如欲乞和，即須獻納，方可開議！」覺叩伏案前，不敢違命。但言當遣還隨員，再取表章。周主道：「朕欲取江南，亦非難事，不特我軍鼓勇爭先，戰勝攻取，就是荊南、吳越，也助順討逆，來請師期。」說至此，即檢出二表，取示陳覺。覺一一接閱，一表是荊南高保融，奏稱本道舟師，已至鄂州，一表是吳越王錢弘俶，奏稱已發戰棹四百艘，水軍一萬七千人，停泊江岸，候命進止。兩表閱罷，覺愈加驚惶，且見迎鑾鎮一帶，戰船如林，兵戈如蟻，大有氣吞江南的形狀，不由的形神觳觫，磕了無數響頭，再四乞哀。鬼頭鬼腦，不愧為五鬼之一。周主方道：「汝速遣人取表，割獻江北，朕得休便休，也不定要汝江南了。」覺拜謝而退，立遣隨員還金陵，盛說周主聲威，宜速割江北，還可保全江南。

唐主不得已，乃再遣閤門承旨劉承遇，至迎鑾鎮，願將廬、舒、蘄、黃四州，及鄂州漢陽、川二縣，盡行奉獻。唯乞海陵鹽監，仍屬江南，周主不許。經承遇苦苦哀求，請歲結贍軍鹽三十萬石，方邀允準。此外如奉周正朔，歲輸土貢等款，亦由陳覺、劉承遇等承認，周主乃許令罷兵，且頒詔江南道：

皇帝恭問江南國主無恙，使人至此，奏請分割舒、廬、蘄、黃等州，畫江為界，朕已盡悉。頃逢多事，莫通玉帛之歡，適自近年，遂構干戈之役，兩地之交兵未息，蒸民之受弊斯多。日昨再辱使人，重尋前意，將敦久要，須盡縷陳。今者承遇爰來，封函覆至，請割州郡，仍定封疆，猥形信誓之辭，備認始終之意，既能如是，又復何求！邊陲頓靜於煙塵，師旅便還於京闕，永言欣慰，深切誠懷。其常、潤一帶，及沿江兵棹，今已指揮抽退；兼兩浙、荊南、湖南水陸兵士，各令罷兵，以踐和約。言歸於好，共享承平，朕有厚望焉！

陳覺、劉承遇，既得求成，乃向周主處辭行。周主又語覺道：「傳位一事，盡可不必，朕有手書，煩汝轉達汝主便了。」隨即取書給覺，覺與承遇，復拜謝而去。還至金陵，將周主原書呈與唐主。書中寫著：

別睹來章，備形縟旨，敘此日傳讓之意，述向來高尚之懷。仍以數歲已還，交兵不息，備論追悔之事，無非克責之辭，雖古人有引咎責躬，因災致懼，亦無以過此也。況君血氣方剛，春秋甚富，為一方之英主，得百姓之歡心。即今南北才通，疆埸甫定，是玉帛交馳之始，乃干戈載戢之初，豈可高謝君臨，輕辭世務！與其慕希夷之道，曷若行康濟之心。重念天災流行，分野常事，前代賢哲，所不能逃。苟盛德之日新，則景福之彌遠。勉修政務，勿倦經綸，保高義於初終，垂遠圖於家國。流芳貽慶，不亦美乎！特此諭意，君其鑒之！

周主既遣還陳覺等人，乃詔吳越、荊南軍各歸本道，賜錢弘俶犒軍帛二萬匹，高保融帛一萬匹，命就廬州置保信軍，簡授右龍武統軍趙匡贊為節度使，自從迎鑾鎮還揚州。唐主又遣同平章事馮延己，給事中田霖，為江南進奉使，獻入犒軍銀十萬兩，絹十萬匹，錢十萬貫，茶五十萬斤，米麥二十萬石，附以表文。略云：

臣聞孟津初會，仗黃鉞以臨戎，銅馬既歸，推赤心而服眾。皇帝量包終古，德合上元，以其執迷未復，則薄賜徂征；以其向化知歸，則俯垂信納。仰荷含容之施，彌堅傾附之念。然以淮海遐陬，東南下國，親勞玉趾，久駐王師，以是憂慚，不遑啟處。今既六師返斾，萬乘還京，合申解甲之儀，粗表充庭之實。望風陳款，不盡依依。

延己等既至揚州，呈入表文，接連又遣汝郡公徐遼，客省使尚全，恭上買宴錢二百萬緡。又有一篇四六表文，有云：

伏以柏梁高會，展極居尊，朝臣咸侍於冕旒，天樂盛張於金石，莫不競輸寶瑞，齊獻壽杯。而臣僻處偏隅，回承睠顧，雖心存於魏闕，奈日遠於長安，無由覲咫尺之顏，何以罄勤拳之意！遂令戚屬躬拜殿廷，納忠則厚，致禮則微，誠慚野老之芹，願獻華封之祝。

周主連得二表，特在行宮賜宴。馮延己、田霖、徐遼、尚全，一併列座。遼代唐主李璟捧上壽觴，並進金酒器御衣犀帶金銀錦綺鞍馬等物，周主亦各有贈賜。宴畢辭去，車駕乃啟程還京。詔進侍衛諸軍及諸道將士官階，優給行營將士，追恤臨陣傷亡各家屬，子孫並量材錄用。新得淮南十四州六十縣，所欠賦稅，並準蠲免。即授唐將馮延魯為太府卿，充江南國信使，並以衛尉少卿前唐使鍾謨為副，令齎國書及本年曆書，還赴江南，並賜唐主御衣玉帶，及錦綺羅縠共十萬匹，金器千兩，銀器萬兩，御馬五匹，散馬百匹，羊三百匹，犒軍帛千萬匹。

唐主李璟得書，乃去帝號，自稱國主，用周顯德年號，一切儀制，皆從降損；並因周信祖廟諱為璟，即郭威高祖，見前文。特將本名除去偏旁，易名為景。再遣馮延魯、鍾謨至周都，奉表謝恩。周主命在京師置進奏院，館待來使，更升任延魯為刑部侍郎，謨為給事中，仍遣歸江南。小子有詩詠道：

連年爭戰苦兵戈，割地稱臣始許和；
我為淮南留一語，國衰只為佞臣多！

此外尚有俘獲唐將，亦陸續放還，俟至下回開篇，再行詳敘。

周師入淮，勢如破竹，各城多望風乞降，其能為國捐軀者，除孫晟、劉仁贍外，尚有李延鄒之不草降表，及張彥卿等之千人皆死。雖曰無補，忠足尚焉。彥卿殺子，見諸趙鼎臣《竹隱畸士集》，子可殺，君不可負，大義滅親，臣節凜然。說者或譏其愚忠，夫時當五季，綱紀淪亡，得張彥卿等之秉節不撓，實足羽翼名教。即曰近愚，愚亦不可及矣。否則如陳覺、馮延己等，匍匐乞哀，割地不知惜，屈節不知羞，偷生畏死，甘為奴隸，國家亦烏用此庸臣為耶！唐主璟之任用非人，以致蹙國降號，是乃所謂愚夫也已。

第五十九回　懲奸黨唐主施刑　正樂懸周臣明律

卻說唐使馮延魯、鍾謨，自周遣還，又釋歸南唐降卒，共五千七百五十人。嗣又將許文縝、邊鎬、周廷構等，也一併放歸。先是馮延己、陳覺等，自詡多才，睥睨一切，嘗侈談天下事，以為經略中原，可運掌上。延己尤善長聚詠，著有樂章百餘闋，統是鋪張揚厲，粉飾隆平。唐主璟本好詩詞，與延己互相倡和，工力悉敵，璟因引為同調。翰林學士常夢錫，屢次進諫，極言延己等浮誇無術，不應輕信。怎奈延己正得君心，任你舌敝唇焦，也是無益！淮南戰起，唐兵屢敗，夢錫又密諫道：「延己等奸言似忠，若陛下再不覺悟，恐國家從此滅亡了！」唐主璟仍然不從。至李德明被殺，雖由宋齊邱、陳覺等從旁慫恿，見五十五回。延己也串同一氣，斥德明為賣國賊，應該伏誅。及許文縝等戰敗紫金山，同作俘虜，陳覺與齊王景達，自濠州遁歸，國人恟懼，唐主璟召入延己等，會商軍事，甚至泣下，延己尚謂無恐。樞密副使李征古，與延己同黨，且大言道：「陛下當治兵禦敵，奈何作兒女子態，徒對臣等涕泣，莫非是酒醉不成，還是由乳母未至呢！」對君敢如此放肆，可知唐主之不堪為君。唐主不禁色變，征古卻舉止自若。

會司天監奏天文有變，人主應避位禳災，唐主乃復召諭群臣道：「國難未紓，我欲釋去萬機，棲心沖寂，究竟何人可以托國？」李征古先答道：「宋公齊邱，系再造國手，陛下如厭棄國機，何不舉國授與宋公！」陳覺亦從旁插嘴道：「陛下深居禁中，國事皆委任宋公，先行後聞，臣等可隨時入侍，與陛下同談釋老了。」唐主聞言，目顧延己，延己亦似表同情。乃命中書舍人陳喬草詔，將委國與宋齊邱。喬俟群臣退後，獨持入草詔，造膝密陳道：「宗社重大，怎可假人！今陛下若署此詔，從此百官朝請，皆歸齊邱，尺地一民，俱非己有。就使陛下甘心澹泊，脫屣萬乘，獨不念烈祖創業，如何艱難，難道可一朝委棄嗎？古有齊淖齒，趙李兌。皆戰國時人。近有讓皇，且為陛下所親見。撫今思昔，能不寒心！臣恐大權一去，求為田舍翁，且不可得了！」唐主愕然道：「非卿言，幾落賊人彀中！」於此益見李璟之愚。乃將草詔撕毀，引喬入見皇后鍾氏，及太子弘冀，且指語道：「這是我國忠臣！他日國家急難，汝母子可託付大事，我雖死無遺恨了。」嗣是乃疑忌宋齊邱、陳覺等人。

覺詣周議和，還至金陵，矯傳周主詔命，謂江南連歲拒周，皆由嚴續主謀，須立殺無赦。續為故相嚴可求子，尚唐烈祖李昪女。性頗持正，不入宋黨。唐主命為門下侍郎，兼同平章事。覺與續有嫌，因借此構陷。唐主已有三分明白，不忍殺續，但罷為少傅，且令覺退出樞密，但令為兵部侍郎。並將左相馮延己，亦罷除相位，降為太子少傅，黜樞密副使李征古，令為晉王景遂副倅。

及鍾謨南歸，入見唐主，乘隙進言道：「宋齊邱累受國恩，見危不能致命，反謀篡竊，陳覺、李征古等，陰為羽翼，罪實難容，請陛下申罪正法！」唐主忽憶及覺言，便問謨道：「覺曾傳周主命，迫誅嚴續，卿在周廷，果聞有此語否？」謨答道：「臣未聞此言，恐是由覺捏造。就是前時李德明，與臣同往議和，他亦無非衡量強弱，因請割地求成，齊邱與覺，說他賣國，遂致誅死，試問今日覺往通款，比前時德明所請，得失何如？德明受誅，覺怎得無罪？」雖未免袒護德明，卻是言之有理。唐主沈吟多時，乃語謨道：「究竟周主欲誅嚴續否？」謨又道：「臣謂周主必無此言。如若不信，臣可至周廷問明。」唐主點首，因令謨再齎表入周，略言久拒王師，皆由臣昏愚所致，嚴續無與，請加恩寬宥。周主覽表，不禁驚詫道：「朕何曾欲誅嚴續？就使續欲拒朕，彼時桀犬吠堯，各為其主，朕亦何必過事苛求。」謨乃述及嚴續剛正，及陳覺等矯詐情狀，周主又道：「據汝說來，嚴續為汝國忠臣，朕為天下主，難道教人殺忠臣麼？」謨叩謝而歸，報明唐主。

唐主因欲誅宋齊邱等，又遣鍾謨詣周稟白。周主道：「誅佞錄忠，系汝國內政，但教汝主自有權衡，朕不為遙制呢。」謨即兼程還報，唐主乃命樞密使殷崇義，草詔懲奸，曆數宋齊邱、陳覺、李征古罪惡，放齊邱還九華山，謫覺為國子博士，安置饒州，奪征古官，流戍洪州。覺與征古，悯悯出都，途中復接唐主敕書，賜令自盡。南唐五鬼，陳覺為首，還有魏岑、查文徽，已病死，此外只剩二馮。唐主不復問罪，尋且遷任延己為太子太傅，延魯為戶部尚書，寵用如故。

唐主嘗曲宴內殿，從容語延己道：「吹皺一池春水，何干卿事！」延己答道：「怎能如陛下所詠：『小樓吹徹玉笙寒』，更為高妙呢。」時江南喪敗不支，苟延歲月，君臣不能臥薪嘗膽，乃各述曲宴舊詩，作為評謔，無怪他一蹶不振，終致滅亡。評斷有識。唯宋齊邱至九華山，唐主命地方有司，鎖住齊邱居宅，不準自由，但穴牆給與飲食。齊邱嘆道：「我從前為李氏謀劃，幽住讓皇帝族於泰州，天道不爽，理應及此，我也不想再活了！」遂自經死。唐主謚為醜繆，追贈李德明為光祿卿，賜謚曰忠。亦未見得。

因復遣使報周，並貢冬季方物。周主特派兵部侍郎陶穀報聘，穀素有才名，周主聞江南人士，多擅文才，故令穀充使職。穀既至金陵，見了唐主，吐屬風流，溫文爾雅，唐主亦頗起敬，特命韓熙載陪賓，殷勤款待。熙載素稱江南才子，家中藏書甚多，穀向他借觀，且囑館伴抄錄，一時不能脫身。唐宮中有歌妓秦蒻蘭，知書識字，色藝兼優，唐主命她至客館中，充作女役。不懷好意。穀見她容顏秀麗，體態娉婷，已不禁暗暗喝采，唯身為使臣，不便細詢姓氏，總還道是驛吏女兒，未敢唐突。那知娟娟此豸，故意撩人，有時眼角留情，有時眉梢傳語，有時輕顰巧笑，賣弄風騷，惹得陶穀支持不定，未免與她問答數語。偏她應對如流，無論甚麼詩歌，多半記憶，益令陶穀傾心鍾愛，青眼垂憐，漸漸的親近香膚，引為膩友。

美人解意，才子多情，那有不移篙近岸，圖成美事？

一宵好夢，備極歡娛。

越宿起床，那美人兒出外自去，鎮日裡沒有見面。穀已是啟疑，適由韓熙載奉唐主命，邀令晚宴，穀不好固辭，隨著同行。既入唐廷，自有內侍趨出，導引入內殿中，唐主已經待著，降階相迎。寒暄已罷，即請入席，且召歌妓侑觴，穀很是矜持，唐主微諷道：「公南來有日，久居館中，獨不嫌岑寂麼？」穀答稱借閱韓書，倖免岑寂。唐主道：「江南春色，聞已為公采得一枝，何必相欺！」穀極力答辯，唐主付諸一笑，仍舉觥勸飲，穀飲了一二杯，忽聽得歌聲幽咽，從屏後出來。

歌云：

好姻緣，惡姻緣，只得郵亭一夜眠。

穀聽此二語，已覺驚心，復又有歌詞續下道：

別神仙。琵琶撥盡相思調，知音少！再把鸞膠續斷弦，是何年！

這詞名為「春光好」。穀博通詞曲，當然知曉，且料有別因，忙從屏間一瞧，果然走出一個歌娘，似曾相識，微皺眉山，仔細諦視，就是昨夜相偎相抱的秦蒻蘭，禁不住面上生慚，汗涔涔下，中冓之言，不可道也，所可道也，言之醜也。便即起座謝宴，託言醉不能飲，經唐主嘲諷數語，也只好似痴似聾，轉身退去。次日便即辭行，自回大梁去了。唐主如此弄人，成何大體。

唐主自鳴得意，且不必說。

唯南漢主晟，聞唐為周敗，不免加憂。他自篡位以後，猜忌骨肉，把弘昌以下十三弟，殺得一個不留。諸侄因盡加殲戮，唯選得幾個美色的侄女，取入宮中，迫為婢妾。禽獸不如。且派兵入海，掠得商賈金帛，增築離宮數千間，殿側皆置宮人，令她候曉，名為候窗監。每值宴會，晟獨坐殿廷間，侍宴百官，各結綵亭，列坐殿旁兩廡。宴酣後，令有司檻獸而進，兩旁翼以刀戟。晟下殿射獸，獸未死，即用戈戟戮斃，算作樂事。又嘗夜飲大醉，用瓜置伶人尚玉樓項間，拔劍劈瓜，並斬尚首。翌日酒醒，再召玉樓侍宴，左右謂昨已受誅，方才嘆息。後宮專寵，有兩個李妃，一號李麗妃，一號李蟾妃。宮人盧瓊仙、黃瓊芝，色美性狡，特授為女侍中，朝服冠帶，參決政事。宦官中最寵林延遇，諸王夷滅，俱由延遇主謀。延遇臨死，薦同黨龔澄樞自代。澄樞刁滑，與延遇相類。朝政不修，權出嬖倖。至聞周征服淮南，意欲入貢周廷，因為湖南所隔，不便通道，乃治戰艦，修武備，為自固計。未幾又自嘆道：「我身得免禍患，已是幸事，還要管甚么子孫呢？」自知頗明。會月食牛女間，出書占卜，謂為自己應該當災，乃縱情酒色，為長夜飲，漸漸的精枯色悴，加劇而亡。年三十九歲。

長子繼興嗣立，改名為鋹。尊故主晟為中宗。時鋹年十六，委政中官，龔澄樞、陳延壽權勢最重，又進盧瓊仙為才人，內政皆取決瓊仙，臺省官僅備員數，不得與聞國政。鋹性好奢，築萬政殿，一柱費用，須白金三千錠。又建天華宮，築黃龍洞，日費千萬，毫不吝惜。宦官李托，有二養女，均有姿色，長女入為貴妃，次女亦得為才人，一時並寵。還有宮婢波斯女，黑腯而慧，光豔動人，性善淫媚，賜名媚豬。尚書右丞鍾允章，欲整肅綱紀，懲治奸滑，適為宦官所忌，誣稱允章謀反。迫鋹加刑，竟致族誅。遂擢李托為內太師，兼六軍觀軍容使，國事皆稟托後行。鋹日與大小李妃，及波斯媚豬，恣為淫樂，自稱蕭閒大夫，不復臨朝視事。中官多至七千餘，或加至三公三師職銜，女官亦不下千人，也有師傅令僕的名目。陳延壽又引入女巫樊鬍子，戴遠遊冠，衣紫霞裙。踞坐帳中，自稱有玉皇附見，能預知禍福，呼鋹為太子皇。鋹極端迷信，往往向鬍子就教。盧瓊仙及龔澄樞等，爭相依附，鬍子乃偽言瓊仙、澄樞、延壽，統是上天差來，輔佐太子皇，不宜輕加罪譴。鋹信用益堅，視國事如兒戲，但因僻處嶺南，周天子無暇問罪，所以昏憒糊塗的劉鋹，尚得荒縱數年，等到趙宋開國，然後滅亡。這且待《宋史演義》中，再行詳述，本書已將終篇，不必絮談了。界畫分明。

且說周主還都後，皇后符氏薨逝，年止二十有六，謚曰宣懿。后妹亦頗有容色，出入宮中，周主欲冊為繼后，因南徵得手，又思北討，所以未遑行禮。未幾即為顯德六年，高麗女真，均遣人入貢方物。周主御崇德殿，召見番使，命有司遍設樂懸，藉示漢儀。四面鐘磬陳列，有幾處止屬虛設，未聞擊響。待番使退朝，周主召問樂工，何故不擊鐘磬。樂工謂向例如此，不敢妄擊。周主再加細詰，樂工多不能答，乃命端明殿學士竇儀，討論古今雅樂，考訂闕失。竇儀謂通曉樂音，臣不如樸，因令樸訂定樂律。樸援據古今，具疏臚陳，略云：

臣聞禮以檢形，樂以治心。形順於外，心和於內，而天下不治者，未之有也。夫樂生於人心，而聲成於物，物聲既成，復能感人之心，是謂之樂。昔黃帝吹九寸之管，得黃鐘正聲，半之為清聲，倍之為緩聲，三分損益之，以成十二律，旋相為宮，以生七調為一均，凡十二均，八十四調而大備。遭秦滅學，歷代罕能用之。唐祖孝孫考正大樂，其法始備，安史之亂，十亡八九，至於黃巢，蕩盡無遺。時有博士殷盈孫，鑄鎛鐘十二，編鐘二百四十。處士蕭承訓，校定石磬，今之在懸者是也。雖有鐘磬之狀，殊無相應之和，其鎛鍾不問音律，但循環而擊，編鐘編磬，徒懸而已。絲竹匏土，僅有七聲，黃鐘之宮，止存一調；蓋樂之缺壞，無甚於今。陛下臨視樂懸，知其亡失，以臣嘗學律呂，宣示古今樂錄，命臣討論，臣雖不敏，敢不奉詔！

樸上疏後，援照古法，用秬黍定尺，一黍為分，十黍為寸，積成九寸，徑三分，為黃鐘律管。推演得十二律，因作律準。共分十有三弦，長九尺，依次設柱，系弦成聲。第一弦為黃鐘律，第二弦為大呂律，第三弦為太簇律，第四弦為夾鐘律，第五弦為姑洗律，第六弦為仲呂律，第七弦為蕤賓律，第八弦為林鐘律，第九弦為夷則律，第十弦為南呂律，第十一弦為無射律，第十二弦為應鐘律，第十三弦為黃鐘清聲。聲律既調，用七律為一均，錯成五音：宮聲為主，徵聲、商聲、羽聲、角聲，互為聯屬。五音相續，迭聲不亂，合成八十四調，然後配以笙簧，間以鐘磬，凡四面樂懸，無不協響，合成節奏。無論何種歌曲，但好譜入樂聲，均能應腔合拍，不疾不徐。樸又上言此法久絕，出臣獨見，乞集百官校正得失。有詔令百官再行參酌。百官多半是門外漢，曉得甚麼音律奧旨，彼此同聲附和，統復稱王樸高才，非臣等所及。乃命樂工演試，果然五聲有序，八音克諧，樂得周主心花怒開，極稱盛事。

周主又究心貢舉，務求得人，裁併寺院，嚴禁左道。平居輒留意農事，刻木為農夫、蠶婦，列置殿廷。且詔散騎常侍艾穎等三十四人，分行諸州，均定田租。又詔諸州並鄉村，率以百戶為團，團置耆長三人，令司民事，課耕勸稼。又從汴口疏河通淮，以達舟楫，再導汴水入蔡水，以便漕運公私交利，上下翕然。周世宗為五代賢主，故歷敘美政。周主遣王樸巡視汴口，督建斗門。工既告竣，還過故相李穀第，忽然疾作，暈僕座上。慌忙用人舁歸，醫治無效，竟爾謝世，年五十四歲。周主親往弔喪，用玉鉞叩地，痛哭再四，不能自止。左右從旁慰勸，周主仰天嘆道：「天不欲我平中原麼？何為奪我王樸，有這般迅速哩！」吊畢回宮，數日不歡。樸精究術數，談言多中，周主志在統一，常恐運祚短促，不能如願。一日從容問樸，謂朕躬踐阼，能得幾年？樸答道：「陛下有心致治，嘗以蒼生為念，天高聽卑，自當蒙福。臣本固陋，一知半解，推演數理，可得三十年。三十年後，非臣所能知呢。」周主喜道：「誠如卿言，朕當為主三十年，十年開拓天下，十年養百姓，十年致太平，朕志足了！」後來征遼回師，便即晏駕，計在位止及五年零六個月，似與樸言不符。或謂五六乃三十成數，樸不便直言，故用隱謎相答。究竟樸能否預知，小子也不能定斷，只好援據遺聞，隨筆錄敘。因繼詠一詩道：

懷才挾術佐明王，天不假年劇可傷！
豈是慶陵周世宗陵。將晏駕，先歸地下待吾皇！

王樸既歿，周主失一股肱，但北伐雄心，仍然不改，因即下詔親征。欲知周主北伐情形，下回再當詳敘。

唐為周敗，國威不振，至於割地請和，始正宋黨之罪，論者已嫌其太遲。竊謂亡羊補牢，猶為未晚，越王勾踐，其前師也。唐主璟誠自懲前敗，黜佞任良，則十年生聚，十年教訓，二十年後，與北宋角逐中原，尚未知鹿死誰手。顧猶信用二馮，吟風嘲月。迨周使遠來，則密囑歌妓以狎侮之，餌人不足，結怨有餘，多見其不知量也。劉晟父子，更出璟下，故其亡也，比江南為尤速。至若周世宗之英武過人，王樸之智謀絕俗，天獨未假以年，不獲共謀統一，命耶數耶？是固在可解不可解之間矣。然世宗美政，王樸長材，不容過略，故類敘之以風示後世云。

第六十回　得遼關因病返蹕　殉周將禪位終篇

卻說周主南征時，北漢主劉鈞，乘虛襲周，發兵圍隰州。隰州刺史孫議，得病暴亡，後任未至，驟聞河東兵至，不免驚惶，幸虧都監李謙溥，權攝州事，浚城隍，嚴兵備，措置有方，不致失手。時方盛夏，河東兵冒暑圍城，謙溥引二小吏登城，從容督御，身服絺綌，手揮羽扇，毫無慌張形狀。河東將士，卻也料他不透，未敢猛攻。謙溥又潛約建雄軍節度使楊廷璋，各募敢死士百人，夜劫河東兵寨。河東兵猝不及防，倉皇散走，謙溥自率守軍，開城追擊，逐北數十里，斬首數百級，隰州解圍。

當下奏報行在。周主即令謙溥為隰州刺史，且命昭義軍節度使李筠，與楊廷璋聯兵北討，共伐狡謀。李筠遂進攻石會關，連破河東六寨，廷璋仍命李謙溥往侵漢境，奪得一座孝義縣城。北漢主劉鈞，不禁生憂，小挫即憂，想甚麼乘虛襲人？慌忙飛使至遼，乞請濟師。遼主述律，不願出兵，支吾對付，急得劉鈞憂急萬分。再三通使求援，遼主乃授南京留守蕭思溫為兵部都總管，助漢侵周。周主已征服南唐，返至大梁，接得遼漢合寇的消息，決意親征。他想北漢跳樑，全仗遼人為助，若要釜底抽薪，不如首先攻遼，遼人一敗，北漢勢孤，自然容易討平。

計議已定，乃命宣徽南苑使吳延祚權東京留守，宣徽北院使昝居潤為副，三司使張美為大內都部署。其餘各將，各領馬步諸軍，及大小戰船，馳赴滄州，自率禁軍為後應。都虞侯韓通，由滄州治水道，節節進兵，立柵乾寧軍南，修補壞防，開游口三十六，可達瀛、莫諸州。周主亦自至乾寧軍，規劃地勢，指示軍機，遂下令進攻寧州。寧州刺史王洪，自知不能守禦，開城乞降。乃派韓通為陸路都部署，趙匡胤為水路都部署，水陸並舉，向北長驅。車駕自御龍舟，隨後繼進。

朔方州縣，自石晉割隸遼邦，好幾年不見兵革，驟聞周師入境，統嚇得魂膽飛揚。所有官吏人民，望風四竄，周軍順風順水，直薄益津關。關中守將終廷輝，登關南望，但見河中敵艦，一字兒排著，旌旗招颭，矛戟森嚴，不由的心虛膽怯，連打了好幾個寒噤。正在沒法擺布，可巧有一人到來，連呼開關，廷輝瞧將下去，乃是寧州刺史王洪。便問他來意，洪但說有密事相商，須入關面談。廷輝見他一人一騎，不足生畏，乃開關納入，兩下晤談。洪先自述降周的原因，並勸廷輝也即出降，可保關內百姓。廷輝尚在狐疑，洪又道，「此地本是中國版圖，你我又是中國人民，從前為時勢所迫，沒奈何歸屬北廷，今得周師到此，我輩好重還祖國，豈非甚善！何必再事遲疑？」廷輝聽了這番言語，自然心動，便允出降。

周主令王洪返守寧州，留廷輝守益津關，各派兵將助守，遣趙匡胤為先鋒，溯流西進。漸漸的水路促狹，不便行舟，乃舍舟登陸，入搗瓦橋關。匡胤到了關下，守將姚內斌，見來兵不多，即率數千騎士，出城截擊。經匡胤大殺一陣，內斌麾下，傷亡了數百名，方才退回。越日，周主亦倍道趨至，都指揮使李重進以下，亦相繼到來，還有韓通一軍，收降莫州刺史劉楚信，瀛州刺史高彥暉，沿途毫無阻礙，也到瓦橋關下會師。眼見得周軍雲集，慑服雄關。

匡胤督軍攻城，先在城下招降姚內斌，大略謂王師前來，各城披靡，單靠這偌大關隘，萬難把守，若見機投順，不失富貴，否則玉石俱焚，幸勿後悔！內斌沈吟多時，方答言明日報命。匡胤也不強迫，便按兵不攻。靜守一宵，次日擬再往攻關，已有探騎報入，敵將姚內斌，開城來降。匡胤乃待他到來，導見周主。內斌拜到座前，周主好言撫慰，而授為汝州刺史，內斌叩首謝思，隨起引周軍入關。

周主置酒大會，遍宴群臣，席間議進取幽州，諸將奏對道：「陛下出師，只四十二日，兵不過勞，餉不過費，便得關南各州，這都由陛下威靈，所以得此奇功。唯幽州為遼南要隘，必有重兵把守，將來曠日持久，反恐不美，還請陛下三思！」周主默然不答。散宴後，便召指揮使李重進入帳道：「我軍前來，勢如破竹，關南各州縣，不勞而下，這正是滅遼掃北的機會，奈何中道還師！且朕欲統一中原，平定南北，時不可失，決意再進！汝可率兵萬人，翌日出發。朕即統兵接應，不搗遼都，定不回軍！」重進料難勸阻，只好應聲退出。又傳諭散騎指揮使孫行友，率騎兵五千名，往攻易州，行友亦奉旨去訖。

重進於次日啟行。行至固安，城門洞辟，守吏已經遁去，一任周兵擁入。重進令軍士略憩，另派哨騎探視行徑。返報固安縣北，有一安陽水，既無橋樑，又無舟楫，想是由遼兵懼我前往，所以拆橋藏舟，阻我去路。重進聞報，頗費躊躇，忽聞周主駕到，乃即出城迎謁，稟明前途阻礙。周主銳圖進取，當即與重進往閱河流，果然水勢汪洋，深不見底。巡視一回，便諭重進道：「此水不能徒涉，只好速築浮梁，方便進兵。」重進當然應命。周主乃令軍士采木作橋，限期告竣，自率親軍還駐瓦橋關。

天有不測風雲，人有旦夕禍福。周主忽然得病，連日未痊。那孫行友卻已攻下易州，擒住刺史李在欽，獻入行營。周主抱病升帳，問他願降願死，在欽偏抗聲不屈，觸動周主怒意，即命推出斬首。此人卻有別腸，莫非命中該死。自覺支持不住，退入寢所。又越兩日，仍然未瘳，當由趙匡胤入帳勸歸。周主不得已照允，乃改稱瓦橋關為雄州，留陳思讓居守，益津關為霸州，留韓令坤居守，然後下令回鑾。

返至澶淵，卻逗留不行。宰輔以下，只令在寢門外問疾，不許入見，大眾都惶惑得很。澶州節度使，兼殿前都點檢張永德，與周主為郎舅親，獨得入寢所問視，婉言進諫道：「天下未定，根本空虛，四方藩鎮，多是幸災樂禍，但望京師有變，可從中取利。今澶、汴相去甚邇，車駕若不速歸，益致人心搖動，願陛下俯察輿情，即日還都為是！」周主怫然道：「誰使汝為此言？」永德道：「群臣統有此意。」周主目注永德道：「我亦知汝為人所教，難道都未喻我意麼？」未幾又搖首道：「我看汝福薄命窮，怎能當此！」永德聞言，竟莫名其妙，只管俯首沉思。實是一片疑團。猛聽周主厲聲道：「汝且退去，朕便回京！」

永德慌忙趨出，部署各軍，專待周主出來，周主也即出帳，乘輦還都。看官！你道周主何故疑忌永德？原來周主因病南還，途次稍覺痊可，偶從囊中取閱文書，忽得直木一方，約長三尺，上有字跡一行，乃是點檢作天子五字！不由的驚異起來。他亦不便詢問左右，仍然收貯囊中，默思石敬瑭為明宗婿，後來篡唐為晉，今永德亦尚長公主，難道我周家天下，也要被他篡奪麼？左思右想，無從索解，及見永德勸他回京，心中忍耐不住，遂露了一些口風。永德哪裡知曉，當然摸不著頭腦，只好擱過一邊。

及周主入京，病體略鬆，便冊宣懿皇后胞妹符氏為繼后，封長子宗訓為梁王，次子宗讓為燕國公。命范質、王溥兩相，參知樞密院事。授魏仁浦為樞密使，兼同平章事，吳延祚亦授樞密使。都虞侯韓通得兼宋州節度使，加檢校太尉，趙匡胤為殿前都點檢，加檢校太傅，兼忠武軍節度使。此外文武諸官，亦遷轉有差。獨敘韓通、趙匡胤，實為下文伏案。獨免都點檢張永德官，但令為檢校太尉，留奉朝請。朝臣統是驚疑，不知葫蘆裡賣甚麼藥，唯嘖嘖私議罷了。

先是周主微時，嘗夢神人畀一大傘，色如郁金，上加道經一卷，周主審視道經，似解非解，及醒後追思，尚記憶數語。嗣是福至心靈，舉措無不合宜，遂得身登九五，據有大寶。及征遼歸國，常患不豫，有時勉強視朝，數刻即退，御醫逐日診治，終乏效驗。一日臥床休養，恍惚間復見神人，來索大傘及道經。周主當即交還，又欲向神探問後事，神人不答，拂袖竟去。周主追曳神衣，突聞一聲朗語，竟致驚醒。開眼一瞧，手中牽著的衣袂，乃是榻前的侍臣。就是夢中聽見的聲音，亦無非侍臣驚問，不覺自己也好笑起來，轉思夢中情景，甚覺不祥，便起語侍臣道：「朕夢不祥，想是天命已去了。」侍臣答道：「陛下春秋鼎盛，福壽正長，夢兆不足為憑，請陛下安心！」周主道：「汝等哪裡能知？朕不妨與汝等說明。」隨將前後夢象，略述一遍。侍臣仍然勸解，偏是得夢以後，病竟增劇。

顯德六年六月，忽至彌留，急召范質等入受顧命，囑立梁王宗訓為太子，並命起用故人王著，委以相位。質等應諾，及退出宮門，互相竊議道：「翰林學士王著，日在醉鄉，怎堪為相，願彼此勿泄此言。」眾皆點頭會意。是夕周主竟病崩萬歲殿中，享年三十九歲。可憐這年華韶稚的新皇后，正位僅及匝旬，忽然遭此大故，叫她如何不哀，如何不哭！實屬可憐，後來還要可痛。還有梁王宗訓，年僅七歲，曉得甚麼國事，眼見是寡婦孤兒，未易度日。

宰相范質等親受遺命，奉著七齡帝制，即位柩前。服紀月日，一依舊制，翰林學士兼判太常寺竇儼，追上先帝尊謚，為睿武孝文皇帝，廟號世宗。是年冬奉葬慶陵。總計五代十二君，要算周世宗最號英明，文武參用，賞罰不淆，並且知民疾苦，興利除害，所以在位五年有餘，武功卓著，文教誕敷，升遐以後，遠近哀慕。唯納李崇訓妻為皇后，夫婦一倫，不無遺議；縱本生父柴守禮殺人，父子一倫，亦留缺憾；就是因怒殺人，往往刑不當罪，未免有傷躁急。但瑕不掩瑜，得足抵失。可惜享年不永，齎志以終，遂使這寡婦孤兒，受制人手，一朝變起，宗社沈淪。這或是天數使然，非人力所可挽回呢！特加論斷。為周世宗生色。

閒話休表，且說周幼主宗訓嗣位，一切政事，均由宰相范質等主持，尊符氏為皇太后，恭上冊寶。朝右大臣，也有一番升遷，說不勝說。唯宋州節度使兼檢校太尉韓通，調任鄆州節度使，仍充侍衛親軍副都指揮使。改許州節度使趙匡胤為宋州節度使，仍充殿前都點檢，兼檢校太傅。封晉國長公主張氏，即張永德妻。為大長公主，令駙馬都尉兼檢校太尉張永德，為許州節度使，進封開國公。所有范質、王溥、魏仁浦、吳延祚四人，均加公爵。僅敘數人升遷，均寓微意。

北面兵馬都部署韓令坤，奏敗遼騎五百人於霸州。周廷以國遇大喪，未暇用兵，但飭邊戍各將，慎守封疆，毋輕出師。遼主述律，本來是沈湎酒色，無志南侵，當關南各州失守時，他嘗語左右道：「燕南本中國地，今仍還中國，有甚麼可惜呢？」可見後來遼兵入寇，實是故意訛傳。北漢主劉鈞，屢戰皆敗，亦不敢輕來生事。不過三國連界，彼此戍卒，未免齟齬，或至略有爭哄情事，自周廷遙諭靜守，邊境較安。都為後文返照。

好容易過了殘年，周廷仍未改元，沿稱顯德七年。正月朔日，幼主宗訓，未曾御殿，但由文武百僚，進表稱賀。驀然間接得鎮定急報，說是遼兵聯合北漢，大舉入寇，請速發大兵防邊。宰相范質等，亟入白符太后。符太后是年輕女流，安知軍事，一聽范質等處置。范質等派定殿前都點檢趙匡胤，會師北征，令副都點檢慕容延釗為前鋒，率兵先發。此外如高懷德、張令鐸、張光翰、趙彥徽等，陸續會齊，即禡纛興師，逐隊出都。匡胤亦陛辭而行。

京都下起了一種謠傳，謂將冊點檢為天子，市民多半避匿。究竟這種傳言，是由何人首倡，當時亦無從推究。廷臣中也有幾個聞知，總道是口說荒唐，不足憑信。那符太后及幼主宗訓，全然不聞此事。那知正月三日出兵，正月四日晚間，即由陳橋驛遞到警信，急得滿廷百官，都錯愕不知所為。原來趙匡胤到了陳橋，竟由都指揮高懷德，都押衙李處耘，掌書記趙普等，與匡胤弟匡義密商，推立點檢為天子。數人忙了一宵，已把將士運動妥當，便於正月四日黎明，齊至匡胤寢所，喧呼萬歲。匡胤聞聲驚覺，欠身徐起，當由匡義入室報聞。匡胤尚未肯承認，出諭將士，但見眾校已露刃環列，由高懷德捧入黃袍，披在匡胤身上。眾將校一律下拜，三呼萬歲。匡胤還要推辭，總有這番做作。偏眾人不由分說，竟將他扶掖上馬，迫令還汴。匡胤攬轡傳諭道：「汝等能從我命，方可還都。否則我不能為汝主！」眾皆聽令。匡胤乃與約法三條，一是不得驚犯太后母子，二是不得欺凌公卿大夫，三是不得侵掠朝市府庫。經大眾齊聲答應，然後肅隊入都。

殿前都指揮石守信，都虞侯王審琦，已接匡義密報，具知大略。他兩人與匡胤兄弟，素來莫逆，有心推戴匡胤。便暗中傳令禁軍，放匡胤全軍入城，禁軍樂得攀龍附鳳，不生異言。匡胤等竟安安穩穩，趨入大梁。甫抵都城，先遣屬吏楚昭輔，入慰匡胤家屬。時匡胤父弘殷已歿，獨老母杜氏在堂，聞報驚喜道：「我兒素有大志，今果然出此！」一語作為鐵證。

及匡胤入城，已是正月五日上午。百官早朝，正議論陳橋消息，忽見客省使潘美，馳入朝堂，報稱點檢由各軍推戴，奉為天子，現已入都，專待大臣問話。范質等倉皇失措，獨侍衛親軍副都指揮使韓通，慌忙退朝，擬集眾抵禦。途次遇著匡胤部校王彥昇，朗聲呼道：「韓侍衛快去接駕，新天子到了！」通大怒道：「天子自在禁中，何物叛徒，敢思篡竊，汝等貪圖富貴，去順助逆，更屬可恨！速即回頭，免致夷族！」彥昇不待說畢，已是怒不可遏，便即拔刀相向。通手無寸鐵，怎能與敵，沒奈何轉身急奔。彥昇緊緊追捕，通跑入家門，未及闔戶，已被彥昇闖入。彥昇手下，又有數十名騎兵，一擁進去，通只有赤身空拳，無從趨避，竟被彥昇手起刀落，砍翻地上，一道忠魂，奔入鬼門關，往見那周世宗，訴冤鳴枉去了。可對周世宗於地下。彥昇已殺死韓通，索性闖將進去，把韓通一家老小，殺得一個不留，然後出報匡胤。

匡胤入城後，命將士一律歸營，自己退居公署。不到半日，由軍校羅彥瓌等，將范質、王溥等人，擁入署門。匡胤流涕與語道：「我受世宗厚恩，被六軍脅迫至此，慚負天地，奈何奈何！」范質等面面相覷，倉猝不敢答言。彥瓌即厲聲道：「我輩無主，今日願奉點檢為天子，如有人不肯從命，請試我劍！」說至此，即拔劍出鞘，露刃相向，嚇得王溥面色如土，降階下拜。范質不得已亦拜。有愧韓通。匡胤忙下階扶住，導令入座，與商即位事宜。掌書記趙普在旁，便提出法堯禪舜四字，作為證據，范質等亦只好唯唯相從。遂請匡胤詣崇元殿，行受禪禮。一面宣召百官，待至日晡，始見百官齊集。倉猝中未得禪詔，偏翰林學士陶穀，已經預備，從袖中取出一紙，充作禪位詔書。宣徽使引匡胤就庭，北面拜受，隨即登崇元殿，被服袞冕，即皇帝位，受文武百官朝賀。

草草畢禮，即命范質等入內，脅遷周主宗訓，及太后符氏，移居西宮。寡婦孤兒，如何抗拒，當由符太后大哭一場，挈了幼主宗訓，向西宮去訖。匡胤下詔，奉周主為鄭王，符太后為周太后，命周宗正郭圯祀周陵廟，仍飭令歲時祭享。周亡，總計周得三主，共九年有餘，總算作了十年。未幾，又徙周鄭王至房州，越十二年而歿，年止一十九歲，追謚為周恭帝。周太后符氏，也隨歿房州。

趙匡胤既為天子，改國號宋，改元建隆，遣使遍告郡國藩鎮。所有內外官吏，均加官進爵有差。追贈周韓通為中書令，飭有司依禮殮葬。並擬加王彥昇罪狀，經百官代為乞恩，方得宥免。擅殺一家，尚堪恩宥麼？說也奇怪，那遼、漢合寇情事，竟不提起，華山隱士陳摶，聞宋主受禪，欣然說道：「天下從此太平了！」後來果如摶言。

唯宋主嗣位初年，中原尚有五國，除趙宋外，就是北漢、南唐、南漢、後蜀，朔方尚有一遼，其餘為南方三鎮，一是吳越，一是荊南，一是湖南。嗣經宋朝遣兵派將，依次削平。唯遼主述律，後為庖人所殺。述律一作兀律，復改名璟，遼尊為穆宗。嗣子賢繼立，不似乃父嗜酒漁色，反漸漸的強盛起來。一再相傳，屢為宋患，這事都詳敘《宋史演義》中。本編但敘五代史事，把十三主五十三年的大要，演述告終。看官欲要續閱，請再看《宋史演義》便了。小子尚有俚句二絕，作為本書的收場。詩云：

六十年來話劫灰，江山搖動令人哀；
一言括盡全書事，軍閥原來是禍胎。
頻年篡弒竟相尋，禮教淪亡世變深；
五代一編留史鑑，好教後世辨人禽。

周主征遼，不兩月而三關即下，曩令再接再厲，即不能入搗遼都，而燕雲十六州，或得重還中國，亦未可知。況遼主述律，沈湎酒色已視燕南為不足惜，乘勢攻取，猶為易事。奈何天不祚周，竟令英武過人之周主榮，得病未痊，不得已而歸國。豈十六州之民族，固當長淪左衽耶！周主年未四十，即致病殂，符后入宮正位，僅及十日。梁王宗訓嗣祚，不過七齡，寡婦孤兒之易欺，未有甚於此時者也。遼、漢合兵入寇，明明是匡胤部下，訛造出來。陳橋之變，黃袍加身，早已預備妥當。烏有匡胤未曾與聞，而倉猝生變者乎？即如點檢作天子之讖，亦未始不由人謀，明眼人豈被瞞過。當時為周殉節者，止一韓通。疾風知勁草，板蕩識忠臣，可為《五代史》上作一殿軍。而宋太祖之得國不正，即於此可見矣。

蔡東藩的五代史演義

作　　者：蔡東藩
發 行 人：黃振庭
出 版 者：複刻文化事業有限公司
發 行 者：複刻文化事業有限公司
E-mail：sonbookservice@gmail.com
粉 絲 頁：https://www.facebook.com/sonbookss/
網　　址：https://sonbook.net/
地　　址：台北市中正區重慶南路一段六十一號八樓 815 室
Rm. 815, 8F., No.61, Sec. 1, Chongqing S. Rd., Zhongzheng Dist., Taipei City 100, Taiwan
電　　話：(02)2370-3310
傳　　真：(02)2388-1990
印　　刷：京峯數位服務有限公司
律師顧問：廣華律師事務所 張珮琦律師
定　　價：650 元
發行日期：2023 年 12 月第一版
◎本書以 POD 印製

國家圖書館出版品預行編目資料

蔡東藩的五代史演義 / 蔡東藩 著 . -- 第一版 . -- 臺北市：複刻文化事業有限公司 , 2023.12
面； 公分
POD 版
ISBN 978-626-7403-12-9(平裝)
857.4542　　112018156

電子書購買

臉書

爽讀 APP